KB162416

을 유 세 계 문 학 전 집 · 28

유림외사

(하)

을 유 세 계 문 학 전 집 · 28

유림외사

儒林外史

(하)

오경재 지음 · 홍상훈 외 옮김

을유문화사

옮긴이

홍상훈

전남 광양에서 태어나 서울대학교 및 동 대학원에서 중국 문학을 공부하고 박사 학위를 취득한 후, 현재 인제대학교 조교수로 있다. 지은 책으로 『전통 시기 중국의 서사론』, 『하늘의 나는 수레』, 『한시 읽기의 즐거움』, 『그래서 그들은 서천으로 갔다: 서유기 다시 읽기』 등이 있고, 옮긴 책으로 『서유기』(공역), 『두보율시』(공역), 『시귀의 노래: 완역 이하 시집』, 『중국소설비평사략』, 『별과 우주의 문화사』, 『베이징』, 『손오공의 여행』 등이 있다.

신주리

서울에서 태어나 이화여자대학교와 서울대학교 대학원에서 중국 문학을 공부했다. 대만 국립정치대학교와 중국 남경사범대학교에서 유학했으며, 현재 서울대학교 등에서 강의하고 있다. 옮긴 책으로 『장자평전』, 『서유기』(공역), 『단백질 소녀』, 『단백질 소녀, 두 번째 이야기』 등이 있다.

이소영

서울에서 태어나 서울대학교 및 동 대학원에서 중국 문학을 공부하고 박사 학위를 취득한 후, 서울대학교 연구교수를 거쳐 현재 서울대학교 등에서 강의하고 있다. 옮긴 책으로 『만화 맹자』, 『만화 노자』, 『서유기』(공역) 등이 있다.

이영섭

충북 영동에서 태어나 서울대학교 및 동 대학원에서 중국 문학을 공부하고, 현재 한국방송통신대학교 등에서 강의하고 있다. 옮긴 책으로 『맹자평전』이 있다.

홍주연

경남 울산에서 태어나 서울대학교 및 동 대학원에서 중국 문학을 공부하고, 현재 서울대학교 등에서 강의하고 있다. 옮긴 책으로 『서유기』(공역)가 있다.

을유세계문학전집 28

유림외사(하)

발행일 · 2009년 12월 30일 초판 1쇄 | 2018년 2월 5일 초판 3쇄
지은이 · 오경재 | 옮긴이 · 홍상훈 외
펴낸이 · 정무영 | 펴낸곳 · (주)을유문화사
창립일 · 1945년 12월 1일 | 주소 · 서울시 마포구 월드컵로16길 52-7
전화 · 02-733-8153 | FAX · 02-732-9154 | 홈페이지 · www.eulyoo.co.kr
ISBN 978-89-324-0358-8 04820 978-89-324-0330-4(세트)

차례

상권

하권

제31회

포정새와 위천은 천장현으로 두의를 찾아가고, 사서루에서 고명한 선비들이 크게 취하다

한편 포정새는 두천이 막수호 대회를 열면서 돈을 물 쓰듯 쓰는 것을 보고 속으로 적지 않게 놀랐다.

'이분은 성격이 호탕하니, 기회를 봐서 은자 몇 백 냥을 빌려 예전처럼 극단을 꾸려 가며 살아 봐야겠다.'

포정새가 이렇게 마음을 정하고 날마다 하방에서 열심히 일을 돌봐 주자, 두천은 몹시 미안해하였다. 그러던 어느 날 저녁 두천이 포정새와 이야기를 나누다 보니 어느새 밤이 깊었는데, 하인들도 보이지 않자 이렇게 물었다.

"포 사부, 집안 살림은 어떻게 하는가? 무슨 일이라도 해야 할 텐데."

포정새는 두천의 입에서 이 말이 나오자마자 곧바로 바닥에 두 무릎을 꿇었다. 두천이 깜짝 놀라 그를 붙들어 일으키며 말했다.

"아니, 왜 이러시는가?"

"나리 댁에서 일하는 미천한 제게 이런 걸 물어봐 주시다니 참으로 하해와 같이 큰 은혜라 하겠습니다. 하지만 저는 본래 극단에서 배우들을 가르치거나 무대 도구를 빌려 주며 살던 몸이라, 이런 일 말고 다른 일은 할 줄 모릅니다. 지금 나리께서 소인을 굽어 살피시어 은자 몇 백 냥만 빌려 주신다면, 예전처럼 제가 극단 일을 할 수 있을 겁니다. 돈을 벌면 반드시 나리의 은혜에 보답하겠습니다."

"그야 어렵지 않은 일이지. 그만 앉아 나와 의논해 보세. 배우를 가르치고 무대 도구를 사들이는 일은 은자 수백 냥으로는 턱도 없고, 적어도 천 냥은 필요할 걸세. 여기에는 다른 사람들도 없고 하니 자네에게 솔직히 말하겠네. 우리 집에 현금으로 수천 냥의 은자가 있긴 하네만, 내가 그 돈을 함부로 쓸 수는 없다네. 왜냐 하면 말일세, 내가 앞으로 한두 해 안에는 과거에 급제하려고 하는데 그러면 돈을 써야 할 데가 많기 때문이라네. 아무래도 그때 쓰려면 이 돈은 남겨 둬야겠네. 지금 자네가 극단을 운영하겠다면 따로 한 사람을 소개해 주지. 그럼 내가 돕는 것이나 매한가지일 걸세. 하지만 내가 소개했다고 말해서는 안 되네."

"나리 말고 그런 사람이 또 어디 있겠습니까?"

"조급해하지 말고 내 말 좀 들어보게. 우리 집안에는 가까운 지파(支派)로는 모두 일곱 집안이 있는데, 이 가운데 예부상서를 지낸 우리 조부님이 다섯째 집안의 어른이시라네. 일곱째 집안의 조부님께서는 장원 급제를 하셨고, 나중에 그분의 아드님 가운데 한 분이 강서성 공주부(贛州府)의 지부를 지내셨는데, 바로 내 백부님이 되시지. 그 백부님의 아들은 스물다섯째 항렬에 내 재종형제가 되네. 이름이 의(儀)고 호가 소경(少卿)이라고 하는데, 나보다 두 살 어리고 역시 수재라네. 그 백부님은 청렴한 관리셨지만 그래도 집안에는 조상님들이 물려준 전답이 남아 있었다네. 백부님께서 세상을 뜨시고 남은 재산이라고는 만 냥이 채 못 되었는데, 그 녀석은 아둔해서 자기 재산이 10만 냥도 넘는 것처럼 여기고 있다네. 좋은 은과 나쁜 은을 구별할 줄도 모르는 주제에 또 전주(錢主)

행세하기를 좋아하지. 누군가 어려운 사정 얘기를 하면 그는 바로 갖다 쓰라고 돈을 내주니까 말이야. 자네는 여기서 내 일을 돕고 있다가, 가을이 되어 선선해지면 내가 여비를 좀 줄 테니 그를 찾아가게. 그럼 은자 천 냥쯤 손에 넣는 일은 문제없을 걸세."

"그럼 그때 나리께서 제게 편지를 한 통 써 주십시오."

"그럴 것 없네. 그런 편지는 절대 써서는 안 돼. 그 녀석은 전주 노릇을 할 때면 직접 나서서 혼자 도우려 하지 결코 다른 사람이 끼어드는 걸 원하지 않거든. 내가 소개 편지를 써 주면 그 녀석은 내가 벌써 자네를 도와주었다고 할 테고, 그 일로 기분이 나빠져 자네를 돕지 않을 걸세. 그런데 그를 만나러 가면 먼저 찾아가야 할 사람이 하나 있네."

"그게 누굽니까?"

"그 집에는 유모의 남편인 나이 든 집사 하나가 있는데, 아주 오랫동안 그 집에서 일해 왔지. 그 사람은 성이 소(邵)씨라고 하는데, 자네는 이 사람을 꼭 알아두어야 하네."

그때 포정새에게 퍼뜩 떠오르는 생각이 있었다.

"어느 해던가 저희 아버님이 살아 계실 때, 그 댁 노마님 생일잔치에 저희 극단을 불러주신 일이 있지요. 지부 어르신도 뵌 적이 있습니다."

"마침 잘 됐네. 지금 소씨는 벌써 죽었고, 그 집에는 털보 왕씨라는 집사가 있는데, 이 작자는 성질이 아주 고약하다네. 그런데도 동생은 이놈 말만 믿고 있지. 내 동생에게는 한 가지 나쁜 버릇이 있는데, 자기 부친을 만나 봤다고만 하면 그게 강아지라 할지라도 깍듯이 대한다는 거지. 먼저 그 털보 왕씨를 만나면, 이 작자는 술을 좋아하니 술을 좀 사서 먹이도록 하게. 그리고 백부님께서 자네를 무척 아끼셨다고 내 동생에게 말해 달라고 부탁해 두면, 동생은 몇 번이라도 은자를 내줄 걸세. 내 동생은 남들이 자기를 '나리〔老爺〕'라고 부르는 걸 싫어하니 그저 '작은 나리〔少爺〕'라고 부르시게. 그 동생에게는 또 다른 병이 있으니, 사람들이 자기 앞에서 누가 벼슬을 한다느니, 누가 돈이 많다느니 따위의 말을 하는 것을 싫어한다네. 가령 자네가 상(向) 나리의 은혜를 입었다는 말 따위는 절대 그 앞에서 해서는 안 되네. 언제나 세상에 그만이 남을 보살필 줄 아는 양반이라고 말해 주어야 하지. 네 동생이 혹 자네더러 날 아느냐 묻더라도 모른다고 해야 하네."

두천이 이렇게 말해 주자 포정새는 몹시 기뻤다. 그는 이곳에서 두 달 동안 더 일을 해 주고, 7월이 다 갈 무렵 날씨도 선선해지자 두천에게 은자 몇 냥을 빌리고 옷과 짐을 챙겨서 장강을 건너 천장현으로 길을 떠났다.

첫날은 장강을 건너 육합현(六合縣)에서 묵었다. 다음 날에는 일찍 일어나 몇 십 리를 걸어 사호돈(四號墩)이라는 곳에 도착하였다. 포정새가 어느 여관 안으로 들어가 자리에 앉은 채 세숫물을 기다리고 있는데, 가게 문 앞에 가마가 한 대 멈추어 섰다. 가마 안에서 노인이 하나 나왔는데, 방건을 쓰고 흰 비단 도포를 입은 채 커다란 붉은 비단 가죽신을 신고 있었다. 노인은 술주정뱅이처럼 코끝이 새빨갛고, 은실처럼 새하얀 수염이 나 있었다. 그 노인이 여관 문 앞으로 걸어오자, 주인이 황급히 나와 짐을 받아 들고 이렇게 말했다.

"위사(韋四) 나리*께서 오셨군요. 안으로 들어가시지요."

위천(韋闡)이 여관 안으로 들어서자 포정새는 자리에서 일어나 인사를 했고, 위천 역시 답례를 했다. 포정새는 위천에게 윗자리를 내주고 자신은 아래쪽에 앉아 이렇게 물었다.

"방금 위 나리라고 들었는데, 실례지만 어디 사시는지 여쭈어도 되겠습니까?"

"나는 성이 위가라 하고, 사는 곳은 저주(滁州)의 오의진(烏衣鎭)이오. 형씨는 성함이 어떻게 되고 어디 사시는지요? 또 지금 어디로 가는 중이오?"

"저는 성이 포가이고 남경 사람입니다. 지금은 천장현 장원부(壯元府)로 작은 나리를 뵈러 가는 길입니다."

"어느 작은 나리 말이오? 신경이요, 소경이요?"

"소경 나리입니다."

"그 댁에는 형제가 6, 70명이나 되지만 사방에서 빈객들을 받아들이는 분은 이 둘뿐이지요. 나머지는 모두 집 안에 틀어박혀 문을 닫아걸고 전답이나 지키면서 과거 준비를 하고 있다오. 그런 까닭에 내가 선생을 만나자마자 이 둘을 집어 물어본 것이오. 두 양반 모두 강남과 강북에서 유명한 분들이지요. 두신경은 풍류를 아는 명사이기는 하나 아무래도 색시 같은 데가 좀 있지. 두소경이야말로 진정한 호걸이오. 나도 그 댁으로 가는 길이니, 형씨와 식사를 하고 함께 가도록 합세나."

"어르신께서는 두씨 댁의 친척이십니까?"

"나와 공주부 지부를 지낸 그 댁 나리는 어릴 적 함께 공부하며 우의를 맺은 사이로, 몹시 친했다오."

포정새는 그 말을 듣고 노인을 더 정중히 대하였다.

두 사람이 함께 식사를 하고 나서, 위천은 가마에 올라탔다. 포정새도 나귀 한 마리를 빌려 타고 동행하였다. 천정현의 성문 입구에 도착하자 위천은 가마에서 내리더니, 포정새에게 말했다.

"포 형, 함께 두씨 댁으로 가세나."

"어르신께서 먼저 타고 가시지요. 저는 그 댁 집사를 만나 보고 나서 두 나리를 뵈러 가겠습니다."

"그럼 그렇게 하시게."

노인은 이렇게 말하고는 가마에 올라 곧장 두씨 댁으로 갔다. 문지기가 집 안으로 들어가 위천이 왔다는 소식을 전하자, 두의(杜儀)는 서둘러 마중을 나와 위천을 대청으로 모신 다음 인사를 하고 이렇게 말했다.

"백부님, 반년 만에 다시 뵙는군요. 제가 찾아뵙고 백부님과 백모님 두 분께 인사를 드렸어야 하는데. 그간 무고하신지요?"

"덕분에 그런대로 잘 지냈다네. 초가을이고 집안에 일도 없고 하니, 이곳 화원에 계화(桂花)가 만발했을 거라는 생각이 나지 뭔가? 그래서 자네를 만나 술이나 한잔하러 이렇게 온 걸세."

"차를 드시고 나서 서재로 가시지요."

어린 하인이 차를 내오자 두의는 이렇게 일렀다.

"위사 어르신의 짐을 안으로 들이게 해서 서재로 가져가거라. 가마꾼들에게 삯을 주어 가마는 돌려보내고."

위천을 모시고 대청 뒤편의 좁은 길로 구불구불 한참 들어가자 화원이 나타났다. 화원에 들어서자 동쪽으로 난 세 칸짜리 집이 한 채 보였다. 그 왼편에 있는 누대가 바로 전원공(殿元公)의 사서루(賜書樓)였다. 그 앞으로 큰 정원이 하나 있는데 정원 한쪽에는 모란대(牡丹臺)가, 다른 한쪽에는 작약대(芍藥臺)가 있고, 커다란 계화나무 두 그루에는 계화가 한창 멋들어지게 피어 있었다. 그 맞은편에는 세 칸 크기의 널찍한 정자가 있고, 그 옆에는 남향으로 앉은 세 칸짜리 서재가 있고, 서재 뒤편에는 또 연꽃이 핀 큰 연못 하나가 있었다. 연못 위에는 다리가 하나 놓여 있고, 그 다리를 건너면 또 세 칸짜리 건물이 하나 호젓하게 서 있는데, 이곳이 두의가 책을 읽는 곳이다.

두의는 위천을 남향 서재로 모셨다. 만개한 계화나무 두 그루는 바로 이 서재의 창밖에 있었다. 위천이 자리에 앉더니 이렇게 물었다.

"누(婁) 노인*은 지금도 이곳에 계시는가?"

"아저씨께서는 요즘 병환이 더해져 안쪽 서재로 거처를 옮겨 드렸습니다. 방금 약을 드시고 주무시는지라, 백부님을 뵈러 나오지 못했습니다."

"나이 많은 양반이 병까지 드셨으면 고향으로 돌려보내 드려야 하지 않겠나?"

"제가 벌써 그분 아드님과 손자를 이곳에 오게 해서 약 수발을 들며 돌봐 드리게 하고 있습니다. 저도 아침저녁으로 들어가 뵙고 있지요."

"노인께서 이 댁에서 30년 넘게 지내셨으니, 돈도 좀 모으셨을 게고 전답도 마련해 놨을 것 같은데?"

"선친께서는 공주로 부임하시면서 집안의 모든 전답과 가옥 등에 관련된 장부를 전부 누씨 아저씨에게 넘기셨지요. 돈이 들고 나는 일은 모두 누씨 아저씨께서 주관하시고, 선친께서는 전혀 상관하지 않으셨습니다. 누씨 아저씨는 해마다 보수로 받는 은자 마흔 냥 외에 나머지 돈은 한 푼도 손대지 않으셨지요. 소작료를 거둘 때면 직접 시골 소작농 집을 찾아가셨는데, 소작농 집에서 반찬 두 가지로 식사를 대접하면 하나는 치우게 하고 나머지 반찬 하나로만 식사를 했습니다. 아들과 손자가 찾아와도 딱 이틀 밤만 묵게 하고는 바로 돌려보냈는데, 여비 외에는 1전 한 푼도 더 주지 않았습니다. 심지어 떠날 때에는 또 다른 집사들이 몰래 돈을 주었을까 봐 몸까지 뒤졌지요. 하지만 우리 집안에 어려운 친지나 친구들이 있으면 소작료와 이자로 거둔 돈을 가지고 어떻게든 도움을 주었습니다. 선친께서도 그런 줄은 아셨지만 자세히 묻지 않으셨고요.

선친께 빚을 진 사람이 하나 있었는데, 그가 돈을 갚지 못할 형편이란 것을 알고 아저씨께서 빚 문서를 모두 태워 버린 일도 있었지요. 지금 그분에게는 아들이 둘이고 손자도 넷이나 되는데 집안은 여전히 찢어지게 가난하니 제가 마음이 쓰일 수밖에요."

"참으로 훌륭한 군자로다!"

그리고 또 이렇게 물었다.

"재종형 신경도 안녕하신가?"

"형님은 저와 헤어진 뒤 바로 남경으로 가셨습니다."

이렇게 한참 대화를 나누고 있는데, 털보 왕씨가 손에 붉은색 명함을 들고는 감히 들어오지 못한 채 창문 밖에 서 있는 것이 보였다. 두의가 그를 보고 말했다.

"왕씨, 무슨 할 말이라도 있는가? 손에 든 건 뭔가?"

털보 왕씨는 서재 안으로 들어오더니, 들고 있던 명함을 건네며 이렇게 말했다.

"남경에서 한 분이 오셨는데, 성은 포씨이고 극단을 이끌던 분이랍니다. 요 몇 년 동안 일하러 외지를 떠돌다 얼마 전에야 집으로 돌아왔는데, 작은 나리를 뵈러 장강을 건너왔답니다."

"극단을 이끄는 사람이라고? 지금은 집에 손님이 오셔서 만나 뵐 수 없다고 전하고, 명함은 받아 두고 돌려보내게나."

"그 양반 말이, 돌아가신 나리께 많은 은혜를 입었으니 작은 나리를 꼭 뵙고 인사를 드리고 싶답니다."

"선친께 은혜를 입었다고?"

"그렇습니다. 예전에 소씨가 자기네 극단을 장강 건너편에서 불러왔을 때, 나리께서 이 포정새란 사람을 몹시 마음에 들어 하며 돌봐 주겠다고 말씀하신 적이 있답니다."

"그럼 그 사람을 이곳으로 데려오게."

위천이 말했다.

"남경에서 온 포씨라면 나도 조금 전 길에서 만났다네."

털보 왕씨가 나가더니 포정새를 데리고 들어왔다. 포정새는 조심조심 걸어 들어왔는데, 화원은 그야말로 끝이 안 보일 정도로 넓었다. 서재 문 앞에 도착해 보니 두의는 손님과 함께 서재에 앉아 있었다. 그는 방건을 쓰고 옥색 비단 도포에, 구슬로 장식한 신을 신었다. 얼굴은 약간 노리끼리하고, 두 눈썹은 비스듬히 위를 향해 칼날처럼 뻗어 있는 것이 마치 그림 속 관우의 눈썹 같았다.

털보 왕씨가 말했다.

"이분이 우리 집 작은 나리랍니다. 이리와 인사를 하시지요."

포정새가 들어가 무릎을 꿇고 머리를 조아리자, 두의가 그를 일으켜 세우며 말했다.

"모르는 사이도 아닌데 이렇게 절까지 할 필요야 있겠나?"

포정새는 일어나 두의에게 공손히 인사를 하고, 위천에게도 인사를 올렸다. 두의가 그를 아래쪽에 앉히자, 포정새가 두의에게 말했다.

"돌아가신 나리께서 베풀어 주신 은혜는 백골난망이옵니다. 요 몇 해 동안 외지에서 작은 일을 하며 먹고사느라 바빠 작은 나리를 뵈러 올 수 없었습니다. 오늘에야 문안 인사를 올리니 부디 제 잘못을 용서해 주십시오."

"조금 전 우리 집 털보 왕씨 말로는 아버님께서 당신을 몹시 좋아하고 돌봐 주려 했다고 하더군. 이왕 왔으니 좀 머물다 가게. 나도 생각을 좀 해 보겠네."

이때 털보 왕씨가 말했다.

"술상이 마련되었습니다만, 어디에 차릴까요?"

위천이 말했다.

"바로 여기 놓으면 되겠군."

그러자 두의가 잠시 멈칫거리며 말했다.

"손님을 한 분 더 모셔야 합니다."

그러고는 서재에서 시중드는 하인인 가작(加爵)에게 일렀다.

"후문 밖으로 가서 장 선생을 모셔 오너라."

가삭이 "예!" 하고 대답히고 나갔다.

잠시 후, 가작이 퉁방울눈에 누런 수염을 기른 사람을 하나 모셔 왔는데, 그는 와룽모에 품 넓은 옷을 입고 점잔을 빼면서 흔들흔들 걸어 들어왔다. 그리고 사람들에게 인사하고 자리에 앉더니, 위천의 이름을 물었다. 위천이 이름을 말해 주고 이렇게 물었다.

"성함이 어찌 되시는지요?"

"소생은 성이 장(張)가요, 자는 준민(俊民)이라 합니다. 작은 나리 밑에 있은 지 오래되었지요. 제가 의술을 좀 아는 덕에 작은 나리께서 불러 주셔서 날마다 누 어르신을 돌보고 있습니다."

그리고 바로 두의에게 물었다.

"어르신은 오늘 약을 드시고 좀 어떠십니까?"

두의가 가작더러 가서 알아보도록 하자, 가작이 돌아와 이렇게 말했다.

"약을 드신 다음 한숨 주무시고 일어나시더니 기분이 상쾌해졌다고 하십니다."

그러자 장준민이 또 물었다.

"이분은 뉘신지요?"

그 물음에 두의가 대답했다.

"남경에서 온 포씨라는 친구요."

대화가 끝나자 술상이 차려졌고, 각자 자리를 정해 앉았다. 위천이 맨 윗자리에, 장준민은 그 맞은편에 앉았고, 두의는 주인 자리에, 포정새는 아랫자리에 앉았다. 술잔을 채우고 함께 술을 마셨다. 안주는 모두 집에서 직접 만든 정갈한 것들이었다. 거기에는 소금에 절여 3년간 묵힌 돼지 넓적다리도 있고, 한 마리에 반 근이나 나가는 대게〔竹蟹〕의 살만 발라내 만든 탕도 있었다. 다들 한참 먹고 있는데, 위천이 장준민에게 물었다.

"선생의 의술은 대단하실 테지요?"

"'왕숙화(王叔和)*의 의서를 들여다보느니, 환자를 많이 접하는 게 더 낫다(熟讀王叔和, 不如臨病症)'는 말이 있지요. 솔직히 말씀드리면, 강호에서 멋대로 지내다 보니 의서라고는 읽어 본 적은 없지만 갖가지 병증은 많이 보았지요. 근래에 작은 나리의 가르침을 받고서야 책도 읽어야 한다는 것을 깨달았습니다. 그래서 하나 있는 아들놈에게는 우선은 의술을 가르치지 않고, 선생을 두어 글을 읽히고 있습니다. 아들놈이 문장을 지으면 작은 나리께 갖다 보이곤 합니다. 작은 나리께서는 종종 평어를 써 주셔서, 저도 가져다 읽고 조금씩 문리(文理)를 익히고 있습지요. 앞으로 두 해쯤 뒤 아들 녀석에게 부시(府試)나 현시(縣試)를 보러 보내 시험장에서 나눠 주는 분탕(粉湯)과 만두나 먹고 오게 할 생각입니다. 그러면 훗날 의원 간판을 걸고 '유의(儒醫)'라고 내세울 수 있겠지요."

위천은 이런 장준민의 말을 듣고 껄껄 큰 소리로 웃어 댔다. 털보 왕씨가 또 명첩 하나를 들고 들어와 알렸다.

"북문에 사는 염상 왕(汪)씨가 내일 생일잔치에 지현 나리를 초청하는데, 작은 나리께 배객(陪客)*이 되어 주십사고 부탁해 왔습니다. 꼭 참석해 달라고 합니다."

"이렇게 답변을 전하게, 집에 손님이 와 계셔서 못 간다고 말일세. 이 양반도 정말 웃기는구먼. 그렇게 대단한 잔치라면 현의 벼락출세한 거인이나 진사들을 부를 일이지. 내가 남의 집 잔치에 가서 관리의 배객 노릇할 시간이 어디 있겠는가?"
털보 왕씨는 그렇게 전하겠노라고 대답하고 물러갔다.
두의가 위천에게 말하였다.
"백부님의 주량은 참 대단하셔서 예전에 아버님과는 밤새 술을 드시곤 하셨지요. 오늘도 그렇게 맘껏 취하셨으면 좋겠습니다."
"그림세. 지네, 내가 말하기는 좀 뭣하네만, 이 안주는 참 정갈하지만 술은 시장에서 사 온 것이라 그런지 아무래도 질이 좀 떨어지는군. 이 댁에 술 단지가 하나 있지 않나? 올해로 8, 9년은 되었을 텐데. 아직 남아 있을 것 같네만."
"저는 전혀 모르는 일인데요."
"자네야 모를 테지. 선대인(先大人)께서 강서성 임지에 부임하던 그 해, 내가 배까지 전송을 나갔는데 이렇게 말씀하시더군.
'우리 집에 술 단지를 하나 묻어 두었으니, 내가 임기를 마치고 돌아오면 함께 실컷 마시세.'
내가 그래서 기억하고 있지. 집안사람들에게 물어보게."
장준민이 웃으며 말하였다.
"그런 사정이라면 작은 나리께서 모르실 법도 하군요."
두의는 밖으로 나가 안채로 갔다. 위천이 말했다.
"두 공자는 나이는 젊어도 정말 이 일대의 호걸이라 할 수 있습니다."
장준민이 말했다.
"작은 나리가 정말 훌륭한 분이시긴 하지만 씀씀이가 좀 헤프시죠. 누구든지 도움을 청하면 은자를 덥석덥석 내주시니까요."
포정새가 말했다.
"저는 작은 나리처럼 시원시원한 분은 뵌 적이 없습니다."
두의가 안채로 들어가 아내더러 그 술 단지를 아느냐고 물으니,

아내는 모른다고 했다. 하인이나 하녀들에게 모두 물어보았지만 다들 모른다는 대답뿐이었다. 결국 유모 소(邵)씨가 그 일을 생각해 내고 이렇게 말했다.

"예, 있어요. 돌아가신 나리께서 임지로 부임하시던 그 해, 술을 한 단지 빚으셔서 일곱 번째 건물 뒤편의 작은 채 안에 묻어 두었지요. 나리 말씀이, 그 술은 남겨 두었다가 위사 어른과 함께 드실 거라 하셨어요. 찹쌀 두 말로 스무 근의 누룩을 빚고 거기에 역시 스무 근의 소주를 부어서 만들었는데, 물은 한 방울도 넣지 않았지요. 땅에 묻은 지 족히 9년 하고도 7개월은 되었을 겁니다. 그 술은 마시면 죽을 수도 있으니, 꺼내더라도 나리는 드시지 마세요!"

"알겠네."

그러고는 유모 소씨더러 열쇠를 가져다가 술을 넣어둔 방의 문을 열게 하고, 어린 하인 둘을 데리고 들어가 땅 속에서 술 단지를 파내 단지째 서재로 옮겨놓게 했다. 그리고 이렇게 소리쳤다.

"백부님, 찾았습니다!"

위천이 두 사람과 함께 자리에서 일어나 나와 보고는 이렇게 말했다.

"바로 이걸세!"

단지를 열고 술을 한 잔 떠냈는데, 그 술은 된 누룩처럼 걸쭉했던지라 술잔에 담자 그 향기가 금방 코끝을 찔러왔다.

"훌륭하군! 이대로 그냥 먹어서는 안 되네.* 이보게, 시장에서 술을 열 근 사다가 이 술에 섞어야 마실 수 있을 걸세. 오늘은 마시기 틀렸으니 그냥 여기 두었다가 내일 하루 종일 마셔 보세나. 여기 두 분도 드셔야지."

장준민이 말했다.

"물론 저도 거들어야지요."

포정새도 말했다.

"저처럼 미천한 사람이 돌아가신 나리의 그 좋은 술을 마시게 되다니, 제겐 큰 횡재지요."

이렇게 이야기가 되자, 두의는 하인 가작을 시켜 등롱을 들고 장준민을 집까지 바래다주도록 했다. 포정새는 서재에서 위천과 함께 묵기로 하고, 두의는 위천이 잠든 후에야 안채로 돌아갔다.

이튿날, 포정새가 아침 일찍 일어나 털보 왕씨의 방으로 찾아갔는데, 가작이 하인 하나와 함께 거기에 앉아 있었다. 털보 왕씨가 가작에게 물었다.

"위사 노인께서는 일어나셨느냐?"

"일어나셔서 세수를 하고 계십니다."

털보 왕씨가 다른 하인에게 물었다.

"작은 나리께서는 일어나셨느냐?"

"나리께서는 한참 전에 일어나셨고, 지금은 누 노인 방에서 약 달이는 것을 보고 계십니다."

"우리 작은 나리는 정말 희한도 하셔. 누 노인이야 돌아가신 나리께서 두고 부리던 사람에 불과하니, 병이 났으면 은자 몇 냥 보태 주고 집으로 돌려보내도 될 것을. 왜 집안어른 모시듯 이곳에 모시고 아침저녁으로 직접 돌보시는 걸까?"

그러자 그 하인이 이렇게 말했다.

"아저씨, 그런 말씀 마세요! 누 영감님이 드시는 죽과 반찬은 우리가 직접 만드는데, 누 영감 아들이나 손자가 보면 될 것을 작은 나리께서 직접 보고 나서야 영감님께 올리지요. 약탕기를 안방에 두고 마님이 직접 인삼을 달이신답니다. 탕약은 말할 것도 없고요. 아침저녁으로 나리께서 직접 갖다드리지 못하면 마님께서 직접 가져다드립니다. 그러니 그런 말씀을 하셨다가는 작은 나리께 욕이나 먹기 십상일걸요!"

이런 대화를 나누고 있는데, 문지기가 들어와 말했다.

"아저씨, 어서 들어가 말씀 좀 전해 주세요. 장씨 댁 셋째〔臧三〕* 나리가 오셔서 대청에서 나리를 기다리십니다."

털보 왕씨는 하인에게 이렇게 말했다.

"네가 누 노인 방으로 가서 작은 나리를 모셔 오너라. 난 그쪽으로 문안 인사는 안 가련다."

포정새가 말했다.

"작은 나리가 후덕하시니 그러실 수 있는 거죠."

하인이 두의에게 가서 고하자, 두의가 나와서 장도(臧荼)를 만났다. 두 사람은 서로 인사를 나누고 자리에 앉았다. 두의가 말했다.

"장 형, 며칠이나 못 뵈었군요. 글 짓는 모임〔文會〕은 잘 열렸습니까?"

"그럼요. 문지기 말로는 먼 곳에서 손님이 오셨다고 하던데…… 신경 형은 남경에서 재미 보시느라 돌아오는 것도 잊으신 모양이오."

"오의현에서 위사 영감님이 와 계시오. 오늘 대접을 하려고 하니 여기 잠깐 앉아 계시다가 저와 함께 서재로 가십시다."

"잠시 여기서 드릴 말씀이 있소. 현의 왕 지현 나리는 내 스승이신데, 몇 번이나 그대를 존경한다는 말씀을 하시더군요. 언제 저랑 함께 한번 인사드리러 가시지요."

"지현을 뵙고 스승으로 모시는 일은 장 형 같은 분들이 해 주셔야지요. 우리 증조부님이나 조부님은 말할 것도 없고, 돌아가신 아버님만 해도 살아 계실 때는 그런 지현들이 얼마나 많이 찾아왔는지 모르오. 그 양반이 정말 나를 존경한다면 왜 먼저 날 찾아오지 않고 나더러 인사를 오라는 거요? 게다가 나는 수재인지라 이곳 지현을 만나면 스승으로 불러야 하니, 원! 왕 지현같이 별 볼일 없는 진사가 나를 스승으로 모신다 해도 내가 싫을 판인데, 내가 왜 그를 만난단 말이오? 그래서 북문에 사는 왕씨가 지현을 같이 모시자고 오늘 나를 초청했지만, 그것도 안 간 거라네."

"내가 바로 그 일 때문에 온 것이오. 어제 왕씨가 두 형을 배객으로 함께 청하겠다고 했기 때문에 지현께서도 그 집에 가기로 한 것이지요. 두 형을 만나고 싶었기 때문에요. 그러니 두 형이 가지 않으면 지현 나리도 흥이 안 나실 거요. 또 댁의 손님이야 계속 여기 댁에 머물 테니까 오늘 접대를 못 하면 내일 하면 되지 않겠소? 아니면 내가 손님을 모시고 있을 테니, 두 형께서는 왕씨네로 가시구려."

두의가 말했다.

"장 형, 더는 말씀하지 마시구려. 당신의 스승 되는 그 양반은 어진 이를 존중하고 인재를 아끼는 사람이 아니라, 그저 스승이라고 인사 받고 선물이나 받기를 바랄 뿐이오. 나한테도 그런 걸 바란다면, 꿈 깨라 그러시오! 게다가 오늘은 우리 집에서 손님 접대가 있소이다. 일곱 근이나 나가는 오리를 굽고, 애써 찾아낸 9년 반 묵은 술을 내놓을 거요. 왕씨 집에는 이런 좋은 게 없을 거요. 여러 말 말고 나랑 같이 서재로 가서 신나게 즐깁시다."

이렇게 말하고 두의는 장도의 팔을 끌고 서재로 가려 했다.

"잠깐만! 왜 이렇게 서두르실까? 그 위 노인이란 양반은 전에 만난 적도 없으니 명첩이라도 써서 가야겠습니다."

"그건 그렇구려."

그는 하인더러 붓과 벼루, 그리고 명첩을 쓸 종이를 가져오도록 했다. 장도는 명첩에다 '친척뻘 되는 후배 장도〔年家眷同學晩生臧荼〕' 라고 적어 넣었다. 그리고 먼저 하인에게 명첩을 서재로 가져

가게 하고, 두의를 뒤따라 들어갔다. 위천이 문 앞까지 맞으러 나왔고, 인사를 나눈 뒤 자리에 앉았다. 먼저 와 있던 장준민과 포정새도 함께 자리에 앉았다. 위천이 장도에게 물었다.

"자는 어찌 되시는지요?"

이 물음에 두의가 대답했다.

"장도 형은 자가 요재(蓼齋)입니다. 이곳 현학생 가운데 뛰어난 인재로, 신경 형님과도 함께 모임을 갖는 가까운 친구입니다."

위천이 말했다.

"정말 뵙고 싶었습니다."

장도가 말했다.

"저도 뵙고 싶었는데 이렇게 뵙게 되다니 운이 좋군요."

장준민은 장도와는 서로 아는 사이였다.

장도가 말했다.

"이분은 존함이 어찌 되시는지요?"

그 물음에 포정새가 대답했다.

"소생은 성이 포씨이고, 막 남경에서 왔습니다."

장도가 말했다.

"남경에서 오셨다니, 그럼 이 댁 두신경 선생을 알고 계십니까?"

포정새가 말했다.

"그분도 뵌 적은 있지요."

곧 아침 식사를 마치고 나서 위천은 어제의 그 술 단지를 들고 나오도록 하고, 거기에 새로 사온 술 열 근을 섞어 넣었다. 그리고 숯을 잔뜩 피워 계화나무 곁에 쌓아 두고 그 위에 술 단지를 올려놓도록 하였다. 한 식경이 지나자, 술이 데워지기 시작했다. 장준민이 하인과 함께 직접 창틀 여섯 짝을 다 떼어 내고 탁자를 처마 밑에 갖다 놓았다. 모두 자리에 앉자, 다시금 정갈한 음식으로 술상이 차려졌다. 두의는 하인에게 금 술잔 하나와 옥 술잔 네 개를 꺼내 오게 했다. 그리고 단지 안의 술을 떠서 마시기 시작했다. 위천이 금 술잔을 손에 들고 한 잔 마실 때마다 감탄하며 이렇게 외쳤다.

"훌륭하군!"

이렇게 반니절을 마셔 댔다.

털보 왕씨가 하인 넷에게 상자 하나를 들려서 들어왔다. 두의가 뭐냐고 묻자, 털보 왕씨가 대답했다.

"상자에 든 것은 작은 나리와 마님, 그리고 큰아드님의 새로 지은 가을 옷입니다. 조금 전 완성되어 작은 나리께서 확인하시라고 가져온 것입니다. 바느질삯은 벌써 주어서 보냈습니다."

두의가 말했다.

"여기 놓아두게. 내 술을 마시고 나서 살펴볼 테니."

막 상자를 내려놓는데 재봉사가 안으로 들어왔다. 털보 왕씨가 말했다.

"재봉사 양(楊)씨가 나리께 드릴 말씀이 있답니다."

두의가 말했다.

"또 무슨 일인가?"

막 자리에서 일어나려는데 재봉사가 마당으로 들어와 두 무릎을 꿇고 머리를 조아리더니, 큰 소리로 통곡하기 시작했다. 두의가 깜짝 놀라 말했다.

"양씨! 이게 무슨 일인가?"

"소인이 한동안 작은 나리 댁에서 일을 하다가 오늘 아침 바느질삯을 받아들고 집으로 돌아갔습니다. 그런데 제가 도착하고 얼마 지나지 않아 어머니께서 급환으로 돌아가시고 말았습니다. 소인은 이런 변고를 당할 줄은 꿈에도 생각 못 하고 돌아가는 길에 장작 값과 쌀값을 갚느라 그 돈을 다 써 버려서, 지금은 어머니의 관이며 수의 한 벌 살 돈도 없습니다. 하는 수 없이 나리께 은자 몇 냥을 빌리러 다시 이렇게 왔습니다. 그 돈은 소인이 조금씩 일해서 갚아 나가겠습니다."

"은자가 얼마나 필요한가?"

"저 같은 형편에 많이 바랄 수야 있겠습니까? 작은 나리께서 빌려 주신다면 많게는 여섯 냥, 적게는 넉 냥이면 될 것 같습니다. 그 정도면 제 공전에서 제해 갚아 나갈 수 있을 듯합니다."

두의는 측은한 마음에 이렇게 말했다.

"내가 어찌 자네에게 그 돈을 갚으라 하겠는가? 자네 벌이가 넉넉지 않다고 해서 부모님 상사 같은 큰일을 소홀히 해서는 안 되네. 그렇게 하면 평생 한이 될 테니까. 은자 몇 냥으로 충분할 리 있겠는가? 못해도 열여섯 냥짜리 관은 사야 할 테고, 수의며 잡화 따위를 모두 합치면 스무 냥은 필요할 걸세. 하지만 내가 요즘 돈이 한 푼도 없어서 말일세. 아, 그렇군. 이 상자 안의 옷을 저당 잡히면 스무 냥은 넘게 받을 걸세. 왕씨, 자네가 양씨와 함께 가서 이 옷을 전당포에 맡겨 주게. 돈은 모두 양씨에게 주도록 하고."

또 이렇게 말했다.

"양씨, 이번 일은 마음에 둘 것 없네. 그냥 잊어 버리게. 자네가 내 돈을 가지고 가서 술 마시고 도박을 하는 게 아니라 어머니 상사에 쓰는 것이니 말일세. 누군들 어머니가 없겠는가? 이런 일은 내가 도와야 마땅하지."

재봉사 양씨는 털보 왕씨와 함께 상자를 메고 훌쩍이며 밖으로 나갔다.

두의가 자리로 돌아와 앉자, 위천이 말했다.

"자네, 정말 대단한 일을 하셨네!"

포정새가 혀를 내두르며 말했다.

"나무아미타불! 세상에 이런 훌륭한 분이 또 있을까요?"

사람들은 온종일 술을 마셨다. 장도는 원래 술을 많이 마시지 못해, 오후가 되자 토하더니 사람들의 부축을 받으며 돌아갔다. 위천을 비롯한 남은 사람들은 자정이 훌쩍 넘을 때까지 마시다가 술 단지를 남김없이 비우고 나서야 헤어졌다. 그런데 이번 일로 인해 다음과 같은 새로운 이야기가 생겨난다.

> 재물 욕심 없는 훌륭한 선비
> 그 고장의 친구들 많이도 도와주고,
> 아름다운 화원에서
> 천하에 또 호걸의 명성 퍼지는구나.
> 輕財好士, 一鄕多濟友朋.
> 月地花天, 四海又聞豪傑.

이후의 일이 어떻게 되었을까? 이에 대해서는 다음 회를 들어 보시라.

와평

두천과 두의는 모두 대갓집 귀공자들이지만 두 사람은 판이하게 다르다. 두천은 밝고 시원시원하지만 두의는 세상 물정에 어두운 사람〔呆串皮〕이다. 한 사람의 솜씨로 이처럼 다른 두 사람의 성격을 각각 분명하게 잘 그려 내고 있다.

누환문(婁煥文)은 은근히 도움을 바라고, 위천(韋闡)은 드러내

놓고 술을 내놓으라 하며, 재봉사 양씨나 털보 왕씨까지 나름대로 두의를 이용해 먹을 줄 안다. 세상 인정의 사악함과 각박함을 이보다 더 생생하게 묘사할 수는 없으리라.

제32회
두의는 편안히 지내며 호기롭게 도움을 베풀고, 누환문은 임종을 맞아 유언을 남기다

모두 술을 마시고 헤어졌다. 위천은 이튿날 오전까지 늦잠을 자고 일어나 두의에게 작별하고 떠나려 했다.

"자네 숙부 집과 형 집에도 가 볼 생각이네. 어제 자네가 마련해 준 술자리는 정말 즐거웠네! 다른 집에서라면 이렇게 즐겁게 놀 수 없었을 걸세. 장도 선생에게 답례 인사도 못 하고 가게 되었으니, 자네가 대신 안부를 전해 주시게."

두의는 그를 만류하여 하루 동안 더 머물게 했다. 이튿날 가마꾼을 불러놓고 두의는 옥 술잔과 자기 선친의 옷 두 벌을 직접 위천의 방으로 가져다드렸다.

"선친의 결의형제 중 오직 백부님 한 분만 남았습니다. 그러니 앞으로도 자주 찾아와 주십시오. 이 조카도 자주 찾아뵙고 안부를 여쭙겠습니다. 이 옥 술잔은 가져가셔서 술 잡술 때 쓰시고, 선친께서 남기신 이 옷 두 벌은 백부님께서 입으십시오. 그러면 제가 선친을 뵙는 것만 같을 것입니다."

위천은 기뻐하며 선물을 받았다. 포정새가 그를 모시고 술 한 병과 함께 밥을 먹었다. 두의는 포정새를 데리고 성 바깥까지 나가 위천을 전송하고 가마 앞에서 공손히 절을 올렸다. 위천이 떠나자 두 사람은 돌아왔고, 두의는 곧장 누환문의 방으로 가서 병세를 물었다. 누환문은 몸이 좀 좋아졌으니 손자는 돌려보내고 아들만 남아 시중을 들게 해 달라고 했다.

두의는 그러마고 대답했다. 그런데 생각해 보니 돈이 없는지라, 털보 왕씨를 불러 상의했다.

"제방 안에 있는 우리 밭을 그 사람에게 좀 팔아 주게."

"그 촌놈이 값을 좀 깎아 달랍니다. 작은 나리께서는 은자 1,500냥을 원하시지만 그자는 1,300냥밖에 낼 수 없답니다. 그래서 제가 함부로 처리할 수 없었습니다."

"그럼 1,300냥이라도 괜찮네."

"사정 설명을 드리고 가려고 했습니다. 그렇지 않으면 너무 싸게 팔았다고 나리께서 나무라실 테니까요."

"누가 자넬 나무란단 말인가? 어서 가서 처분해 주게나. 바로 돈 쓸 데가 있으니 말이야."

"한 가지 더 드릴 말씀이 있습니다. 전답을 판 돈은 제대로 된 일에 쓰셔야 합니다. 쓸데없이 아무에게나 몇 천 냥 몇 백 냥씩 줘버리면, 이 전답을 판 게 너무 아깝지 않겠습니까?"

"내가 누구한테 허투로 돈을 주는 걸 본 적이 있던가? 자네는 자네 돈만 챙기면 그만이지 무슨 쓸데없는 소리가 그리 많은가? 얼른 다녀오기나 하게!"

"그저 소인 생각을 말씀드렸을 뿐입니다."

그리고 털보 왕씨는 밖으로 나와서 포정새에게 나직하게 말했다.

"잘됐네. 자네 일이 잘 풀릴 것 같아. 제방의 밭을 팔고 와서 방법을 일러주지."

털보 왕씨는 떠난 지 며칠 후 밭을 처분하고, 천 몇 백 냥의 은자를 작은 자루에 담아 돌아와 이렇게 보고했다.

"그쪽에서 준 은자는 95%짜리를 97%짜리로 친 것이고, 또 상인의 저울〔市平〕로 단 것이라 공식적인 저울〔錢平〕로 잰 것에 비해 한 냥당 1전 3푼〔分〕 반이 모자랍니다. 거기서 다시 그쪽에 중개료 스물세 냥 4전을 떼고, 계약서 쓰는 데에 2, 30냥이 들었습니다. 이건 모두 우리 측에서 부담해야 하는 것입니다. 은자는 여기 있으니, 제가 저울을 가져오겠습니다. 작은 나리께서 직접 달아보시지요."

"언제까지 그런 짜증나는 계산 얘기를 늘어놓을 참이야! 가져왔으면 그만이지 달아보고 말고 할 게 어디 있어? 어서 잘 챙겨 들여놓기나 하게!"

"소인은 그저 분명히 말씀드리려고 한 것뿐입니다."

두의는 은자를 받자마자, 누환문의 손자를 서재로 불렀다.

"내일 돌아갈 생각인가?"

"예, 할아버지께서 돌아가라고 하셨습니다."

"여기 은자 백 냥을 줄 텐데, 할아버님께는 말씀드리지 말게. 자네는 홀어머니를 모시고 있으니, 이걸 가지고 돌아가 장사라도 해서 잘 봉양하도록 하게. 할아버님 병세가 호전되어 자네 둘째 숙부도 집으로 돌아가게 되면, 내 그 편에도 백 냥을 보내겠네."

누환문의 손자는 기뻐하며 은자를 받아 품속에 잘 간수하고 두의에게 감사를 드렸다. 이튿날 손자가 집으로 돌아가겠다고 작별 인사를 하자, 누환문은 그를 불러 여비로 고작 은자 3전을 달아 주며 떠나보냈다.

두의가 그를 전송하고 돌아오니, 시골 사람 하나가 대청에 서 있다가 그가 들어오는 것을 보자 무릎을 꿇고 머리를 조아렸다.

"우리 집안 사당을 관리하는 황대(黃大)가 아닌가? 자네가 여긴 웬 일인가?"

"소인이 살고 있는 사당 옆의 집은 원래 돌아가신 나리께서 제게 사 주신 것입니다. 그런데 이제 너무 오래되어서 집 한쪽이 주저앉았습니다. 소인이 정신이 나가서 그만 대들보와 기둥을 보수하는 데 쓰려고 선산의 죽은 나무를 몇 그루 옮겨 왔습니다. 그런데 집안어른 몇몇 분께서 그 사실을 아시고, 제가 나무를 훔쳤다며 죽도록 매질을 하셨습니다. 그리고 하인 10여 명을 시켜서 그 나무들을 도로 가져갔고, 그나마 멀쩡하던 곳까지 부숴 버려서 이제 소인은 살 곳이 없어져 버렸습니다. 그래서 집안 나리들께 잘 말씀드려 주십사 이렇게 작은 나리께 사정하러 왔습니다. 제발 나리들께서 돈을 조금씩만 모아 집을 수리하여 제가 살 수 있게 해 주십시오."

"집안사람 누구에게 말하란 말인가? 그 집은 내 선친께서 자네에게 사 준 것이니 마땅히 내가 수리해 줘야지. 이제 다 무너져 버렸다니, 다시 짓는 데 은자가 얼마나 필요한가?"

"새로 지으려면 은자 백 냥 정도가 필요하지만, 지금은 보수만 해서 그런대로 살아야지요. 보수만 하는 데에도 4, 50냥은 필요합니다."

"그럼 그리 하게. 나도 돈이 없으니 우선 은자 쉰 냥을 주겠네. 다 쓰고 모자라면 다시 와서 얘기하게."

그리고 그는 은자 쉰 냥을 가져와 황대에게 줘서 보냈다.

그때 문지기가 명첩 두 통을 들고 들어와 보고했다.

"장 나리께서 내일 작은 나리를 술자리에 초청하셨습니다. 이쪽 명첩은 포 사부님께 온 것으로, 함께 오시라는 겁니다."

"내일 꼭 찾아뵙겠다고 전해라."

이튿날 그는 포정새와 함께 장씨 집으로 갔다. 장도는 음식을 한 상 잘 차려 놓고 공손하게 자리에 모셨다. 그리고 술을 권하면서 이런저런 한담을 나눴다. 술자리가 파할 무렵, 장도가 술을 한 잔 따라 높이 받쳐 들고 두의의 자리로 와서 공손히 절을 하고는 술잔을 건네더니, 갑자기 무릎을 꿇고 말했다.

"형님, 부탁 말씀 하나 올리겠습니다."

두의는 깜짝 놀라 얼른 술잔을 탁자에 내려놓고, 자기도 무릎을 꿇고는 장도의 팔을 잡고 물었다.

"아니, 자네 미쳤나? 갑자기 그게 무슨 소리인가?"

"그 술을 다 드시고 제 부탁을 들어준다고 약속하면 일어나겠소."

"무슨 얘긴지 모르겠네만, 일어나서 말씀하시게."

포정새도 다가와 함께 그를 일으켜 세웠다. 그러자 장도가 말했다.

"약속하시는 겁니까?"

"당연하지!"

"그럼 그 술을 마시십시오."

"마시겠네."

"술을 다 마시면 말씀드리겠소."

그가 일어나 자리에 앉자 두의가 말했다.

"무슨 말씀인지 해 보시게."

"지금 학정(學政)께서 여주(廬州)에서 시험을 주관하고 계신데, 다음번은 바로 우리 차례랍니다. 예전에 제가 어떤 사람에게 수재 학위를 사 준 일이 있는데, 학정 쪽의 사람이 여기서 그 일을 맡아 처리했지요. 저는 이미 은자 3백 냥을 그 사람에게 지불했는데, 나중에 그 사람이, '위에서 아주 엄격하게 구는지라 수재 학위를 팔 수 없소. 차라리 현학의 등수 안에 든 사람의 이름을 올려 늠생(廩生)을 시켜 주겠소' 하더군요. 그래서 제가 제 이름을 써넣었고, 그 덕에 제가 올해 늠생이 되었지요. 그런데 수재 학위를 사려고 했던 그 사람이 은자 3백 냥을 돌려달라는 겁니다. 그 돈을 돌려주지 않으면 이 일이 탄로 나게 될 겁니다! 목숨이 달린 일이라 형님께 상의 드리는 겁니다. 이 일을 해결할 수 있도록 전답 판 돈 가운데 3백 냥을 꿔 주시면, 차차 갚아 드리겠습니다. 분명히 방금 부탁을 들어준다고 하시지 않았습니까?"

"흥! 무슨 얘긴가 했더니 겨우 그런 일이었구먼. 별것도 아닌 일에 큰절까지 올리며 호들갑을 떨다니. 그깟 3백 냥이 뭐 대수라고? 내일 당장 은자를 보내 주겠네."

포정새가 손뼉을 치며 말했다.

"정말 시원시원하시네! 자, 큰 잔을 가져다 마셔 봅시다!"

그리고 즉시 큰 술잔을 가져다 술을 마시기 시작했다.

두의가 취기가 오르자 이렇게 물었다.

"이보게, 하나 물어보세. 그 늠생 학위는 무엇 하러 굳이 얻으려 하는가?"

"형님 같은 사람이 어찌 아시겠소! 일단 늠생이 되면 급제할 기회도 많아지고, 급제만 하면 관리가 될 수 있지 않소이까? 설령 급제하지 못한다 해도 늠생 노릇 10여 년이면 공생(貢生)이 되어 조정의 시험을 거쳐 지현이나 추관(推官)*이 될 수 있지. 발바닥에 달팽이 무늬가 새겨진 가죽 장화를 신고 재판장에 나가 선고를 내려 벌을 줄 수 있지. 그리고 형님 같은 명망 있는 양반이 내 신세를 지려고 오면, 방에다 가둬 놓고 답답해 죽을 지경이 될 때까지 한 달 내내 두부만 먹이는 겁니다!"

두의가 웃으며 말했다.

"이런 천한 불한당 같으니! 후안무치하기 짝이 없구먼!"

포정새도 웃으며 말했다.

"다 농담이지요! 두 분 나리 모두 벌주를 한 잔씩 드셔야 되겠습니다."

술자리는 밤이 되어서야 파했다.

이튿날 아침, 두의는 털보 왕씨를 불러 은자 한 상자를 장도에게 보냈다. 털보 왕씨는 또 장씨에게 은자 여섯 냥을 받아 냈고, 돌아오는 길에 국수를 먹으려고 생선 국수를 파는 가게에 들어갔다. 그런데 그곳에서 장준민이 국수를 먹고 있었다.

"털보 양반, 이리 와 앉으시게."

장준민의 부르는 소리에 털보 왕씨가 건너와 앉았다. 곧 국수가 나와 먹고 있는데, 장준민이 말했다.

"자네한테 부탁할 일이 있네."

"무슨 일인데요? 누 노인을 잘 치료했으니 사례를 해 달라고요?"

"그건 상관없어. 누 노인의 병은 나아질 병이 아니야."

"얼마나 더 사실까요?"

"아마 백 일을 넘기지 못할 게야. 이 얘긴 그분에게 하지 말게. 내 자네한테 부탁이 있네."

"말씀해 보세요."

"이제 곧 학정께서 오시는데, 우리 집 아이가 시험을 보려 하네. 하지만 학교 사람들이 외지인인 우리가 이 지방 사람이라고 관적(貫籍)을 속여서 시험을 본다고 떠들어 댈 것 같으니, 자네 작은 나리더러 그쪽 사람들한테 얘기 좀 잘 해 달라고 부탁드려 주시게."

털보 왕씨가 고개를 내저었다.

"그런 부탁해 봤자 아무 소용없을 겁니다. 우리 작은 나리는 지금까지 학교 사람들과 말씀을 나눈 적도 없을뿐더러, 누가 시험에 응시할 거라는 얘기도 듣기 싫어하십니다. 댁이 그런 부탁을 하시면 그분은 아마 시험에 응시하지 말라고 하실 거요."

"그럼 어쩌면 좋겠나?"

"방법이 있긴 있지요. 내가 작은 나리께 이렇게 말씀드리지요. 댁의 아드님이 관적을 속여서 응시할 수 없다는 것은 분명하지만 봉양부(鳳陽府)의 시험장은 돌아가신 나리께서 자금을 대서 지은 것이니, 작은 나리께서 응시생 하나를 보내겠다면 누가 감히 토를 달겠느냐고요. 이렇게 조금만 부추기면 나리께서는 어디 힘만 써 주시겠소, 비용까지도 대 주실 거요!"

"털보 양반, 이 일은 자네 말대로 하세. 성사만 되면 내 틀림없이 '언신촌(言身寸)'*을 하겠네!"

"내가 어디 사례를 바라고 하는 일이겠소? 댁의 아드님은 내 조카나 마찬가지이니, 장차 수재가 되어 새로 지은 방건에 남색 웃옷을 차려입고서 이 숙부에게 큰절만 몇 번 해 주면 그만이지."

이야기를 마치자 장준민이 국수 값을 치렀고, 둘은 함께 가게를 나왔다.

털보 왕씨는 집으로 돌아오자 하인들에게 물었다.

"작은 나리 어디 계시냐?"

"서재에 계셔요."

그는 곧장 서재로 들어가 두의에게 말했다.

"은자는 장 나리께 보내 드렸습니다. 그분께서 무척 감사해하시며, 나리 덕분에 곤욕을 면하고 별 탈 없이 공명을 이룰 수 있게 되었다고 하셨습니다. 사실 이런 일은 작은 나리 말고는 아무도 해 주지 않았을 겁니다."

"그게 무슨 대단한 일이라고 오자마자 그따위 소리를 또 주절대는 게야!"

"또 드릴 말씀이 있습니다. 장 나리의 늠생 자리도 작은 나리께서 도와주셨고 사당지기의 집도 작은 나리께서 지어주셨으니, 조만간 학정께서 시험 감독하러 오시면 분명 또 작은 나리더러 시험장을 수리해 달라고 하겠지요. 돌아가신 나리께서 은자 수천 냥을 들여 시험장을 만드셔서 아무 대가 없이 여러 사람들의 편의를 돌봐주셨으니, 작은 나리께서 응시생 하나쯤 그냥 들여보낸들 누가 감히 반대하겠습니까?"

"동생 시험이라면 알아서들 응시하러 갈 텐데 왜 내가 들여보내고 말고 한단 말인가?"

"만약 소인에게 아들놈이 하나 있는데 작은 나리께서 그놈을 시험장에 집어넣어 주신다고 하면, 그래도 사람들이 뭐라고 안 할까요?"

"그야 이를 말인가! 여기 현학의 수재라고 하인보다 나을 것도 없지!"

"후문에 사는 장준민 나리 아들이 공부를 한다는데, 작은 나리께서 시험을 한번 보게 해 주시면 어떨까요?"

"그 아이가 시험에 응시하고 싶어 한다고?"

"관적을 속여 응시해야 하기 때문에 엄두를 못 내고 있습니다."

"자네가 가서 응시하러 가라고 하게. 늠생들이 뭐라고 하거든 내가 보냈다고 하고."

"알겠습니다."

털보 왕씨는 얼른 대답하고 물러났다.

며칠 사이 누환문의 병세가 점점 위중해지자 두의는 다른 의사를 불러 진찰하게 했고, 울적한 마음으로 집을 지켰다. 그러던 어느 날 장도가 찾아오더니 의자에 앉지도 않고 선 채로 말했다.

"형님, 그 소식 들으셨소? 현청의 왕(王) 어른에게 안 좋은 일이 생겼다 하오. 엊저녁에 관인을 몰수당했고, 새로 온 관리가 당장 아문에서 나가라고 몰아세우고 있답니다. 그런데 현 사람들이 모두 그 양반을 악랄한 관리라고 욕하면서 아무도 살 집을 빌려 주지 않는다는 거요. 지금 그쪽에선 다급해 죽을 맛인 모양입니다."

"그래 지금은 어찌 되었는가?"

"엊저녁까진 아문에 눌러앉아 있었던 모양입니다. 하지만 조만간 나가지 않으면 망신살이 뻗치게 되겠지. 누가 그 양반에게 집을 빌려 주겠소? 그저 고로원(孤老院)*으로 들어갈 수밖에 없겠지!"

"그게 정말인가?"

그는 하인에게 털보 왕씨를 불러오게 한 후 그에게 말했다.

"얼른 현청으로 가서 공방(工房)*에게 왕 현령께 내 말을 전하라 이르게. 거처할 곳이 없으면 우리 정원으로 와서 사시라고 말일세. 그분이 아주 급하게 집을 구하는 모양이니 어서 가 보게!"

털보 왕씨가 급히 떠나자, 장도가 말했다.

"전에는 그 사람 얼굴도 안 보려고 하더니, 지금은 왜 나서서 집까지 빌려 주는 겁니까? 게다가 왕 지현 그 양반 일에 연루될 게 아니오? 나중에 백성들이 몰려와 소란을 피우게 되면 이 댁의 정원이 다 망가지지 않겠소?"

"선친께서 고향땅에서 많은 공덕을 베푸셨다는 것은 누구나 다 알고 있네. 그러니 우리 집에 강도를 숨겨 둔다 할지라도 찾아와 집을 부술 사람은 없네. 걱정 마시게. 그래도 나를 존경한다 할 만큼 지각이 있었으니, 왕 지현이 그래도 운이 좋았다 할 수 있지. 예전에 내가 그 양반을 찾아갔더라면 우리 고을 지현으로 떠받들어 주는 것이었겠지. 하지만 지금은 벼슬도 잃고 살 집도 없어졌으니 내가 돌봐 주어야 하지 않겠나? 그 양반이 내 제안을 들으면 틀림없이 올 테니, 자네도 여기서 기다리고 있다가 그 양반하고 함께 얘기나 나누세."

그렇게 얘기하고 있는데, 문지기가 와서 보고했다.

"장 나리께서 오셨습니다."

잠시 후 장준민이 들어와 무릎을 꿇고 큰절을 올렸다. 두의가 물었다.

"자네는 또 무슨 일인가?"

"제 아들놈의 시험 일로 작은 나리의 큰 은혜를 입었습니다."

"내가 밀은 해 두었지."

"늠생들께서도 작은 나리의 분부라는 걸 알고 아무도 토를 달지 않았습니다. 하지만 학교 건물 수리비로 은자 120냥을 내라고 합니다. 제가 무슨 돈이 있어서 그걸 내겠습니까? 그래서 또 작은 나리께 상의 드리러 온 것입니다."

"은자 120냥 외에 따로 요구하는 것은 없던가?"

"예, 없습니다."

"그렇다면야 어려울 거 없네. 내가 내주겠네. 자네는 학교 건물의 수리비를 내고 학적에 이름을 올리고 싶다는 문서를 작성하게. 장도, 자네가 저 사람 대신 학교에 제출해 주게. 은자는 나한테 받아 가고."

그러자 장도가 장준민에게 말했다.

"오늘은 내가 일이 있으니, 내일 자네랑 함께 감세."

장준민이 감사 인사를 하고 물러갔다. 바로 뒤이어 털보 왕씨가 달려와 말했다.

"왕 나리가 찾아오셨습니다. 벌써 대문에 도착해 가마에서 내렸습니다."

두의는 장도와 함께 맞이하러 나갔다.

왕 지현은 사모(紗帽)에 평상복 차림으로 들어와 공손히 절하고 말했다.

"오랫동안 앙모해 왔으나 한 번도 뵙지 못했는데, 이제 제가 곤란한 처지가 되자 흔쾌히 댁에 살 곳을 마련해 주시니 감사한 마음 비할 데 없습니다. 그래서 우선 감사 인사라도 드리러 온 것입니다. 앞으로 많은 가르침 부탁드립니다. 마침 장 형께서도 여기 계셨군요."

"지현 어른, 별것 아니니 마음에 두지 마십시오. 보잘것없는 그 건물은 원래 비어 있던 것이니 바로 들어오시면 됩니다."

장도가 말했다.

"제가 마침 이 친구와 스승님을 찾아뵈려던 참인데 뜻밖에도 먼저 와주셨군요."

"당치않은 말씀입니다."

왕 지현은 공손히 인사하고 가마에 올라 떠났다.

두의는 장도에게 잠깐 남아 있으라고 하고는, 은자 120냥을 꺼내 주면서 다음 날 장준민의 일을 처리해 달라고 부탁했다. 장도는 은자를 받아들고 돌아갔다. 이튿날 왕 지현이 이사를 왔다. 또 그 다음 날은 장준민이 술상을 마련해 보내오고, 장도와 포정새까지 함께 초청했다. 털보 왕씨가 포정새에게 몰래 말했다.

"자네 얘기를 할 때가 되었네. 내가 계산해 보니 그게* 벌써 바닥나고 있네. 여기서 또 누가 와서 도움을 청한다면, 자네 몫은 없는 걸세. 그러니 오늘 저녁에 얘기를 하게."

손님들이 모두 모이자, 대청 옆 서재에 술상을 마련하고 네 사람이 자리에 앉았다. 장준민이 먼저 술 한 잔을 올려 두의에게 감사하고 또 술을 따라 장도에게도 감사 인사를 드린 후 자리에 앉았다. 자리에서 한참 이런저런 이야기가 오간 후, 포정새가 말했다.

"제가 여기 온 지 반년이 넘었는데, 작은 나리가 돈 쓰시는 걸 보니 마치 물 쓰듯 펑펑 쓰셔서 심지어 재봉사까지도 한몫 크게 챙겨 가더군요. 하지만 저는 여기 7, 8개월 동안 있으면서 술하고 고기나 조금 얻어먹었을 뿐, 목돈은 구경조차 못했습니다. 저는 이렇게 쓸데없는 식객 노릇은 하고 싶지 않습니다. 차라리 눈물을 훔치고 다른 곳에 가서 매달려 봐야겠습니다. 내일 당장 떠나겠습니다."

"포 사부, 자네가 아무 말도 한 적이 없는데 내가 자네 속마음을 어찌 알겠나? 할 얘기가 있으면 진작 했어야지."

포정새는 얼른 술을 한 잔 따라 올리며 말했다.

"저희 부자는 모두 극단을 꾸리며 먹고살았는데, 불행히도 부친께서 돌아가셨습니다. 저는 본전마저 다 까먹는 바람에 아버님의 체면도 지켜 드리지 못했지요. 집에는 늙으신 어머니가 계신데 봉양조차 못하고 있습니다. 제가 죽어 마땅한 놈이지요. 작은 나리, 부디 제게 장사 밑천을 보태 주셔서, 집에 돌아가 어머님을 봉양할 수 있게 해 주십시오."

"자네는 일개 배우이지만 부친을 생각하고 모친께 효도할 마음을 품고 있으니 정말 훌륭하네. 내 당연히 도와줘야지."

포정새가 일어서서 말했다.

"귀한 은혜를 베풀어 주셔서 감사합니다."

"앉으시게. 그래, 돈이 얼마나 필요한가?"

포정새는 아래쪽에 서 있는 털보 왕씨를 보고 눈짓을 했다. 그러자 털보 왕씨가 다가와 말했다.

"포 사부, 돈 들어갈 데가 정말 많겠지요? 배우들도 모으고 무대 도구도 사려면 모르긴 몰라도 5, 6백 냥은 필요할 거요. 하지만 작은 나리께는 그만한 돈은 없고, 겨우겨우 몇 십 냥 정도 마련해 주실 수 있을 거요. 그러니 그 돈으로 장강을 건너 돌아가 코흘리개 애들이라도 몇 명 구해서 다시 시작해 보는 수밖에 없겠네."

그러자 두의가 말했다.

"은자 몇 십 냥으로는 아무 일도 할 수 없지. 내 자네에게 백 냥을 줄 테니, 가져가 극단을 꾸리게. 돈이 떨어지면 다시 내게 얘기하고."

포정새가 무릎을 꿇고 감사하자, 두의가 일으켜 세우며 말했다.

"지금 누 어른의 병세가 위중해서 내가 그 사정도 생각하지 않을 수 없네. 그것만 아니라면 내 자네에게 얼마 정도 더 주어 섭섭지 않게 해서 보냈을 텐데."

그날 밤 장도와 장준민 모두 두의의 시원시원한 처사를 칭송했다. 그리고 음식을 다 먹고 자리를 파했다.

이 뒤로 누환문의 병세는 나날이 악화되었다. 하루는 두의가 누환문 곁에 앉아 있는데, 누환문이 이렇게 말했다.

"여보게, 내가 이제까지는 병세가 호전되기만을 바라면서 견뎌왔네만, 지금 상태를 보아하니 나아질 병이 아닌 것 같네. 그러니 날 고향으로 돌려보내 주시게!"

"제가 단 하루도 아저씨를 제대로 모시지 못했는데 어찌 고향으로 돌아가시겠다고 하십니까?"

"자네 또 바보 같은 소리 하는구먼! 나도 아들 손자가 있는 몸일세. 평생 집을 떠나 살았으니 이제 임종은 집에 돌아가 맞아야 하지 않겠나. 자네가 날 붙잡지 않는다고 내가 설마 섭섭해하겠나?"

두의가 눈물을 흘리며 말했다.

"그렇게 말씀하신다면 저도 더 이상 붙잡지 않겠습니다. 아저씨 관은 제가 마련해 두었지만 지금 쓸 수 있는 것도 아니고, 그렇다고 가지고 가시기도 불편하시겠지요. 제가 따로 관을 살 은자를 몇 십 냥 드리겠습니다. 옷이며 이부자리도 모두 준비해 놓았으니 가져가십시오."

"관과 옷은 받아 가겠네. 그러니 우리 아들과 손자에겐 따로 돈을 주지 마시게. 사흘 내로 바로 떠나겠네. 그런데 이젠 일어나 앉지도 못하니, 침상에 누운 채 실려 갈 수밖에. 내일 아침 선친의 신주(神主) 앞에서 이 몸이 작별하고 돌아간다고 대신 고해 주시게. 내 자네 집에서 30년을 지냈고, 자네 선친과는 마음이 통하는 벗이었네. 자네 선친이 돌아가신 뒤에도 자네가 이처럼 날 봉양해 주었으니 내 무슨 더 할 말이 있겠는가? 자네의 인품과 학문은 당대 제일일세. 자네 아이는 특히 뛰어나니 장차 잘 가르쳐서 훌륭한 인물로 키우시게. 하지만 자네는 집안일도 제대로 모르고 좋은 벗을 사귈 줄도 모르니 분명히 가산을 보전하지 못할 걸세! 자네의 기개 있고 장한 처사에 대해 나도 마음으로는 기뻐하네. 하지만 자네에게 부탁하는 이가 어떤 사람인지 잘 살펴야 하네. 자네처럼 해서는 고스란히 돈만 뜯길 뿐, 은혜를 갚는 사람은 아무도 없을 걸세. 은혜란 보답을 바라고 베푸는 것이 아니라고 하지만, 이처럼 받을 사람의 사람됨을 모르고 베풀어서는 안 되네. 자네가 어울리는 장도나 장준민은 모두 양심이 없는 인간들일세. 최근에는 포정새라는 인간까지 가세했는데, 그 사람처럼 극단에 몸담은 사람치고 괜찮은 사람이 있던가? 그런데도 그 사람의 뒤를 봐 줄 참인가? 집사인 털보 왕가는 더 못된 인간일세! 돈이 있고 없고야 별거 아니니, 내가 죽은 후 자네와 자네 아들은 매사에 자네 선친의 덕행을 본받아야 하네. 덕행만 잘 갖춘다면 가난하게 산들 뭐 어떻겠는가! 평소 자네와 가장 친한 사람은 자네 사촌 두신경일 텐데, 그 양반은 재능은 있어도 그렇게 너그럽고 인정 많은 사람은 아닐세. 자네는 그저 선친만 본받으시게, 그러면 장차 고생할 일이 없을 걸세. 자네는 관리 나리도 본가 어른도 전혀 안중에 없으니 계속 이곳에서 살기도 힘들 걸세. 남경은 큰 도시이니, 거기라면 그래도 자네 재능을 알아주는 사람을 만나 무슨 일이든 할 수 있을 걸세. 남은 가산으로는 오래 버티지 못할 걸세! 여보게, 제발 내 말대로 하시게. 그래야 나도 죽어서 편히 눈을 감겠네!"

두의가 눈물을 흘리며 말했다.

"아저씨의 훌륭한 말씀 모두 명심하겠습니다."

그는 급히 나와서 누환문을 남경을 지나 도홍진(陶紅鎭)까지 모셔 갈 가마꾼 몇을 불러오라고 지시했다. 그리고 은자를 백 냥 남짓 꺼내 누환문의 아들에게 주며 집에 돌아가 장례 때 쓰라고 했다. 그리고 이틀 뒤 누환문을 전송했다. 그런데 이 일로 인해 다음과 같은 새로운 이야기가 생겨난다.

> 남경의 정원과 여관에서는
> 또 나들이 나온 뛰어난 인재들 보이는데
> 장강 북쪽 마을에서는
> 영민한 인재의 호기로운 베풂 보이지 않게 되었네.
> 京師池館, 又看俊傑來遊.
> 江北家鄉, 不見英賢豪擧.

결국 이후의 일이 어떻게 되었을까? 이에 대해서는 다음 회를 들어보시라.

와평

아무것도 따질 줄 모르는 두의를 묘사했으니, 어렵사리 집안을 일으킨 그의 조상께서 통곡할 일이로다!

제33회
두의 부부는 청량산에 나들이 가고, 지균은 두의와 예악을 의논하다

누환문이 고향으로 돌아간 뒤, 말리는 사람이 없어지자 두의는 더욱 마음 놓고 돈을 써 댔다. 지난번 전답 판 돈이 바닥나자 털보 왕씨에게 또 밭 한 뙈기를 팔게 했다. 이렇게 해서 마련한 은자 2천 냥도 손 가는 대로 마구 써 버렸고, 포정새에게도 은자 백 냥을 주어 장강 건너 남경으로 돌아갈 수 있게 해 주었다. 왕 지현은 일이 다 해결되어 살던 곳을 비워 주고 작별 인사를 하고 돌아갔다. 그 뒤로 두의가 반년 남짓 더 집에서 지내는 동안 은자는 거의 바닥이 났다. 두의는 살던 집을 문중에 넘기고 남경으로 가서 살면 어떨까 싶어 아내에게 상의를 했더니 아내도 좋다고 했다. 사람들이 말렸지만 두의는 듣지 않았다. 족히 반년 동안 우여곡절을 겪은 끝에 집을 넘기는 일이 마무리되었다. 빚을 갚고 전당 잡힌 물건을 되찾아오고 나니 천 냥 남짓한 은자가 남았다. 두의가 아내에게 이렇게 말했다.

"내가 먼저 남경으로 가서 외조카를 만나 집을 마련하고 당신을 데리러 오겠소."

그리고 곧 짐을 꾸려 털보 왕씨와 하인 가작을 데리고 장강을 건너 남경으로 갔다. 털보 왕씨는 이젠 두의 밑에 있어 봤자 별 볼일 없다 싶자 도중에 은자 스무 냥을 훔쳐 달아나 버렸다. 두의는 그 일을 그냥 웃어넘기고 가작만 데리고 장강을 건넜다. 두의가 창항(倉巷)에 있는 외조부 노(盧)씨의 집에 이르자, 외조카 노화사(盧華士)가 그를 맞이하며 대청으로 모시고 인사를 올렸다. 두의는 위층으로 올라가서 외조부와 외조모의 위패에 절을 올렸다. 그리고 노화사의 어머니를 만나 인사하고 하인에게 절인 돼지 다리, 차와 같은 천장현 토산품을 가져오게 하여 선물로 드렸다. 노화사는 서재에 상을 차리고 두의를 대접했다. 그리고 또 한 사람을 청했는데, 그는 올해 노화사의 가정교사로 초빙된 사람이었다. 그가 들어와 인사를 하자, 두의는 그에게 상석을 권했다. 두의가 물었다.

"존함이 어떻게 되시는지요?"

"제 성은 지(遲)가이고, 이름은 균(均), 자는 형산(衡山)입니다. 선생의 존함은 어찌 되시는지요?"

"이분은 천장현 두씨 가문 사람으로, 저희 당숙 되는 분이십니다."

노화사가 이렇게 대답하자, 지균이 말했다.

"그렇다면 소경 선생이란 말씀입니까? 선생님이라면 천하의 영웅이요, 고금에 둘도 없는 호쾌한 선비가 아니시던가요! 명성은 익히 듣고 있었지만 오늘 이렇게 만나 뵐 줄이야 어찌 알았겠습니까!"

그러고는 일어나 다시 인사를 했다. 두의가 보니 지균은 호리호리한 몸매에 일자로 이어진 눈썹과 긴 손톱, 형형한 눈동자가 평범해 보이지 않았기에, 오랜 친구처럼 가깝게 느껴졌다. 밥을 먹고 난 후 두의가 살 집을 구한다는 얘기를 꺼내자 지균이 반색을 하며 말했다.

"진회하 부근의 하방(河房)은 어떠신지요?"

"그것도 좋겠습니다. 이참에 구경도 할 겸 먼저 진회로 나가 봅시다."

지균은 노화사에게 집에 남아 있으라 하고 두의와 함께 집을 나섰다.

장원경(狀元境)에 이르니 서점에는 새로 나온 책들의 표지가 많이 나붙이 있었는데, 그 중에는 이런 것도 있었다.

『역과정묵지운(歷科程墨持運)』, 처주(處州) 마순상(馬純上), 가흥(嘉興) 거신부(蘧駪夫) 동선(同選).

이것을 본 두의가 말했다.

"이 사람 거신부는 남창 거 태수의 손자로 저희 집안과는 대대로 잘 아는 사이지요. 이곳에 있다니 들어가서 좀 만나 봐야겠소."

두의는 지균과 함께 서점 안으로 들어갔다. 거내순이 나오더니 두씨 댁과는 집안 대대로 교분이 깊었다는 말을 꺼냈고, 두 사람은 서로 오랫동안 존경했다는 등의 인사말을 나누었다. 마정도 나와 인사를 하고 물었다.

"존함이 어떻게 되시는지요?"

그러자 거내순이 이렇게 소개했다.

"이분이 바로 천장현 전원공(殿元公)의 손자 되는 두소경 선생이시고, 이분은 구용(句容)의 지형산 선생이십니다. 두 분 모두 강남의 명사들 중에서도 으뜸인 분들이지요. 진작 만나 뵙지 못한 것이 안타까울 따름입니다."

차를 마시고 나서 지균이 말했다.

"소경 선생의 거처를 구하던 참이라 오늘은 오래 얘기를 나눌 수 없습니다. 이제 그만 가 봐야겠습니다."

모두 함께 나오는데 누군가 서점의 계산대에 몸을 숙이고 시를 읽고 있다가, 책에 적힌 시 한 편을 가리키며 말했다.

"이 시는 내가 썼소."

네 사람이 다가가 보니 그의 곁에는 시가 적힌 흰 종이부채 하나가 놓여 있었다. 거내순이 부채를 펴 보니 '난강선생(蘭江先生)'이라는 낙관이 찍혀 있었다. 거내순이 웃으며 말했다.

"경난강 선생이시군요."

이 말에 고개를 든 경본혜는 두 사람을 보자 공손히 인사하며 이름을 물었다. 두의가 지균을 잡아끌며 재촉했다.

"우리 집부터 먼저 구하고 이 사람들은 나중에 봅시다."

두 사람은 회청교를 건너갔다. 지균이 이쪽 사정에 밝았기 때문에 중개인을 찾아 연이어 하방 몇 집을 둘러보았지만 모두 마땅치 않았다. 그러다 보니 동수관(東水關)까지 오게 되었다. 마침 향시가 열리는 해인지라 하방의 값이 천정부지로 올라 매달 은자 여덟 냥은 내야만 했다. 두의가 말했다.

"그렇게 합시다. 우선 세를 내서 살다가 다른 집을 사기로 하지요."

남경의 관례는 방을 빌릴 때 한 달 치 방세와 보증금을 합쳐 두 달 치만큼을 한꺼번에 내야 했다. 그래서 중개인이 집주인을 데리고 창항의 노씨 집으로 와서 임대 계약서를 쓰고 열여섯 냥의 은자를 받아 갔다. 노씨 집에서는 두의를 위해 술상을 차렸는데, 지균까지도 붙들어 함께 대접했다. 밤이 깊어지자 지균도 거기서 하룻밤 묵었다.

다음 날 아침 막 세수를 하고 있는데 누군가 이렇게 소리치며 안으로 들어왔다.

"두소경 선생님, 계십니까?"

두의가 누군지 보려고 나가는데 그 사람이 벌써 들어와 말했다.

"이름을 말씀하지 마십시오. 어느 분이 두의 선생인지 제가 알아맞혀 보겠습니다."

그리고 잠깐 유심히 살펴보더니 두의 쪽으로 다가와 덥석 붙잡으며 말했다.

"두소경 선생이시지요!"

두의가 껄껄 웃으며 말했다.

"내가 두소경입니다. 이분은 지형산 선생이시고, 이쪽은 내 외조카라오. 선생께서는 성함이 어떻게 되십니까?"

"소경 선생님은 천하의 호걸이셔서 영웅의 기개가 사람을 압도하는지라, 뵙자마자 간담이 다 서늘해지더군요. 지 선생의 진중하고 위엄 있는 모습과는 달라 제가 대번에 알아맞힐 수 있었습니다. 저는 계위소라고 합니다."

그러자 지균이 말했다.

"극단 배우들의 등급을 정하셨던 그 계 선생이십니까? 말씀 많이 들었습니다."

계추는 자리에 앉아 두소경에게 말했다.

"형님이신 두신경 선생께서는 이미 북쪽으로 떠나셨습니다."

두의가 깜짝 놀라 말했다.

"아니, 언제 떠나셨습니까?"

"한 사나흘 되었습니다. 제가 용강관(龍江關)까지 전송했지요. 그분은 공생이 되어 경사로 향시를 보러 가셨습니다. 선생은 돈을 물 쓰듯 하신다던데 왜 고향에서만 쓰십니까? 그 돈을 이리로 가져와 저희와 함께 어울리는 데 쓰시면 어떻겠습니까?"

"그러게 여기 와 있잖소? 방금 하방을 봐 놓았으니 여기서 살 것이오."

계추가 손뼉을 치며 말했다.

“잘 됐습니다! 저도 두어 칸짜리 하방을 얻어 선생님의 이웃이 되렵니다. 제 아내도 데려와 형수님의 말벗이 되게 하지요. 그럼 하방을 얻는 돈은 선생이 내시는 겁니다!”

“물론이지요.”

잠시 후 노씨 집에서 아침상이 나왔고, 계추도 함께 식사를 했다. 식사 도중 예전에 두천을 놀려주려 도사 내하사를 만나게 했던 얘기가 나오자 모두 입 안의 밥알이 다 튀어나올 정도로 웃어댔다. 식사를 마치자마자 마정과 거내순, 경본혜가 인사를 왔다. 그들과 잠시 얘기를 나누고 배웅하고 들어오자 이번에는 또 소정과 제갈우, 계염일이 인사를 왔다. 계추도 나와 함께 앉아 잠시 이야기를 나누다가 세 사람과 함께 돌아갔다. 두의는 집에 편지를 쓰고 사람을 보내 천장현에 있는 가족을 데려오게 했다.

다음 날 아침 일찍 계추를 비롯한 몇 사람에게 답방을 가려고 하는데, 곽철필이 도사 내하사와 함께 인사를 왔다. 두의가 두 사람을 맞으러 나갔다가 도사의 모습을 보자 어제 들었던 이야기가 생각나서 또 웃음이 터져 나왔다. 내하사는 한껏 예의를 갖추어 인사를 하고는 시집 한 권을 꺼내 놓았고, 곽철필도 인장 한 쌍을 선물했다. 두의는 그 선물들을 모두 받았다. 그들이 차를 마시고 돌아갔을 때에야 두의도 답방을 나섰다. 그는 노씨 집에서 7, 8일을 머물며 지균과 예악에 관해 토론을 했는데, 서로 생각이 잘 맞았다. 그리고 가족이 도착했는데, 모두 네 척의 배가 하방에 이르렀다. 두의는 노씨 집에 작별 인사를 하고 하방으로 짐을 옮겼다.

다음 날, 사람들이 축하하러 찾아왔다. 이때는 3월 초순이라 하방 주위의 풍경도 좋아지고 퉁소 소리도 들려왔다. 두의는 술상을 준비해 사람들을 초대했는데 모두 네 개의 상이 차려졌다. 이날 계추, 마정, 거내순, 계염일, 지균, 노화사, 경본혜, 제갈우, 소정, 곽철필, 내하사가 모두 참석했다. 이웃 하방에 살아 인사를 나눈 적이 있는 김동애도 초대를 받았다. 차 끓이는 사람과 요리사들이 먼저 도착했고, 포정새는 새로 꾸린 삼원반(三元班)의 어린 배우들을 보내 인사를 올리게 했다. 그들은 두의와 그의 아내에게 큰 절을 올리고, 상으로 과일을 한 아름 받아 돌아갔다. 그리고 집주인이 꽃을 파는 요(姚)씨 할멈을 소개해 주어 인사를 왔는데, 두 부인이 좀 더 있다 가라며 할멈을 붙들었다. 해질녘이 되어 손님들이 다 모이자 하방의 창문을 활짝 열어놓았다. 손님들은 여기저기 흩어져 난간에 기대어 물 구경을 하거나 차를 홀짝이며 한담을 나누기도 하고, 책상에 기대어 책을 보거나 편하게 다리를 펴고 앉아 쉬기도 하면서 각자 편안하게 시간을 보냈다. 이때 문밖에 가마 한 채가 나타났는데, 그 뒤를 포정새가 따르고 있었다. 자기 아내인 호씨를 인사 시키려고 데려온 것이다. 호씨가 가마에서 내려 안으로 들어오자 요씨 할멈이 그녀를 보더니 웃음을 참지 못하며 두 부인에게 말했다.

"저 사람이 바로 우리 남경의 명물인 호씨랍니다. 그런데 어쩐 일로 여기까지 행차를 하셨나?"

호씨는 두 부인을 만나 뵙자 조심조심 예의 바르게 행동하였고, 두 부인은 호씨에게도 자리를 권했다. 두의가 들어오자 요씨 할멈과 호씨는 고개를 숙여 인사했다. 포정새는 하방에 모인 손님들을 뵙고 우스갯소리를 하며 흥을 돋웠다. 한참 웃고 떠들고 나니 음식상이 차려졌고, 두의가 나와 손님들과 함께 자리에 앉았다. 사람들은 한밤중까지 술을 마시고 각자 집으로 돌아갔다. 포정새도 직접 등롱을 들고 호씨가 탄 가마 앞을 비추며 돌아갔다.

또 며칠이 지났다. 남경이 처음인 두 부인이 구경을 나가고 싶어 하자, 두의는 "그럽시다" 하며 가마 몇 채를 불렀다. 말동무 삼을 수 있도록 요씨 할멈을 부르고, 집안의 어멈 두세 사람도 가마를 타고 뒤를 따르게 했다. 또 요리사는 술상을 차릴 음식을 지고 왔다. 두의는 청량산(淸凉山)의 요원(姚園)을 빌렸다. 요원은 대단히 큰 정원으로, 대나무로 만든 문으로 들어가면 둥글고 큼직한 자갈이 깔린 길에 붉은 난간이 이어져 있고, 길 양 옆으로는 푸른 버들이 늘어져 있었다. 그 길을 따라가다 보면 세 칸짜리 건물이 나오는데, 그 건물은 술을 파는 곳이지만 그날은 술상이 모두 치워져 있었다. 건물을 지나자 바로 산길이 시작되고, 그 길을 따라 산 정상에 오르니 팔각의 정자가 있었다. 그 정자에 술상을 차렸다. 두 부인과 요씨 할멈, 집안 어멈들은 정자에 올라 경치를 구경했다. 한쪽은 청량산으로 크고 작은 대나무가 서 있었고, 또 한쪽은 영은관(靈隱觀)으로 푸른 덤불 사이로 붉은 담장이 살짝 드러나 아주 아름다웠다.

잠시 앉아 있자니 두의도 가마를 타고 도착했다. 두의는 직접 가져온 순금 잔을 탁자 위에 꺼내 놓고 술을 따랐다. 그는 술잔을 손에 쥐고 따뜻한 봄볕과 솔솔 부는 바람을 즐기며 난간에 기대어 기분 좋게 술을 들이켰다. 이날 두의는 취한 나머지 아내의 손을 잡고 요원의 문을 나섰다. 한 손에는 금 술잔을 쥐고 껄껄 웃으며 청량산 등성에서부터 1리 남짓한 길을 걸었다. 그 뒤를 같이 온 서너 명의 여자들이 시시덕거리며 따라갔다. 길가의 사람들은 아연실색하여 일행을 제대로 쳐다보지도 못했다. 두의 부부는 가마에 올라 떠났고, 요씨 할멈과 어멈들도 복숭아꽃을 한 아름 꺾어 가마에 꽂고 그 뒤를 따라갔다.

두의가 하방에 돌아왔을 때는 이미 날이 저물어 있었다. 그때까지 하방에서 그를 기다리고 있던 노화사가 이렇게 말했다.

"북문교(北門橋)의 종백부 장(莊) 어르신께서 당숙께서 오셨다는 말씀을 듣고 하루빨리 뵙고 싶어 하십니다. 내일은 나가지 마시고 집에 계세요. 장 어르신께서 인사를 오실 겁니다."

"장소광(莊紹光)* 선생은 내가 스승으로 모시는 분이네. 그분은 시나 짓는 문사들과 어울리는 걸 꺼리셔서 지난번엔 모시지 않은 게지. 안 그래도 뵈러 가려던 참이었네. 어찌 번거롭게 그분을 여기까지 오시게 하겠나? 어서 돌아가 사람을 보내, 내가 내일 댁으로 찾아뵙겠다고 전하도록 하게."

노화사가 그러겠다고 하며 돌아갔다.

두의가 배웅을 하고 들어와 문을 닫는데 또 문 두드리는 소리가 들렸다. 심부름하는 아이가 나가더니 누군가를 데리고 들어와 아뢰었다.

"누 선생께서 오셨습니다."

두의가 고개를 들어보니 누환문의 손자가 상복을 입고 있었다. 그는 울면서 땅에 엎드려 인사를 했다.

"저희 할아버지께서 돌아가셨기에 이렇게 알리러 왔습니다."

"언제 돌아가신 것이냐?"

"지난달 26일입니다."

두의는 한바탕 곡을 하고 밤새 제물(祭物)을 준비하게 했다. 다음 날 날이 밝자 가마를 타고 도홍진으로 떠났다. 계추는 요원에서 있었던 일을 전해 듣고 새벽같이 왔다가, 두의가 이미 도홍진으로 떠난 것을 알고는 실망해서 돌아갔다.

두의는 도홍진에 도착해 누환문의 관 앞에서 몇 차례나 목 놓아 곡을 하고, 은자를 내어 며칠 동안 누환문의 극락왕생을 기원하는 재를 올려주었다. 누씨 집에서는 많은 친지들을 청해 두의를 대접하게 했다. 두의는 그곳에 머무른 4, 5일 동안 내내 곡을 하고 또 했다. 도홍진의 사람들이 모두 감탄해 마지않았다.

"천장현의 두씨 댁은 의리 있고 인정도 많으시네!"

또 이렇게 말하는 사람도 있었다.

"누 노인의 인품이 훌륭했던 게야. 그러니까 두씨 댁에서 이처럼 성의를 다해 보답하는 게 아니겠나? 사람은 모름지기 누 노인 같아야 부끄럼 없이 살았다 하겠지."

두의는 다시 은자 몇 십 냥을 누환문의 아들, 손자에게 쥐어 주고 묏자리를 사서 잘 모시라고 했다. 누씨 일가는 남녀노소 할 것 없이 모두 나와 인사를 올렸다. 두의는 또 관 앞에서 한바탕 구슬피 곡을 하고 나서야 집으로 돌아왔다.

집에 도착하자 두 부인이 말했다.

"당신이 떠나신 다음 날, 순무 나리께서 보낸 차관(差官)이 천장현 현학의 문두(門斗)와 함께 문서를 가지고 와서 당신을 찾더군요. 당신이 계시지 않는다고 하자 그 사람들은 여관에 머물며 날마다 당신이 돌아왔는지 물으러 오는데, 무슨 일인지 모르겠어요."

"그것 참 이상한 일일세!"

이렇게 의아해하는 참인데 하인 녀석이 와서 알렸다.

"차관과 문두가 하방에서 뵙기를 청합니다."

두의가 나가 차관과 인사를 나누고 자리에 앉았다. 차관이 축하한다고 인사를 드리자, 문두가 문서를 두의에게 올렸다. 그 문서는 이미 열어 본 흔적이 있었다. 두의가 꺼내 보니 거기에는 다음과 같이 적혀 있었다.

현재(賢才) 추천 건으로 순무부원(巡撫部院) 이(李) 아무개가 보냄.

성지를 받들어 모범이 될 만한 유생을 방방곡곡 찾은 결과,

천장현의 생원 두의가 품행이 방정하고 문장이 전아(典雅)하다고 들었노라. 이에 해당 현 현학의 교관에게 명하노니, 두의로 하여금 즉시 행장을 꾸려 순무 관서로 와서 심사를 받도록 하라. 그를 발탁하여 등용하도록 조정에 상주할 것이다.

어기지 말고 속히 실행하라!

두의가 문서를 보고 나서 이렇게 말했다.

"순무 나리는 조부의 문하생이시니 저에게는 세숙이 되십니다. 그래서 저를 천거하신 모양인데 제게 이런 자리가 가당키나 하겠습니까? 그러나 순무 나리께서 이렇게 호의를 베푸셨으니, 집안 일을 마무리하는 대로 떠나 나리를 찾아뵙고 인사를 드리지요."

그러고는 차관에게 술과 밥을 대접한 뒤 은자 몇 냥을 여비로 주어 보냈고, 문두에게도 은자 두 냥을 주어 먼저 돌려보냈다.

두의는 집에서 길 떠날 준비를 했다. 여비가 없어 금 술잔을 저당 잡히고 은자 서른 냥을 마련해서 하인 아이를 하나 데리고 안경(安慶)으로 가는 배에 올랐다. 그가 안경에 도착했을 때, 뜻밖에도 이 순무는 공무로 출장을 떠난 뒤였다. 며칠이 지난 후에야 순무가 돌아왔다. 두의가 수본(手本)을 전하자, 문이 열리고 서재로 안내되었다. 이 순무가 나오자 두의가 절을 하며 안부를 여쭈었고, 순무는 그에게 자리를 권했다.

"스승님이 돌아가신 후 나는 늘 자네들 생각을 했네. 자네의 뛰어난 재능과 인품에 대해서는 진즉부터 들어왔네. 마침 조정에서 훌륭한 인재를 초빙하던 옛 전례(典禮)를 재현한다 하기에 내 자네를 감히 추천하였네. 절대 사양하지 말게."

"저는 재능도 없고 학식도 부족한데, 나리께서 허명을 듣고 추천을 하셨다가 누를 입으실까 저어됩니다."

"지나친 겸손일세. 내가 부와 현에서 신원 보증서를 발급하도록 조처하겠네."

"나리께서 아껴 주시는 마음을 제가 어찌 모르겠습니까? 그러나 저는 타고난 성품이 소박하여 초야 생활이 몸에 익었고, 또 근자에는 몸도 좋지 않습니다. 나리께서는 다른 인재를 찾으십시오."

"명문 세가의 자제로서 어찌 벼슬을 하지 않겠다는 겐가? 내 눈은 틀림없으니 꼭 자네를 천거하겠네!"

두의는 더 이상 말을 꺼내지 못했다. 이 순무는 그에게 하룻밤 묵어가게 하면서 시문을 잔뜩 가져와 봐달라고 했다.

다음 날 두의는 작별 인사를 하고 나왔다. 두의는 가지고 온 노잣돈이 적었던 데다 예정보다 며칠을 더 지체했고, 관아 사람들에게 축하금을 뜯기는 바람에 남경으로 돌아갈 배를 부르긴 했지만 뱃삯 석 냥조차 충분치 않았다. 가는 도중 배가 또 역풍을 만나 4, 5일이 걸려서야 겨우 무호(蕪湖)에 닿았다. 무호에 이르자 배는 더 이상 움직일 수도 없었고, 뱃사공은 밥을 지어야 한다며 쌀값을 달라고 했다. 두의는 하인 아이에게 남은 돈이 있나 뒤져 보게 했지만 겨우 5전이 남아 있었다. 두의는 옷이라도 전당 잡힐 요량을 했다. 그가 착잡한 마음으로 기슭에 올라 걷다 보니 길상사(吉祥寺)가 보여 탁자에 앉아 차를 마셨다. 또 배가 고파서 호떡 세 개를 먹었는데, 6전을 달라고 하는 바람에 찻집을 나가지도 못하고 있었다. 그때 도사 하나가 그 앞을 지나갔다. 두의는 그를 알아보지 못했는데, 그 도사가 고개를 돌려 힐끗 보더니 얼른 다가와 말했다.

"두 나리, 여기 웬 일이십니까?"

"허허, 내하사 형이셨구려! 잠시 앉아 차 한잔하시지요."

"나리가 어째서 이런 곳에 혼자 계십니까?"

"언제 오셨소?"

"그때 작은 나리께 폐를 끼친 후 무호현의 장(張) 지현 나리께서 와서 시를 지어 달라고 서신을 보내셨기에 온 것입니다. 저는 식주정(識舟亭)에 머물고 있는데, 경치가 아주 멋지고 장강도 바라다보입니다. 작은 나리, 제 거처에 잠시 들렀다 가시지요."

"나는 안경에 친구를 보러 갔다 돌아가는 길인데, 바람에 뱃길이 막혀 여기 있는 겁니다. 그럼 잠시 폐를 끼칠까요?"

내하사가 찻값을 냈고, 두 사람은 함께 식주정으로 들어섰다.

도관에서 도사가 나와 어디에서 오신 분이냐고 묻자 내하사가 말했다.

"천장현 두 장원(狀元) 댁 작은 나리이십니다."

그 말을 들은 도사는 정중히 예를 갖추며 자리를 권하고 차를 내왔다. 두의는 벽에 두방(斗方) 한 장이 붙어 있는 것을 보았는데, 거기에는 「식주정회고(識舟亭懷古)」라는 시가 한 수 적혀 있었다. 그리고 윗줄에는 "도사 내하사 형의 가르침을 바랍니다(霞士道兄教正)"라고 씌어 있고, 그 밑에는 "연리 사람 사현 위천 씀(燕里韋闡思玄稿)"이라고 되어 있었다. 두의가 말했다.

"이것은 저주(滁州) 오의진 위사 어른의 시로군요. 그분이 언제 여기에 오셨소?"

도사가 대답했다.

"지금 위층에 계십니다."

"그럼 함께 올라가 봅시다."

그러고는 함께 위층으로 올라갔는데, 도사가 이렇게 외쳤다.

"어르신, 천장현의 두씨 댁 작은 나리께서 오셨습니다!"

위천이 되물었다.

"어떤 나리 말인가?"

그는 이렇게 말하며 누군가 보기 위해 아래층으로 내려오려 했다. 두의가 올라가면서 말했다.

"백부님! 접니다."

위천은 양손으로 수염을 쓰다듬으며 껄껄 크게 웃었다.

"누군가 했더니 자네였군! 어쩐 일로 이런 촌구석까지 왔는가? 좀 앉게, 내가 차를 내올 테니. 그 동안 쌓인 회포나 풀어 보세. 그래, 대체 어디서 오는 길인가?"

두의는 이 순무와의 일을 들려준 다음 이렇게 말했다.

"이번에 가져온 여비가 적어서 이제 5전밖에 안 남았답니다. 방금 마시고 온 차도 내하사 형이 사 주었고, 뱃삯이며 밥값 낼 돈도 한 푼 없습니다."

"하하, 그렇구먼! 오늘은 우리 부자 나리께서 거덜이 나셨구먼! 그래도 자네 같은 호걸이 이만한 일로 노심초사할 거 있겠는가? 여기 있으면서 나랑 같이 술이나 마시세. 이곳 무호에 내가 가르치던 학생이 하나 있네. 지난번에 현학에 들어갔다고 해서 내가 축하하러 왔더니 감사하다며 은자 스물네 냥을 주더군. 여기서 나랑 술이나 마시다 바람의 방향이 바뀌면 은자 열 냥을 내줄 테니 가지고 가게."

두의는 자리에 앉아 위천, 내하사와 함께 술을 마셨다. 그들은 오후가 되도록 술을 마시면서 창문 밖으로 장강을 오가는 배들을 보고 있었다. 그런데 배의 풍향을 알리는 깃발의 방향이 조금씩 바뀌는 것이었다. 위천이 말했다.

"잘됐네! 바람 방향이 바뀌었어!"

모두 창가로 가서 강 쪽을 내다보니 수천 개의 돛대가 석양빛에 붉게 물들어 있었다.

"하늘도 개고 동북풍이 멎었으니 저는 백부님께 인사를 드리고 배를 타러 가야겠습니다."

위천은 은자 열 냥을 두의에게 건네주고, 내하사와 함께 배까지 바래다주었다. 내하사도 남경의 여러 친구들에게 안부를 전해 달라고 부탁했다. 작별 인사를 마치자 두 사람은 돌아갔다.

두의는 배에서 잠을 청했다. 날이 밝아올 무렵 서남풍이 서서히 불기 시작하자 선장은 돛을 올렸고 배는 순풍을 받아 한나절 만에 백하구(白河口)에 닿았다. 두의는 뱃삯을 치르고 짐을 배에서 내려 가마를 타고 집으로 왔다. 아내가 그를 맞이하자, 그는 돌아오는 길에 여비가 떨어져 벌어진 일들을 우스개 삼아 들려주었다. 그 얘기를 들은 아내도 한바탕 웃었다.

다음 날 두의는 북문교로 장상지를 방문했지만 이런 대답을 들었다.

"절강 순무 서(徐) 나리의 청으로 함께 항주의 서호로 유람을 떠나셨으니, 며칠 지나야 돌아오실 겁니다."

두의는 다시 창항의 노화사 집으로 가서 지균을 만났다. 그 집에서는 밥을 먹고 가라고 그를 붙들었다. 지균이 이런저런 이야기를 꺼냈다.

"지금 글 읽는 친구들은 과거 공부 얘기만 하고, 시부라도 몇 줄 지을 줄 알면 아주 고상하다고 여깁니다. 하지만 경전과 역사서에 나오는 예악병농(禮樂兵農)에 관한 일들은 뒷전으로 전혀 관심이 없지요! 우리 태조 황제께서 천하를 평정하신 큰 공은 탕왕(湯王), 무왕(武王)과 견줄 만하나, 예악 방면에는 손을 대지 않으셨습니다. 두의 선생께서 이번에 천거되어 가시면 조정을 위해 훌륭한 일들을 좀 해 주십시오. 그래야 우리의 공부가 헛되지 않지요."

"그 천거는 이미 사양했지요. 벼슬길에 나가서 아무 일도 못 한다면 식견 있는 선비들의 비웃음을 사게 될 뿐이니, 그럴 바에는 차라리 안 하는 게 낫지요."

지균이 다시 방에서 종이 두루마리 하나를 들고 와서 말했다.

"이 일은 꼭 선생에게 상의를 드려야겠습니다."

"무슨 일인데요?"

"이곳 남경에서 고금 제일의 현자로 꼽히는 분이 오태백(吳泰伯)*이지요. 하지만 아직 그분의 사당 하나 없답니다. 문창전(文昌殿)이나 관제묘(關帝廟)*는 사방에 널려 있는데 말입니다. 그래서 제가 친구들과 함께 얼마씩 돈을 내어 태백사(泰伯祠)를 짓고, 고대의 예악을 그대로 재현하여 봄가을*로 제를 올렸으면 합니다. 이 일을 통해 사람들이 예악을 익히게 된다면 그들 가운데 진정한 학자가 나오고 정교(政教)에도 보탬이 될 것입니다. 그런데 이 사당을 짓는 데 천 냥이 든답니다. 그래서 제가 기부자 서명을 위한 두루마리를 만들었는데, 후원하실 분은 여기에 이름을 쓰면 됩니다. 소경 선생, 선생도 얼마를 내시겠습니까?"

두의가 아주 흔쾌하게 대답했다.

"이 정도는 당연히 내야겠지요."

그러고는 두루마리를 건네받아 펼쳐서 이렇게 썼다.

천장현 두의, 은 3백 냥 기부

"역시 대단하십니다. 저도 몇 년간 훈장 봉급을 아껴 모아 만든 2백 냥을 내겠습니다."

지균이 이렇게 말하고 두루마리에 적어 넣었다. 그리고 노화사에게 말했다.

"자네도 50냥 정도는 내도록 하게."

지균은 이번에도 그 내용을 두루마리에 적어 넣고 그것을 잘 말아서 챙겨 두었다. 그리고 앉아서 한담을 나누고 있는데, 두씨 집에서 하인 아이가 와서 이렇게 아뢰었다.

"천장현에서 온 차인이 작은 나리를 뵈려고 하방에서 기다리고 있습니다. 어서 돌아가시지요."

두의는 지균에게 인사를 하고 집으로 돌아갔다. 그런데 이 일로 인해 다음과 같은 이야기가 생겨난다.

> 당대의 현사들
> 나란히 벼슬길 팽개치고,
> 두 성(省)의 명사들
> 새롭게 예악을 일으키네.
> 一時賢士, 同辭爵祿之縻.
> 兩省名流, 重修禮樂之事.

이후의 일이 어떻게 되었을까? 이에 대해서는 다음 회를 들어 보시라.

와평

두의는 호탕하면서 제멋에 겨워 사는 사람인지라 기질이 지균과 같다고 할 수는 없다. 그럼에도 두의와 지균은 처음 만나 서로에게 마음을 빼기게 되었으니, 진실한 성정을 가진 사람들은 기질이 같아서 의기투합하는 것만은 아님을 알겠다. 지균의 고루함, 두의의 방종함〔狂〕은 모두 옥의 티와 같다. 좋은 옥은 티가 없는 것을 귀하게 여기지만, 옥의 티야말로 그것이 진짜 옥이라는 것을 보여 준다. 공자는 옛날의 백성에게는 세 가지 병이 있다고 하였고, 또 "거칠고 우둔하고 치우치고 거칠다(愚魯辟喭)"고 네 명의 제자를 평하였으니, 사람이 단점이 있음을 걱정할 게 아니라 어떤 단점이 있는지 살펴야 함을 알겠다.

식주정에서 내하사를 우연히 만나고, 또 우연히 위천을 만나는 장면은 독자들의 이목을 시원하고 즐겁게 한다. 두보가 "살 길 막막해 친구에게 의지하네(途窮仗友生)"*라고 하였는데, 이런 경지를 직접 경험하지 못한 사람은 그런 고통을 알지 못하고 또한 그 속에서 맛볼 수 있는 정취도 알지 못한다. 아마도 작자는 사마천을 본받아 많은 책을 읽고 천하의 명산대천(名山大川)을 두루 돌아다녔기 때문에 이런 감회를 얻고 이런 경지를 글로 써냈으리라.

태백사를 지어 제사를 올리는 것은 이 책에서 첫 번째 큰 매듭에 해당한다. 무릇 대작(大作)을 저술하는 것은 장인이 궁실을 짓는 것과 같아서, 반드시 먼저 마음속에 전체 구도를 담고 있어야 한다. 어디가 대청이 되고 침실이 되는지, 어디가 서재가 되고 부엌이 되는지 하나하나 알맞은 자리에 배치한 다음 공사를 시작할 수 있다. 이 책에서 태백사에서 제사를 올리는 부분은 궁실에서의 대청에 해당한다. 책의 첫머리부터 여러 명사들을 쭉 써 나가다가 우육덕을 출현시키는 것으로 마무리를 짓고 있으니, 태백사에서 제사를 올리는 것이 또한 명사들 이야기의 마무리가 된다. 이것은 마치 민산(岷山)에서 장강이 발원하여 부천원(敷淺原)에 이르면 여러 지류들이 하나로 합쳐지는 것과 같다. 그런 다음 강물은 유유히 감돌아 바다로 흘러들어간다. 이 책에서 태백사가 등장하는 장면은 장강과 한수(漢水)에 부천원이 있는 것에 비길 수 있다.

제34회
명사들은 예악을 의논하러 장상지를 찾아가고, 천자는 예를 갖추어 현인을 등용하려 하다

두의는 지균에게 인사를 하고 나와서 하인에게 물었다.

"그 차인이 뭐라고 하더냐?"

"작은 나리의 서류가 이미 도착했고, 이 순무 나리께서 등(鄧) 지현 나리께 분부하기를 작은 나리께서 경사로 가서 벼슬길에 나가도록 말을 잘 하라고 하셨답니다. 등 나리는 지금 승은사(承恩寺)에 계시는데, 등 나리께서 직접 찾아오실 테니 집에 계시랍니다."

"그렇다면 앞문으로 들어갈 수는 없지. 어서 배를 한 척 불러라. 하방의 강가 쪽 난간으로 들어가야겠다."

하인이 즉시 하부교(下浮橋) 아래에서 천막을 친 배〔涼篷〕 한 척을 불렀고, 두의는 그 배를 타고 집으로 갔다. 그는 급히 낡은 옷과 모자를 꺼내 걸치고 손수건으로 머리를 싸맨 다음, 자리에 누워 하인을 불렀다.

"내가 갑자기 병에 걸렸으니 등 나리께선 걸음 하시지 말라고 차인에게 전해라. 병이 낫는 대로 인사드리러 간다고 하고."

하인은 분부대로 차인을 돌려보냈다. 부인이 웃으며 말했다.

"조정에서 벼슬을 시켜 준다는데 왜 꾀병을 부리고 안 가는 거예요?"

"모르는 소리 마오! 이렇게 놀기 좋은 남경을 떠나라고? 내가 남경에 있어야 당신과 함께 봄가을로 같이 꽃구경 다니며 술도 한잔하면서 즐겁게 지낼 수 있지. 왜 나를 경사로 보내지 못해 안달이오? 당신까지 같이 데리고 간다 해 봅시다. 경사는 춥고 당신은 몸이 약하니 찬바람이라도 한번 불면 얼어 죽고 말 거요. 그러니 그것 역시 좋지 않소. 역시 안 가는 게 낫지."

그런데 하인이 들어와 이렇게 아뢰었다.

"등 나리께서 오셨습니다. 지금 하방에서 기다리시는데, 꼭 작은 나리를 만나겠다고 하십니다."

두의는 하인 둘에게 자기를 부축하게 하여 몹시 아픈 사람처럼 비틀비틀 걸어 나가 지현에게 절을 했는데, 바닥에 엎드려 절을 하고는 제대로 일어나지도 못했다. 등 지현이 급히 부축해 일으켰다. 자리에 앉은 후 등 지현이 말했다.

"조정에서 훌륭한 인재를 초빙한다 하여 이 순무께서 두 선생을 천거하고 그 영광을 함께하고자 하셨는데 선생께서 이렇게 심한 병에 걸리시다니요. 언제쯤이면 힘들게나마 길을 떠나실 수 있겠습니까?"

"불행히도 소생이 큰 병에 걸려 생사도 알 수 없는 지경이니 이번 일은 도저히 할 수 없겠습니다. 지현 나리께서 저 대신 고사한다는 뜻을 전해 주셨으면 합니다."

그리고 소매에서 추천을 고사한다는 내용의 문서를 꺼내 등 지현에게 주었다. 등 지현은 이런 모양을 보자 계속 앉아 있기가 뭣해서 이렇게 말했다.

"전 이제 가 보겠습니다. 힘드시게 하면 안 되니까요. 이번 일에 대해선 저도 문서를 작성해서 보고를 올리고, 순무 나리의 결정을 기다릴 수밖에 없겠습니다."

"나리께 큰 은혜를 입었습니다. 소생이 직접 배웅해 드리지 못하는 걸 용서해 주십시오."

등 지현은 작별을 하고 가마에 올라 돌아가서 즉시 두의는 병이 있어 경사로 갈 수 없다는 내용의 문서를 작성하여 이 순무에게 올렸다. 이때 마침 이 순무도 복건순무(福建巡撫)로 가게 되어 이 일은 흐지부지되었다. 두의는 이 순무가 다른 곳으로 갔다는 소식을 듣고 진심으로 기뻐하며 이렇게 생각했다.

'잘 됐다! 수재 노릇은 이걸로 끝이다. 앞으로는 향시에도 응시하지 않을 것이고, 과고(科考)*와 세고(歲考)도 보지 않을 테다. 맘 내키는 대로 자유롭게 지내면서 내가 하고 싶은 일을 하는 거야!'

두의는 병을 핑계로 지현을 돌려보냈던 터라 한동안 문밖출입을 하지 않았다. 어느 날 고루가(鼓樓街)의 향신 설(薛)씨의 집에서 술을 대접한다고 청했지만, 두의는 사양하고 가지 않았다. 지균은 그 자리에 갔는데 그날 마정, 거내순, 계추도 초대를 받고 와 있었다. 모두들 자리를 잡고 앉아 있는데, 손님이 두 명 더 왔다. 한 명은 양주의 소백천(蕭柏泉)이란 사람으로 이름은 수자(樹滋)라고 하였고, 또 한 명은 채석(采石)의 여기(余夔)란 이로 자가 화성(和聲)이라고 했다. 이 두 사람은 소년명사로서 얼굴은 분을 바른 듯, 입술은 연지를 바른 듯했고, 풍류재사의 몸가짐에 탈속한 기품이 흘러넘쳤다. 두 명사에게는 별명이 따로 있었으니 한 명은 '여미인(余美人)'이고 또 한 명은 '소 아가씨〔蕭姑娘〕'였다. 두 사람이 손님들에게 인사를 하고 자리에 앉았다. 향신 설씨가 말했다.

"오늘 여러분을 모시는 자리에 회청교의 전(錢)씨라는 친구를 불러 여러분을 즐겁게 해 드리려고 했는데 하필 오늘은 일이 있어 못 온다고 합니다."

계추가 물었다.

"정생(正生)*을 연기하는 곰보 전씨 말씀이신가요?"

"그렇습니다."

지균이 대화에 끼어들었다.

"사대부들의 연회 자리인데 극단 배우도 같이 앉히십니까?"

"그런 풍속은 새삼스러운 것은 아닙니다. 제가 오늘 고(高) 선생님을 초대했는데, 이분이 전씨의 이야기를 아주 좋아하시는지라 불렀던 거지요."

"어느 고 선생님 말씀이십니까?"

지균이 이렇게 묻자 계추가 대답했다.

"육합현 출신으로, 한림원 시독(侍讀)으로 계신 고 선생님 말입니다."

이런 이야기를 나누고 있는데 문지기가 들어와 아뢰었다.

"고 나리께서 오셨습니다."

설씨가 맞으러 나갔다. 고 시독은 관리의 예복인 사모와 망의 차림으로 들어와 손님들과 인사를 나누고 상좌에 앉았다. 그는 계추를 알아보고 말했다.

"계 형, 전날 왕림해 주셨는데 존안을 뵙지 못했습니다. 고맙게도 훌륭한 글을 남겨 주셨지만 아직 읽어 보지는 못했습니다."

그리고 이렇게 물었다.

"이 두 젊은 선생들은 이름이 어찌 되시나요?"

여미인과 소 아가씨는 각자의 이름을 말했다. 고 시독은 또 마정과 거내순이 누구인지 물었다. 마정이 대답했다.

"서방에 나와 있는 『역과정묵지운』을 쓴 게 바로 저희 둘입니다."

여기가 거들었다.

"거 선생은 남창태수를 지내신 거 나리의 손자 분이십니다. 제 선친께선 남창부학(南昌府學)에서 일하셨으니, 거 선생과 저는 세형제(世兄弟)가 되지요."

고 시독은 이들의 소개가 다 끝난 뒤에야 지균에 대해서 물었다. 지균이 대답했다.

"저는 성이 지가이고, 자는 형산이라고 합니다."

"지 선생은 예악에 특히 밝으시지요. 남방의 이름난 학자이십니다."

계추가 이렇게 말했지만 고 시독은 아무런 대꾸도 하지 않았다.

차를 석 잔 마시고 나자 손님들은 겉옷을 벗고 서재로 자리를 옮겼다. 이 고 시독이란 사람은 연배가 한참 위였지만 점잔 빼지 않고 잘 어울려 놀 줄 알아서, 거리낌 없이 여러 손님들과 웃고 떠들었다. 그는 서재에 들어가 앉자마자 이렇게 물었다.

"우리 전씨는 왜 안 보이는가?"

설씨가 대답했다.

"오늘은 못 온답니다."

"에이, 틀렸어! 오늘 자리는 영 격이 떨어지겠는걸!"

상은 둘로 차려져 있어, 손님들은 나누어 앉았다. 그들은 절강의 수많은 명사들과 서호의 풍경, 누씨 형제가 빈객들을 널리 사귄 일을 화제로 올렸다. 여기가 말했다.

"저는 그런 일들은 다 관심 밖이고, 그저 거형 댁 쌍홍 아가씨만 사모할 뿐입니다. 아, 그 이름을 말하기만 해도 제 입에서 향기가 나는 듯합니다."

계추가 말했다.

"역시 자네가 미인이라고 미인을 좋아하는구먼."

소수자도 말했다.

"저는 언제나 한림원의 선비들을 존경해 왔지요. 노 편수 어른을 만나 뵙지 못해 참으로 안타깝습니다. 그분은 모습이나 말씀하시는 것이 하나같이 바른 분이라고 들었습니다. 뵐 수만 있다면 제가 진지하게 가르침을 청하겠건만, 안타깝게도 이미 돌아가셨지요."

거내순이 말했다.

"저희 누씨 댁 숙부님들의 호탕함은 요즘 사람들에게선 찾아 볼 수 없는 것이지요."

그러자 계추가 말했다.

"거 형, 그게 무슨 말씀이오? 우리 천장현의 두씨 형제들이 모르긴 몰라도 거 형의 숙부들보다 더 호탕하실 거요."

"두 분 중에도 소경 선생이 더 훌륭하지요."

지균의 말에 고 시독이 물었다.

"여러분이 말씀하시는 게 공주태수(贛州太守)의 자제 분 이야기입니까?"

"그렇습니다. 선생께서도 아십니까?"

지균이 묻자 고 시독이 대답했다.

"천장현은 우리 육합현과 바로 이웃한 곳이니 내가 왜 모르겠소? 허물치 않으신다면 제가 한마디하겠소만, 이 소경이란 자는 두씨 집안에서도 가장 한심한 자요! 그 집안은 조상 수십 대 동안 의술로 널리 음덕을 쌓았고 전답도 엄청나게 모았지요. 그리고 조부인 전원공 대에 와서 벼슬길에 올라 집안이 흥성하게 되었습니다만, 그분은 수십 년 동안 관직에 있으면서도 돈 한 푼 못 벌었다지 뭡니까! 소경의 부친은 그래도 재주가 있어 진사에 급제해 태수를 한번 지냈지요. 그런데 이 부친 때부터 벌써 멍청한 짓을 하기 시작해서, 관리 노릇을 할 때 상급 관청은 전혀 떠받들 줄 모르고 그저 백성들 환심만 사려고 했지요. 또 날마다 '효자를 우대하고, 농사를 장려한다(敦孝子, 勸農桑)'는 답답한 소리만 해 댔지요. 그런 말이야 팔고문 시험 문제에나 나오는 미사여구일 뿐인데 그 사람은 그걸 진짜로 믿었으니, 결국 상급 관청에 밉보여서 관직을 잃고 말았지요. 이 아들놈은 더욱 가관이어서 무위도식이나 하면서 중이며 도사, 장인, 거지들은 전부 불러다 어울리고, 제대로 된 사람들과는 상대하려 하지 않는다니까요! 결국 10년도 안 되어 6, 7만 냥이나 되는 은자를 몽땅 써 버렸지요. 그러다 천장현에서 버틸 수 없으니까 남경으로 옮겨와서는 날마다 마누라 손을 잡고 술집에 가서 술을 마시는데, 손에 구리잔을 들고 다니는 꼴이 영락없이 구걸하는 거지 행색이지요. 그 집안에서 이런 자손이 나올 줄 누가 알았겠습니까! 저는 집에서 자식과 조카들을 가르칠 때 이 사람 이야기를 하며 경계로 삼도록 한답니다. 책상마다 '천장현의 두의를 본받지 말라(不可學天長杜儀)'고 써서 붙여 놓았지요."

지균은 이런 말을 듣고 얼굴이 벌게져서 말했다.

"그분은 얼마 전 조정에서 훌륭한 인재로 천거되어 조정에서 불렀는데도 마다하고 가지 않았습니다."

고 시독이 냉소를 띠며 말했다.

"선생, 그것도 틀린 말씀이오. 만약 그가 정말 그렇게 대단한 사람이라면 과거에 급제해 벼슬길에 나가야지요."

그리고 껄껄 웃으며 이렇게 덧붙였다.

"그리고 천거를 받아 벼슬하는 게 어디 과거에 급제하여 정도로 등용되는 것과 같을 수 있나!"

소수자가 맞장구를 쳤다.

"지당하신 말씀이십니다. 여러분, 우리 후배들은 고 선생님의 말씀을 법으로 삼아야 할 것입니다."

그리고 또 술이 한 순배 돌아가고 잡담을 나누었다. 자리가 파하자 고 시독은 가마를 타고 먼저 돌아갔고, 남은 손님들은 함께 길을 걸어갔다. 지균이 말했다.

"방금 고 선생님의 말씀은 분명 소경 선생을 욕한 것이지만 도리어 그분을 더욱 높여준 셈이 됐습니다. 여러분들, 소경 선생은 고금을 통틀어 보기 힘든 기인입니다!"

마정이 말을 받았다.

"방금 고 선생님이 한 말 중에 일리 있는 것도 몇 마디 있었습니다."

그러자 계추가 말했다.

"그런 얘긴 더 할 것 없습니다. 어쨌거나 그 하방은 재미있는 곳이니 내일 함께 거기 가서 술이나 한 잔 사 달라고 합시다."

"저희 두 사람도 가서 인사를 드리겠습니다."

여기가 이렇게 말했고, 그 자리에서 다들 약속을 하였다.

다음 날 두의가 막 일어나 하방에 앉아 있는데 이웃의 김동애가 가르침을 청한다며 자기가 지은 『사서강장(四書講章)』을 들고 왔기에 책상에 펴놓고 훑어보고 있었다. 10여 조목을 읽었을 때 김동애가 한 조목을 가리키며 물었다.

"두 선생님, 이 '양조(羊棗)'*를 뭐라고 생각하십니까? 양조란 바로 양의 고환이지요. '양의 불알만 챙기느라, 양의 목숨은 돌보지 않는다(只顧羊卵子, 不顧羊性命)'는 말도 있지 않습니까? 그래서 증자(曾子)께서도 그걸 드시지 않았던 것이고요."

두의가 웃으며 대답했다.

"고인의 경전 해석에도 견강부회한 부분이 있지만, 선생의 그 말씀은 너무 심한 억지십니다."

이렇게 말하고 있을 때 지균과 마정, 거내순, 소수자, 계추, 여기가 함께 들어와 인사를 하고 자리에 앉았다. 두의가 말했다.

"제가 집 밖 출입을 안 한 지 한참이라 여러 선생님들의 가르침을 받지 못했는데, 여러분이 이렇게 한꺼번에 와 주시다니요!"

그리고 이어서 물었다.

"두 분 선생의 성함은 어찌되시는지요?"

여기와 소수자 두 사람이 각자 대답하자 두의가 말했다.

"난강은 왜 보이지 않습니까?"

거내순이 대답했다.

"그 사람은 다시 삼산가(三山街)에 두건 가게를 내고 장사를 하고 있습니다."

그러는 사이 하인이 차를 내왔다. 계추가 말했다.

"차로 될 게 아닙니다. 저희는 오늘 술을 한잔하러 왔습니다."

"당연히 그래야지요. 하지만 그 전에 먼저 얘기나 좀 나눕시다."

지균이 말했다.

"지난번에 주신 『시설(詩說)』*을 읽어 보고, 깊이 탄복했습니다. 두 형께서 논하신 『시경(詩經)』의 대의에 대해 좀 더 가르침을 받고 싶습니다."

소수자가 물었다.

"시험 문제에 나오는 시를 논하신 거겠죠?"

마정이 한마디했다.

"아마 『영락대전(永樂大全)』*에 실린 것들을 설명한 것이겠지요."

지균이 말했다.

"일단 두 형의 말을 들어봅시다."

두의가 말을 꺼냈다.

"주문공(朱文公)*께서는 경전을 해석하시면서 자신의 학설을 세우셨습니다. 후인들이 자신의 학설을 다른 학자들의 학설과 비교해서 보기를 바라셨기 때문이지요. 그런데 지금 학자들은 다른 것들은 다 내치고 주문공의 주석에만 기대고 있는데, 이것은 후인들의 식견이 좁은 탓이지 주문공과는 상관없습니다. 여러 학자들의 설을 두루 살펴본 후 제 나름대로 한두 가지 생각한 바가 있어 여러분께 가르침을 청하고자 합니다. 예를 들어 「개풍(凱風)」* 시를 두고 일곱 아들의 어미가 재가를 하고 싶어 한다고 했습니다만, 저는 이 부분에서 왠지 마음이 편치 않았습니다. 옛사람들은 스무 살에 시집을 가서 아들 일곱을 성인으로 키워 냈으니 그 어머니는 분명 쉰 살이 넘었을 겁니다. 그런데 무슨 재가를 생각했겠습니까! '그 집을 편히 여기지 않는다(不安其室)'*는 것은 옷과 음식이 마음에 들지 않는다고 시끄럽게 불평하니, 일곱 아들이 스스로 잘못했다고 반성한다는 뜻일 뿐입니다. 이전 사람들 가운데 이렇게 풀이한 사람은 없었습니다."

지균이 고개를 끄덕이며 말했다.

"일리 있는 말씀입니다."

두의가 물었다.

"여러분, 「여왈계명(女曰鷄鳴)」* 편은 어떻게 보십니까?"

마정이 대답했다.

"그것은 「정풍(鄭風)」에 속하는 것으로, '음란하지 않다(不淫)'* 라는 말 외에 뭐 다른 할 말이 있겠습니까?"

지균이 말했다.

"맞는 말씀입니다. 역시 그것 말고는 더 깊은 뜻은 찾을 수가 없지요."

두의가 말했다.

"아닙니다. 무릇 선비가 마음속에 벼슬길에 나가려는 생각만 가득하면 먼저 자기 처에게 오만하게 굴기 마련입니다. 또 처가 양반 댁 마님 행세를 하고 싶은데 그게 뜻대로 되지 않으면 사사건건 마음에 차지 않아 바가지를 긁는 겁니다. 이 시 속의 부부를 보십시오. 부귀공명을 얻으려는 마음은 티끌만큼도 없고, 거문고 타고 술 마시며 기쁜 마음으로 천명을 좇아 살지 않습니까? 이것이 바로 진정으로 수신제가(修身齊家)를 이룬 하(夏), 은(殷), 주(周) 3대의 군자라 할 수 있지요. 지금까지 이렇게 풀이한 사람은 아무도 없었습니다."

거내순이 말했다.

"정말 훌륭한 말씀이십니다!"

두의가 말했다.

"제가 보기에 「진유(溱洧)」* 시도 부부가 함께 노니는 것일 뿐, 전혀 음란한 것이 아닙니다."

그러자 계추가 말했다.

"그래서 형님께서 지난번 요원에서 형수님과 함께 그렇게 신나게 즐기셨군요! 그게 바로 '거문고를 타고 술을 마시며' '난초와 작약을 따 주는' 소경 형님의 풍류였던 게로군요."

그 말에 모두들 웃음을 터뜨렸다. 지균이 말했다.

"소경 선생의 오묘한 시론을 들으니 마치 제호(醍醐)*를 마신 것처럼 마음이 맑아집니다."

그때 여기가 말했다.

"저쪽에 제호가 나옵니다!"

모두 뭔가 하고 봤더니, 하인이 술을 받쳐 들고 나오는 것이었다.

술과 안주가 차려지자 여덟 명은 자리에 앉아 천천히 술을 마셨다. 계추는 술을 좀 많이 마시더니 취해서 이렇게 말했다.

"두 형께선 진짜 절세의 풍류남이십니다. 그런데 제가 보기에

서른 살도 넘은 늙은 형수님과 하루 종일 꽃구경을 하며 술을 마신다는 건 아무래도 흥이 안 나는 일입니다. 그런 재능과 명성을 가지시고 또 이런 좋은 곳에 살고 계신데, 어찌 아름답고 재주도 뛰어난 첩을 얻지 않으십니까? 재자가인은 때를 놓치지 말고 즐겨야 하는 거 아닙니까?"

두의가 대답했다.

"계 형, '지금은 비록 늙고 추하지만, 내가 처음 만났을 때 그 사람은 젊고 아리따웠다(今雖老而醜, 我固及見其嬌且好也)'*라고 한 안자(晏子)의 말씀을 들어보지 못했소? 게다가 저는 첩을 들이는 것은 천리에 가장 어긋나는 일이라고 생각합니다. 천하에 사람 수는 한정돼 있는데 한 사람이 부인을 몇 명씩이나 거느리면, 부인 없는 사람이 생길 수밖에 없소. 제가 만약 조정에서 법을 만든다면 이렇게 하겠습니다. 마흔 살이 되도록 아들이 없어야 첩을 하나 얻을 수 있고, 그 첩도 아들을 낳지 못하면 다른 곳으로 시집보내야 합니다. 이렇게 하면 천하에 처자 없는 사람이 몇 명이라도 줄게 될 것이고, 천하의 바른 기운〔元氣〕을 북돋는 데에 조금이나마 도움이 될 것입니다."

소수자가 말했다.

"그야말로 풍류의 경세론이라 할 수 있겠군요!"

지균이 한숨을 쉬며 말했다.

"재상들이 만약 이렇게 온 마음을 다해 노력한다면 천하는 곧 태평해질 텐데 말입니다!"

이때쯤 술도 다 마셔서 모두들 웃으며 작별 인사를 하고 떠나갔다.

며칠 뒤 지균이 혼자 찾아왔다. 두의가 그를 맞이하자, 지균이 말했다.

"태백사 일은 이미 대강 계획이 잡혔습니다. 태백사 제사에 쓸 예악 의식을 위한 초안을 만들어 왔으니, 두 형과 상의를 좀 했으면 합니다. 한번 살펴봐 주시죠."

두의가 그 초안을 건네받아 살펴보고 말했다.

"이 일에 대해 상의할 사람이 또 한 사람 있습니다."

"어느 분 말씀인가요?"

"장소광(莊紹光) 선생이오."

"그러고 보니 며칠 전 절강에서 돌아오셨지요."

"안 그래도 뵈러 가려던 참이었는데, 선생도 지금 함께 갑시다."

두 사람은 천막을 친 배를 타고 북문교까지 와서 뭍에 올랐다. 남향으로 선 문간채 하나를 보고 지균이 말했다.

"바로 저곳입니다."

두 사람이 대문 안으로 들어서자 문지기가 안쪽으로 들어가 주인에게 아뢰었고, 주인은 곧장 맞이하러 나왔다. 이 사람의 성은 장씨이고, 이름은 상지(尙志), 자는 소광(紹光)이라고 하며, 남경 대대로 학자를 배출한 집안 출신이었다. 장상지는 열한두 살 때 7천 자 분량의 부(賦)를 지어 천하에 이름을 날렸다. 지금은 벌써 마흔 살 가까이 된 그는 온 천하에 명성이 자자했지만, 문을 닫아걸고 책 쓰는 데 전념하면서 아무하고나 교제를 맺지도 않았다. 하지만 이날은 이 두 사람이 왔다는 소리를 듣고 직접 나와서 맞이했다. 그는 방건을 쓰고 두 겹으로 된 남색 비단 도포를 입고 세 가닥 수염을 기르고 있었으며, 얼굴빛은 누르스름했다. 그는 두 사람에게 매우 정중히 인사를 하고 함께 자리에 앉았다. 장상지가 말했다.

"두 형, 몇 년 만에 다시 뵙는군. 이곳 진회 땅으로 오셨다니 정말 기쁘오. 덕분에 이곳 산수가 더욱 빛나겠소. 지난번에는 또 이 순무가 성가시게 천거한 것도 시원스레 거절하셨다고요?"

두의가 대답했다.

"지난번에 찾아뵈려고 했는데 마침 친구의 상을 당해 한동안 다녀와야 했습니다. 제가 돌아왔을 때는 이미 절강으로 떠나셨더군요."

"지 형은 계속 집에 있으면서 왜 가끔 찾아주지 않았소?"

"저는 태백사의 일로 몇날 며칠을 동분서주했습니다. 이제 대강 계획이 잡혔습니다. 예악 의식의 초안을 드릴 테니 가르침을 주시기 바랍니다."

그리고 소매에서 내용을 적은 책자를 꺼내 건네주었다.

장상지는 그것을 받아 처음부터 자세히 살펴보았다.

"길이 빛날 이 같은 큰일에 저도 마땅히 힘을 보태야겠지요. 다만 지금은 일이 있어 또 얼마간 집을 비워야 하오. 길면 석 달, 짧으면 두 달이면 돌아올 테니 그때 다시 자세히 검토해 봅시다."

지균이 물었다.

"또 어디로 가십니까?"

"절강순무 서목헌(徐穆軒)* 선생께서 이번에 예부시랑으로 승진하셨는데, 그분이 저를 천거하셨습니다. 경사로 와 알현하라는 어지를 받았으니 가 보지 않을 도리가 없게 되었습니다."

지균이 말했다.

"그럼, 금방 돌아오시진 못하겠군요."

"안심하게나. 금방 돌아올 테니까. 태백사의 성대한 제사를 놓칠 수야 없지."

두의가 말했다.

"이 제사는 선생님이 없으면 안 되니, 속히 돌아오시기만을 기다리겠습니다."

지균이 조서를 좀 보고 싶다고 해서 하인이 꺼내 오자 두 사람은 함께 읽어 보았다.

예부시랑 서씨가 어질고 재주 있는 선비를 천거하였던 일에 대한 답.

성지를 받들어 장상지는 경사로 와서 황제를 알현할 것.

이대로 시행하라.

두 사람은 조서를 읽고 나서 말했다.

"저희는 이만 가 보겠습니다. 경사로 떠나시는 날 다시 전송하러 오지요."

"곧 다시 볼 테니 전송은 필요 없다네."

장상지가 이렇게 말하며 문밖까지 나와 작별 인사를 했고, 두 사람은 집으로 돌아갔다.

그날 저녁 장상지는 이별을 앞두고 부인과 술자리를 함께했다. 부인이 물었다.

"평소에는 벼슬길에 나가려 하지 않으시더니 이번엔 어쩐 일로 순순히 명에 따르시는 건가요?"

장상지가 대답했다.

"우리는 산림의 은사들과는 다르오. 등용하겠다는 어지를 내리셨는데 신하 된 자로서 그걸 무시해 버릴 수는 없소. 곧 돌아올 테니 걱정 마시오. 노래자(老萊子)*의 처에게 비웃음당할 일은 없을 테니."

다음 날 응천부의 지방관들이 모두 문 앞까지 와서 출발을 재촉했다. 장상지는 조용히 작은 가마를 한 대 부르고 짐꾼에게 짐을 지게 한 뒤, 하인 한 명만 데리고 새벽같이 뒷문으로 나와 한서문

(漢西門)을 벗어났다.

장상지는 황하까지는 물길을 이용했고, 황하를 건넌 뒤에는 수레 한 대를 세내어 새벽에 길을 떠나 밤늦게야 쉬며 부지런히 길을 가서 마침내 산동 지방에 이르렀다. 연주부(兗州府)를 지나 40리를 가서 신가역(辛家驛)이란 곳이 나오자, 그곳에서 수레를 멈추고 차를 마셨다. 이날은 날이 아직 저물지 않아 몇 십 리 더 가자고 마부를 재촉했다. 그러자, 여관 주인이 이렇게 말했다.

"나리, 사실 요즘 이곳은 마적의 출몰이 잦아서 여길 지나시는 분들은 느지막이 출발하고 일찌감치 쉬셔야 합니다. 나리의 경우는 돈을 많이 가지고 다니는 객상들과는 다르지만, 그래도 조심하셔야지요."

장상지는 이 말을 듣고는 마부를 불러 이렇게 일렀다.

"그냥 여기서 묵도록 하자."

하인은 방을 하나 골라 짐 보따리에서 꺼낸 이부자리를 구들장 위에 깐 뒤, 장상지가 마실 차를 가져다주었다. 그런데 문밖에서 쩔렁쩔렁 시끄럽게 노새 방울 소리가 나더니 은초(銀鞘)*를 실은 노새 백여 마리가 들어섰다. 호송인 하나는 무관 차림이었고, 또 같이 온 한 사람은 5척이 좀 넘는 키에 예순 살 남짓 돼 보였다. 그는 하얗게 센 수염에 전립(氈笠)을 쓰고 전의(箭衣)를 걸쳤으며, 탄궁(彈弓)*을 허리에 차고 황소 가죽 장화를 신고 있었다. 그들은 말에서 내려 채찍을 손에 들고 함께 여관 안으로 들어오더니, 여관 주인에게 분부했다.

"우리는 사천 지역의 세금을 경사로 호송하는 사람들이다. 날이 저물려 하니 하룻밤 묵고 내일 아침 일찍 떠날 것이다. 신경 써서 시중을 잘 들도록 해라."

여관 주인은 "예 예" 하며 연신 고개를 조아렸다.

호송인은 짐꾼들에게 은초를 여관 안에 들여 놓고, 노새들은 마구간에 넣어 두도록 지시했다. 그리고 채찍을 벽에 걸고, 다른 한 사람과 나란히 들어오더니 장상지에게 정중히 인사를 올리고 자리에 앉았다. 장상지가 말을 걸었다.

"사천에서 세금을 호송해 오시는 길이신가요? 이쪽 분은 친구이신가 보군요. 두 분의 성함을 여쭤 보아도 될 지요?"

호송관이 대답했다.

"저는 손(孫)가이고 수비(守備) 직책을 맡고 있습니다. 이 친구는 성은 소(蕭)씨이고, 자는 호헌(昊軒)으로* 성도부(成都府) 사람입니다."

그리고 장상지에게 무슨 일로 경사로 가느냐고 물었다. 장상지는 자기 이름을 말하고, 조서를 받들어 경사로 가는 길이라고 대답했다. 그러자 소호가 말했다.

"남경에 장소광 선생이라는 당대의 대명사가 계시다는 이야기는 오래 전부터 들었습니다만, 오늘 이렇게 뵙게 될 줄은 꿈에도 몰랐습니다."

그러면서 무척이나 경모해 왔다고 입에 침이 마르도록 말했다. 장상지도 비범한 풍모에 속된 사람 같지 않은 소호를 보고 매우 친근한 느낌이 들어 이렇게 말했다.

"오랫동안 태평성세가 계속되다 보니, 근래 지방관들은 매사 구색만 맞춰 겉만 번듯하게 처리하고 있소. 도적 떼가 횡행하는 이런 문제에 대해서도 도적을 잡아 백성을 편안하게 할 좋은 방법을 강구할 생각은 도통 하지 않고 있으니...... 그나저나 앞길에 마적 떼가 들끓는다고 하니 우리도 방비를 단단히 해야 하겠소이다."

그러자 소호가 껄껄 웃으며 말했다.

"그런 일이라면 안심하십시오. 제게는 미천한 재주가 하나 있으니, 제 탄환은 백 보 안에 서는 그야말로 백발백중입니다. 마적 놈들이 온다고 해도 제 탄궁 하나면 살아 돌아가는 놈은 아무도 없을 겁니다. 한 놈도 남김없이 저세상으로 보내 줄 테니까요."

호송관 손씨도 말했다.

"만약 제 친구의 솜씨를 못 믿으시겠다면 지금 당장 보여 드릴 수 있습니다."

"어서 보여 주시게. 번거롭지 않으실까 모르겠소만."

"무슨 말씀을! 그럼 미천한 재주나마 보여 드리지요."

소호가 웃으며 이렇게 말하고 곧바로 마당으로 탄궁을 가지고 나와, 허리춤의 비단 주머니에서 탄환 두 개를 꺼내서 손에 쥐었다. 장상지는 호송관 손씨와 함께 마당으로 나가 지켜보았다. 소호는 탄궁을 들고 먼저 하늘 높이 탄환을 하나 쏘아 올려놓고, 다시 또 하나를 이어서 쏘았다. 그러자 뒤의 탄환이 떨어지는 앞의 탄환을 맞추어 모두 공중에서 가루가 되었다. 장상지는 이 광경을 보고 찬탄을 금치 못했다. 여관 주인도 이 모습을 보고 깜짝 놀랐다. 소호는 탄궁을 챙겨 방으로 들어왔고, 그들은 잠시 이야기를 나누다 각자 저녁밥을 먹고 자리에 들었다.

다음 날 아침 호송관 손씨는 날이 밝기도 전에 일어나 노새 몰이꾼과 짐꾼을 재촉해 은초를 옮기고 방값을 치르고 길을 나섰다. 장상지도 일어나 세수를 하고 하인에게 짐을 꾸리게 한 다음, 방값을 계산하고 나서 그들과 함께 출발했다. 10리 넘게 걸었지만 날이 밝지 않아 아직 새벽별이 떠 있었다. 그런데 저 앞쪽의 컴컴한 숲에서 누군가가 움직이는 것이 보였다. 은초를 운반하던 노새 몰이꾼들이 일제히 소리쳤다.

"큰일 났다! 앞에 강도가 있다!"

그리고 백여 마리의 노새를 모두 길 옆 비탈 아래로 몰고 내려

갔다. 소호가 이 소리를 듣고 번개같이 탄궁을 꺼내 들었고, 호송관 손씨도 말에 탄 채 허리춤에 찬 칼을 뽑아들었다. 휙 하는 소리와 함께 화살 한 대가 날아오더니, 화살이 날아온 그 숲속에서 수많은 사람들이 말을 타고 쏟아져 나왔다. 소호가 크게 고함을 지르며 탄궁을 힘껏 당겨 탄환을 쏘았지만, 어떻게 된 일인지 '툭' 하는 소리와 함께 활시위가 둘로 끊어지고 말았다. 마적 수십 명이 일제히 '휙' 하는 날카로운 휘파람 소리를 내며 나는 듯이 달려왔다. 호송관은 놀라서 말머리를 돌려 달아났고, 노새 몰이꾼과 짐꾼들은 모두 땅바닥에 납작 엎드렸다. 이들이 꼼짝도 못 하는 사이 마적들은 유유히 은초를 실은 노새를 몰아 작은 길로 달아나 버렸다. 장상지는 수레 안에서 한참 동안 말 한마디 못 한 채, 수레 밖에서 어떤 일이 어떻게 벌어지고 있는지도 모르고 있었다.

소호는 활시위가 끊어져 솜씨를 발휘할 수 없게 되자 말머리를 돌려 왔던 길을 되돌아 달려갔다. 작은 여관 앞에 이르러 문을 두드리자, 여관 주인이 나와 그를 보고는 강도를 당했다는 것을 눈치 채고 물었다.

"나리, 어젯밤 어느 여관에서 묵으셨습니까?"

소호가 어느 곳이라고 말해 주자 여관 주인이 말했다.

"그자는 원래 마적 조대(趙大)와 한통속으로 첩자 노릇을 하는 놈입니다. 나리의 활시위는 필시 그놈이 어젯밤에 끊어 놨을 겁니다."

소호는 어찌 된 일인지 깨닫고 후회했지만 이미 소용없는 일이었다. 사정이 급하면 꾀가 절로 생겨나는 법. 그는 자기 머리카락을 한 움큼 뽑아서 바로 끊어진 활시위를 잇더니 다시 나는 듯 말을 몰아서 달려갔다. 도중에 호송관 손씨를 만났는데, 그는 마적들이 이미 동쪽 작은 길로 달아났다고 말해 주었다. 이때는 이미 날이 밝았다. 소호는 채찍질을 하며 말을 몰아 뒤쫓아 갔는데, 얼마 지나지 않아 마적들이 은초를 사방에서 둘러싸고 서둘러 가는 모습이 보였다. 그는 더욱 채찍질을 해 대며 쫓아가 탄궁을 손에 들고 소나기가 연잎을 때리듯 탄환을 쏘아 댔다. 도적들은 모두 쥐구멍을 찾는 쥐새끼들처럼 머리를 감싸 안은 채 은초를 내버려 두고 나는 듯 도망쳐 버렸다. 그는 다시 호송관과 함께 은초를 실은 노새들을 몰고 천천히 큰길로 빠져나왔고, 장상지를 만나자 그동안 벌어진 일을 자세히 이야기해 주었다. 장상지는 다시 한 번 감탄해 마지않았다.

그들과 한나절을 동행하고 나서 짐이 많지 않은 장상지는 소호와 손씨에게 작별 인사를 하고 먼저 앞서 나갔다. 며칠 후 노구교(盧溝橋)에 이르렀는데, 맞은편에서 노새를 타고 오던 사람이 이쪽 수레를 보더니 물었다.

"수레 안에 계신 분의 성함이 어떻게 되시나?"

"장씨이십니다."

차부가 대답하자, 그 사람은 노새에서 풀쩍 뛰어내리며 말했다.

"혹시 남경에서 오신 장징군(莊徵君)* 선생 아니십니까?"

이 말을 듣고 장상지가 수레에서 내리려고 하는데, 그 사람이 땅바닥에 엎드려 절을 하는 것이었다. 그런데 이 일로 인해 다음과 같은 새로운 이야기가 생겨난다.

조정에 도가 있어
장중한 전례 베풀어 현인을 모시고,
선비는 자기 몸을 아껴
높은 벼슬 받고도 마다하는구나.
朝廷有道, 修大禮以尊賢.

儒者愛身, 遇高官而不受.

이후의 일이 어떻게 되었을까? 이에 대해서는 다음 회를 들어 보시라.

와평

고 시독은 노 편수와 같은 부류의 인물이다. 그래서 노 편수가 누씨 형제를 비난했던 것처럼 고 시독은 두의를 비난한다. 왜 그런가? 동류가 아닌 것들은 서로 용납하지 못하기 때문이다. 하지만 노 편수가 누씨 형제를 비난했을 때는 그래도 그 어조가 부드러웠으나, 고시독이 두의를 비난하는 말은 지나치게 날이 서 있다. 누씨 형제와 비교했을 때 두의의 비범한 언행이 훨씬 두드러지기 때문에 두세 배는 더 심한 비난을 받는 것이다. 한유(韓愈)는 "작은 성공을 거두면 작은 비난을 받고, 큰 성공을 거두면 큰 비난을 받는다(小得意則小怪之, 大得意則大怪之)"*라고 말한 바 있는데, 이 말이 문장에만 적용되는 것은 아니다.

경전을 해설한 부분은 진정 학문이라 할 만하니, 하찮은 소설〔稗官〕로만 여겨 대충 읽어서는 안 된다.

다른 사람들보다 월등히 점잖고 고상한 장상지의 모습을 묘사하고 있는데, 문장이 대단히 심오하여 무지한 사람은 그 뜻을 제대로 읽어 내기가 쉽지 않다. 마적과 마주치는 장면의 변화무쌍한 묘사는 더할 나위 없이 뛰어나다. 옛사람들은 싸움을 묘사하는 데에 『좌전(左傳)』이 가장 뛰어나다고 했으나, 이 책도 분명 그에 못지않다. 가장 빼어난 부분은 장상지가 "도적을 잡아 백성을 편안하게 할 좋은 방법을 강구하는 관리가 없다(有司無弭盜安民之法)" 고 말한 직후, 실제 도적을 만나서는 혼비백산하여 자기 한 몸의 안위만 챙기는 모습을 그린 대목이다. 이것은 서생들의 탁상공론이 실제로 세상을 다스리는 데는 도움이 되지 못한다는 것을 잘 보여 준다. 이것이 작자가 겉으로 드러내지 않은 행간의 뜻이니, 진실로 무지한 자들이 읽어 낼 수 있는 바가 아니다.

제35회
천자는 장상지를 불러 치국의 도를 묻고, 장상지는 관직을 사양하고 귀향하다

장상지는 그 사람이 노새에서 내려 땅에 엎드려 절하는 것을 보고 얼른 수레에서 내려 무릎을 꿇고 부축해 일으키며 말했다.

"한 번도 뵌 적이 없는 것 같은데, 뉘신지요?"

그는 절을 하고 일어나더니 이렇게 말했다.

"여기서 3리쯤 더 가시면 작은 여관이 하나 있습니다. 선생님께서 수레에 오르시면 제가 그리로 모시겠습니다. 여관에서 말씀이나 좀 나누시지요."

"좋습니다."

이렇게 대답하고 장상지는 수레에 올랐고, 그 사람도 노새를 타고 함께 여관으로 갔다. 두 사람은 정식으로 예를 갖춰 인사를 나눈 뒤 자리에 앉았다. 그 사람이 말했다.

"제가 경사에 있으면서 가만 헤아려 보니, 현인을 초빙하는 칙지가 남경으로 갔으니 지금 이맘때쯤이면 선생님께서 당도하실 것 같았습니다. 그래서 창의문(彰儀門)을 나오면서부터 노새, 수레 행렬을 만날 때마다 혹시 선생님이신지 물어보며 왔는데 드디어 이렇게 만나 뵙고 큰 가르침을 받을 수 있게 되었습니다."

"존함이 어떻게 되십니까? 고향은 어디신지요?"

"제 이름은 노덕(盧德)이고 자는 신후(信侯)이며, 호광(湖廣) 사람입니다. 저는 뜻한 바 있어 우리 명나라 명사 분들의 문집을 두루 찾아 집에 소장해 두겠다고 마음먹고, 시작한 지 20년이 된 지금 어지간한 건 거의 다 수집을 했습니다. 다만 개국 초기의 사대가(四大家) 가운데 화를 입은 고계(高啓) 선생의 문집만은 세간에 남아 있지 않은데, 유일하게 경사의 어느 한 집안에서 갖고 있다고 하더군요. 그래서 제가 경사로 가서 비싼 값에 그 문집을 매입하고 막 집으로 돌아가려던 참에 마침 조정에서 선생님을 초빙한다는 소식을 들었습니다. 이미 작고하신 선배님들은 그 문집까지 찾아 헤매는 마당에 당대 최고의 현인이신 선생님의 존안을 직접 뵈올 기회를 놓쳐서야 되겠습니까? 그래서 경사에 한참을 머무르며 기다렸다가 이렇게 물어물어 찾아온 것입니다."

"저는 본래 남경에 은거하며 출사할 뜻이 없었지만, 황제께서 특별히 은혜를 베풀어 주시니 입조하지 않을 수 없었습니다. 그런데 이렇게 선생을 만날 수 있게 되었으니 정말 기쁜 일이 아닐 수 없군요. 하지만 저희 두 사람, 겨우 만나자마자 곧 작별하게 생겼으니 섭섭한 마음을 금할 수 없습니다. 오늘 밤 이 여관에서 하룻밤 지내며 침상을 붙여 놓고 얘기나 좀 나누십시다."

이렇게 이야기를 나누다 화제가 명사들의 문집에 이르자 장상지가 노덕에게 말했다.

"선생처럼 이렇게 책을 좋아하고 옛 것을 아끼는 분이야말로 진정 학문을 구하는 분이 아니겠습니까? 다만 나라에서 금령을 내렸다면 조심해서 피할 줄도 알아야 할 것입니다. 고계의 문장이라면 조정을 비방하는 언사가 있는 것은 아니나 태조께서 그의 사람됨을 싫어하셨고 또 지금 금서가 되어 있으니, 선생께서도 읽지 않는 게 좋겠습니다. 제 우둔한 생각입니다만, 독서란 넓게 보되

간략한 핵심을 얻어야 하고 뭐니 뭐니 해도 마음으로 깨닫는 것이 중요하더군요. 댁으로 돌아가시는 길에 괜찮으시면 저희 집에 한 번 들러주시지요. 제가 쓴 보잘것없는 책이 몇 권 있으니, 모시고 천천히 가르침을 받고 싶습니다."

노덕은 그러겠노라 했다. 다음 날 아침 두 사람은 작별을 했고, 노덕이 먼저 남경에 가서 기다리고 있기로 했다.

장상지는 창의문 안으로 들어가 호국사(護國寺)에 숙소를 정했다. 예부시랑 서기(徐基)가 즉시 하인을 보내 시중을 들게 하고 곧 자신이 직접 인사를 하러 왔다. 장상지가 나와 맞이하자 서기가 말했다.

"오시느라 고생이 많으셨습니다!"

"워낙 시골 사람이라 수레 타는 일에 익숙지 않은데다, 가을이 되기도 전에 시들어 버린 수양버들처럼 늙기도 전에 벌써 몸이 노쇠하여 먼 길 여행에 지친 나머지 곧바로 인사 여쭈지 못했습니다. 어르신께서 이렇게 먼저 찾아주시니 정말 죄송스럽습니다."

"속히 채비를 갖추고 계십시오. 3, 4일 내로 폐하를 알현하실 것 같습니다."

이날이 가정(嘉靖) 35년(1556) 10월 초하루였다. 그로부터 사흘 후 서기가 내각에서 어지를 받아 적은 것을 장상지에게 보내왔다. 어지의 내용은 이러했다.

10월 2일 내각에서 다음과 같이 폐하의 조서를 받든다.

짐은 선조들의 홍업(鴻業)을 이어받아 오매불망 현인을 구하여 치국의 도를 얻고자 노력하였다. 짐이 듣건대 신하를 스승으로 섬기는 것이 어진 왕이요, 이는 고금에 불변하는 도리라 했다. 이제 예부시랑 서기가 천거한 장상지는 이달 초엿새에 입조하여 짐을 알현하고 조정 전례(典禮)를 빛내도록 하라.

이대로 시행하라.

10월 6일 날이 어슴푸레 밝자마자 금군(禁軍)의 위병들이 오문(午門) 밖에 대오를 정렬하고, 어가를 따르는 의장대 전체가 제자리에 늘어서서 전려(傳臚)* 의식을 치르는 예법대로 대열을 갖추었다. 문무백관들은 모두 오문 밖에 서서 대기하고 있었다. 백여 자루의 횃불이 환히 밝혀진 가운데 재상이 당도하자 오문이 활짝 열렸고, 문무관원들은 각기 정문 양 옆에 붙어 있는 작은 문으로 들어갔다. 봉천문(奉天門)을 지나 봉천전(奉天殿)으로 들어가니 안에서는 궁중 아악이 연주되는 가운데 조정 전례를 맡은 홍려시(鴻臚寺)가 "차례로 정렬하시오!" 하고 외치는 소리가 멀리서 들려왔다.

정편(淨鞭)* 소리가 세 번 울리자 대오를 갖춘 환관들이 차례로 금향로를 받쳐 들고 나와 용연향(龍涎香)을 피워 올렸다. 궁녀들이 둥근 궁선(宮扇)을 든 채 천자를 에워싸고 나와 옥좌로 모시자, 만조백관이 일제히 천자 알현의 예법에 따라 팔다리를 움직여 존경을 표하는 인사를 올리고 '만세'를 소리 높여 외쳤다. 장상지는 조관(朝冠)을 쓰고 공복(公服)을 입은 채 관원들의 대오 맨 뒤에 서서 따라가 알현 인사를 올리고 '만세'를 외치며 천자를 배알했다. 곧이어 음악이 그치고 조회가 끝나자, 등에 보병(寶甁)을 실은 코끼리 스물네 마리가 고삐를 끄는 사람도 없이 걸어 나갔다. 모든 것이 실로 아래 시구에서 노래한 그대로였다.

봄꽃이 보검과 패옥 영접하는데 별빛 점점 스러지고
버들가지 깃발에 스치는데 이슬 아직 마르지 않았네.

花迎劍佩星初落, 柳拂旌旗露未乾.*

이렇게 의식이 끝나고 관원들이 모두 물러갔다.

장상지가 숙소로 돌아와 예복을 벗고 잠깐 이리저리 거닐며 쉬고 있는데 예부시랑 서기가 찾아왔다. 장상지는 평상복 차림으로 나가 그를 맞이했다. 차를 마시고 나자 서기가 말했다.

"오늘 폐하께서 거행하신 봉천전 조회는 만고에 보기 드문 실로 대단한 의식이었습니다. 선생께선 가만히 거처에서 기다리십시오. 조만간 또 알현하라는 교지가 내려올 것입니다."

사흘 후 다시 내각에서 베껴 적은 어지 하나가 하달되었다.

장상지는 열하루 날에 편전(便殿)으로 와서 짐을 알현하라. 궁궐 안에서 말을 탈 수 있도록 특별히 허락하노라.

이대로 시행하라.

11일이 되자 서기는 장상지를 오문까지 바래다주었다. 오문에 도착하자 서기는 장상지에게 작별을 고한 뒤 조방(朝房)*에서 기다렸고, 장상지 혼자서 문 안으로 들어갔다. 태감 둘이 어마(御馬) 한 필을 끌고 와 장상지에게 타시라고 했다. 두 태감은 무릎을 꿇고 장상지가 말에 오를 수 있도록 등자를 붙들어 대령했다. 장상지가 말에 올라 제대로 자리를 잡고 앉자 두 태감은 고삐를 끌었는데, 손에 쥔 고삐는 모두 자황색이었다. 천천히 말을 몰아 건청문(乾清門)을 지나 선정전(宣政殿) 문밖에 이르자 장상지는 말에서 내렸다. 선정전 입구에도 태감 둘이 있다가 "장상지는 들어와 배알하라"는 황제의 교지를 전했다.

장상지가 숨을 죽이고 조심조심 선정전으로 들어가니, 천자가 평상복 차림으로 옥좌에 앉아 있었다. 장상지가 앞으로 나아가 바닥에 엎드려 신하의 예를 올렸다. 그러자 천자가 말했다.

"짐이 재위한 35년 동안 천지신명과 선조들의 보살핌 덕분에 천하가 태평하고 변방 역시 평안하오. 다만 백성들이 아직은 모두 따뜻하게 입고 배불리 먹지 못하며, 사대부들도 예악의 법도를 제대로 행하지 못하고 있소. 천하의 백성들을 올바로 가르치는 데에 있어 무엇이 가장 중요하겠소? 내 이것을 묻고자 특별히 선생을 향리에서 모셔 온 것이니, 바라건대 선생께선 전심전력으로 짐을 위해 좋은 방책을 일러주시오. 뭐든 기탄없이 말씀해 주시오."

장상지가 천자의 하명에 대답하려는데 갑자기 정수리가 따끔거리면서 참을 수 없이 아파왔다. 그래서 하는 수 없이 허리를 굽혀 예를 갖추며 이렇게 아뢰었다.

"황공하게도 폐하의 영명하신 하문을 받자왔사오나 지금 당장 상세한 방책을 아뢰기는 어렵사옵니다. 깊이 생각한 후 다시 상주할 수 있도록 윤허하여 주십시오."

그러자 천자가 대답했다.

"선생의 뜻이 그러하다면 좋도록 하시오. 모쪼록 선생께서는 짐을 위해 최선을 다해 주어야겠소. 실행에 옮길 수 있되, 옛 법도에 부합하고 오늘날의 예법에 어긋나지 않기만 하면 되오."

말을 마치고 천자는 편전을 떠났다.

장상지가 근정전(勤政殿)을 나오니 태감이 다시 말을 끌고 와서 바로 오문까지 바래다주었다. 서기가 기다리고 있다가 그와 함께 궁궐 문을 나온 후 작별 인사를 하고 떠났다. 숙소로 돌아온 장상지가 유건(儒巾)을 벗어보니, 그 안에 전갈 한 마리가 들어 있었다. 장상지는 그것을 보고 웃으며 혼자말을 했다.

"장창(臧倉)*처럼 이간질하는 소인배가 누군가 했더니 바로 네놈이었구나! 보아하니 내 치국의 도가 행해지긴 다 틀린 것 같구나!"

다음 날 그가 일어나 향을 사르고 손을 깨끗이 씻은 뒤 시초(蓍草)를 뽑아 보니, '스스로 물러나 숨는다'는 뜻의 '천산둔(天山遯)' 괘가 나왔다. 점괘를 본 장상지는 '역시 그렇구나!' 하고 혼자말을 했다. 그리고는 곧 천자가 하명한 백성을 가르치는 일에 대한 방책을 열 가지로 나누어 상세히 적고, 또 '귀향을 윤허해 주실 것을 간절히 청하는' 상주문을 한 통 써서 함께 통정사(通政司)를 통해 올렸다.

이런 일이 있고 나서 높고 낮은 관리들이 너나없이 그를 찾아와 인사를 하고 가르침을 청했다. 장상지는 이들을 만나는 것이 번거롭기 짝이 없었지만, 각 아문으로 답방을 가지 않을 수도 없었다. 대학사 태보공(太保公)이 서기에게 말했다.

"남경에서 온 장 형을 황상께서 높이 기용하려고 하시는 것 같던데, 선생께서 그분을 제게 한번 모시고 와 주시지 않겠습니까? 제 문하에 거두어 가까이 두었으면 해서요."

그 말을 그냥 그대로 전하기 난처했던 서기는 대학사의 뜻을 에둘러 넌지시 장상지에게 비쳤다. 그러자 장상지가 대답했다.

"공자께서 안 계신 세상에 제자의 대열에 설 수는 없지요. 더구나 태보공께서는 수차례 회시를 주관하시어 한림원 문하생들이 수를 헤아릴 수 없이 많을 텐데, 저 같은 일개 야인(野人)을 취해 뭐 하시겠습니까? 그 말씀은 감히 받자올 수가 없습니다."

시랑 서기가 이 말을 태보공에게 전하자, 태보공은 기분이 언짢았다.

그로부터 다시 며칠 뒤 천자가 편전에 앉아 있다가 태보공에게 물었다.

"장상지가 올린 열 가지 방책을 짐이 자세히 살펴보니 학문이 여간 깊은 게 아니었소. 짐을 보필할 재상으로 이 사람을 기용해도 괜찮겠소?"

그러자 태보공이 아뢰었다.

"장상지는 실로 뛰어난 재주를 가진 인재이옵니다. 그런 그에게 폐하께서 성대한 의식으로 하해와 같은 은혜를 내려주시니 조정과 재야 모두가 기뻐하고 있습니다. 허나 진사 출신이 아닌 자를 일약 조정의 중신으로 발탁하심은 개국 이래 전례가 없던 일이오라, 온 천하에 요행으로 출세를 바라는 마음이 생겨나지 않을까 저어됩니다. 엎드려 폐하의 영명하신 판단을 기다리나이다."

이 말을 들은 천자는 길게 한숨을 내쉬고, 대학사로 하여금 교지를 전달케 했다.

> 장상지에게 귀향을 윤허하노라. 국고에서 은 5백 냥을 하사하고 남경의 현무호(玄武湖)를 내리노니, 장상지는 학설을 세우고 책을 써서 태평성세를 빛내도록 하라.

교지가 전해지자 장상지는 다시 오문에 가서 천자의 은혜에 감사를 올리고, 서기와 작별 인사를 한 뒤 행장을 꾸려 남경으로 떠났다. 만조백관이 모두 나와 전송했다. 장상지는 그들 모두에게 작별 인사를 한 뒤, 경사로 올 때처럼 수레를 한 대 불러서 타고 창의문을 나섰다.

길을 떠난 그날은 날씨가 몹시 추워서 길을 재촉하다 보니, 숙소를 지나쳐 몇 리를 더 가게 되었다. 그래서 하는 수 없이 작은 길로 들어서 인가 한 채를 찾아 들어갔다. 그곳은 단칸 초가집으로 안에는 등잔불 하나가 밝혀져 있었고 예순이나 일흔 살쯤 되어 보이는 노인 하나가 문 앞에 서 있었다. 장상지가 노인 앞으로 가서 인사를 하며 물었다.

"노인장, 길가는 나그네이온데 여관을 지나쳐 버렸습니다. 여기서 하룻밤만 묵게 해 주십시오. 내일 아침 방값을 드리겠습니다."

"손님, 나그네가 누군들 집을 이고 다니겠습니까? 저희 집에 묵으시는 건 괜찮습니다. 다만 이 단칸집에 일흔 살이 넘은 저희 부부만 살고 있었는데, 불행히도 오늘 아침에 그만 마누라가 죽고 말았습니다. 관을 마련할 돈도 없고 해서 지금 집 안에 그냥 두었지요. 허니 손님께서 어디에 묵으실 수 있겠습니까? 게다가 수레도 타고 오셨는데 어디 들여놓을 데도 없답니다."

그러자 장상지가 대답했다.

"괜찮습니다. 그저 제 한 몸 뉠 곳 있어 하룻밤 보낼 수 있으면 그만입니다. 수레야 문밖에 세워두면 되지요."

"그러시다면 저랑 한 침상을 쓰는 수밖에요."

"그것도 괜찮습니다."

장상지가 방으로 들어가 보니 그 처의 시신이 뻣뻣하게 굳은 채 누워 있고, 그 옆에 흙으로 쌓아 올린 온돌마루가 있었다. 장상지는 짐을 내려놓고, 하인더러 수레꾼과 함께 수레 안에서 자도록 일렀다. 또 노인더러 온돌 안쪽 자리에 눕게 하고 자신은 온돌 바깥쪽에 누웠으나, 이리 뒤척 저리 뒤척 도무지 잠을 이룰 수가 없었다. 그런데 한밤중이 되자 노파의 시신이 조금씩 움직이기 시작하는 것이었다. 깜짝 놀란 장상지가 뚫어져라 시신을 바라보는데, 이번엔 손까지 움직이며 일어나 앉으려는 듯했다. 장상지가 "할머님이 살아났습니다!" 하고 소리치며 허겁지겁 노인을 흔들어 깨웠다. 하지만 아무리 흔들어도 노인이 꼼짝도 하지 않자 장상지가 말했다.

"나이도 많은 양반이 어찌 이리도 깊은 잠이 들었단 말인가!"

이상한 생각에 얼른 일어나 살펴보니, 그의 입에선 뭔가 나오는 기운만 있을 뿐 숨을 들이쉬는 기척이 없었다. 노인은 이미 죽어 있었던 것이다. 이번엔 고개를 돌려보니 노파가 벌써 일어서 있었는데, 다리는 뻣뻣이 뻗쳐 있고 두 눈은 멍하니 초점이 없었다. 노파는 살아난 것이 아니라 강시가 된 것이었다. 장상지는 너무 놀라 밖으로 뛰쳐나와 수레꾼을 깨우고 수레로 문을 가로막아 강시가 집 밖으로 못 나오게 했다.

장상지가 혼자서 문밖을 왔다갔다 서성이다 보니 점차 후회가 밀려오기 시작했다.

'"재앙과 근심 걱정은 움직이는 데서 생겨난다(吉凶悔吝生乎動)" 고 하지 않았던가! 내가 이번에 먼 여행을 나서지 않고 집에 가만히 있었더라면 오늘처럼 괜히 놀랄 일도 없었을 것을!'

그러다 또 이런 생각이 들었다.

'태어나고 죽는 일 또한 인간 누구나 겪는 일이거늘. 내 결국 그 깊은 이치를 깊이 깨우치지 못하여 이처럼 두려워하는 게 아니겠는가!'

여기에 생각이 미치자 장상지는 정신을 가다듬고 가마 위에 앉아 동이 트기를 기다렸다. 날이 밝자 일어났던 송장도 쓰러지고 방에는 두 구의 시신만이 널브러져 있었다. 그 모습을 본 장상지는 마음이 아팠다.

'저 두 노인네가 이 지경이 되도록 궁핍했더란 말인가! 하룻밤 묵은 인연일 뿐이나, 내가 장사를 치러 주지 않으면 누가 저들의 시신을 거둬 주랴?'

장상지는 하인과 수레꾼을 시켜 저잣거리가 어디 있는지 알아보게 했다. 그리고 은자 몇 십 냥을 내서 관을 사고 장에서 인부 몇을 구하여 그것을 메고 오게 해서 두 사람의 시신을 수습해 주었다. 또 적당한 묏자리를 찾았으나 역시 근처 이웃 사람의 소유지여서, 장상지가 돈을 내어 그 땅을 샀다. 그는 거기에 노부부의 관을 묻고, 제물과 지전을 사고 축문도 한 장 써서 눈물을 뿌리며 제사를 지냈다. 근처 마을 사람들이 모두 와서 장상지를 에워싸고 땅바닥에 엎드려 감사의 절을 올렸다.

장상지는 대아장(臺兒莊)을 떠난 뒤 쾌속선인 마류자선(馬溜子船)을 한 척 빌렸는데, 그 배 위에서 책도 꽤 볼 수 있었다. 오래지 않아 양주에 도착했다. 장상지는 초관(鈔關)에서 하루를 묵고 장강을 따라 남경으로 내려가는 배를 갈아타려 했다. 다음 날 아침 배에 오르자 강기슭에 고급스런 가마 20여 대가 죽 늘어서 있는 게 보였다. 이들은 모두 장상지를 기다리고 있던 양회총상(兩淮總商)*들로, 각자 이름이 적힌 명첩을 보내왔다. 배 안이 협소하여 장상지는 그 중 열 사람을 먼저 배로 청했다. 개중에는 일가친지도 몇 명 들어 있어서, 장상지를 숙공(叔公)이라 부르는가 하면 존형(尊兄), 숙부〔老叔〕라고 부르는 이들도 있었다. 서로 인사를 나누고 자리를 권해 앉았다. 그 중 두 번째 자리에 앉은 사람이 바로 소수자였다. 여러 염상들이 입을 모아 "폐하께서 어르신을 중용하시려 했으나, 어르신께선 관직을 사양하셨으니, 실로 고귀한 인품이 아닐 수 없사옵니다"라고 칭송해 마지않자, 소수자가 이렇게 말했다.

"저는 선생님의 속마음이 뭔지 알겠습니다. 선생님께선 큰 재주를 지니셨으니 과거 시험을 제대로 치른 정도 출신으로 벼슬살이를 해야지, 천거 받은 것은 하찮다 여기시는 게지요. 그래서 이번엔 그냥 돌아오시고 다음 과거에서 장원 급제하시겠다는 거 아닙니까? 폐하께서 이미 알아주셨으니, 장원 급제는 따놓은 당상입니다."

이 말을 듣고 장상지는 빙긋이 웃으며 말했다.

"폐하께서 초야의 선비를 불러 크나큰 은혜를 베풀어 주시는 일을 어찌 하찮게 여기겠소? 장원 급제로 말하자면야, 다음 번 장원은 분명 소 형이실 것이오. 저는 세상에 나가지 않고 산림에 묻혀 지내며 조용히 좋은 소식이 들리기만 기다리겠네."

그러자 소수자가 말했다.

"여기서 염원(鹽院), 염도(鹽道) 어르신들도 좀 만나 보시겠습니까?"

"집에 돌아갈 생각에 마음이 급하니 이제 서둘러 떠나야겠소."

얘기가 끝나자 자리에 있던 열 사람은 작별 인사를 하고 강기슭으로 돌아가고, 다시 또 10여 명의 손님을 두세 차례 더 만났다. 장상지는 이런 만남이 번잡스러워 견딜 수가 없었다. 곧이어 염원이 인사하러 오고, 염도와 염운사 밑의 운동(運同), 운판(運判) 등이 또 인사를 오고, 양주 지부와 강도 지현이 인사하러 와서 계속 북적대는 통에 장상지는 짜증이 나서 더 이상 견딜 수가 없을 지경이었다. 인사하러 온 관리들을 다 배웅한 뒤 장상지는 부랴부랴 배를 출발시켰다. 그날 밤 총상들은 여비에 보태라고 은자 6백 냥을 추렴해서 가져왔으나, 장상지의 배는 이미 멀리 떠난 뒤였다. 너무 멀리 간 터라 배를 따라잡을 수도 없어서 그들은 그냥 돈을 가지고 되돌아갔다.

배가 순풍을 타고 달려 남경 연자기에 도착하자 장상지는 날아갈 듯 즐거웠다.

"이 아름다운 산과 물을 오늘 다시 보는구나!"

그는 천막을 친 배를 한 척 불러서 짐을 싣고 곧장 한서문 쪽으로 갔다. 그리고 짐은 짐꾼에게 지도록 하고 집까지 걸어서 갔다. 집에 도착하여 사당에서 조상들께 인사를 드린 후 아내를 보자 웃으며 이렇게 말했다.

"내 뭐랬소! 길면 석 달이요, 짧으면 두 달 안에 돌아온다고 했지요? 자, 보시오. 내 말이 맞지 않았소?"

아내도 따라 웃었다. 그날 밤 아내는 술상을 준비해 먼 여행길에서 돌아온 남편을 반겨 주었다.

다음 날 아침 자리에서 일어나 막 세수를 마쳤을 무렵, 하인 녀석이 들어와 아뢰었다.

"육합현의 고(高) 나리께서 오셨습니다."

장상지가 나가서 만나고 들어오자마자, 이번엔 또 포정사가 인사를 오고, 응천지부(應天知府)가 인사를 오고, 역도(驛道)가 인사를 오고, 상원현(上元縣)과 강녕현(江寧縣)의 지현이 인사를 왔으며, 남경의 향신들이 인사를 하러 왔다. 줄줄이 인사를 하러 오는 통에 장상지는 장화를 신었다 벗고, 벗었다 또 신으며 정신이 하나도 없었다. 일이 이렇게 돌아가자 골치가 아파진 장상지가 아내에게 말했다.

"내가 이렇게 당하고 있을 이유가 없지! 조정에서 현무호까지 하사하셨는데 내가 왜 여기서 저치들에게 들들 볶이고 있담! 우리 당장 현무호로 집을 옮겨 편안히 좀 지내봅시다!"

그 자리에서 바로 상의하여 장상지는 아내와 함께 그날 밤으로 현무호로 이사해 버렸다.

이 현무호란 호수는 대단히 넓어서 크기가 거의 서호만큼이나 되고, 호수 왼쪽의 대성(臺城)*에서는 멀리 계명사(鷄鳴寺)가 바라보였다. 호수에서 나는 마름과 연근, 연밥, 가시연밥의 소출이 해마다 몇 천 섬씩이나 되었다. 호수에는 고기잡이배가 72척이 있는데, 매일 아침 남경성에서 파는 고기는 전부 여기에서 잡은 것이다. 호수 가운데에는 섬이 다섯 개가 있는데, 그 중 네 곳에는 책을 모아 놓았고, 중앙에 있는 섬에는 큰 정원이 하나 있었다. 이 정원이 바로 장상지가 거주하도록 하사받은 곳으로, 거기에는 수십 칸 크기의 건물이 세워져 있었다. 정원에는 한 아름이 넘는 고목들과 매화나무, 복숭아나무, 자두나무, 파초, 계수나무, 국화 등이 자라서 사시사철 꽃이 끊이지 않았다. 또 뜰 하나를 가득 메운 대나무는 수만 그루나 되었다. 이 정원에서 사방으로 난 창을 활짝 열어젖히고 호수와 산이 어우러진 풍광을 바라보노라면 실로 선경(仙境)이 따로 없었다. 문 앞에 배를 한 척 매어 놓고, 뭍으로 건너갈 일이 있으면 그 배로 호수를 건너 다녔다. 이 배만 거두어 놓으면 뭍에서는 아무리 용을 써도 건너 올 재간이 없었다. 장상지는 바로 이런 정원에 살게 된 것이다.

어느 날 장상지가 아내와 함께 난간에 기대어 호수를 구경하다 웃으며 말했다.

"저 아름다운 물빛과 산색 좀 보시구려! 저게 다 우리 것이라오! 두소경처럼 부인을 동반하고 청량산까지 꽃구경을 가지 않아도 우린 날마다 여기서 산수를 즐길 수 있단 말씀이오."

한가로운 날이면 또 술을 한 잔 따라 놓고, 부인더러 옆에 앉으라고 하고는 두의가 지은 『시설』을 읽어 주었다. 읽다가 재미난 구절이 나오면 술을 한 잔 가득 따라 마시며 부부는 한바탕 웃음을 터뜨리곤 했다. 장상지는 현무호에서 이처럼 마음 가는 대로 유유자적 지냈다.

그러던 어느 날 호수 저쪽 기슭에서 누군가가 배를 태워달라고 소리쳤다. 이쪽에서 그쪽으로 배를 보내 건너오게 한 다음 맞으러 나가 보니, 들어오며 인사를 하는 이는 다름 아닌 노덕이었다. 그를 보고 장상지가 기뻐하며 말했다.

"그렇게 헤어진 뒤로 정말 많이 뵙고 싶었소. 어떻게 오늘 바로 이쪽으로 오셨나?"

"안 그래도 어제 댁으로 찾아뵈었다가 오늘 겨우 이리로 온 겁니다. 알고 보니 이런 데서 신선처럼 살고 계시군요! 정말 부럽습니다!"

"이곳이 무릉도원은 아니지만 세상과 멀리 떨어져 있어 무릉도원이나 진배없지요. 예서 며칠 머물다 가신 후 다시 찾아오시려면 길을 헤맬지도 모르겠소이다!"

곧 술자리를 마련해 함께 술을 마셨다. 그렇게 한밤중까지 술을 마시고 있는데, 하인 녀석이 들어와 다급한 소리로 이렇게 알렸다.

"중산왕부(中山王府)에서 병사 수백 명이 나왔습니다. 횃불이 수천 개도 더 되고요. 고기잡이배 72척을 몽땅 끌고 가서 병사를 실어 와서 지금 정원을 겹겹이 에워쌌습니다."

이 말에 장상지가 깜짝 놀랐는데, 또 다른 하인 아이가 들어와 고했다.

"총병(總兵) 나리께서 대청으로 드셨습니다."

장상지가 나가자, 총병이 그를 보고 인사를 했다. 장상지가 물었다.

"저희 집에는 무슨 일이십니까?"

"나리의 댁과는 상관없는 일입니다."

총병은 이렇게 말하며 장상지의 귀에 대고 나지막이 속삭였다.

"노덕이 금서인 『고청구문집(高青丘文集)』을 감춰 두고 있다는 고발이 들어왔습니다. 노덕이 무예가 뛰어나다고 경사에서 알려왔기 때문에 병사들을 풀어 체포하러 온 것입니다. 오늘 그자를 추적하다 나리 댁에 있다는 걸 알아내고 이렇게 데리러 왔으니, 그자가 눈치 채고 도망가지 못하도록 해 주십시오."

"총병 어른, 그 일이라면 그냥 제게 맡겨 주십시오. 제가 내일 그 사람더러 직접 자수하러 가라고 하겠습니다. 그의 신병은 제가 책임지지요."

총병이 장상지의 말을 듣더니 이렇게 말했다.

"나리께서 그리 말씀하시는데 제가 달리 무슨 말씀을 드리겠습니까? 그럼, 이만 물러가겠습니다."

장상지는 그를 문까지 전송했다. 총병이 영을 내리자 병사들이 일제히 배를 타고 호수를 건너갔다. 어찌 된 일인지 전해 들은 노덕이 와서 장상지에게 말했다.

"저도 사내대장부인데 도주하여 선생님께 누를 끼치기야 하겠습니까? 내일 관아로 자수하러 가겠습니다!"

그러자 장상지가 껄껄 웃으며 대답했다.

"일단 며칠만 그곳에 가 계시구려. 한 달 안에 풀려나 자유로워질 수 있도록 제가 책임지고 도와드리겠소이다."

장상지는 은밀하게 10여 통의 편지를 써서 경사의 여러 조정 대신들에게 보내어 노덕의 일을 부탁했다. 그 덕택에 해당 관아에서 문서가 내려와 노덕을 석방시켰고, 이번엔 거꾸로 그를 고발한 자에게 죄를 물었다. 노덕은 장상지에게 감사를 드리고, 현무호 화원에 머물렀다.

며칠 뒤 다시 또 두 사람이 나타나 호수 저편에서 배를 보내 달라고 소리쳤다. 장상지가 배를 보내 맞이하니, 지균과 두의였다. 장상지가 기뻐하며 말했다.

"잘 오셨소! '청담 나누고 싶던 차에 친구가 찾아오네(正欲淸談聞客至)' 라고 하더니 마침 잘 오셨소이다."

장상지가 호수 안의 정자로 그들을 맞아들였다. 지균이 태백사에서 거행할 예악 의식을 확정해 달라고 했다. 장상지는 두 사람을 붙잡아 앉히고 하루 종일 술을 마신 뒤, 태백사에서 거행할 예악

의식을 예법에 맞도록 꼼꼼하게 손질하여 지균에게 넘겨주었다.

눈 깜짝할 사이에 해가 바뀌고 2월 중순이 되었다. 지균은 마정, 거내순, 계추, 소정, 김동애를 불러 모아 다 같이 두의의 하방으로 가서 태백사의 제사에 대해 상의를 했다. 거기 모인 사람들이 말했다.

"그런데 어떤 분을 좨주(祭酒)로 모셔야 할까요?"

그러자 지균이 대답했다.

"묘사에 올리는 분이 위대한 성인이시니만큼 진정 성현의 제자라 할 만한 분이 제사를 주재해야 부끄러움이 없을 것입니다. 반드시 그런 분을 찾아야 합니다."

"누구 말씀이십니까?"

지균이 손가락을 꼽으며 그 사람이 누구인지 말했다. 그런데 이 일로 인해 다음과 같은 새로운 이야기가 생겨난다.

> 천 갈래 만 갈래 물길은
> 황하의 품으로 돌아가고
> 경쇠며 징이며 온갖 악기 소리는
> 음의 근본인 황종(黃鐘)에 맞추네.
> 千流萬派, 同歸黃河之源,
> 玉振金聲, 盡入黃鐘之管.

도대체 이 사람은 누구일까? 이에 대해서는 다음 회를 들어 보시라.

와평

장상지는 대단히 학문이 높은 사람이지만 얼마간 허세를 부리는 면도 있다. 학문이 높다는 것은 어떻게 알 수 있는가? 예를 들어 그가 노덕에게 던진 몇 마디는 10년 동안의 공부와 10년 동안의 수양이 없으면 도저히 터득할 수 없는 깨달음을 담고 있다. 이 정도의 학문은 이 책에서 오직 우육덕 정도나 거의 비슷하게 도달할 수 있는 경지이다. 두의도 이 정도엔 이르지 못하고 있다. 그러므로 장상지는 이 책에서 확실히 제 2인자로 꼽히고 있는 것이다. 장상지에게 약간의 허세가 있음은 어떻게 알 수 있는가? 예컨대 서기를 만날 때는 오만하게 문하생의 예를 갖추지 않았는데 대학사에게 답변할 때는 그 언사가 오만한 듯하나 실은 공손하였으니, 이는 마치 홍문(鴻門)의 연회에서 번쾌(樊噲)가 항우(項羽)를 꾸짖지만 항우가 화를 내지 않은 이유가 번쾌의 말 속에는 자신을 맹주(盟主)로 존중하는 뜻이 있이 있었기 때문인 것과 같다. 또 노덕이 체포되었을 때 장상지는 경사의 권력자들에게 편지를 써서 풀어 주게 했으니, 이게 어찌 강호의 고결한 은사가 할 일이겠는가? 그래서 내가 장상지에게 약간의 허세가 있다고 한 것이다. 이 모두는 작자가 사마천의 뛰어난 필법으로 여러 각도에서 인물의 다양한 모습을 묘사해 낸 것이니, 이른바 산봉우리 흰 구름은 그저 스스로 즐겁게 떠 있을 뿐 본래 세상 사람들에게 이해 받기를 바라지 않는 것과 같은 경지라 할 수 있다.

제36회

상숙현에서 참된 선비 우육덕이 탄생하고, 태백사에서 명사와 현인이 제사를 주재하다

응천(應天) 소주부(蘇州府) 상숙현에 인불진(麟紱鎭)이라는 마을이 있었는데, 이곳의 2백여 가구는 모두 농사를 짓고 살았다. 이 마을에서는 단지 우(虞)씨 성을 가진 사람 하나가 글공부를 해서 성화(成化 : 1465~1487) 연간에 현학에 들어갔는데, 30년 내내 수재로 머물면서 마을에서 훈장 노릇이나 하고 있었다. 이 마을은 성에서 15리 거리에 있는데, 우 수재는 과거에 응시하러 갈 때 빼고는 성에 가 본 적이 없었다. 그는 여든 살 남짓까지 살다가 세상을 떴다. 그의 아들은 현학에 들어가지는 못했지만 역시 훈장 노릇을 하면서 살았다. 그는 중년이 되도록 슬하에 대를 이을 자식이 없었다. 아들 부부가 문창제군(文昌帝君)*에게 자식을 점지해 달라고 빌자, 어느 날 꿈에 문창제군이 나타나 직접 종이쪽지를 건네주었다. 거기에는 "군자는 과감히 행함으로써 덕을 기른다(君子以果行育德)"라는 『역경(易經)』의 구절이 적혀 있었다. 그리고 얼마 후 부부는 아이를 갖게 되었다. 열 달을 다 채우자 우 박사(博士)가 태어났다. 아이의 아버지는 문창제군에게 감사의 인사를 올리고, 아이에게 '육덕(育德)'이라는 이름과 '과행(果行)'이라는 자를 붙여 주었다.

우육덕이 세 살 되던 해 어머니가 돌아가셔서, 그의 아버지는 훈장 노릇을 하던 집으로 그를 데려가 키웠고, 여섯 살이 되자 글을 가르쳤다. 우육덕이 열 살이 되었을 때, 인불진에 사는 기(祁) 노인이 우육덕의 아버지를 모셔다 아들의 글공부를 맡겼는데, 기 노인과 우육덕의 아버지는 서로 뜻이 잘 맞았다. 4년 후, 우육덕의 아버지가 병으로 세상을 떠나게 되었는데, 임종할 때 그는 우육덕을 기 노인에게 부탁했다. 이때 우육덕의 나이 열네 살이었다.

기 노인이 말했다.

"우 도령은 여느 아이들과는 다르다. 그런데 이제 훈장 선생이 돌아가셨으니 우 도령을 모셔 아들을 가르쳐야겠다."

그는 곧 손수 명첩에 기연(祁連)이라는 이름을 써서 서재로 찾아가 인사를 했다. 그리고 아홉 살 된 아들을 데려다가 우육덕에게 절하고 스승으로 모시게 했다. 우육덕은 이때부터 줄곧 기연의 집에서 글을 가르치게 되었다.

상숙현은 인재를 대단히 많이 배출한 고장인데, 이 무렵에는 운청천(雲晴川) 선생이라는 사람이 고문과 시, 사에서 천하에 으뜸이었다. 우육덕은 17, 18세가 되자 그에게 시와 문장을 배우기 시작했다. 기연이 말했다.

"우 도령, 그대는 가난한 선비인지라 이런 시나 문장만 익혀서는 아무 소용도 없으니, 밥벌이할 재간을 한두 가지라도 익혀야 하네. 내가 젊은 시절에 풍수도 좀 익혔고, 점치고 택일하는 법도 배웠다네. 이것들을 모두 자네에게 가르쳐 줄 테니 잘 익혀 두었다가 급할 때 쓰도록 하게."

우육덕은 기연이 가르쳐 주는 것을 열심히 배웠다.

"그리고 과거 시험 답안을 몇 권 사다 읽어 보게. 나중에 과거를 봐서 수재가 되면 더 좋은 훈장 자리를 얻는 데도 도움이 될 걸세."

우육덕은 기연을 믿고 그의 말대로 시험 답안을 몇 권 사다가 공부했다. 그는 스물네 살이 되자 과거에 응시하여 수재가 되었다. 그 이듬해에는 20리 밖 양가촌(楊家村)의 양 아무개가 매년 은자 서른 냥을 주기로 하고 그를 가정교사로 데려갔다. 우육덕은 정월에 양씨 집으로 갔다가 섣달이 되면 다시 기연의 집에 와서 설을 쇠었다.

또 2년이 지난 뒤 기연이 말했다.

"자네 선친께서 살아 계실 때, 황(黃)씨 집안의 여식과 혼사를 정해 놓았는데, 이제 혼인할 때가 되었네."

그래서 그는 그 해 받은 수업료 가운데 남은 여남은 냥의 은자에 이듬해 수업료 가운데 미리 받은 여남은 냥을 더해서 혼사를 치렀다. 결혼한 뒤에도 부부는 여전히 기연의 집에 방을 얻어 살았다. 우육덕은 한 달 후 다시 양씨 집으로 갔다. 2년이 지나는 동안 수업료 가운데 은자 2, 30냥을 모아 기연의 집 옆에 네 칸짜리 집을 얻어 이사하고, 어린 하인 하나를 고용했다. 우육덕이 양씨네로 가고 나면 이 하인이 쌀, 기름과 소금, 채소 따위를 사러 매일 아침 3리 밖 마을 시장을 오가면서 주인마님과 함께 집을 지켰다. 우육덕의 아내는 자녀를 낳아 기르는 동안 병치레가 잦았지만, 우육덕의 봉급으로는 그 약값을 감당할 수가 없었다. 그래서 매끼 흰 죽만 먹었지만, 나중에는 몸 상태가 조금씩 호전되었다. 우육덕이 서른두 살이 되던 해에 이제 더 이상 양씨 집에서 훈장 노릇을 할 수 없게 되자 그의 아내가 말했다.

"올해는 어떻게 살지요?"

"걱정 마시오. 내가 훈장 일을 하면서부터 해마다 은자 서른 냥 정도는 벌었소. 가령 어느 해 정월에 수업료로 스물 몇 냥만 받기로 해서 돈이 부족할까 걱정하고 있으면 어김없이 그해 4, 5월에는 학생이 두세 명 더 들어오거나 문장을 손봐 달라는 사람이 있어 얼추 서른 냥을 채우게 되었소. 또 어떤 해에는 정월에 수업료로 은자 몇 냥을 더 받기로 해서 '옳거니, 올해는 더 많이 벌게 되었구나!' 하고 기뻐하면, 갑자기 집안에 무슨 일이 생겨 더 받은 그 은자를 다 써 버리고 말았소. 매년 이 정도는 벌 수 있을 것 같으니 돈 걱정은 할 것 없소."

얼마 뒤, 과연 기연이 찾아와 하는 말이, 먼 동네 사는 정(鄭)씨 집안에서 묘지를 봐달라는 부탁이 들어왔다는 것이다. 우육덕은 나침반(羅盤)을 챙겨 가서 정성을 다해 묏자리를 봐주었다. 묘지를 다 만들고 나서 정씨 집안에서는 사례금으로 은자 열두 냥을 주었다. 우육덕은 집으로 돌아가려고 작은 배를 한 척 불러 탔다.

때는 바야흐로 3월 중순이라, 강 양쪽 기슭에는 복사꽃 피고 버드나무 푸르렀으며, 순풍도 살랑살랑 불어 우육덕의 마음까지 상쾌해졌다. 외딴 곳으로 접어들자 가마우지 낚시를 하는 배가 보였다. 우육덕이 선창에 기대어 구경하고 있자니 갑자기 강둑에서 누군가가 강물로 뛰어들었다. 우육덕이 깜짝 놀라 급히 사공더러 그 사람을 구해 올리도록 했다. 배 위로 끌어올리고 보니 그 사람은 온 몸이 이미 물에 흠뻑 젖어 있었다. 날씨가 그래도 따뜻해서 우육덕은 젖은 옷을 벗기고 사공에게 옷을 빌려 갈아입혔다. 그리고 그를 배 안으로 데리고 들어가 자리에 앉힌 다음, 왜 죽으려 했는지 물어보자 그가 이렇게 대답했다.

"저는 이 마을 농부입니다. 남의 땅을 몇 뙈기 빌려 농사를 짓고 있는데, 벼를 수확하면 땅주인이 죄다 가져가 버립니다. 아버님이 병으로 돌아가셨지만 관을 살 돈조차 없습니다. 나 같은 놈이 살아서 뭐 합니까, 차라리 죽는 편이 낫지요!"

우육덕이 말했다.

"효심은 기특하지만 그렇다고 죽을 일은 아니지요. 지금 제게 은자 열두 냥이 있는데, 이것도 누군가에게 받은 것입니다. 저도 몇 달 치 생활비가 필요하기 때문에 전부 드릴 수는 없습니다. 네 냥을 드릴 테니 가져가시고, 이웃 친지들과 상의해 보십시오. 그러면 다들 도와주실 테니, 아버님 장례를 치를 수 있을 겁니다."

그리고 바로 짐 보따리에서 은자 네 냥을 꺼내 건네주었다. 그 사람은 은자를 받아들고 감사 인사를 하고 나서 이렇게 물었다.

"은인께서는 존함이 어떻게 되시는지요?"

"저는 인불촌에 사는 우가라고 합니다. 여러 말 마시고 어서 가서 일이나 처리하십시오."

그 사람은 인사를 하고 떠났다.

우육덕은 집으로 돌아왔다. 그 해 하반기에 다시 훈장 자리가 났고, 또 겨울이 끝나갈 무렵에는 아들이 태어났다. 이런 일들이 모두 기연 덕에 이뤄진 것이라 생각하여 아들 이름을 기연에게 감사한다는 뜻의 '감기(感祁)'로 지었다. 그로부터 5, 6년간 계속 훈장 노릇을 했다. 우육덕이 마흔한 살 되던 해에 향시를 치르게 되자 기연이 그를 전송하며 말했다.

"우 선생, 올해는 좋은 성적으로 합격할 걸세."

"그걸 어떻게 아십니까?"

"자네가 음덕(陰德)을 많이 쌓았기 때문일세."

"백부님, 제게 무슨 음덕이 있다고 그러십니까?"

"다른 사람을 위해 묏자리를 알아봐 주며 정성을 다 기울였고, 또 듣자 하니 돌아오는 길에는 부친상 당한 이를 구해 주었다더군. 이게 다 음덕이지."

그러자 우육덕이 웃으며 말했다.

"음덕이란 것은 이명(耳鳴)처럼 자신에게만 들리고 남들은 알 수 없는 것입니다. 그런데 지금 이 일은 백부님도 이미 알고 계시니 어찌 음덕이라 하겠습니까?"

"어쨌든 음덕이지! 자네는 올해 시험에 붙을 걸세."

얼마 후 남경 향시를 치르고 집으로 돌아오다가 우육덕은 찬바람을 맞고 병이 났다. 합격자 명단이 나붙던 날 합격 소식을 전하는 보록인이 인불진으로 왔는데, 기연은 그 보록인과 함께 우육덕을 찾아와서 말했다.

"우 선생, 자네 합격했네."

우육덕은 병석에서 이 말을 듣고, 아내와 상의하여 옷 몇 벌을 저당 잡혀 돈을 마련해서 보록인의 심부름 값으로 주도록 기연에게 부탁했다. 며칠 후 그가 병이 나아 남경으로 올라가 이력서를 적어 내고 돌아오니 친지들과 주인집에서 모두 축하 선물을 보내주었다. 그는 채비를 해서 경사로 올라가 회시를 치렀으나 진사에는 급제하지 못했다.

마침 상숙 출신의 강(康) 대인(大人)이라는 대관료가 산동순무로 임명되자, 경사를 떠나면서 우육덕에게 함께 가자고 했다. 우육덕은 강 대인의 아문에서 지내면서 대신 시문을 지어주곤 했는데 두 사람은 서로 뜻이 잘 맞았다. 아문의 동료 가운데 이름이 우자(尤滋)요, 자가 자심(資深)이라는 사람이 있었다. 그는 우육덕의 글과 인품을 보고 제자가 되기를 원해서, 우육덕과 한 방에서 지내며 아침저녁으로 가르침을 청했다. 그때 막 천자께서 천하의 인재를 구하고 있던 참인지라 강 대인도 한 사람을 추천하려 했다. 우자가 말했다.

"지금 조정에서 인재를 구하는 큰일을 벌인다고 하니, 제가 강 대인께 스승님을 추천하라고 말씀드릴까 합니다."

우육덕이 웃으며 말했다.

"그건 내게 과분한 일이네. 대인께서 사람을 추천하신다 해도 그건 대인의 뜻에 맡겨둬야지. 우리가 그분께 부탁한다는 것은 올바른 처신이 아닐세."

"스승님이 원하지 않더라도 그분이 황제 폐하께 추천해 주셨을 때, 폐하를 알현하건 알현하지 못하건 간에 관직을 사양하고 돌아오신다면 스승님의 고결한 인품이 더욱 빛날 겁니다."

"그 말도 틀렸네. 그분께 부탁해서 추천을 받았는데 내가 관직을 사양한다고 해 보세. 이렇게 되면 추천을 부탁한 것도 진심이 아니고, 관직을 사양한 것도 진심이 아닌 셈이 되지. 이게 무슨 짓이란 말인가?"

이렇게 말하고 나서 껄껄 웃었다. 우육덕은 산동에서 2년을 보내다가 다시 경사로 올라가 회시를 치렀으나 역시 급제하지 못했다. 그러자 그는 곧 배를 타고 강남으로 돌아와 예전처럼 훈장 노릇을 했다.

다시 3년이 지나 우육덕이 쉰 살이 되던 해, 양씨 집안의 엄 아무개라는 집사를 빌려 함께 경사로 올라가 회시를 보았다. 이 시험에서 그는 진사에 합격하였고, 전시(殿試)에서 이갑(二甲)에 드니, 조정에서는 그를 한림원 학사로 선발하고자 하였다. 진사들 가운데는 쉰 살이 된 이도 있고 예순 살이나 된 이도 있었으나, 이력서에는 대개 실제 나이를 적어 넣지 않았다. 오로지 우육덕만이 실제 나이인 쉰 살로 적어 냈다. 천자께서 이것을 보고 말했다.

"이 우육덕이란 자는 나이가 너무 많으니 한직(閒職)에나 임명하도록 하라."

그리하여 우육덕은 남경의 국자감 박사로 임명되었다. 그가 기뻐하며 말했다.

"남경은 멋진 곳이지. 산천이 빼어나고 고향과도 가깝지 않은

가! 이번에 가면 아내와 자식들도 불러 함께 지낼 수 있으니, 궁상맞은 한림학사보다야 훨씬 낫겠지."

그는 곧 방사(房師)*와 좌사(座師),* 그리고 동향 출신의 대관료들에게 작별 인사를 했다. 한림원 시독 가운데 왕(王) 선생이라는 이가 그에게 부탁했다.

"선생께서 남경에 가시면 그곳 국자감에 명문가 자제가 하나 있다오. 그는 이름이 무서(武書)라 하고 자는 정자(正字)인데, 모친께 대단히 효성스럽고 재능도 뛰어나지요. 그곳에 가시거든 그 사람을 잘 좀 보살펴 주시구려."

우육덕은 그러마고 대답했다. 그는 짐을 꾸려서 부임지인 남경으로 갔다. 그리고 국자감의 문두(門斗)를 보내 상숙에 있는 가족을 데려오게 했다. 이때 이미 열여덟 살이 된 그의 아들 우감기도 어머니와 함께 남경으로 왔다.

우육덕은 국자감 좨주인 이(李) 대인을 만나 뵙고, 청사로 출근하여 자리에 앉았다. 국자감의 학생들이 줄줄이 인사를 하러 찾아왔는데, 우육덕은 명첩들 속에서 무서라는 이름을 발견했다. 우육덕이 나가 그들을 맞으면서 물었다.

"어느 분이 무서인가?"

그러자 몸집이 작은 사람 하나가 사람들 속에서 앞으로 걸어 나오더니 대답했다.

"소생이옵니다."

"경사에 있을 때부터 그대가 효성이 지극하고 재능도 뛰어나다는 말을 많이 들었네."

그리고 다시 한 번 그와 정중하게 인사를 나누고, 사람들더러 자리에 앉도록 했다.

무서가 말했다.

"선생님의 문장은 태산과도 같이 높으십니다. 저희는 이제 단비를 만난 셈이니, 참으로 행운이라 하겠습니다."

"나는 이곳이 처음이니, 매사에 잘 가르쳐 주기 바라네. 그대는 국자감에 있은 지 몇 년이나 되나?"

"사실 저는 어려서 아버님을 여의고 홀어머니를 모시고 고향에서 살았습니다. 혈혈단신으로 형제도 없어 옷이며 음식을 모두 제 손으로 해결했지요. 어머니가 살아 계실 때는 글공부를 하거나 과거 시험을 치를 수도 없었습니다. 불행히 어머니께서 돌아가셨을 때 장사 치르는 일은 모두 천장현의 두소경 선생님이 도와주셨습니다. 그 뒤로 그분께 시를 배웠습니다."

"전에 내가 우자심이라는 친구의 책상에서 그분의 시집을 본 일이 있는데, 정말 시 짓는 재능이 빼어나시더군. 그분이 여기 계신가?"

"지금 이섭교 부근의 하방에 살고 계십니다."

"천자께 현무호를 하사받은 장소광 선생이란 분도 계시다던데, 그 호수에 살고 계신가?"

"호수에 살고 계십니다. 하지만 사람은 잘 만나지 않으십니다."

"내일 당장 찾아뵈어야겠군."

"저는 팔고문을 전혀 지을 줄 몰랐습니다. 그런데 나중에 찢어지게 가난한데도 학위가 없어 훈장 자리조차 제대로 구할 수 없는지라 할 수 없이 글 몇 편을 달달 외워 팔고문 짓는 법을 배우고, 그 김에 대충 시험을 쳤는데 바로 수재가 되었습니다. 나중에 어찌 된 일인지 몇몇 학대(學臺)들께서 제 이름을 보시더니 일갑(一甲)의 첫 번째로 뽑아 늠생원이 되게 해 주셨습니다. 제가 지은 팔고문은 사실 형편없지만, 여러 번 치른 시부(詩賦) 시험에서도 늘 1등이었습니다. 지난번 8개 현의 수재를 함께 모아 시험을 치렀는데 또 제가 일갑의 1등이 되어 이곳 국자감에 들어오게 된 것입니다. 하지만 아무래도 저는 팔고문에는 소질이 없는 것 같습니다."

"나도 팔고문 짓는 것이 달갑지는 않다네."

"그럼 저도 팔고문을 들고 와 가르침을 청하지는 않겠습니다. 평소 시험을 치를 때 쓴 시부들과 제가 지은 『고문이해(古文易解)』, 그리고 각종 잡문들을 다듬어 가져와 가르침을 청하겠습니다."

"그대의 재능이 얼마나 뛰어난지 알 만하네. 시부나 고문이 있다면 더 잘 됐네. 가져오면 자세히 읽어 보지. 그런데 자당께서는 정표(旌表)를 받으셨는가?"

"돌아가신 어머님은 그만한 자격이 있는 분이시지요. 소생은 집안이 가난해서 관청에 수속비를 내지 못해 지금껏 미루어 왔습니다. 참으로 저의 죄가 큽니다."

"그런 일을 미뤄서야 되겠는가?"

곧 사람을 시켜 붓과 벼루를 가져오게 하고 이렇게 말했다.

"여보게, 당장 서류를 한 장 쓰게."

즉시 서판을 불러 이렇게 지시하였다.

"무 선생 어머님의 절개와 효성에 관한 일을 신속히 처리해서 상부에 보고할 문서를 준비하도록 해라. 필요한 비용은 모두 내가 내겠다."

서판은 "예" 하고 물러갔다. 무서는 머리를 조아리며 스승에게 감사했다. 다른 사람들도 무서 대신 감사 인사를 한 후, 인사를 하고 돌아갔다. 우육덕은 그들을 전송하고 안으로 들어갔다.

다음 날 우육덕이 장상지를 만나러 현무호로 갔으나 만나지 못했다. 그래서 하방으로 두의를 찾아갔다. 우육덕은 옛날 두씨 집안의 전원공이 상숙에 있을 때 자신의 조부를 학생으로 거두어 준 일을 이야기했다. 전원공은 두의의 증조부이므로 두의는 우육덕을 '세숙'이라고 불렀고, 두 사람은 함께 지난 일을 화제로 이야기를 나누었다. 우육덕은 또 장상지를 존경해 왔는데 오늘은 인연이 없어서 못 만났다고 했다. 그러자 두의가 말했다.

"그 양반이 세숙을 몰라서 그러셨을 겁니다. 제가 가서 말씀드려 보겠습니다."

잠시 후, 우육덕은 작별 인사를 하고 돌아갔다.

다음 날 두의는 현무호로 장상지를 찾아가 물었다.

"어제 우 박사가 방문했을 때 어째서 만나 주시지 않았습니까?"

그러자 장상지가 웃으며 대답했다.

"나는 벼슬아치들은 사절하기 때문이지. 그가 하급 관리이긴 해도 만날 생각은 없네."

"이분은 다를 겁니다. 선생 티를 내지 않을 뿐더러, 진사 티는 더욱 내지 않습니다. 속마음이 담백한 것은 위로는 백이(伯夷)*나 유하혜(柳下惠)* 같고, 아래로는 도잠(陶潛)* 같은 사람입니다. 그를 만나 보시면 아시게 될 겁니다."

장상지가 이 말을 듣고 곧 답례 방문을 했는데, 두 사람은 만나자마자 오래된 친구처럼 가까운 사이가 됐다. 우육덕은 장상지의 담박함을 좋아하였고 장상지는 우육덕의 소탈하면서도 고상함을 아꼈으니, 두 사람은 문경지교(刎頸之交)를 맺었다.

다시 반년이 지나, 우육덕은 아들을 혼인시켰다. 며느리로 맞은 처자는 기연의 손녀였다. 그는 본래 우육덕의 제자였는데 이제 그 집안과 사돈을 맺어 기연의 은혜에 보답하고자 한 것이었다. 기씨 집안에서는 딸을 우육덕의 관사로 보내 혼례를 치르면서 하녀도 한 명 딸려 보냈다. 이때부터 우육덕의 아내는 처음으로 하녀를 두고 부릴 수 있게 되었다. 혼사가 모두 마무리되자 우육덕은 그 하녀를 집사 엄(嚴)씨에게 시집보냈다. 이에 엄씨가 은자 열 냥을 하녀의 몸값으로 바치자 우육덕은 이렇게 말했다.

"자네도 침상이나 옷가지를 마련해야 할 게 아닌가. 이 열 냥은 내가 자네에게 주는 셈 치고, 가지고 가서 혼수 장만하는 데 쓰게나."

집사 엄씨는 머리를 조아리며 감사 인사를 하고 물러갔다.

어느새 봄이 찾아와 2월이 되었다. 우육덕이 작년에 부임하여 손수 심은 홍매 한 그루에 꽃이 피자, 그는 기뻐하며 하인들에게 술자리를 마련하게 하고 두의를 초청했다. 두 사람은 함께 매화나무 밑에 앉아 이야기를 나눴다. 우육덕이 말했다.

"소경 형, 이제 점점 봄빛이 짙어 가는데, 10리 강변을 따라 핀다는 매화가 어떤 장관일지 궁금하네. 언제 나랑 같이 잔을 들고 구경하러 가세나."

"그렇잖아도 제가 그런 생각을 하고 있었습니다. 세숙과 장소광 형을 청해 하루 종일 놀아볼까 했습니다."

이렇게 이야기를 나누고 있는데 새로운 손님 두 사람이 안으로 들어왔다. 이들은 국자감 입구에서 살고 있는 사람들로, 한 사람은 저신(儲信)이라는 사람이고 다른 하나는 이소(伊昭)라는 사람이었다. 이 둘은 여러 해 동안 국자감 교사들과 가깝게 지내고 있었다. 우육덕은 두 사람이 들어오자 인사를 나누고 자리를 권했는데, 둘은 두의보다 윗자리에 앉기를 사양했다. 자리에 앉자 술이 나왔다. 두어 잔을 마신 후, 저신이 말했다.

"초봄이라 묵은 양식도 다 떨어져 가니, 생신잔치를 한번 열어 사람들한테 받은 선물로 봄을 나셔야지요."

그러자 이소가 말했다.

"선생님께 말씀드렸으니, 저희가 사람들에게 알리겠습니다."

우육덕이 말했다.

"내 생일은 8월인데 어떻게 지금 생일을 치른다는 건가?"
이소가 말했다.
"그게 무슨 상관이겠습니까? 지금 잔치를 하고 8월에 또 하시면 되지요."
우육덕이 말했다.
"말도 안 되는 소리! 살다 보니 별 우스운 얘길 다 듣겠구먼. 그만 하고 두 분은 술이나 드시게나."
두의도 웃었다. 우육덕이 말했다.
"소경, 자네와 의논할 일이 하나 있네. 중산왕부(中山王府)에서 집안에 열녀가 났다며 내게 비문(碑文)을 한 편 써 달라고 부탁한 일이 있네. 그때 글 값으로 받은 은자 여든 냥이 지금 내게 있는데, 자네가 그 일을 맡아 주었으면 하네. 돈은 꽃구경하고 술을 사는 데 보태도록 하고."
두의가 말했다.
"세숙께서 그런 글을 못 지으시는 것도 아닐 텐데, 왜 제게 하라고 하시는 겁니까?"
"내게 자네 같은 글재주가 어디 있나? 자네가 맡아서 좀 해 주게."
이렇게 말하며 우육덕은 비문에 써넣을 대강의 내용을 적어 놓은 것을 소매에서 꺼내 두의에게 건네주었다. 그리고 하인에게 은자 두 봉지를 두의의 하인에게 주라고 했다. 하인이 은자를 들고 나오면서 또 이렇게 아뢰었다.
"탕(湯) 선생께서 오셨습니다."
우육덕이 말했다.
"이리로 모셔오너라."
하인은 은자를 두의의 하인에게 건네주고 안으로 들어갔다. 우육덕이 말했다.

"지금 온 사람은 내 조카일세. 내가 남경으로 올 때 그 녀석더러 우리 집에서 지내며 집을 좀 봐달라고 맡겼는데, 그 일로 나를 만나러 왔나 보네."

이렇게 말하고 있는데 탕씨가 들어와 인사를 하고 자리에 앉았다. 그는 잠시 이런저런 얘길 하다가 이렇게 말했다.

"숙부님, 그 집은 제가 요 반년 동안 쓸 돈이 없어 팔아 버렸습니다."

"그랬구나. 올해는 장사도 잘 안 되고 집안에는 먹을 게 필요했을 테니 팔지 않을 수 없었겠지. 그런데 이 먼 길을 찾아와 그 얘길 하는 이유가 무엇이냐?"

"집을 팔고 나니 살 곳이 없습니다. 그래서 숙부님께 말씀드려 은자를 빌려 살 집을 구했으면 해서요."

우육덕은 또 머리를 끄덕이며 말했다.

"그렇지. 집을 팔았으니 살 곳이 없겠지. 마침 내게 은자 3, 40냥이 있으니 내일 주마. 그걸로 몇 칸짜리 집을 빌리면 될 게다."

그러자 탕씨는 더 말이 없었다.

두의는 술을 다 마시자 작별 인사를 하고 돌아갔다. 저신과 이소 두 사람은 계속 남아 있었으므로 우육덕은 두의를 전송하고 돌아와 그들과 이야기를 나누었다. 이소가 물었다.

"선생님께선 두소경과 어떤 사이십니까?"

"그 양반은 우리 집안과 대대로 교분이 있는 분일세. 재주가 아주 뛰어난 분이지."

"저도 이런 말씀 드리기는 뭣합니다만, 그 사람이 본래는 부자였지만 지금은 완전히 빈털터리가 되어 남경으로 도망 와서 거짓말로 사람들 돈이나 뜯어먹고 산다는 걸 남경 사람이면 누구나 다

압니다. 행실도 형편없지요!"

"무슨 일로 행실이 나쁘다는 건가?"

"그자는 늘 아내를 데리고 술집에 가서 술을 마신답니다. 그래서 사람들이 모두 비웃지요."

"그게 바로 그 양반의 풍류와 고상함을 보여 주는 것이네. 그걸 속된 사람들이 어찌 알겠나?"

그러자 저신이 말했다.

"그건 그렇다 치더라도 선생님, 다음부터 돈이 되는 시나 문장은 그 사람에게 지어 달라고 하지 마십시오. 그자는 과거 시험도 보지 않는 사람이니, 지어 낸 글이 좋아 봤자 얼마나 좋겠습니까! 괜히 선생님 명성에 누가 될까 걱정입니다. 이곳 국자감에 과거에 급제할 수 있는 친구들이 얼마나 많습니까? 그들에게 맡기면 돈도 들지 않고, 글도 좋을 겁니다."

우육덕이 정색을 하고 말했다.

"그건 절대로 그렇지가 않아. 그분의 재능과 명성은 모르는 사람이 없고, 그분이 지은 시나 문장에 감탄하지 않는 사람이 없네. 사람들이 항상 내게 그분의 시를 부탁하니, 오히려 내가 그분 덕을 보고 있는 거지. 오늘만 해도 은자가 백 냥 있었는데, 그 중 스무 냥을 남겨 조카에게 주지 않았나."

그러자 두 사람은 더 할 말이 없어 작별 인사를 고하고 돌아갔다.

다음 날 아침, 응천부에서 도박을 한 감생 하나를 처리하라며 국자감으로 압송해 왔다. 국자감의 문두와 차인이 그 감생을 잠시 문간방에 있도록 하고, 안으로 들어와 우육덕에게 아뢰었다.

"나리, 어디에 가둘까요?"

"잠시 안으로 모시게."

그 감생은 성이 단(端)씨이고, 시골 사람이었다. 단씨는 안으로 들어오더니 눈물을 흘리면서 두 무릎을 꿇고 우육덕에게 억울함을 호소하였다.

"알겠네."

우육덕은 그를 서재에 머물게 하면서 한 상에서 식사를 하고, 이불을 가져다 재워 주었다. 다음 날 우육덕은 부윤(府尹)을 찾아가 단씨가 억울하게 붙잡힌 거라고 잘 해명해서 풀려날 수 있게 해 주었다. 단씨는 머리를 조아리며 감사 인사를 하고 나서 말했다.

"소생이 분골쇄신한들 선생님의 크신 은혜를 다 갚을 수 있겠습니까!"

"그게 뭐 대단한 일이라고 그러는가? 자네가 억울하게 당한 것이니, 내가 나서서 바로잡는 거야 당연한 걸세."

"억울함을 풀게 된 것은 진실로 선생님의 크나큰 은혜 덕분입니다. 제가 처음 이곳에 압송되어 왔을 때 선생님께서 저를 어떻게 처리하실지, 문두가 돈을 얼마나 달라고 할지, 어디에 가둬 두고 어떤 벌을 줄지 몰라 마음을 졸였습니다. 그런데 뜻밖에도 선생님께서 저를 상객(上客)으로 대해 주시더군요. 저는 벌을 받은 것이 아니라 이틀 간 최고의 호강을 누린 겁니다! 이 큰 은혜에 어떻게 감사드려야 할지 모르겠습니다."

"요 며칠 동안 송사로 고생했으니 어서 집으로 돌아가 보시게. 그런 쓸데없는 말은 더 늘어놓을 것도 없네."

단씨는 하직 인사를 하고 돌아갔다.

그로부터 며칠 후 문지기가 여러 사람들이 나란히 이름을 적은 붉은색 전첩 한 장을 가지고 들어왔는데, 거기에는 이렇게 적여 있었다.

후배 지균, 마정, 계추, 거내순과 학생 무서, 여기 그리고 세

질 두의가 함께 인사 올립니다.

우육덕은 전첩을 보고 혼자말로 "무슨 일일까?" 하면서 서둘러 사람들을 맞으러 나갔다. 그런데 이 일로 인해 다음과 같은 새로운 이야기가 생겨난다.

성인의 사당에서
다함께 장엄한 제사 의식을 보고
국자감에서
다 같이 참된 선비를 우러르네.
先聖祠內, 共觀大禮之光.
國子監中, 同仰斯文之主.

도대체 이들이 무슨 일로 찾아온 것일까? 이에 대해서는 다음 회를 들어 보시라.

와평

이번 회에서는 정면에서 사실 그대로 묘사하는 수법만 사용하고, 측면에서 에둘러 묘사하는 수법은 사용하지 않았으므로, 문장 가운데 두드러지게 뛰어난 대목은 없다. 하지만 곰곰 생각해 보면 이번 회가 가장 쓰기 힘들다는 걸 알 수 있다. 우육덕은 이 책에서 가장 으뜸가는 인물이다. 그는 한 치의 흠도 없이 바르고 깨끗해서 마치 어떠한 조미료도 넣지 않은 태갱(太羹)이나 원주(元酒)와도 같으니, 비록 고대의 뛰어난 요리사 역아(易牙)라 할지라도 자신의 요리 기교를 발휘할 여지가 없을 것이다. 이런 까닭에 옛사람들은 "죽은 귀신을 그리기는 쉬워도 산 사람을 그리기는 힘들다(畫鬼易, 畫人物難)"고 했다. 사람은 누구나 볼 수 있으므로 사람을 그릴 때는 약간의 거짓도 허용되지 않는다. 이와 달리 귀신이나 괴이한 존재들을 그릴 때는 마음대로 더하거나 뺄 수 있는 것이다. 태사공 사마천은 평생 기이한 것을 좋아했다고 한다. 예를 들어, 진(晉)나라의 정영(程嬰)이 조삭(趙朔)의 유복자 조무(趙武)를 옹립한 일 등의 이야기들은 어떤 책을 보고 쓴 것인지 알 수 없으나 한껏 기교를 써서 서술하여 구절 하나하나가 살아 있는 듯하다. 그런데 「하본기(夏本紀)」를 지을 때는 당연히 『상서』의 기록을 착실히 적어 넣지 않을 수 없었다. 이는 사마천의 재주가 진(秦), 한(漢) 시대 일을 묘사하는 데는 뛰어나고 하, 은, 주 3대를 묘사하는 데는 모자라서 그런 게 아니라 바로 몸집을 가늠하여 옷을 재단하고 주제를 고려하여 글의 틀을 세운 것이니, 반드시 그렇게 할 수밖에 없었을 뿐이다.

제37회
남경에서 성현들께 제사를 올려 예악을 다시 세우고, 서촉으로 부친을 찾아가는 곽역을 전송하다

우육덕이 나와 손님들을 만나니, 모두들 인사를 나누고 자리에 앉았다. 지균이 말했다.

"태백사의 제사는 위대한 성인께 올리는 것이니만큼, 현명한 분이 제사를 주관하셔야 부끄럽지 않을 것이라는 게 모두의 의견입니다. 그래서 특별히 선생님을 좨주로 모시러 찾아왔습니다."

"내가 현명한 사람이라니 당치도 않은 말씀이시오. 하지만 그 일은 예악의 대사이니 당연히 나도 구경이라도 하고 싶소이다. 날짜는 언제로 정해졌소?"

"4월 초하루입니다. 하루 전날에 선생님을 사당으로 모실 테니, 그곳에서 재계(齋戒)하시고 하룻밤 묵으신 후 제사를 주관해 주십시오."

우육덕이 그러마 하고 차를 내와 손님들과 함께 마셨다. 손님들은 우육덕과 작별하고 나와서 함께 두의의 하방으로 갔다. 지균이 말했다.

"그래도 일할 사람이 좀 부족한 듯합니다."

그러자 두의가 말했다.

"마침 제 고향에서 친구 하나가 와 있습니다."

그리고 장도(臧荼)를 불러내 사람들과 인사하게 했다.

지균이 말했다.

"큰제사를 지내려 하는데, 선생의 힘을 빌려야 되겠습니다."

"저도 그 성대한 의식을 보고 싶습니다."

그렇게 얘기가 되고, 사람들은 작별하고 떠났다.

3월 29일이 되자 지균은 두의와 마정(馬靜), 계추(季萑), 김동애(金東崖), 노화사(盧華士), 신동지(辛東之), 거내순(蘧來旬), 여기(余夔), 노덕(盧德), 우감기(虞感祁), 제갈우(諸葛佑), 경본혜(景本蕙), 곽철필(郭鐵筆), 소정(蕭鼎), 저신(儲信), 이소(伊昭), 계염일(季恬逸), 김우류(金寓劉), 종희(宗姬), 무서(武書), 장도(臧荼)와 함께 남쪽 성문을 나섰다. 뒤이어 장상지(莊尙志)도 도착했다. 그들은 태백사를 향해 갔다. 수십 계단을 올라 높은 언덕에 이르자 큰 대문이 나타났는데, 대문 왼쪽은 제사에 쓸 희생을 점검하는 곳이었다. 대문을 지나자 큰 마당이 나타났다. 거기에서 다시 수십 개의 계단을 올라가자 세 개의 문이 나타났다. 그곳에서 붉은 섬돌〔丹墀〕을 통해 안으로 들어가니, 좌우의 회랑에 태백과 함께 제사하는 역대 선현들의 위패가 모셔져 있었다. 중앙에 있는 다섯 칸짜리 대전에는 태백의 신위가 모셔져 있고, 신위 앞에는 탁자와 향로, 촛대가 놓여 있었다. 대전 뒤편에는 또 다섯 칸짜리 큰 누각으로 통하는 붉은 섬돌이 있었다. 누각의 좌우 양쪽은 세 칸짜리 서재 건물이었다. 대문 안으로 들어가자 금물로 '태백지사(泰伯之祠)' 라고 쓴 편액이 높다랗게 걸려 있었다. 두 번째 문을 지나 동쪽 모퉁이의 문으로 들어가서 동쪽 회랑을 따라 대전을 지나면서 고개를 들어 위층을 바라보니, 금물로 커다랗게 '습례루(習禮樓)' 라고 쓴 편액이 걸려 있었다. 일행은 동쪽 서재 안에서 잠시 쉬었다. 지균이 마정, 무서, 거내순과 함께 누각의 문을 열고, 함께 위층으로 올라가서 악기들을 가져와 당(堂) 위에 놓을 것과 당 아래에 놓을 것을 나누어 늘어놓았다. 당 위에는 축판(祝板)*을 놓고, 향로가 얹힌 탁자 옆에는 제사에 쓰는 작은 깃발〔麾〕를 세우고, 당 아래에는 마당을 밝힐 횃불〔庭燎〕을 세웠으며, 두 번째 대문 옆에는 세숫대야〔盥盆〕와 손 닦는 작은 수건〔盥帨〕을 놓아두었다.

김차복(金次福)과 포정새(鮑廷璽)가 각기 구〔球 : 즉 옥경(玉磬)〕와 거문고〔琴〕, 큰 거문고〔瑟〕, 피리〔管〕, 도고(鼗鼓)*, 축(柷)*, 어(敔)*, 생황〔笙〕, 큰 종〔鏞〕, 퉁소〔簫〕, 편종(編鐘), 편경(編磬) 연주를 담당할 악사들과 일무(佾舞)*를 출 아이들 36명을 이끌고 들어와 사람들에게 인사시켰다. 지균이 아이들에게 피리〔籥〕와 꿩의 깃털〔翟〕을 나눠 주었다. 오후가 되어 우육덕이 도착하니 장상지와 지균, 마정, 두의가 그를 모시고 들어왔다. 차를 마시고 예복으로 갈아입은 네 사람은 우육덕을 안내하여 제사에 쓸 희생을 점검하러 갔다. 그리고 모두들 양쪽 서재에서 재계하고 잠을 잤다.

이튿날 새벽 사당 대문이 활짝 열리자 모두들 일어나 당의 위와 아래, 대문의 안과 바깥, 양쪽 회랑에 모두 촛불을 밝히고, 마당의 횃불에도 불을 밝혔다. 지균이 먼저 우육덕에게 좨주를 맡아달라고 청하고, 장상지에게는 아헌(亞獻)*을 맡아달라고 청한 후, 삼헌(三獻)을 담당할 사람을 구했다. 그러자 모두들 사양하며 "지 선생이나 두 선생이 하시지요" 하고 권했다. 그러자 지균이 말했다.

"우리 둘은 인례(引禮)와 찬례(贊禮)*를 맡아야 합니다. 마 선생이 절강 사람이니,* 마 선생께서 삼헌을 맡아 주십시오."

마정은 재삼 사양했으나 여러 사람들이 추천하여 우육덕 및 장상지와 같은 자리에 앉게 되었다. 지균과 두의는 먼저 이 세 사람을 희생을 검사하는 곳으로 인도하고 그곳에서 경건하게 대기해 있도록 했다. 그리고 두 사람은 돌아와서 김동애에게는 대찬(大

贊)을, 무서에게는 깃발을, 장도에게는 축을, 계추와 신동지, 여기에게는 술잔[尊]을, 거내순과 노덕, 우감기에게는 옥(玉)을, 제갈우와 경본혜, 곽철필에게는 비단[帛]을, 소정과 저신, 이소에게는 곡식[稷]을, 계염일과 김우류, 종희에게는 음식[饌]을 부탁했다. 부탁을 다 마친 다음 노화사에게는 김동애를 보조하도록 했다. 그리고 모두를 이끌고서 두 번째 대문을 나섰다.

곧이어 제사의 시작을 알리는 세 번의 북소리가 울리자, 김차복과 포정새가 각기 구와 거문고, 큰 거문고, 피리, 도고, 축, 어, 생황, 큰 종, 퉁소, 편종, 편경의 연주를 담당할 악사들과 36명의 일무를 출 아이들을 이끌고 나와 당의 위와 아래에 자리를 잡고 섰다.

김동애가 들어가 당 위에 오르자 노화사가 뒤따랐다. 김동애가 정해진 자리에 서서 "각기 맡은 일을 준비하라!" 하고 외치자 악사들은 모두 자신들이 연주할 악기를 집어 들었다.

김동애가 다시 "각자 제자리로!" 하고 외치자 깃발을 담당한 무서가 술잔을 담당한 계추와 신동지, 여기, 옥을 담당한 거내순과 노덕, 우감기, 비단을 담당한 제갈우와 경본혜, 곽철필을 이끌고 들어와 붉은 섬돌 동쪽의 정해진 자리에 섰다. 그리고 축을 담당한 장도가 대전에 올라가 축판 앞에 섰고, 뒤이어 곡식을 담당한 소정과 저신, 이소, 음식을 담당한 계염일과 김우류, 종희가 들어와 붉은 섬돌 서쪽의 정해진 자리에 섰다. 무서도 깃발을 받들고 서쪽의 사람들 아래편에 섰다.

김동애가 "음악 연주!" 하고 외치자 당의 위아래에서 일제히 악기 소리가 울려 퍼지기 시작했다. 김동애가 다시 "신을 맞이하라!" 하고 외치자 지균과 두의가 각기 향과 촛불을 받쳐 들고 대문 밖을 바라보며 공손히 신을 영접했다. 김동애가 "음악 정지!"

하고 외치자 모든 음악이 동시에 그쳤다.

김동애가 "아헌과 삼헌은 위치로 나오시오!" 하고 외쳤다. 그러자 지균과 두의가 장상지와 마정을 인도하여 붉은 섬돌 위의 절하는 곳 왼쪽에 서게 했다. 그리고 김동애가 "좨주는 위치로 나오시오!" 하고 외치자 지균과 두의가 우육덕을 인도하여 붉은 섬돌 위의 절하는 곳에 서게 했다. 그리고 지균과 두의는 각기 좌우로 갈라져서 붉은 섬돌 위의 향로가 놓인 탁자 옆에 섰다.

뒤이어 지균이 "손을 씻으시오!" 하고 외치고, 두의와 함께 우육덕을 인도하여 손을 씻고 오도록 했다. 그리고 지균이 "좨주는 향로 앞으로 나오시오!" 하고 소리쳤다. 향로가 놓인 탁자 위에는 침향목(沈香木)으로 만든 통이 하나 있었는데, 그 안에는 수많은 붉은 깃발들이 꽂혀 있었다. 두의가 그 깃발들 가운데 하나를 뽑으니 그 위에 "분향(焚香)"이라고 적혀 있었다.* 우육덕이 향로 앞으로 걸어가자 지균이 소리쳤다.

"무릎 꿇고, 향을 지피고, 땅에 술을 뿌리시오.* 절하시오. 허리 일으키시오. 절하시오. 허리 일으키시오. 절하시오. 허리 일으키시오. 절하시오. 허리 일으키시오. 다시 위치로 돌아가시오."

두의가 다시 깃발 하나를 뽑으니, "음악 연주"라는 글자가 적힌 깃발이 나왔다.* 그러자 김동애가 소리쳤다.

"신을 즐겁게 해 드릴 음악을 연주하라!"

그러자 김차복이 당 위의 악사들을 지휘하여 음악을 연주하기 시작했다. 잠시 연주하고 나서 멈추자, 김동애가 소리쳤다.

"초헌례(初獻禮)를 행하시오!"

그러자 노화사가 대전 안에서 '초헌'이라고 적힌 패를 하나 안고 나왔다. 지균과 두의가 좨주 우육덕을 인도하고, 무서가 깃발을 들고 지균의 앞에서 걸었다. 일행이 붉은 섬돌 동쪽에서부터 걸어 나오자 술잔을 담당하는 계추와 옥을 담당하는 거내순, 비단을 담당하는 제갈우가 행렬 안으로 들어갔다. 이들은 쾌주 우육덕을 인도하여 위쪽에서 행진했다. 행렬이 다시 붉은 섬돌의 서쪽을 걸어 지나자 곡식을 담당하는 소정과 음식을 담당하는 계염일이 행렬 안으로 들어갔다. 늘어난 행렬은 그대로 쾌주를 인도하여 서쪽에서 내려와 향로가 놓인 탁자 앞에서 동쪽으로 돌아 위로 올라갔다. 대전에 들어가자 지균과 두의는 향로가 놓인 탁자의 좌우에 섰다. 계추는 술잔을, 거내순은 옥을, 제갈우는 비단을 받쳐 들고 왼편에 섰다. 그리고 소정은 곡식을, 계염일은 음식을 받쳐 들고 오른편에 섰다.

지균이 "자리로 나아가 무릎을 꿇으시오!" 하고 소리치자, 우육덕이 향로가 놓인 탁자 앞에 무릎을 꿇었다. 그러자 지균이 소리쳤다.

"술을 바치시오!"

이에 계추가 무릎을 꿇고 우육덕에게 술잔을 건네 바치게 했다.

"옥을 바치시오!"

거내순이 무릎을 꿇고 우육덕에게 옥을 건네 바치게 했다.

"비단을 바치시오!"

제갈우가 무릎을 꿇고 우육덕에게 비단을 건네 바치게 했다.

"곡식을 바치시오!"

소정이 무릎을 꿇고 우육덕에게 곡식을 건네 바치게 했다.

"음식을 바치시오!"

계염일이 무릎을 꿇고 우육덕에게 음식을 건네 바치게 했다.

봉헌이 끝나고 참여했던 이들이 아래로 물러나자 지균이 소리쳤다.

"절하시오. 허리 일으키시오. 절하시오. 허리 일으키시오. 절하

시오. 허리 일으키시오. 절하시오. 허리 일으키시오."

뒤이어 김동애가 소리쳤다.

"「지덕(至德)」의 음악*을 연주하고, 지덕의 춤을 추라!"

그러자 당 위에서 가늘게 음악이 연주되기 시작했고, 36명의 아이들이 일제히 손에 피리와 꿩 깃털을 들고 춤을 추기 시작했다. 연주와 춤이 끝나자 김동애가 소리쳤다.

"계단 아래에 있는 제사에 참여한 이들도 모두 무릎을 꿇으시오. 축문을 낭독하겠소."

장도가 축판 앞에 꿇어앉아 축문을 읽었다. 낭독이 끝나자 김동애가 소리쳤다.

"자리로 돌아가시오!"

뒤이어 지균이 소리쳤다.

"일어서서 제자리로 가시오!"

무서와 지균, 두의, 계추, 거내순, 제갈우, 소정, 계염일이 좨주 우육덕을 인도하여 서쪽으로 내려왔다. 우육덕이 다시 좨주의 자리로 돌아가자, 다른 사람들도 모두 원래 자리로 돌아갔다.

김동애가 소리쳤다.

"아헌례(亞獻禮)를 행하시오!"

노화사가 다시 대전으로 들어가 '아헌'이라고 적힌 패를 안고 나왔다. 지균과 두의는 아헌을 담당한 장상지를 향로가 놓인 탁자 앞으로 인도했다. 그리고 지균이 "손을 씻으시오!" 하고 외친 후, 두의와 함께 장상지를 인도하여 손을 씻고 오게 했다. 무서는 깃발을 들고 지균 앞에서 걸었다. 일행이 붉은 섬돌 동쪽에서부터 걸어 나오자 술잔을 담당하는 신동지와 옥을 담당하는 노덕, 비단을 담당하는 경본혜가 행렬 안으로 들어갔다. 이들은 아헌 장상지를 인도하여 위쪽에서 행진했다. 행렬이 다시 붉은 섬돌의 서쪽을 걸어 지나자 곡식을 담당하는 저신과 음식을 담당하는 김우류가 행렬 안으로 들어갔다. 늘어난 행렬은 그대로 아헌을 인도하여 서쪽에서 내려와, 항로가 놓인 탁자 앞에서 동쪽으로 돌아 위로 올라갔다. 대전에 들어가자 지균과 두의는 향로가 놓인 탁자의 좌우에 섰다. 신동지는 술잔을, 노덕은 옥을, 경본혜는 비단을 받쳐 들고 왼편에 섰다. 그리고 저신은 곡식을, 김우류는 음식을 받쳐 들고 오른편에 섰다.

지균이 "자리로 나아가 무릎을 꿇으시오!" 하고 소리치자 장상지가 향로가 놓인 탁자 앞에 무릎을 꿇었다. 그러자 지균이 소리쳤다.

"술을 바치시오!"

이에 신동지가 무릎을 꿇고 장상지에게 술잔을 건네 바치게 했다.

"옥을 바치시오!"

노덕이 무릎을 꿇고 장상지에게 옥을 건네 바치게 했다.

"비단을 바치시오!"

경본혜가 무릎을 꿇고 장상지에게 비단을 건네 바치게 했다.

"곡식을 바치시오!"

저신이 무릎을 꿇고 장상지에게 곡식을 건네 바치게 했다.

"음식을 바치시오!"

김우류가 무릎을 꿇고 장상지에게 음식을 건네 바치게 했다.

봉헌이 끝나고 참여했던 이들이 아래로 물러나자 지균이 소리쳤다.

"절하시오. 허리 일으키시오. 절하시오. 허리 일으키시오. 절하시오. 허리 일으키시오. 절하시오. 허리 일으키시오."

뒤이어 김동애가 소리쳤다.

"다시 「지덕」의 음악을 연주하고, 지덕의 춤을 추라!"

그러자 당 위에서 가늘게 음악이 연주되기 시작했고, 36명의 아이들이 일제히 손에 피리와 꿩 깃털을 들고 춤을 추기 시작했다. 연주와 춤이 끝나자 김동애가 소리쳤다.

"자리로 돌아가시오!"

뒤이어 지균이 소리쳤다.

"일어서서 제자리로 가시오!"

무서와 지균, 두의, 신동지, 노덕, 경본혜, 저신, 김우류가 아헌을 담당한 장상지를 인도하여 서쪽으로 내려왔다. 장상지가 아헌의 자리로 돌아가자, 다른 사람들도 모두 원래 자리로 돌아갔다.

김동애가 소리쳤다.

"종헌례(終獻禮)를 행하시오!"

노화사가 다시 대전으로 들어가 '종헌' 이라고 적힌 패를 안고 나왔다. 지균과 두의는 종헌을 담당한 마정을 향로가 놓인 탁자 앞으로 인도했다. 그리고 지균이 "손을 씻으시오!"하고 외친 후, 두의와 함께 마정을 인도하여 손을 씻고 오게 했다. 무서는 깃발을 들고 지균 앞에서 걸었다. 일행이 붉은 섬돌 동쪽에서 걸어 나오자 술잔을 담당하는 여기와 옥을 담당하는 우감기, 비단을 담당하는 곽철필이 행렬 안으로 들어갔다. 이들은 삼헌 마정을 인도하여 위쪽에서 행진했다. 행렬이 다시 붉은 섬돌 서쪽을 걸어 지나자 곡식을 담당하는 이소와 음식을 담당하는 종희가 행렬 안으로 들어갔다. 늘어난 행렬은 그대로 삼헌을 인도하여 서쪽에서 내려와, 향로가 놓인 탁자 앞에서 동쪽으로 돌아 위로 올라갔다. 대전에 들어서자 지균과 두의는 향로가 놓인 탁자의 좌우에 섰다. 여기는 술잔을, 우감기는 옥을, 곽철필은 비단을 받쳐 들고 왼편에 섰다. 그리고 이소는 곡식을, 종희는 음식을 받쳐 들고 오른편에 섰다.

지균이 "자리로 나아가 무릎을 꿇으시오!" 하고 소리치자 마정이 향로가 놓인 탁자 앞에 무릎을 꿇었다. 그러자 지균이 소리쳤다.

"술을 바치시오!"

이에 여기가 무릎을 꿇고 마정에게 술잔을 건네 바치게 했다.

"옥을 바치시오!"

우감기가 무릎을 꿇고 마정에게 옥을 건네 바치게 했다.

"비단을 바치시오!"

곽철필이 무릎을 꿇고 마정에게 비단을 건네 바치게 했다.

"곡식을 바치시오!"

이소가 무릎을 꿇고 마정에게 곡식을 건네 바치게 했다.

"음식을 바치시오!"

종희가 무릎을 꿇고 마정에게 음식을 건네 바치게 했다.

봉헌이 끝나고 참여했던 이들이 아래로 물러나자, 지균이 소리쳤다.

"절하시오. 허리 일으키시오. 절하시오. 허리 일으키시오. 절하시오. 허리 일으키시오. 절하시오. 허리 일으키시오."

뒤이어 김동애가 소리쳤다.

"다시 「지덕」의 음악을 연주하고, 지덕의 춤을 추라!"

그러자 당 위에서 가늘게 음악이 연주되기 시작했고, 36명의 아이들이 일제히 손에 피리와 꿩 깃털을 들고 춤을 추기 시작했다. 연주와 춤이 끝나자 김동애가 소리쳤다.

"자리로 돌아가시오!"

뒤이어 지균이 소리쳤다.

"일어서서 제자리로 가시오!"

무서와 지균, 두의, 여기, 우감기, 곽철필, 이소, 종희가 종헌을 담당한 마정을 인도하여 서쪽으로 내려왔다. 마정이 종헌의 자리로 돌아가자, 다른 사람들도 모두 원래 자리로 돌아갔다.

뒤이어 김동애가 소리쳤다.

"유식례(侑食禮)*를 행하시오!"

지균과 두의가 다시 쇄주의 자리에서 우육덕을 인도하여 동쪽으로 나아가 향로가 놓인 탁자 앞에 무릎을 꿇게 했다. 다시 김동애가 소리쳤다.

"음악을 연주하라!"

그러자 당의 위와 아래에서 일제히 요란한 음악이 울려 퍼졌다. 연주가 끝나자 지균이 소리쳤다.

"절하시오. 허리 일으키시오. 절하시오. 허리 일으키시오. 절하시오. 허리 일으키시오. 절하시오. 허리 일으키시오. 일어서시오!"

김동애가 소리쳤다.

"자리로 돌아가시오!"

지균과 두의가 우육덕을 인도하여 서쪽으로 내려와 쇄주의 자리로 돌아가게 했다. 지균과 두의도 원래 자리로 돌아갔다. 그러자 김동애가 소리쳤다.

"음식을 치우시오!"

두의가 붉은 깃발을 하나 뽑으니, 거기에는 '금주(金奏)'*라는 글자가 적혀 있었다. 즉시 요란한 음악이 일제히 울려 퍼졌다. 지균과 두의는 음악이 연주되는 가운데 쇄주의 자리에서 우육덕을 인도하여 동쪽 길로 대전으로 나아가 향로가 놓인 탁자 앞에 무릎을 꿇게 했다. 지균이 소리쳤다.

"절하시오. 허리 일으키시오. 절하시오. 허리 일으키시오. 절하시오. 허리 일으키시오. 절하시오. 허리 일으키시오. 일어서시오!"

김동애가 소리쳤다.

"자리로 돌아가시오!"

지균과 두의가 우육덕을 인도하여 서쪽으로 내려와 좨주의 자리로 돌아가게 했다. 지균과 두의도 원래 자리로 돌아갔다. 두의가 다시 붉은 깃발을 하나 뽑으니, 거기에는 '음악 중지〔止樂〕'라는 글자가 적혀 있었다. 이어서 김동애가 소리쳤다.

"음복(飮福)하고 제사 지낸 고기를 받으시오!"

지균과 두의가 좨주 우육덕과 아헌 장상지, 종헌 마정을 인도하여 모두 향로가 놓인 탁자 앞에 무릎을 꿇고 음복한 다음 제사 지낸 고기를 받게 했다. 그러자 김동애가 소리쳤다.

"자리로 돌아가시오!"

세 사람이 물러나자, 김동애가 다시 소리쳤다.

"비단을 사르시오!"

비단을 맡은 제갈우와 경본혜, 곽철필이 일제히 비단을 불태우니, 김동애가 소리쳤다.

"제사를 마칩니다!"

사람들은 제기와 악기를 치우고, 예복을 벗고 함께 뒤편 누각으로 갔다. 김차복과 포정새는 당 위아래의 악사들과 일무를 춘 36명의 아이들을 이끌고 모두 뒤편의 서재로 갔다.

이 성대한 제사에서 좨주는 우육덕, 아헌은 장상지, 삼헌은 마정으로, 모두 세 명이다. 대찬은 김동애, 부찬(副贊)은 노화사, 축문 담당은 장도, 이렇게 세 명이다. 인례와 찬례는 지균과 두의 두 사람이 맡았고, 깃발은 무서 혼자서 맡았다. 술잔은 계추와 신동지, 여기 세 명이 맡았고, 옥은 거내순과 노덕, 우감기 세 명이, 비단은 제갈우와 경본혜, 곽철필까지 세 명, 곡식은 소정과 저신, 이소까지 세 명, 음식은 계염일과 김우류, 종희까지 세 명이 맡았다. 김차복과 포정새 두 명은 구와 거문고, 큰 거문고, 피리, 북, 축, 어, 생황, 큰 종, 퉁소를 연주하는 악사 열 명과 편종, 편경을 연주하는 악사 네 명, 그리고 일무를 추는 36명의 아이들을 이끌었다. 이렇게 모두 76명이 참여했다.

잠시 후 주방의 일꾼들이 소 한 마리와 양 네 마리, 그리고 제사에 쓰인 각종 요리들을 모두 다듬어서 술상 열여섯 개를 마련했다. 누각 아래에 마련된 여덟 개의 술상에는 우육덕부터 종희까지 24명이 함께 앉고, 양쪽 서재에 마련된 여덟 개의 술상에서는 김차복 이하 다른 사람들을 대접했다. 한나절 동안 술을 마시고 나서 우육덕이 가마를 타고 먼저 성안으로 돌아갔다. 나머지 사람들도 가마를 타거나 걸어서 돌아갔다. 길가에는 남녀노소를 막론하고 수많은 백성들이 일제히 몰려나와 구경하면서 우레와 같은 환호성을 질렀다. 마정이 웃으며 물었다.

"왜들 이러는가?"

그러자 사람들이 너나없이 이렇게 대답했다.

"저희는 남경에서 나고 자랐습니다. 7, 80년을 사신 어르신들도 계시지만 누구도 이런 의식을 구경해 본 적도 없고, 이런 음악을 들어본 적도 없습니다. 나이 많은 분들이 모두들 이번 제사를 주관하신 나리는 하늘에서 내려오신 성인이라고 하시는지라, 모두들 다투어 구경하러 나왔습니다."

이에 모두들 기뻐하며 함께 성안으로 들어갔다.

다시 며칠이 지나자 계추와 소정, 신동지, 김우류가 우육덕을 뵙고 작별 인사를 한 뒤, 양주로 돌아갔다. 마정은 거내순과 함께 하방으로 찾아와 두의에게 작별 인사를 하고 절강으로 돌아가려 했다. 두 사람이 하방으로 들어가 두의를 만나니, 장도와 다른 한 사람이 그 자리에 함께 있었다. 거내순은 그 사람을 보고 깜짝 놀라며 속으로 생각했다.

'이 작자는 바로 누 숙부 댁에서 돼지 머리를 사람 머리라고 장

난쳤던 장철비가 아닌가! 저 작자가 어떻게 여기 있는 거지?'

서로 인사를 나누었는데, 장철비도 거내순을 보자 찜찜한 기분에 안색이 불편해졌다. 차를 마시고 작별 인사를 한 후, 마정과 거내순이 밖으로 나왔다. 두의가 대문까지 나와 전송하자 거내순이 물었다.

"어떻게 저 장가와 어울리게 되셨습니까?"

"저 사람은 장준민(張俊民)이라 하는데, 우리 고을 천장현에 살고 있네."

거내순이 웃으며 그는 본래 장철비라는 작자인데 절강에서 이런저런 일들을 벌였음을 간략하게 설명한 뒤, 이렇게 말했다.

"가까이할 만한 작자가 아니니 조심하십시오."

"알겠네."

두 사람이 돌아가자 두의가 강변의 집으로 돌아와 장철비에게 물었다.

"영감님, 옛날 이름이 장철비였다고요?"

장철비가 얼굴을 붉히며 말했다.

"젊었을 때 그런 이름을 쓴 적이 있습니다."

그러면서 다른 일에 대해서는 대충 얼버무리며 얘기하지 않았다. 두의도 더 이상 따져 묻지 않았다. 그러나 장철비는 본색이 탄로 나자 더 이상 머물러 있지 못하고, 며칠 후 장도와 함께 천장현으로 돌아갔다. 소정을 비롯한 세 사람은 여관비와 술값이 모자라 돌아가지 못하고 두의를 찾아와 도움을 청했다. 두의가 은자 몇 냥을 대신 청산해 주자 그들 셋도 고향으로 돌아갔다. 종희는 호광(湖廣)으로 돌아가려 하면서 작은 초상화를 가져와 두의에게 제사(題詞)를 써 달라고 청했다. 두의가 즉석에서 제사를 써 주고 그를 전송해 보내 주었다.

그때 마침 무서가 오자, 두의가 물었다.

"오랜만일세. 요즘 어디서 지냈는가?"

"그제 국자감에서 6당(堂)* 전체가 시험을 치렀는데 제가 또 일갑의 1등을 했습니다."

"아주 잘 됐네그려."

"그거야 별거 아니지만, 그 사이 놀라운 일이 있었습니다."

"무슨 일인가?"

"이번에 국자감에서 공부하는 이들을 선별하라는 조정의 명이 내려와서 6당 전체가 시험을 치르게 되었지요. 그날 상부에서는 향시를 치를 때처럼 상의를 풀어헤치고 신을 벗어 엄격하게 검사하도록 분부했습니다요. 시험은 '사서' 가운데 2편과 '오경' 가운데 1편이었는데, 『춘추』를 공부한 어떤 친구가 인쇄된 경서의 문장 1편을 들고 들어갔지요. 그냥 갖고 들어가기만 했으면 그만인데, 그 친구는 화장실에 다녀오겠다고 하고선 이 경서의 문장을 답안지에 끼워 넣어 제출해 버린 겁니다. 다행히 우 선생님이 시험장을 감독하고 계셨고, 높은 관리들 몇 분도 우 선생님과 함께 순시하고 계셨지요. 우 선생님은 답안지를 들춰 보다 이 문장을 발견하고 얼른 장화 안에 숨기셨죠. 순시하던 관리가 그게 뭐냐고 묻자 우 선생님은 '아무것도 아니오' 하고 대답하셨습니다. 그리고 그 친구가 돌아오자 슬그머니 건네주며 이렇게 말씀하셨답니다.

'가져가서 쓰게. 하지만 조금 전처럼 답안지에 끼워 제출하면 안 되네. 다행히 내가 봤으니 망정이지, 다른 사람이 발견했다면 어찌 됐겠는가?'

그 친구는 놀라 자빠질 지경이었지요. 그런데 채점을 하고 나니, 그 친구가 2등급에 든 겁니다. 그래서 우 선생님께 달려가 감사 인사를 했더니 우 선생님은 모르는 체하며 이렇게 말씀하셨습니다.

'난 그런 말 한 적 없네. 자네가 어제 사람을 잘못 본 보양이군. 나는 아닐세!'

그날 저도 마침 선생님께 감사 인사를 드리러 갔다가 거기 있었기 때문에 그 일을 직접 봤습니다. 그 친구가 나가자 제가 선생님께 여쭤 보았습니다.

'선생님, 왜 모르는 일이라고 하셨습니까? 그 친구가 인사하러 오면 안 되는 겁니까?'

'공부하는 사람은 무엇보다 염치가 있어야 하는 법이다. 어쩔 수 없이 감사 인사를 하러 왔는데, 내가 그 일을 인정하면 그 친구가 몸 둘 바를 모르지 않겠는가?'

그때 전 그 친구와 알고 지내는 사이가 아닌지라 우 선생님께 그 친구의 이름을 여쭤 보았지만, 대답해 주시지 않더군요. 선생님, 이야말로 놀라운 일이 아니겠습니까?"

"그 어른이야 그런 일을 자주 하시지."

"그것 말고도 아주 웃기는 일이 하나 더 있습니다! 우 선생님은 며느리 몸종으로 따라온 하녀를 집사 엄씨와 혼인시켜 주셨지요. 그런데 그 엄가 놈이 그 집은 청렴한 아문이라 돈벌이가 될 게 없다 생각하고, 그제 그 집을 떠나겠다고 한 모양입니다. 우 선생님은 예전에 돈 한 푼 받지 않고 공짜로 하녀를 그자에게 짝 지워 주셨죠. 그런데 그놈이 이제 그 하녀를 데리고 나가겠다고 하니, 다른 이들 같았으면 하녀의 몸값을 단단히 요구했을 겁니다. 그런데 우 선생님이 이렇게 말씀하셨다더군요.

'너희 둘이 나가는 건 괜찮지만, 나간다 해도 방 얻을 돈이며 쌀 살 돈도 없지 않느냐?'

그러면서 그자에게 은자 열 냥을 줘서 내보내고, 곧바로 그자를 어느 현청의 장수(長隨)로 추천해 주셨답니다. 정말 우습지 않습니까?"

"그런 종놈에게 무슨 양심이 있겠는가! 하지만 그 어른께서 두 번이나 돈을 주신 것은 결코 남들에게 칭찬이나 들으려고 한 게 아닐세. 정말 훌륭한 분이지."

그리고 무서와 함께 밥을 먹었다.

무서는 두의에게 작별 인사를 하고 집을 나섰다가 이섭교 부근에 이르러 어떤 사람을 만났다. 그는 방건을 쓰고 해진 도포 차림에, 허리에는 명주실을 꼬아 만든 띠를 둘렀고, 짚신을 신은 채 봇짐을 짊어지고 있었는데, 수염도 희끗희끗하고 비쩍 마른 몰골이었다. 그가 봇짐을 내려놓고 무서에게 정중하게 인사를 올리자, 무서가 깜짝 놀라며 말했다.

"곽(郭) 선생, 강녕진(江寧鎭)에서 작별한 지 3년이나 되었는데, 그 동안 어디를 그리 바삐 돌아다니셨습니까?"

"말하자면 길지요!"

"찻집으로 갑시다."

두 사람이 찻집에 앉자, 그 사람이 말했다.

"저는 그 동안 부친을 찾아 온 천하를 돌아다녔습니다. 예전에 어떤 사람이 강남 땅에서 그분을 뵈었다기에 강남으로 왔습니다. 이번이 세 번째지요. 그런데 지금 누가 그러는데, 그분은 강남 땅에 계신 게 아니라 이미 사천(四川)의 산중으로 들어가 머리를 깎고 승려가 되셨다 하더이다. 그래서 지금 사천으로 가려던 참입니다."

"저런, 저런! 그 먼 길을 가시려면 쉽지 않겠습니다. 서안부(西安府)에 우(尤) 아무개라는 현령이 한 분 계시는데, 국자감의 우 선생님과 같은 해에 과거에 급제하신 분입니다. 우 선생님께 편지를 한 통 써 주십사 부탁드리면, 가시는 길에 혹시 노자가 떨어지더라도 조금 도움을 받을 수 있을 것입니다."

"저 같은 평민이 어찌 감히 국자감에 계신 관리를 뵐 수 있겠습니까?"

"괜찮습니다. 이 근처에 두소경 선생 댁이 있습니다. 저와 함께 그 댁에 가서 잠시 기다리시면 제가 가서 편지를 받아 오겠습니다."

"두소경이라고요? 조정의 부름도 거절하신 저 천장 땅의 호걸 말씀이십니까?"

"바로 그분이십니다."

"그분이라면 저도 만나 뵙고 싶습니다."

그들은 곧 찻값을 계산하고 함께 찻집을 나와 두의의 집으로 갔다.

두의가 나와 인사를 하며 물었다.

"이분 성함은 어찌 되시는가?"

그러자 무서가 대답했다.

"이분의 성함은 곽역(郭力)이고, 자는 철산(鐵山)입니다. 20년 동안 부친을 찾아 온 세상을 돌아다니고 계시는, 그 유명한 곽 효자이십니다."

두의가 그 말을 듣더니 다시 인사를 하고, 곽역을 상석으로 모신 다음 물었다.

"춘부장께선 무슨 일로 수십 년 동안 소식이 없으신지요?"

곽역이 대답하기 곤란해하자, 무서가 두의의 귀에 대고 나직이 말했다.

"그분은 예전에 강서 땅에서 벼슬살이를 하시다가 영왕의 반란군에게 투항했기 때문에 외지로 도피 중이십니다."

두의는 그 말을 듣고 깜짝 놀랐다. 그리고 곽역의 효성에 감동하여 존경하는 마음이 생겼다. 얘기가 끝나자 두의는 그를 자기 집에 머물게 했다.

"저희 집에서 하룻밤 묵고, 내일 떠나십시오."

"선생이 호걸임은 천하가 다 아는 사실이니, 저도 사양하지 않고 하룻밤 신세를 지겠습니다."

두의는 안채로 들어가 부인에게 곽역의 옷을 빨아 풀까지 먹여 달라고 하고, 그를 대접할 술상도 봐달라고 했다. 그리고 밖으로 나와 곽역과 담소를 나누었다. 그러다가 무서가 우육덕에게 편지를 부탁하는 일에 관한 말을 꺼내자 두의가 말했다.

"그거야 쉽지. 곽 선생, 여기 잠시만 계십시오. 내가 이 사람과 함께 가서 편지를 받아 오겠소이다."

그런데 이 일로 인해 다음과 같은 새로운 이야기가 생겨난다.

노력하고 힘쓰며
호랑이 굴에 들어가는 것도 마다 않네.
멀리 산 넘고 물 건너
또 촉(蜀) 땅으로 들어간다네.
用勞用力, 不辭虎窟之中.
遠水遠山, 又入蠶叢之境.

결국 이후의 일이 어떻게 되었을까? 이에 대해서는 다음 회를 들어 보시라.

와평

이번 회에는 옛스러운 정취가 풍부해서 마치 숙손통(叔孫通)*이나 조포(曹褒)*가 쓴 글인 듯하다. 집현전 학사인 소숭(蕭嵩)*같은 이들은 아무리 애써도 이런 글에는 못 미칠 것이다. 당당하고 훌륭하도다! 너무도 아름답도다!*

제사에서 일을 맡은 이들은 모두 독자들이 잘 아는 인물들이니, 이야기의 구성이 이보다 더 장엄할 수는 없다.

이 작품은 이번 회에 이르러 하나의 큰 단락이 끝을 맺는다. 이 작품을 '유림(儒林)'이라 명명한 것은 이야기에 등장하는 문인-학사들 때문인데, 작품에 등장하는 문인-학사의 수가 적지 않다. 이번 회 이전에는 앵두호(鶯脰湖)에서 벌어진 문인들의 모임과 서호(西湖)에서 열린 시회(詩會)가 각기 작은 단락을 이룬다. 그러다가 이 회에 이르는 것은 마치 운정산(雲亭山)*과 양보산(梁甫山)*을 거쳐 결국 태산(泰山)에서 모이게 되는 것과 같다. 음악 연주로 비유하면, 대개 온갖 음(音)이 어우러지고 나면 이후에는 느린 소리〔聲〕의 변조(變調)가 이어지게 마련인 것과 마찬가지일 따름이다.

제38회
곽역은 깊은 산중에서 호랑이를 만나고,
감로암의 스님은 외나무다리에서 원수를 만나다

두의는 곽역에게 술과 밥을 대접하며 하방에 머물게 하고, 자신은 무서와 함께 국자감의 우육덕을 찾아갔다. 그리고 이러저러한 사람이 서안(西安)으로 가려고 하는데, 우육덕이 편지를 써 주었으면 한다고 말했다. 우육덕은 자세히 듣고 나서 이렇게 말했다.

"그런 편지라면 당연히 써 줘야지. 그런데 편지만 써서 될 일은 아니겠고, 그 먼 길을 가려면 여비 또한 큰일일세. 내가 은자 열 냥을 내줄 테니, 소경 자네가 건네주게. 내가 주었단 말일랑 하지 마시고."

그러고는 서둘러 편지를 써서 은자를 내어다 두의에게 주었다. 두의는 그것을 받아들고 무서와 함께 하방으로 돌아왔다. 두의도 옷을 저당 잡히고 은자 넉 냥을 마련했고, 무서도 집에 갔다 전당포에 들러 은자 두 냥을 가져왔다. 그리고 떠나려는 곽역을 붙들어 하루 더 머물게 했다. 장상지도 곽역의 이야기를 듣고 편지와 은자 넉 냥을 두의에게 보내왔다. 사흘째 되는 날 두의가 곽역에게 아침 식사를 대접하는데, 무서도 와서 자리를 함께했다. 식사를 마친 뒤 짐을 챙겨 주고 은자 스무 냥과 편지 두 통을 곽역에게 건네주었다. 곽역이 받으려 하지 않자 두의가 말했다.

“이 돈은 우리 강남의 몇몇 사람이 추렴한 것이지 도척(盜跖)이 강도질한 돈도 아닌데 어찌 받지 않으시오?”

곽역은 그제야 돈을 받고, 밥도 든든히 먹은 후 작별 인사를 하고 떠났다. 두의와 무서는 한서문 밖까지 배웅하고 집으로 돌아갔다.

곽역은 밤낮으로 길을 재촉하여 곧장 섬서(陝西)까지 갔다. 우 지현은 동관현(同官縣)의 지현이었기 때문에, 곽역은 그를 만나기 위해 길을 돌아서 동관현으로 가야 했다. 우 지현은 이름이 부래(扶徠)이고 자는 서정(瑞亭)이며, 역시 남경의 명사였다. 그는 작년에 동관현으로 부임했는데, 오자마자 좋은 일을 하나 했다. 광동 사람 하나가 형을 받아 섬서 땅 변경으로 군역(軍役)을 살러 가면서 아내도 데리고 갔다. 그런데 그 사람이 그만 오는 길에 죽어버리자 그의 아내는 길바닥에 주저앉아 대성통곡을 하였다. 사람들이 말을 건네 보았지만 서로 사투리를 잘 알아들을 수 없어 그 여자를 현청으로 데리고 왔다. 우 지현은 그 여자가 고향으로 돌아가고 싶어 한다는 것을 눈치 채고, 안쓰러운 마음에 자기 급료에서 쉰 냥을 내고 나이 지긋한 차인을 붙여서 광동까지 데려다주게 했다. 그리고 흰 비단을 꺼내 그 여자의 사연을 절절하게 쓴 뒤, 직접 서명을 하고 동관현의 관인을 찍은 다음 차인에게 이렇게 분부했다.

“저 아낙과 떠날 때, 이 비단을 가지고 가거라. 그리고 각 고을을 지날 때마다 그곳 장관 나리들께 보여 주고 도장을 찍어 달라고 해라. 그렇게 이 아낙의 고향까지 가거든, 그곳 현령의 답신을 받아 오너라.”

차인은 “예” 하고 대답하였다. 그 아낙은 머리를 조아리며 감사하고 차인과 함께 떠났다. 1년이 다 되어서야 그 차인이 돌아와 아뢰었다.

"가는 길에 찾아뵌 나리들께서 지현 나리의 글을 보시고 하나같이 그 아낙의 처지를 안타까워하셨습니다. 그러면서 어떤 나리는 열 냥, 또 어떤 나리는 여덟 냥, 여섯 냥 이렇게 보태 주셔서 아낙의 고향에 당도했을 때는 2백 냥이 넘는 돈이 모였습니다. 제가 그 부인을 광동의 집까지 데려다 주었더니 집안 친척들과 그녀의 친정 쪽 친지들까지 백여 명이 모여 하늘을 우러르며 나리의 은덕에 감사해하더군요. 또 제게 무릎 꿇고 절하며 저를 '보살님' 이라고 불렀습니다. 나리 덕분에 저까지 그런 호강을 했습지요."

우부래는 몹시 기뻐하며 그에게 은자 몇 냥을 상으로 주고 물러가게 했다.

어느 날 문지기가 명첩을 가져왔는데, 바로 곽역이 우육덕의 편지를 들고 인사를 온 것이었다. 우부래는 편지를 읽고 감복해 마지않았다. 그는 곧바로 곽역을 안으로 데려오게 하여 인사를 나누고 자리에 앉은 뒤, 상을 내오게 했다. 막 이야기를 나누고 있을 때 문지기가 들어와 전했다.

"나리, 시골로 점검을 나가셔야 합니다."

그러자 우부래가 곽역에게 말했다.

"선생, 공무로 가 봐야겠는데 모레나 돌아올 수 있을 것 같소. 드릴 말씀이 있으니 내가 올 때까지 사흘만 여기 머물며 기다려 주시오. 게다가 선생은 성도(成都)로 가시니, 그곳의 친구에게 편지 한 통을 전하고 싶소이다. 부디 거절하지 말아 주시오."

"그렇게 말씀하시는데 어찌 사양하겠습니까? 다만 저는 투박하고 천한 몸인지라 관아에 머물 수는 없습니다. 이 고을에 암자 같은 게 있으면 그곳에 묵도록 해 주십시오."

"암자가 있긴 합니다만 협소하지요. 해월선림(海月禪林)이라는 절이 있는데 그곳 스님이 또 아주 덕망이 높은 고승이외다. 거기서 머무시지요."

그리고 관졸에게 이렇게 분부하였다.

"곽 나리의 짐을 들고 해월선림까지 모셔다 드려라. 그리고 스님께 내가 보낸 분이라고 말씀드리고."

관졸이 "예" 하자 곽역은 작별 인사를 했다. 우부래는 대문 밖까지 배웅하고 안으로 들어갔다.

곽역이 관졸과 함께 해월선림의 객당에 이르자 지객(知客) 스님*이 안으로 들어가 알렸다. 노스님이 나와 인사를 한 뒤, 자리를 권하고 차를 내왔다. 관졸은 혼자 관아로 돌아갔다. 곽역이 노스님에게 물었다.

"줄곧 이곳 주지 스님으로 계셨습니까?

"저는 원래 남경 태평부 무호현 감로암에 있다가 경사의 보국사에서 주지 노릇을 했습니다만, 경사의 번잡함이 싫어 이리로 왔습니다. 곽 선생이라고 들었는데, 성도에는 무슨 일로 가십니까?"

곽역은 수척한 듯하면서도 맑고 자비로운 노스님의 안색을 보고 이렇게 말했다.

"다른 사람에게는 말하기 뭣해도 스님께는 말씀드려도 무방할 듯합니다."

그러고는 부친을 찾아가는 애달픈 사연을 모두 말해 주었다. 노스님은 눈물을 흘리며 탄식하고, 자기 방장에서 묵으라고 하면서 저녁상을 내왔다. 곽역은 오는 길에 사 온 배 두 개를 스님에게 드렸다. 노스님은 배를 받고 감사 인사를 한 뒤, 불목하니를 시켜 섬돌 위에 항아리 두 개를 갖다 놓게 했다. 그리고 항아리마다 배를 하나씩 넣고 거기에 물을 몇 동이 부은 다음, 절구 공이로 배를 찧게 했다. 그리고 운판(雲板)을 쳐서 스님 2백여 명을 모두 불러 모아 한 사발씩 마시게 했다. 곽역은 그것을 보고 고개를 끄덕이며 감탄했다.

사흘째 되던 날 우부래가 돌아와 다시 술자리를 준비해 곽역을 초대했다. 술을 마신 후 우부래는 은자 쉰 냥과 편지 한 통을 주며 말했다.

"곽 선생, 좀 더 머물다 가시게 하고 싶지만, 선생께는 부친을 찾는 큰일이 있으니 더 붙들 수가 없군요. 이 은자 쉰 냥은 아쉬운 대로 여비로 쓰시구려. 그리고 성도에 가시면 소호헌(蕭昊軒) 선생을 찾아 이 편지를 전해 주시오. 그분은 옛 성현의 가르침에 따라 사는 선비로, 성도에서 20여 리 떨어진 동산(東山)이란 곳에 살고 있소이다. 선생도 그분을 찾아가면 무슨 일이든 상의하실 수 있을 것이외다."

우부래가 간곡히 말하자 곽역은 더는 사양하지 못하고 고맙다는 인사와 함께 은자와 편지를 받았다. 그는 우부래에게 작별 인사를 하고 나와 해월선림으로 가서 노스님께도 떠난다는 인사를 했다. 그러자 노스님이 합장하며 말했다.

"성도에 도착해 부친을 찾으시면 제게도 편지를 보내 알려 주십시오. 안 그러면 계속 걱정할 테니까요."

곽역은 꼭 그러겠노라고 대답했다. 노스님은 대문 밖까지 배웅하고 들어갔다.

곽역은 봇짐을 짊어지고 또 며칠을 걸어갔다. 대부분 굽이굽이 높고 험준한 산길이라서 한 걸음 한 걸음 마음을 졸이며 걸음을 내디뎠다. 그러던 어느 날이었다. 날이 저물 무렵 그는 아무리 둘러봐도 마을 하나 보이지 않는 곳에 이르렀다. 곽역은 한참을 더 걸어가서야 겨우 한 사람을 만날 수 있었다. 곽역이 그에게 공손히 인사를 하고 나서 물었다.

"영감님, 말씀 좀 여쭙겠습니다. 여기서 여관 있는 곳까지는 얼마나 더 가야 되나요?"

"10리도 더 가야 하지요. 나그네 양반, 서둘러 가야 할 거요. 밤이면 호랑이가 나오니까 조심하셔야 합니다."

곽역은 이 말을 듣고 급히 걸음을 재촉해서 앞을 향해 걸었다. 날은 완전히 저물었지만 다행히 산골짜기 사이로 둥근 달이 둥실 떠올랐다. 때는 마침 보름 무렵이라 하늘에 걸린 달은 휘영청 밝았다. 그가 달빛을 따라 걷다 숲속으로 들어섰는데, 바로 앞에서 거센 바람이 일어나 숲속 마른 나뭇잎들을 휘익 쓸고 지나갔다. 그리고 바람이 지나간 곳에서 호랑이 한 마리가 튀어나왔다. 곽역은 "아이쿠!" 하고 소리를 지르며 땅바닥에 넘어지고 말았다. 호랑이는 곽역을 움켜쥐더니 깔고 앉았다. 잠시 그렇게 앉아 있다가 눈을 감은 곽역을 보고는 이미 죽은 것으로 알았는지, 곽역은 내버려 둔 채 땅에 구덩이를 파더니 거기에 그를 던져 넣었다. 그리고 발로 낙엽을 잔뜩 긁어모아 그 위에 덮어 놓고 가 버렸다.

곽역은 구덩이 안에서 호랑이가 멀어져 가는 모습을 훔쳐보았는데, 호랑이는 산봉우리까지 가서 다시 시뻘건 눈동자를 번뜩이며 이쪽을 돌아보고 아무 움직임이 없는 것을 확인하자 비로소 가던 길을 계속 갔다. 곽역은 구덩이에서 기어 나와 생각했다.

'저 못된 짐승이 지금은 가 버렸지만 틀림없이 나를 먹으러 돌아올 텐데, 이를 어쩐담?'

하지만 얼른 방법이 떠오르지 않았다. 그러다 눈앞에 커다란 나무 한 그루가 있는 걸 보고, 그 나무를 타고 올라갔다. 또 '저놈이 돌아와 으르렁대면 놀라 떨어지지 않을까?' 하고 걱정하다가 꾀를 내서, 다리의 각반을 풀어 자기 몸을 나무에 단단히 묶어 놓았다. 자정이 조금 지나자 유난히 밝은 달빛 아래 그 호랑이가 다시 나타났는데, 그 뒤로 또 뭔가가 따라 오고 있었다. 눈처럼 새하얀 몸에 머리엔 뿔이 하나 달렸으며, 두 눈이 커다란 붉은 등롱 같은 그놈은 몸을 꼿꼿이 세우고 걸어왔다. 곽역은 도대체 그게 무슨 짐승인지 알 수 없었다. 그놈이 가까이 와서 바닥에 앉았다. 호랑이는 급히 구덩이로 가서 곽역을 찾았지만 보이지 않자 겁이 나서 몸을 잔뜩 웅크렸다. 그놈이 불같이 화를 내며 날카로운 발톱이 난 앞발을 들어 호랑이의 머리를 내리치자, 호랑이는 그 자리에서 땅바닥에 고꾸라져 죽어 버렸다. 그놈은 부르르 몸의 털을 한껏 곧추 세워 위세를 떨치고, 두리번거리며 사방을 둘러보았다. 그러다 달빛 그림자에서 나무 위에 매달린 사람의 모습을 발견하자 사납게 나뭇가지를 향해 펄쩍 뛰었지만, 발이 닿지 못하고 떨어지고 말았다. 그놈은 다시 한 번 온 힘을 다해 껑충 뛰었는데, 이번에는 곽역이 있는 곳에서 한 자 떨어진 곳까지 올라왔다. 곽역은 '이번엔 정말 틀렸구나!' 하고 생각했다. 그런데 하필 마른 나뭇가지 하나가 그 짐승의 배 쪽으로 뻗어 있었을 줄이야! 그놈이 두 번째 뛰었을 때 너무 세게 뛰는 바람에 이 가지에 뱃가죽을 한 자 가까이 푹 찔리고 만 것이다. 당황해 요동을 칠수록 나뭇가지는 더 깊이 배를 뚫고 들어갔고, 그놈은 밤새도록 용을 쓰다가 결국 나뭇가지에 걸린 채 죽고 말았다.

날이 밝자 사냥꾼 몇 명이 조총과 끝이 갈라진 막대기를 든 채 산에 올라왔다가 이 두 짐승을 보고 깜짝 놀랐다. 곽역이 나무 위에서 살려 달라고 소리를 지르자 사냥꾼들이 곽역을 나무에서 내려주며 누구냐고 물었다. 곽역이 이렇게 대답했다.

"지나가던 나그네인데 하늘이 불쌍히 여기시어 목숨을 보전할 수 있었습니다. 저는 갈 길이 바쁘니 이 두 짐승은 여러분이 현령 나리께 가져가 상을 받으십시오."

사냥꾼들이 말린 음식과 고라니 고기, 사슴 고기를 내놓아 곽역은 배불리 먹었다. 사냥꾼들은 곽역의 봇짐을 들고 5, 6리 길을 같이 걸어가며 전송한 뒤, 작별 인사를 하고 돌아갔다.

곽역은 봇짐을 지고 또 며칠을 걸었다. 그리고 산골짜기의 한 작은 암자에서 묵게 되었다. 그 암자의 스님은 곽역이 여기까지 오게 된 내력을 듣고는, 절밥을 내와 곽역과 함께 창가에 앉아 먹었다. 막 먹고 있는데, 불이 난 것처럼 시뻘건 불빛이 일어나는 것이 보였다. 곽역은 깜짝 놀라서 먹던 밥그릇을 떨어뜨리며 외쳤다.

"큰일 났습니다! 불이 났어요!"

그러자 노스님은 웃으면서 이렇게 말해 주었다.

"거사님, 앉으세요. 놀라실 것 없습니다. 제 친구인 설(雪) 도형(道兄)이 온 겁니다."

식사를 마치고 그릇들을 치운 뒤, 노스님은 창문을 열고 밖을 가리키며 곽역에게 말했다.

"거사님, 저길 보십시오!"

곽역이 그쪽을 바라보니 기이한 짐승 하나가 앞산에 웅크리고 앉아 있었는데, 머리엔 뿔이 하나 나 있고, 하나밖에 없는 눈은 귀 뒤쪽에 달려 있었다. 그 기이한 짐승의 이름은 비구(羆九)라고 하는데, 몇 자나 되는 두꺼운 얼음도 그 짐승의 포효 소리 한 번에 당장 산산조각이 나고 만다. 노스님이 말했다.

"저게 바로 설 도형입니다."

밤이 되자 눈이 펄펄 날리기 시작하더니 금방 큰 눈이 되었다. 그 눈은 하루 밤낮을 꼬박 내려 석 자가 넘게 쌓였다. 곽역은 떠날 수가 없게 되자 하룻밤을 더 묵었다.

사흘째 되는 날 눈이 그쳤다. 곽역은 노스님께 인사를 드리고 다시 길을 떠났다. 한 걸음 나아가다 한 걸음 미끄러지며 산길을 가는데, 길 양쪽은 모두 골짜기로 단단한 얼음들이 마치 칼처럼 뾰족하게 서 있었다. 천천히 가다 보니 날이 또 저물었는데 눈빛 속으로 멀리 숲속에 뭔가 빨간 것이 걸려 있는 게 보였다. 반 리 앞쪽에 한 사람이 걸어가고 있었는데, 그 빨간 물건 앞으로 가더니 발을 헛디뎌 골짜기로 굴러 떨어지고 말았다. 곽역은 그걸 보고 걸음을 멈추고는 이상하다고 생각했다.

'어째서 저 사람은 저 빨간 것을 보자마자 골짜기로 굴러 떨어졌을까?'

그리고 자세히 살펴보니 그 빨간 물건 밑에서 사람 하나가 튀어나와 골짜기로 굴러 떨어진 사람의 짐을 들고 다시 사라졌다. 곽역이 대충 어찌 된 일인지 짐작을 하고 서둘러 그쪽으로 걸어가 보니, 나무 위에 걸려 있던 것은 웬 여자였다. 그 여자는 머리를 풀어 헤치고 붉은색 윗옷을 입었으며, 입에는 시뻘건 천으로 만든 혀를 붙여 늘어뜨리고 있었다. 그리고 발치에 독을 묻어 두었는데, 그 독 안에 사람이 앉아 있다 곽역이 다가오는 걸 보더니 독 안에서 튀어나왔다. 하지만 그는 기골이 장대한 곽역의 모습을 보자 감히 손을 쓰지 못하고 공손히 양손을 가슴 앞에 모으며 말했다.

"나그네 양반, 이 일은 상관 말고 가던 길이나 그냥 가시오."

"네놈의 술수는 내 이미 다 알고 있다. 하지만 걱정 마라, 내가 도와주마. 목 매 죽은 귀신 흉내 내는 여자는 너랑 무슨 관계냐?"

"소인의 마누라입니다."

"내려주어라. 집은 어디냐? 집에 가서 얘기하자."

그 사람은 아내의 목 뒤에 매놓은 줄을 풀어 내려주었다. 그 부인은 머리를 틀어 올리고 입에 붙여 놓았던 가짜 혀를 떼고, 줄을 걸어 묶는 쇠고리도 목에서 풀고 붉은색 윗옷도 벗었다. 남자는 길가의 두 칸짜리 초가집을 가리키면서 말했다.

"여기가 우리 집입니다."

부부는 곽역의 뒤를 따라 자신들의 집으로 가서 곽역에게 자리를 권하고 차를 끓여 왔다. 곽역이 말했다.

"길가는 사람의 재물을 뺏어 먹고 산다 해도 어떻게 그런 흉악한 짓까지 하느냐? 사람을 놀래 죽게 만들다니, 이건 하늘의 이치에 어긋나는 일이다. 나도 형편이 어렵지만 너희 부부가 이런 짓까지 하고 있는 걸 보니 정말 딱하구나. 여기 은자 열 냥을 줄 테니 장사라도 해서 먹고살고, 다시는 이런 짓을 하지 마라. 그래, 네 이름은 무엇이냐?"

그 사람은 이 말을 듣고 곽역에게 고개를 조아리며 절을 했다.

"도와주셔서 감사합니다. 제 이름은 목내(木耐)입니다. 저희 부부도 원래는 착하게 살았습니다만, 요즘 들어 너무 춥고 배가 고파서 견디지 못해 이런 일을 벌였습니다. 감사하게도 이렇게 본전으로 쓸 돈을 주셨으니 이제부터는 개과천선하겠습니다. 은인께선 성함이 어떻게 되십니까?"

"내 성은 곽가이고, 호광 사람이네. 지금은 성도부(成都府)로 가는 길이지."

이런 이야기를 하고 있는데, 목내의 아내도 나와 감사의 절을 올리고 밥상을 준비하여 곽역을 대접하였다. 곽역은 식사를 하며 목내에게 말했다.

"그렇게 간 크게 강도짓을 한 걸 보니 필시 무예는 좀 하겠군. 하지만 무예가 아주 뛰어나지 않으면 장차 큰일을 해내진 못할 거야. 내가 권법과 검법을 좀 아니 자네에게 전수해 주지."

목내는 매우 기뻐하며 곽역을 붙들어 이틀 밤을 내리 그 집에 머물도록 했다. 곽역은 검법과 권법을 하나하나 가르쳐 주었고,

목내는 그를 사부로 모셨다. 사흘째 되는 날, 곽역이 무슨 일이 있어도 떠나야겠다고 하자 목내는 건량과 구운 고기를 마련해 봇짐에 넣어 주고, 곽역의 봇짐을 메고 30리 밖까지 따라 나와 작별 인사를 하고 돌아갔다.

곽역은 봇짐을 받아 들고 또 며칠 동안 길을 갔다. 이날은 날씨가 매우 춥고 맞은편에서 매서운 북서풍이 불어와 산길은 하얀 백랍(白蠟)처럼 얼어붙어 단단하고 미끄러웠다. 밤이 이슥하도록 걷고 있는데, 산속 어느 동굴에선가 쩌렁쩌렁한 포효 소리가 울리더니 또 호랑이 한 마리가 튀어나왔다. 곽역은 '이번엔 정말 죽었구나!' 하고 생각하며 땅바닥에 쓰러져 정신을 잃고 말았다. 원래 호랑이는 무서워 벌벌 떠는 모습을 보이면 그 사람을 잡아먹는다. 그런데 이제 곽역이 땅바닥에 뻣뻣하게 누워 있자, 호랑이는 먹을 엄두도 못 내고 주둥이를 그의 얼굴에 대고 킁킁거리며 냄새를 맡았다. 그러다 호랑이 수염 하나가 곽역의 콧속을 간질이자, 그는 '에취!' 하며 큰 소리로 재채기를 하고 말았다. 그런데 그 소리에 오히려 호랑이가 깜짝 놀라 다급히 몸을 돌려 펄쩍펄쩍 단걸음에 앞산 꼭대기까지 올라가다가 그만 계곡으로 굴러 떨어지고 말았다. 그 계곡은 대단히 깊고 칼처럼 곧추 선 얼음 덩어리들에 둘러싸여 있어서 호랑이는 결국 얼어 죽고 말았다.

곽역이 겨우 몸을 일으켰는데, 호랑이는 이미 보이지 않았다.

"아이고, 다행이다! 또 한 고비를 넘겼구나!"

그는 이렇게 중얼거리며 봇짐을 메고 다시 걸어갔다.

성도부에 이르러, 그는 부친이 거기서 40리 떨어진 암자에서 승려가 되었음을 알아냈다. 그 소식을 들은 즉시 암자로 가서 문을 두드리자 한 노스님이 문을 열었다. 노스님은 눈앞에 아들이 서 있는 것을 보고 소스라치게 놀랐다. 곽역은 부친을 알아보고 땅바닥에 꿇어앉아 통곡을 했다. 노스님이 말했다.

"시주님, 일어나시오. 소승은 아들이 없는 사람이니, 잘못 보신 것 같습니다."

"소자가 만 리 길을 걸어 아버지를 찾아왔는데 어째서 아니라고 하십니까?"

"방금 말했듯 소승에겐 아들이 없소. 시주님께 부친이 계시다면 그리로 찾아갈 일이지 왜 소승을 보며 우시는 게요?"

"아무리 수십 년 동안 못 만났다 해도 어찌 아들도 몰라보십니까?"

곽역이 그렇게 말하며 꿇어앉은 채 일어나려 하지 않자 노스님이 말했다.

"저는 어려서 출가했는데 어디 이런 아들이 있겠습니까?"

그러자 곽역은 대성통곡하며 말했다.

"아버지께서 소자를 못 알아보신다 해도 저는 아버지로 모실 겁니다!"

그가 이렇게 계속 붙잡고 늘어지자 노스님은 화를 냈다.

"어디서 굴러먹다 온 건달 놈이 감히 여기 와서 소란을 피우는 거냐! 썩 꺼지지 못해! 산문을 닫아야겠다!"

곽역은 땅바닥에 꿇어앉은 채 나가려 하지 않았다.

"그래도 안 나가면 칼을 가져와 네놈을 베어 버리겠다!"

노스님의 말에 곽역은 땅바닥에 엎드려 울며 말했다.

"아버지께서 죽이신다 해도 소자는 나갈 수 없습니다!"

노스님은 화가 머리끝까지 나서 두 손으로 곽역을 잡아 일으켜 멱살을 붙잡고 문밖으로 밀어냈다. 그리고 산문을 닫고 안으로 들어가더니 아무리 불러도 대답하지 않았다.

곽역은 문밖에서 계속 통곡을 했지만 다시 문을 두드릴 엄두는 나지 않았다. 해가 저물자 이렇게 생각했다.

"틀렸구나! 아버지께선 끝내 날 받아들이지 않으실 모양이구나!"

고개를 들어 올려다 보니 이 암자의 이름은 죽산암(竹山庵)이었다. 그는 할 수 없이 거기서 반 리 떨어진 곳에 방을 하나 빌려 묵었다. 다음 날 아침 산문(山門)에서 불목하니 한 명이 나오는 걸 보고, 그를 매수해서 날마다 쌀과 장작을 들여보내 부친을 봉양했다. 반년도 되기 전에 가지고 있던 은자가 바닥이 났다. 그는 동산으로 소호를 찾아갈까도 했지만, 제대로 찾지도 못하고 시간만 지체해 부친의 식사 봉양을 못하게 될까 걱정이 되었다. 그래서 근처의 한 집에 일꾼으로 들어가 밭을 갈고 나무하는 일을 해주고 매일 은자 몇 푼씩을 받아, 그 돈으로 부친을 봉양했다. 그리고 마침 이웃 사람 하나가 섬서 지방에 가게 되자, 그 편에 부탁해 아버지를 찾은 사연을 자세히 적은 편지를 해월선림의 노스님에게 보냈다.

노스님은 편지를 보고 기쁘기도 했고 또 존경심마저 들었다. 며칠 후 행각승 하나가 해월선림에 와서 머물게 되었다. 이 중은 다름 아닌 마적패의 우두머리였던 조대(趙大)였는데, 그의 풀어 헤친 머리와 사나운 눈은 그대로 흉악한 마적의 모습이었다. 자비로운 노스님은 그 행각승을 선림에서 묵어가도록 허락해 주었다. 그런데 이 흉악한 중은 절에서 술을 마시고 행패를 부리고, 사람을 때리는 등 못하는 짓이 없었다. 상좌 스님이 승려 몇 명을 이끌고 와서 노스님께 아뢰었다.

"이자를 여기 그대로 두면 절의 규율이 엉망이 될 것입니다. 스님, 제발 저놈을 쫓아내 주십시오."

노스님이 그 흉악한 중에게 떠나라고 했지만 그는 가려 하지 않았다. 나중에 상좌 스님은 지객 스님을 시켜 그에게 말을 전하도록 했다.

"떠나라고 했는데도 당신이 떠나지 않으니 노스님께서 이렇게 말씀하셨습니다. 그래도 떠나지 않겠다면, 우리 선림의 규율에 따라 뒤뜰로 끌고 가 화형에 처하겠다고요."

흉악한 중은 이 말을 듣고 앙심을 품었다. 이튿날 그는 노스님에게 온다 간다는 말도 없이 의발과 도첩을 챙겨 떠나 버렸다. 그로부터 반년 뒤 노스님은 아미산(峨嵋山)을 돌아보고, 그 길에 겸사겸사 성도로 가서 곽역을 만나 볼 계획을 세웠다. 그는 승려들과 작별한 다음, 행장과 의발을 메고 풍찬노숙하며 곧장 사천으로 갔다.

성도에서 백 리 정도 떨어진 곳까지 왔을 때였다. 노스님은 이날 일찌감치 여관에 짐을 풀고, 산의 경치를 구경하려고 밖으로 나왔다가 어느 찻집에 들어가 차를 마셨다. 그런데 그 찻집에는 승려 하나가 먼저 와서 앉아 있었다. 노스님은 그가 누군지 까맣게 잊고 알아보지 못했는데, 그 승려는 노스님을 알아보고 다가와 인사를 하며 말했다.

"스님, 이곳의 차는 별로입니다. 여기서 조금만 가면 제 암자가 있으니 거기서 드시는 게 어떻겠습니까?"

"좋습니다."

노스님은 기뻐하며 대답했다. 그 승려는 노스님을 데리고 구불구불 7, 8리나 되는 산길을 돌아 겨우 한 암자에 도착했다.

세 칸짜리 건물이 앞뒤로 서 있었는데, 앞쪽 전각에는 가람보살(迦藍菩薩)이 모셔져 있고, 뒤쪽 전각 세 칸에는 불상은 없고 가운데에 평상이 하나 놓여 있었다. 그 승려는 노스님과 함께 암자 안으로 들어가자 비로소 입을 열었다.

"이봐, 날 알아보겠나?"

노스님은 그제야 그가 절에서 쫓아낸 흉악한 중임을 알아보고 깜짝 놀라며 말했다.

"아까는 그만 몰라봤네만, 이제 보니 알겠군."

조대는 평상 쪽으로 가서 걸터앉더니 눈을 부라리며 말했다.

"이제 네놈이 여기로 기어들어 왔으니 도망치려 해도 소용없어! 옜다! 여기 호리병이 있으니 받아! 여기서 반 리만 가면 산마루에 할멈이 하는 술집이 있으니까, 거기 가서 이 호리병에 술을 받아 와! 어서 가지 못해!"

노스님은 그 말을 거스를 엄두도 내지 못하고 호리병을 받아 들고 나갔다. 산마루로 올라가자 정말 한 노파가 술을 팔고 있었다. 노스님이 호리병을 건네주자, 노파는 호리병을 받아 들고 스님을 위아래로 훑어보더니 그만 주르륵 눈물을 흘리면서 호리병에 술을 채웠다. 노스님은 깜짝 놀라 절을 하며 물었다.

"보살님, 어째서 소승을 보자마자 이리 슬퍼하십니까? 무슨 까닭이라도 있습니까?"

그 노파는 눈물이 그렁그렁한 채 대답했다.

"이렇게 자비로워 보이시는 분이 그런 끔찍한 재난을 당해야 하시다니!"

노스님은 더욱 깜짝 놀라 물었다.

"소승이 무슨 재난을 당한단 말씀입니까?"

"스님, 저 아래 반 리 떨어진 암자에서 오셨지요?"

"그렇습니다. 어떻게 아셨습니까?"

"전 이 호리병을 잘 압니다. 그자가 사람 뇌를 먹으려고 할 때면 이 호리병으로 우리 가게에서 술을 받아 가니까요. 이 술을 받아 가시면, 그 길로 스님은 생명을 부지하지 못하실 겁니다!"

노스님은 이 말을 듣고 혼비백산하여 허둥지둥 물었다.

"그럼 어떻게 하지요? 이 길로 도망가야겠습니다!"

"도망은 무슨 도망입니까? 여기서 40리 안쪽은 옛날 그자의 마적 패거리들이 쫙 깔려 있습니다. 그 암자에서 누가 도망이라도 치면 딱따기 소리 한 번에 바로 누군가가 나타나 그를 묶어 암자로 끌고 가고 마는 걸요."

노스님이 울면서 땅바닥에 무릎을 꿇고 애원했다.

"보살님, 제발 제 목숨을 구해 주십시오!"

"제가 어떻게 스님 목숨을 구하겠습니까? 발설한 게 들통 나면 제 목숨도 남아나지 않을 겁니다. 하지만 이렇게 자비로워 보이시는 스님이 목숨을 잃는 것도 가엾어 못 보겠군요. 제가 찾아가 보실 만한 사람을 하나 알려 드리겠습니다."

"보살님, 도대체 누굴 찾아가란 말씀이십니까?"

노파는 천천히 그 사람에 대해 이야기해 주었다. 그런데 이 일로 인해 다음과 같은 새로운 이야기가 생겨난다.

> 온 힘을 다하여 어려움에서 구해 주니
> 또 다시 경천동지할 인물이 나오고,
> 칼을 뽑아들고 공을 세우니
> 모두 나라에 충성하는 일이로다.
> 熱心救難, 又出驚天動地之人.
> 仗劍立功, 無非報國忠臣之事.

도대체 이 노파가 누구 이야기를 할까? 이에 대해서는 다음 회를 들어보시라.

와평

이번 회에 이르러 문장은 기괴함의 극치를 다 보여 줬다고 할 수 있다. 긴 여름날 나른할 때 읽으면 잠도 달아나고 병도 나을 만하다.

곽역은 원래 가난하고 쓸쓸한 사람인지라 감로암의 노스님과 마음이 잘 맞았던 것이다.

매서운 겨울바람과 차가운 눈, 사나운 호랑이와 괴이한 짐승 등 곽역은 온갖 고생을 다했다. 그러나 곽역의 고난은 고생스럽긴 했지만 아직은 부족한 면이 있다. 그런데 노스님은 난데없이 도깨비 소굴에 떨어져 목숨이 경각에 달리게 되었으니, 천하의 놀랍고 기이한 일 가운데 이보다 더한 것이 있겠는가? 우리가 사는 세상에 이런 기이한 일들이 있을 줄이야!

제39회

소채는 명월령에서 어려움에 빠진 이를 구해 주고,
소보 평치는 청풍성에서 승전고를 울리다

노스님은 노파의 말을 듣자 바닥에 꿇어앉아 간청했다. 노파가 말했다.

"제가 무슨 수로 스님을 구하겠습니까? 그저 찾아가 보실 만한 사람을 하나 알려 드릴 수 있을 뿐이지요."

"보살님, 대체 누구를 찾아가라는 말씀입니까? 제발 좀 알려 주십시오."

"여기에서 1리 남짓 가면 명월령(明月嶺)이라는 작은 언덕이 나옵니다. 저희 집 뒤쪽 산길로 가시면 좀 더 가깝지요. 그 언덕 위에 올라가면 한 젊은이가 석궁을 쏘고 있을 겁니다. 그런데 그 젊은이에게 말을 거시면 안 됩니다. 그저 그 젊은이 앞에 무릎을 꿇고 있다가 그가 스님에게 무슨 일인지 물어보면, 그때 사정을 말씀하십시오. 오직 이 젊은이만이 스님을 구할 수 있습니다. 어서 달려가 살려달라고 하십시오. 그래도 꼭 구할 수 있다고 장담할 수는 없지만요. 만약 이 사람도 스님을 못 구한다면, 오늘 이 사실을 발설한 제 목숨도 끝장입니다!"

노스님은 이 말을 듣고 벌벌 떨었다. 호리병에 술이 가득 채워지자 노파에게 감사 인사를 한 후, 그 집 뒤쪽으로 돌아가 칡넝쿨과 등나무 줄기를 붙잡고 언덕을 올라갔다. 노파의 말대로 1리도 채 가기 전에 아주 작은 언덕이 나왔고, 언덕 위에서 한 젊은이가 석궁을 쏘고 있었다. 동굴 안에 동전 크기의 눈처럼 흰 돌멩이를 올려놓았는데, 젊은이가 가만히 겨냥하다가 석궁을 쏘는가 싶더니 어느새 그 돌을 명중시켰다. 노스님이 가까이 가서 보니 그 젊은이는 무인의 두건〔武巾〕을 쓰고 연보라색 전포(戰袍)를 입고 있었으며, 백옥같이 흰 피부에 말쑥한 용모를 지니고 있었다. 젊은이가 한참 석궁 연습에 빠져 있는데, 노스님이 그 앞으로 다가가 두 무릎을 꿇었다. 젊은이는 무슨 영문인지 물으려고 하다가, 계곡에서 참새 떼가 날아오르자 이렇게 말했다.

"우선 저 참새부터 쏘고 나서 얘기합시다."

그리고 그가 석궁을 들어 탄환을 쏘자 참새 한 마리가 탄환에 맞아 땅에 떨어졌다. 젊은이는 노스님이 눈물이 그렁그렁한 채 자기 앞에 꿇어앉아 있는 모습을 보고 말했다.

"스님, 어서 일어나십시오. 스님께서 오신 뜻은 알고 있습니다. 제가 여기서 석궁 연습을 하는 것도 바로 그 일 때문이지요. 다만 제 실력이 아직 완벽하지 않아 뜻밖의 실수가 있을까 봐 감히 손을 쓰지 못하고 있었던 것입니다. 오늘 스님이 이렇게 찾아오셨으니 저도 더 이상 주저할 수 없겠습니다. 그놈이 죽을 때가 된 모양입니다. 스님, 여기서 지체하시지 말고 어서 호리병을 가지고 암자로 돌아가십시오. 당황한 기색을 보이셔도 안 되고, 처량한 모습을 보이시는 건 더더욱 안 됩니다. 돌아가시면 뭐든 그자가 하라는 대로 하시고, 조금도 그 말을 거역해선 안 됩니다. 그러면 제가 알아서 구해 드리겠습니다."

그 말을 들은 노스님은 어쩔 수 없이 술병을 들고 왔던 길을 따라 암자로 돌아갔다. 안쪽 건물로 들어가자 조대가 가운데 평상 위에 앉아 있었는데, 손에는 벌써 시퍼렇게 날이 선 무쇠 칼을 들고 있었다. 그가 노스님에게 말했다.

"왜 이제야 오는 거냐?"

"제가 길을 몰라서 엉뚱한 길로 가는 바람에 다시 찾아오느라 시간이 걸렸습니다."

"그건 됐고, 무릎이나 꿇어!"

노스님은 두 무릎을 꿇었다.

"가까이 와서 꿇어!"

노스님은 그가 칼을 들고 있는 것을 보고 감히 다가가지 못했다. 그러자 조대가 말했다.

"가까이 오지 않으면 네 머리통을 날려 버리겠다!"

하는 수 없이 노스님이 무릎으로 기어 앞으로 다가가자, 조대가 또 말했다.

"모자 벗어!"

노스님은 눈물을 머금고 스스로 승모를 벗었다. 조대는 노스님의 민머리를 손으로 움켜쥐더니, 호로병에 있던 술을 따라 한 모금 마셨다. 그는 왼손에는 술을 들고, 오른손으로 예리한 칼을 들어 노스님의 머리 위에서 내리치는 시늉을 해 보이면서 정수리 부분을 겨누었다. 노스님은 아직 칼날이 닿지도 않았는데 이미 정수리에서 혼백이 반쯤 달아나 버렸다. 조대는 뇌가 있는 정수리 한가운데를 잘 겨냥해 한 칼에 가르려 했다. 그래야 뇌수가 뜨끈뜨끈할 때 맛있게 먹을 수 있기 때문이었다. 그가 내리칠 곳을 정하고 무쇠 칼을 들어 노스님의 정수리 한가운데를 향해 휘둘렀다. 그런데 칼끝이 머리에 닿는 순간, 문밖에서 '쉭' 하는 소리와 함께 탄환 하나가 날아들더니 조대의 왼쪽 눈을 정통으로 맞혔다. 조대는 깜짝 놀라 칼을 떨어뜨리고 술병을 내동댕이치더니, 한 손으로 왼쪽 눈을 누른 채 나는 듯이 뛰쳐나가 바깥채에서 멈추었다. 그런데 그곳 가람보살 머리 위엔 사람 하나가 앉아 있었다. 조대가 고개를 드는 순간, 또 다시 탄환 하나가 그의 오른쪽 눈을 맞췄다. 눈이 아주 멀게 된 조대는 넘어져 땅바닥에 뒹굴었다. 보살의 머리 위에 앉아 있던 젊은이는 바닥으로 뛰어내려 와 안쪽 건물로 들어갔다. 노스님은 놀란 나머지 땅바닥에 쓰러져 있었다. 젊은이가 말했다.

"스님, 어서 일어나 도망가세요!"

"다리가 풀려 도저히 못 걷겠소."

"일어나십시오! 제가 업고 가겠습니다."

그러더니 노스님을 일으켜 들쳐 업고 황급히 절문을 빠져나와 한달음에 40리를 내달렸다. 그리고 노스님을 내려놓으며 말했다.

"이제 됐습니다. 스님께서는 이제 큰 위험을 벗어나셨으니 앞으로는 아무 걱정 없이 길한 일만 있을 겁니다."

노스님은 그제야 정신이 돌아와, 땅바닥에 꿇어앉아 감사의 절을 하고 이렇게 물었다.

"은인께선 성함이 어찌 되십니까?"

"저도 저 흉포한 놈을 없애려 했을 뿐, 굳이 스님을 구해 드리려고 했던 건 아닙니다. 목숨을 구하셨으면 어서 가십시오. 제 이름 같은 건 알아서 뭐 하겠습니까?"

노스님이 재차 물었지만 젊은이는 끝내 대답해 주지 않았다. 노스님은 할 수 없이 부처님 앞에서 하듯 그에게 큰절을 아홉 번 올리고 나서 말했다.

"지금은 그냥 떠나겠습니다만, 살아 있는 한 꼭 이 은혜를 갚겠습니다."

노스님은 절을 마치고는 그곳을 떠났다.

젊은이는 기진맥진해서 길가 여관에 들어가 앉았다. 여관 안에는 손님 하나가 먼저 와 있었는데, 그의 앞엔 상자 하나가 놓여 있었다. 그는 효건(孝巾)에 흰 삼베옷을 입고 짚신을 신고 있었으며, 얼굴은 슬픔으로 수척하고 눈에는 눈물 자국이 완연했다. 젊은이는 이런 그를 보고 손을 모아 정중히 인사한 다음 그 맞은편에 앉았다. 그러자 손님이 웃으며 말했다.

"이 태평성대 밝은 천지에 탄환을 쏘아 남의 눈을 멀게 해 놓고선, 태연하게 여관에 와서 앉아 있구려!"

"선생께서는 어디서 오셨습니까? 그 일을 어떻게 아십니까?"

"방금 한 말은 그냥 농담이오. 악인을 없애고 착한 사람을 구하는 것이야말로 그 무엇보다 훌륭한 일이지요. 성함이 어떻게 되시오?"

"제 이름은 소채(蕭采)이고, 자는 운선(雲仙)이라고 합니다. 집은 여기 성도부에서 20리 떨어진 동산(東山)입니다."

그러자 그 사람이 깜짝 놀라며 물었다.

"성도의 20리 밖 동산에 소호헌 선생이란 분이 계신데, 혹시 집안어른 되십니까?"

"바로 제 가친이십니다. 선생님께선 어찌 아시는지요?"

"소호헌 선생이 춘부장이셨구려."

그러더니 그는 자기 이름이 무엇이고, 무슨 일로 사천 땅에 왔는지 이야기해 주었다.

"동관현에서 우 현령을 뵈었을 때 자네 춘부장께 전해 드리라고 편지를 주셨는데, 내가 우리 아버님을 찾으려고 마음이 급한 나머지 댁에 들르지 못했네. 이보게, 조금 전 자네가 구해 준 그 노스님은 나도 잘 아는 분이라네. 정말 우연찮게 서로 만나게 되었네그려. 이렇게 영웅의 기개가 넘치는 모습을 보니 과연 소호헌 선생의 아드님답군. 정말 장하네!"
 소채가 물었다.
 "춘부장을 찾으셨다면서 왜 함께 계시지 않습니까? 지금 또 혼자 어디로 가시는 길입니까?"
 곽역은 이 말을 듣자 눈물을 흘리기 시작했다.
 "불행히도 선친께서는 돌아가셨네. 이 상자 안에 바로 선친의 유골이 들어 있네. 나는 본래 호광 사람이라, 지금 이 유골을 고향 땅에 묻으러 가는 길일세."
 "정말 안타깝습니다! 하지만 제가 이렇게 운 좋게 선생님을 뵙게 되었으니, 함께 저희 집에 들러서 제 아버님도 한번 뵙고 가시는 게 어떨지요?"
 "당연히 댁으로 찾아뵙고 인사를 드리는 게 도리이지만 선친의 유골을 운반하는 길에 찾아뵙는 것도 좀 그렇고, 또 한시라도 빨리 고향에 가서 장례를 치러 드리고 싶구먼. 춘부장께는 기회가 되면 또 찾아뵙겠다고 말씀 전해 주시게."
 그리고 짐 속에서 우부래의 편지를 꺼내 소채에게 건네주었다. 또 돈을 백 전 남짓 꺼내 여관 종업원에게 술 두 그릇〔角〕과 고기 두 근, 그리고 소찬(素餐)을 좀 사 오게 해서 주인더러 그것을 요리해서 술상을 봐달라고 하고, 소채와 함께 먹으면서 이렇게 말했다.
 "여보게, 우리는 처음 만났지만 오랫동안 알고 지낸 사이처럼 느껴지니 이게 흔한 일은 아닐세. 게다가 내가 섬서 땅에서부터 춘부장께 전해 드릴 편지를 갖고 왔으니 그냥 처음 만나는 것하고는 좀 다르지. 자네가 아까 한 일은 요즘 사람들은 아무도 하려 들지 않는 정말 훌륭한 일일세. 참으로 장한 일을 하셨네! 하지만 내가 한마디 조언을 해 주고 싶은데, 괜찮겠는가?"

"저는 아직 어린지라 그렇잖아도 선생님의 가르침을 청하려던 참입니다. 해 주실 말씀이 있으면 어서 해 주십시오."

"그처럼 목숨을 내걸고 위험을 무릅쓰는 것은 모두 협객들이 하던 일일세. 그런데 지금은 춘추 전국 시대와는 달라서 그런 일로 공명을 이룰 수는 없네. 지금은 사해가 한 집안이나 다름없는 시대이니 형가(荊軻)나 섭정(聶政)*이 나온다 할지라도 범법자로 내몰리게 될 뿐일세. 자네처럼 이렇게 뛰어난 풍모와 재주에, 또 정의감과 용기까지 지닌 사람은 마땅히 조정을 위해 능력을 발휘해야 하네. 장래에 변경 지역에 가서 칼과 창을 한번 휘두르기만 하면 처자식이 영화롭게 되고, 청사에도 길이 이름을 남길 수 있네. 사실 나는 어려서부터 부질없이 무예를 배우긴 했으나, 선친께서 참사(慘事)를 당하신 까닭에 고된 방랑 생활을 하느라 수십 년 넘는 세월을 보낸 탓에 이제는 나이가 들어 아무짝에도 쓸모없게 되었다네. 자네는 아직 젊고 기운도 한창 때이니 부디 기회를 놓치지 마시게. 오늘 이 늙은이의 말을 꼭 기억해야 하네."

"선생님의 가르침을 받자오니 구름을 헤치고 해를 보는 것 같습니다. 정말 감사합니다."

그러고도 다른 이야기를 좀 더 나누었다. 다음 날 아침 소채는 여관에서 계산을 하고 20리 밖 갈림길까지 곽역을 전송했다. 두 사람은 서로 눈물을 흘리며 이별했다.

소채는 집으로 돌아와 부친께 인사를 올리고 우부래의 편지를 드렸다. 그러자 소호가 말했다.

"이 친구와는 헤어지고 20년 동안 소식을 모르고 지냈는데, 벼슬길이 잘 풀렸다니 정말 반가운 일이구나!"

이어서 이렇게 말했다.

"곽 효자는 무예가 출중해서 젊은 시절 나와 나란히 명성을 날렸지. 그런데 지금은 그도 나도 모두 늙어 버렸구나. 하지만 이제 선친의 유골을 가져다 고향에 묻게 됐다니 그래도 그 사람 평생의 소원은 이룬 셈이군."

소채는 그날 이후 집에서 부친을 봉양했다.

반년 후, 송반위(松潘衛)* 변방의 오랑캐와 내지인이 거래하는 시장에서 거래가 공정하게 이뤄지지 않았다는 이유로 다툼이 일어났다. 이들 오랑캐는 거칠고 중국 천자가 다스리는 법을 모르는 자들이라, 다짜고짜 병장기를 들고 나와서 큰 싸움이 벌어졌다. 내지인을 구하러 온 궁병(弓兵)들은 모두 죽거나 부상을 당했고, 청풍성(青楓城)까지 오랑캐들에게 빼앗기게 되었다. 순무가 황급히 사태의 전말을 경사에 보고하자, 조정에서는 상주문을 보고 대노하여 다음과 같은 조서를 내렸다.

> 소보(少保) 평치(平治)를 장군〔督師〕으로 파견하니, 적의 소굴을 깨끗이 소탕하고 하늘의 징벌을 분명히 보여 주라.

평치는 이 조서를 받고 나는 듯 경사를 떠나서 송반 땅에 도착해 진을 쳤다.

소호가 이 일을 전해 듣고, 소채를 불러다 놓고 이렇게 분부했다.

"평 소보께서 오랑캐를 토벌하러 군대를 이끌고 송반에 와 계신다는구나. 평 소보는 나와 예전에 교분이 있던 분이니, 네가 지금 가서 병사로 자원하고 내 이름을 대면 너를 막하에 거두어 일할 수 있게 해 주실 게다. 그럼 너도 이 기회에 조정을 위해 공을 세울 수 있지 않겠느냐? 참으로 대장부라면 떨쳐 일어나 능력을 발휘해 볼 만한 때다."

그러자 소채가 말했다.

"아버님께서 연로하시니 소자 차마 슬하를 멀리 떠나지 못하겠습니다."

"그건 틀린 말이다. 내 비록 나이는 들었다만 아픈 곳 없고 밥도 잘 먹고 잠도 잘 자는데, 네가 꼭 시중들 필요 있겠느냐? 그런 걸 핑계로 가지 않는 것은 제 한 몸의 안일만 탐하는 것이다. 집에서 처자식을 끼고 편히 지내려 하는 것이야말로 천하의 불효자식이 하는 짓이다. 그럴 양이면 앞으로 다시는 내 앞에 얼씬도 말거라!"

추상같은 부친의 호령에 소채는 더 이상 아무 말도 못하고 할 수 없이 소호에게 하직 인사를 올리고 행장을 꾸려 군대에 자원하러 갔다. 가는 도중에 생긴 일은 자세히 말하지 않겠다.

송반위까지 역참(驛站) 하나 정도는 더 남아 있을 즈음이었다. 그날은 꼭두새벽부터 여관을 나섰는지라, 10리를 넘게 걸었는데도 아직 날이 밝지 않았다. 소채가 짐을 메고 열심히 가고 있던 차에 갑자기 등 뒤에서 누군가의 발소리가 들렸다. 소채가 슬쩍 한 걸음 옆으로 피하며 뒤를 돌아보니, 누군가 손에 짧은 몽둥이를 들고 막 그를 내려치려고 다가서던 참이었다. 하지만 그자는 손을 쓰기도 전에 소채의 비호같은 발차기 한 방에 그만 땅바닥에 나뒹굴고 말았다. 소채가 몽둥이를 빼앗아 그자의 머리를 내려치려 하자, 그자가 땅바닥에 엎드리며 소리쳤다.

"저희 사부님 얼굴을 봐서라도 제발 한 번만 용서해 주십시오!"

소채가 내리치려던 손을 멈추고 물었다.

"네 사부가 누구냐?"

이때는 이미 날이 밝아 그자를 제대로 볼 수가 있었다. 그는 나이가 서른 살 남짓 되고, 짧은 웃옷에 팔탑마혜(八搭麻鞋)*를 신었으며, 얼굴엔 수염이 듬성듬성 나 있었다. 그가 대답했다.

"소인은 이름이 목내이옵고, 효자 곽역 선생의 제자입니다."

소채는 그를 일으켜 세워주고 자세히 얘기해 보라고 했다. 그러자 목내는 길에서 강도짓을 하다가 곽역을 만났고, 그가 자신을 제자로 거두어준 일을 모두 이야기했다. 그 말을 듣고 난 소채가 말했다.

"네 사부님은 나도 잘 아는 분이다. 그래, 넌 지금 어디로 가는 길이냐?"

"평 소보께서 오랑캐를 소탕하기 위해 지금 송반에서 군사를 모집한다는 말을 듣고, 그곳을 찾아가 군대에 들어가려 했습니다. 그런데 도중에 여비가 모자라 방금 형님께 죄를 짓게 되었습니다. 용서해 주십시오!"

"마침 잘 됐구나. 나도 거기에 자원하러 가는 길이니까 나와 동행하면 어떻겠느냐?"

목내는 기뻐하며 기꺼이 소채의 수행 하인 노릇을 했다. 그들은 곧 송반에 도착하여 사령부에 입대 신청서를 냈다. 평치는 소채의 내력을 자세히 물어보게 하고 나서 그가 소호의 아들임을 알고는 자신의 막하에 거두어 천총(千總)*이라는 직함을 주고 전장에서 싸우도록 했다. 그리고 목내는 사병으로 편입시켜 배치 명령을 기다리도록 했다.

며칠 뒤 각 지역에서 보낸 군량미가 모두 도착하자, 평치는 장수들을 소집해 막사 입구[轅門]에 대기하라는 명령을 내렸다. 일찌감치 막사 입구에 도착한 소채는 도독(都督) 두 명이 먼저 와 있는 것을 보고 인사를 드린 후, 한쪽으로 비켜섰다. 도독 한 명이 말했다.

"지난번 총진(總鎭)* 마(馬) 나리께서 출병하셨다가 청풍성 오랑캐들의 계략에 걸려 그만 말과 함께 함정에 굴러 떨어지고 말았지. 마 나리는 중상을 입고 이틀 뒤 돌아가셨는데, 아직도 그 시신을 못 찾고 있네. 마 나리는 사례감(司禮監)* 태감 나리의 조카인지라, 지금 궁에서는 편지를 내려 보내 무슨 일이 있어도 시신을 찾아내라고 다그치고 있네. 정말 찾아내지 못하기라도 하면 앞으로 어떤 처분을 받게 될지 모르니, 이 일을 어쩌면 좋겠나?"

그러자 다른 도독이 말했다.

"듣자 하니 청풍성 일대 수십 리엔 물도 풀도 없다고 하더군. 겨울에 산 위에 잔뜩 쌓였던 눈이 녹아내리는 봄이 되어야 사람과 말이 먹을 물이 생긴다는 걸세. 그쪽으로 출병했다가는 단 며칠만 먹을 물을 못 구해도 바로 꼼짝없이 죽을 텐데, 그런 데서 싸움은 무슨 수로 한단 말인가?"

소채가 이런 말을 듣고 한 걸음 다가가서 아뢰었다.

"두 분께선 너무 걱정 마십시오. 이 청풍성에는 물도 있고 풀도 있습니다. 그냥 있기만 한 게 아니라 물과 풀 모두 아주 풍족하답니다."

두 도독이 말했다

"소 천총, 거기에 가 봤는가?"

"가 보지는 못했습니다."

"저것 보라지! 그래, 자넨 가 보지도 않고 어떻게 안단 말인가?

"그곳은 물도 많고 풀도 잘 자란다고 역사서에서 읽은 적이 있습니다."

그러자 두 도독은 얼굴이 굳어지며 이렇게 말했다.

"그따위 책에 쓰인 말을 어떻게 믿을 수 있단 말이오!"

소채는 더 이상 말을 꺼내지 못했다.

잠시 후 운판(雲板) 소리가 나더니, 막사 입구에서 징과 북 소리가 요란하게 들려왔다. 평치가 장군들을 모아 놓고 명령을 내렸다. 두 도독은 본영의 병마를 이끌고 중군(中軍)을 이끌고 양쪽에서 호응하게 하고, 소채는 보병 5백 명을 이끌고 선봉에 서서 길을 열며, 자신은 후방의 전력을 지휘한다는 것이었다. 명령이 내려지자 장수들은 각자 흩어져 임무를 수행하러 떠났다.

소채는 목내와 함께 보병 5백 명을 이끌고 신속히 전진했는데, 한동안 가다 보니 험준하기 그지없는 높은 산이 앞을 막아서고, 그 꼭대기에는 그곳을 지키는 적군의 깃발이 어렴풋이 보였다. 이 산은 '의아산(依兒山)'으로 청풍성의 관문에 해당하는 곳이었다. 소채가 목내를 불러 분부했다.

"너는 병사 2백 명을 이끌고 샛길로 산을 넘어가 뒤쪽 길목에서 기다리고 있다가, 산 위에서 대포 소리가 나면 바로 함성을 지르면서 뒤에서 올라와 싸움을 돕도록 해라. 한 치의 실수도 없어야 한다!"

목내는 그리하겠다고 대답하고 먼저 떠났다. 소채는 또 병사 백 명에게 골짜기에 매복하고 있다가, 대포 소리가 나면 일제히 함성을 지르며 대군(大軍)이 도착했다고 소리치면서 싸움을 도우러 달려오라고 명했다. 이렇게 군사 배치를 마친 후 소채는 나머지 2백 명을 데리고 성큼성큼 빠른 걸음으로 산으로 진격해 올라갔다. 의아산의 수백 명의 오랑캐는 동굴 안에 숨어 있었는데, 누군가 산으로 올라오는 것을 보자 벌 떼처럼 일제히 몰려 나와 전투가 벌어졌다. 허리춤에 석궁을 차고 손에 칼을 든 소채는 용맹하게 선두에 서서, 먼저 손에 든 칼을 휘둘러 오랑캐 몇 명을 베어 버렸다. 오랑캐들이 그의 용맹함에 겁을 먹고 달아나려 하는데, 2백 명의 군사가 폭풍우처럼 맹렬한 기세로 일제히 몰려왔다. 그때 갑자기 대포 소리가 나더니 골짜기에 매복해 있던 병사들이 큰 소리로 "대군이 왔다!"라고 소리치며 산 위로 나는 듯 짓쳐 올라왔다. 이어서 또 산 뒤편에 있던 군사 2백 명이 함성을 지르고 깃발을 흔들며 진격해 올라오자, 이미 놀라 혼비백산해 있던 오랑캐들은 청풍성이 벌써 대군의 손에 넘어간 줄 알고 뿔뿔이 흩어져 도망쳤다. 하지만 어디 소채의 탄환을 피할 수 있었으랴! 그들은 탄환에 맞아 입이 돌아가고 코가 내려앉는 통에 어디로 도망가 숨지도 못했다. 소채가 군사 5백 명을 한 곳에 모아 쩌렁쩌렁 함성을 지르며 공격하자, 수백 명의 오랑캐들은 추풍낙엽처럼 모조리 칼에 맞아 죽고 말았다. 그 싸움에서 노획한 깃발과 무기는 셀 수 없이 많았다.

소채는 군사들을 잠시 쉬게 했다가 다시 독려해서 앞으로 전진해 갔다. 앞길은 모두 울창한 숲이었다. 한참을 걸어 숲이 끝나자 큰 강이 하나 나왔고, 저 멀리 강 건너 몇 리 밖으로 청풍성이 보였다. 강을 건널 배가 없는 걸 보고, 소채가 급히 5백 명의 군사들에게 그 자리에서 나무를 베어 뗏목을 만들도록 했다. 순식간에 뗏목이 만들어지자 모두 그 뗏목을 타고 강을 건넜다. 소채는 병사들에게 이렇게 분부했다.

"우리 대군은 아직 후방에 있고, 저 성을 치는 것은 5백 명이 할 수 있는 일이 아니다. 그러니 절대 적들에게 이런 우리 실정을 알려서는 안 된다."

그리고 목내에게는 병졸 2백 명을 이끌고 가게 하면서 이렇게 지시했다. 아까 노획한 깃발을 가지고 성을 공격할 때 쓸 사다리를 만들고, 각자 마른 대나무를 한 묶음씩 몸에 지니고 있다가 성벽 서쪽 외진 곳으로 가서 성벽을 타고 기어 올라가 군량과 마초(馬草)를 쌓아놓은 곳에 불을 지르라는 것이었다.

"그럼 그 틈에 이쪽에서 동쪽 성문을 공격하겠다."

이렇게 작전을 세우고 군사 배치를 끝냈다.

한편 두 도독은 중군을 이끌고 의아산 밑까지 왔는데, 소채가 이미 지나갔는지 어떤지도 모른 채 이렇게 의논했다.

"지형이 이처럼 험준하니 분명 매복병이 있을 겁니다. 대포를 계속 쏘아 대서 놈들이 감히 밖으로 나오지 못하게 합시다. 그러면 승전했다고 보고해도 될 겁니다."

이런 얘기를 나누고 있는데, 말 한 마리가 나는 듯 달려오더니 평치의 명령을 전했다. 소채가 젊은 혈기에 무모하게 덤벼들어 일을 그르칠 수도 있으니, 두 도독은 어서 진격해 지원하라는 것이었다. 두 도독은 명령을 받고 하는 수 없이 부대에 진격 명령을 내리고 질풍같이 내달려 강에 이르렀는데, 거기에는 이미 뗏목이 만들어져 있었다. 병사들을 이끌고 뗏목을 타고 강을 건너니 멀리 청풍성에서 훨훨 불길이 이는 것이 보였다. 그때 소채는 한창 동문 밖에서 대포를 쏘면서 성을 공격하고 있는 중이었다. 오랑캐들은 성안에 불이 나자 전투가 시작되기도 전에 자중지란에 빠져 버렸다. 그 사이 중군은 이미 성 앞까지 와서, 선봉군과 합세해 청풍성을 철통같이 에워쌌다. 오랑캐 추장은 북문을 열고 나와 사력을 다한 혼전 끝에 겨우 남은 10여 명의 기병만 데리고 포위망을 뚫고 간신히 달아났다. 평치가 후방 전력을 이끌고 도착하니, 함락된 성에 남아 있던 백성들이 하나같이 머리에 향과 꽃을 이고 꿇어앉아 소보 평치의 입성을 환영했다. 평치는 불을 꺼서 백성들을 안정시키고, 조금도 백성들을 놀라게 해서는 안 된다는 영을 내렸다. 그리고 즉시 상주문을 써서 경사로 보내 승전보를 알렸다.

성안에 있던 소채는 평치를 맞으며 머리를 조아려 절을 올렸다. 평치는 매우 기뻐하며 양 한 마리와 술 한 단지를 상으로 내리고, 그의 공을 치하했다. 열흘 남짓 지나자 상주문에 대한 회답으로 다음과 같은 어지가 내려왔다.

소보 평치는 경사로 돌아오고, 두 도독은 임지로 돌아가 승진을 기다릴 것이며, 소채는 정식으로 천총 직함을 제수하노라.

평치는 사후 뒷수습을 모두 소채에게 위임했다. 소채가 경사로 떠나는 평치를 전송하고 나서 성안으로 돌아와 전쟁으로 인한 피해를 살펴보니, 성벽은 무너졌고 창고도 허물어져 있었다. 이런 피해 상황에 대해 상세한 내용의 문서를 작성해 보고하자, 평치는 성을 수리할 것을 비준했다. 그리고 소채에게 책임지고 일을 처리하라고 지시하고, 공사가 모두 끝나면 따로 상주문을 올려 천거하여 그 공로를 치하하겠노라고 했다. 그런데 이 일로 인해 다음과 같은 새로운 이야기가 생겨난다.

팥배나무 아래 그늘*은
후인들에게 부질없는 그리움만 남기고,
비장군 이광*은 작위를 얻기 어려워
기구한 운명이라는 탄식만 듣는구나.
甘棠有陰, 空留後人之思
飛將難封, 徒博數奇之歎.

소채는 과연 성을 어떻게 수리했을까? 이에 대해서는 다음 회를 들어보시라.

와평

흉악한 조대가 등장하는 부분은 일부러 무시무시한 표현을 써

가며 점점 더 긴박하게 몰아가니, 독자들이 차마 바로 그 다음 부분을 제대로 읽어 내려갈 수 없게 만든다. 노스님의 목숨이 한순간이면 날아갈 상황인데도 작자는 아무렇지도 않게 천천히 이야기를 풀어 나가니, 이 대목은 형가가 진왕을 찌르려 할 때 지도가 다 펼쳐지고 나서야 비수가 드러나는 아슬아슬한 전개와 다를 바 없다.

소채는 대대로 석궁을 잘 쏘기로 유명한 집안 출신이나 그의 석궁 솜씨는 또 아버지 소호와는 전혀 다른데, 묘사하는 필치는 호탕하여 표현하지 못하는 바가 없다.

내가 늘 친구에게 하는 말이지만, 무릇 배운 자가 붓을 들어 글을 쓸 때는 세상의 윤리 강상과 인심에 도움이 되는 것을 가장 중시해야 하니, 그것이 바로 성인이 "언사를 닦아 성실함을 이룬다(修辭立其誠)"*라고 말씀하신 뜻이다. 곽역이 소채에게 조언해 주는 장면 같은 경우 성인이 다시 오신다 해도 그와 똑같이 말씀하셨을 것이다. 요즘 세상에 유행하는 패관잡설은 노상 조정의 관리를 양산박(梁山泊) 물가로 몰아내 도적이 되게 만들지만, 이 책은 목숨을 초개처럼 버리면서 의협을 행하는 사람에게 세상에 나와 변경에서 국가를 위해 목숨을 바칠 것을 권한다. 아, 진실 되도다! 군자의 말씀은 영원하리라!

의아산에서 적의 목을 베고 청풍성을 함락시킨 것은 소채의 공이고, 두 도독이 아무 기여도 하지 못했음은 천추만세가 지나도 누구나 다 알 일이다. 하지만 결국 소채는 천총 직위를 정식으로 제수 받았을 뿐이고, 두 도독은 임지로 돌아가 승진을 기다리게 되었다. 비장군(飛將軍) 이광(李廣)의 사촌동생 이채(李蔡)도 그 능력이 모자랐으나 제후에 봉해졌기에 역시 오랜 세월 동안 모든 사람들이 탄식했었다. 아아, 슬프도다! 더 말해 무엇 하리!

제40회
소채는 광무산에서 설경을 감상하고
심경지는 이섭교에서 글을 팔다

소채는 평치의 명령을 받들어 성을 축조하는 것을 감독했는데 장장 3, 4년이나 걸려서야 겨우 완공되었다. 성은 둘레가 10리에 문은 여섯 개나 되며, 안에는 다섯 곳의 관공서가 세워졌다. 또한 방(榜)을 붙여서 성안에 들어와 살 유민을 모으고, 백성들에게 성 밖의 땅을 농토로 개간하게 했다. 소채는 이렇게 생각했다.

'땅이 이처럼 메마르니 가뭄을 만나면 백성들이 식량을 못 거둘 수도 있겠군. 수리 시설을 만들 필요가 있어.'

소채는 공사에 들어갈 경비를 들여 공역(公役)에 종사할 백성들을 모집했다. 그리고 직접 이들을 지휘해서 전답 옆으로 수많은 크고 작은 물길들을 만들었다. 큰 도랑 사이로 작은 도랑이 이어지고, 작은 도랑들 사이로는 실도랑이 이어져 높고 낮은 물길들이 연결되니, 마치 강남의 풍경을 보는 듯했다. 수리 시설이 완성되자 소채는 말을 타고 목내와 함께 곳곳을 다니며 백성들의 수고를 위로했다. 그는 가는 곳마다 소와 말을 잡고, 영을 내려 인근 백성을 모두 불러 모았다. 그리고 제단을 만들어 농사의 신 선농(先農)*의 위패를 모신 다음, 제물을 올리고 제사를 지냈다. 소채는 사모(紗帽)에 예복을 갖춰 입고 앞장서서 백성들을 이끌고 제사를 주관했고, 목내로 하여금 옆에서 찬례(贊禮)를 맡도록 했다. 향을 피워 올리고 술을 바친 다음, 세 차례 술을 올리고 여덟 번 절을 하는 '삼헌팔배(三獻八拜)' 의식을 행했다. 배례가 끝나면 또 백성들을 이끌고 저 멀리 천자가 계신 궁궐 쪽을 향해 '만세'를 세 번 외치고 절하면서 황제의 은혜에 감사했다. 그리고 백성들을 둥그렇게 둘러앉히고, 자신은 그 가운데 앉아 칼을 뽑아 고기를 자르고 큰 잔에 술을 따라 웃고 떠들며 종일 즐겁게 마셨다. 잔치가 끝나자 소채가 백성들에게 말했다.

"자네들과 이곳에서 오늘 하루 즐겁게 술을 마시게 된 것도 인연일세. 이제 위로는 황제 폐하의 은혜에 힘입고 아래로는 자네들 도움을 얻어 이렇게 많은 땅을 개간했네. 나 소 아무개도 같이 힘을 보탰고 말일세. 이제 내 손수 버드나무를 한 그루 심을 테니, 자네들도 각자 버드나무를 한 그루씩 심거나 아니면 복숭아나무나 살구나무도 섞어 심어서 오늘의 일을 기념하도록 하세."

백성들은 우레와 같은 환호성을 울리며 모두들 빠짐없이 큰길가에 버드나무와 복숭아나무를 심었다.

소채와 목내는 오늘은 이곳으로, 내일은 또 저곳으로 계속 돌아다니며 수십 일 동안 잔치를 열고 수만 그루의 버드나무를 심었다. 백성들은 소채의 은덕에 감격하여 함께 힘을 모아 성문 밖에다 선농사(先農祠)를 세우고, 그 한가운데는 선농의 위패를 모시고 그 옆에는 소채의 장수와 현달을 기원하는 장생록위패(長生祿位牌)를 모셔놓았다. 또 화공을 물색해 벽화를 그리게 하니, 소채가 사모에 예복을 입은 채 말 위에 앉아 있고 그 앞에서 목내가 손에 붉은 기를 들고 말고삐를 끌며 권농(勸農)하는 장면을 그려 넣었다. 남녀노소 모든 백성들이 매달 초하루와 보름이면 빼놓지 않고 선농사에 와서 향을 피우고 초를 사르며 엎드려 절을 했다.

이듬해 봄 버드나무가 푸르러지고 복사꽃이며 살구꽃이 하나둘 피기 시작하자 소채는 목내를 데리고 말에 올라 밖으로 구경을 나왔다. 푸른 나무 그늘 아래 아이들이 삼삼오오 무리지어 소를 끌고 가는데 소잔등 위에 거꾸로 앉은 녀석이 있는가 하면, 등 위에 가로 누운 녀석도 있었다. 소들은 논두렁 옆 도랑에서 물을 마시고 집 모퉁이를 돌아 느릿느릿 걸어 나왔다. 이 광경을 본 소채가 기뻐하며 목내에게 말했다.

"저 모습 좀 보아라! 이제 백성들이 살 만하게 되었구나. 그나저나 저 아이들은 모두 잘생기고 똑똑해 보이는데, 어떻게든 선생을 모셔다 글을 가르치면 좋을 것 같구나."

"나리, 모르셨습니까? 며칠 전 선생 한 분이 오셔서 선농사에 묵으셨는데, 강남 분이랍니다. 지금도 거기 계실 것 같은데 한번 찾아가 상의해 보시지요?"

"그거 참 잘됐구나."

소채는 곧바로 말을 달려 선농사로 가서 그 선생을 만났다. 그는 사당 안으로 들어가 그 선생과 인사를 나누고 자리에 앉아 이렇게 물었다.

"듣자 하니, 선생께선 고향이 강남이시라던데 무슨 일로 이런 외진 곳까지 오셨습니까? 그리고 존함이 어떻게 되시는지요?"

"저는 성이 심(沈)가이고, 고향은 상주(常州)입니다.* 청풍성에서 장사를 하는 친척이 있어 몇 년 전 만나러 온 것입니다만, 그만 전쟁이 일어나 이곳에서 5, 6년을 떠돌면서 아직까지 고향에 못 돌아가고 있습니다. 근자에 들으니 조정의 소 나리란 분이 여기에서 성을 쌓고 수리 사업을 하셨다 해서 구경이나 좀 할까 하고 왔던 참입니다. 나리께선 성함이 어떻게 되십니까? 어느 관청에 계시는지요?"

"제가 바로 이곳 수리 공사를 한 소운선이올시다."

그러자 심대년은 일어나 다시금 예를 갖춰 인사를 하고 말했다.

"나리야말로 이 시대의 반초(班超)*이올시다. 참으로 존경스럽습니다."

"타지에서 오신 선생께서 여기 계시는 동안은 제가 주인으로 손님 대접을 해야 마땅하지요. 제 관서에 가서 묵으시지요."

소채는 곧 백성 두 사람을 불러 심대년의 짐을 옮기게 하고, 녹내더러는 말을 끌고 오게 하여 심대년의 손을 잡고 함께 관서로 가서는 술과 음식을 정성껏 대접했다. 그런 다음 그에게 아이들을 가르쳐 주기 바란다는 말을 꺼내자 심대년은 선선이 응낙했다. 그러자 소채가 말했다.

"선생 혼자서는 아이들을 전부 가르치기 힘드실 것입니다."

소채는 자기 휘하의 군사 2, 3천 명 가운데 글자를 좀 아는 병사 열 명을 골라 매일 심 선생에게 수업을 받도록 했다. 그리고 학당 열 곳을 열어 백성들의 자식들 가운데 총명한 아이들을 뽑아 모두 학당에서 먹고 자며 공부하도록 했다. 이렇게 공부한 지 2년 남짓 지났을 무렵, 심대년은 아이들에게 파제(破題)와 파승(破承), 기강(起講) 같은 팔고문 작법을 가르쳤다. 이렇게 해서 팔고문을 지을 줄 알게 된 학생들에게는 소채 자신과 동등한 지위의 예로 특별한 대우를 해 주었다. 그러자 그들도 글공부가 얼마나 영광스러운 일인지 알게 되었다.

성을 쌓는 공사가 마무리되자 소채는 상부에 올릴 보고서를 작성해 목내를 시켜 상부에 전하게 했다. 목내가 평치를 찾아뵙자, 평치는 그간의 상황을 물어본 다음 목내에게 외위파총(外委把總)* 자리를 내려주었다. 평치는 소채의 보고서를 토대로 병부(兵部)에 통지를 보냈다. 그 뒤 공부(工部)에서 축성 비용을 조사하고 계산하여 다음과 같은 공문을 내려 보냈다.

〈소채가 담당한 청풍성 축성 공사 사안〉

해당 순무가 제출한 경비 내역 문건에는 벽돌과 석회 및 기술자에게 지출한 금액이 모두 은자 19,360냥 1전 2푼 1리(釐) 5모(毛)라고 적혀 있다. 조사해 본 결과 청풍성은 근처에 수초가 풍부하여 벽돌과 석회를 만들기가 아주 편리하며, 새로 유민을 모았으므로 공공 부역에 충당할 수 있는 자가 매우 많다. 그러므로 이와 같이 임의로 과다하게 지출한 비용은 인정할 수 없다. 이에 총 경비 가운데 은자 7,525냥을 삭감하니, 이 액수만큼의 은자는 담당 관원이 물어야 한다. 담당 관원은 사천 성도부 사람이니, 이 문서를 해당 지역 지방관에게 보내서 기한 내에 위 금액의 상환을 엄히 집행하게 한다.

어지를 받들어 협의한 결과를 명하노라.

소채는 관보〔邸報〕를 읽고 소속 상관이 내려 보낸 공문을 받아 보고는 하는 수 없이 짐을 꾸려 성도로 돌아갔다. 집에 도착해 보니 부친은 이미 병이 깊어 침상에 누워 일어나지 못하고 있었다. 소채는 병상 앞에서 인사를 여쭙고, 청풍성에서 있었던 일을 자세히 말씀드렸다. 하지만 그는 이야기를 다 마치고는 다시 머리를 조아리며 땅바닥에 엎드려 일어나려 하지 않았다. 그러자 소호가 말했다.

"네가 잘못한 일이 하나도 없는데 왜 안 일어나는 거냐?"

소채는 그제야 겨우 입을 열어 공부에서 축성 공사 비용을 삭감해서 자신이 돈을 변상하게 된 사정을 이야기하고 이렇게 말했다.

"아버님께 쌀 한 톨 벌어다 봉양도 못하고, 효도는커녕 도리어 아버님이 일구신 가산만 탕진하게 되었으니 정말 저는 사람도 아닙니다. 소자 부끄러워 견딜 수가 없습니다!"

"그 일은 조정의 명령이고 또 네가 돈을 허투루 낭비한 것도 아닌데 뭘 그리 괴로워하느냐? 내가 가진 걸 다 모으면 그래도 7천 냥쯤은 나올 테니, 전부 가져다 변상하면 될 게다."

소채는 울면서 그렇게 하겠노라고 했다. 부친의 병이 위중한 걸 알게 된 그는 옷도 제대로 갈아입지 않고 열흘이 넘도록 부친의 곁을 지켰으나 부친은 이미 나을 가망이 없어 보였다. 소채가 울면서 물었다.

"아버님, 무슨 남기실 말씀이라도 있으십니까?"

그러자 소호가 말했다.

"또 바보 같은 소리를 하는구나. 내가 살아 있는 동안은 내가 알아서 하지만, 내가 죽고 나면 모두 네가 알아서 해야 한다. 모름지기 사람이란 언제나 충효를 근본으로 삼아야 하는 법이고, 그 나머지는 모두 하찮은 것이니라."

말을 마치자 소호는 눈을 감았다.

소채는 땅에 머리를 찧으며 대성통곡을 했다. 그는 진심을 다해 애도하고 정성을 다해 상을 치렀다. 그리고 이렇게 탄식했다.

"인생사 새옹지마(塞翁之馬)라 어떤 일이 복이 될지 화가 될지 모른다더니, 지난번 공사비 배상 문제가 아니었다면 집에 돌아올 수 없었을 테고, 그럼 아버님 장례도 내 손으로 치르지 못했을 게 아닌가? 그러고 보면 이번에 집에 돌아온 게 꼭 불행이라고만 할 수도 없겠구나."

그가 장례를 마치고 나서 가산을 모두 정리해 배상금으로 냈지만, 그래도 은자 3백 냥이 부족했고, 지방관은 돈을 물어내라고 계속 독촉했다. 그런데 마침 그곳 지부가 절도 사건으로 좌천되고, 평치가 순무로 있을 때 발탁한 사람이 신임 지부로 왔다. 그는 부임 후 소채가 평치의 사람임을 알고 배상금을 다 냈다는 문서를 꾸며 주고, 그에게 평치에게 가서 돈을 벌충할 방도를 구해 보라고 했다. 평치는 소채를 만나 위로하고, 자문(咨文)*을 한 통 써서 병부로 보내 황제를 알현하고 관직을 받게 해 달라고 부탁했다. 병부의 담당 관리는 이런 회신을 보내왔다.

> 소채가 축성 공사를 처리한 일은 보궐로 관직을 주청하는 전례에 해당되지 않는 일이다. 지금의 천총 직급에 그대로 있다가 연차가 되면 수비(守備)로 승진해야 마땅하다. 결원이 생기면 본 병부에서 주관하여 폐하를 알현하고 관직을 제수 받도록 할 것이다.

다시 5, 6개월을 기다리자 병부에서는 소채를 응천부 강회위(江淮衛)*의 수비로 승진 발령하고, 황제를 알현하고 관직을 제수 받을 수 있게 해 주었다. 소채는 "새 부임지로 떠나라"는 어명과 함께 발령장을 받고 경사를 출발해 동쪽으로 길을 잡아 남경으로 향했다. 주룡교(朱龍橋)를 지나 광무위(廣武衛)란 곳에 도착했을 때는 이미 날이 어두워져, 그는 여관으로 들어갔다. 때는 바야흐로 엄동설한이었다. 밤 10시쯤 되었을 무렵, 여관 주인이 외치는 소리가 들렸다.

"손님들, 어서 일어나십시오! 파총(把總) 목(木) 나리께서 야간 순찰을 나오셨습니다!"

사람들이 전부 옷을 걸치고 일어나 자리에 앉았다. 4, 5명의 병사가 등롱을 들고 길을 비추는 가운데 파총 나리가 걸어 들어와 투숙객 명단을 보며 한 사람씩 조사했다. 소채가 그 총관 나리를 보니, 다름 아닌 목내가 아닌가! 목내도 소채를 알아보고는 기뻐 어쩔 줄 모르며 머리를 조아려 절을 하더니, 당장에 소채를 자신이 일하는 관서로 모셔 가 그날 밤을 지내도록 했다.

이튿날 소채가 곧바로 길을 떠나려 하자 목내가 만류하며 말했다.

"나리, 하루만 더 묵어가십시오. 날씨를 보아하니 눈도 내릴 것 같은데, 오늘은 광무산(廣武山) 완공사(阮公祠)*에 가서 구경이나 좀 하시지요. 제가 있는 곳에 오셨으니, 제가 주인 노릇 한번 제대로 하도록 해 주셔야지요."

소채가 그러마고 응낙하니 목내는 말 두 필을 준비해 함께 타고, 또 병사 하나를 불러 안주와 술 한 동이를 들고 따라오게 했다. 일행은 그 길로 광무산 완공사로 갔다. 도사가 마중을 나와 뒤편에 있는 누대로 안내했다. 그들이 자리에 앉자 도사는 배석할 엄두도 내지 못하고 얼른 차를 내왔다. 목내가 손이 닿는 대로 여섯 짝 격자창을 활짝 열어젖히니, 옆에서 본 광무산의 모습이 눈에 들어왔다. 산에는 나무들이 잎사귀를 모두 떨어뜨린 채 쌩쌩 부는 차가운 북풍에 흔들리고 있었고 하늘에선 눈송이가 흩날리기 시작했다. 소채가 그 광경을 보며 목내에게 말했다.

"우리 두 사람이 청풍성에 있을 때 이런 눈을 숱하게 봤으나, 그때는 쓸쓸하게 느낀 적이 없었지. 그런데 지금 저 눈을 보니 뼛속까지 시려 오는군!"

"저는 그 두 도독 나리가 생각납니다. 지금쯤 담비 가죽옷을 입고 화톳불을 쬐면서 즐겁게 지내고 계시겠죠!"

이렇게 이야기를 나누며 가져온 술을 다 마시고 나자, 소채는 자리에서 일어나 천천히 거닐었다. 누대 오른편엔 작은 전각이 하나 있었는데, 벽에는 수많은 명사들이 읊은 시들이 새겨져 있었다. 소채가 그 시들을 하나씩 읽어 내려가는데 「광무산회고(廣武山懷古)」라는 제목의 7언 고시(古詩) 한 수가 눈에 들어왔다. 그는 그 시를 읽고 또 읽고, 몇 번을 읽다가 저도 모르게 슬픔에 겨워 눈물을 떨어뜨렸다. 곁에 있던 목내는 영문을 알 수 없었다. 소채는 다시 그 시 뒤에 적힌 "남경의 무서가 쓰다(白門武書正字氏稿)"라는 글귀를 보고, 마음에 잘 새겨 두었다. 그리고 자리를 정리하고 관서로 돌아와 또 하룻밤을 묵었다. 이튿날 날이 개자 소채는 목내에게 작별을 고하고 길을 떠났다. 목내는 직접 대류역(大柳驛)까지 배웅한 뒤 돌아갔다.

소채는 포구에서 장강을 건너 남경 성안으로 들어가 발령장을 제출했다. 그리고 부임지로 가서 세미(稅米)를 운반하는 병사들〔運丁〕과 조운선을 점검하고, 전임자와 업무의 인수인계도 마무리 지었다. 그러던 어느 날 소채가 한 병사에게 물었다.

"이 지역에 성함이 무서이고, 호가 정자(正字)라고 하는 분이 계실 텐데, 혹시 어떤 분인지 아는가?"

"모르겠사옵니다. 그런데 그건 왜 물으시는지요?"

"광무위에서 그분이 쓴 시를 보았는데, 빨리 만나 뵙고 싶은 생각이 들어서 말일세."

"시를 쓰시는 분이라면 제가 국자감에 가서 알아보겠습니다."

"최대한 빨리 알아봐 주게."

다음 날 그 병사가 돌아와서 이렇게 알려주었다.

"국자감에 가서 알아봤더니, 문지기 말이 그곳에 무서라는 수재가 있다고 합니다. 국자감의 정식 학생으로, 화패루(花牌樓)에 산답니다."

"당장 사람을 준비시키게. 의장은 갖추지 말고. 당장 찾아뵈어야겠네."

소채가 곧장 화패루로 가서 서쪽으로 난 문루 안으로 명첩을 들여보내니, 무서가 맞으러 나왔다. 소채가 말했다.

"저는 일개 무인으로, 이곳에 새로 오게 되었습니다. 늘 현인군자들을 존경해 왔는데, 지난번 광무산의 전각 벽에 써 놓으신 선생님의 회고시를 읽고 감동하여 이렇게 찾아뵈러 왔습니다."

그러자 무서가 대답했다.

"그건 즉흥적인 감상을 쓴 시였을 뿐인데 뜻밖에도 선생의 눈을 어지럽혔군요."

차가 나오자 함께 마시고 나서 무서가 물었다.

"광무산을 거쳐 오신 걸 보니 경사에서 발령을 받아 부임하신 분인가 보군요?"

"솔직히 말씀드리자면 얘기가 아주 깁니다. 청풍성에서 출정했다 돌아온 후, 성을 수리하는 공사에 나랏돈을 과하게 썼다가 겨우 다 변상하고, 천총의 승진 전례에 따라 강회위로 발령을 받았습니다. 그런데 이제 선생님 같은 분을 뵈오니 얼마나 기쁜지 모르겠습니다. 매사에 가르침을 부탁드리오니, 일이 생기면 와서 상의 드리겠습니다."

"무슨 그런 말씀을! 제가 가르침을 받아야지요."

소채는 이야기를 마치고 돌아갔다.

무서가 그를 대문까지 배웅하고 들어가는데, 국자감에서 일하는 하인이 달려와 말했다.

"우 나리께서 하실 말씀이 있다고 기다리고 계십니다."

이에 무서가 가서 우육덕을 만나자, 그가 이렇게 말했다.

"이보게, 자네 선대부인(先大夫人)께 표창을 내리는 그 일 말일세. 부에서 신청이 늦었다고 세 번이나 기각했다가 이제야 비준이 떨어졌네. 패방을 세울 비용이 관서에 있으니 속히 수령해 가도록 하게."

무서는 감사 인사를 하고 나왔다.

이튿날 무서가 답방하러 명첩을 들고 찾아가니, 소채가 나와 맞으며 대청으로 안내했다. 서로 인사를 나누고 자리에 앉자 무서가 말했다.

"어제 왕림해 주셨는데 대접이 너무 소홀했습니다! 보잘것없는 졸작을 분에 넘치게 칭찬해 주시니 정말 부끄럽기 짝이 없습니다. 졸작이나마 판각한 것이 좀 있어서 가져왔으니 가르침을 주십시오."

그러고는 소매에서 시집 한 권을 꺼냈다. 소채는 그것을 받아 몇 수 읽어 보고 감탄을 금치 못했다. 소채는 무서를 서재로 안내하고 식사를 대접했다. 함께 식사를 마친 다음 소채가 두루마리 하나를 무서에게 건네주며 말했다.

"이건 제가 반평생 했던 일을 기록한 것입니다. 부디 선생님의 빼어난 솜씨로 역사에 길이 남을 문장 한 편이나 시 몇 수만 적어 주십시오."

무서가 두루마리를 받아 책상에 죽 펼쳐보니 앞에는 『서정소기(西征小記)』라고 쓰여 있고, 안에는 세 폭의 그림이 들어 있었다. 첫 번째는 "의아산에서 적을 무찌르다(椅兒山破賊)"는 그림이고, 두 번째는 "청풍성을 함락시키다(青楓取城)," 세 번째 그림에는 "봄날 교외에서 농경을 장려하다(春郊勸農)"라는 제목이 붙어 있었다. 각 그림 밑에는 전후의 사정이 상세히 적혀 있었다. 무서는 그림을 모두 보고 난 다음 탄식하며 말했다.

"옛날 비장군(飛將軍) 이광(李廣)이 불우했다더니 지금도 마찬가지이군요! 이렇게 혁혁한 공을 세우고도 지금껏 그런 낮은 자리에 계셨다니요. 시 짓는 일은 마땅히 제가 맡겠습니다. 하지만 선생께서 땀 흘려 이런 공적을 이룩하셨으나 직위가 낮아서 역사서에는 기록되지 못할 것 같군요. 그러니 대가 몇 분의 붓을 빌려 그 내용을 글로 써서 각자의 문집을 통해 세상에 전해지도록 해야겠습니다. 그렇게 해야 반평생 동안의 선생의 충성심이 영원히 잊히지 않을 테니까요."

"과분한 칭찬이십니다. 선생님의 뛰어난 글만으로도 길이 남을 수 있을 것입니다."

"그렇지 않습니다. 이 두루마리는 제가 가지고 가겠습니다. 이곳 남경엔 평소 충효를 칭송하길 좋아하시는 명사들이 몇 분 계십니다. 그분들이 선생의 이 공적을 보면 기꺼이 나서 글을 지어 주실 게 분명합니다. 제가 이 두루마리를 가져가서 그분들께 보여드릴 수 있도록 해 주십시오."

"선생의 지인들이라면 제가 먼저 직접 찾아뵈어야 도리가 아닐까요?"

"그것도 좋겠군요."

소채가 붉은 명첩을 가져와 무서에게 찾아뵐 분들의 이름을 적어 달라고 하니, 무서가 곧 성명을 쓰기 시작했다. 그는 '과행(果行) 우 박사,' '형산 지균,' '징군 장소광,' '소경 두의'라는 이름을 죽 쓰고 주소까지 모두 적어 소채에게 건네주고, 두루마리를 잘 챙긴 후 작별 인사를 하고 돌아갔다.

이튿날 소채는 무서가 적어준 사람들을 찾아가 인사했고, 그 사람들도 모두 답례 인사를 왔다. 또한 소채는 양도(糧道)*의 명령을 받들어 회하 지방으로 식량을 수송하러 가게 되었다. 그는 배를 타고 양주에 도착해 초관 나루의 북새통 속을 비집고 들어갔다. 그곳은 배들로 한창 북적대고 있었는데, 저 뒤편에서 배 한 척이 붐비는 틈을 뚫고 들어왔다. 뱃머리에 서 있던 누군가가 소채를 향해 소리쳤다.

"소 선생님! 어떻게 여길 오셨습니까?"

소채는 고개를 돌려보더니 이렇게 말했다.

"아니, 이게 누구십니까! 심 선생 아니십니까? 언제 돌아오셨습니까?"

소채가 얼른 그쪽으로 배를 갖다 대니, 심대년이 이쪽 배로 건너왔다. 소채가 물었다.

"청풍성에서 작별한 지도 벌써 몇 년이 되었군요! 언제 강남으로 돌아오신 겁니까?"

"선생님께서 보살펴 주신 덕분에 그곳에서 2년 동안 학생들을 가르치면서 수업료를 모아 고향으로 돌아왔지요. 이제 딸아이를 양주 송(宋)씨 댁에 출가시키게 되어, 지금 그 아일 데려다 주러 가는 길입니다."

"따님께 그런 경사가 있었군요! 늦었지만 축하드립니다!"

소채는 시종을 시켜 은자 한 냥을 담아 축의금으로 건네주고 말했다.

"저는 지금 식량을 수송해서 북으로 가는 중이라 여기에 머물 수가 없답니다. 나중에 관아로 돌아오면 그때 다시 모시고 만나 뵙지요."

두 사람은 이렇게 작별 인사를 하고 헤어졌다.

심대년은 딸 심경지(沈瓊枝)를 데리고 배에서 내렸다. 그는 강기슭에서 작은 가마를 한 대 불러 딸을 태우고 몸소 짐을 챙겨 결구문(缺口門)으로 가서 염상 대풍기(大豐旗)의 분점 앞에 멈춰 섰다. 그곳 점원이 나와 이들을 맞이하고 송 염상에게 그들이 왔다고 기별하자, 염상 송위부(宋爲富)가 하인을 보내 알려왔다.

"나리께서는 신부를 가마에 태워 댁으로 들여보내라 하십니다.

심 나리께서 분점에 머물러 계시면, 지배인을 시켜 술상을 봐서 잘 대접해 드릴 거라 하십니다."

심대년이 이 말을 듣고 딸 심경지에게 말했다.

"우리가 이곳에 온 것은 저쪽에서 좋은 날을 골라 제대로 식을 올릴 때까지 임시로 묵으려는 것이었는데 어째서 저렇게 거만하게 나온단 말이냐? 하는 꼴을 보아하니 널 정실로 맞으려는 게 아닌 듯하구나. 이번 혼사를 해야 한단 말이냐? 아님 그만둬야 한단 말이냐? 얘야, 너는 어떻게 했으면 좋겠느냐?"

"아버님, 안심하세요. 우리 집에서 무슨 몸값을 받고 문서를 쓴 것도 아닌데 왜 제가 굴욕스럽게 첩이 돼야 하겠어요? 저쪽에서 이런 식으로 나온다고 아버님께서 시비를 가리려 하신다면 오히려 남들 구설수에 오를 겁니다. 차라리 제가 지금 가마를 타고 그 집에 가서 절 어떻게 대하는지 두고 보겠어요."

심대년은 그저 딸이 하자는 대로 따를 수밖에 없어서, 심경지가 몸단장을 하는 것을 지켜만 보았다. 심경지는 머리에 화관을 얹고 진홍색 두루마기를 입고 나서 아버지께 절을 올리고 가마에 올랐다. 송 염상 집 하인이 가마 뒤를 좇아갔다. 일행은 곧바로 강가의 송씨 집으로 가서 대문 안으로 들어갔다.

유모 몇 사람이 주인집 아이들을 안고 대문 앞에서 문지기와 농을 주고받다가 가마가 들어오는 걸 보고 물었다.

"신부 심씨가 오셨나? 가마에서 내려 작은 길을 따라 안으로 들어가세요."

심경지는 이 말에 일언반구 대꾸도 없이 가마에서 내렸다. 그리고 곧장 대청으로 가서 자리를 잡고 앉더니 이렇게 말했다.

"주인어른 좀 모셔 오너라! 우리 상주 심씨 가문은 그렇게 보잘것없는 집안이 아니다! 이 댁 주인이 날 신부로 맞으려 한다면서 왜 등롱에 채색 비단을 걸어놓고 길일을 받아 혼례를 치르지 않는 게냐? 사람을 몰래 가마로 실어 들여오는 것은 첩을 들이는 모양새와 같지 않느냔 말이다. 너희 주인어른께 다른 말은 할 것 없고 우리 아버님께서 친필로 쓴 혼인 증명서만 가져와 보여 달라고 여쭈어라. 그럼 나도 다른 말 하지 않겠다!"

이 말을 들은 유모와 하인들은 기겁하며 이상한 일도 다 있다 싶어 얼른 대청 뒤편으로 달려가서 주인나리께 고했다.

그때 송위부는 한창 약방에서 약제사가 인삼 만지는 걸 보고 있다가 이 말을 듣고 얼굴이 벌게져서 말했다.

"우리 같은 총상(總商) 집안에선 한 해에 못해도 일고여덟 명의 첩을 들이는데, 들이는 첩마다 이런 식으로 까다롭게 굴면 어디 살 수나 있겠나! 제가 내 집에 걸어 들어온 이상 설마 어디로 날아갈 수야 없겠지!"

송위부는 한참 망설이다가 계집종 하나를 불러 이렇게 분부했다.

"가서 아씨에게 전해라. 나리께선 오늘 집에 안 계시니 아씨께선 일단 방에 들어가 계시고, 하실 말씀이 있으면 나리께서 돌아온 다음 다시 하시라고 말이다."

계집종이 가서 이 말을 전하자, 심경지는 속으로 생각했다.

'여기 이렇게 버티고 있어서 될 일도 아니니 일단 저 애를 따라 들어가는 게 낫겠군.'

심경지는 곧 계집종을 따라 나섰다. 대청 뒤편에서 왼쪽으로 걸어가자, 작은 규문(圭門)* 이 나왔다. 그 문을 통해 안으로 들어가니 녹나무로 지은 세 칸짜리 대청이 있고, 대청 앞 넓은 뜰에는 태호석을 쌓아 만든 가산(假山)이 서 있었다. 가산을 따라 왼쪽 좁은 골목을 걸어가니 정원으로 이어지는데, 그곳엔 대나무 숲이 우거지고 널찍하고 탁 트인 정자와 누대가 서 있고, 아주 큰 연못에는 금붕어들이 헤엄치고 있었다. 연못 옆은 모두 주홍빛 난간에 감싸인 회랑이었다. 회랑을 따라 끝까지 가니 작은 월동문(月洞門)과 금칠을 한 네 쪽짜리 문이 나왔다. 문 안으로 들어가니 세 칸짜리 건물이 나왔다. 그 중 한 칸은 방으로 쓸 수 있게 잘 꾸며 놓았으며, 호젓하니 독립된 정원이 딸려 있었다. 하녀가 차를 내오자 심경지는 그것을 마시며 속으로 이렇게 생각했다.

'이렇게 멋진 곳을 송씨란 작자가 제대로 감상할 줄이나 알까? 이왕 왔으니 여기에서 며칠 편히 즐겨보자.'

아까 따라왔던 계집종이 돌아가 송위부에게 전했다.

"새 신부가 퍽 예쁘긴 해도 성질이 드세 보이는 게, 함부로 대할 수 없는 성질 같아요."

하룻밤을 묵고 나서 송위부는 집사를 분점으로 보내 지배인더러 은자 5백 냥을 달아 심 나리에게 드리라고 했다. 그리고 "아가씨는 그냥 여기 두고 심 나리만 일단 댁으로 돌아가시라"고 말을 전하게 하면, 그쪽에서도 더 이상 아무 말이 없을 것으로 생각했다. 심대년은 그 말을 듣자 이렇게 소리쳤다.

"세상에, 이럴 수가! 송가가 내 딸을 첩으로 삼으려는 게 분명한데 이걸 그냥 놔둘 수야 없지!"

심대년은 곧바로 강도현(江都縣) 관아로 달려가 소송장을 제출했다. 지현은 문서를 받아 보고 이렇게 말했다.

"심대년은 상주의 공생이니 사대부 반열에 드는 사람인데, 자기 딸을 첩으로 줄 리가 있나? 염상의 횡포가 이 지경까지 이르렀다니!"

지현이 소송을 받아들이자, 송씨 집에서는 이 사실을 알고 황급히 소사객*을 시켜 소송장을 쓰도록 하고 아문의 관련 관리를 찾아가서 뇌물을 먹였다. 그러자 이튿날 심 선생의 고발은 다음과 같은 판결을 받았다.

심대년이 딸 심경지를 송위부에게 정실로 보내기로 했다면 어찌하여 정식 절차도 밟지 않고 자기가 직접 딸을 송가의 집까지 데려다 주었는가? 이걸 보니 딸을 첩으로 보내려는 의도였음을 알 만하다. 그런데도 지금 거짓말을 꾸며내 사실을 호도하고 있으니 그의 소송은 기각한다.

그리고 송위부가 낸 소송장에는 이런 판결이 적혀 있었다.

심대년에게 이미 판결을 선고했으니 그것을 보라.

심대년이 다시 한 번 소송장을 올리자, 지현은 대노하여 소송만 일삼는 망나니라며 문서를 한 통 쓰고 두 명의 차인을 보내 그를 상주로 압송해 가도록 했다.

심경지는 송씨 집에서 며칠을 보냈으나 아무런 동정이 없자 속으로 생각했다.

'저자가 분명 우리 부친에게 먼저 손을 쓰고 나서, 대놓고 날 괴롭히려는 속셈이렷다? 일단 이 집에서 도망친 다음 다시 방법을 생각해 보는 게 좋겠다.'

심경지는 방 안의 금은 술잔이며 그릇들, 진주며 장신구 등을 그러모아 짐 보따리 속에 집어넣었다. 그리고 치마를 일곱 벌이나 껴입고 유모처럼 꾸민 뒤, 계집종을 매수하여 새벽 동이 틀 무렵 후문으로 빠져나갔다. 그리고 새벽녘에 초관문(鈔關門)을 나가 배를 탔다. 그 배에는 뱃사공 가족들이 타고 있었다. 심경지는 배에 오르면서 속으로 생각했다.

'상주 부모님 댁으로 돌아가면 고향 사람들의 비웃음을 사게 될 테지.'

그리고 다시 곰곰이 생각했다.

'남경은 멋진 고장이니, 명사들도 많을 테지. 나도 시 몇 구절은 지을 줄 아니 남경에 가서 시를 팔아 지내는 것도 괜찮지 않을까? 어쩌면 좋은 인연을 만나게 될지도 모르잖아!'

이렇게 마음을 정한 심경지는 의징에서 배를 갈아타고 곧장 남경으로 갔다. 그런데 이 일로 인해 다음과 같은 새로운 이야기가 생겨난다.

> 시 파는 여인은
> 오히려 도망자가 되고,
> 과거 보는 유생은
> 잠시 풍류객이 되네.
> 賣詩女士, 反爲逋逃之流.
> 科擧儒生, 且作風流之客.

도대체 이후의 일이 어떻게 되었을까? 이에 대해서는 다음 회를 들어보시라.

와평

소채는 청풍성에서 백성들을 보살피고 가르쳤으며 지극한 덕을 베풀어 백성들이 직접 느낄 수 있도록 했으니, 바로 본체〔體〕와 쓰임〔用〕을 두루 갖춘 재사(才士)라 할 수 있다. 그러나 낮은 직위 탓에 결국 갇힌 물고기 신세가 되고 만다. 이것이 바로 작자가 발분저서(發憤著書)를 해서 마음 속 불평의 소리를 터뜨린 이유이다.

예전에 완적(阮籍)이 광무산에 올라 "세상에 영웅 없으니 어린애가 공명을 이루는구나!(時無英雄, 使竪子成名)"라고 탄식한 적이 있다. 글 가운데 설경을 감상하는 부분은 이런 완적의 생각을 집약해서 보여 준다. 소채와 목내가 한가롭게 주고받는 말 몇 마디는 천년이 지난 뒤에도 아직 눈물 자국이 선연한 「이릉답소무서(李陵答蘇武書)」에 다름 아니다.

소채를 묘사한 다음, 곧바로 심경지를 묘사하고 있다. 소채는 호걸이요, 심경지 역시 호걸이다. 소채는 미천한 관리라서 굴욕을 당하고 심경지는 천박한 사내 때문에 어려움에 처하니, 그 둘의 처지는 다르지만 칭송과 눈물을 낳는 그들의 심정은 마찬가지인 것이다. 작자는 눈물을 머금은 두 사람의 눈을 함께 담아 한 목소리로 울게 하려 한 것이다.

제41회
장결은 진회하에서 옛일을 이야기하고, 심경지는 강도현으로 압송되다

매년 4월 보름이 지나면 남경성 안 진회하의 경치가 점차 볼 만해진다. 누각을 떼어 내고 천막을 친 배들〔凉篷船〕이 장강의 각 지류에서 흘러들어온다. 선창 안에는 금칠을 한 네모난 작은 탁자를 가져다 놓고, 그 위엔 의흥(宜興)에서 만든 찻주전자〔沙壺〕와 선덕(宣德 : 1426~1435), 성화(成化 : 1465~1487) 연간에 만들어진 정교한 찻잔들을 올려놓고서 빗물로 품질 좋은 모첨차(毛尖茶)를 끓여 낸다. 뱃놀이하는 사람들은 술과 안주, 과자를 준비해서 이곳 진회하로 놀러 온다. 이 진회하를 지나가는 나그네들도 은자 몇 전을 내고 모첨차를 사서 뱃전에서 끓여 마시면서 천천히 즐기며 가곤 한다. 날이 저물면 배마다 명각등을 두 개씩 밝히고 오가는데, 불빛이 강물에 비치면서 위아래가 모두 밝게 빛난다. 문덕교(文德橋)에서 이섭교, 동수관에 이르기까지는 밤새 피리 소리와 노랫소리가 끊이지 않는다. 또 어떤 사람들은 '물쥐 폭죽'〔水老鼠花〕*을 사다가 강물 위에서 터뜨린다. 그러면 불꽃이 강물 위에서 수직으로 솟아올랐다가 터져 내려오는데 마치 흐드러지게 꽃이 핀 배나무처럼 아름답다. 이런 일은 매일 밤 자정이 훨씬 지난 새벽이 되어서야 끝이 나곤 한다.

국자감의 무서는 4월 그믐날이 생일이지만 집안 형편이 어려워 손님을 부를 수가 없었다. 두의는 다과상을 마련하고 술 몇 근을 사다가 천막을 친 배를 한 척 빌려 무서와 함께 진회하에서 뱃놀이를 하기로 했다. 이른 아침 무서를 불러 하방에서 아침 식사를 한 다음, 수문을 열고 함께 배를 타고 강을 내려왔다. 두의가 말했다.

"먼저 한적한 곳으로 가 보세나."

그는 선장에게 곧장 진향하(進香河)까지 배를 몰고 가게 했다. 진향하까지 갔다 돌아오는 동안 천천히 술을 마셨다. 오후가 되도록 계속 마셨더니 두 사람 모두 약간 취하였다. 이섭교에 닿자 그들은 강기슭 위로 올라가 걸었다. 나루터에는 광고판이 하나 붙어 있었는데, 거기에는 이렇게 씌어 있었다.

> 비릉(毗陵)*의 여사 심경지는 고수(顧繡)*를 잘 놓고 부채에 글을 쓰거나 시를 지을 수도 있습니다. 주소는 왕부당(王府塘) 수파항(手帕巷)입니다. 찾아오실 분은 '비릉의 심씨'라는 간판을 찾으시면 됩니다.

무서는 이것을 보고 큰 소리로 웃으며 말했다.

"두 선생, 이것 보세요. 남경성 안에 얼마나 신기한 일들이 많습니까! 이곳은 모두 몸 파는 여자들이 사는 곳입니다. 틀림없이 이 여자도 사창가의 여자일 텐데, 이런 광고까지 내걸고 있으니, 얼마나 웃깁니까!"

"이런 일이야 우리가 상관해서 뭐 하겠나? 배로 돌아가 차나 끓여 마시세."

곧 두 사람은 함께 배에 올라 술은 더 이상 마시지 않고, 최상품의 차를 끓여 마시며 한담을 나누었다. 얼마 후 고개를 돌려 바라보니 밝은 달이 떠올라 배 안을 온통 눈처럼 희게 비추었고, 그 달빛 속에서 배는 강물을 따라 천천히 흘러갔다.

월아지(月牙池)에 이르자 수많은 놀잇배들에서 폭죽을 쏘고 있었다. 그 가운데 큰 배 한 척은 명각등 네 개를 걸고 대나무자리를 깔아 놓고 뱃전 한가운데에 술자리를 차려 놓았다. 배 위쪽에는 손님 두 명이 앉아 있었고, 아래쪽 주인 자리에는 한 사람이 앉아 있었는데 그는 방건에 흰색 비단 도포를 입었고, 여름용 신〔凉鞋〕을 신었으며 누렇고 야윈 얼굴에 듬성듬성 세 가닥 수염이 나 있었다. 그 옆자리에는 젊은이가 하나 앉아 있는데 흰 얼굴에 수염 몇 가닥이 나 있고, 정신없이 뱃전 이곳저곳의 여자들을 쳐다보고 있었다.

이쪽의 작은 배가 큰 배 앞으로 접근하면서 두의와 무서는 저쪽 큰 배에 탄 손님 두 사람을 알아볼 수 있었으니, 한 사람은 노덕이고 또 한 사람은 장상지였다. 하지만 다른 두 사람은 모르는 이들이었다. 장상지가 이쪽 두 사람을 보더니 자리에서 일어나며 말했다.

"소경 형, 이리로 건너와 앉으시게."

두의와 무서는 큰 배 위로 올라탔다. 술자리의 주인이 두 사람과 인사를 나누고 물었다.

"성함이 어떻게 되시는지?"

이 물음에 장상지가 대답했다.

"이분은 천장현에서 오신 두소경 형이고, 이분은 무정자 형입니다."

그 주인이 말했다.

"천장현의 두 선생이시라면, 예전에 공주 태수를 지내신 분이 같은 집안이십니까?"

두의가 깜짝 놀라며 대답했다.

"그분은 바로 제 아버님이십니다."

"제가 40년 전 춘부장과 종일 함께 지내곤 했지요. 촌수를 따져 보면 춘부장께서는 제 사촌형님이 되시지요."

"혹시 장탁강(莊濯江)* 당숙 아니십니까?"

"그렇소. 내가 바로 장탁강이오."

"저는 그때 어려서 뵙지를 못했습니다. 오늘에야 뵙는군요. 몰라 뵙고 인사도 못 드렸습니다."

두의는 장결(莊潔)에게 다시 정중히 인사를 올렸다. 무서가 장상지에게 물었다.

"그럼 이분은 선생의 친척이겠군요?"

장상지가 웃으며 대답했다.

"내 조카라네. 아버님의 제자이기도 하지. 나도 저 사람과 40년이나 헤어져 지냈다네. 저 사람은 회양(淮揚)에서 온 지 얼마 안 되었고."

무서가 물었다.

"이분은?"

장결이 대답했다.

"내 아들이라오."

그도 다가와 인사를 하였고, 모두들 자리에 앉았다.

장결은 새로 술을 내오도록 해서 사람들에게 대접하였다. 장결이 물었다.

"두 형께서는 언제 오셨나? 사는 곳은 어디시고?"

장상지가 대답했다.

"남경에서 산 지도 벌써 8, 9년 되고, 지금 사는 곳은 여기 하방이지요."

장결이 놀라면서 말했다.

"선생 댁은 정원의 정자며 꽃나무가 장강 북쪽에서 으뜸인데 어쩐 일로 이곳으로 이사를 오셨나?"

장상지는 두의의 호탕한 행동으로 지금은 재물이 다 없어진 일을 대강 이야기해 주었다. 장결은 탄식을 금치 못하며 말했다.

"아직도 기억이 나네. 17, 8년 전 내가 호광에 있을 때, 오의진의 위사 선생께서 편지 한 통을 보내 주셨지. 그분 말씀이 자신의 주량은 점점 세져서 20년 동안 한 번도 마음껏 취해 본 일이 없었는데, 천장현 사서루에서 9년 묵은 술 한 단지를 밤새 마시고 마음이 너무 후련한 나머지 3천 리나 떨어져 있는 내게 편지를 보낸다고 하시더군. 당시 나는 그 댁 주인이 누구인지 몰랐는데, 지금 이야기를 들어보니 틀림없이 소경 형, 자네였겠군."

무서가 말했다.

"이분 말고 누가 그렇게 멋진 주인 노릇을 할 수 있겠습니까?"

두의가 물었다.

"위 백부님이 당숙과도 친한 사이십니까?"

장결이 대답했다.

"내가 어린 시절부터 알고 지냈지. 선친께서는 젊으셨을 때 모두가 우러르고 존경하는 당대 제일의 공자셨지. 지금도 그분의 모습과 웃는 표정이 눈앞에 선하다네."

노덕과 무서가 또 태백사에서 제사 지내던 일을 이야기하자, 장결이 무릎을 치며 탄식하였다.

"내가 한 발 늦어 그렇게 성대한 전례에 직접 참가하지 못했으니 참으로 유감이네. 앞으로 어떻게든 큰일을 하나 벌려 여러 선생들을 모두 청해야겠군. 그래야 나도 홍이 나지 않겠나?"

이들은 마음에 담아둔 말이나 예전 일들을 이야기하며 밤늦게까지 술을 마셨다. 두의의 하방 앞에 이르렀을 때는 강 위의 등불들도 사라지고 악기 소리며 노랫소리도 잦아들었으며, 오직 한 줄기 옥퉁소 소리만이 귓가에 들려올 뿐이었다. 다들 이렇게 말했다.

"이제 헤어집시다."

무서도 강가로 올라가 집으로 돌아갔다. 장결은 나이는 더 많았지만 예의를 다해 깍듯이 장상지를 대했다. 배가 두의의 하방 앞까지 왔던 터라 두의는 바로 하방으로 올라갔다. 장결은 장상지를 배로 북문교까지 모시고 갔다. 그리고 자기도 따라 내려 하인에게 등을 밝히게 하고, 노덕과 함께 그의 집까지 바래다 준 뒤에야 돌아갔다. 장상지는 노덕을 붙잡아 자기 집에서 하룻밤 묵게 하고, 다음 날 함께 현무호로 돌아갔다. 장결은 다음 날 '장결이 아들 비웅(非熊)을 데리고 왔습니다(莊潔率子非熊)'라는 명첩을 써서 두의의 집으로 찾아갔다. 두의는 연화교(蓮花橋)로 답례차 방문해서 하루 종일 머물면서 장결과 이야기를 나누었다.

두의는 현무호에서 장상지도 만났는데, 장상지가 말했다.

"내 조카 역시 평범한 사람은 아니라네. 그 애는 40년 전 사주(泗州)*에서 어떤 사람과 동업해서 전당포를 열었지. 그 동업자가 형편이 곤란해지자 조카는 자기가 굴리는 2만 금과 전당포를 그 사람에게 그냥 넘겨줘 버리고, 자신은 어깨에 보따리 하나만 둘러멘 채 병든 나귀 한 마리를 타고 사주성을 나왔다네. 그 후로 10여 년 동안 초(楚)와 월(越) 땅을 오가면서 장사를 해서 다시 수만금을 모았지. 요즘 들어서야 남경 쪽에 땅과 집을 사고 와서 살게 되었네. 조카는 평소 친구를 아끼고 사람의 도리를 중시하는데, 자기 부친상을 치르면서 형제들에게 돈 한 푼 내라 하지 않고 모두 혼자 맡아 해냈지. 죽어 묻힐 곳이 없게 된 친구들의 장례를 몇 번이나 치러 주었는지도 모른다네. 선부께 글공부를 배우던 당시의 교훈을 충실히 좇아 문인을 존중하고, 고적(古迹)을 아끼지. 지금은 4천 냥 정도의 은자를 들여 계명산(鷄鳴山)에 무혜왕(武惠王) 조빈(曹彬)*의 사당을 짓고 있다네. 다 지어지면 형산 형과 의논해서 다시 한 번 성대하게 제사를 올리도록 하세."

두의는 이 말을 듣고 속으로 몹시 기뻤다. 이야기를 마친 뒤 작별 인사를 하고 집으로 돌아갔다.

어느새 긴 여름도 다 지나고 다시 가을이 되어 다가올 추위를 예고하는 시원한 바람이 불어오자, 진회하의 풍경은 또 다른 모습으로 바뀌었다. 온 성안 사람들은 배를 세내어 고승들을 부르고, 배 위에 부처 그림을 걸고 경단(經壇)을 설치한 뒤, 서수관에서 출발하여 진향하에 이르기까지 계속 음식을 바치며 이동한다. 강물 위 10리 안에는 강진향(降眞香)* 연기가 안개처럼 자욱하고, 북과 바라〔銅鈸〕, 범패(梵唄)* 소리가 끊임없이 귓전에 들려온다. 밤이 되면 더할 나위 없이 정교하게 만들어진 연등에 불을 붙여 물 위에 띄운다. 7월 15일 중원절(中元節)에는 지옥에 빠진 이의 죄를 사할 수 있다는 불가의 설에 따라 또 거대한 법선(法船)*을 띄워놓고 외로운 영혼들의 승천을 도와주는 초도의식을 행하니, 이날 남경 진회하는 마치 서역의 천축국 같은 모습이 된다. 7월 29일이 되면 청량산에서 지장승회(地藏勝會)가 열린다. 사람들은 지장보살이 1년 내내 눈을 감고 있다가 이날 밤에만 눈을 뜨는데, 성안 가득 향불과 등롱이 켜져 있는 것을 보면 1년 내내 그런 줄 알고 성 백성들의 신심에 기뻐하며 그들을 지켜 준다는 것이다. 그러므로 이날 밤 남경에서는 집집마다 문 앞에 탁자를 두 개씩 가져다 놓고, 밤새도록 타는 촛불 두 자루와 향단지를 올려놓는다. 대중교(大中橋)에서 청량산까지 이어지는 7, 8리 되는 길은 촛불로 은빛 용처럼 밝게 빛나고 향 연기가 끊어지지 않는데, 아무리 센 바람에도 꺼지지 않는다. 이날 남경성의 남녀가 모두 나와 향을 피우고 법회를 구경한다.

심경지는 왕부당에서 살고 있었는데, 그녀도 집주인 아주머니와 함께 향을 피우고 돌아왔다. 심경지가 남경으로 와서 광고판을 내건 뒤로 시를 구하러 오는 이도 있고, 서화를 사러 오는 이도 있고, 자수를 부탁하러 오는 이도 있었다. 남의 일에 참견하기 좋아하는 건달들 사이에 소문이 나면서, 매일 그녀를 보러 오는 건달들이 끊이지 않았다.

이날 심경지가 향을 피우고 집으로 돌아오는데, 그녀의 남다른 차림새를 보고 백 명도 넘는 사람들이 꽁무니를 좇았고, 장비웅도 그쪽을 지나가는 길에 그녀 뒤를 따라가게 되었다. 장비웅은 그녀가 왕부당 쪽으로 들어가는 것을 보고 궁금증이 생겨 다음 날 두의를 찾아와 이렇게 말했다.

"이 심경지란 여자는 왕부당에 살고 있는데, 건달들이 농지거리를 해 댔더니 바로 화를 내며 욕을 퍼붓더군요. 그 여자의 내력도 상당히 수상하니, 두 형께서도 한번 가 보시죠?"

"나도 그런 말을 들었네. 지금 실의한 사람들이 많으니 곤경을 피해 이곳으로 왔는지도 모르잖은가? 나도 찾아가 이유를 물어볼 생각이었네."

그는 하방에서 달구경이나 하자며 장비웅을 붙잡았다. 그리고 손님 두 사람을 더 불렀는데, 그들은 지균과 무서였다. 장비웅은 그들이 오자 잠시 한담을 나눈 뒤, 또 다시 왕부당의 심경지가 시문 파는 일을 화제에 올렸다. 두의가 말했다.

"그 여자의 내력이 어떻든 간에 정말 시문을 잘 짓는다면 그것만으로도 참으로 대단하지 않습니까?"

지균이 말했다.

"남경성 안이 어떤 곳입니까! 사방에서 온 명사들도 헤아릴 수 없이 많은데, 누가 부녀자의 시문을 구하러 간답니까? 이건 틀림없이 시문을 핑계로 사람을 꾀려는 수작입니다. 그녀가 시를 잘 짓든 못 짓든 상관할 것 없습니다."

무서가 말했다.

"하지만 이런 경우는 흔치 않지요. 젊은 여자가 혼자 외지에서, 그것도 혈혈단신으로 시문에 의지해서 생활한다는 건 절대 있을 수 없다고 봅니다. 틀림없이 무슨 연유가 있을 겁니다. 그녀가 시를 지을 줄 안다니 우리가 한번 불러다 확인해 보면 어떨까요?"

이렇게 담소를 나누며 저녁 식사를 하고 나니, 강물에 한쪽 끝이 잠겨 있던 초승달이 점점 떠올라 다리를 비추기 시작했다. 두의가 말했다.

"정자 형, 조금 전 말씀하신 그 일 말이네만, 오늘은 늦었으니 내일 우리 집에서 아침을 먹고 나서 함께 가 보도록 하세."

무서는 그러자고 대답하고 지균, 장비웅과 함께 나와 집으로 돌아갔다.

다음 날, 무서는 두의의 집으로 와서 아침 식사를 한 후 함께 왕부당으로 갔다. 앞쪽에 나지막한 집이 한 칸 보였는데 문 앞에는 1, 20명의 사람이 둘러싸고 시끄럽게 떠들고 있었다. 두의가 무서와 함께 가까이 가서 보니 18, 19세쯤 되는 여자가 머리는 장강 하류 지역에서 유행하는 식으로 땋아 틀어 올리고, 옷깃이 넓은 남색 비단 겉옷을 입고서 안쪽에서 뭐라고 따지고 있었다. 두의와 무서는 한참 동안 그 말을 듣고 나서야 무슨 일인지 알게 되었다. 누군가 향주머니를 사러 왔는데, 건달 몇 명이 트집을 잡아 시비를 걸려 했지만 사실 트집 잡을 만한 게 없었던지라 도리어 그녀에게 한바탕 욕을 먹고 있었던 것이다. 전후 사정을 알게 된 두 사람이 안으로 들어가자, 모여 있던 사람들도 하나둘 흩어졌다. 심경지는 기개가 남다른 두 사람을 보더니, 서둘러 맞이하고 인사를 했다. 자리에 앉아 서로 몇 마디 한담을 나눈 뒤, 무서가 말했다.

"여기 두소경 선생님은 이곳 시단의 영수이신데, 어제 어떤 사람에게서 당신에게 괜찮은 시 작품이 있다는 말을 듣고 이렇게 가르침을 청하러 오셨소이다."

심경지가 대답했다.

"제가 남경에서 반년 넘게 지내는 동안 저희 집을 찾은 이들은 저를 창기로 여기거나 강호의 도적으로 의심하는 사람들뿐이었지요. 모두 대화를 나눌 만한 이들이 못 되었습니다. 지금 두 분 선생님을 뵈오니 저를 희롱하려는 뜻도, 의심하는 뜻도 없는 것 같군요. 저는 평소 아버님께 이런 말씀을 들었습니다.

'남경에는 명사가 대단히 많단다. 하지만 호걸은 두소경 선생 한 분뿐이지.'

그 말씀이 틀리지 않았군요. 그런데 선생님께서는 이곳에 잠시 머무시는 건지, 부인과 함께 사시는 건지 모르겠군요."

두의가 말했다.

"아내도 하방에서 함께 살고 있소이다."

심경지가 말했다.

"그렇다면 제가 댁으로 가서 부인께 인사를 올리고 제 사정을 상세히 말씀드리겠습니다."

두의는 그러자고 하고, 무서와 함께 인사를 한 후 그곳을 나왔다. 무서가 두의에게 말했다.

"이 여자는 정말 좀 기이한 것 같습니다. 행실이 나쁜 여자라고 하기에는 음란한 기운이 없고, 쫓겨난 첩이라고 하기엔 천박한 기색이 없습니다. 여자이기는 해도 호협(豪俠)의 기상이 다분합니다. 저렇게 산뜻하고 아름답게 치장하고 있어 곱고 연약해 보이기는 하지만, 저 두 손을 보면 각종 무술에 뛰어날 것 같지 않습니까? 요즘 같은 세상에 가마에서 내린 여자〔車中女子〕*나 홍선(紅線)* 같은 사람이 있을 것 같지는 않지만, 어쩌면 울분에 차서 집을 나온 것인지도 모릅니다. 그녀가 찾아오거든 자세히 사정을 물어보시고, 제가 제대로 맞춘 건지 봐주십시오."

이야기를 하다 보니 어느새 두의의 집 문 앞에 당도했다. 마침 요(姚)씨 할멈이 꽃바구니를 등에 지고 꽃을 팔러 와 있었다. 두의가 말했다.

"할멈, 마침 잘 오셨소. 우리 집에 오늘 특이한 손님이 하나 찾아올 텐데, 여기 남아서 한번 살펴봐 주시오."

그리고 무서에게 하방 안으로 들어가 앉아 있도록 하고, 요씨 할멈과 함께 안으로 들어가 아내에게 사정을 말해 두었다. 잠시 후, 심경지가 가마를 타고 문 앞에서 내려 안으로 들어왔다. 두의가 그녀를 내실로 맞아들이자, 그의 아내는 심경지와 인사를 나눈 후 자리를 권하고 차를 대접하였다. 심경지가 윗자리에 앉고 두의의 아내는 주인의 자리에, 그리고 요씨 할멈은 아랫자리에 배석하였다. 그리고 두의는 창가 쪽으로 앉았다. 서로 의례적인 인사말을 나누고 난 뒤, 두의의 부인이 물었다.

"아가씨, 이렇게 젊은 분이 혼자 객지에 나와 계시다니, 누구랑 함께 지내시는 건가요? 부모님께선 고향에 계신가요? 누구와 정혼이라도 했나요?"

"아버님은 여러 해 동안 외지에서 학관 노릇을 하고 계시고, 어머님은 이미 세상을 뜨셨습니다. 저는 어릴 적부터 바느질과 자수를 배웠고, 그 덕분에 이곳 남경 같은 대처에 와서도 먹고 살고 있습니다. 마침 두 선생님께서 찾아 주셔서 이곳으로 불러 주시고, 마님께서도 보자마자 익숙한 사이처럼 대해 주시니 정말 하늘 끝에서 지기를 얻은 듯합니다."

요씨 할멈이 말했다.

"아가씨는 자수 솜씨가 대단하세요. 어제 제가 맞은편 갈내관(葛來官) 댁에서 그 댁 아씨가 사 오신 자수 한 점을 봤답니다. 그 자수는 이 아가씨한테서 사 온 것으로 관음보살이 아이를 내려주시는 그림을 수놓은 것이었는데, 정말 그림으로 그리라고 해도 그렇게 잘 그리지는 못할 거예요."

그러자 심경지가 말했다.

"되는대로 만든 거라서, 웃음거리에 불과합니다."

잠시 후, 요씨 할멈이 방 밖으로 나가자 심경지가 두씨 부인 앞으로 다가와 무릎을 꿇었다. 두씨 부인이 크게 놀라 그녀를 붙잡아 일으켰다. 심경지는 염상이 자신을 속여 첩으로 삼으려 한 일, 그녀가 물건을 챙겨 도망쳐 나온 일을 남김없이 이야기하였다.

"하지만 지금도 그쪽에서는 단념하지 않고 저를 쫓아올지도 모릅니다. 부인께서 절 좀 구해 주실 수 있을는지요?"

심경지의 이 물음에 두의가 대답했다.

"염상의 부와 사치는 많은 사대부들도 보기만 하면 혼을 빼앗기는 판인데, 당신처럼 약한 여인이 그것을 초개처럼 여기다니 정말 존경할 일이오! 하지만 그자는 반드시 뒤쫓아 올 테니 곧 골치 아픈 일이 생기겠군요. 허나 그리 큰일은 없을 겁니다."

한참 이야기를 나누는데, 하인 녀석이 들어와 두의에게 아뢴다.

"무 나리께서 드릴 말씀이 있답니다."

두의가 하방 안으로 들어가 보니 두 사람이 격자문 앞에 공손히 서 있었는데, 차인 같아 보였다. 두의가 깜짝 놀라며 물었다.

"자네들은 어디에서 왔는가? 어째서 여기 있는 것인가?"

무서가 그 말을 받아 이렇게 대답했다.

"이 사람들은 제가 들어오라고 했습니다. 이상도 하지요! 이 사람들은 강도현에서 보낸 체포 영장에 따라 지금 사람을 잡아가려고 여기에 왔답니다. 염상 송씨의 집에서 도망쳐 나온 첩이라고 하더군요. 그래, 제가 사람을 제대로 보지 않았습니까?"

"지금 우리 집에 있긴 하지만, 우리 집에서 데려간다면 내가 불러다 놓고 현청에 알린 것처럼 보일 것이네. 또 양주에서는 우리 집에서 숨겨 준 것처럼 여길 것이고. 그 여인이 도망쳐 나온 것인지 아닌지는 중요하지 않네. 하지만 우리 집에서 붙잡혀 가게 할 수는 없지."

"제가 먼저 차인들을 들어오게 한 것도 이런 사정 때문입니다. 지금 두 형께서 차인들에게 은자를 좀 쥐어 주시고, 다시 왕부당으로 가 있으라고 하시지요. 저 여인이 자기 집으로 돌아가면, 그때 알아서 잡아가라고 말입니다."

두의는 무서의 말을 따라 차인들에게 은자 4전을 내주었다. 차인들은 그 말을 거스르지 못하고 돌아갔다.

두의가 다시 안으로 들어가 이런 사정을 심경지에게 이야기해 주었다. 두의의 아내와 요씨 할멈 모두 깜짝 놀랐다. 심경지가 자리에서 일어나서 말했다.

"괜찮습니다. 차인들은 어디 있습니까? 제가 그들과 함께 가겠습니다."

두의가 말했다.

"차인들은 내가 벌써 돌려보냈소. 아가씨는 잠시 이곳에서 식사라도 하시오. 무 선생이 아가씨께 시를 한 수 드린다고 하니, 다 쓸 때까지 기다려 주시게."

두의는 곧 아내와 요씨 할멈에게 함께 식사를 대접해 주라고 하고, 자신은 하방 안으로 들어가서 자신이 판각한 시집을 한 권 골라 놓고, 무서가 시를 다 쓰길 기다렸다. 또 은자 넉 냥을 봉지에 넣어 겉에 '정의(程儀)'*라고 쓰고는 하인을 시켜 아내에게 건네주어, 심경지에게 전해 주도록 했다.

심경지는 작별 인사를 하고 대문을 나서 가마에 올랐고, 곧장 수파항으로 돌아갔다. 두 차인은 벌써 문 앞에 서 있다가 가마를 가로막으며 말했다.

"가마를 그대로 타고 가겠느냐? 아니면 우리와 함께 걸어가겠느냐? 안으로 들어갈 것 없다!"

그러자 심경지가 대답했다.

"당신들은 도찰원(都察院) 소속이오? 순안사아문(巡按使衙門) 소속이오? 내가 법을 어긴 것도 아니요 대역죄를 범한 것도 아닌데 어찌 안으로 들어가는 것을 가로막는단 말이오! 시골 사람들이나 그런 으름장에 벌벌 떨 테지!"

이렇게 말하고 가마에서 내려 천천히 안으로 걸어 들어갔다. 두 차인은 그런 그녀를 그냥 내버려 두었다. 심경지는 받은 시와 은자를 장신구 상자에 넣고는 밖으로 나와 소리쳤다.

"가마꾼, 날 현청으로 데려다 주시오."

가마꾼이 삯을 더 달라고 하자 차인들도 얼른 이렇게 말했다.

"이래저래 해도 우리 차인들에게는 잘못이 없는 법. 우리는 이른 새벽부터 일어나 두 나리 댁에서 한나절을 기다렸고, 네 체면을 살려 주기 위해 가마가 돌아올 때까지 기다렸다. 네가 여자 몸이긴 해도 설마 차 한 잔쯤은 내주겠지?"

심경지는 차인들이 돈을 요구한다는 것을 알았지만 전혀 상관하지 않고, 가마 삯 24전을 더 얹어주고는 가마를 타고 곧장 현청으로 들어갔다.

차인들은 어쩔 수 없이 현청 문 앞에서 아뢰었다.

"심씨를 잡아 대령했나이다."

지현이 그 말을 듣고 삼당(三堂)*으로 데려오라고 지시했다. 삼당으로 데려오자 지현은 그녀의 생김새가 체포 영장에 묘사된 것과 틀림없는 것을 보고 이렇게 물었다.

"여인네 몸으로 어찌 규방의 범절을 지키지 않고, 송씨 집안의 돈까지 훔쳐내 이곳에 와서 뭘 하였느냐?"

"송위부는 강제로 양인을 첩으로 삼으려고 했습니다. 부친께서 그를 고발했지만, 그가 지현을 매수하여 부친은 패소하고 말았습니다. 그러니 그자는 저의 불공대천의 원수입니다. 게다가 제가 비록 재주가 부족하기는 하나 글을 제법 아는 몸으로 어찌 장이(張耳)의 처가 외황(外黃)의 종놈을 섬기는 것 같은 일*을 하겠습니까? 그래서 도망쳐 나온 것입니다. 조금의 거짓도 없이 아뢰는 겁니다."

"그 일이야 강도현에서 따질 일이지 내가 관여할 일이 아니다. 네가 글을 지을 줄 안다고 하니 이 자리에서 시 한 수를 지을 수 있겠느냐?"

"뭐든 시제(詩題)를 하나 내려주시고, 한 수 가르쳐 주시기를 바라옵니다."

지현은 청사 아래의 홰나무를 가리키며 말했다.

"저 나무를 시제로 써 보아라."

심경지는 당황하거나 서두르지 않고 칠언율시 한 수를 소리 내어 읊는데, 막힘이 없었고 그 내용도 훌륭했다. 지현은 그 시에 감탄했다. 그는 두 차인더러 그녀가 살던 곳으로 가서 그녀의 짐을 가져오게 한 뒤, 그 자리에서 짐을 검사했다. 짐을 열어 보니 맨 위쪽의 상자 안에서 부스러기 은자 한 봉투, 그리고 위에 '정의' 라고 쓴 봉투 하나, 책 한 권, 시집 하나가 나왔다. 지현은 그것들을 보고 그녀가 이곳 명사들과도 시를 주고받았음을 알았다. 그는 서류에 서명을 하고, 또 공문 한 장을 써 주며 차인들에게 지시했다.

"너희들은 심경지를 강도현까지 압송하되, 가는 동안 절대 조심하여 다른 사단이 생기지 않도록 해라. 회답을 받고 돌아와 보고하도록 하라."

이 지현은 강도현 지현과 같은 해에 급제한 사이로 서로 사이가 좋았다. 그래서 몰래 편지를 한 통 써서 공문 안에 끼워 넣어 두었는데, 그 내용은 심경지를 석방하여 부친에게 돌려보내 새로 사위를 맞을 수 있도록 해 주라는 것이었다. 이후의 일은 더 언급하지 않겠다.

곧 심경지는 두 차인과 함께 현청 문을 나섰고, 가마를 불러 타고 한서문 밖으로 나가 의징으로 가는 배에 올랐다. 차인들은 짐을 뱃머리 쪽에 내려놓고 돛대 앞쪽 선창 아래에 자리를 잡고 쉬었다. 심경지가 가운데 선실로 가서 막 자리에 앉았는데, 천막을 친 작은 배에서 여자 손님 둘이 건너와 나란히 관창(官艙)*으로 들어왔다. 심경지가 두 여자를 보니 한 사람은 26, 27세쯤 되어 보였고 또 한 사람은 17, 18세 정도로, 애써 수수하게 꾸몄지만 온갖 교태를 떨고 있었다. 사내 하나가 그 뒤를 따랐는데, 술독에 빠진 듯한 얼굴에 다 해진 펠트 모자를 눈썹까지 눌러썼다. 그는 짐꾸러미를 가운데 선실까지 가져다주었다.

그 두 여자는 심경지와 나란히 앉자 이렇게 물었다.

"아가씨는 어디까지 가시는 길이세요?"

"저는 양주로 가는데, 두 분도 길이 같은가 봅니다."

중년의 여자가 말했다.

"우리는 양주로 가지 않고 의징에서 내릴 겁니다."

잠시 후 선장이 뱃삯을 받으러 왔다. 두 차인은 퉤하고 침을 뱉더니 서류를 꺼내들고 말했다.

"보라고! 이게 뭐냔 말이야! 우리는 공무를 집행하는 사람들인데, 네놈한테 돈을 달라고 하지 않는 것만으로도 고마운 줄 알 것이지, 우리에게 뱃삯을 요구해!"

선장은 더 이상 뭐라 하지 못하고 다른 사람들에게 뱃삯을 받았다. 배는 곧 연자기에 도착했다. 밤새 서남풍이 불어 다음 날 아침에는 황니탄에 도착했다. 차인들이 심경지에게 돈을 요구하자 심경지가 이렇게 말했다.

"내가 어제 똑똑히 들었소. 당신들은 공무 때문에 탄 것이니 뱃삯을 낼 필요가 없다면서요?"

그러자 차인이 말했다.

"아가씨, 너무 빳빳하게 구시네! 우리도 먹고살려면 기댈 데가 있어야 하는데, 당신처럼 터럭 하나도 나올 데가 없다면 우리가 이슬만 먹고살아야 하지 않겠소!"

"내가 못 주겠다는데, 당신들이 뭘 어쩔 거요?"

심경지는 선창을 나와 강기슭으로 뛰어올라가서 작은 두 발로 나는 듯 빨리 걷기 시작했다. 두 차인은 황급히 짐을 들고 쫓아가 그녀를 붙잡았으나, 그만 권법으로 단련된 그녀의 주먹을 맞고 바닥에 나뒹굴고 말았다. 차인들은 엉금엉금 일어났고, 그들과 심경지는 고함을 지르며 싸우기 시작했다. 일이 시끄러워지자 선장은 낡은 펠트 모자를 쓴 사내와 함께 이런저런 말로 심경지를 설득하여 가마를 한 대 불러 태워 보냈다. 두 차인은 그 뒤를 따라갔다.

그 사내는 두 여인을 데리고 두도갑(頭道閘)을 지나 곧장 풍가항(豊家巷)으로 갔다. 왕의안(王義安)이 맞은편에서 오다가 이렇게 소리쳤다.

"날씬이〔細〕 아가씨와 순둥이〔順〕 아가씨가 왔네? 이사(李四) 형님도 직접 오셨군요. 남경 수서문 쪽은 요즘 장사가 어떻습니까?"

이씨가 말했다.

"요즘은 회청교의 극단들 때문에 입지가 좁아졌소. 그래서 나리께 이 아가씨들을 데려온 것이지요."

왕의안이 말했다.

"정말 잘 됐군요. 마침 아가씨 둘이 모자랐었는데."

잠시 후 왕의안은 두 기생을 데리고 집으로 돌아갔다. 문 안으로 들어서자 안쪽으로 세 칸짜리 초가가 보였는데 모두 갈대자리로 칸막이를 했고, 뒤쪽은 주방이었다. 주방에서는 한 사람이 손을 씻고 있다가 이 두 기생이 들어오는 것을 보더니 몹시 기뻐하였다. 그런데 이 일로 인해 다음과 같은 새로운 이야기가 생겨난다.

> 기녀들 있는 곳에서
> 그저 위세 부리며 벼슬을 내세우고
> 학문과 글 뛰어난 이들 모인 곳에는
> 여색과 술을 탐할 생각뿐이네.
> 煙花窟裏, 惟憑行勢誇官
> 筆墨叢中, 偏去眠花醉柳.

결국 이후의 일이 어떻게 되었을까? 이에 대해서는 다음 회를 들어보시라.

와평

명사들의 풍류를 그리다가 갑자기 여인의 분 냄새가 끼어들지만, 호화로움에 둘러싸인 나약한 여인을 그리는 것은 아니다. 작자는 본래 늠름한 모습과 씩씩한 기상을 그려 내는 데 능한 터인지라, 여자를 등장시키면서도 넓디넓은 대천세계(大千世界)에 도를 설파하는 모습으로 그리고 있다.

제42회

탕 공자들은 기루에서 과거 시험장을 이야기하고, 하인이 묘강에서 소식을 전하다

두 기생이 들어오자 왕의안이 손을 씻고 있던 사람에게 말했다.

"어르신, 이리 오셔서 새로 온 두 아가씨를 좀 보십시오."

두 기생이 고개를 들어 그 사람을 바라보니 머리엔 해진 두건을 썼고, 몸에 걸친 것은 기름때에 젖은 검은색 도포였으며, 신은 끝이 뾰족한 낡은 가죽 장화였다. 크고 시커먼 얼굴은 얽어 있었으며, 눈을 이리저리 굴렸다. 그는 두 소매를 대충 걷어 올린 채 손을 씻으려 하고 있었는데, 그는 문인 같지도 않았고 무사 같지도 않았다.

그가 주방에서 걸어 나오자 두 기생이 다가가며 소리쳐 불렀다.

"나리!"

그녀들은 고개를 옆으로 기울이고 엉덩이를 살랑거리며 한 손으로는 자신들의 상의 옷깃을 여며 쥔 채 그에게 다가가 인사를 했다. 그는 두 손으로 그녀들을 붙잡으며 말했다.

"좋아! 귀여운 언니들, 여기 오자마자 이 탕(湯) 어른을 알게 된 건 정말 행운이라고!"

왕의안이 말했다.

"옳은 말씀이야. 아가씨들이 여기 있으려면, 탕 나리께서 보살펴 주시지 않으면 힘들다고. 나리를 자리로 모시고 차를 따라 올려라."

탕육(湯六)은 등받이 없는 긴 의자에 앉자 두 여자를 한쪽에 하나씩 껴안았다. 그리고 제 손으로 자기 바짓가랑이를 걷어 올리고, 시커먼 기름때가 줄줄 흐르는 살찐 두 다리를 날씬이〔細〕 아가씨의 다리에 걸쳐 놓았다. 그러고는 가늘고 하얀 그녀의 손을 잡아당겨 자신의 시커먼 다리를 주무르게 했다. 차를 마시고 나자 그는 빈랑(檳榔)을 한 봉지 꺼내더니 입에 털어 넣고 쩝쩝 씹어 댔다. 그러자 수염도 입술도 빈랑 즙으로 시뻘겋게 되었는데, 그가 왼쪽에 대고 비벼 대고 오른쪽에 대고 문지르는 바람에 두 아가씨의 얼굴까지 온통 빈랑 즙으로 범벅이 되었다. 아가씨들이 손수건을 꺼내 뺨을 닦아 내자, 그는 또 손수건을 빼앗아 들고 자신의 겨드랑이를 닦았다.

왕의안은 탕육의 찻잔을 받아들고 선 채 이렇게 물었다.

"변방에 계시는 큰 나리에게선 최근에 무슨 소식이 있나요?"

"왜 없겠나? 며칠 전에 사람을 보내 남경에서 용을 수놓은 커다란 붉은 비단 깃발 스무 개와 주장(主將)의 깃발로 쓸 커다란 노란 비단 깃발 한 개를 만들게 하셨다네. 이달에 경사로 들어가신다더군. 9월 상강(霜降)이 되면 그 깃발에 제사를 올리는데, 황제께서는 대장군이 되시고, 우리 큰 나리께선 부장군이 되실 게야. 양탄자가 깔린 길에 두 분이 나란히 서서 큰절을 올리는 거지. 절을 올리고 나면 그분은 총독이 되실 게야!"

그가 한참 이야기하고 있는데, 기생집 심부름꾼이 왕의안을 불러내 소곤소곤 몇 마디 말을 전했다. 잠시 후 왕의안이 들어와 말했다.

"어르신, 드릴 말씀이 있습니다. 조금 전에 지방에서 오신 손님

한 분이 날씬이 아가씨를 찾았는데, 어르신이 여기 계신 걸 알고 감히 들어오지 못했다고 합니다."

"무슨 상관이냐? 어서 들여보내라. 내 그 양반과 함께 한잔 마시겠네."

왕의안이 즉시 그 사람을 데리고 들어왔는데, 그는 젊은 장사꾼이었다.

그 손님이 들어와 자리에 앉자, 왕의안은 그에게 은자 몇 냥을 내서 나귀 고기 한 접시와 생선구이 한 접시, 그리고 술 열 잔을 사게 했다. 그리고 탕육이 회교도였기 때문에 달걀 2, 30개를 삶아서 내오라고 하고, 등을 켜서 걸어 놓게 했다. 탕육이 윗자리에 앉고, 그 손님은 맞은편에 앉았다. 탕육은 날씬이 아가씨더러 손님과 같은 의자에 앉으라 했지만 그녀는 아양을 떨며 탕육 옆에 앉겠다고 고집을 부렸다. 네 명의 자리가 정해지고 술잔도 채워지자, 탕육이 시권(猜拳) 놀이를 해서 진 사람은 술을 마시고 이긴 사람은 노래를 부르자고 제안했다. 첫 번째 판에서는 탕육이 이겨서, 그는 쉰 목소리로 「기생초(寄生草)」라는 노래를 불렀다. 뒤이어 날씬이 아가씨와 그 손님이 겨뤄서 날씬이 아가씨가 이겼다. 탕육은 술잔을 채우게 하고, 날씬이 아가씨의 노래를 듣자고 했다. 그러나 날씬이 아가씨는 고개를 돌려 웃기만 할 뿐, 노래를 부르려 하지 않았다. 탕육이 젓가락을 들고 탁자를 두드려 박자를 맞추며 재촉했지만, 날씬이 아가씨는 웃기만 할 뿐 여전히 노래를 부르려 하지 않았다. 그러자 탕육이 말했다.

"내 얼굴엔 주렴이 쳐져 있어서, 걷어 올리고 싶으면 걷어 올리고 내리고 싶으면 내릴 수 있지! 그러니 언제든 마음만 먹으면 엄한 얼굴이 될 수 있어! 내가 노래를 한 곡 하라고 했으면 해야 하는 거야!"

왕의안도 들어와 거들며 재촉하니 날씬이 아가씨는 어쩔 수 없이 몇 소절을 불렀다. 노래가 끝나자 왕의안이 말했다.

"왕(王) 나리께서 오셨습니다."

거리를 순시하는 파총 왕씨가 들어와서 탕육을 보고는 아무 말도 하지 않았다. 기생이 그에게 인사를 하자 함께 자리에 앉아 술을 마시며 대여섯 잔을 더 시켰다. 자정이 훨씬 지났을 무렵, 큰 나리 댁의 어린 심부름꾼 녀석이 '도독부(都督府)' 라는 글자가 적힌 등롱을 들고 와서 말했다.

"어르신을 모셔 오랍니다."

탕육과 왕 파총이 떠나자, 손님이 방으로 들어갔다. 그러자 기생집에서 물 떠오는 하인과 기둥서방[撈毛]이 수고비를 달라고 했다. 이렇게 한참 실랑이를 한 데다 기생이 다시 머리 빗고, 세수하고, 뒷물까지 하는 통에 그들이 침상에 들었을 무렵에는 이미 날이 밝아 닭이 울고 있었다.

이튿날, 탕육이 이른 아침부터 찾아와 이곳에다 술자리를 마련해서 남경으로 떠나는 큰 나리의 두 아들에게 송별연을 베풀어 주겠다고 말했다. 왕의안은 큰 나리 댁 두 공자(公子)가 온다는 소리를 듣고 기뻐 어쩔 줄 몰라 하며 물었다.

"어르신, 지금 당장 오시는 겁니까, 아니면 저녁때에 오시는 겁니까?"

탕육은 허리춤에서 5전 6푼짜리 질 낮은 은자를 한 봉지 꺼내 왕의안에게 주며 요리 일곱 접시에 후식 두 접시가 포함된 안주를 준비하게 했다.

"모자라면 다시 내게 오게."

"아닙니다! 어디 감히! 나리께서 다른 일이 있을 때 우리 아가씨들을 몇 번 더 찾아 주시면 됩니다. 이 술자리는 저희가 내겠습니다. 하물며 총독부의 두 공자님을 모신 자리가 아닙니까!"

"귀여운 녀석, 역시 자넨 일을 할 줄 안다니까! 이 언니들에게 복이 있어서 큰 도련님이나 둘째 도련님과 가까워지기만 해 봐. 그 집에 없는 게 뭐가 있겠어? 누런 금이며 허연 은, 둥근 진주, 반짝반짝 보석들! 두 도련님 기분만 잘 맞춰 준다면 기둥서방이며 아궁이에 불 때는 아이한테까지 은자를 한 움큼씩 집어 상으로 내리실 게야."

그러자 옆에서 듣고 있던 이사도 무척 기뻐했다. 탕육이 지시를 해 두고 떠나자 기생집에서는 너나없이 달려들어 술자리를 준비했다.

오후가 되자 탕육이 두 공자와 함께 왔다. 두 공자는 은음건(恩蔭巾)을 쓰고 있었는데, 한 사람은 색실로 수를 놓은 짙은 붉은색 도포를, 다른 한 사람은 역시 수를 놓은 연보라색 도포를 입고 있었다. 그들은 바닥이 하얀 가죽 장화를 신고 하인 네 명을 거느린 채, 밝은 대낮인데도 각기 '도독부'와 '남경향시(南京鄕試)'라는 글자가 적힌 등롱을 한 쌍씩 앞세우고 있었다. 공자들이 들어와 상석에 앉자 두 기생이 나란히 큰절을 올렸다. 탕육이 옆에 서 있자 큰 공자 탕유(湯由)가 말했다.

"형님, 여기 의자가 있으니 형님도 앉으시지요."

"그러려던 참이었습니다. 그런데 두 분 도련님, 저 두 아가씨를 자리에 앉힐까요?"

그러자 둘째 공자 탕실(湯實)이 말했다.

"당연하지요. 앉히시지요."

두 기생은 고개를 갸웃갸웃 까닥이며 등받이 없는 긴 의자에 앉아 손수건으로 입을 가리고 웃었다. 탕유가 물었다.

"두 아가씨는 올해 나이가 어떻게 되나?"

그러자 탕육이 대신 대답했다.

"하나는 열일곱 살이고, 하나는 열아홉 살입니다."

왕의안이 차를 내오자, 두 기생이 직접 찻잔을 건네받아 손수건으로 찻잔 둘레의 물기를 닦아 낸 후 두 공자에게 가져가 올렸다. 두 공자가 찻잔을 받아들고 마시는데 탕육이 말했다.

"두 분께선 언제 출발하실 예정입니까?"

그러자 탕유가 말했다.

"내일은 출발해야지요. 시험을 주관하실 분이 곧 남경에 도착하실 테니, 우리도 가야 하지 않겠습니까?"

두 사람이 대화를 나누는 동안 탕실은 날씬이 아가씨를 자기 의자로 끌어다 앉히고 손발을 쓰다듬으며 한바탕 끌어안고 희롱했다.

잠시 후 술상이 차려졌다. 회교 요리사를 불러 회교식으로 차린 상에는 제비집과 오리, 닭, 생선 요리가 차려져 있었다. 탕육은 직접 술을 따라 상석에 앉은 두 공자에게 올렸다. 탕육은 아랫자리에 앉았고 두 기생도 말석에 앉았다. 요리가 한 접시씩 들어오자 탕육은 정신없이 먹으며 술을 마셨다. 그러더니 이렇게 물었다.

"두 분께선 이번에 남경에 가시면 바로 시험장으로 들어가실 예정입니까? 초파일 새벽에 먼저 태평부부터 출석을 점검할 텐데, 우리 양주부 차례까지 오려면 시간이 늦어지지 않을까요?"

그러자 탕유가 대답했다.

"곧바로 태평부 출석 점검을 시작하는 줄 압니까? 시험장〔貢院〕 앞에서 미리 대포를 세 방 쏘면 시험장 울타리〔柵欄〕가 열리고, 다시 세 방을 쏘면 대문이 열립니다. 그리고 다시 세 방을 쏘면 시험장 문인 용문(龍門)이 열리니 모두 아홉 방의 대포를 쏘는 게지요."

탕실이 말했다.

"거기서 쏘는 대포는 우리 아버님 군영(軍營)의 것보다는 작지."

탕유가 말했다.

"조금 작기는 해도 거의 비슷하지. 대포를 쏘면 대청 안에 향로가 놓인 탁자가 마련되고, 응천부윤께서 복두(幞頭)*을 쓰고 망포을 입은 채 절을 올린 다음, 일어서서 차양(遮陽)으로 얼굴을 가리지요. 그러면 포정사의 서판이 무릎을 꿇고 삼계복마대제(三界伏魔大帝) 관성제군(關聖帝君)*을 청해 시험장 안의 사악한 것들을 물리치시게 하고, 주 장군(周將軍)*을 청해 시험장을 순시하도록 하고요. 그런 다음 부윤께서 차양을 치우고 다시 절을 올려요. 그 뒤에 포정사 서판이 무릎을 꿇고 칠곡(七曲) 문창개화(文昌開化) 재동제군(梓潼帝君)*을 모셔서 시험을 주관하게 하시고, 괴성노야(魁星老爺)*를 청해 시험장에 빛을 밝히게 한답니다."

탕육이 그 말을 듣고 깜짝 놀라며 말했다.

"원래 그런 신과 보살님들을 모셔야 하는 것이로군요! 그것만 보더라도 얼마나 큰 행사인지 알 만하네요!"

그러자 순둥이 아가씨가 말했다.

"그런 보살님들이 계시는 곳에 들어가시다니, 두 분 도련님은 간도 크시군요! 저희 같으면 죽인다 해도 감히 못 들어가요!"

탕육이 정색을 하며 말했다.

"우리 두 도련님은 하늘나라 문곡성(文曲星)이 환생하신 분들인데 어찌 너희 같은 계집애들과 비교할 수 있겠느냐!"

탕유가 말했다.

"문창성(文昌星)을 모신 후 부윤께서 나아가 다시 큰절을 세 번 올리면, 서판이 무릎을 꿇고 시험에 응시한 사람들의 '공덕부모(功德父母)' 들을 모신다오."

탕육이 물었다.

"그 '공덕부모'란 어떤 분들입니까?"

그러자 탕실이 대답했다.

"공덕부모는 그 집안에서 진사에 급제하고 벼슬살이를 한 적이 있는 조상들이지요. 그런 분들이라야 모셔 올 수 있어요. 늙도록 수재에 머물고 만 자들과 일반 백성들이야 뭐 하러 부르겠습니까?"

탕유가 말했다.

"시험장의 각 호방(號房) 앞에는 붉은 깃발이 하나씩 걸리고, 그 아래엔 또 검은 깃발이 하나 걸려 있지요. 붉은 깃발 아래에는 응시자에게 은혜를 갚을 귀신들이 모여 있고, 검은 깃발 아래에는 응시자에게 원한을 품은 귀신들이 모여 있다오. 이때 부윤께서는 대청의 공무를 처리하는 자리에 올라가 앉으시지요. 그 뒤에 서판이 '은혜 갚을 귀신도 들어오고, 원한 품은 귀신도 들어오라' 하고 외치면, 양쪽에서 지전을 사른다오. 그러면 음산한 바람이 쏴 하고 불어오고, 그 바람에 따라 태운 지전이 각기 붉은 깃발과 검은 깃발 아래로 날려간답니다."

그러자 순둥이 아가씨가 탄성을 터뜨렸다.

"나무아미타불! 정말 사람은 착하게 살아야겠네요. 때가 되면 이렇게 바로 드러나 버리니까요!"

탕육이 말했다.

"우리 큰 나리께서는 아주 공덕을 많이 쌓으시고 사람들의 목숨도 수없이 구해 주셨으니, 은혜를 갚을 귀신들도 무지 많이 모이겠군요! 붉은 깃발은 하나뿐인데, 그 많은 귀신들이 어디에 다 모인다지?"

탕유가 말했다.

"형님은 시험장에 들어가지 않아서 다행이오! 형님이 들어가신다면 틀림없이 원한 품은 귀신들에게 붙잡혀 가고 말거요!"

"아니, 그게 무슨 말씀이십니까?"

"지난번 시험에 의흥 땅의 엄(嚴) 아무개라는 수재가 응시했지요. 그 사람은 공부도 많이 했는데, 시험장에서 문장 일곱 편을 지어 큰 소리로 낭송하자 홀연 바람이 일어나더니 촛불이 요란하게 흔들렸어요. 그리고 주렴을 걷어 젖히고 머리가 하나 쑥 들어오더랍니다. 그 친구가 자세히 보니 바로 자기랑 친하게 지내던 어느 기생이더랍니다. 그래서 그 친구가 '너는 죽었는데 여긴 어떻게 왔느냐?' 하고 물었더니, 그 기생이 그를 바라보며 히히 웃더랍니다. 그 친구가 다급한 김에 호판(號板)을 내리쳤는데, 그 바람에 벼루가 뒤집어지면서 답안지에까지 먹물이 쏟아져 시커먼 먹물 자국이 크게 생겨 버렸답니다.* 그러자 그 기생도 사라져 버렸대요. 그래서 그 친구가 '이것도 내 운명이로구나!' 하고 탄식했다는군요. 불쌍하게도 그날은 큰비가 내려서, 답안지를 제출하고 비를 맞으며 시험장을 빠져나온 뒤에 그 친구는 사흘 동안 병으로 누워 있어야 했지요. 내가 문병을 가 보니 그 친구가 그런 얘기를 들려줍디다. 그래서 내가 '애초에 그 기생한테 얼마나 욕을 보였기에 죽어서도 자넬 찾아온 겐가?' 하고 한마디해 줬지요. 형님, 그 동안 못살게 군 기생이 몇이나 되오? 말씀해 보세요. 형님은 과거 시험장에 들어가실 수 있겠소?"

두 아가씨가 손뼉을 치고 웃으며 말했다.

"여섯째 나리는 저희에게 너무 못되게 구셨으니 저분이 시험장에 들어가시면 우리 둘이 원한에 찬 귀신이 되어 찾아갈 거예요!"

한참 동안 술을 마신 후, 탕육이 쉰 목소리로 소곡(小曲)을 하나 불렀고, 두 공자도 손바닥으로 다리를 두드리며 각자 한 곡씩 불렀다. 두 기생들이 노래한 것이야 말할 것도 없다. 그렇게 신나게 놀다가 자정이 되자 두 공자는 등롱을 밝히고 돌아갔다.

이튿날, 두 공자는 큰 배를 한 척 빌려 남경으로 출발했다. 탕육도 전송 나와 이들이 배에 오르는 것을 보고 돌아갔다. 두 공자는 배 위에서 과거 시험장의 떠들썩함에 대해 한담을 나누었다. 그리고 탕실이 말했다.

"올해는 표(表)*의 제목이 뭘까요?"

"내 생각엔 다른 게 없을 것 같네. 작년에 아버님이 귀주(貴州)에서 묘족(苗族) 부락 하나를 정복하셨으니 틀림없이 이 일이 표의 제목으로 제시될 걸세."

"그런 제목은 귀주의 향시에서나 나오겠지요."

"그렇다면 현명한 '인재를 구하는 길'이나 '세금을 감면해 주는 방법' 가운데 하나겠지."

그렇게 얘기를 나누다 보니 남경에 도착했다. 집사인 털보 우(尤)씨가 마중을 나와 짐 꾸러미들을 조어항(釣魚巷)으로 옮겼다. 두 공자는 대문을 들어서서 2층짜리 대청 뒤쪽을 돌아 쪽문으로 들어갔다. 그곳은 강변을 바라보게 지어진 세 칸짜리 사랑채였는데, 제법 고상하고 정갈하게 꾸며져 있었다. 두 사람은 자리에 앉아 강 맞은편에 늘어선 건물들을 바라보았다. 그 가운데는 주홍색 난간이 둘러진 건물들도 있었고 짙푸른 창살을 댄 건물이며, 얼룩무늬 반죽(班竹)으로 만든 주렴을 드리운 건물도 있었다. 그 건물들 안에서는 각처에서 몰려온 수재들이 흥얼흥얼 글을 읽고 있을 것이다.

두 공자는 숙소를 잡자마자 털보 우씨를 재촉해서 새 방건과 시험장에 들고 갈 대바구니〔考籃〕,* 구리 주전자, 호정(號頂),* 주렴, 화로, 촛대, 심지 자르는 가위, 답안지를 담는 자루 등을 모두 두 개씩 사 오게 했다. 그리고 취봉사(鷲峰寺)에 가서 시험장에서 나눠 준 빈 답안지에 이름을 써서 다시 제출하고,* 시험장에서 먹을 음식을 준비했다. 준비한 음식은 월병(月餠)과 오렌지로 만든 다과, 연밥, 껍질 깐 용안, 인삼, 볶은 쌀, 오이장아찌, 생강, 그리고 절인 오리 따위였다.

탕유가 탕실에게 말했다.

"귀주에서 가져온 아위(阿魏)*도 좀 가지고 가자. 시험보다 글자라도 잘못 써서 초조해지면 먹어야지."

하루가 꼬박 걸려서야 모든 준비가 끝났다. 두 공자는 준비물을 하나하나 직접 살펴보면서 말했다.

"공명을 이루는 큰일을 대충대충 할 수는 없지!"

8일 아침이 되자 그들은 자신들이 쓰고 있던 낡은 방건을 두 하인에게 주어서 쓰게 하고, 대바구니를 안고 시험장 앞에서 그들 대신 대기하게 했다. 회청교부터 시험장 입구까지 어지럽게 늘어선 노점상 진열대에 진열된 울긋불긋한 표지의 책들은 모두 소정과 제갈우, 계염일, 광형, 마정, 거내순 등이 선집 한 팔고문집들이었다. 날이 저물 무렵에야 의징에서 선발된 수재들의 출석 점검이 끝나 두 공자의 차례가 되었다. 정문을 들어설 때 두 하인은 따라 들어갈 수 없었기 때문에 두 공자는 각기 대바구니를 안고 봇짐을 져야만 했다. 정문 안에는 양쪽으로 갈대 잎을 쌓아 피워놓은 모닥불의 불빛이 하늘에 닿을 듯 환하게 밝혀져 있었다. 두 공자는 땅바닥에 앉아 상의를 풀어 헤치고 신을 벗었다. 그때 안쪽에서 크게 외치는 소리가 들려왔다.

"자세히 검사하도록 하라!"

두 공자는 사람들을 따라 들어가 두 번째 대문에서 빈 답안지를 돌려받은 후, 시험장 문으로 들어가 각자의 호방으로 갔다. 그렇게 10일까지 시험을 치고 나오니 지쳐 쓰러질 지경이었다. 그들은 각자 오리를 한 마리씩 먹고 하루 종일 잠을 잤다. 세 차례의 시험이 모두 끝나고 16일이 되자, 그들은 하인에게 '도독부'의 유자(溜子)*를 가져가 극단을 하나 불러와 신에게 감사하는 공연을 하게 했다.

잠시 후 차를 끓이는 이가 도착했다. 그는 회교도라 전문 요리사를 대동하고 있어, 요리사를 따로 구할 필요는 없었다. 극단에서 분장 도구를 담은 상자를 보내오고, 뒤이어 한 사람이 '삼원반(三元班)'이라는 글자가 적힌 10여 개의 등롱을 들고 왔다. 그 뒤로 한 사람이 작은 명함 상자를 든 심부름꾼을 대동하고 따라왔다. 그가 두 공자의 숙소 대문 앞에 이르러 집사에게 얘기하자, 집사는 명함 상자를 안으로 전했다. 큰 공자가 상자를 열어 보니, 그 안에는 다음과 같은 수본이 들어 있었다.

> 문하생 포정새가 삼가 희촉(喜燭) 한 쌍과 극단을 갖추어 축하 인사를 올립니다.

탕유는 그가 극단을 이끄는 사람이란 걸 알게 되자 들여보내라 했다. 포정새가 두 공자에게 인사하며 말했다.

"저는 작은 극단 하나를 거느리고 있사온데, 오로지 나리님들을 위해서만 공연합니다. 어제 두 분 나리께서 연극을 공연해 달라고 하셨다는 얘기를 듣고 찾아왔습니다."

탕유는 상당히 재미있는 인물이라 생각하고 포정새에게 함께 식사를 하자고 했다. 잠시 후 배우들이 도착했다. 그리고 곧 강변의 사랑채에서 문창제군과 관성대제에게 지마(紙馬)를 바치고 두 공자가 큰절을 올려 제사를 마쳤다. 그리고 두 공자와 포정새가 함께 술상이 차려진 관람석에 앉았다.

잠시 후 징과 북이 울리더니 공연이 시작되어 4막〔齣〕으로 된 상탕희(嘗湯戲)*가 진행되었다. 이때는 날이 벌써 어둑했지만 10여 개의 명각등이 밝혀져 건물 안이 온통 대낮처럼 환했다. 공연은 한밤중이 되어서야 모두 끝났다. 그러자 포정새가 말했다.

"저희 아이들 가운데 재주를 잘 넘는 녀석들이 몇 있으니, 두 분 나리께서는 그걸 보시며 술을 깨십시오."

그러자 담비 외투를 입고 머리에 꿩 깃털을 꽂은 어린 배우들이 수를 놓은 산뜻한 무관용 배자를 입은 채 무대 위로 달려 나와 갖가지 묘기를 보여 주었다. 두 공자가 구경하며 매우 기뻐하자 포정새가 또 말했다.

"두 분께서 거절하시지만 않는다면, 저 아이들 가운데 둘을 여기 남겨 시중을 들게 하겠습니다."

그러자 탕유가 말했다.

"저렇게 어린 아이들이 무슨 시중을 들 줄 안다는 것인가! 어디 놀기 좋은 다른 곳이 있다면 거기로 안내하게."

"그거야 쉽지요. 나리, 이 강 맞은편이 갈내관의 집입니다. 그 아이도 제 제자뻘인데, 옛날 천장현의 두신경 나리께서 여기 호숫가 정자에서 여신 대회에서도 높은 등수에 올랐었지요. 내일 수말항(水襪巷)에 가셔서 외과의사인 주(周) 선생의 간판을 찾아보십시오. 그 맞은편 검은 대나무 울타리가 쳐진 집이 바로 그 사람 집입니다."

탕실이 물었다.

"그 집에 여자도 있는가? 그렇다면 나도 함께 감세."

"둘째 나리께선 저 넓은 십이루(十二樓)를 두고 왜 굳이 그 집으로 가려 하십니까? 나리는 제가 따로 모시겠습니다."

말을 마치자 연극도 끝나서, 포정새는 인사를 올리고 떠났다.

이튿날 탕유는 구리 주전자 여덟 개와 산양피 두 병, 묘 지역의 비단 네 필, 그리고 공물(貢物)로 올라가는 고급차 여섯 바구니를 준비해 하인에게 짊어지게 한 후, 곧장 갈내관의 집으로 갔다. 대문을 두드리자 전족을 하지 않은 하녀가 나와 그들을 안으로 안내했다. 앞쪽에는 방 세 개가 들어앉은 두 칸짜리 건물이 있었고, 왼쪽 문을 통해 좁은 길로 들어가면 뒤쪽에 하방이 있었다. 갈내관은 비단을 덧댄 옥색 장삼을 입은 채 가는 손가락으로 제비 깃털로 만든 부채를 들고 있었다. 그는 난간에 기대어 바람을 쐬고 있다가 탕유가 들어오는 것을 보고 말했다.

"앉으시지요. 나리께선 어디서 오셨습니까?"

"어제 포 사부가 하는 말이 당신 집이 강을 구경하기에 제일 좋다기에 찾아온 것일세. 보잘것없지만 인사 선물을 가져왔으니 받아 두시게."

하인이 짐을 지고 들어오자 갈내관이 그걸 보고 기쁜 표정으로 말했다.

"뭐 이런 걸 다 가져오셨습니까?"

그러더니 급히 그 전족을 하지 않은 하녀를 불렀다.

"챙겨서 들여다 놓고, 마님께 술상 좀 내오시라고 말씀드려라."

그러자 탕유가 말했다.

"나는 회교도라서 돼지고기나 비린내 나는 음식은 먹지 않는다네."

"양주에서 난 게를 새로 사 왔는데 무척 큽니다. 그건 잡수시는지요?"

"그건 우리 고향 음식인데, 내가 가장 좋아하는 것일세. 고요(高要) 땅에 계신 백부님께서 편지를 보내셨는데, 그 게를 먹고 싶은 생각이 간절하지만 한 마리도 구할 수 없다고 하시더군."

"부친께서 조정에서 벼슬살이를 하고 계신가요?"

"부친은 귀주의 도독으로 계시네. 나는 이번에 과거 시험을 치러 왔지."

말을 나누는 사이에 술상이 나왔다. 강물 위엔 안개가 자욱이 내려앉았고 강 양쪽에 늘어선 집들에는 모두 불이 밝혀져 있었으며, 사람들을 태운 배들의 왕래가 끊이지 않았다.

몇 잔을 마시고 얼굴이 발그레해진 갈내관은 촛불 아래 그의 섬섬옥수를 들어 계속해서 탕유에게 술을 권했다. 그러자 탕유가 말했다.

"술은 충분히 마셨으니, 차나 좀 들지."

갈내관은 전족을 하지 않은 하녀를 불러 게 껍질과 과일 접시를 모두 치우고 탁자를 닦은 후, 자사(紫砂) 주전자를 꺼내 여름에 딴 찻잎으로 만든 매편차(梅片茶)를 끓이게 했다. 두 사람이 한참 기분 좋게 마시고 있는데 갑자기 때문 밖이 소란스러워졌다. 갈내관이 나가 보니, 외과의사 주 선생이 얼굴을 붉히고 배를 내민 채 전족을 하지 않은 하녀가 자기 집 대문 앞에 게 껍질을 내다 버렸다며 소리를 지르고 있었다. 갈내관이 다가가 그와 얘기하려 했으나 주 선생은 갑자기 욕을 퍼부었다.

"너는 '신기루'에 사는 모양이지? 게 껍질을 너희 집 대문 앞에 버릴 일이지 왜 우리 집 대문 앞에 버려? 눈깔이 삐었어?"

둘이 말다툼을 계속하자 탕유를 따라온 하인이 나서서 말렸다.

갈내관이 들어와 막 자리에 앉자 털보 우씨가 허둥지둥 달려와 말했다.

"큰 나리, 그렇게 찾아다녔는데 여기 계시네요!"

"왜 이리 난리냐?"

"둘째 나리께서 그 포가 놈하고 동화원(東花園) 취봉사 옆의 어느 집에서 차를 마시다가 건달들에게 붙잡혀 옷까지 모두 빼앗기셨습니다요! 그 포가 놈은 놀라서 일찌감치 도망쳐 버렸고, 둘째 나리께서는 그 집에 갇힌 채 못 나오고 계시니 일이 아주 급하게 됐습니다! 여자들의 고모라며 그 옆집에서 꽃을 파는 요씨 할멈이 대문을 걸어 잠가버려 빠져나올 수가 없습니다!"

탕유가 얼른 등롱을 가져오라 해서 취봉사 옆집으로 가 보니 건달들이 이렇게 지껄이고 있었다.

"한동안 재미가 안 좋았는데 마침 잘 됐군. 저런 놈을 안 털면 누굴 털겠어!"

탕유는 몰려 선 사람들을 거칠게 헤집고 들어가 요씨 할멈을 밀쳐 버리고, 한 주먹에 대문을 쳐부숴 버렸다. 탕실은 그를 보더니 재빨리 도망쳐 나왔다. 건달들은 그를 막으려다 탕유의 기세등등한 모습과 '도독부'라고 적힌 등롱을 보고는 감히 덤비지 못하고 뿔뿔이 흩어져 버렸다.

두 사람이 숙소로 돌아오고 20여 일이 지나자 시험장 앞에서 남색 명단[藍單]*을 쓸 먹물을 들여가니, 곧 합격자 발표가 있다는 것을 알 수 있었다. 그로부터 이틀 후 합격자를 발표했는데 탕씨 형제는 모두 합격하지 못했다. 그들은 7, 8일 동안 숙소에서 화만 내고 있다가 각기 세 장씩 탈락한 답안지를 돌려받았는데, 세 장 모두 채점관들이 끝까지 읽은 흔적이 없었다. 두 사람은 시험장 감독관과 채점관들이 꽉 막혔다며 욕을 퍼부었다. 그들이 한참 욕을 하고 있는데, 귀주 아문에서 하인이 와서 편지를 전해 주었다. 두 사람은 편지를 뜯어보았다. 그런데 이 일로 인해 다음과 같은 새로운 이야기가 생겨난다.

향시도 회시도*
한낮 꿈속의 나들이가 되고,
용과 호랑이가 다투니
또 전쟁이 일어나네.
桂林杏苑, 空成魂夢之遊.
虎鬪龍爭, 又見戰征之事.

대체 이후의 일이 어떻게 되었을까? 이에 대해서는 다음 회를 들어 보시라.

제43회
탕주 장군은 야양당에서 큰 싸움을 벌이고, 묘족 추장은 가무가 벌어지는 군영을 공격하다

큰 공자 탕유와 둘째 공자 탕실이 숙소에서 낙방한 시험지를 받아들고 한참 화를 내고 있는데, 하인 하나가 귀주 진원부(鎭遠府)에서 와서는 집에서 부친 편지를 전해 주었다. 두 사람이 편지를 뜯어보니 거기에는 다음과 같이 적혀있었다.

……요즘 생묘족(生苗族)이 준동할 기미가 농후하니 너희들은 방이 나붙거든 합격 여부와 상관없이 속히 진(鎭)의 청사로 돌아오너라! ……

탕유는 편지를 다 읽고 나서 탕실에게 말했다.

"아버님께서 아문으로 돌아오라고 하시는구나. 우선 의징으로 돌아가 짐을 꾸려 길 떠날 준비를 하자꾸나."

곧 털보 우씨를 시켜 방값을 치르도록 하였다. 두 공자는 가마에 올라타고 하인들은 짐을 든 채 한서문을 나와 배에 올랐다. 갈 내관이 소식을 듣고 절인 오리〔板鴨〕 두 마리와 간식거리 몇 가지를 사서 배 위까지 올라가 두 사람을 전송하였다. 탕유 역시 은자 넉 냥을 작은 주머니에 담아 그에게 몰래 주고, 작별 인사를 하고 떠났다.

배는 저녁 무렵에 출발하여 이튿날 집에 도착했다. 두 공자는 먼저 배에서 내려 집으로 돌아갔다. 막 얼굴을 씻고 자리에 앉아 차를 마시고 있는데, 문지기가 들어와 알렸다.

"여섯째 나리께서 오셨습니다."

탕육이 뒤에 한 사람을 데리고 들어와서는, 만나자마자 이렇게 말했다.

"듣자 하니 숙부님께서 묘족을 토벌하러 출병하신다고 하던데, 묘족들을 평정하면 내년에 조정에서 반드시 과거 시험을 실시할 테고, 큰 도련님과 둘째 도련님은 나란히 급제하실 겁니다. 숙부님께서 후작(侯爵)을 제수 받으시면 일품(一品)의 음직(蔭職) 벼슬 같은 건 도련님들 눈에 어디 차기나 하겠습니까? 그렇게 되면 큰 도련님은 그 자리를 내게 넘겨주시오. 날씬이 아가씨도 내가 사모 쓴 모습을 보면 조금은 나를 겁내게 될 테죠!"

탕유가 말했다.

"형님, 단지 날씬이 아가씨를 놀래주려고 형님께서 사모를 쓰시겠다는 거라면 차라리 그 사모를 왕의안에게 주는 편이 나을 것 같군요."

탕실이 말했다.

"두 분께서 말씀을 계속하시는 건 좋습니다만, 이 사람은 어디서 온 사람인가요?"

그 사람이 일어나 머리를 조아리며 인사를 올리고 품속에서 서신을 한 통 꺼내 바쳤다. 탕육이 말했다.

"이 사람은 장기(臧岐)라고 하는 자인데, 천장현 사람이지요. 이 편지는 두소경 형께서 보내 주신 것으로, 장기의 사람됨이 퍽 침착하므로 큰 도련님과 둘째 도련님께 추천한다는 내용이지요."

탕실이 편지를 뜯어 형 탕유와 함께 보았다. 편지 앞부분에는 그들 부친의 안부를 묻는 인사말이 적혀 있고, 뒷부분에는 "장기는 줄곧 귀주에서 장수(長隨) 노릇을 했기 때문에 귀주의 산간 샛길을 잘 알고 있어 사령(使令)으로 꽤 쓸 만할 것이다"라는 등의 언급이 있었다. 탕유가 편지를 읽고 나서 탕실에게 말했다.

"두 형은 우리도 한참 못 뵈었구나. 그분이 추천한 자라면 두고 쓰는 것도 좋겠지."

장기는 머리를 조아리며 감사 인사를 하고 물러갔다. 문지기가 들어와 알렸다.

"왕한책(王漢策) 나리께서 오셔서 객청(客廳)에서 기다리고 계십니다."

탕유가 말했다.

"동생, 나는 여섯째 형님과 식사를 할 테니, 자네가 좀 가서 만나 보게."

탕실이 손님을 만나러 나가자 탕유는 식사를 준비시켜 탕육과 함께 먹었다. 식사를 하고 있는데 탕실이 손님을 전송하고 돌아왔다. 탕유가 탕실에게 물었다.

"그가 무슨 말을 하던가?"

"그 사람 말이 자기 주인 만설재에게 배 두 척 분량의 소금이 있고 며칠 안으로 출항할 예정인데, 우리더러 좀 돌봐달라고 하더군요."

그리고 탕실도 함께 식사를 했다. 식사를 끝내자, 탕육이 말했다.

"오늘은 잠시 돌아갔다가 내일 다시 와서 전송하겠습니다."

또 이렇게 말했다.

"둘째 도련님, 시간 나시면 날씬이 아가씨에게 한번 가보시지요. 제가 먼저 그쪽에 가서 기다리라 이르겠습니다."

그러자 탕유가 말했다.

"형님, 정말 무슨 빚쟁이 같구려. 이토록 사람을 들들 볶다니! 오늘 기생이나 보러 갈 틈이 어디 있겠소?"

그러자 탕육은 웃으면서 돌아갔다.

다음 날, 큰 배 한 척을 징발하여 털보 우씨, 장기 그리고 하인 몇 명이 짐을 배로 옮겼다. 배 위에는 문창(門槍)이며 깃발들이 퍽이나 많이 꽂혀 있었다. 탕육은 황니탄까지 전송을 나와 몇 마디 작별 인사를 건네고는 작은 배를 불러 타고 돌아갔다.

배는 출발을 알리는 대포를 쏜 다음 곧장 장강 상류 쪽으로 나아갔다. 이날 대고당(大姑塘)에 도착할 무렵, 바람이 세차게 불기 시작했다. 탕유는 서둘러 항구 쪽으로 배를 정박하도록 지시했다. 장강 저편으로 흰 파도가 소금 더미처럼, 쌓인 눈처럼 아득히 길게 펼쳐져 있었다. 두 척의 큰 소금배가 바람에 이리저리 요동치다가 강기슭 부근에서 꼼짝달싹 못 하게 되었다. 그러자 곧 2백여 척의 작은 화물선들이 보이고 강기슭에서 2백여 명의 흉신(凶神) 같은 선원들이 튀어나와 일제히 소리를 쳤다.

"소금배가 얕은 물에 좌초됐다. 어서 가서 짐 나르는 것을 도와주자!"

그들은 작은 배를 몰아와 소금배 위로 뛰어오르더니 다짜고짜 배 위에 쌓인 포장된 소금들을 한 포대씩 메고 자기들 배로 양껏 옮겨 실었다. 2백여 척의 배들은 소금을 다 싣고 나자 각자 노를 잡고 빠른 속도로 젓기 시작하였고, 모두 작은 항구 안으로 들어가더니 흔적도 없이 사라져 버렸다.

배 위에 있던 키잡이나 점원은 서로 얼굴만 볼 뿐 속수무책이었다. 그들은 멀리서 이쪽 배에 걸린 '귀주총진도독부(貴州總鎭都督府)'라는 깃발을 보고, 이 배가 탕 나리의 배라는 것을 알아보고는 모두 건너와 무릎을 꿇고 애원하였다.

"소인들의 배는 만 나리 댁의 소금배로 강도들에게 소금을 그대로 빼앗겼습니다. 이는 두 분 나리께서도 보셨으니, 부디 저희들을 구해 주십시오!"

탕유와 탕실이 대답했다.

"우리가 자네들 나리와 동향 사이라고는 해도 이런 도난 사건은 지방관이 관할하는 일이니, 자네들은 지방관의 아문을 찾아가 고소장을 내도록 하게."

배를 관리하는 점원들도 할 수 없이 그 말대로 고소장을 작성하여 팽택현(彭澤縣)으로 가서 고발하였다.

팽택현의 지현은 고소장을 접수하자 즉시 청사로 나가 키잡이, 점원, 사공 등을 모두 이당(二堂)으로 불러들이고, 이렇게 물었다.

"너희 염선은 왜 운행을 하지 않고 있었느냐? 우리 현에 배를 댄 것은 무슨 까닭이 있어서였느냐? 소금을 강탈한 놈들은 이름이 무엇이냐? 평소 알고 지내던 놈들이더냐?"

이런 물음에 키잡이가 대답했다.

"소인들이 탄 배는 바람 때문에 강변에 정박하게 되었는데, 그곳 항구에 있던 2백여 척의 작은 어선들과 수백 명의 강도들이 소인들 배에 있던 소금을 모두 강제로 옮겨 싣고 가 버렸습니다."

지현은 이 말을 듣자, 버럭 화를 내며 말했다.

"우리 현은 법령이 엄격하고 범죄가 전혀 없는 곳인데 어찌 그런 일이 있을 수 있겠느냐! 필시 네놈들이 상인들의 소금을 위탁받아 운반하다가 도중에 배를 관리하는 하인들과 한 패가 되어 마음대로 계집질과 도박으로 돈을 다 날려 버리고 몰래 소금을 팔아버린 것이 틀림없다. 그래서 이번 일을 구실 삼아 발뺌하려는 것이겠지. 너희들이 우리 현의 법정에 와서도 사실을 말하지 않을 작정이냐?"

그리고 다짜고짜 첨패(簽牌)* 한 움큼을 흩뿌리니, 양쪽에서 늑대와 범 같이 사나운 아역들이 나와 키잡이를 넘어뜨리고 살가죽이 터지도록 대나무 곤장으로 20대를 때렸다. 지현은 또 배를 관리하는 점원을 가리키며 말했다.

"너는 사정을 알면서도 도둑들과 한 패가 되었음이 틀림없다. 어서 사실대로 말해라!"

이렇게 말하면서 지현의 손은 또한 첨패가 든 첨통(簽筒)을 만지고 있었다. 불쌍하게도 이 점원은 고생이라고는 모르고 자란데다 이제 막 수염가닥이 나기 시작한 나이 어린 사람이라 주인도 처음으로 그에게 소금 운송을 맡겼을 텐데, 그 여린 살덩이가 언제 이렇게 관청에서 매 맞는 걸 본 적이 있었겠는가? 그는 키잡이가 맞는 모습을 보고 너무 놀라 똥오줌을 질질 쌀 지경이 되어 뭐든 지현의 말에 그대로 대답할 뿐, 감히 아니라고 한 마디 변명도 하지 못했다. 그저 마늘을 절구에 찧듯 거듭 머리를 조아리며 목숨만 살려 달라고 애걸할 뿐이었다. 지현은 또 사공들을 한바탕 꾸짖고 나서 일행을 감옥에 가두게 하고, 다음 날 다시 심문하기로 했다.

다급해진 점원은 서둘러 선원 한 사람에게 탕 나리의 배로 가서 지현에게 말씀 좀 해 달라고 부탁하라고 했다. 탕유는 장기에게 명첩을 들고 가 지현을 뵙고 이렇게 말을 전하게 했다.

"이 일은 만씨 집안 하인들이 본래 조심하지 않아 생겼지만, 잃어버린 소금이 일부에 불과하고 나리께서 이미 점원을 처벌하셨으니, 다음부터는 조심하라 이르고 너그러이 용서해주시기 바랍니다."

지현은 이 말을 듣자 장기더러 명첩을 다시 가지고 가서 두 분 나리께 인사를 올린 다음 이렇게 말을 전하도록 했다.

"알겠습니다. 말씀대로 처리하겠습니다."

그리고 일행 전부를 자기 앞에 불러다 놓고 말했다.

"본래 너희를 강도현으로 돌려보내 훔친 소금만큼 배상을 추궁해야 마땅하나, 내 너희가 초범임을 참작해서 자비를 베풀어 용서하기로 하겠다."

이렇게 제멋대로 내뱉고 나서 일행을 모두 풀어 주었다. 점원은 키잡이와 함께 탕 나리의 배를 찾아가 대신 사정을 말해 준 은혜에 머리를 조아리며 인사를 드렸고, 분한 마음을 꾹꾹 눌러 참으며 배로 돌아갔다.

다음 날, 바람이 잦아들자 배를 출발시켰다. 정박지를 몇 군데 지난 뒤 탕유와 탕실은 배에서 내려 육로를 통해 진원부에 도착하였다. 털보 우씨를 먼저 아문에 보내 도착을 알리도록 하고, 두 사람은 그 뒤를 좇아 관서로 들어갔다. 이날 관서에는 마침 손님이 와 있었는데 바로 진원부의 태수였다. 그는 이름이 뇌기(雷驥)이고 자는 강석(康錫)이었는데, 진사 출신으로 나이는 환갑을 넘겼다. 그는 대흥현(大興縣) 사람으로 진사가 된 지는 오래되었는데, 부랑(部郎)*에서 승진해서 진원부에서 5, 6년 재직했기 때문에 묘족들 사정에 매우 밝았다. 뇌기는 총병 탕주(湯奏)의 관아 서쪽에 있는 대청에서 식사를 했다. 차를 내오자 그것을 마시면서 묘족의 일에 대해 이야기를 나누었다. 뇌기가 말했다.

"이곳 묘족들은 생묘(生苗)와 숙묘(熟苗) 둘로 나눌 수 있습니다.* 숙묘들은 왕법을 두려워해서 지금껏 별로 사건을 일으키지 않았으나, 생묘들은 걸핏하면 소란을 일으킵니다. 특히 대석애(大石崖)와 금구동(金狗洞) 일대의 묘족들이 악랄하지요! 지난번에 장관사(長官司)* 전덕(田德)이 이런 보고를 했습니다.

'생원 풍군서(馮君瑞)가 금구동의 묘족 별장연(別莊燕)에게 붙

잡혀 갔는데, 묘족들이 그를 풀어 주지 않고 있습니다. 그를 석방시키려면 은자 5백 냥을 주어야 합니다.'

나리, 이 일을 어떻게 처리하면 좋겠습니까?"

탕주가 대답했다.

"풍군서는 우리 중화 땅의 생원이므로 이 일은 조정의 체통과도 관련되는 것이오. 저들이 어찌 감히 그를 풀어 주는 대가를 요구할 수 있단 말이오? 왕법을 무시해도 분수가 있지! 이 일을 뭐 달리 처리할 수 있겠소? 그저 병력을 이끌고 그놈들이 있는 동굴로 쳐들어가 저 역도들을 모조리 소탕하고, 풍군서를 구해 지방관에게 넘겨야 할 것이오. 그리고 사단이 일어나게 된 연유를 알아본 연후 풍군서란 자의 죄를 다스려야지요. 달리 뭐 방법이 있겠소?"

뇌기가 말했다.

"나리의 말씀이 물론 옳습니다만, 풍군서 한 사람 때문에 군대를 움직일 필요야 있겠습니까? 제 소견으로는 차라리 전덕을 그곳으로 보내 묘족의 우두머리를 잘 설득하여 풍군서를 무사히 보내 주도록 하면 되지 않을까 싶습니다."

"태수 어른, 그 말씀은 틀렸소이다. 만약 전덕이 동굴로 간다면 역도들은 그마저 억류하고 은자 천 냥을 요구할 것이오. 나아가 태수께서 직접 설득하러 가신다면 그들은 또 태수마저 억류하고 은자 만 냥을 요구할 것이오. 이렇게 되면 어떻게 하겠소? 게다가 조정에서는 해마다 백만 냥이 넘는 비용을 들여 군졸과 장교, 수비병들을 양성하고 있는데 이들이 맡은 임무가 무엇이오? 군대를 동원하는 것을 겁낸다면 쓸데없이 병력을 기를 필요도 없을 테지요!"

이렇게 몇 마디가 오가면서 탕주는 뇌기와 의견이 서로 엇갈렸다. 그러자 뇌기가 말했다.

"좋습니다. 그럼, 이번 일을 가지고 간단히 보고서를 써서 상부에 알려 상부에서 어떤 지시가 내려오는지 보고, 그 지시에 따라 처리하는 게 좋을 것 같습니다."

곧 뇌기는 감사 인사를 한 다음 작별을 하고 관서로 돌아갔다.

탕주의 영문에서는 대포를 쏘고 문을 잠갔다. 탕주가 들어오자 두 아들은 머리를 조아리면서 문안 인사를 올렸고, 장기도 머리를 조아렸다. 그들은 고향 소식 몇 가지를 이야기하고 나서 각자 쉬러 갔다.

며칠 후 총독이 보고서에 대해 답변을 내려 보냈다.

> 그곳 진에서는 병마를 이끌고 역도 묘적들을 토벌하여 왕법의 기강을 밝히도록 하라. 나머지는 보고한 대로 속히 시행하도록 하라.

탕주는 이 답변를 받자 즉시 차인을 보내 진원부 병부의 서판을 불러오게 하여 그를 서재 안에 가두었다. 서판은 깜짝 놀랐지만 무슨 영문인지 알 수가 없었다. 밤이 깊어 자정이 훨씬 넘은 시간에 탕주가 부하를 모두 물리치고 서재로 서판을 만나러 왔다. 탕주는 쉰 냥짜리 은덩이를 꺼내 책상 위에 올려놓더니 이렇게 말했다.

"이 돈을 받게나. 자네를 데려온 것은 다름이 아니라 오직 글자 하나를 사고자 했기 때문이네."

서판은 그 말을 듣고 놀라 몸을 떨며 말했다.

"나리께서 내리실 분부가 있으면 제게 어찌 하라고 지시하시면 그만 아닙니까? 저는 죽어도 나리의 상을 받을 수는 없습니다!"

"그런 말 할 것 없네, 자네를 연루시키고 싶지는 않으니. 내일 상부에서 진원부 관서로 출병하라는 내용의 문서가 내려올 걸세.

그 문서가 오면 자네는 그저 '병마를 이끌고(帶領兵馬)' 라는 부분을 '병마를 많이 거느리고(多帶兵馬)' 라고 바꿔 써 주게나. 이 은덩이는 그 대가로 주는 것이고, 달리 부탁할 일은 전혀 없네."

서판은 그렇게 하기로 하고, 은덩이를 받아들고 집으로 돌아갔다. 다시 며칠 후 진원부로 공문이 왔는데, 탕주에게 출병을 재촉하는 내용이었다. 그 문서에는 '병마를 많이 거느리고' 라고 적혀 있었다. 이에 따라 본대인 삼영〔本標三營〕과 수비 부대인 이협〔分防二協〕*이 모두 탕주의 지휘를 받게 되었다. 각 부대의 군량도 이미 갖추어졌다.

벌써 때는 선달그믐이었다. 각 협을 지휘하는 참장(參將)* 청강(淸江)과 수비(守備) 동인(銅仁)이 의견을 올렸다.

"그믐날 군사를 움직이는 것은 병법에서 꺼리는 일입니다."

"신경 쓸 것 없네. '운용의 묘는 마음 하나에 달린 것' 이네. 묘족들은 오늘 한참 설맞이를 하고 있을 테니, 바로 그들이 생각 못한 틈을 이용하여 무방비 상태의 적들을 공격하는 것일세."

탕주는 군령을 내려 참장인 청강에게 휘하 협의 병력을 이끌고, 소석애(小石崖)에서 고루파(鼓樓坡)를 관통해 지나가서 적의 퇴로를 끊도록 했다. 또한 수비인 동인은 휘하 협의 병력을 거느리고 석병산(石屛山)에서 곧장 구곡강(九曲岡)으로 내려가서 적의 선봉을 막도록 했다. 탕주 자신은 본대를 이끌고 야양당(野羊塘)에서 중앙 주력 부대〔中軍大隊〕를 맡기로 했다. 배치가 정해지자, 앞을 향해 진군했다. 탕주가 말했다.

"역도인 묘족들의 소굴이 바로 야양당에 있다. 우리가 큰길을 따라 가서 그들을 놀라게 하면 그들은 조루(碉樓)*에 웅크린 채 숨어 우리가 지치기만 기다릴 것이다. 그렇게 되면 빠른 시일 내에 이기기 힘들다."

그리고 장기에게 물었다.

"자네, 저들의 후방으로 통하는 또 다른 샛길을 알고 있는가?"

"알고 있습니다. 향로애(香爐崖) 쪽으로 산을 올라가 철계(鐵溪)를 따라가면 적의 후방에 이릅니다. 그럼 18리 정도를 줄일 수 있습니다. 하지만 계곡물이 차가운데다 지금은 얼어 있어서 걸어가기 힘들 겁니다."

탕주가 말했다.

"그런 거라면 문제없지."

그리고 본대의 기병들은 기름 먹인 장화〔油靴〕를, 보병들은 가벼운 등산화〔鷂子鞋〕를 신도록 한 다음 일제히 그 샛길을 따라 전진하도록 했다.

한편, 묘족 추장의 거처에서는 묘족들이 모여 앉아 남녀가 어울려 술을 마시고 음악을 즐기며 그믐날을 보내고 있었다. 풍군서는 본래 건달인데, 묘족 추장의 딸을 아내로 맞았다. 이들 장인과 사위 두 사람은 울긋불긋한 옷차림의 묘족 여자들을 쭉 늘어세운 채 징이며 북이며 온갖 악기를 연주하고 묘족의 연극을 상연하게 하고 있었다. 그때 갑자기 졸개 하나가 급히 안으로 뛰어 들어와 소식을 알렸다.

"큰일 났습니다! 황제가 토벌군을 보냈는데, 벌써 구곡강에 도착했습니다!"

묘족 추장은 놀라 혼이 달아날 지경이었다. 그는 서둘러 묘족 병사 2백 명을 모아 창을 들고 앞으로 나가 적을 막도록 했다. 그런데 또 졸개 하나가 급히 달려 들어와 소식을 알렸다.

"고루파에 많은 병마가 나타났는데, 그 수를 헤아릴 수 없을 정도입니다!"

묘족 추장과 풍군서가 당황해서 어쩔 줄 모르고 있는데, 갑자기

한 발의 대포 소리가 나더니 뒤편 산꼭대기에서 횃불이 일제히 올랐다. 그리고 함성 소리가 하늘을 찌를 듯 메아리쳤다. 추장은 병사들을 거느리고 목숨을 걸고 싸웠으나 어찌 탕주의 군대를 당해낼 수 있겠는가! 병사들이 긴 창을 겨누며 바로 야양당으로 들이닥치자 절반이 넘는 묘족 병사들이 죽거나 다쳤다. 묘족 추장은 풍군서를 데리고 샛길을 찾아 다른 묘족 부락으로 피신했다.

선봉으로 나선 수비 동인의 부대와 후군인 참장 청강 부대가 모두 야양당에서 합세하여 묘족들의 소굴을 뒤져 남은 묘족들을 모조리 살육하고, 묘족 여자들은 군중에서 식사를 마련하는 일을 하게 하였다. 탕주는 삼군에 명령하여 야양당에 군영을 세우도록 했다. 참장과 수비가 모두 탕주의 군막으로 와서 승리를 축하드렸다. 탕주가 말했다.

"두 분 장군께서는 잠시도 방심해서는 아니 될 것이오. 비록 저 역도들이 싸움에서 패하였지만 다른 부락으로 달아났으니 틀림없이 구원병을 구해서 오늘 밤 우리 진영을 공격할 것이오. 그러니 미리 방어 준비를 해 두어야 할 것이오."

그리고 장기에게 물었다.

"이곳에서 가장 가까운 부락은 어디에 있느냐?"

"이곳에서 수안동(竪眼洞)까지는 채 30리도 안 됩니다."

"내게 생각이 있다."

그리고 탕주는 참장과 수비에게 다음과 같이 지시했다.

"두 장군은 본대의 병력을 이끌고 가서 석주교(石柱橋) 주변에 매복해 있도록 하시오. 그곳은 적들이 퇴각할 때 반드시 지나가야 하는 길이오. 적들이 후퇴하기를 기다렸다가, 대포 소리를 신호로 해서 일제히 다리 위로 올라와 기습 공격을 하시오."

두 장군은 명령을 듣고 돌아갔다.

탕주는 붙잡아 두었던 묘족 여인들 가운데 노래 잘 부르는 이들을 골라 머리를 쪽 지어 올리게 하고 묘족의 옷을 입힌 다음, 맨발로 중군의 군막 안으로 와서 노래하고 춤추도록 했다. 그리고 병사들을 모두 산의 움푹 팬 곳에 매복시켰다.

과연 새벽 무렵, 묘족 추장이 수안동의 묘족 병사를 이끌고 칼과 창을 든 채 조용히 석주교를 건너왔다. 그들은 멀리 야양당의 중군 군막에서 등촉이 빛나고 춤과 노래가 한창인 것을 보고 일제히 함성을 지르며 군막 안으로 들이쳤다. 하지만 뜻밖에도 군막 안은 텅 비었고 묘족 여자들 말고는 한 사람도 보이지 않았다. 그들은 계략에 넘어갔다는 것을 깨닫고 황급히 밖으로 도망쳐 나왔다. 그러자 산의 움푹 팬 곳에 매복해 있던 병사들이 일제히 함성을 지르면서 튀어나왔다. 묘족 추장은 온 힘을 다해 병사들을 데리고 석주교 쪽으로 달려갔다. 그런데 갑자기 한 발의 대포 소리와 함께 다리 밑에 매복해 있던 병사들이 일제히 튀어나와 묘족들을 둘러싸고 조금씩 공격해 들어왔다. 다행히도 단단하고 두꺼운 발바닥을 가진 탓에 험한 암벽이나 가시밭도 겁내지 않는 묘족들은 놀란 원숭이나 달아나는 토끼처럼 이리저리 산으로 흩어져 달아났다.

탕주는 대승을 거두었고, 점검 결과 삼영과 이협의 병사와 말에도 큰 손실이 없었다. 탕주 일행은 개선가를 부르며 진원부로 돌아왔다. 뇌기가 영접을 나와 축하 인사를 하고 묘족 추장 별장연과 풍군서의 행방을 묻자, 탕주가 대답했다.

"우리는 몇 번이나 승리를 거두었고, 그들은 별 수 없이 달아나야 했지요. 아마도 산골짜기에서 자결하고 말았을 거요."

뇌기가 말했다.

"사태의 추이를 보면 그럴 게 분명할 테지요. 하지만 상부에서 물어볼 경우 그렇게 대답을 올리기는 힘듭니다. 분명 꾸미는 말로 들릴 테니까요."

그 말에 탕주는 제대로 대답할 수가 없었다. 그가 아문으로 돌아오자 두 아들이 마중을 나와 안부 인사를 했다. 하지만 그는 이번 일로 마음이 몹시 불편하여 밤새 잠을 이루지 못했다. 이튿날 그는 출병하여 승리를 거둔 사정을 담은 상세한 보고서를 상부에 올렸다. 그러자 총독이 답변을 내려 보냈는데 그 내용은 완전히 뇌기가 말한 것과 같았다. 답변서에서는 별장연과 풍군서 두 죄인에 대해 집중적으로 묻고 있었고, "속히 죄인들을 붙잡아 압송하고 그 내용을 조정에 보고해야 한다" 같은 말뿐이었다. 탕주는 당황했으나 당장 어쩔 도리가 없었다. 그때 옆에 서 있던 장기가 무릎을 꿇으며 말했다.

"생묘들이 사는 부락의 길은 소인이 잘 압니다. 제가 그곳에 가서 염탐해 보고 별장연이 있는 곳을 알아낸 후, 방책을 써서 그를 잡아들이면 됩니다."

탕주는 몹시 기뻐하며 그에게 쉰 냥을 상으로 주고 가서 자세히 정탐하도록 했다.

장기는 주인의 명령을 받들고 떠난 지 8, 9일이 지나 돌아와 아뢰었다.

"소인은 곧장 수안동으로 갔습니다. 알아보니 별장연이 수안동의 병력을 빌려 우리 군영을 공격했다가 한바탕 패하는 바람에 수안동 묘족 추장이 그와 싸웠답니다. 그래서 지금은 다시 백충동(白蟲洞)으로 옮겼답니다. 소인이 다시 그곳으로 가서 알아보니, 풍군서도 거기에 있다고 합니다. 별장연에게는 식구들 10여 명만 남았을 뿐, 수하의 병사는 모두 없어졌다고 합니다. 또 듣자 하니, 그들이 계책을 하나 세웠다고 합니다. 우리 진원부에서는 정월 18

일이면 철계(鐵溪)의 신령이 나온다고 해서 성안의 집들은 모두 문을 잠그고 몸을 피합니다. 그놈들은 이날 귀신이나 괴물로 변장하고 와서 나리가 계신 이곳 진원부를 공격하고 원수를 갚을 작정이랍니다. 나리께서는 그들을 잘 막으셔야 합니다."

탕주는 이 말을 듣고 "알겠다" 하고, 다시 장기에게 양고기와 술을 상으로 내리고 돌아가 쉬도록 했다.

과연 진원부에는 풍속이 하나 있었다. 전설에 따르면 정월 18일에는 철계에 사는 용신이 누이동생을 시집보낸다고 한다. 그런데 그 누이동생이 몹시 못생긴지라 사람들 눈에 띄는 것이 싫어, 용신이 새우 병사나 게 장수를 보내 그녀가 가는 길을 지키도록 한다는 것이다. 이날은 집집마다 모두 문을 잠그고 밖으로 나와 봐서는 안 된다. 만약 몰래 훔쳐보다가 용신에게 발각되기라도 하면 거센 비바람이 일어 평지도 3척 깊이의 물바다가 되며 무수한 백성들이 물에 빠져 죽게 된다. 이 풍속은 이미 오래전부터 전해 내려온 것이었다.

17일이 되자 탕주는 곁에서 지키는 병사들을 불러다 물어보았다.

"너희 가운데 누가 풍군서를 아느냐?"

그러자 병사들 가운데 꺽다리 하나가 앞으로 나와 무릎을 꿇고 아뢰었다.

"소인이 압니다."

"잘 됐구나."

그리고 그 병사에게 하얀색 긴 도포를 입히고, 종이로 만든 높은 검정 모자를 씌운 다음 얼굴 가득 석회 칠을 해서 그 지방 귀신처럼 꾸미도록 하였다. 또 집안 하인들을 불러다가 소머리 귀신〔牛頭〕*, 말머리 귀신〔馬面〕*, 마왕(魔王), 야차(夜叉) 따위의 흉악한 괴물들로 분장시켰다. 그리고 그 키꺽다리 병사에게 지시하였다.

"내일 풍군서를 보거든 바로 붙잡아라. 그러면 큰 상을 내려주마."

모든 준비가 끝나자 북문을 맡은 문지기 병사에게 명령을 내려, 내일 날이 밝기 전에 성문을 열어놓도록 했다.

별장연과 풍군서 일행은 마을의 신맞이 행사를 하러 온 사람들처럼 차리고, 각기 단검을 몸에 숨긴 채 한밤중에 북문에 이르렀다. 성문이 열려 있는 것을 보자 그들은 총병 아문의 마장(馬場) 담장 밖까지 바로 달려왔다. 이들 일행 10여 명은 제각기 무기를 손에 든 채 담장을 기어올라 안으로 넘어갔다. 이때 달빛은 희미하게 빛나며 텅 빈 넓은 마당을 비추고 있었다. 어디로 들어가야 할지 몰라 망설이고 있는데 갑자기 담장 위에 괴물 하나가 엎드려 있는 것이 보였다. 괴물이 징을 손에 들고 딩딩 두 번을 두드리자 그 담장이 지진이 일어나기라도 한 것처럼 우르르 아래로 무너져 내렸다. 그리고 몇 십 개의 횃불이 일제히 켜지더니 수십 마리 악귀들이 달려 나왔다. 그들은 손에 삼지창과 네 개의 갈고리가 달린 긴 창을 들고 일제히 공격해 왔다. 별장연과 풍군서는 너무 놀란 나머지 두 다리가 못에 박힌 듯, 한 발짝도 움직일 수 없었다. 그때 이 지방 귀신으로 꾸민 병사가 성큼 다가들어 갈고리 창으로 풍군서를 단단히 붙잡은 뒤 이렇게 외쳤다.

"풍군서를 붙잡았다!"

그러자 다른 사람들도 일제히 손을 써서 10여 명의 묘족 병사들을 하나도 놓치지 않고 붙잡았고, 곧 그들을 이당(二堂)으로 끌고 갔다. 탕주는 붙잡힌 사람의 수를 세어 보고, 이튿날 그들을 부(府)로 압송했다.

뇌기도 적의 우두머리와 풍군서를 붙잡았다는 말을 듣고 몹시 기뻐했다. 그는 즉시 왕명(王命)과 상방검(尙方劍)*을 꺼내 오도록 하여 별장연과 풍군서를 참수하여 저자거리에 내걸었으며, 붙잡힌 나머지 묘족들도 모두 죽이고 나서 상주문을 작성하여 보냈다. 그러자 다음과 같은 황제의 조서(詔書)가 내려왔다.

탕주가 금구동의 묘족 비적들을 처리한 건.

탕주는 제멋대로 경솔하게 군대를 동원하여 군비와 군량을 낭비하였으니, 3급 강등시켜 임용토록 하여 공을 욕심내 함부로 일을 벌이는 자들의 경계로 삼도록 한다.

이대로 시행토록 하라.

탕주는 조서를 베낀 글을 받아본 다음 크게 한숨을 쉬었다. 중앙 부서에서 발행한 공식 문서가 도착하고 신임 총관이 도착하자, 그는 관인을 넘겨주고 두 아들과 상의하여 고향으로 돌아갈 준비를 했다. 그런데 이 일로 인해 다음과 같은 새로운 이야기가 생겨난다.

장군이 돌아가니
큰 나무 시들었다고 한탄하고,
명사들은 선조의 묘혈을 두고
훌륭한 이야기 나누네.
將軍已去, 悵大樹之飄零.*
名士高談, 謀先人之窀穸.

대체 이후의 일이 어떻게 되었을까? 이에 대해서는 다음 회를 들어 보시라.

제44회
탕주는 공을 이루고 고향으로 돌아가고, 여특은 술을 마시며 장사 지내는 일을 묻다

총병 탕주는 두 아들과 상의하여 모든 것을 정리하고 집으로 돌아가기로 했다. 태수 뇌기는 잔치 비용으로 은자 넉 냥을 보내 총병 아문의 요리사에게 술자리를 준비하게 하여, 탕주의 관서에서 송별연을 열어 주었다. 그가 떠나는 날, 합성(闔城)의 관원들이 전부 나와 그를 전송했다. 탕주 일행은 물길로 해서 상덕(常德)을 지나 동정호(洞庭湖)를 건넜고, 장강을 따라 곧장 의징까지 갔는데, 별다른 일 없이 순조로운 여행이라 두 아들에게 평소 공부한 것에 대해 물어보기도 하고, 강 주위의 풍경을 구경하기도 했다. 그렇게 가다 보니 20일이 채 안 되어 어느새 사모주(紗帽州)에 도착했고, 탕주는 먼저 하인을 집으로 보내 그들을 맞을 준비를 하게 했다. 탕육은 이 소식을 듣고 곧장 황니탄으로 달려와 탕주에게 문안 인사를 올리고 사촌동생들과도 인사를 나눈 다음, 고향에서 일어난 일들을 떠들어 댔다. 탕주는 그가 경박하게 주절주절 대는 걸 보고 역정이 났다.

"내가 밖에 나가 있는 30년 동안 네가 다 자라 어른이 되긴 했는데, 도대체 어디서 그런 천한 짓거리를 배운 것이냐!"

탕육이 입만 열었다 하면 '나리께 아뢰옵니다만' 운운하자, 탕주는 화가 나서 야단을 쳤다.

"이 천한 놈 같으니! 무슨 헛소리냐! 나는 네놈 숙부인데 어찌 숙부라고 부르지 않고 나리라고 부르느냐?"

탕육이 또 탕주의 두 아들더러 '큰 도련님', '작은 도련님' 이라고 부르자 탕주는 화가 머리끝까지 났다.

"망나니 자식! 나가 죽어도 시원찮을 놈 같으니! 사촌동생들을 가르치고 돌봐주지는 못할망정 큰 도련님, 작은 도련님 타령이 웬 말이냐!"

탕주의 꾸지람에 탕육은 기가 죽어 고개를 들지 못했다.

탕주 일행은 집으로 돌아왔다. 탕주는 조상들께 돌아왔다는 인사를 올리고, 짐을 풀었다. 고요현 지현을 지낸 그의 형 탕봉은 이미 퇴직하여 집에 돌아와 있었다. 두 사람이 오랜만에 만나니, 모두 기쁨에 겨워 며칠 동안이나 함께 술을 마셨다. 탕주는 성안으로도 가지 않고 관아의 관리들을 만나지도 않았다. 그저 강가에 몇 칸짜리 별장을 지어놓고 거문고와 책을 가져다두고는, 그곳에서 책을 읽고 자식들을 가르치며 지냈다. 그렇게 서너 달이 지난 후 그는 자식들이 지은 팔고문을 읽어 보고는 기분이 좋지 않았다.

'이런 문장으론 도저히 급제할 수 없겠어! 지금 나도 집에 와 있고 하니 이참에 선생을 청해 제대로 가르쳐야겠다.'

이렇게 그는 날마다 이 일을 두고 고민했다.

그러던 어느 날 문지기가 들어와 아뢰었다.

"양주의 소(蕭)씨 댁 둘째 도련님이 오셨습니다."

탕주가 말했다.

"소형 댁 자제가 왔나 보구나. 얼굴을 봐도 못 알아보겠는데?"

그는 서둘러 안으로 모시게 했다. 소수자가 들어와 인사를 올렸다. 그는 잘 다듬어 놓은 옥 같은 얼굴에 옷차림은 우아하고 고

상했다. 탕주는 그와 인사를 나누고 자리를 권했다. 소수자가 말했다.

"세숙 어른, 집에 돌아오신 것을 축하드립니다. 진작 문안드렸어야 했습니다만, 요즘 남경의 한림원 시강이신 고 선생님께서 휴가를 내고 고향으로 가시던 도중에 양주에 들르셔서, 한동안 그분을 모시고 다니느라 이렇게 늦었습니다."

"자네는 현학에 들어갔는가?"

"전임 대종사(大宗師)께서 현학 생원으로 뽑아 주셨습니다. 그런 수재 자리야 별로 내세울 것도 없지만 그래도 기쁜 것은 사흘 전, 성내 사람들에게 두루 제 문장이 읽힌 일입니다. 대종사의 인정을 받은 문장다웠다 할 만하지요. 그걸 보면 대종사께서 잘못 뽑으신 게 아닌 모양입니다."

탕주는 그가 말하는 품이 야무지고 영리한 걸 보자 서재에서 밥을 먹고 가라고 붙잡고, 두 아들을 불러 대접하게 했다. 오후가 되자 탕주는 선생을 한 분 청해 두 아들의 과거 공부를 맡기고 싶다는 말을 꺼냈다. 그러자 소수자가 말했다.

"요즘 제 문장을 봐주시는 선생님이 한 분 계신데, 오하현(五河縣) 사람으로 존함이 여특(余特)이고, 자는 유달(有達)이라고 합니다. 그분은 명경선생(明經先生)으로 팔고문이 아주 뛰어나십니다. 올해는 어느 염상 집에서 가정교사를 하고 있는데, 탐탁지 않아 하시는 것 같았습니다. 세숙께서 훈장을 모실 생각이시면 이보다 좋은 분이 없습니다. 세숙께서 훈장으로 모시고 싶다는 편지를 쓰시고, 아드님 한 분이 저와 함께 찾아뵙는다면 바로 함께 오실 수 있을 겁니다. 매년 수업료는 5, 60냥이면 될 거니다."

탕주는 이 말을 듣고 매우 기뻐하며 소수자에게 이틀을 더 묵고 가라고 하고는, 초청 편지를 썼다. 그리고 큰아들 탕유에게 쾌속

선을 불러 소수자와 함께 양주로 가서 하하(河下)에서 소금 장사를 하는 오(吳)씨 집의 여 선생을 찾아가 인사를 드리게 했다. 소수자는 탕유에게 지금은 명첩에 '후배〔晩生〕'라고 쓰고, 나중에 가정교사로 모시게 되면 '제자〔門生〕'라고 쓰라고 했다. 그러자 탕유가 말했다.

"반은 스승이고 반은 친구인 셈이니, '동생뻘이 되는 동학〔同學晩弟〕'라고 써야겠습니다."

소수자가 아무리 말려도 탕유가 계속 고집을 피우는 바람에 하는 수 없이 명첩을 그대로 들고 함께 오씨 집으로 갔다. 문지기는 명첩을 안으로 들여보내고, 그들을 서재로 안내했다. 그 여 선생이란 사람은 방건을 쓰고 낡은 남색 도포를 입고 붉은색 신을 신고 나왔는데, 창백한 얼굴에 수염을 세 가닥으로 길렀으며, 근시에 쉰 살쯤 되어 보였다. 그는 나와서 두 사람에게 인사를 하고 자리에 앉았다. 여특이 말했다.

"백천(栢泉) 형, 지난번에 의징에 가더니 언제 돌아오셨는가?"

"의징에 가서 세숙이신 탕 어른을 뵙고 며칠 머물다 왔습니다. 이분이 바로 탕 어른의 아드님입니다."

그리고 소매 안에서 탕유의 명첩을 꺼내 건네주었다. 여특은 그것을 받아서 보고는 탁자 위에 올려놓으며 말했다.

"이렇게 대접해 주시니 과분한 영광입니다."

소수자는 총병 탕주가 그를 가정교사로 모시고 싶어 한다는 이야기를 한바탕 늘어놓았다.

"그래서 이 일 때문에 오늘 특별히 찾아뵌 것입니다. 선생님께서 허락만 하시면 곧바로 계약서와 사례금을 보내 드리겠습니다."

그러자 여특이 웃으며 말했다.

"탕 나리는 조정의 고관이시고 공자께서도 재주가 뛰어나신데,

늙고 재능 없는 제가 어찌 선생 노릇을 할 수 있겠습니까! 생각 좀 해 보고 답변을 드리지요."

두 사람은 인사를 하고 돌아갔다.

다음 날, 여특이 소수자의 집으로 답례차 방문하여 말했다.

"백천 형, 어제 말씀하신 일은 아무래도 안 되겠네."

"왜 그러십니까?"

소수자가 묻자, 여특이 웃으며 대답했다.

"나를 스승으로 모시겠다면서, '동생뻘'이라고 쓴 명첩을 가지고 찾아오다니? 진심으로 가르침을 구하는 게 아니란 말밖에 더 되겠나? 어쨌건 그 이야기는 됐네. 내가 아는 분 하나가 무위(無爲) 땅의 지주로 있는데 며칠 전 그쪽에 한번 다녀가라는 편지를 보내왔기에, 거길 좀 가 볼 생각이네. 그 양반이 날 좀 도와준다면 1년 동안 훈장 노릇하는 것보다야 나을 테지. 안 그래도 며칠 안으로 지금 있는 주인댁에도 그만두겠다고 얘기하고 떠날 참이었다네. 탕씨 댁의 그 자리는 다른 분을 추천해 주시게."

소수자는 더는 강권할 수가 없어서 탕유에게 그대로 전했다. 탕유는 다른 사람을 청해 왔다.

며칠 후 여특은 정말 주인집에 작별을 고하고 짐을 챙겨 오하현으로 돌아갔다. 그의 집은 여가항(余家巷)에 있었다. 집 대문을 들어서자, 그의 친동생이 나와서 맞아 주었다. 그의 이름은 여지(余持)이고 자는 유중(有重)이며, 역시 오하현의 수재로서 학문이 깊었다.

당시 오하현에서는 팽(彭)씨 집안이 흥성해서 진사 급제자를 몇 명이나 배출했고, 그 중에서 두 명은 한림원에도 뽑혔다. 오하현 사람들은 워낙 식견이 좁은지라, 모두들 그 집안에 굽실거렸다. 팽씨 외에 또 한 집안이 있었는데, 휘주 출신으로 성은 방(方)씨였다.

이들은 오하현에서 전당포를 열고 소금 운반업을 했는데, 본적을 속이고 오하현 본지 사람들과 인척 관계를 맺으려고 했다. 예전부터 이 여가항의 여씨 집안은 오래된 향신인 우(虞)씨 집안하고만 대대로 혼인을 맺어온 터여서, 처음에는 두 집안 모두 방씨 집과는 사돈을 맺으려 하지 않았다. 그런데 나중에 이 두 집안에 염치없는 반편이들이 몇 명 생겨, 지참금을 탐내 방씨 집안 딸들을 며느리로 들이면서 서로 인척 관계가 맺어지게 되었다. 하지만 혼사가 빈번해지면서 방씨 쪽에선 후한 지참금을 딸려 보내지 않았을 뿐만 아니라 오히려 이 두 집안에서 돈 많은 자기네를 부러워하여 사돈을 맺지 못해 안달이라는 말까지 하고 다니게 되었다.

그리하여 여씨, 우씨 이 두 집안에는 조상 얼굴에 먹칠을 하는 두 부류의 인간이 있게 되었으니, 그 하나가 멍청이들〔呆子〕이다. 이 멍청이들이 하는 짓을 한마디로 하면 '방씨가 아니면 사돈을 맺지 않고, 팽씨가 아니면 친구로 사귀지 않는다(非方不親, 非彭不友)' 는 것이다. 나머지 한 부류는 약삭빠른 인간들〔乖子〕로, 이들이 하는 짓을 한마디로 하면 '방씨가 아니면 마음에 두지 않고, 팽씨가 아니면 입에 올리지 않는다(非方不心, 非彭不口)' 는 것이다. 다시 말해서 멍청하고 뻔뻔스런 위인들은 오하현에 본적을 속인 방씨가 없다면 혼인을 못간들도 괜찮고, 진사에 급제한 팽씨가 아니라면 친구가 없어도 괜찮다고 여기는 것이다. 이런 위인들은 스스로 자신이 굉장히 영리하게 처신한다고 생각하지만 사실은 멍청하기 짝이 없는 짓을 하고 있는 것이다. 또 몇몇 교활한 인간들의 경우 방씨 집안과 사돈을 맺고 싶었는데 방씨 집안에서 원하지 않으면, 그런 사정을 사실대로 말하지 않고 위세를 부리며 거짓말을 떠벌려 댔다.

"팽씨 댁 어르신은 우리 스승님이지. 팽씨 댁 셋째 어른〔彭三

先生]은 나를 서재로 초대하셔서 오랜 시간 속 깊은 대화를 나눴다네."

또 이런 허튼소리도 해 댔다.

"팽씨 댁 넷째 어른이 경사에서 내게 서신을 보내왔다네."

그런데 이런 말을 들은 사람들은 걸핏하면 그자를 술자리에 데려다가 술을 먹여 주며 다른 손님들에게 그 이야기를 해 달라고 해서 허세를 부리려고 했다. 오하현의 풍속은 이 지경으로 저열했다.

그러나 여특과 여지 형제는 대대로 내려오는 가훈을 지켜 집안에 틀어박혀 책만 읽으면서, 자신과 상관없는 남의 권세나 재산 따위에는 신경 쓰지 않았다. 여특은 여러 부와 주현에서 막객 노릇을 했기 때문에 주와 현에 알고 지내는 관리들도 적지 않았지만, 오하현에 돌아와서는 이런 얘기를 입에 담지 않았다. 왜냐하면 오하현 사람들 머릿속엔 다음과 같은 관념이 뿌리깊이 박혀 있었기 때문이었다. 즉 거인이나 진사라면 누구든지 지주, 지현과 일심동체인 사람이기 때문에 그들은 무슨 청이라도 넣을 수 있고, 지주와 지현은 그 청을 들어주지 않을 수 없다는 것이다. 그러나 만약 누군가가 현을 다스리는 지현께서 아무개의 인품에 감탄했다거나 혹은 아무개가 명사라 하여 그와 교유하고 싶어 하신다고 한다면, 이 오하현 사람들은 모두 입이 비뚤어지도록 웃을 것이다. 과거에 급제하지 못한 사람이 명첩을 들고 지현을 만나러 가면 지현은 당장 팔을 비틀어 밖으로 끌어내게 할 것이라고 생각하는 것이다. 오하현 사람들의 생각은 언제나 이런 식이었다. 여씨 형제의 품행과 문장은 비할 데 없이 뛰어났지만 집에 오하현 지현이 인사하러 찾아오지도 않고, 방씨 집안과는 인척도 아니며, 또 팽씨 집과 교유도 없었기 때문에 친지나 친구들은 그들을 무시하진 못했지만 그렇다고 그들을 존경하지도 않았다.

이날 형 여특이 돌아오자 여지는 그를 집 안으로 모시고 절을 올린 후, 환영의 술자리를 마련하고, 지난 1년 남짓 동안 일어난 일들을 상세히 이야기했다. 술을 다 마신 뒤에도 여특은 자기 방으로 돌아가지 않고 늙은 두 형제가 서재에 있는 침상에서 함께 잠을 잤다. 그날 밤 여특이 여지에게 친구를 만나러 무위주로 갈 기라고 이야기하자, 여지가 말했다.

"형님, 그래도 집에 좀 있다가 가세요. 저는 과고(科考)를 보러 부에 가야 하니, 제가 돌아오고 난 뒤 가시지요."

"자넨 모르겠지만 양주에서 받은 수업료도 벌써 다 써 버렸다네. 그러니 긴 여름을 지내려면 얼른 무위주에 가서 은자 몇 냥이라도 벌어 와야지. 자네는 그냥 시험 보러 가면 되네. 자네 형수랑 제수씨가 집에 있으니 잘 알아서 할 걸세. 우리 형제야 원래 바깥 왕래도 않고 살았는데, 내가 꼭 집에 있을 필요가 있겠나?"

"형님, 이번에 가셔서 어떻게 은자 몇 십 냥이나마 손에 쥐게 되시면, 돌아오셔서 부모님을 매장해 드립시다. 영구가 10년 넘게 집 안에 있으니 집에 있어도 항상 마음이 편치 않아요."

"나도 그럴 생각이었다네. 돌아오면 바로 그 일을 처리하세."

며칠 후, 여특은 무위주로 떠났다. 또 10여 일이 지나자 시험을 주관하러 학정(學政)이 봉양으로 올 거라고 했다. 여지는 곧 짐을 꾸려 봉양으로 가서 숙소를 구했다. 이때가 4월 초파일이었다. 9일에 학정은 사당에 분향했고, 10일에 수재에 대한 고발을 받는다는 공문이 내걸렸다.* 11일에는 봉양에 소속된 여덟 개 현학 생원들의 시험을 치른다는 공문이 내걸리고, 15일에는 복시(復試)를 치를 생원들의 명단이 발표되었다. 각 현학마다 세 명이 복시를 보게 되었는데, 여지도 그 안에 뽑혔다. 16일에 시험장에 들어가 복시를 치렀고, 17일에 결과가 발표되었다. 여지는 1등급의 2등으로 뽑혀, 봉양에서 24일까지 머물다 학정이 떠나시는 걸 전송하고 나서야 오하현으로 돌아왔다.

여특이 무위주에 도착하자 지주는 옛 정을 잊지 않고 며칠을 붙잡아 묵게 하고는 이렇게 말했다.

"여 선생, 내가 부임한 지 얼마 되지 않아 은자를 많이 드릴 수가 없습니다. 그런데 지금 소송이 하나 걸려 있는데, 선생께서 중간에 중재를 하시면 제가 무조건 비준하겠습니다. 그럼 그 사람이 은자 4백 냥은 내놓을 수 있을 테니까, 세 사람이 똑같이 나누면 선생 몫도 130냥 남짓 될 겁니다. 우선 그걸 가지고 돌아가셔서 부모님의 대사를 마무리하시지요. 나중에 제가 또 어떻게 도와드리리다."

여특은 매우 기뻐하며 지주에게 감사 인사를 하고 그 사람을 만나러 나갔다. 그 사람은 이름이 풍영(風影)이었고, 살인 사건에 연루되어 있었다. 여특이 풍영을 위해 중재를 해 주자 지주는 그의 말대로 판결했고, 풍영은 풀려 나온 뒤 은자를 지불했다. 여특은 지주에게 작별 인사를 하고 짐을 챙겨 집으로 돌아갔다.

귀향길에 오른 여특은 남경을 지나다가 문득 이런 생각이 들었다.

'천장현의 두소경이 남경의 이섭교 하방에 살고 있지. 그래도 사촌동생인데 한번쯤 들러봐야 하겠지?'

그는 남경 성안으로 들어가 두의의 집으로 찾아갔다. 두의는 집 밖까지 나와 맞았고, 사촌형을 만나자마자 무척 기뻐했다. 서로 인사를 나누고 자리에 앉아 10년이 넘도록 떨어져 지내며 있었던 이야기를 나누었다. 여특이 탄식하며 말했다.

"동생, 자네의 그 좋은 땅과 재산이 모두 날아가 버리고 말았다니 참으로 안타깝네. 아낌없이 돈을 쓰며 후원자 노릇을 하던 사람이 이제는 글을 팔아 살아가다니, 어떻게 적응이 되던가?"

"여기 살다 보니 아름다운 산수 구경에 좋은 벗들까지 즐거운 일이 많아서 오히려 이젠 편안해졌습니다. 형님, 솔직히 저는 뭐 별나게 좋아하는 것도 없습니다. 우리 부부가 아이들과 함께 있으면서 허름한 베옷에 소찬을 먹을지언정 마음은 편하고 가볍습니다. 예전 일이야 후회해 봐야 소용없는 일이고요."

두의는 이렇게 말하고는 사촌형에게 차를 대접했다. 차를 마시고 나서 두의는 직접 안채로 들어가 술상을 마련해 사촌형을 대접할 일을 부인과 상의했다. 이즈음 그의 집 형편은 썩 좋지 못해서 이런 술상도 마련하기가 어려웠다. 그래서 집안의 물건을 가져가 전당포에 맡겨야겠다고 생각하던 참이었는데, 이날이 5월 초사흗날이라 마침 장결의 집에서 명절 선물을 한 짐 보내왔다. 장씨 집 하인이 배갑(拜匣)을 들고 선물꾸러미를 든 사람과 함께 안으로 들어왔다. 선물은 준치 한 마리, 구운 오리 두 마리, 찹쌀주먹밥〔粽子〕 백 개, 설탕 두 근이었고, 배갑 안에는 은자 넉 냥이 들어 있었다. 두의가 선물을 받고 고맙다는 내용의 회첩(回帖)을 써서 주자, 그 하인은 돌아갔다. 두의는 부인에게 말했다.

"이제야 제대로 대접을 할 수 있겠구려."

곧 몇 가지 음식을 추가하고 두의의 부인이 직접 안주상을 차렸다. 지균과 무서가 가까이 살았으므로, 두의는 간단한 초대장을 써서 두 사람에게 술자리에 배석해 달라고 부탁했다. 두 사람이 와서 서로 존경해 왔었다는 등의 인사말을 나누고 난 뒤, 함께 한 방에서 술을 마셨다.

술자리 도중에 여특이 부모님의 영구를 매장할 묏자리를 고르려 한다는 말을 꺼내자, 지균이 말했다.

"선생님, 땅 속이 마르고 따뜻하며, 바람과 개미가 없어 고인이 편안하실 수 있으면 충분합니다. 자손에게 부귀영화를 가져다주는 자리니 하는 소리는 모두 귀담아 들을 게 못됩니다."

"지당하신 말씀이오. 그런데 우리 마을에서는 좋은 묏자리라는 걸 무척이나 중시한답니다. 덕분에 사람들이 묏자리를 구하기가 힘들어 번번이 고인의 매장을 뒤로 미루게 되지요. 나는 풍수에 대해선 제대로 공부해 본 적이 없어요. 그래서 두 분 선생님들께 한번 여쭙고 싶네요. 이 곽박(郭璞) 설*의 원류는 대체 무엇입니까?"

여특의 물음에 지균이 탄식하며 대답했다.

"묘지 일을 맡은 총인(冢人) 같은 제도가 없어지고 족장(族葬)*의 예법이 행해지지 않게 되면서, 선비와 군자들이 '용혈(龍穴)'이니 '사수(沙水)'니 하는 풍수설*에 현혹되어 어떻게든 출세하려는 마음만 있지, 대역무도한 죄인이 되는 줄도 깨닫지 못하고 있지요."

여특이 놀라서 되물었다.

"대역무도의 죄인이라니요?"

지균이 웃으며 대답했다.

"제가 시 한 수를 들려드리지요.

> 기 흩어지고 바람에 시달리니 어찌 머물 수 있으리오?
> 선생이 뼈를 묻은 이치는 무엇이던가?
> 대낮에 칼에 찔려 죽는 것도 피하지 못했거늘
> 세상 사람들은 여전히 『장서(葬書)』의 말을 믿고 있구나.
> 氣散風沖那可居, 先生埋骨理何如.
> 日中尙未逃兵解, 世上人猶信葬書.*

이건 어느 옛사람이 곽박의 묘를 조문하고 지은 시이지요. 제가 제일 싫어하는 게 요즘 풍수가들이 곽박의 설을 사칭해서 걸핏하면 '이 땅에서는 정갑(鼎甲)*이 나고, 장원 급제하는 후손이 난다'고 지껄이는 겁니다. 선생님, 장원이란 명칭은 당나라 때 시작된 것인데, 진(晉)나라 사람인 곽박이 어떻게 당 왕조에 이런 호칭이 생길 줄 알고 미리 법칙을 세워서 이러저러한 땅에서는 이런 장원이라는 게 나올 것이라고 했겠습니까? 이건 정말 배꼽 잡을 소리가 아닙니까? 만약 옛사람들이 땅의 풍수를 보고 작위나 벼슬을 미리 알 수 있었다고 한다면, 회음후(淮陰侯) 한신(韓信)*이 모친을 장사 지낸 경우를 한번 보십시오. 한신은 높고도 널찍한 땅을 골라 어머니의 무덤을 썼지만, 회음후라는 존귀한 지위에 봉해졌다가도 3족 멸문의 화를 피할 수 없었으니, 이게 길한 것입니까 아니면 흉한 것입니까?

더 가소로운 것은 그런 속인들이 우리 명나라의 효릉(孝陵)*을 두고 그 땅을 청전 선생(靑田先生)*께서 직접 골랐다고 말하는 겁니다. 청전 선생은 당대(當代)의 훌륭한 현인으로, 병농(兵農)과 예악을 비롯한 모든 방면에 대해 공부하고 글 쓰느라 하루도 쉴 틈이 없으셨는데 무슨 여가가 있어 땅을 보러 다녔겠습니까? 홍무제께서 즉위하실 때 자손만대 번영할 길한 땅을 얻으려고 풍수가를 시켜서 고른 것인데, 그게 청전 선생과 무슨 상관이 있단 말입니까!"

여특이 지균의 말을 듣고 말했다.

"선생님의 말씀을 들으니 실로 닫혔던 눈과 귀가 탁 트이는 것 같소이다!"

그러자 무서가 말했다.

"추호의 어긋남도 없이 옳으신 말씀입니다. 몇 해 전 이곳 남경에서 기이한 일이 하나 있었지요. 여러분, 들어보십시오."

무서가 이렇게 이야기를 꺼내자 여특이 말했다.

"어서 들려주십시오."

"여기 남경 하부교 시가항(施家巷)에 있는 시 어사 댁의 일입니다."

그러자 지균이 말했다.

"시 어사 댁 일이라면 나도 대강 들었네만, 자세한 사정은 모르네."

무서가 말을 이었다.

"시 어사 댁은 형제가 두 분입니다. 동생인 시 선생은 형만 진사에 급제하고 자기는 급제하지 못하자, 모두 어머님의 묏자리를 잘못 써서 큰아들만 출세하고 둘째는 출세를 못하는 거라며, 풍수가 하나를 집안에 모셔 놓고 하루 종일 이장할 일만 상의했습니다. 시 어사께서는 매장한 지 너무 오래됐으니 이장은 안 된다며 무릎을 꿇고 울면서 말렸지만, 시 선생은 반드시 이장하겠다고 고집을 부렸지요. 그 풍수가는 또 이런 말로 겁을 주었답니다.

'만약 묘를 옮기지 않으면 작은 나리는 벼슬길에 나가지 못할 뿐 아니라 눈도 멀게 될 겁니다.'

이랬다나 봐요.

시 선생은 그 말을 듣고 더 초조해져서 풍수가에게 온 사방을 뒤져 좋은 땅을 찾아내게 했지요. 시 선생은 집에 풍수가를 하나 모셔 놓고도 밖에서 또 여러 풍수가와 가까이 지냈어요. 그래서 자기 집 풍수가가 묏자리를 찾아오면 밖의 다른 풍수가들에게 그 땅을 봐달라고 했답니다. 그런데 이 풍수가들의 이론이란 게 아비의 말을 아들이 비웃고 아들의 말을 아비가 비웃는 꼴이어서, 절대 의견이 서로 일치하는 경우가 없지요. 땅을 하나 찾아냈다 싶으면 다른 풍수가가 '쓸 만한 땅이 아니다' 라고 엎어 버리니, 집에 있던 이 풍수가는 속이 달아 죽을 지경이었지요. 그러다 또 땅 한 군데를 추천하면서 이번엔 그 땅 주변에 사는 친척 한 명을 매수하여 이렇게 말하게 했지요.

'꿈에 봉황 장식이 달린 관〔鳳冠〕에 화려한 예복〔霞帔〕을 입으신 노마님을 뵈었는데, 이 땅을 가리키면서 여기 묻으라고 하셨습니다.'

이번 땅은 어머님께서 직접 고르신 거라니까 다른 풍수가들도 더 이상 토를 달지 못했고, 시 선생은 자기 고집대로 그곳으로 이장하기로 했습니다. 이장하던 날, 시 어사 형제는 무덤 앞에 무릎을 꿇고 앉아 있었지요. 드디어 무덤을 열고 관이 드러나는 순간, 무덤 속에 갇혀 있던 뜨거운 기운이 위로 솟구쳐 훅 올라왔는데, 그게 바로 시 선생의 눈에 정통으로 부딪히는 바람에 시 선생은 그만 그 자리에서 두 눈이 멀어 버리고 말았답니다. 그런데 시 선생은 이 풍수가를 보고 과거와 미래의 일을 꿰뚫어보는 살아 있는 신선이라며 전보다 훨씬 더 맹신하게 되었답니다. 나중엔 사례금으로 은자 수백 냥을 두둑이 주었다지요."

여특이 말했다.

"우리 고향에서도 다들 걸핏하면 이장하길 좋아하지요. 여보게, 소경, 동생이 보기에 이런 일은 옳은 일인가?"

"제 생각을 간단명료하게 말씀드리면 이렇습니다. 이 일에 대해서는 조정에서 이장에 관한 법을 만들어야 합니다. 이장을 원하는 모든 사람들에게 관련 아문에 신청서와 풍수가의 보증서를 첨부해서 제출하게 하는 거지요. 보증서에는 관이 물에 몇 자나 잠겼는지, 개미가 몇 말 몇 되나 들끓는지 적어 내는 겁니다. 그리고 무덤을 열었을 때 보증서의 내용대로라면 괜찮지만, 만에 하나 물이 차고 개미가 있다고 했는데 파 보니까 그렇지 않다면, 무덤을 팔 때

망나니〔劊子手〕를 데려가 그 빌어먹을 풍수쟁이 놈의 머리를 단칼에 베어 버리자는 겁니다. 그리고 이장하려 했던 자에게는 자손이 아비와 조상을 죽이려 한 죄에 해당하는 형을 적용하여 즉각 능지처참해야 하고요. 그러면 이 악습도 차츰 수그러들 것입니다."

두의의 말이 끝나자 여특과 지균, 무서 세 사람은 일제히 손뼉을 치며 말했다.

"말씀 한번 통쾌하게 하셨습니다! 자, 큰 잔으로 한잔하십시다!"

또 술을 몇 잔 먹고 난 뒤, 여특은 탕주가 가정교사로 부른 이야기를 들려주고 나서, 웃으며 말했다.

"무부(武夫)의 짧은 식견이 그 정도밖에 더 되겠습니까?"

그러자 무서가 말했다.

"무부 군인 중에 교양과 재주가 높은 사람도 있긴 있습니다."

무서는 소채 이야기를 자세히 들려주고 나서, 두의에게 말했다.

"두 선생님, 그 두루마리를 꺼내서 여 선생님께 보여 드리지요."

두의가 소채의 두루마리를 가지고 나오자, 여특은 그것을 펼쳐 그림과 우육덕 등 몇몇 사람이 쓴 시를 보았다. 다 보고 나자 그는 주홍도 오른 김에 각각의 시마다 운에 맞춰 창화시(唱和詩)를 지었다. 세 사람은 그 시들을 보고 감탄해 마지않았다. 그날은 밤 깊도록 술을 마셨고, 여특은 사흘 내내 두의의 집에서 묵었다.

사흘째 되던 날, 오하현의 오리 장수가 편지를 한 통 들고 와 전하며 여씨 댁 둘째 나리가 큰 나리께 드리는 것이라고 했다. 여특은 편지를 뜯어보더니 얼굴이 흙빛으로 변했다. 그런데 이 일로 인해 다음과 같은 새로운 이야기가 생겨난다.

형제가 서로 도와
실로 형제간의 정리를 다하고,

친구끼리 서로 밀어주며
또한 한 마음 한 뜻의 우의를 보이네.
弟兄相助, 眞耽式好之情.
朋友交推, 又見同聲之誼.

도대체 편지에 무어라 적혀 있었을까? 이에 대해서는 다음 회를 들어 보시라.

제45회

우애가 돈독한 여지는 형을 대신해 죄를 받고,
풍수를 논하던 여특은 집에 돌아와 부모를 장사 지내다

여특은 집에서 온 편지를 가져와 두의에게 건네주었는데, 적혀 있는 내용은 대략 다음과 같았다.

지금 사건이 하나 생겨서 이곳에서 처리 중이니, 형님께선 절대로 집에 돌아오시지 마십시오. 듣자 하니 지금 소경 아우 집에 머물고 계신다고 하던데, 그곳에서 마음 편히 지내시는 게 제일 좋겠습니다. 이 일이 마무리되는 대로 모시러 갈 테니, 그때 돌아오도록 하십시오.

여특이 말했다.

"이게 대체 무슨 일일까?"

"둘째 형님께서 말씀을 안 하시려 하는 이상 지금으로선 형님께서 알아낼 길이 없지요. 여기 잠시 머물고 계시면 자연히 알게 될 겁니다."

여특은 동생에게 답신을 썼다.

대체 무슨 일인가? 속히 상세한 사정을 적어 보내, 내가 걱정하지 않도록 해 주게. 내게 알리려 하지 않는다면 도리어 내 속이 타 죽을 지경이 될 걸세.

오리 장수가 답신을 들고 오하현으로 돌아가 여지에게 전했다. 그때 여지는 현에서 나온 차인과 한창 이야기를 나누는 중이었다. 그는 편지를 받자 오리 장수를 돌려보내고 차인에게 말했다.

"관아의 소환장에는 주범이 나라고 하는데, 나는 무위주에는 간 적도 없소이다. 그런데 왜 내가 당신을 따라가야 한단 말이오?"

"당신이 거길 갔었는지 아닌지 누가 알겠습니까? 공무를 집행하는 우리 같은 사람은 소환장에 쓰인 대로 사람만 찾아내면 그만입니다. 우리 아문에서 강도나 도둑을 잡아들여 주리를 틀어 대도 그놈들이 어디 순순히 자백을 합디까? 자기가 했다고 사실대로 부는 놈이 어디 있겠어요?"

여지는 별 수 없이 차인을 따라 나섰다. 현 아문으로 간 여지는 청당(廳堂)에서 지현을 만나자 무릎을 꿇고 아뢰었다.

"저는 줄곧 집에만 있었지 무위주에는 가 본 적도 없습니다. 나리께서 심판하시는 그 일에 대해 저는 정말 아무것도 모릅니다."

"자네가 거기에 갔었는지 여부야 나도 알 수 없네만, 지금 무위주에서 온 체포 영장이 여기 있지 않은가? 자네는 계속 간 적이 없다고 하는데, 그럼 자네가 직접 이걸 읽어 보게."

지현은 책상 위에서 붉은 인장이 찍힌 공문서 한 통을 들어 옆에 선 아전〔值堂吏〕*에게 주며 여지에게 보여 주라고 했다. 여지가 받아들고 읽어 보니 문서엔 이렇게 쓰여 있었다.

심사를 받고 탄핵된 무위주 지주의 뇌물 수수 사건 중에 공생 여지가 돈을 받았던 사실이 있다. 여지는 오하현 사람으로……

여지는 다 읽고 나서 이렇게 말했다.

"제 말이 사실이란 걸 나리께서도 잘 아실 수 있을 겁니다. 이 공문엔 '공생 여지'를 내놓으라 하는데, 생원에서 공생이 되자면 적어도 10년은 걸려야 되지 않겠습니까?"

여지는 이렇게 말하며 문서를 돌려주고 몸을 돌려 나가려고 했다. 그러자 지현이 말했다.

"여 생원, 너무 그리 서두르지 마시게. 자네가 방금 한 말이 무슨 뜻인지는 나도 잘 알겠네."

그리고 지현은 예방(禮房)의 아전을 불러 물었다.

"우리 현에 여지라는 이름의 다른 공생이 있느냐?"

예방의 당직 서판이 아뢰었다.

"여씨 댁에 공생이 있긴 합니다만, 여지라는 사람은 없습니다."

그러자 여지가 다시 아뢰었다.

"그럼 이 문서는 허공 속의 바람이나 그림자를 잡으라는 격이로군요."

여지가 일어나 다시 나가려고 하자 지현이 말했다.

"여 생원, 일단 돌아가서 이런 사정을 적어서 자네의 결백을 탄원하는 문서를 한 장 만들어 오게. 그럼 내가 자네가 범인이 아니라고 회답을 보내겠네."

여지는 그러겠노라 대답하고 아문을 나가 차인과 함께 찻집에 들어갔다. 차를 다 마시고 일어나 나가려고 하는데, 차인이 그를 붙잡으며 말했다.

"여 선생, 어딜 가시려고요? 꼭두새벽부터 죽도 한 숟가락 못 먹고 선생 집에서 여기까지 발품을 팔았어요. 천자의 공무를 보더라도 이렇게 지독하진 않을 겁니다. 세상에, 내가 지금 또 선생과 함께 가야 된단 말입니까?"

"자네 나리께서 나더러 탄원서를 쓰라고 했네."

"방금 청당에서 스스로 생원이라고 하지 않았나요? 생원이라면 1년 내내 남을 위해 글을 쓰는 사람이지만, 자기 일로 글을 써야 할 때는 남에게 부탁해야 합니다. 이 찻집 뒤쪽 건너편이 바로 선생 같은 생원들에게 고소장을 대신 써 주는 곳이니, 쓰려거든 거기로 가 보시구려."

여지는 하는 수 없이 차인과 함께 찻집 뒤쪽으로 갔다. 차인이 안을 들여다보며 누군가에게 이렇게 말했다.

"여기 여 선생께서 탄원서를 내시겠다고 하니, 자네가 좀 대신 써 주게. 이 양반이 초고를 쓰면 자네가 단정한 글씨로 베껴 쓰고 도장을 찍어 주면 되네. 이 양반이 돈을 안 주면 나라도 뒤집어써야지 뭐! 어제 그 사건에 관련된 놈은 객점에 갇혀 있으니, 내가 가서 한번 만나 보고 오겠네."

여지가 양손을 모아 대서인(代書人)에게 인사를 하고 보니, 책상 옆 걸상에 누군가가 앉아 있었다. 그는 다 해진 두건을 쓰고 낡아빠진 도포에 밑창이 닳아 떨걱떨걱 박자를 맞춰 소리를 낼 것 같은 신을 신고 있었다. 가만 보니 현에서 남의 송사에 끼어들어 돈을 갈취해서 먹고 사는 당삼담(唐三痰)이란 작자였다. 당삼담은 여지를 보고 말을 걸었다.

"여 선생이시군요! 좀 앉으시지요."

여지가 자리에 앉으며 말했다.

"당삼 형, 일찍 나왔구려."

"이게 뭐 이르다고 할 수 있나요. 아침 일찍 방씨 댁 여섯째 나리하고 국수를 먹고, 성을 나가시는 그분을 전송하고 나서야 여기로 온 걸요. 선생의 사건도 제가 다 알고 있습니다."

당삼담은 여지를 한쪽 구석으로 끌고 가더니 조용히 말했다.

"여 선생, 선생의 그 사건이 지금은 어명으로 내려온 것이 아니지만, 장차 그렇게 될 게 뻔합니다. 선생의 형님께서 남경에 계신 걸 모르는 사람이 어디 있습니까? 자고로 '현지의 판결문은 무쇠를 두른 통과 같다(地頭文書鐵箍桶)'고, 모든 재판에선 현지의 최고 책임자가 내린 결정이 제일로 중요합니다. 그런데 지금 이 현의 최고 책임자인 지현께선 팽씨 댁에서 하자고 하면 뭐든 그대로 받들어 모시지요. 허니 선생도 얼른 팽씨 댁 셋째 나리께 가서 상의를 하는 게 좋을 겁니다. 그 집안사람들이 모두 막되게 굴긴 해도, 셋째 나리만은 그래도 덕망이 높으신 분입니다. 지금 선생이 급한 상황에서 도움을 청하러 간다면 그 양반도 평소 선생이 자신을 알아 모시지 않았다 해서 쩨쩨하게 굴지는 않으실 겁니다. 그 분은 도량이 아주 넓으신 분이니 안심하고 가 보셔도 됩니다. 혼자 가기가 뭣하면 제가 같이 가 드릴 수도 있고요. 사실 말이야 바른 말이지, 선생 형제분들이 여기 향리의 몇몇 어르신들하고 평소에 관계를 잘 맺어 놓으셨어야죠. 이게 다 선생의 형님께서 너무 고고하게 굴어서 그런 겁니다. 문제가 생기고 나니까 의지할 데 하나 없지 않습니까?"

여지가 대답했다.

"그렇게 관심을 가져주니 고맙네. 하지만 지금 현 나리께서 탄원서를 내보라고 하셨으니, 그 일은 일단 이 문서를 올려서 지현께서 상부에 회답을 보내시고 난 다음에 생각해 보세."

"그러시지요. 그럼 제가 탄원서 쓰시는 걸 봐드리겠습니다."

여지는 곧바로 문서를 작성해 현 아문으로 들여보냈다. 지현은 서판을 시켜 그가 올린 문서 내용에 따라 회신을 작성해 무위주로 보내게 했다. 서판이 회신을 써 준 대가로 많은 돈을 요구했음은 더 말할 필요도 없다.

그로부터 보름이 지난 후 다시 회답이 내려 왔는데, 이번엔 사건 상황이 아주 분명하게 적혀 있었다.

중범 여지는 오하현의 공생이며 중간 정도의 키에 얼굴은 희고, 수염이 성글고, 나이는 쉰 살 남짓 되었다. 그자는 4월 8일 무위주 성황묘 숙소에서 풍영을 만나 얘기를 나누면서 살인 사건을 관부에 알리지 않고 사사로이 해결지어 주기로 담합하고, 11일 주 아문에 들어가 풍영에게 유리하게 중재를 해 주었다. 이어서 16일에 심문 진술서에 대한 심사가 종결된 후, 풍영은 술상을 준비해 성황묘에 보냈다. 풍영이 뇌물로 은 4백 냥을 냈고, 그것을 3인이 균등하게 나누어 여지는 133냥 남짓을 수뢰했다. 28일 주 아문을 떠나, 남경을 거쳐 오하현 본적지로 돌아갔다. 뇌물을 수뢰한 증거가 확실한데 어떻게 그런 사람이 없다고 발뺌할 수 있단 말인가? 이 사안은 법의 존엄에 관련된 일이고 살인 사건은 죄가 무거우니, 귀 현에서는 이 문서에 적힌 바에 따라 사건을 잘 조사하여 속히 해당 범인을 주 아문으로 압송해서 사건을 종결시킬 수 있도록 하라.

속히 시행하라!

지현은 이 공문을 받고 다시 여지를 불러 회신에 대해 말해 주며 어찌 된 일인지 물었다. 그러자 여지가 말했다.

"이렇게 되면 지난번보다도 더 잘 변호할 수 있습니다. 다시 상세한 탄원서를 써서 올리겠사오니 나리께서 잘 처리해 주십시오."

여지는 이렇게 말하고 집으로 돌아와 탄원서를 썼다. 처남 조인서(趙麟書)가 말했다.

"자형, 이번 일은 이렇게 해선 안 될 것 같습니다. 그 일은 사돈 나리께서 하신 일이 분명하니 눈송이 떨어지듯 이리저리 계속 공문이 내려올 텐데, 자형은 어쩌자고 그걸 혼자 떠맡으려 하십니까? 차라리 사실대로 탄원서를 써서 지금 사돈 나리께서 남경에 있다고 하고 공문을 그리로 보내게 하면, 자형께서는 완전히 무사하실 게 아닙니까? '아이가 울지 않으면 젖도 불지 않는다(娃子不哭奶不脹)' 고 하는데 왜 남의 관을 자기 집 문 앞에 갖다놓고 곡을 하고 계십니까?"

"이보게, 처남, 우리 형제 일은 내가 다 알아서 할 테니 괜한 걱정 마시게."

"저니까 이런 말을 하는 겁니다만, 사실 사돈 나리께서 평소 성격이 좋지 않다 보니 밉보인 사람이 한둘이 아닙니다. 인창전(仁昌典) 방씨 댁 셋째 나리나 인대전(仁大典) 방씨 댁 여섯째 나리만 보더라도 그래요. 두 분 다 우리 오하현 인근에서는 누구나 알아주는 쟁쟁한 향신이요, 왕 지현 나리조차 그분들과 한 통속인데 유독 사돈 나리만 그 양반들에게 미움 받을 소리를 골라 하신단 말씀이에요. 요 며칠 전에 방씨 댁 둘째 나리와 이번에 진사에 급제하신 팽씨 댁 다섯째 나리가 사돈을 맺었는데, 듣자 하니 왕 지현께서 중매를 서셨다는군요. 혼사 일은 내달 초사흘로 잡혔고요. 그날 잔치 자리에서 분명 이번 일이 화제가 될 텐데, 팽씨 댁 다섯째 나리께서 대놓고 자형 형님의 잘못이라고 말하진 않겠지만, 그런 뜻을 설핏 내비치기만 해도 왕 지현께선 당장 알아들으실 거란 말입니다. 그때 가서 왕 지현께서 화를 내며 자형이 형님의 죄를 은폐했다고 추궁하시면 그걸 다 어떻게 감당하시려고 그러세요! 차라리 제 말대로 하시지요."

"일단 다시 한 번 탄원서를 내보겠네. 그러고도 저쪽에서 채근이 심하면, 그때 가서 사실대로 말해도 늦지 않아."

"더 이상 그러지 마시고 팽씨 댁 다섯째 나리께 가서 부탁해 보세요."

그러자 여지가 웃으며 대답했다.

"어쨌든 좀 더 기다려 보세."

조인서는 그가 자기 말을 듣지 않자, 집으로 돌아갔다.

여지는 다시 탄원서를 써서 현 이문으로 갔다. 현에서는 그의 탄원서에 따라 다음과 같이 회답을 써서 보냈다.

귀 주에서 다음과 같은 공문을 발송했다.

"중범 여지는 오하현의 공생이며 중간 정도의 키에, 얼굴은 희고, 수염이 성글고, 나이는 쉰 살 남짓 되었다. 그자는 4월 8일 무위주 성황묘 숙소에서 풍영(風影)을 만나 얘기를 나누면서 살인 사건을 관부에 알리지 않고 사사로이 해결지어 주기로 담합하고, 11일 주 아문에 들어가 풍영에게 유리하게 중재를 해 주었다. 이어서 16일에 심문 진술서에 대한 심사가 종결된 후, 풍영은 술상을 준비해 성황묘에 보냈다. 풍영이 뇌물로 은 4백 냥을 냈고, 그것을 3인이 균등하게 나누어 여지는 133냥 남짓을 수뢰했다. 28일 주 아문을 떠나, 남경을 거쳐 오하현 본적지로 돌아갔다. 뇌물을 수뢰한 증거가 확실한데 어떻게 그런 사람이 없다고 발뺌할 수 있단 말인가? 이 사안은 법의 존엄에 관련된 일이고 살인 사건은 죄가 무거우니……"

본 현에서는 이 공문을 수령하고, 그에 따라 즉시 지목된 인물을 체포하여 조사를 실시했다. 그의 자술서에 따르면 사정은 다음과 같다.

"생원 여지는 키가 중간 정도이고, 얼굴이 얽었으며, 수염이 듬성듬성 났고, 나이는 마흔네 살이다. 그는 늠선생원(廩膳生員)

으로서 아직 공생이 되지 못했다. 올해 4월 8일에 학정께서 봉양에 오시어 9일에 사당에 분향하고, 10일에 방을 걸어 공지한 뒤, 11일에 8현 현학 생원들에 대한 시험을 치렀는데 생원 여지는 이 시험에 응시했다. 15일에는 세 번째 시험인 복시에 응시할 수 있게 합격했다. 다음 날 여지는 다시 복시를 치렀고 1등급의 2등으로 합격했다. 그는 24일 학정께서 출발하시는 것을 전송한 후 본적지로 돌아와 학업을 계속하고 있다. 그런데 어찌 한 사람이 봉양에서 시험을 치르는 동시에 또 무위주에서 수뢰를 할 수 있었겠는가?"

본 현에서는 이상의 자술을 받은 즉시 본 현학의 학생 명부와 대조한 결과, 지목된 생원은 봉양에서 시험에 응시한 것이 확실하고 무위주에 가서 수뢰한 적이 없기에 그를 압송할 수 없다. 아마도 다른 현의 불한당이 여지의 이름을 사칭한 것으로 보인다. 합당하고 실질적인 증거에 근거하여 사실 그대로 회답하니, 귀 주에서는 다른 곳에서 범인을 찾아 사건을 종결짓기 바란다.

이 회답을 보낸 뒤로 저쪽에서는 더 이상 아무런 말이 없었다. 여지는 일이 잘 해결되었다 싶어 안심하고 형에게 돌아오라는 편지를 썼다. 여특은 집으로 돌아와 그간의 자초지종을 자세히 듣고 나서 동생에게 말했다.

"나 때문에 자네가 고생을 많이 했네그려."

이어서 이렇게 물었다.

"그간 아문에 쓴 은자가 모두 얼마인가?"

"그런 건 신경 쓰실 필요 없습니다. 형님께서 가져오신 은자로 부모님 장례를 치르면 그걸로 된 거지요."

그로부터 며칠 후 형제는 상의하여 지관(地官) 장운봉(張雲峰)

을 찾아가 부탁하기로 했다. 마침 친척 하나가 술자리에 초대해서, 형제는 장운봉을 만난 뒤 곧장 그 집으로 갔다. 그 집에서는 친척 외에 다른 사람은 청하지 않아서 여부(余敷)와 여은(余殷)이라는 종형제 두 사람만이 와 있었다. 두 사람은 여특 형제가 온 것을 보고 서둘러 정중하게 인사를 했다. 서로 자리를 권해 앉은 뒤 이런저런 세상 돌아가는 얘기를 했다.

여부가 말했다.

"오늘 왕 지현께선 팽씨 댁 둘째 어른 댁에서 술을 드신답니다."

그러자 말석에 앉은 주인이 대꾸했다.

"아직 도착하시지 않았을걸요? 풍수쟁이가 이제 막 명첩을 가지고 갔으니까요."

여은이 말했다.

"팽씨 댁 넷째 어른이 이번에 수석 시험관이 되신답니다. 듣자하니 지난번에 조정에서 물러나오면서 대답을 한마디 잘못하는 통에 황제 폐하께 한 대 얻어맞았다고 하던데요."

그러자 여특이 웃으며 말했다.

"그 사람이 무슨 말실수를 했을 리도 없지만, 설사 실수를 했다손 쳐도 폐하께선 그 사람에게서 한참 멀리 떨어진 곳에 계셨을텐데 어떻게 몸소 때리실 수 있었겠나?"

이 말에 얼굴이 벌게진 여은이 대답했다.

"그게 그렇지 않습니다! 그분은 이제 관직이 높아져서 한림원 대학사에다 태자궁의 일도 돌보기 때문에 매일 조정의 대전 난각(暖閣)에 서서 국사를 논의하고 계십니다. 그러니 대답을 잘못하면 당연히 폐하께서 때릴 수 있으시죠! 설마 폐하께서 그분을 두려워하시겠습니까?"

그러자 말석에 앉은 주인이 끼어들었다.

"큰형님, 지난번 남경에 가셨을 때 응천부윤께서 경사에 들어가셨다는 얘기 들으셨습니까?"

여특이 미처 대답할 새도 없이 여부가 말했다.

"그 일도 팽씨 댁 넷째 어른께서 상주하신 겁니다. 황제 폐하께서 어느 날인가 응천부윤을 바꿔야 할 때가 되지 않았느냐고 물으셨답니다. 그때 넷째 어른께서 당신과 같은 해 과거에 급제한 탕주라는 분을 추천하고 싶어서, 그럴 때가 되었다고 대답했지요. 하지만 현 부윤에게 원망을 사고 싶지도 않아서 은밀히 편지를 보내 부윤더러 직접 황제 폐하의 알현을 청하게 하셨지요. 그래서 부윤이 경사에 올라가게 된 것이랍니다."

여지가 말했다.

"고관들의 경질 문제는 한림원 아문에서 관여할 수 있는 일이 아닐세. 그 얘기는 믿기 어렵구먼."

그러자 여은이 말했다.

"저번에 왕 지현께서 인대전에서 약주를 하시면서 직접 말씀하신 거니까 틀림없는 일이지요!"

이야기가 끝나자 술상이 준비되었다. 아홉 가지 요리가 차려졌는데, 야채를 넣은 돼지고기 볶음과 잉어 구이, 넓적한 당면〔片粉〕과 함께 무친 닭고기, 달걀 볶음, 파를 넣고 볶은 새우, 볶은 수박씨, 인삼과(人參果), 석류와 마른 두부 등이 한 접시씩 놓여 있었다. 밀봉해 두었던 술도 한 항아리 따끈따끈하게 데워서 내왔다.

한참 술과 음식을 먹고 있는데, 주인이 안으로 들어가더니 붉은 천으로 만든 주머니를 하나 들고 나왔다. 그 안에는 작은 흙덩이가 몇 개 담겨 있고 붉은 실로 묶여 있었다. 주인이 여부와 여은에게 말했다.

"오늘 두 동생을 부른 것은 다름이 아니라 산에서 가져온 이 흙을 좀 봐주었으면 해서일세. 쓸 만한지 모르겠네?"

그러자 여지가 말했다.

"이 흙은 언제 떠 온 것입니까?"

"그제 가져온 것입니다."

여부가 주머니를 열어 꺼내 보려고 하자, 여은이 얼른 낚아채며 말했다.

"제가 먼저 봅시다."

여은은 재빨리 주머니를 빼앗아 흙덩이를 조금 집어 눈앞에 놓고는 한참 동안 고개를 오른쪽으로 갸웃, 왼쪽으로 갸웃거리면서 들여다보았다. 그러더니 손가락으로 흙덩이를 비벼 입 안에 털어 넣고, 입술을 한쪽으로 삐죽거리면서 열심히 씹기 시작했다. 그렇게 한참 씹은 뒤 큰 덩이를 여부에게 건네주며 말했다.

"넷째 형님 보시기엔 어떤 것 같습니까?"

여부는 흙을 받더니 등불 아래로 가져가 이리 돌려서 한참 동안 들여다보고, 또 반대로 돌려서 한참 동안 들여다보았다. 그리고 그도 흙덩이를 비벼서 입에 넣고는 입을 다물고 눈을 감은 채 천천히 씹기 시작했다. 아주 한참을 그렇게 씹고 앉아 있더니 눈을 번쩍 뜨고, 이번엔 흙에 코를 바짝 갖다 대고 냄새를 맡기 시작했다. 또 그렇게 열심히 냄새만 맡고 있더니 한참 만에 입을 열었다.

"이 흙은 사실 별로 좋지 않습니다."

그러자 당황한 주인이 다그쳐 물었다.

"이 땅에 묘를 써도 괜찮을까?"

여은이 대답했다.

"안 됩니다. 그러면 온 집안이 분명 쪽박을 차게 될 겁니다!"

이 말을 들은 여특이 말했다.

"내가 근래 10여 년 동안 집을 떠나 있었는지라, 두 아우님께서 이렇게까지 풍수지리에 정통한 줄은 몰랐네그려."
여부가 말했다.
"솔직히 말씀드려서, 큰형님, 저희 형제가 봐준 땅은 요만큼도 뒷말이 없었습니다!"
"이 흙은 어디에서 가져온 겐가?"
여특의 물음에 여지가 주인을 가리키며 대답했다.
"저 아우의 선친인 넷째 숙부의 무덤에서 가져온 것인데, 이장을 하려는 모양입니다."
여특이 손가락을 꼽아 보며 말했다.
"넷째 숙부시라면 매장한 지 20년이 넘었고, 그간 집안도 모두 편안했으니 꼭 이장하지 않아도 될 것 같네만?"
그러자 여은이 말했다.
"큰형님, 그 무슨 당치 않은 말씀이세요! 지금 그 묘엔 물이 차고 개미까지 득실거리고 있어요. 자식이 된 몸으로 부친을 물구덩이, 개미소굴에 두고 이장해 드리지 않는다면 사람도 아니지요!"
여특이 말했다.
"그럼 이번에 새로 찾은 묏자리는 어딘가?"
"예전에 쓴 저 묘지 자리는 저희가 찾은 게 아닙니다. 저희가 찾은 자리는 삼첨봉(三尖峰)에 있습니다. 그 지세가 어떤가 하면 말입니다."
여은은 이렇게 말하며 상 위의 접시 두 개를 치우고, 손가락을 항아리에 든 술에 적셔 상 위에다 동그라미를 그려 놓고 그걸 가리키며 말을 이어갔다.
"보세요, 큰형님, 이게 삼첨봉인데, 아주 멀리서부터 지맥을 따라 뻗어왔습니다. 이 지맥은 포구산(浦口山)에서 시작되어 여기에서 큰 봉우리〔墩〕로 솟았다가 여기 작은 봉우리〔炮〕를 만들고, 다시 또 여기 큰 봉우리와 작은 봉우리를 만들지요. 이렇게 구불구불 이어지면서 데구루루 굴러가듯 계속 뻗어나가고 있어요. 그리고 그 지맥이 이렇게 우리 현의 주가강(周家岡)에 이르면 용이 꿈틀꿈틀 아래로 내려가듯 계곡을 만들었다가 다시 큰 봉우리와 작은 봉우리를 만들지요. 거기에서 다시 울룩불룩 수십 개의 작은 봉우리가 빼곡히 이어지면서 묏자리 지세를 하나 만들고 있습니다. 이런 모양의 묏자리를 두고 '물위로 나온 연꽃(荷花出水)' 라고 하지요."

한창 이렇게 떠들고 있는데 하인이 국수 다섯 그릇을 들고 나왔다. 주인은 손님들에게 식초를 넣으라고 권하며, 야채를 넣어 볶은 돼지고기를 듬뿍 집어 국수 위에 올려 주었다. 사람들이 모두 젓가락을 들고 먹기 시작했다. 여은은 거의 다 먹고 나자 국수 두 가닥을 건져내 상 위에다 구불구불한 용의 모양을 만들어 놓고는, 눈을 크게 뜨며 말했다.

"우리가 고른 이 자리는 장원 급제자를 낼 터입니다. 여기에 묘를 쓰고 나서 1갑의 2등으로만 합격하더라도 제가 터를 잘못 본 것이니, 제 이 두 눈을 확 뽑아 버려도 됩니다!"

그러자 주인이 말했다.

"거기에 묘를 쓰면 출세는 따 놓은 당상이겠지요?"

여부가 말했다.

"당연하지요! 출세하고말고요! 3년이나 5년까지 기다릴 것도 없습니다!"

여은이 맞장구를 쳤다.

"이 땅의 힘을 빌면 금방 출세하게 되지요. 묏자리를 쓰자마자 얼마나 잘한 일인지 알게 되실 겁니다!"

그러자 여특이 말했다.

"전에 내가 남경에 있을 때 몇몇 친구들이 하는 말이, 묏자리는 부모님만 편히 모시면 되는 것이지 자손이 출세하고 어쩌고 하는 것은 다 뜬구름 잡는 허망한 얘기라더군."

여부가 말했다.

"아뇨, 그게 그런 게 아니죠! 부모가 정말 편안하시다면 자손들이 잘 되지 않을 리 있겠습니까?"

여은도 말했다.

"맞습니다. 팽씨 댁의 무덤 가운데 하나는 말입니다, 공교롭게도 용의 발 하나가 선친의 왼쪽 어깨 위에 얹힌 모양이라 이겁니다. 그래서 지난번에 팽씨 댁 넷째 나리께서 황제 폐하께 한 대 얻어맞게 된 거지요. 황제 폐하의 손이면 용의 발이 아니겠습니까? 못 믿겠으면, 큰형님, 내일 저랑 같이 그 무덤에 한번 가 봅시다. 그럼 형님도 믿게 되실 겁니다."

이런 이야기를 나누며 술을 몇 잔 더 마신 뒤, 다 함께 일어서 주인에게 폐를 많이 끼쳤다며 작별 인사를 했다. 하인이 등불을 밝혀들고 여가항까지 배웅했고, 각자 집으로 돌아가 쉬었다.

이튿날 여특은 동생 여지를 불러 상의했다.

"어제 그 두 형제의 말이 어떻던가? 일리가 있는 것 같던가?"

"듣기에만 그럴싸할 뿐이지요. 스승을 모시고 제대로 배운 것도 아닌걸요. 아무래도 장운봉에게 상의해야 할 것 같습니다."

"옳은 말일세."

그리고 그 다음 날 여씨 형제는 술상을 준비해서 장운봉을 청했다. 장운봉이 말했다.

"예전부터 하는 일마다 두 분의 은혜를 많이 입었지요. 그런데 이번에 선친의 대사를 제게 맡겨 주셨으니 어찌 최선을 다하지 않겠습니까?"

그러자 여특이 말했다.

"저희 형제는 가난한 선비인데 고맙게도 운봉 선생께서 호의를 베풀어 주시는군요. 대접이 다소 소홀하더라도 너그러이 용서해 주십시오."

여지도 말했다.

"저희는 그저 부모님의 영구를 잘 매장할 수 있기만 바라는지라 이렇게 장 선생께 부탁드리는 겁니다. 자손에게 부귀영화를 가져다주는 자리 같은 건 따지지 마시고, 그저 땅 속이 마르고 따뜻하며 바람과 개미가 없는 곳만 골라주시면 저희 형제는 더 바랄 것이 없습니다."

장운봉은 그들 형제의 말에 일일이 그렇게 하겠노라 했다. 며칠 뒤 그는 묏자리를 하나 골라왔는데, 선조들의 분묘 바로 옆자리였다. 여특과 여지는 장운봉과 함께 산에 올라가 직접 터를 살펴본 뒤, 땅 주인에게 은자 스무 냥을 주고 묘지를 매입하고, 장운봉에게 매장할 길일을 잡아달라고 부탁했다.

매장 날짜가 아직 잡히지 않고 있던 어느 날, 별다른 일 없이 한가했던 여특은 동생과 둘이서 담소나 나눌 요량으로 술 두 근에 예닐곱 가지 음식을 마련했다. 그런데 이날 저녁 큰길가에 사는 우씨 댁 넷째 공자가 명첩을 보내왔다.

오늘 밤 변변찮은 찬이나마 준비하여 두 분 형님을 저희 집에 모시고 회포를 나누고자 하오니, 부디 물리치지 말아 주십시오.
우양(虞梁) 올림

여특은 명첩을 읽고 나서 심부름을 온 하인에게 말했다.

"알겠네. 주인어른께 곧 간다고 전해 주게."

그렇게 하인을 보내자마자 이번엔 이곳에서 술도가를 운영하는 소주 사람 하나가 사람을 보내 양조장으로 목욕을 하러 오라고 초대하는 것이었다. 여특이 여지에게 말했다.

"이 친구가 우릴 초대했으니 아마 또 술자리가 있는 모양일세. 먼저 능풍(凌風)의 집에 들렀다가 우양에게 가세."

두 형제는 함께 능씨의 집으로 갔다. 문을 들어서자 안에서 시끄럽게 싸우는 소리가 들려왔다. 사실 능풍은 다른 식솔들이 모두 타지에 있는 터라, 전족을 하지 않은 시골 여자 두 명을 고용해 바람을 피우고 있었다. 오하현에는 너나없이 시골 여자를 고용해 데리고 자는 습속이 유행했다. 내로라하는 집안의 번듯한 대청에서 열린 연회석상에서도 모두들 그런 습속을 화제에 올리고 눈이 찢어지게 웃어 대며 즐거워하는데, 그러고도 전혀 부끄럽게 여기지 않았다. 그런데 능씨 집에선 이 여자 둘이 사이가 안 좋아 서로를 의심하기 일쑤였다. 이날도 네가 주인에게 돈을 더 많이 받았다, 아니 그러는 너야말로 더 받은 거 아니냐며 질투를 하다가 싸움이 벌어졌다. 또 서로 좋지 않은 비밀을 들춰내 가게 점원하고 정을 통한 일까지 까발리는 바람에 이번엔 그 점원까지 끼어들어 싸우고 있었다. 부엌에 있는 그릇이며 술잔, 접시를 때려 부수고, 그 큰 발을 내질러 목욕물을 받아놓은 통까지 엎어 버렸다. 여씨 형제는 술도 못 먹고 목욕도 하지 못한 채, 중간에서 뜯어 말리느라 한참을 쩔쩔맨 끝에 주인에게 작별 인사를 하고 나왔다. 주인 능씨는 면목이 없어서 계속해서 죄송하다고 사죄하며, 다음에 다시 청하겠노라 했다.

여씨 형제는 능씨 집을 나와 우씨 집으로 갔으나, 그곳 술자리는 이미 끝나서 대문이 닫혀 있었다. 여특이 웃으며 말했다.

"이보게, 동생, 집에 가서 아까 마시려던 우리 술이나 마저 마시세."

여지도 따라 웃으며 형과 함께 집으로 돌아가 술을 내오라고 했다. 그런데 뜻밖에도 그 술과 요리는 이미 아내들이 다 먹어치우고, 빈 술병과 빈 쟁반만이 남아 있었다! 여특이 말했다.

"오늘 술자리가 세 곳이나 있었는데, 한 곳에서도 먹지 못했네. 그래서 물 한 모금 쌀 한 톨도 이미 정해진 인연이 있다는 게지."

두 형제는 웃으며 절인 야채와 밥으로 간단히 요기를 하고, 차를 몇 잔 마신 뒤 각자 방으로 돌아가 쉬었다.

이렇게 잠이 들었는데 자정이 훨씬 지났을 무렵 대문 밖에서 시끄러운 고함 소리가 났다. 깜짝 놀란 두 사람이 동시에 벌떡 일어나 창밖을 보니 밖이 온통 시뻘겋게 타오르고 있었다. 맞은편 집에서 불이 났던 것이다. 두 사람은 황급히 옷을 걸치고 밖으로 나가 이웃 사람들을 불러 모아 부모님의 영구를 길가로 옮겨 놓았다. 불은 집 두 칸을 다 태우고 날이 밝을 무렵에야 꺼졌다. 영구는 그대로 길에 놓여 있었다. 오하현에선 예로부터 영구가 대문을 나갔다가 다시 집 안으로 들어오면 그 집안은 가난해진다고 여겨왔다. 그래서 친지와 친구들이 보러 와서는 모두들 이왕 이렇게 된 김에 영구를 산으로 옮겨 놓고 길일을 택해 매장하라고 권했다. 그러자 여특이 여지에게 말했다.

"우리가 부모님 묘를 만들려면 제대로 예법을 지켜 선조의 사당에 가서 고하고, 고인의 혼과 작별하는 제례도 올리고 친지와 친구들을 두루 청해 함께 출상해야 마땅하지, 이렇게 소홀히 대충 넘길 순 없지 않은가! 내 생각엔 원래대로 영구를 중당(中堂)에 모셔 놓았다가 길일을 잡아 출관했으면 좋겠네."

"당연한 말씀입니다. 가난으로 굶어 죽게 되더라도 그건 우리 형제가 감당하면 될 테니까요."

자리에 모인 친척, 친구들이 아무리 권해도 듣지 않고 여씨 형제는 사람들을 불러 모아 영구를 집 안으로 들여 중당에 모셔 놓았다. 그리고 장운봉이 길일을 받아 오자 출상하고 분묘를 만들었는데, 모든 일이 예법에 어긋남이 없었다. 매장하는 날에는 현 전체에서 많은 사람들이 출상을 보러 왔고, 천장현 두씨 집안에서도 몇 사람이 참석했다. 그리고 그날 이후 오하현과 이웃 고을에는 "여씨 형제가 갈수록 멍청해지더니, 결국 이런 재앙을 부르는 짓을 저질렀다"는 소문이 파다하게 퍼져 나갔다. 그런데 이 일로 인해 다음과 같은 새로운 이야기가 생겨난다.

더러운 세상 악한 풍속 가운데도
뛰어난 선비 숨어 있고
쌀과 땔나무 세는 곤궁함 넘어
치국의 재능이 따로 있구나.
風塵惡俗之中, 亦藏俊彥.
數米量柴之外, 別有經綸.

대체 이후의 일이 어떻게 되었을까? 이에 대해서는 다음 회를 들어 보시라.

와평

속담에 "맑은 물 마시고 흰 쌀밥 잘 먹고 나서, 괜히 남의 집 일에 참견한다(吃了自己的淸水白米飯, 去管別人家的閑事)"는 말이 있다. 당삼담 같은 부류의 인간은 날이면 날마다 현 아문 어귀에 죽치고 앉아 온갖 얘길 떠들어 대니 도대체 그런 게 자기 먹고사는 일에 무슨 도움이 된단 말인가? 그러면서도 머리가 허옇게 되도록 그런 짓을 그만둘 줄 모르다니! 이런 인간들은 측간의 구더기처럼 이리저리 꿈틀대듯 조급을 떠는 게 마치 무슨 일이 많은 것 같지만 결국 날마다 이런 식일 뿐이다. 그들이 언제 한번 똥통 밖으로 나가 본 적이 있던가!

당삼담은 어차피 상관없는 남이니까 탓할 것도 못된다. 그러나 조인서는 여특의 친지이거늘 어찌 그리 고약하게 군단 말인가! 세간의 경박한 습속을 묘사하면서 먼저 친지들로부터 시작하고 있으니 얼마나 맛깔스런 얘기인가!

당삼담과 조인서는 입만 열면 하나같이 향신 팽씨, 염상 방씨를 들먹이니, 이것이 이 회의 핵심적인 대목이다.

여부와 여은 형제가 하는 말을 보면 그들이 얼마나 무식한지를 알 수 있으니, 풍수학에 대해서야 더 말할 필요도 없다. 이 부분에서 뛰어난 점은 여부와 여은이란 인물이 소리쳐 부르면 금방이라도 책 밖으로 뛰쳐나올 듯 생동적이고, 이들의 바보 같은 형상이 눈에 선하게 묘사되어 있다는 데에 있다.

제46회
삼산문에서 우육덕을 떠나보내고 오하현은 부와 권세에 눈이 멀다

여특은 부모님 장례를 치르고 나서 동생과 상의하여 남경으로 두의에게 인사를 다녀오겠다고 했다. 또 은자를 다 썼으므로 가는 김에 훈장 자리도 알아보기로 했다. 여특은 짐을 꾸려 동생과 작별하고, 장강을 건너 두의의 하방으로 갔다. 두의가 이번 송사에 대해 묻자 여특은 자세히 대답해 주었다. 그 얘기를 들은 두의는 동생 여지의 행동에 감탄을 금치 못했다. 한참 하방 안에서 한담을 나누고 있는데 밖에서 의징의 탕주가 찾아왔다는 전갈이 왔다. 여특이 누구냐고 묻자 두의가 대답했다.

"지난번에 형님을 가정교사로 모시려던 바로 그 사람입니다. 한번 만나 보시는 것도 괜찮을 겁니다."

이런 대화가 오가는데 탕주가 들어왔다. 인사를 나누고 자리에 앉자 탕주가 말했다.

"소경 선생, 지난번 우 선생님 댁에서 뵈었을 때, 저도 모르게 속된 마음이 씻은 듯 사라지는 것 같았습니다. 그래서 다음 날 바로 댁으로 찾아뵈었는데 계시지 않더군요. 정말 하루 종일 선생을 다시 뵙고 싶은 마음뿐이었습니다. 그런데 이분은 누구신지요?"

"이분은 제 사촌형인 여유달이십니다. 탕 장군께서 작년에 자제

분 선생으로 모시려고 했던 분입니다."

탕주가 기뻐하며 말했다.

"오늘 뜻밖에 훌륭한 현인을 또 한 분 뵙게 되다니, 정말 기쁩니다."

그리고 다시 한 번 인사를 나누고 자리에 앉았다. 여특이 말했다.

"선생께서는 나라에 큰 공을 세우시고도 이제는 초야에 물러나 그 공을 자랑하지 않으시니, 참으로 옛 명장의 풍모를 갖고 계십니다."

"당시 상황에 몰리다 보니 달리 어쩔 도리가 없어서 그렇게 된 것뿐입니다. 지금 돌이켜 생각해 보면, 어쨌거나 충동적인 호기로 일을 해서 조정을 위해 공을 세운 것도 하나 없고, 괜히 동료 관리들 기분만 상하게 한 게 아닌가 싶습니다. 이제와 후회해도 소용없는 일이지만요."

그러자 여특이 말했다.

"그 일은 조야를 막론하고 정평이 자자한데, 너무 겸손하게 말씀하시는군요."

두의가 말했다.

"선생님께선 이번에 무슨 일로 남경에 오셨습니까? 지금 어디에 묵고 계신가요?"

탕주가 대답했다.

"집에서 딱히 할 일도 없고 해서 어쩌다 보니 남경에 오게 되었는데, 이참에 여러 명사 분들을 좀 만나 뵐 생각입니다. 숙소는 승은사에 정했습니다. 조금 있다가 우 박사, 장 징군과 그 조카 분을 찾아뵈러 갈 참입니다."

차를 다 마신 뒤 탕주가 작별 인사를 하고 떠나려 하자, 여특과 두의는 그가 가마 타는 데까지 전송해 주었다. 여특은 잠시 두의의 하방에서 지내게 되었다.

탕주는 우육덕을 만나러 국자감에 가서 명첩을 들여보냈는데, 우육덕은 출타 중이라고 했다. 그래서 이번엔 북문교로 장결을 만나러 갔다. 장결은 그의 명첩을 보자마자 얼른 안으로 모셔 오게 했다. 탕주가 가마에서 내려 객실로 들어가자, 장결이 나와 인사를 나누고 자리에 앉았다. 그리고 서로 오랫동안 존경해 왔다는 등의 인사말을 몇 마디 주고받았다. 탕주가 현무호로 장상지를 만나러 가고 싶다는 말을 꺼내자 장결이 말했다.

"숙부님께서 마침 저희 집에 계시니, 지금 모셔서 만나 보시지 않겠습니까?"

"그거 참 잘 되었군요."

장결이 하인을 불러 장상지를 모셔 오도록 했다. 장상지는 탕주와 인사를 나누고 자리에 앉았다. 차를 마신 다음 장상지가 말했다.

"다행히 선생님께서 우 선생님이 아직 떠나시기 전에 오셨고, 중양절도 가까우니 함께 등고회(登高會)를 가지면 어떻겠습니까? 그 김에 우 선생님 전별연도 열어 드리고, 다 같이 모여서 하루 즐겁게 보낼 수도 있고 말입니다."

장결이 말했다.

"정말 좋은 생각입니다. 날짜를 정해 저희 집에서 다 모이면 되겠군요."

탕주는 잠시 앉아 있다가 자리에서 일어나며 말했다.

"그럼 며칠 뒤 등고회에서 다시 뵙겠습니다. 그날은 하루 종일 말씀을 나눌 수 있겠군요."

말이 끝나자 두 사람은 그를 전송했다. 탕주는 또 지균과 무서를 찾아갔다. 장결은 즉시 탕주의 숙소로 하인을 보내 환영연을 베풀어 주지 못한 대신으로 은자 다섯 냥을 선물했다.

사흘 후, 장결 집의 집사가 명첩을 들고 손님들을 청하러 다니면서 다들 일찍 도착해 달라고 부탁하였다. 장결은 집에서 사람들을 기다리고 있었고, 장상지는 이미 먼저 그곳에 와 있었다. 잠시 후 지균, 무서, 두의가 모두 도착했다. 장결은 물가의 넓은 별채〔敞榭〕를 잘 정리하고, 빙 돌아가며 전부 국화를 심어 놓았다. 때는 바로 9월 5일, 날씨는 맑고 서늘하여 모두 겹옷〔袷衣〕을 입은 채 차를 마시며 한담을 나누었다. 잠시 그렇게 이야기를 나누고 있는데 탕주와 소채, 그리고 우육덕이 도착했다. 사람들이 마중을 나가 안으로 모셔 온 뒤 서로 인사를 나누고 자리에 앉았다. 탕주가 말했다.

"저희 모두 다른 곳에 멀리 떨어져 사는 사람들인데, 오늘 훌륭하신 주인어른의 초청으로 한 자리에 모이게 되었으니 이 또한 삼생(三生)의 인연이 아니겠습니까? 다만 아쉽게도 우 선생께서 곧 여기를 떠나신다니, 오늘 이렇게 만난 뒤 언제쯤에나 다시 뵐 수 있을지 모르겠군요."

그러자 장결이 말했다.

"여기 오신 분들은 모두 그야말로 태산처럼 높고 북두성처럼 빛나는 당대의 명사들이신데 오늘 누추한 저희 집을 찾아주시니 5백 리 안의 현자는 한데 다 모인 것 같습니다."

모두들 자리를 정하고 앉자 하인들이 차를 내왔다. 찻잔을 열어 보니 빛깔은 맑은 물처럼 투명한데 진귀한 향기가 코를 찌르고 은침차(銀針茶)* 찻잎이 물 위에 떠 있었다. 그 차를 다 마시고 나자 이번에는 황산(黃山)의 명차인 천도차(天都茶)가 나왔는데, 해를 넘긴 묵은 잎이었지만 향은 더 강렬했다. 우육덕은 차를 마시면서 웃으며 이렇게 말했다.

"두 분 선생께서 군에 계실 적엔 이런 차를 보지 못하셨을 것 같습니다."

소채가 대답했다.

"어찌 군대에서뿐이겠습니까? 청풍성에서 지낸 6년 동안은 물을 마실 수 있는 것만도 아주 다행이라 여겼습니다. 말 오줌보다야 훨씬 나으니까요!"

탕주가 말했다.

"청풍성의 물과 풀이 몇 해를 버틸 만큼 충분하다는 게 사실이었군요."

장상지가 말했다.

"소운선 선생의 박학함은 참으로 북위(北魏)의 최호(崔浩)*에 못지않습니다."

지균이 말했다.

"예전과 지금은 아무래도 시대가 다르게 마련입니다."

그러자 두의가 말했다.

"재상은 모름지기 독서인을 써야 하고, 장수 또한 독서인을 써야 마땅합니다. 소운선 선생에게 학식이 없었다면 어떻게 이런 큰 공을 세울 수 있었겠습니까?"

무서가 말했다.

"제가 정말 재미있다고 생각한 건, 정작 변경에 있는 도독은 관할 구역에 물이나 풀이 있다는 걸 모르는데, 중앙 부서의 서판이 지출 내역을 조사하다가 알게 되었다는 겁니다. 그렇다면 이게 중앙 부서 관리의 학식일까요, 아니면 서판의 학식일까요? 만약 중앙 관리의 학식이라면 조정에서 문(文)을 중시하고 무(武)를 경시하는 게 하등 이상할 게 없지요. 그런데 만약 서판이 문서를 조사하다가 알게 된 것이라면, 부서에 있는 그 엄청난 양의 문서들이야말로 어디로 옮겨서는 안 되는 가장 중요한 것이 아니겠습니까!"

무서가 이렇게 말하자 모두들 폭소를 터뜨렸다.

극단의 연주가 끝나자 서로 자리를 권해 앉았다. 배우들이 앞으로 나와 인사를 올리자, 장비웅이 자리에서 일어나 말했다.

"오늘 여러 선생님들이 오신다고 해서 제가 '이원의 방〔梨園之榜〕'에 이름이 올라간 열아홉 명을 모두 불렀습니다. 여러분, 각자 보고 싶은 극목을 말씀해 주십시오."

우육덕이 물었다.

"'이원방(梨園榜)'이라는 게 뭡니까?"

여특이 작년에 두천이 배우들을 심사하며 풍류를 즐겼던 이야기를 들려주었다. 그러자 다들 또 한바탕 웃음을 터뜨렸다. 탕주가 두의에게 말했다.

"두신경 형님께서는 이미 육부의 낭관(郎官)으로 선발되셨을 테지요?"

두의가 대답했다.

"그렇습니다."

무서가 말했다.

"두신경 선생이 그때 내리신 평가는 실로 공명정대했다 할 수 있습니다. 다만 저는 그분이 조정에 들어가신 뒤 주고관이 되어 답안을 평가하면서도 화려한 색에 미혹되지나 않을까 걱정입니다."

이 말에 사람들은 다시 한 번 박장대소했다. 그날은 종일 술을 마셨다. 연극이 다 끝나자 이미 날이 저물어 사람들은 각자 집으로 돌아갔다. 장결은 솜씨 좋은 화가를 찾아 「등고송별도(登高送別圖)」를 한 폭 그리게 했고, 모임에 참석했던 사람들 모두 거기에 시를 썼다. 또 모두들 전별의 뜻으로 우육덕의 집에 술을 보냈다.

남경에서 우육덕을 전별하려는 사람이 못해도 천 명이 넘었다.

그는 일일이 답례하기가 번거로워 배까지 찾아와 송별하겠다는 것을 모두 정중히 거절하였다. 그리고 떠나는 당일 작은 배 한 척을 세내어 수서문에서 출발했는데, 두의 한 사람만이 배까지 그를 전송했다. 두의는 작별 인사를 하고 말했다.

"세숙께서 가시고 나면 저는 이제 의지할 데가 없군요!"

우육덕 역시 마음이 아팠다. 그는 두의를 배 안으로 불러 이렇게 말했다.

"소경, 자네에게는 솔직히 말함세. 나는 원래 가난한 선비였네. 그런데 남경에 와서 6, 7년 동안 박사 노릇을 하면서 봉급에서 매년 몇 냥씩을 모아 30석짜리 전답을 하나 마련했다네. 이번에 가게 되면 육부의 낭관이 될지 주현의 관리가 될지 모르지만 길어야 3년, 짧으면 2년 정도 일하게 되겠지. 그 동안 또 봉급을 좀 모아 20석짜리 밭뙈기를 더 장만하면 해마다 우리 부부 두 사람이 배는 곯지 않을 테고, 그럼 그걸로 난 충분하네. 자식이나 손자들 일은 신경 쓰지 않을 걸세. 지금 아들 녀석은 글공부 말고 의술까지 배우게 해 놨으니 제 앞가림은 하고 살겠지. 내가 이런 관리 노릇을 해서 뭐 하겠나? 자네가 남경에 있으니 내 종종 안부 편지 하겠네."

말을 마치고 우육덕은 눈물을 뿌리며 두의와 작별했다.

두의는 강기슭으로 올라가 우육덕이 탄 배가 멀어지는 것을 지켜보다가, 배가 보이지 않게 되어서야 집으로 돌아왔다. 여특은 하방에서 기다리고 있다가 우육덕이 남긴 말을 전해 듣고 탄식을 했다.

"벼슬길에 나아갈 때는 삼가고 물러날 때는 과감하라고 했으니, 그분은 참으로 천성이 욕심 없고 올곧은 군자이시네. 우리가 언젠가 벼슬길에 나아가면 모두 그분을 본보기로 삼아야 할 것이야."

두 사람은 이렇게 한참 동안 우육덕을 칭찬하며 경탄해 마지않았다. 저녁 무렵, 여특은 집으로 돌아오라는 동생의 편지를 받았다. 편지에는 이렇게 씌어 있었다.

종제 우양의 집에 모셨던 가정교사가 그만두었으니 형님께서 돌아와 아이들을 가르쳐 주셨으면 합니다. 그 집에서 아이들을 가르치실 의향이 있으면 속히 돌아와 주십시오.

여특은 두의에게 이런 사정을 이야기하고 고향으로 돌아가겠다고 했다. 다음 날, 여특은 짐을 꾸려 장강을 건넜고, 두의는 그를 배웅하고 돌아왔다.

여특이 장강을 건너 집으로 돌아오니, 동생이 마중을 나와 명첩 하나를 보여 주었다. 거기에는 다음과 같이 적혀 있었다.

종제 우양은 여유달 형님께 저희 집에서 아이들을 가르쳐 주시길 부탁드립니다. 해마다 수업료로 마흔 냥을 드리고, 명절 때는 따로 사례하겠습니다. 이렇게 약속드립니다.

여특은 이것을 보고 다음 날 답례로 우양의 집을 찾아 갔다. 우양이 마중을 나와 진심으로 기뻐하며 안으로 맞이한 후, 인사를 하고 자리를 권했다. 하인이 차를 내와 함께 마셨다. 우양이 말했다.

"제 아들놈이 우둔한데다 어릴 적부터 제대로 교육을 받지 못했습니다. 몇 해 전부터 형님께 아이 교육을 부탁드리려 했지만, 형님께선 계속 외지에 나가 계셨지요. 이번엔 마침 형님께서 집에 머물러 계시니 제 아들놈으로서는 무척 다행입니다. 거인이나 진사 같은 건 저희 집안에나 형님 집안에나 흔해서 뭐 대단할 것도 못 됩니다. 제 아들놈이 형님 밑에서 공부하면서 무엇보다 형님의 훌륭한 품행을 배울 수 있게 해 주십시오. 그게 중요한 걸 많이 얻는 길일 것입니다."

"나는 이제 답답하고 어리석은 늙은이에 불과하네. 우리 두 집안은 대대로 가깝게 지내왔으나, 그 중에도 유독 자네와 마음이 잘 맞았지. 자네 아들은 내 아들이나 마찬가지니 어찌 최선을 다해 가르치지 않겠는가? 그런데 만약 거인이나 진사 급제를 이야기한다면, 나야 한 번도 급제해 본 적이 없으니 별로 훌륭한 선생이 못될 걸세. 또 품행이나 문장이라면, 자네 집안 대대로 전승되어 온 좋은 가법(家法)이 있으니 내가 별로 해 줄 게 없을 것 같네."

이렇게 말하며 두 사람 모두 껄껄 웃었다. 그 후 우양은 길일을 골라 여특을 가정교사로 맞아들였다. 그날 여특이 아침 일찍 도착하자 우양의 아들이 나와 인사를 올렸는데, 아주 총명한 아이였다. 상견례가 끝나자 우양은 여특을 공부방으로 안내했고, 여특은 선생님이 앉을 자리로 가서 앉았다.

우양은 여특을 모셔다 주고 돌아와 자기 서재로 갔다. 그런데 자리를 잡고 막 앉자마자 문지기가 손님 한 명을 데리고 들어왔다. 그 손님은 당삼담의 형 당봉추(唐棒椎)라는 사람으로, 작년 향시에서 문과 향시에 합격한 거인이자 우양과는 같은 해 수재에 합격한 자였다. 이날 우양의 집에 새로 가정교사가 온다니까 그와 말동무를 해 주겠다며 어슬렁어슬렁 찾아온 것이었다. 우양이 자리를 권하고 차를 대접하자 당봉추가 말했다.

"오늘 아드님께서 수업을 시작하신 것을 축하드리네."

"아, 네, 그렇지요."

"여 선생이 참 훌륭한 분이시죠. 다만 참을성이 좀 모자라고, 또 잡학은 즐기면서 정작 힘써야 할 올바른 학문은 등한시하는 것 같더군. 여 선생의 시문(時文)은 요즘 유행하는 악습엔 물들지 않았지만, 개국 초기의 팔고문 형식을 배우려고 하는 바람에 온건하고 바람직한 문장도 아니라오."

"내 아들 녀석은 아직 어리오. 이번에 여 형님을 초빙한 것은 다만 그분의 인품을 배워서 권세나 실리만 밝히는 소인배를 만들지 않으려는 것뿐이지요."

잠시 후 당봉추가 또 말을 꺼냈다.

"우 선생, 실은 옛 학문에 밝으신 선생께 가르침을 받을 일이 하나 있소이다."

"옛 학문에 밝다니요? 당치도 않소. 사람 놀리지 마시오."

"놀리다니? 아니오. 진심으로 부탁하는 거라네. 내가 작년 과거에 운 좋게 급제하지 않았나? 그때 봉양부(鳳陽府)에 있는 내 조카 하나도 급제해서, 나와는 같은 해 급제한 동방(同榜)이자 같은 시험관 문하의 동문 사이가 되었소. 그 해 이후로 조카는 한 번도 이곳에 온 적이 없었는데, 이번에 제사를 지내러 왔더이다. 그래서 어제 제게 인사를 왔는데, 명첩에 '문년우질(門年愚姪)'*이라고 적었더군요. 이제 내가 답례를 가야 하는데, 그럼 나도 명첩에 '문년우숙(門年愚叔)' 이라고 써야 하나?"

"네? 뭐라고요?"

"내 말씀을 못 알아들으셨소? 내 조카가 나와 동방이자 동문, 그러니까 같은 날 같은 시험관 밑에서 급제했단 말이오. 그런데 그 조카가 '문년우질' 이라는 명첩을 써서 인사를 왔으니 나도 똑같은 방식으로 명첩을 써서 답례를 가야 하지 않겠느냐, 이런 말이지요."

"같은 시험관 밑에서 급제한 사람을 '동문' 이라고 한다는 걸 내가 왜 모르겠소이까? 하지만 선생이 방금 말씀하신 '문년우질' 이라는 말은 듣도 보도 못한 해괴한 소리로군요."

"그게 왜 해괴한 소리라는 것이오?"

이 말에 우양은 고개를 뒤로 젖히면서 '허허' 하고 웃었다.

"예로부터 지금까지 그런 괴상한 일은 한 번도 없었습니다."

그러자 당봉추는 갑자기 낯빛이 확 바뀌며 이렇게 말했다.

"우 선생, 제가 이런 말 한다고 너무 기분 나빠 하지 마시오. 선생의 집안이 대대로 명문세족이긴 하지만 높은 관리가 나오지 않은 지 오래되었고, 선생께서도 아직 급제를 하지 못하셨으니 아마도 관계(官界)의 교제 예법을 잘 모르시는 게 아닌가 싶소. 내 조카는 경사에서 수많은 고위 관료들과 만났으니, 그 조카가 이렇게 명첩을 쓴 데는 다 그럴 만한 이유가 있을 것이오. 아무렇게나 썼을 리가 있겠소?"

"선생께서 그게 옳다고 여기면 그렇게 쓰면 그만이지 왜 내게 묻는 거지요?"

"우 형께서 잘 모르시는 듯하니, 여 선생이 식사하러 오면 그때 물어봐야겠군."

이런 말이 오가는데 하인이 들어와 손님이 왔다고 알렸다.

"요씨 댁 다섯째 나리[姚五爺]께서 오셨습니다."

두 사람은 함께 일어났다. 요씨 집 다섯째가 안으로 들어와 서로 인사를 나누고 자리에 앉았다. 우양이 말했다.

"요 형님, 어제는 왜 식사를 하고 바로 가셨습니까? 저녁에 술상을 봐놓고 기다렸는데 안 오시더군요."

당봉추가 말했다.

"요 선생, 어제 여기서 점심을 드신 거였소? 어제 오후에 만났을 때는 인창전 방씨 댁 여섯째 나리 댁에서 식사를 하고 나오는 길이라고 하더니. 왜 그런 거짓말을 하셨나?"

하인이 상을 다 차리자 여특을 모셔 왔다. 여특이 맨 윗자리에 앉고, 당봉추가 그 맞은편에 앉았으며, 요씨 집 다섯째는 손님자리인 상석에, 주인은 맨 아랫자리에 앉았다. 식사를 마친 후, 우양이 웃으면서 방금 있었던 명첩 이야기를 여특에게 들려주었다. 그러자 여특은 너무 화가 난 나머지 얼굴은 자줏빛으로 변하고 목에는 퍼런 힘줄이 불거져 나온 채 말했다.

"누가 그따위 말을 한답디까? 어디 한번 물어봅시다, 이 세상에서 중요한 게 뭡니까? 조상입니까, 과거 급제의 명예입니까?"

우양이 대답했다.

"당연히 조상이 중요하지요. 그야 더 말할 게 있겠습니까?"

"조상이 더 중하단 걸 번연히 아는데 어떻게 거인이 되었다고 하늘이 정하신 인륜을 저버리고 숙질(叔侄) 간에 동년이니 동문이니 할 수 있단 말입니까? 명교(名教)에 죄 짓는 그런 얘기는 내 평생 다시 듣고 싶지 않소! 당 선생, 조카가 어쩌다 운 좋게 거인이 되었는지는 몰라도, 일자무식꾼임에 틀림없소. 내 조카가 그따위 짓을 했다면 무조건 사당에 끌고 가서 조상님 신위 앞에 세워놓고 매질부터 몇 십대 하고 봤을 거요."

당봉추와 요씨 집 다섯째는 여특이 화가 나 펄펄 뛰는 것을 보자, 세상 물정 모르고 앞뒤 꽉 막힌 성깔이 또 나온다 싶어서 이리저리 쓸데없는 말을 하면서 화제를 딴 데로 돌렸다.

잠시 후, 차를 다 마시고 나서 여특은 공부방으로 돌아갔다. 요씨 집 다섯째는 몸을 일으키면서 말했다.

"난 잠시 나갔다가 오겠소이다."

당봉추가 말했다.

"오늘 나가면 팽씨 댁 둘째 나리 댁에서 식사하고 나오는 길이라고 말씀하시겠군!"

이 말에 요씨 집 다섯째가 웃으며 말했다.

"오늘 이 댁에 온 걸 누가 모르겠습니까?"

그는 이렇게 말하고 나서 웃으며 밖으로 나갔다.

그런데 요씨 집 다섯째는 나가더니 금세 다시 돌아와서 이렇게 말했다.

"우 형, 대청에 손님이 찾아오셨던데. 지부 나리 아문에서 나왔다고 하면서 지금 객실에 있던데, 얼른 나가서 만나 보시게."

우양이 말했다.

"나는 그런 사람은 모르는데, 어디서 왔을까?"

이렇게 누구일까 궁금해하고 있는 사이 문지기가 명첩를 가져왔는데, 거기에는 이렇게 적혀 있었다.

> 친지이자 같은 해 수재에 합격한 후배, 계추 인사 올립니다.
>
> 年家眷同學教弟季萑頓首拜

우양은 손님을 맞으러 대청으로 나갔다. 계추가 안으로 들어와 둘은 인사를 나누고 자리에 앉았다. 계추가 편지 한 통을 건네주며 말했다.

"제가 경사에 있다가 저희 나리를 모시고 이곳으로 오게 되자, 선생의 종형이신 두신경 선생께서 편지를 전해 달라고 하셔서 이렇게 찾아뵈었습니다. 오늘 고귀하신 선생님을 뵐 수 있게 되어 정말 영광입니다."

우양이 편지를 받아 열어본 다음 말했다.

"선생께서는 저희 부의 여(厲) 어른과 전부터 잘 아는 사이십니까?"

"여 어른께서는 저희 가친과 같은 해에 급제하신 순 어른의 제자이시지요. 그래서 저를 불러 아문에서 일을 보게 하신 것입니다."

"무슨 일로 저희 현에 내려오셨습니까?"

"다른 사람이 없으니까 말씀드려도 괜찮겠군요. 여 나리께서는 이곳 현의 전당포들이 저울질을 너무 박하게 해서 백성들을 착취한다고 여기시고 조사를 해 보라고 절 보내셨습니다. 그게 사실이라면 이런 폐해는 없애야 합니다."

우양은 계추 앞으로 의자를 바싹 당겨 앉으며 목소리를 낮추어 말했다.

"이번 일은 지부 나리께서 참으로 큰 인정을 베푸시는 겁니다! 저희 현에서도 다른 전당포들이야 아예 그런 짓은 엄두도 못 내고, 오직 방씨 집안이 운영하는 인창전과 인대전 두 곳만이 그러는 모양입니다. 방씨는 향신이자 염상으로, 부와 현의 관리들과 아주 친해서 자기들 맘대로 못 하는 짓이 없습니다. 백성들은 화가 나지만 감히 입도 벙긋 못하지요. 지금 이런 폐단을 없애려 하신다면 그 두 곳을 없애야 합니다. 하물며 여 나리께서는 당당한 지부 어른이시니 그런 인간들과 가까이 지낼 필요도 없지 않습니까? 이런 말씀은 그저 마음에만 잘 담아두시고, 제가 얘기했단 사실이 알려지지 않게 해 주십시오."

"잘 알겠습니다."

그러자 우양이 또 이렇게 말했다.

"이렇게 왕림해 주셨으니 작은 술자리라도 마련해서 귀한 말씀을 들어야 마땅하지만 혹시라도 예우를 제대로 갖추지 못할까 걱정스럽고, 작은 고을인지라 보는 눈들도 워낙 많아서 말입니다. 내일 숙소로 보잘것없는 술이나마 보내겠으니 부디 사양하지 말아 주십시오."

"과분한 말씀이십니다."

계추는 이렇게 말하고 나서 작별 인사를 하고 돌아갔다.

우양이 다시 서재로 들어가자, 요씨 집 다섯째가 맞아들이며 말했다.

"지부 아문에서 오신 분이셨나요?"

"그렇더군요."

그런데 요씨 집 다섯째는 고개를 가로저으며 웃더니 이렇게 말했다.

"믿을 수가 없는걸!"

그러자 당봉추가 골똘히 뭔가를 생각하더니 이렇게 말했다.

"우 형, 요 선생 말씀이 맞는 것 같소이다. 정말 그가 지부 나리 아문에서 온 사람일까? 지부 나리는 선생과 친한 사이가 아니네. 지부 나리와 친한 분은 팽씨 댁 셋째 나리와 방씨 댁 여섯째 나리시지. 난 그 사람이 왔다는 말을 듣고서 뭔가 이상하단 생각이 들었소. 그가 정말 지부의 아문에 있는 사람이라면, 이곳 현으로 내려오면서 먼저 그 두 나리들 댁으로 가지 않고 먼저 형을 찾아올 리가 있겠소? 이건 뭔가 말이 안 되는 일이지. 아무래도 그자는 외지의 건달 나부랭이로, 지부 나리의 이름을 사칭해서 이 사람 저 사람한테 돈을 뜯어내는 것 같네. 선생도 그자한테 속지 마시게."

우양이 말했다.

"그 양반도 팽씨 댁과 방씨 댁을 찾아갔던 모양이던데요."

이 말에 요씨 집 다섯째가 웃으며 말했다.

"그랬을 리가 없지요. 그분들을 찾아갔었다면 여기엔 또 뭣 하러 왔겠습니까?"

"설마 지부께서 나한테 인사하라고 그 양반을 보냈겠소? 그건 바로 제 종형이신 천장현의 두신경 형께서 경사에 계시는데 나에게 편지를 전해 주라고 했기 때문이오. 그 양반이 바로 그 유명한 계위소란 분이오."

당봉추가 손을 흔들며 말했다.

"그건 더 말이 안 되네! 계위소라면 배우들을 품평해서 등수를 매기셨던 명사가 아니신가? 그분은 명사이시니, 경사에서 한림원이나 아문에 계신 분들과 교제하실 게 틀림없네. 게다가 천장현의 두신경 선생은 팽씨 댁 넷째 나리와 둘도 없이 절친한 사이라오. 그러니 어찌 그런 분이 경사를 떠나면서 우 선생한테 보내는 두신경 나리의 편지는 가져왔으면서, 팽씨 댁 넷째 나리께서 집에 보내는 가서(家書)는 가져오지 않을 수가 있는가? 그 작자는 계위소가 아닌 게 분명하네."

우양이 말했다.

"그가 계위소이든 아니든, 그 얘긴 이만 됐소. 더 말해 봤자 뭐하겠소?"

그러고는 하인을 나무랐다.

"술자리는 왜 여태 준비가 안 되었느냐!"

하인 하나가 들어와 아뢰었다.

"벌써 마련되어 있습니다."

이때 또 다른 하인 하나가 등에 봇짐을 지고 들어와 말했다.

"시골에서 성(成) 영감님이 오셨습니다."

그리고 한 사람이 들어왔는데, 방건에 남색 도포를 입고 바닥이 얇은 천으로 만든 헝겊신을 신었으며, 수염은 반백에 술에 절어 불그죽죽한 얼굴을 하고 있었다. 그는 안으로 들어와 인사를 하고 자리에 앉더니, 이렇게 말했다.

"잘 됐군요. 오늘 마침 댁에서 새 선생님을 모셨다니, 제가 우연찮게 왔다가 축하주를 마시게 되었습니다그려."

우양은 하인에게 물을 가져오게 했다. 성 노인은 그 물로 얼굴을 씻고 옷이며 다리에 붙은 진흙을 털어냈다. 우양은 모두를 대청으로 안내했고 술상이 차려졌다. 여특이 맨 윗자리에 앉고 나머지 사람들이 순서에 따라 자리에 앉았다. 날이 어두워지자 우양의 집 대청에 한 쌍의 요사등(料絲燈)*을 밝혔다. 그 등은 우양의 증조부가 상서를 지낼 때 무영전(武英殿)에서 황제에게 하사받은 것인데, 벌써 60여 년이 지났으나 여전히 새 것 같았다. 여특이 말했다.

"예로부터 '명문대가엔 큰 나무가 있는 법(故家喬木)'이라 하더니 그 말이 하나도 틀리지 않는군요! 선생 댁의 이 등은 우리 현의 그 어느 집에도 없는 귀한 물건이지요."

성 노인이 말했다.

"여 선생, '30년은 하동, 30년은 하서(三十年河東, 三十年河西)'라더니, 바로 30년 전만 해도 두 분 선생 댁이 얼마나 떵떵거렸습니까! 제가 이 두 눈으로 직접 봤지요. 그런데 지금은 팽씨 댁과 방씨 댁이 해마다 번창하고 있습니다. 다른 건 다 놔두고, 부의 지부 나리와 현의 왕 지현만 보더라도 그 두 분 댁과 얼마나 둘도 없는 사이인지, 그분들 수하에 있는 막료와 관리들이 중요한 얘기를 전하기 위해 수시로 팽씨 댁과 방씨 댁에 가지 않습니까? 그러니 백성들이 어찌 두려워하지 않겠습니까! 그런 높은 분들 수하의 막료나 관리들은 다른 집엔 아예 가려고도 않지요!"

당봉추가 말했다.

"요새 그런 막료나 관리 가운데 이곳에 온 사람이 있답니까?"

성 노인이 말했다.

"지금 성을 '길(吉)'이라 하는 '길' 나리*께서 볼 일이 있어 이곳에 내려오셨는데, 보림사(寶林寺) 승관의 집에 머물고 계십니다. 오늘 아침 일찍 그분께서는 인창전 방씨 댁 여섯째 나리 집에 가셨는데, 방씨 댁 여섯째 나리는 팽씨 댁 둘째 나리도 초청하여 함께 만났답니다. 그래서 세 분이 서재로 들어가 종일토록 대화를 나누셨다는군요. 누가 지부 나리의 기분을 거슬러서 이 '길' 나리를 보내신 건지 모르겠습니다."

당봉추는 요씨 집 다섯째를 향해 차갑게 웃으며 말했다.

"그것 보게! 내 말이 맞지 않은가?"

여특은 이런 말들이 오가는 게 역겨워서 이렇게 물었다.

"어르신께서는 작년에 수재의 의복과 방건을 허락받으셨다지요?"

"그렇습니다. 학대께서 팽씨 댁 넷째 나리와 같은 해에 급제하신 분이시라, 넷째 나리께 편지를 한 통 부탁드렸더니 바로 허락이 떨어졌습니다."

그러자 여특이 웃으며 말했다.

"지금 어르신처럼 불그레한 얼굴이시면 학대께서 보시고 원기가 펄펄 넘친다고 여기셨을 텐데 어떻게 허락을 해 주셨는지 모르겠네요."

"그럼 제가 얼굴이 부어서 그렇다고 말씀드려야지요."

성 노인의 이 말에 사람들은 일제히 웃음을 터뜨렸다. 잠시 후 성 노인이 술을 마시고 나서 말했다.

"여 선생, 저나 선생은 다 늙어서 이제 아무짝에도 쓸 데가 없습니다. 영웅은 젊은이들에게서 나오는 법이라고, 우리 우화헌(虞華軒) 세형(世兄)께서 다음 향시에 급제해서 여기 계신 당 둘째 나리와 나란히 진사에 급제하게 되면 얼마나 좋겠습니까. 그래서 팽씨 댁 넷째 나리 같은 대단한 자리까진 갈 수 없더라도, 셋째 나리나 둘째 나리처럼 지현 후보라도 되면 조상님 뵙기도 떳떳하고 우리 얼굴도 빛이 나겠지요."

여특은 성 영감이 말을 할수록 얘기가 더 역겨워지자 이렇게 내뱉었다.

"이제 그런 얘길랑은 그만두고, 주령(酒令)이나 놀아 봅시다."

그리고 바로 '쾌락음주(快樂飮酒)'라는 주령을 하며 술을 마셨는데, 한밤중까지 주령을 하고 나자 모두들 곤드레만드레가 되었다. 성 노인은 부축해서 방에 데려가 재웠고, 등롱을 켜고 여특과 당봉추, 요씨 집 다섯째를 집까지 배웅했다. 성 노인은 자다가 한밤중에 먹은 걸 다 게워 냈고, 토한 뒤에는 똥오줌까지 지렸다. 그는 날이 밝기 전 서재에서 일하는 하인 아이를 불러다 그것을 치우게 하고, 그 하인에게 전답을 관리하는 집사 두 사람을 불러 오라고 조용히 일렀다. 그리고 주변 눈치를 살피며 그 둘과 뭔가 수군수군하더니 주인 나리를 모셔 오게 했다. 그런데 이 일로 인해 다음과 같은 새로운 이야기가 생겨난다.

> 시골 벽지에
> 권세를 좇는 기풍이 만연하니
> 학교 앞에서
> 끝내 예에 어긋나는 일이 벌어지네.
> 鄕僻地面, 偏多慕勢之風
> 學校宮前, 竟行非禮之事

대체 이후의 일이 어떻게 되었을까? 이에 대해서는 다음 회를 들어 보시라.

와평

우육덕이 떠나자 문단은 점차 활기를 잃어 간다. 우육덕은 이 책에서 으뜸가는 인물이요, 태백사의 제사는 이 책에서 으뜸가는 사건이다. 그 이후의 것은 모두 그것의 유풍이요 여운이다. 그러므로 우육덕이 남경을 떠나는 날 두의만이 전송을 나갔을 때, 그가 작별하며 남긴 말은 애잔하기 이를 데 없으며, 시간이 흘러도 그 소리가 귓가에 쟁쟁하다.

속되고 천박한 세상에 자중할 줄 아는 이가 어쩌다 한 둘 있으면 사람들은 그들을 도저히 용납하지 못한다. 우양의 서재에 하필이면 당봉추나 요씨 집 다섯째 같은 이가 드나드니, 작은 마을의 인심에 대한 묘사는 절묘한 지경에 이르렀다. 지금까지 그 어떤 소설 작자도 이런 정경을 만들어 낸 적이 없다.

당봉추와 요씨 집 다섯째 두 사람만으로도 사람을 화나게 만들기에 충분하건만 거기에다 성 노인까지 가세시켜 놓았다. 글은 마치 봄이 끝난 후의 꽃처럼 여한 없이 모든 것을 다 보여 주었으며, 하늘이 내린 뛰어난 솜씨가 유감없이 발휘되어 있다.

제47회

우양은 현무각을 다시 세우고,
염상 방씨는 절효사에서 떠들썩한 잔치를 열다

우양 역시 예사로운 인물은 아니었다. 그는 예닐곱 살 때부터 신동이었으며, 나중에 경사자집(經史子集)을 읽고 공부해서 모르는 게 하나도 없었다. 스무 살이 넘어서는 학문에 일가를 이루어 병법과 농업, 예법, 음악, 수공업, 자연지리 및 치수(治水)와 방화(防火)에 대해 무엇이든 막힘없이 꿰뚫고 있었다. 또 글재주도 뛰어나 문장은 매승(枚乘)*과 사마상여(司馬相如)* 같았고, 시는 이백과 두보 같았다. 게다가 그의 증조부는 상서 벼슬을 지냈고 조부는 한림원 학사를, 부친은 태수를 지냈으니 참으로 대단한 집안이라 하겠다. 하지만 그가 이런 뛰어난 학문을 갖추고 있음에도 오하현 사람들은 누구도 그를 존경하지 않았다.

오하현의 풍속은 누군가 품행이 훌륭하다는 얘기가 나오면 다들 입을 삐죽거리며 비웃고, 수십 년 된 훌륭한 가문에 대한 말이 나오기라도 하면 콧방귀를 뀌고, 누군가 시나 부, 고문을 잘 짓는다는 얘기가 나오면 눈썹을 찡그리며 웃어 댄다. 그리고 오하현에 볼 만한 경치가 무어냐고 물으면 향신 팽 나리라고 하고, 오하현에 무슨 진귀한 물산이 나느냐고 물어도 향신 팽 나리라고 하고, 오하현에서 품행이 훌륭한 이가 누군지 물어도 향신 팽 나리라며 받들어 모시고, 덕망 있는 사람이나 재주 많은 사람을 물어도 오로지 향신 팽 나리밖에 없다고 떠받든다. 이것 말고 오하현 사람들의 머릿속에 더 든 게 있다면 휘주 출신 방씨 집과 혼사를 맺는 것이요, 하나 더 열망하는 일이 있다면 은자를 잔뜩 들고 가서 전답을 사는 것이었다.

우양은 이처럼 풍속이 고약한 지방에서 태어났고, 땅 몇 마지기를 지켜야 해서 다른 곳으로 떠날 수가 없었기 때문에 삐딱하게 화를 잘 내는 사람이 되었다. 태수를 지낸 그의 부친은 청렴한 관리여서, 직위에 있을 때에도 쪼들리며 살았다. 우양은 집안에서 먹고 쓰는 비용을 아껴 약간의 돈을 모았다. 이제 그의 부친은 연로하여 벼슬을 사직하고 집에 있었으나 집안일은 돌보지 않고 있었다. 우양은 매년 어렵사리 몇 냥의 은자를 모았고, 돈이 모이면 중개인을 불러 전답을 사겠다, 집을 사겠다며 흥정을 했다. 그러나 흥정이 거의 다 되어 갈 때쯤이면 중개인들한테 한바탕 욕을 퍼붓고는 아무것도 사지 않았다. 그는 그렇게 울분을 풀며 살았다. 오하현 사람들은 모두 그가 약간 정신이 나갔다고 말하면서도, 그가 가진 얼마 안 되는 돈을 탐내서 그에게 잘 대해 주었다.

성 노인은 중개인 조합의 우두머리였다. 이날 그가 우양의 집사에게 주인 나리를 모셔 오게 하고, 서재에서 이렇게 말했다.

"지금 우리 집 왼쪽에 땅이 하나 있는데, 수재나 가뭄 걱정이 전혀 없고 매년 6백 석(石)의 쌀을 수확할 수 있습니다. 땅 주인은 은자 2천 냥을 달라고 하더군요. 얼마 전 방씨 댁 여섯째 나리가 매입하겠다고 하자, 땅 주인은 팔 작정을 했지만 소작인이 안 된다고 버티고 있지요."

그러자 우양이 말했다.

"소작인은 왜 반대하는 겁니까?"

"방 나리 댁이 땅 주인이 되어 찾아오면 격식을 차려 대접해야 하고, 소작료가 밀리면 곤장까지 때린다니 절대 그쪽엔 팔 수 없단 게지요."

"그래서 그쪽에 팔지 않고 나한테 팔겠다고요? 그럼, 내가 찾아가면 구린내를 피우며 막돼먹은 대접을 할 생각이랍디까? 나는 그 사람에게 곤장을 치지 않으니, 그 사람이 나를 패겠군요?"

"그런 뜻이 아닙니다. 그들 얘기는 우 나리께선 아량이 넓으셔서 저쪽 방 나리댁 사람들처럼 각박하지 않다는 거지요. 그래서 지금 제가 이쪽으로 계약을 성사시키려고 하는 겁니다. 그런데 준비된 돈은 있습니까?"

"당연하지요. 하인더러 가져오게 해서 당장 보여 드리리다."

우양은 즉시 하인에게 커다란 은원보(銀元寶)* 서른 개를 가져오게 해서 탁자 위에 주르르 쏟았다. 은원보가 탁자 위에서 데굴데굴 구르자 성 노인의 눈동자도 돈을 따라 데굴데굴 굴렀다.

우양은 하인에게 은자를 챙겨 갖다 두게 하고, 성 노인에게 물었다.

"보셨지요? 은자는 있으니까 당장 가서 얘기하시구려. 얘기를 끝내고 오시면 내가 그 땅을 사겠소."

"전 여기 며칠 더 있다가 가야 합니다."

"무슨 공무라도 있으시오?"

"내일 왕(王) 현령께 가서 돌아가신 내 숙모님의 절개와 효성을 칭송하는 패방을 세울 돈도 수령하고, 그 김에 지세(地稅)도 내야 합니다. 모레는 팽씨 댁 둘째 나리의 따님이 열 살 되는 생일날이라 축하 인사도 가야 하지요. 그리고 그 다음 날은 방씨 댁 여섯째 나리께서 점심에 초대하셨으니 그분 대접을 받지 않고 어딜 가겠습니까?"

우양은 "흥!" 하고 콧방귀를 뀌었다.

"그러시구려."

그리고 우양은 성 노인에게 점심을 대접했고, 성 노인은 패방 세울 돈을 받고 지세를 내러 갔다.

우양은 하인을 시켜 당삼담을 불러오게 했다. 이 당삼담이란 자는 평소 방씨 집에서 술이나 식사 초대를 할 때 거인인 자기의 형만 부르고 자기는 부르지 않았기 때문에 언제나 방씨 집의 모임에 귀를 바짝 세우고 다녔다. 방씨 집에서 언제 누구를 몇 명이나 초청하는지 죄다 알아내 줄줄 꿰고 있었고, 그 정보가 무척이나 정확했다. 우양은 그의 이런 고질병을 잘 알고 있었기 때문에 그날은 그를 불러다 놓고 이렇게 물었다.

"수고스럽지만 한 가지 알아봐 주시게. 인창전의 방씨 댁 여섯째 나리가 이틀 후에 성 노인을 초청했는지 말일세. 정확히 알아봐 주면 이틀 후 자네에게 식사를 한 끼 대접함세."

당삼담은 그러겠노라 하더니, 한참 동안 탐문해 보고 돌아와 이렇게 말했다.

"그런 얘긴 없답니다. 모레는 여섯째 나리 집에서 아무도 초대하지 않았다더군요."

"대단하군! 대단해! 모레 아침에 우리 집에 와서 하루 종일 먹고 가시게."

그는 당삼담을 보내고 나서 하인을 불러 향초 가게 점원에게 은밀히 부탁해서 붉은 초청장을 하나 써 오게 했다. 윗면에는 "18일 낮에 저희 집에 오셔서 점심이나 함께해 주십시오"라고 적고, 아래쪽에는 "방표(方杓) 올림"이라고 쓴 다음 봉투에 담아 밀봉하고 서명하여 성 노인이 자는 방의 책상 위에 놓아두게 했다.

성 노인은 지세를 내고 저녁에 돌아와 초청장을 보고 내심 기뻐 어쩔 줄 몰랐다.

'늘그막에 운이 트이는군! 우연히 한 거짓말이 참말이 되다니. 게다가 날짜까지 똑같잖아!'

그는 기분 좋게 잠자리에 들었다.

18일이 되자 아침 일찍 당삼담이 찾아왔다. 우양은 성 노인을 대청으로 청했다. 잠시 후 하인들이 대문 밖에서 줄줄이 들어왔다. 술을 짊어진 이부터 닭과 오리를 들고 오는 이, 자라와 돼지 족발을 들고 오는 이, 과일 네 꾸러미를 들고 오는 이, 커다란 접시에 돼지고기 소를 넣은 만두를 담아 오는 이도 있는데, 이들 모두 주방으로 들어갔다. 이 모습을 본 성 노인은 오늘 술자리가 있는 줄 알았지만 물어보지 않았다. 그때 우양이 당삼담에게 물었다.

"현무각을 수리하는 일에 대해 목수와 기와장이에게 얘기했는가?"

"얘기했습니다. 그런데 공사비가 무척 비쌀 것 같아요. 바깥쪽 담장이 무너져서 새로 쌓아야 하고, 기단(基壇)도 손을 봐야 하고, 기와 공사에 두세 달 걸리겠던데요. 내부에도 들보를 교체하고 서까래도 못질해서 고정시켜야 하니, 목수만도 얼마나 필요할지 모르겠어요. 그런데다 건물 수리할 때 기와장이와 목수는 반나절만 일하고 말거든요. 그자들은 은자 3백 냥 정도면 된다고 하는데, 제대로 다 수리하려면 5백 냥도 넘게 들겠어요."

그러자 성 노인이 말했다.

"현무각은 나리의 선조들께서 지은 것이지만, 우리 고을에서 진사가 나올 수 있도록 영험을 베풀어 주셨지요. 지금 진사는 팽씨 댁에서 나왔으니 그 집안에서 수리비를 내야 마땅합니다. 나리 댁은 아무 상관도 없는데 왜 굳이 비용을 부담하려 하십니까?"

우양이 두 손을 모아 인사를 하며 말했다.

"그 말씀도 맞소. 수고스럽지만 영감께서 그 댁에다 날 얼마쯤 도와주라고 말씀해 주시구려. 그 은혜는 잊지 않겠소."

"이 일은 제가 가서 말해 보겠습니다. 그 집안에 벼슬아치도 많고 위세도 대단하다지만, 그래도 이 늙은이가 얘기하면 조금은 들어주실 겁니다."

그때 우씨 집안의 하인이 살그머니 뒷문으로 나가 땔감장수를 불러 동전 네 닢을 주면서 대문에 가서 이렇게 말을 전하게 했다.

"성 나리, 저는 방씨 댁 여섯째 나리 댁에서 왔는데, 나리께서 어서 와 주십사 하십니다. 기다리고 계신답니다."

"너희 나리께 감사하다고 전하고, 금방 간다고 말씀드려라."

땔감장수가 돌아가자, 성 노인은 우양에게 작별 인사를 하고 곧장 인창전으로 가서 문지기더러 안에다 말을 전하게 했다. 잠시 후 주인 방표가 나와 인사를 나누고 자리에 앉았다. 방표가 물었다.

"언제 오셨나?"

성 노인은 속으로 깜짝 놀라며 대답했다.

"그제 왔습니다."

"어디 묵고 계신가?"

"우화헌의 집에 있습니다."

하인이 차를 내와서 마신 다음, 성 노인이 말했다.

"오늘 날씨가 참 좋습니다."

"정말 그렇군."

"요즘 왕 현령은 자주 뵙습니까?"

"그제 뵈었다네."

그들은 또 그렇게 말없이 한동안 앉아 있다가, 다시 한 차례 차를 마시고 나서 성 노인이 말했다.

"지부께선 요즘 통 우리 고을에 안 오시는 모양입니다. 여기 오신다면 제일 먼저 이 댁을 찾으실 텐데요. 지부 나리께선 그 누구보다 나리와 가깝게 지내시니 말입니다. 사실 우리 고을을 통틀어 그분이 가장 존경하는 분이 바로 방 나리가 아니겠습니까? 향신들 가운데 그 누구도 따라올 수 없지요!"

"안찰사께서 새로 부임하셨으니, 지부께서도 조만간 이곳을 방문하실 거네."

"옳으신 말씀입니다."

그리고 잠시 더 앉아 차를 한 번 더 마셨으나 찾아오는 손님도 없고 술상도 차리는 기미가 없자, 성 노인은 의아한 생각이 들었다. 배도 고프고 해서 그는 방표가 뭐라고 하나 보려고 일어서며 작별 인사를 했다.

"이만 가야 할 것 같습니다."

그러자 방표도 일어서며 말했다.

"좀 더 머물다 가시지."

"아닙니다."

그리고 바로 작별하니, 방표가 나와 전송해 주었다.

성 노인은 대문을 나와서도 무슨 일인지 어리둥절한 채 속으로 생각했다.

'내가 너무 일찍 왔나?'

그리고 다시 생각했다.

'그 양반이 무슨 일로 나한테 화가 났나?'

'아니면 내가 초청장을 잘못 봤나?'

그는 아무리 생각해 봐도 영문을 알 수 없었다. 그는 다시 이렇게 생각했다.

'우화헌의 집에 술상이 차려져 있으니 일단 거기 가서 좀 먹고

다시 생각해 봐야겠군.'

그는 곧장 우양의 집으로 돌아갔다.

우양은 서재에 상을 차려 놓고 당삼담과 요씨 집 다섯째, 그리고 자기 친척 두 명과 함께 따끈따끈한 고기 요리를 대여섯 접시 늘여놓고 한참 즐겁게 먹고 있었다. 그러다가 성 노인이 들어오자 모두 자리에서 일어났다. 우양이 말했다.

"영감님, 우릴 저버리고 방씨 집안의 좋은 음식을 잡숫고 오셨으니, 좋으시겠구려!"

그러고는 하인을 불렀다.

"어서 영감님께 의자를 가져다 저쪽에 앉게 해 드려라. 그리고 소화가 잘 되게 차를 진하게 끓여 내오너라!"

하인이 식탁에서 멀리 떨어진 곳에 의자를 하나 갖다 놓고 성 노인에게 자리를 권했다. 그리고 덮개 있는 찻잔에 진한 차를 담아 한 잔 한 잔 계속 가져다주었다. 성 노인은 차를 마실수록 허기가 심해져서 말할 수 없이 속이 쓰렸다. 사람들이 큼직하고 살이 포동포동한 돼지고기며 오리 고기, 자라 고기를 젓가락으로 집어 입 안에 넣는 모습을 보고 있자니, 머리 꼭대기에서 연기가 치솟을 만큼 화가 났다. 그들은 날이 저물 때까지 먹었고, 성 노인은 그때까지 배를 곯아야 했다.

우양이 손님들을 전송해서 자리가 다 파하고 나자, 성 노인은 살그머니 집사 방으로 가서 누룽지를 한 그릇 달라고 해서 뜨거운 물에 말아 먹었다. 그리고 방에 들어가 누웠지만 화가 나서 밤새 잠을 이루지 못했다. 이튿날 그는 고향으로 돌아가야겠다며 우양에게 작별 인사를 했다. 우양이 물었다.

"언제 또 오시려오?"

"전답 흥정이 잘 되면 바로 오겠습니다. 만약 일이 잘 안 되면 절효사(節孝祠)에 우리 숙모님의 위패를 모시는 날에나 오는 수밖에요."

이 말을 마치자 그는 작별하고 떠났다.

하루는 우양이 한가하게 집에 있는데, 당봉추가 달려와 말했다.

"선생, 저번에 얘기한 그 계 아무개라는 사람이 정말 지부의 아문에서 나온 모양이오. 지금 보림사 승방에 있는데, 방씨 댁 여섯째 나리와 팽씨 댁 둘째 나리 모두 그 양반을 만났다고 하는군. 정말 다 사실이었어!"

"저번엔 선생이 사실이 아닐 거라고 하더니 오늘은 또 선생 입으로 정말이라고 하시는구려. 그게 사실이건 아니건 무슨 상관이오? 뭐 대단한 일이라고!"

"허허, 이보시오, 나는 여태 지부 어른을 만나 뵌 적이 없지만, 선생은 그 계 선생께 답례 인사를 하러 지부 아문으로 가야 할 것 아니오? 그때 나도 좀 데려가서 지부 어른 존안을 뵐 수 있게 해 주게. 괜찮겠나?"

"그거야 할 수 있지요."

며칠 후 우양은 가마를 두 대 빌려 당봉추와 함께 봉양의 아문으로 가서 명첩을 들여보냈다. 우양은 또 명첩을 하나 더 준비해 가서 계추에게 전했다. 잠시 후, 아문에서 관리가 나와 이렇게 말했다.

"계 상공께선 양주에 가셨고, 지부께서 모시라 하십니다."

두 사람은 함께 들어가 서재에서 지부를 만났다. 그리고 나와서 함께 시내 동쪽에 숙소를 잡았다. 잠시 후 지부가 식사에 초청한다는 초대장을 보내오자, 당봉추가 우양에게 말했다.

"지부께서 내일 우리를 초청하셨는데, 우리가 여기 숙소에 그냥 앉아 그분이 보낸 사람이 우리를 데리러 그 먼 길을 오도록 해서는 안 되네. 내일 우리 둘이 지부 아문 입구에 있는 용흥사(龍興寺)에 가 있다가, 그분이 부르면 바로 들어가세나."

우양이 웃으며 대답했다.

"그럼 그렇게 하지요."

이튿날 점심을 먹고 둘이 함께 용흥사의 한 승려 집에 가서 기다리고 있는데, 이웃한 승려 집에서 신명나는 음악 소리와 노랫소리가 들려왔다. 당봉추가 물었다.

"연주며 노래가 아주 훌륭한걸? 한번 가 봐야겠소."

그리고 잠시 후 돌아온 당봉추는 풀이 죽어 낙담해 있다가 우양에게 원망을 퍼부었다.

"내가 선생한테 속았소! 저기서 음악을 연주하며 잔치를 벌이고 있는 이들이 누군지 아는가? 바로 우리 현 인창전의 방씨 댁 여섯째 나리와 여 지부 나리의 아드님이오. 한 상 떡 벌어지게 차려 놓고 각자 어린 배우를 하나씩 껴안고 놀고 있더군. 저 두 양반이 저렇게 친한 줄 알았더라면 나도 그저께 여섯째 나리와 함께 오는 건데. 그때 같이 왔더라면 지금쯤 벌써 저 공자와 한 자리에 있을 텐데 말이야. 이렇게 선생이랑 오니까 지부 나리를 뵙긴 뵈었지만 아무 실속도 없었으니, 재미없게 이게 뭐냔 말이오?"

"다 자네가 그러겠다고 한 것이지 내가 언제 억지로 자넬 데려왔는가? 그 양반이 지금 여기 있다니, 자네도 가서 어울리면 될 거 아닌가?"

"동료끼리 서로 소홀히 해서는 안 되는 법이지. 그래도 선생이랑 아문에 가서 한잔하겠소."

이런 애기를 나누고 있는데, 아문에서 사람이 와서 두 사람을 데리고 아문으로 들어갔다.

지부는 두 사람을 만나자 오래전부터 뵙고 싶었다는 등 의례적인 인사를 한참 하더니 이렇게 물었다.

"현의 절효사에 위패를 언제 모십니까? 내가 잠시 관원을 보내 제사를 올리고 싶은데."

"돌아가서 날짜를 정하면 꼭 상세히 말씀드리고 모시겠습니다."

두 사람은 지부와 식사를 하고 나서 인사를 하고 아문을 나왔다. 그리고 이튿날 다시 명첩을 들고 찾아가 작별 인사를 하고 현으로 돌아왔다.

우양이 집으로 돌아온 다음 날, 여특이 찾아와 말했다.

"절효사에 위패를 모시는 날을 내달 초사흘로 정했네. 우리 두 집안에서는 종조모(從祖母)님과 백모님, 숙모님 등 여러 분의 위패가 모셔지니까 두 집안이 모두 나서서 제사를 준비하고, 각자 일가친척이 전부 모여 위패를 사당 안으로 호송해야 할 걸세. 그러니 우리 둘이 나가서 이렇게 하자고 전갈을 하세나."

"당연한 말씀입니다! 위패를 모실 분이 저희 집은 한 분이고, 형님 댁은 두 분이십니다. 두 집안에서 벼슬을 했거나 생원인 사람을 다 모으면 140명에서 150명은 될 겁니다. 그렇게 일가가 다 모여 예복을 입고 사당 입구에서 귀빈들을 영접하는 것이 대갓집 풍모에도 어울리는 일이지요."

"그럼 각자 집안사람들에게 연락하세."

우양은 자기 집안사람들에게 얘기를 전하러 다니다가 화만 잔뜩 나서 돌아와 밤새 잠을 이루지 못했다. 아침 일찍 여특이 찾아왔는데, 그 역시 화가 나서 눈을 부릅뜬 채 씩씩거리며 물었다.

"동생, 자네 집안사람들에게 전하니 뭐라고 하던가?"

"글쎄, 전하기야 했지요. 형님 집안은 어떻습니까? 왜 이리 화가 나신 겁니까?"

"말도 마시게! 우리 집안사람들에게 얘기했는데, 그냥 못 오겠다고 하면 차라리 괜찮지, 세상에, 모두들 방씨 집 노마님의 위패가 사당에 모셔지니 거기 제사에 참석해서 위패를 호송해야겠다는 걸세! 그러면서 나까지 함께 가자고 그러지 뭔가! 내가 말도 안 되는 소리라고 하니까 오히려 제 놈들이 세상 물정 모른다고 날 비웃지 않겠나. 정말 분통 터질 일이 아닌가!"

우양이 웃으며 말했다.

"저희 집안도 마찬가지입니다. 저도 밤새 화가 나서 잠을 자지 못했습니다. 내일 저는 제사상을 준비해서 저 혼자 종조모님의 위패를 모실 겁니다. 그런 인간들은 부르지 않을 겁니다."

"나도 그러는 수밖에."

둘은 그렇게 하기로 약속했다.

3일이 되자 우양은 새 의복으로 갈아입고 새 모자를 쓰고 하인들을 불러 제사상을 준비하게 해서 여덟째 사촌 집으로 갔다. 대문을 들어서니 집 안은 휑하니 비어 쓸쓸한 기운만 감돌 뿐, 손님은 하나도 보이지 않았다. 그의 여덟째 사촌은 가난한 수재였는지라 낡은 두건을 쓰고 헌 난삼(襴衫)*을 입은 채 나와 인사를 했다. 우양은 안으로 들어가 종조모의 위패 앞에서 절을 올리고, 위패를 받들어 수레에 실었다. 그 집에서는 낡은 위패 안치대 하나와 멜대 두 개를 빌려 왔고, 시골 인부 넷이 비뚜름하게 멜대를 둘러메고 갈 뿐, 다른 수행원은 아무도 없었다. 그리고 위패 안치대 앞에 네 명의 악사를 세워 삘리리 띠리리 연주하며 거리로 싣고 나갔고, 우양은 사촌 아우와 함께 그 뒤를 따랐다. 그들은 곧장 사당으로 향했고, 그 문 앞에 이르러 쉬었다. 그때 저 멀리서 또 다른 위패 안치대 둘이 나타났다. 그쪽은 악사 하나 없이 여특과 여지 형제만이 뒤를 따른 채 사당 입구까지 운반해 와서 걸음을 멈췄다.

네 사람이 만나 서로 인사를 나누었다. 사당 대문 앞의 존경각

(尊經閣)에는 등이 내걸리고 오색 깃발들이 나부끼는 가운데 술자리가 마련되어 있었다. 높다랗게 올린 그 누각은 거리 가운데 자리 잡고 있어서 사방이 환히 내려다보였다. 배우들이 분장 도구를 짊어지고 그 누각으로 올라가자, 위패 안치대를 나르는 사람들이 말했다.

"방 나리 댁 배우들이 왔다!"

그리고 잠시 서 있노라니 서쪽 성문 쪽에서 세 번의 총소리가 울렸다. 그러자 위패 안치대를 나르는 사람들이 말했다.

"방씨 댁 노마님의 위패가 출발했군!"

곧이어 거리에 징 소리와 함께 음악 소리가 귀를 멍멍히 울리는 가운데 두 개의 노란 일산과 여덟 개의 깃발, 네 무리〔隊〕의 단가마(踹街馬)* 행렬이 나타났다. 기수들이 든 패(牌)마다 금물로 쓴 글씨로 '예부상서', '한림학사', '제독학원(提督學院)', '장원 급제' 따위의 글귀가 적혀 있었는데, 그것들은 모두 여씨와 우씨 두 집안의 사람들이 보내 준 것들이었다. 수행원 행렬이 다가오면서 요라(腰鑼)*와 마상취(馬上吹)*가 울리고 향로를 든 사람들이 노마님의 위패 안치대를 에워싸고 지나가는데, 안치대 옆에는 전족을 하지 않은 하녀 여덟 명이 호위하여 옮기고 있었다. 방표는 오사모를 쓴 채 깃이 둥근 예복을 입고 가마를 뒤따라 왔다. 그 뒤편에 두 무리의 손님들이 있었는데, 하나는 향신들이었고 다른 하나는 수재들이었다. 향신들로는 팽씨 집안의 둘째 나리와 셋째 나리, 다섯째 나리, 일곱째 나리가 있었고, 그 외는 모두 여씨 집안과 우씨 집안의 거인과 진사, 공생, 감생들로서 모두 합쳐 6, 70명이었다. 그들은 모두 오사모를 쓰고 깃이 둥근 예복을 입은 채 엄숙하고 경건하게 뒤를 따르고 있었다. 다른 한 무리는 역시 6, 70명쯤 되는 여씨 집안과 우씨 집안의 수재들로, 그들은 화려한 난삼을 입고 두건을 쓴 채 허둥지둥 행렬을 놓치지 않으려고 애쓰며 따라오고 있었다.

향신들 무리 맨 끄트머리에 당봉추가 서서 손에 장부를 들고 뭔가를 기록하고 있었고, 수재들 무리 맨 끄트머리에 당삼담이 서서 역시 손에 장부를 들고 뭔가를 기록하고 있었다. 여씨 집안과 우씨 집안은 그래도 학문과 예법을 알고 덕망도 높은 집안인지라, 사당 입구에 도착해서 자기 집안의 위패 안치대를 발견하자 예닐곱 명이 다가와 인사를 했다. 그러고는 우르르 전부 방씨 댁 노마님의 위패 안치대를 에워싸고 사당 안으로 들어가 버렸다. 그 뒤로 지현과 학사(學師), 전사(典史), 파총이 수행원들을 대동하고 왔다. 음악이 연주되고 위패가 안치되자 지현과 학사, 전사, 파총, 향신, 수재가 차례대로 제사를 올렸고, 그 다음에 주인 집안에서 제사를 올렸다. 제사가 끝나자 향신들은 왁자지껄 몰려 나가 존경각에 마련된 술자리로 갔다.

여기 있던 무리들이 모두 떠난 뒤, 비로소 우씨와 여씨도 위패 안치대를 들고 들어와 위패를 안치했다. 우씨 집에는 그래도 우양이 준비한 제사상이라도 있었지만, 여씨 집에는 여특이 준비한 소, 양, 돼지 세 가지 제물밖에 없었다. 그것들만이라도 차려 놓고 제사를 올리고 나서 제사상을 들고 나왔지만, 제사 음식을 나눠 먹을 자리가 없어서 어느 문두(門斗)의 집으로 가기로 했다. 여특이 존경각을 올려다보니, 비단옷을 입고 화려한 신을 신은 이들이 주거니 받거니 신나게 술을 마시고 있었다. 방표는 의식을 한번 치르고 나자 답답하고 거추장스러웠는지, 오사모와 깃이 둥근 예복을 벗고 방건과 평상복으로 갈아입고 누각의 회랑 주위를 서성거리고 있었다. 잠시 후 뚜쟁이이자 중매쟁이인 권(權)씨 노파가 전족을 하지 않은 큰 발로 성큼성큼 누각으로 걸어 올라가 킬킬 웃으며 말했다.

"사당에 노마님 위패 모시는 걸 구경하러 왔어요."

방표는 만면에 웃음을 띤 채 노파와 나란히 난간에 기대어 서서 행사를 지켜보았다. 그리고 수행원들을 지켜보다가 손가락으로 이곳저곳을 가리키며 설명해 주었다. 뚜쟁이이자 중매쟁이인 권씨는 한 손으로 난간을 잡고, 다른 한 손으로는 허리춤을 풀고 이를 잡았다. 그리고 잡을 때마다 한 마리씩 톡톡 입에 털어 넣었다.

여특은 그 꼴불견을 도저히 더 볼 수가 없어 우양에게 말했다.

"동생, 여기선 술도 마실 수가 없겠네. 제사상을 자네 집으로 가져가세. 나와 동생도 자네 집으로 가겠네. 저런 분통 터지는 꼴은 차라리 보질 말아야지, 원!"

그리고 사람을 불러 제사상을 짊어지게 하고 일행 네댓 명이 집까지 걸어서 갔다. 가는 도중에 여특이 우양에게 말했다.

"동생, 우리 고을에 예의와 염치는 모두 사라져 버렸네! 학교에 좋은 선생이 없어서이기도 할 걸세. 우 박사가 계신 남경 같은 곳에서라면 이런 일이 일어날 수 있겠는가!"

그러자 여특의 동생 여지가 말했다.

"우 박사께서 처신하시는 걸 보면, 이래라 저래라 사람들을 단속하려고 하지도 않으십니다. 그저 사람들이 그분의 덕성에 감화되어 예에 어긋나는 일을 저절로 하지 않게 되는 거지요."

우씨 집안의 형제들은 함께 탄식을 했다. 그들은 모두 우양의 집으로 가서 술을 마시고 헤어졌다.

이 무렵 현무각 수리가 시작되었기 때문에 우양은 날마다 공사를 감독하러 갔다. 어느 날 날이 저물어 돌아와 보니 성 노인이 서재에서 기다리고 있었다. 우양은 그와 인사를 나누고 차를 마시면서 물었다.

"지난번 절효사에 위패를 모시던 날에는 왜 안 오셨소?"

"그날은 오고 싶었으나 몸에 병이 생겨서 오지 못했습니다. 동생이 고향에 내려와서 그러는데, 정말 장관이었다더군요. 방씨 집안의 수행원들이 거리의 반을 가득 채우고, 왕 현령과 팽씨 집안 사람들도 모두 거기서 위패를 호송했다지요? 존경각에 술자리를 마련해 놓고 연극을 공연해서, 사방 수십 리 떨어진 시골에서까지 구름처럼 몰려와 구경하면서, '방씨 댁이 아니면 어떻게 이렇게 대단한 행사를 할 수 있겠어!' 하고 칭송했다면서요? 선생도 분명 존경각에서 저 빼놓고 술을 마시셨겠지요?"

"영감님, 그날 내가 우리 집안 여덟째 사촌의 종조모님 위패를 호송했다는 걸 모르시오?"

성 노인이 피식 웃으며 말했다.

"나리의 여덟째 사촌 집안이야 입을 옷도 제대로 없는 가난뱅이가 아닙니까? 그러니 나리 집안사람들 중에 누가 그런 집엘 갔었겠습니까? 나리의 말씀도 절 놀리려고 하는 거 아닙니까? 나리께서도 분명 방씨 댁 노마님의 위패를 호송하셨겠지요."

"다 지난 일이니 더 얘기하지 맙시다."

저녁을 먹고 나자 성 노인이 말했다.

"전에 말한 그 전답 주인과 중개인이 모두 현에 올라와서 보림사에 묵고 있습니다. 나리께서 그 전답을 사실 거라면, 내일 계약을 마무리할 수 있습니다."

"나도 그럴 생각이오."

"한 가지 더 말씀드릴 게 있습니다. 이 전답은 전적으로 나를 통해 거래가 된 것이니 중간에서 '중개료'로 은자 쉰 냥은 받아야겠습니다. 나리께서 그 돈을 주셨으면 합니다. 저쪽에 가서도 그렇게 달라고 할 것입니다."

“그거야 이를 말이오! 영감님께도 은원보 한 덩어리는 드려야지요!”

그리고 즉석에서 세금이며 전답 대금, 은자를 달 저울, 은자의 품질, 닭 값, 사료비, 소작료, 술값, 공증료, 등기료 등을 모두 분명하게 정했다.

성 노인이 땅 주인과 중개인에게 연락해서 아침 일찍 우양의 집 대청에 모두 모였다. 성 노인은 우양한테 계약서를 쓰러 나오라고 하려고 안으로 들어갔다. 그가 서재로 가보니, 수많은 목수와 기와장이들이 거기서 은자를 받아가고 있었다. 우양은 한 덩어리에 쉰 냥쯤 나가는 커다란 은자를 들고 사람들에게 나눠 주었는데, 두 시간쯤 지나자 수백 냥의 은자가 나가 버렸다. 성 노인은 그가 은자를 다 나눠 준 걸 보고, 나가서 전답을 계약하자고 했다. 그러자 우양이 눈을 부릅뜨고 버럭 소리쳤다.

“그 전답은 너무 비싸! 사지 않겠소!”

성 노인은 너무 놀라 바보처럼 멍해졌다. 그러자 우양이 말했다.

“영감, 진짜 안 산다니까!”

그러더니 하인들에게 분부했다.

“대청에 나가 촌에서 온 저 농사꾼 놈들을 내쫓아 버려라!”

성 노인은 화가 나서 얼굴이 일그러졌지만, 어쩔 수 없이 직접 나가 그 시골 사람들을 돌려보내는 수밖에 없었다. 그런데 이 일로 인해 다음과 같은 새로운 이야기가 생겨난다.

풍속 나쁜 마을에서 벗어나니
학교에서 뛰어난 유생 만나게 되고
나그네는 이름난 고을에 갔지만
현명하고 지혜로운 명사 만나지 못하네.

身離惡俗, 門牆又見儒修.

客到名邦, 晉接不逢賢哲.

대체 이후의 일이 어떻게 되었을까? 이에 대해서는 다음 회를 들어 보시라.

와평

이 회는 우양을 새로 다시 한 번 묘사한 것이니, 문장 가운데서도 변형된 체제〔變體〕라 하겠다. 작자는 야박한 세상 풍속의 갖가지 추한 면모, 특히 은자만 보면 눈이 벌겋게 되는 실상을 분명히 그려 냈다. 여기서 우양이 상당히 자부심 강한 인물임을 알 수 있으며, 이 대목은 뒷부분에서 그가 결국 전답을 사지 않게 되는 상황의 복선이 되고 있다. 이런 서술 방법은 바로 국수(國手)가 놓은 돌이 하나하나 서로 호응하는 것과 마찬가지이다.

성 노인이 밥을 먹으러 방씨 집에 가는 이야기는 아무리 참으려 해도 독자를 포복절도할 수밖에 없게 만든다.

당봉추를 묘사한 부분은 붓끝이 예리하기 이를 데 없다. 그가 지부 댁 공자와 질펀하게 한 잔 마시지 못해 안타까워하는 것을 보면, 이 사람의 비위를 맞추기란 참으로 어렵다는 것을 알 수 있다. 모두들 권세와 이익을 좇는 마당이니 어떻게 해야 뜻을 얻었다고 할 수 있을까?

절효사에 위패를 모시는 부분은 비록 해학적인 언어로 묘사되어 있지만, 사실은 곳곳에 작자의 눈물 흔적이 배어 있다. 경박한 세상 풍속과 변덕스런 세상인심을 접할 때마다 가난하고 힘없는 집 자식들은 눈물을 삼키게 되는 것이다. 글 곳곳에서 우육덕을 끌어들이고 있는 것은 온 몸에 퍼져 있는 뼈마디와 같이 이야기를 전체로 이어주는 중요한 연결 고리가 되고 있다.

제48회
휘주부의 열부는 남편을 따라 죽고, 태백사에 간 유생 왕온은 감회에 젖다

여특은 우씨 집에서 훈장 노릇을 하면서, 매일 아침 일찍 나가 저녁 늦게 귀가하곤 했다. 그러던 어느 날 아침, 일어나 세수를 하고 차를 마신 뒤 우씨 집 서당으로 가려고 막 대문을 나서는데, 말을 탄 사람 셋이 들어오더니 말에서 내리면서 그에게 축하 인사를 했다. 여특이 물었다.

"그게 무슨 소립니까?"

그러자 보록인들이 종이쪽지를 한 장 꺼내 보여 주었다. 여특은 그것을 보고 자신이 휘주부 부학의 훈도(訓導)*로 뽑혔다는 것을 알았다. 그는 기뻐하며 그들에게 술과 식사를 대접하고 돈을 쥐어 보냈다. 곧이어 우양이 찾아와 축하 인사를 했고, 친지와 친구들도 속속 찾아와 축하해 주었다. 여특은 손님 접대로 분주한 며칠을 보내고, 그 일이 끝나자 준비를 해서 곧 안경(安慶)으로 신임장을 받으러 갔다. 신임장을 받아 돌아온 그는 집안 식솔들을 데리고 부임지로 떠나면서 동생인 여지에게 함께 가자고 했다. 그러자 여지가 말했다.

"그 자리는 박봉이라 처음 부임해서는 생활비도 부족할는지 모릅니다. 저는 그냥 여기 있겠습니다."

"우리 형제가 하루라도 같이 살 수만 있다면 그렇게 해야지. 예전엔 우리 둘이 서로 다른 데서 훈장 노릇을 하느라 걸핏하면 2년씩이나 얼굴도 못 보고 지내곤 했지. 이제 우리도 늙었으니 그저 우리 형제 두 사람이 함께 살면 되네. 밥을 먹을 수 있을지 말지야 그 다음 문제일 테지. 관직에 있으면 아무렴 가정교사를 하는 것보다야 나을 테니 동생도 함께 가도록 하세."

형의 말을 듣고 여지도 그러자고 하여, 그들은 함께 짐을 꾸려 임지인 휘주로 떠났다.

여특은 원래 문명(文名)이 높았던 터라, 휘주 사람들도 모두 그를 잘 알고 있었다. 그런데 이제 그가 훈도로 부임한다는 소식이 알려지자 휘주 사람들은 너나없이 기뻐했다. 부임한 후 여특을 만나 보니 사람이 솔직 담백하고 말도 시원시원하게 잘 하는지라, 처음엔 그를 만나 볼 생각도 않던 이곳의 수재들도 그를 찾아왔고, 모두들 훌륭한 선생을 모시게 되었다고 생각했다. 게다가 그의 동생 여지와도 대화를 나눠 보니 그가 하는 말들이 모두 상당한 학문적 수준을 갖추고 있었기 때문에 사람들은 더더욱 그를 존경하게 되었다. 그래서 매일 수재 몇 명씩은 그들을 찾아왔다.

그러던 어느 날, 여특이 대청에 앉아 있노라니 밖에서 어떤 수재 하나가 걸어 들어왔다. 그는 머리엔 방건을 쓰고 낡아빠진 남색 도포를 입었으며, 가무잡잡한 얼굴에 희끗희끗한 수염을 기르고 있었는데, 나이는 대략 예순이 좀 넘어 보였다. 그 수재는 직접 명첩을 들고 들어와 여특에게 건네주었다. 여특이 명첩을 보니 거기엔 "문하생 왕온(王蘊)"이라고 적혀 있었다. 수재는 명첩을 건넨 뒤 정중히 절을 올렸다. 여특도 답례를 하며 말했다.

"혹시 옥휘(玉輝)라는 자를 쓰시는 왕 선생이 아니십니까?"

"그렇습니다."

"20년 동안 왕형의 명성을 듣고 뵙고 싶은 마음이 있었는데 이제야 소원을 이루는군요! 우리 그저 친한 형제처럼 지내며 구구한 예법 따위에 얽매이지는 맙시다."

여특은 그를 서재로 안내하고, 사람을 보내 여지를 불러오게 했다. 여지가 서재로 나와 왕온을 만났고, 두 사람은 또 한 차례 서로 오랫동안 존경해 왔다며 인사말을 주고받았다. 인사가 끝나고 세 사람이 자리에 앉자 왕온이 말했다.

"저는 이곳 부학에서 30년간 수재 노릇만 했습니다. 참으로 어리석고 재주 없는 인간이지요. 지금까진 부학의 선생님들이 계셔도 공식적인 자리에서만 한 번씩 뵐 뿐이었습니다. 하지만 이제 이처럼 명망이 높으신 선생님과 세숙께서 오셨으니 자주 찾아뵙고 두 분께 가르침을 받고 싶습니다. 부디 저를 부학의 보통 학생으로 대하지 마시고, 선생님께 직접 가르침을 받는 제자로 거두어 주십시오."

그러자 여특이 말했다.

"노형, 노형과 전 오랜 친구 같은 사이이거늘 어찌 그런 말씀을 하십니까?"

여지도 이렇게 말했다.

"선생의 청빈함에 대해선 일찍부터 들어왔습니다. 지금 댁에서 학동들을 가르치고 계시는지요? 여태껏 생활은 어떻게 꾸려 오셨습니까?"

왕온이 대답했다.

"솔직히 말씀드리자면, 제겐 평생에 걸쳐 이루고자 하는 뜻이 하나 있습니다. 후학들에게 도움을 베풀 수 있도록 세 권의 책을 펴내는 것이지요."

여특이 물었다.

런 은혜를 입겠습니까?"

여지가 웃으며 말했다.

"아무것도 아닙니다. 너무 약소하지요. 이곳 부학의 봉록이 적은데다 저희 형님께서 이제 막 부임한 터라 그렇습니다. 우 박사께서 남경에 계실 적엔 명사 분들께 몇 십 냥씩 보태 주시곤 했지요. 형님께서도 그분을 본받고 싶어 하십니다."

"그럼 '웃어른이 내리시는 것은 감히 사양하지 않는다(長者賜, 不敢辭)'고 했으니, 감사히 받는 수밖에요."

왕온은 여지에게 식사를 대접했다. 그리고 전에 말한 책 세 권의 원고를 가져와서 살펴보라고 건네주었다. 여지는 하나하나 찬찬히 살펴보면서 감탄을 금치 못했다. 그렇게 앉아 있다 오후가 되었을 무렵, 사람 하나가 들어와 이렇게 말했다.

"왕 나리, 저희 집 서방님이 병세가 위독하여 아씨께서 나리를 모셔 오라고 했습니다. 어서 가시지요."

왕온이 여지에게 말했다.

"시집간 셋째 딸집에서 온 사람이올시다. 사위가 아프다고 저더러 와 달라고 하는군요."

"그럼 저는 이만 가 보겠습니다. 선생의 이 옥고는 제가 가져가서 형님께 보여 드리겠습니다. 다 보고 나서 돌려드리지요."

여지는 말을 마치고 일어섰다. 그와 같이 온 문두도 식사를 한 뒤, 빈 광주리에 왕온의 원고를 담아 어깨에 둘러메고 여지를 따라 성으로 들어갔다.

왕온은 20리를 걸어 사위집에 도착했다. 가서 보니 사위는 정말로 위독했다. 의원이 지키고 있으면서 약을 썼지만 아무런 차도가 없었다. 그렇게 며칠을 앓더니 사위는 세상을 뜨고 말았다. 왕온은 한바탕 통곡을 했다. 그의 딸은 하늘이 무너지고 땅이 꺼질 듯

서럽게 곡을 하더니, 남편의 입관이 끝나자 밖으로 나와 시부모와 친정아버지 왕온에게 절을 올리고는 이렇게 말했다.

"아버지, 큰언니가 형부를 여의는 바람에 아버지께서 돌봐주고 계신 마당에 이제 저마저 남편을 잃고 아버지께 신세를 질 수야 없지 않습니까? 가난한 선비 살림에 어떻게 여러 딸들을 돌보시겠어요?"

"그래서 어떻게 하겠다는 것이냐?"

"이제 시부모님과 아버지께 하직 인사를 올리고, 어떻게든 죽을 방법을 찾아 저도 남편을 따라 가겠어요."

그녀의 시부모는 이 얘길 듣더니 깜짝 놀라 비 오듯 눈물을 쏟으며 말했다.

"아가야, 지금 네가 제정신이냐! 자고로 하찮은 땅강아지나 개미도 자기 목숨을 중히 여긴다는데 너는 어째서 그런 말을 입에 담는 거냐? 너는 살아선 우리 집 사람이요, 죽어서도 우리 집 귀신이거늘, 이 시어미 시애비가 너 하나 먹여 살리지 못하고 사돈 어른께 맡기겠느냐? 다시는 그런 소리 말아라!"

그러자 셋째 딸이 말했다.

"어머님 아버님도 이제 연세가 많으신데, 며느리가 되어 효도를 하기는커녕 도리어 폐만 끼친다면 제 마음이 편치 않아요. 그저 이 길밖에는 다른 도리가 없습니다. 다만 제가 죽기까지는 아직 시간이 좀 남았으니, 아버지께서 집에 가셔서 어머니께 잘 말씀드려 이리로 모셔다 주세요. 어머니를 뵙고 마지막 인사를 드리고 싶어요. 꼭 그렇게 해 주세요."

왕온이 말했다.

"사돈어른, 가만히 들어 보니 제 딸아이가 순절하겠다는 뜻은 진심인 듯합니다. 허니 저 아이 뜻대로 하게 내버려 둡시다. 자고로 '마음이 떠나면 생각을 돌리기 어렵다(心去意難留)' 고 하지 않았습니까!"

그리고 딸에게 이렇게 말했다.

"얘야, 네가 정히 그렇게 하겠다면 그건 청사에 길이 남을 훌륭한 일이거늘, 내가 왜 그걸 말리겠느냐! 네 뜻대로 하도록 해라! 내 지금 집에 돌아가서 작별 인사를 할 수 있도록 네 어미를 보내주마."

사돈 내외는 끝까지 반대했지만 왕온은 고집을 꺾지 않았다. 그는 곧장 집으로 가서 아내에게 딸네 집에서 있었던 일을 모두 얘기해 주었다. 그러자 아내가 말했다.

"어리석어도 분수가 있지! 어째 나이가 들수록 점점 더할까! 딸이 죽겠다고 하면 뜯어말려야지, 어떻게 죽으라고 할 수가 있어요? 무슨 그런 황당한 말이 다 있어요!"

"그게 얼마나 훌륭한 일인지 당신 같은 사람이 몰라서 그래."

이 말을 들은 아내는 통곡하며 눈물을 쏟다가 얼른 가마를 한 대 불러 딸을 설득하기 위해 사돈집으로 향했다. 왕온은 집에서 평소와 다름없이 책을 읽고 글을 쓰며 딸의 소식을 기다렸다. 왕온의 아내가 딸의 마음을 돌리려고 간곡히 타일렀지만 아무리해도 소용이 없었다. 딸은 평소와 다름없이 매일 세수하고 머리를 빗은 뒤 어머니를 모시고 앉아 말동무를 했지만 차 한 모금, 밥 한 술도 뜨지 않았다. 어머니와 시어머니가 애써 타이르고 갖은 노력을 다해 봤지만 그녀는 끝까지 아무것도 먹지 않았다. 그렇게 곡기를 끊은 지 엿새가 지나자 딸은 침상에서 일어나지도 못했다. 어미가 되어 그 모습을 지켜보노라니 피눈물이 나고 마음이 찢어질 듯 아팠다. 이렇게 속을 끓이다 그만 왕온의 아내마저 병이 들어 쓰러지게 되어, 가마를 타고 집에 돌아와 병석에 누웠다.

그로부터 사흘 뒤 한밤중에 몇 사람이 횃불을 밝히고 찾아와 소식을 전했다.

"아씨께서 여드레 동안 곡기를 끊으시더니 오늘 정오쯤에 세상을 뜨셨습니다!"

이 말을 들은 왕온의 아내는 통곡을 하다 정신을 잃고 말았다. 간신히 정신을 차린 뒤에도 울음을 그치지 못했다. 왕온은 아내의 침상 앞에 가서 말했다.

"정말 어리석은 건 할망구 당신이야! 우리 셋째 딸이 지금 불사의 신선이 되었는데 왜 우는 거야? 그 애는 훌륭하게 죽었어! 나는 장차 그 애처럼 훌륭하게 죽지 못하면 어쩌나, 그게 걱정이구먼!"

그리고는 하늘을 우러러보며 껄껄 웃어젖혔다.

"잘 죽었어! 참 잘 죽었어!"

왕온은 이렇게 말하고 큰 소리로 웃으면서 방을 나갔다.

이튿날 여특은 이 소식을 듣고 깜짝 놀라, 슬픔을 주체할 수 없었다. 그는 곧 향과 지전, 그리고 제물 세 가지를 마련해 가지고 그녀의 영전에 가서 예를 올렸다. 그리고 조문을 끝내고 아문에 돌아와서 즉시 서판을 시켜 그녀에게 열부(烈婦)의 정표(旌表)를 내리도록 청하는 문서를 작성하게 했다. 여지가 옆에서 문서 작성을 서두를 수 있게 도와주어서 그날 밤에 바로 상부에 올렸다. 여지 또한 예물을 준비해 조문을 갔다. 모든 학교의 학생들도 자신들의 스승이 이처럼 정중하게 예우를 갖추는 것을 보자 속속 조문을 하러 왔으니, 그 수를 이루 헤아릴 수 없었다. 그리고 두 달 후 상부에서 열부 표창을 비준하여 그녀의 위패를 사당에 배향하고, 집 앞에 열부를 기리는 패방을 세우는 것을 허가했다. 위패를 사당에 모시는 날이 되자 여특은 지현에게 참석해 달라고 청하고, 의장을 격식에 맞게 다 갖춘 후 열녀의 위패를 사당에 안치했다.

향신과 생원 등 현 전체의 지체 있는 사람들은 모두 공복(公服)을 입고 사당까지 걸어가서 의식에 참석했다. 그날 사당에 위패를 안치한 후 먼저 지현이 제를 올리고, 다음에 부학의 선생과 여특, 현의 향신들, 학교의 학생들, 양가의 친척들, 양가 직계 가족들의 순으로 제를 올렸다. 하루 종일 배향 의식을 거행한 후 명륜당(明倫堂)*에 술자리를 마련했다. 유생들이 왕온을 청해 상석에 모시고 이처럼 딸을 훌륭히 길러 윤리강상을 빛낸 업적을 기리고자 했다. 그러나 왕온은 그제야 딸의 죽음에 비통한 마음이 들어 연회에 참석하는 것을 사양했다. 사람들은 명륜당에서 술을 마시고 집으로 돌아갔다.

다음 날, 왕온은 여특에게 감사 인사를 하러 부학으로 갔다. 여특과 여지가 모두 나와 그를 맞이하고 식사를 대접했다. 왕온이 말했다.

"집에서 매일같이 안사람이 애통해하는 모습을 보자니 도저히 견딜 수가 없군요. 그래서 외지로 나가 얼마간 바람이나 쐬고 올까 합니다. 생각해 보니, 유람을 하자면 남경보다 좋은 곳은 없을 테고, 그곳엔 큰 서방(書坊)들도 있으니 이참에 제가 쓴 3부작을 출판할 수도 있지 않을까 싶습니다만."

여특이 말했다.

"남경으로 가신다니, 우 박사께서 안 계신 게 안타깝군요! 우 박사께서 남경에 계셨다면 선생의 책을 무척 칭찬하셨을 테고, 그러면 서방들이 서로 출판하겠다고 나섰을 텐데요."

그러자 여지가 말했다.

"선생께서 남경으로 가시겠다면 형님께서 지금 사촌동생인 두소경과 장소광 선생께 편지를 써 드릴 수 있을 겁니다. 그분들이 한마디해 주시면 도움이 될 겁니다."

여특이 기꺼이 장상지와 두의, 지균, 무서 앞으로 모두 한 통씩, 편지 몇 통을 써 주었다.

왕온은 노인의 몸으로 육로로는 갈 수가 없어서 배를 타고 엄주(嚴州)와 서호를 경유하는 길을 택했다. 가는 길 내내 아름다운 자연 경관을 보노라니 죽은 딸 생각이 간절하여 그 슬픔에 가슴이 미어지는 듯했다. 그렇게 배를 타고 바로 소주에 도착해서 바로 배를 갈아타려고 하다가 문득 생각나는 사람이 있었다.

'여기 등위산(鄧尉山)에 사는 옛 친구 하나가 내 책을 무척 좋아했었지. 그 친구를 한번 찾아가 봐야겠군.'

이렇게 생각한 왕온은 곧 짐을 산당(山塘)*의 여관에 맡겨 놓았다가 등위산으로 가는 배를 타려고 했다. 그런데 이때는 아직 오전이었는데 배는 저녁나절이 되어야 출발한다고 하는지라, 왕온이 여관 사람에게 물었다.

"이 근방에 구경할 만한 데가 뭐가 있습니까?"

"여기에서 곧장 6, 7리만 걸어 올라가면 호구(虎丘)가 나옵니다. 정말 볼 만한 곳이지요!"

왕온은 방문을 잠그고 여관을 나섰다.

처음엔 좁다란 길이 이어지다가 2, 3리 정도 걸어가자 길이 점점 넓어졌다. 길가에 찻집이 하나 있기에 왕온은 들어가 차를 한 잔 마시면서 주위를 구경했다. 오가는 유람선들 중 규모가 아주 큰 배에는 들보와 기둥이 울긋불긋 아름답게 장식되어 있고, 그 안의 사람들은 호구로 가는 길 내내 향을 피워놓고 술을 마시며 놀고 있었다. 수많은 유람선이 오가는데, 그 가운데엔 여자들만 타는 당객선(堂客船)도 몇 척 있었다. 배 안의 여자들은 주렴도 내리지 않고 모두들 화려하고 고운 옷을 차려 입고서 자리에 앉아 술을 마시고 있었다. 왕온은 속으로 이렇게 생각했다.

'소주는 풍속이 좋지 않은 곳이로군. 여자라면 규방을 나와서도 안 되거늘, 배를 불러 타고 나와 강에서 저렇게 놀다니, 어찌 이럴 수 있단 말인가?'

또 한참을 구경하는데 흰 옷을 입고 배 위에 있는 젊은 여인 하나가 눈에 들어오자, 그는 다시 죽은 딸 생각에 울컥하면서 목이 메더니 뜨거운 눈물이 주르르 떨어졌다. 왕온은 애써 눈물을 참으며 찻집을 나와 호구로 가는 길로 걸어 올라갔다. 길가에는 두유와 돗자리와 장난감 그리고 사계절의 꽃들을 파는 행상들이 줄지어 늘어서서 번화하기 이를 데 없었으며, 술과 음식을 파는 식당과 간식거리를 파는 가게도 있었다. 나이 든 왕온은 기력이 모자라서 천천히 한참을 걸어서야 겨우 호구사(虎口寺) 문 앞에 도착했다. 계단을 따라 올라가서 한 굽이를 도니 천인석(千人石)이 나타났고, 거기에도 차를 마실 수 있는 탁자들이 죽 늘어서 있었다. 거기에 앉아 차를 한 잔 마시며 주위 경관을 둘러보니 정말 아름다운 곳이었다. 그런데 하늘이 흐려지면서 곧 비가 내릴 것 같아 그는 오래 앉아 있지 못하고 얼른 일어나 절문을 나섰다.

반쯤 길을 내려오니 배가 고파서, 간식거리를 파는 가게에 들어가 하나에 6전 하는 돼지고기 왕만두를 사서 먹었다. 돈을 지불한 뒤 가게를 나와 천천히 여관으로 돌아오니 날이 벌써 어둑어둑해지고 있었다. 어서 빨리 배에 오르라고 재촉하는 뱃사공 소리에 왕온은 짐을 배로 옮겼다. 다행히 큰비는 아니어서 배는 밤새 쉬지 않고 갈 수 있었다. 등위산에 도착하자 그는 친구의 집을 찾아갔다. 야트막한 그 집에는 문 앞에 수양버들이 늘어져 있고, 굳게 닫힌 대문에는 상중임을 알리는 흰 천이 붙어 있었다. 왕온은 그것을 보고 깜짝 놀라 황급히 문을 두드렸다. 그러자 친구의 아들이 상복을 입고 나와 문을 열더니 그를 보고 말했다.

"백부님, 왜 이렇게 늦게 오셨습니까? 아버님께서는 단 하루도 백부님을 그리워하시지 않은 날이 없답니다. 임종 때도 백부님을 뵙지 못하고 가는 걸 안타까워하셨어요. 또 백부님의 책을 다 보지 못하고 간다고 한스러워하셨지요."

왕온은 이 얘길 듣고 옛 친구가 이미 저세상 사람이 되었단 걸 알고 뜨거운 눈물을 뚝뚝 흘리며 말했다.

"언제 가셨는가?"

"아직 이레도 안 되었습니다."

"영구는 아직 집에 모셔져 있는가?"

"네."

"영구를 모신 곳으로 안내해 주게."

"먼저 좀 씻으시고 차라도 마신 후에 들어가 보시지요."

그는 왕온을 집안으로 모시고 씻을 물을 떠왔다. 왕온은 차를 마시려 하지도 않고 얼른 영구가 안치된 곳에 데려다 달라고 했다. 친구의 아들이 그를 중당(中堂)으로 안내했다. 거기엔 한가운데 영구가 모셔져 있고 그 앞에 향로와 촛대, 망자의 초상, 영혼을 부르는 깃발〔魂幡〕이 마련되어 있었다. 왕온은 한바탕 곡을 하고 엎드려 네 번 절을 올렸다. 친구의 아들도 답례를 했다. 왕온은 차를 마시고 난 뒤 노잣돈에서 얼마를 떼어 산 향과 지전, 제물 그리고 자신의 책을 나란히 영구 앞에 놓고 제를 올린 뒤 또 한참 곡을 했다. 그날 밤은 그 집에서 묵고 그 다음 날 떠나겠다고 하니 친구의 아들도 더 붙잡지 못했다. 왕온은 친구의 영전에 다시 가서 작별을 고하고 또 한바탕 곡을 한 뒤 눈물을 머금고 배에 올랐다. 친구의 아들은 그가 배에 오르는 것을 보고서야 집으로 돌아갔다.

왕온은 소주에 도착해 배를 갈아타고 곧장 남경의 수서문까지 가서 내렸다. 성안에 들어가 묵을 곳을 찾다가 우공암(牛公庵)에 숙소를 정했다. 이튿날 그는 편지를 가지고 여특이 소개한 사람들을 찾아 하루 종일 돌아다녔다. 그러나 뜻밖에도 두의는 절강으로 전근을 간 우 박사를 찾아가고 없었고, 장상지는 조상의 분묘를 보수하러 고향에 가 있었으며, 지균과 무서는 모두 먼 곳으로 발령이 나 떠나 버린 뒤였다. 그래서 그는 결국 한 사람도 만나지 못했다. 그래도 그는 별로 애달아하지 않고 억지로 무슨 방도를 강구하려고 하지도 않았으며, 날마다 우공암에서 책을 보며 지냈다. 그렇게 한 달 남짓 지나 가져온 여비도 바닥이 났을 무렵, 그는 산책이라도 하려고 거리로 나갔다. 막 골목 어귀에 다다랐을 때 뜻밖에도 누군가가 공손히 절을 하며 말을 건네 왔다.

"백부님께서 여긴 어쩐 일이십니까?"

그는 고향 사람으로, 이름은 등의(鄧義)이고 자는 질부(質夫)라고 하는 이였다. 그의 부친과 왕온은 같은 해에 학교에 들어간 동안(同案) 사이였고, 등의 자신이 학교에 들어갈 때도 왕온이 보증을 섰기 때문에 왕온을 '백부'라고 불렀던 것이다.

왕온이 말했다.

"조카 아닌가! 몇 년간 만나질 못했는데, 그간 어디에 있었는가?"

"백부님께선 어디에 묵고 계십니까?"

"요 앞에 있는 우공암에 묵고 있네. 예서 멀지 않아."

"그럼 백부님 묵으시는 곳으로 같이 가시지요."

숙소에 도착하자 등의는 절을 올리더니 이렇게 말했다.

"백부님과 헤어지고 난 뒤로 근래 4, 5년 동안 양주에서 지냈습니다. 얼마 전에 저희 주인어른이 제게 장강 상류의 식염(食鹽)을 파는 일을 맡겨서, 지금 조천궁(朝天宮)에서 머무르고 있습니다. 안 그래도 백부님 생각을 많이 했었는데, 그간 어떻게 지내셨습니까? 남경에는 무슨 일로 오셨습니까?"

왕온은 등의에게 어서 자리에 앉으라고 하며 이렇게 대답했다.
"이보게, 예전에 자네 어머님이 수절하실 때 말일세, 이웃집에 불이 났는데 자네 어머님께서 하늘을 향해 기도를 올리시자 바람이 반대로 불어 불을 끈 일이 있지 않나? 그래서 온 천하에 그 명성이 자자했었지. 그런데 우리 셋째 딸아이도 그런 열부가 되었지 뭔가."
그리고 딸이 사위를 따라 죽은 일을 처음부터 끝까지 들려주었다.
"안사람이 집에서 계속 울어 대니 마음이 아파 차마 볼 수가 없더군. 부학의 여 선생님께서 편지 몇 통을 써서 이곳에 계신 친구분 몇을 찾아가 보라고 소개해 주셨는데, 어떻게 된 일인지 한 분도 만나질 못했다네."
"어떤 분들이신데요?"
왕온이 한 명 한 명 이름을 대자 등의가 탄식하며 말했다.
"저도 여기에 늦게 오게 되어 얼마나 안타까운지 모릅니다! 전에 남경에 우 박사께서 계셨을 땐 뛰어난 명사들이 구름처럼 모여 있었지요. 태백사에서 성대한 제사를 거행한 일은 온 세상이 모여 알고 있는 일이고요. 우 박사께서 떠나신 후로 이곳에 계시던 고명한 학자, 문사들도 바람에 날려가는 구름처럼 뿔뿔이 흩어지고 말았답니다. 제가 작년에 왔을 때 두소경 선생님을 만나 뵌 적이 있고, 또 그분 소개로 현무호에서 장 징군 어른고 뵌 적이 있는데 지금은 두 분 다 여기 안 계십니다. 백부님, 여기는 지내시기 불편할 테니 얼마간이라도 조천궁의 제 숙소로 옮겨 지내시는 게 어떻겠습니까?"
왕온은 그러마 하고 우공암의 승려에게 작별 인사를 하고 방값을 지불한 다음, 사람을 불러 짐을 지게 하고 등의와 함께 조천궁으로 갔다. 밤이 되자 등의는 술과 안주를 준비해 대접하며 다시 태백사 이야기를 꺼냈다. 그러자 왕온이 말했다.

"태백사가 어디쯤 있는가? 내일 한번 보러 가야겠네."

"내일 제가 모시고 가겠습니다."

이튿날 두 사람은 남문을 나섰다. 등의가 은자 몇 푼을 집어 주자 문지기는 문을 열어 주었다. 두 사람은 정전으로 들어가 참배하고 그 뒤편에 있는 건물로 갔다. 건물 아래층 벽에는 지균이 붙여둔 제사의 의례 절차와 참가했던 의전 수행원 명단이 아직 남아 있었다. 두 사람은 소매로 먼지를 털어 내고 그것을 읽어 본 후 다시 위층으로 올라갔다. 그곳엔 악기와 제기를 담은 큰 궤짝 여덟 개가 있었다. 왕온이 그것도 보고 싶어 사당 관리인에게 부탁했지만, 관리인이 "열쇠가 지균 선생님 댁에 있습니다"라고 대답하는 지라 포기할 수밖에 없었다. 1층 회랑으로 내려와 건물 양쪽에 있는 서재를 모두 구경한 뒤, 곧장 희생을 검사하는 성생소(省牲所)로 갔다가 다시 아까 왔던 길을 되짚어 대문을 나가면서 태백사 관리인에게 간다고 인사를 했다. 그 길로 두 사람은 또 보은사로 가서 구경을 하고 유리탑 밑에서 차를 마신 후, 밖으로 나와 절문 어귀 주루에서 밥을 먹었다. 왕온이 말했다.

"오랫동안 객지에 있었더니 피곤해서 이제 집으로 돌아가야겠네. 다만 노잣돈이 없는 게 문제일세."

"백부님, 무슨 그런 말씀을 다 하십니까! 돌아가실 여비는 제가 다 마련해 드릴 겁니다."

그는 곧 전별의 술자리를 마련하였으며, 은자 10여 냥을 꺼내다 드렸다. 또 가마꾼을 고용해 왕온을 휘주까지 모셔다 드리도록 했다. 떠나기에 앞서 그가 왕온에게 이렇게 말했다.

"백부님, 떠나시더라도 여 선생님의 편지는 제게 맡겨 주십시오. 두 분께서 돌아오시면 제가 전해 드리겠습니다. 백부님께서 다녀가신 걸 아실 수 있게 말입니다."

"그거 아주 좋은 생각일세."

왕온은 편지를 등의에게 건네주고 길을 떠나 집으로 돌아갔다.

왕온이 휘주로 떠난 뒤 얼마 후 등의는 무서가 돌아왔다는 소식을 듣고 편지를 직접 전하러 갔다. 그런데 공교롭게도 무서는 남의 집을 방문하러 나가고 없어서 못 만나고 편지만 놓아두고 가면서, 그 집 하인에게 이렇게 말을 해 두었다.

"이 편지는 조천궁에 묵고 있는 등씨가 대신 전하는 것입니다. 자세한 사정은 나중에 직접 만나 뵙고 말씀드리겠습니다."

무서가 돌아와 편지를 보고 조천궁으로 답방을 가려는데, 때마침 고 시독 집에서 사람을 보내 초청을 해 왔다. 그런데 이 일로 인해 다음과 같은 새로운 이야기가 생겨난다.

친구와 손님들 모인 성대한 연회에
또 기이한 인물이 나타나고
곤란에 처한 이를 도와주러
무용이 뛰어난 자가 나서는구나.
賓朋高宴, 又來奇異之人.
患難相扶, 更出武勇之輩.

대체 이후의 일이 어떻게 되었을까? 이에 대해서는 다음 회를 들어 보시라.

와평

왕온은 예로부터 언급되어 온 책상물림의 전형인데, 그의 어리석음은 참으로 남들은 도저히 미치지 못할 경지이다. 이 사람을 보면 그가 "생사의 갈림길에서도 절개를 지켜 흔들림이 없는(臨大節而不可奪)"* '군자' 임을 알 수가 있다. 윤리강상을 지키고자 분연히 결단을 내려서 큰일을 해냈으니 분명 교활한 사람은 아니리라.

왕온의 늙은 아내가 그를 '어리석다〔獃〕' 고 여기고, 왕온 역시 자기 아내를 '어리석다〔獃〕' 고 보고 있는데, 앞뒤에 나오는 이 '어리석다' 는 두 글자가 서로 호응하며 재미를 준다.

열부를 사당에 모시는 과정을 묘사한 대목은 무엇보다 앞에 나오는 오하현의 절효사 이야기와 서로 대조적이다.

태백사를 둘러보는 대목은 처량하면서도 함축적이어서, 끊임없이 태백사의 옛일을 추억하게 되고, 한없이 슬픈 감회에 젖어들게 된다. 이 대목은 본회를 매듭짓는 부분이 아니라 이 책 전체를 매듭짓는 대목으로, 문장의 기세와 의도 모두에서 작자의 능력을 발휘하고 있다.

제49회
고 시독은 과거 시험*에 대해 이야기를 늘어놓고, 만리는 중서 직함을 사칭하다

그날 무서가 집에 돌아와 답례차 등의를 방문하려고 하는데, 오늘 한림원의 고 나리 댁에서 배객(陪客)으로 모신다는 내용의 초대장을 밖에서 전해 왔다. 무서는 편지를 가져온 사람에게 이렇게 말했다.

"손님 한 분께 답례하러 찾아가야 하니, 거기부터 들렀다가 곧장 나리 댁으로 가겠네. 먼저 가서 나리께 그렇게 아뢰게."

"저희 나리께서 부디 오십사 간곡히 청하셨습니다. 이번에 모신 분은 절강의 만(萬) 나리*신데, 저희 나리께서 예전에 의형제를 맺으신 분입니다. 나리와 지 나리 두 분 외에는 저희 나리의 사돈이신 진(秦) 나리만 청하셨습니다."

무서는 지균이 온다는 말에 하는 수 없이 가겠노라고 대답했다. 그리고 등의를 찾아갔지만 이번에도 만나지 못했다. 오후에 고씨 집에서 두 번이나 사람을 보내 청하자 무서도 어쩔 수 없어 그 집으로 갔다. 고 시독이 그를 맞아 서로 인사를 나누었다. 서재에서 시 어사와 진 중서(中書)도 나와서 무서와 인사를 나누었다. 차를 마시고 있는데, 지균도 도착했다.

고 시독은 다시 집사를 보내 만 나리에게 어서 오시라고 전하게 했다. 그리고 시 어사에게 말했다.

"제 친구인 만씨는 절강에서도 아주 뛰어난 인재로, 글씨도 명필입니다. 20년 전 제가 수재이던 시절에 양주에서 만났지요. 그 친구도 당시엔 수재였는데, 행동거지가 여느 사람들 같지 않아 염무를 보시던 나리들도 함부로 대하지 못하셨고, 저보다 훨씬 명성이 높았었지요. 제가 경사로 간 뒤에 서로 연락이 끊겼었는데, 엊그제 저 사람이 경사에서 돌아와 저를 찾아와서는 서반(序班)*을 거쳐 중서 벼슬을 제수 받았다고 하더군요. 그러니 우리 사돈이신 진 중서 나리와는 같은 관서의 동료가 되는 거지요."

진 중서가 웃으며 대꾸했다.

"제 동료를 환영하는 잔치를 왜 사돈어른께서 여십니까? 내일은 반드시 저희 집에서 모시겠습니다."

이런 얘기를 나누고 있는데, 만리가 도착해서 명첩을 전해 왔다. 고 시독은 집사에게 문을 열어 가마를 안으로 들여보내라고 이르고, 자신은 대청 앞 처마 밑에 공손히 두 손을 모으고 서 있었다.

하지만 만리는 문밖에서 가마를 내려 빠른 걸음으로 안으로 들어왔다. 공손히 인사를 하고 자리를 잡고 앉은 뒤, 만리가 이렇게 말했다.

"고 선생님께서 이렇게 초대해 주시다니, 몸 둘 바를 모르겠습니다. 저도 술 한잔하면서 지난 20년간의 회포를 풀었으면 했습니다. 그런데 저 말고 다른 손님들이 또 계신 건 아닌지 모르겠습니다.

"오늘은 다른 외부 손님을 모시지 않았습니다. 시어사(侍御史)이신 시 나리와 제 사돈인 진 중서, 그리고 이곳 국자감의 학생 두 분만을 모셨는데, 한 분은 무씨이고 또 한 분은 지씨입니다. 지금 모두 서쪽 대청에 계십니다."

"어서 만나 뵙고 싶습니다."

집사가 서쪽 대청으로 가서 알리자, 네 손님은 모두 큰 객실로 건너와 만리와 인사를 나누었다. 시 어사가 말했다.

"고 선생께서 선생님이 오시니 저더러 자리를 함께해 달라고 부르셨습니다."

그러자 만리가 말했다.

"저는 20년 전 양주에서 고 선생님을 뵈었지요. 그때는 고 선생님께서 아직 높은 벼슬을 하시기 전이었지만, 기백이 범상치 않으셨기에 훗날 틀림없이 조정의 대들보가 되실 줄 알았습니다. 고 선생님께서 향시에서 1등으로 합격해 경사로 떠나신 이후, 저는 천하 사방을 떠돌아다니면서도 경사에는 한번 뵈러 가지도 못했지요. 그러다가 작년에 경사에 갔습니다만, 뜻밖에도 선생님께서는 은퇴하고 고향으로 내려가셨더군요. 어제는 양주의 옛 친구들과 일이 좀 있었던지라 찾아뵙지 못하고 오늘에야 오게 되었습니다. 이렇게 선생님과 여러분들의 가르침을 받을 수 있게 되었으니 얼마나 다행한 일인지 모르겠습니다."

진 중서가 물었다.

"그럼 임관은 언제 하시게 되나요? 그리고 무슨 일로 경사를 떠나 여기로 오셨습니까?"

"중서 중에서도 진사 출신과 감생 출신은 그 서열과 하는 일이 다릅니다. 저는 판사(辦事)* 직함을 달게 될 것이고, 앞으로도 평생 이 '판사'라는 두 글자에서 벗어날 수 없겠지요. 한림학사로 승진하는 것은 아무래도 불가능할 겁니다. 요즘엔 좀처럼 결원이 나지 않아 자리를 잡기도 어렵지요."

"직함을 얻고도 임관을 하지 못한다면 차라리 직함을 얻지 못하는 게 낫지요."

만리는 이 말에는 더 대꾸하지 않고, 무서와 지균에게 말했다.
"두 분 선생께서는 뛰어난 재능을 가지셨지만 오랫동안 빛을 보지 못하셨군요. 하지만 앞으로 틀림없이 대기만성하실 거요. 내가 얻은 직함 같은 건 사실 아무것도 아니지요. 벼슬길에 나서려면 뭐니 뭐니 해도 정식으로 과거에 급제해야 하오."
지균이 말했다.
"보잘것없는 저희들을 어찌 선생처럼 재주가 뛰어나신 분과 비교하겠습니까?"
무서도 한마디했다.
"선생께선 고 선생님과 의형제를 맺은 분이시니 틀림없이 난형난제의 성취를 이루실 것입니다."
이렇게 이야기를 나누고 있는데, 하인이 와서 아뢰었다.
"나리님들, 서쪽 대청에 식사를 준비해 놓았습니다."
그러자 고 시독이 말했다.
"변변치 않지만 먼저 식사를 하시지요. 그러고 나서 천천히 이야기를 나눕시다."
모두들 서쪽 대청으로 가서 식사를 마치자 고 시독은 집사에게 화원 문을 열게 하고, 경치 구경을 하자며 손님들을 청했다. 서쪽 대청 오른편의 월문(月門)으로 들어가니 하얀색의 긴 담이 나왔고, 그 담 모퉁이의 작은 문을 열고 들어갔더니 회랑이 죽 이어져 있었다. 회랑을 따라 동쪽 편으로 돌아가 돌계단을 내려가자 난초밭〔蘭圃〕이 펼쳐졌다. 이날 날씨는 따뜻하고 난초꽃들은 활짝 피어 있었다. 난초밭 앞에는 돌산과 돌병풍이 세워져 있었는데 모두 인공으로 만든 것이었고, 돌산 위에는 서너 명이 들어갈 수 있는 정도의 작은 정자가 있었다. 돌병풍 옆에는 자기로 만든 의자가 두 개 놓여 있고, 돌병풍 뒤에는 대나무 백여 그루가 자라고 있었다. 대나무 뒤편으로 나지막한 주홍빛 난간이 둘러서 있고, 난간 안쪽에는 아직 피지 않은 작약이 빙 돌아가며 심어져 있었다. 고 시독은 만리와 손을 맞잡고 나지막이 이야기를 나누면서 곧장 정자 위로 올라갔다. 시 어사와 진 중서는 돌병풍 아래 느긋하게 앉아 있었고, 지균은 무서와 함께 발길 가는 대로 대숲을 지나 작약밭 난간 근처까지 걸어갔다. 지균이 무서에게 말했다.

"정원을 정갈하게 잘 꾸며 놓았네그려. 나무가 좀 적은 것이 아쉽지만 말일세."

"선인께서 이런 말씀을 하셨죠. '정자와 연못은 작위와 같아 시운이 닿으면 얻을 수 있으나, 수목은 명예와 절개 같아 평소 가꾸지 않으면 얻을 수 없다(亭沼譬如爵位, 時來則有之, 樹木譬如名節, 非素修不能成)' 고요."

이렇게 얘기하고 있는데, 고 시독이 만리와 함께 정자에서 내려오면서 그들을 향해 말했다.

"작년에 장탁강의 집에서 무 선생이 쓰신 「붉은 작약(紅芍藥)」이란 시를 봤는데, 또다시 작약이 필 계절이 되었군요."

주인과 손님 여섯 사람은 이렇게 정원을 천천히 거닐다가 다시 서쪽 대청으로 가서 앉았다.

집사는 차 끓이는 사람에게 다과상을 올리게 했다. 지균이 만리에게 말했다.

"선생님 고향에 제 친구가 한 명 있습니다. 처주 사람인데, 선생님께서 아시는지 모르겠습니다."

"처주 사람으로 유명한 이라면 마순상 선생이 있소이다. 마 선생 말고 현학에 있는 친구들도 몇 명 압니다만, 선생님의 친구 분은 어느 분이신가?"

"바로 그 마순상 선생입니다."

"마 형이라면 나와 의형제를 맺은 사이인데 내가 왜 모르겠소! 지금은 경사로 떠났다네. 마형이 경사에 가면 틀림없이 한 자리 할 거외다."

그 말이 끝나기 무섭게 무서가 물었다.

"그분은 아직 향시에 급제하지 못했는데, 경사엔 무슨 일로 가셨습니까?"

"학도께서 3년 임기를 마치시면서 품행과 학업이 우수하다 하여 마 형을 추천해 주셨다오. 이번 경사행은 바로 공명을 이루는 첩경이니, 내가 꼭 한 자리 할 거라고 한 것이오."

옆에서 듣던 시 어사가 말했다.

"그렇게 정도가 아닌 길로 공명을 얻는 것은 결국 한계가 있습니다. 제대로 된 사람이라면 어찌 되었거나 과거에 급제해서 출사를 해야지요."

그 말을 듣고 지균이 말했다.

"지난해 여기 오셨을 때 뵈니 정말 과거 공부를 많이 하셨던데 아직까지 수재시라니요! 그것만 봐도 이 과거란 것이 얼마나 믿을 만하지 않은지 알 수 있습니다."

그러자 고 시독이 말했다.

"지 선생, 그건 틀린 말씀이오. 우리 왕조가 시작되고 2백 년 동안 이 과거만은 변함없이 이어져 왔고, 장원 급제할 만한 사람은 항상 장원이 되었소. 그 마순상이라는 자가 했다는 과거 공부는 그저 수박 겉핥기에 지나지 않을 뿐이고, 그 안의 오묘한 정수는 전혀 모르고 있는 것이오. 그가 3백 년 동안 수재 노릇을 하고 현학 시험에서 2백 번 1등을 한다 해도, 향시 시험장에 들어가서는 아무 쓸모가 없을 거요."

이번엔 무서가 말했다.

"그러면 향시 시험관과 학도 어른이 보시는 게 다르단 말씀입니까?"

"다르고말고! 학도에게 뽑힌 사람은 향시 시험장에서는 절대 붙지 못하네. 그래서 급제하기 전까지 나는 오로지 향시 준비에만 매진했소. 학도 어른의 시험에선 항상 3등급이었지만 그건 신경도 쓰지 않았어."

만리가 말했다.

"저희 고장 사람들 가운데 선생님께서 장원에 급제할 때 쓰신 답안지를 마르고 닳도록 연구〔揣摩〕하지 않는 사람이 없답니다."

고 시독이 대답했다.

"그 '연구' 야말로 바로 과거 급제의 제일가는 비법이지요. 제가 향시 때 쓴 모자란 글 세 편은 단 한 글자도 멋대로 지어 낸 것이 없습니다. 한 글자 한 글자마다 다 내력이 있었기 때문에 급제할 수 있었던 것이지요. '연구' 할 줄 모른다면 제 아무리 성인이라 할지라도 급제할 수 없습니다. 그 마 선생은 평생 과거 공부를 했다지만 그게 다 급제는 할 수 없는 공부였던 거지요. 그 사람이 '연구' 라는 두 글자를 제대로 알았다면 지금쯤 벌써 높은 관직에 올랐을 겁니다."

만리가 말했다.

"정말 후배들에게는 금과옥조 같은 말씀이십니다. 그래도 이 마 형은 훌륭한 학자라 할 수 있습니다. 제가 양주의 친구 집에서 그가 지은 『춘추』를 본 일이 있는데, 조리 있게 잘 쓴 책이더군요."

그러자 고 시독이 말했다.

"다시는 그런 소리 마십시오! 이곳의 장(莊) 선생이란 이는 조정의 부름까지 받았던 양반인데, 지금은 집에 틀어박혀 『주역』에 주를 달고 있습니다. 저번에 한 친구가 잔치 자리에서 그 양반을 만났는데 이렇게 말하더랍니다.

'마 순상은 나아갈 줄만 알고 물러날 줄은 모르니, 조그만 항룡(亢龍)*과 같지요.'

마 선생을 항룡에 견주는 것이 당치도 않을 뿐 아니라, 지금 살아 있는 수재의 견해를 가지고 성인의 경전을 풀이하는 건 정말 웃긴 일이 아닐 수 없지요!"

그 말에 무서가 반박했다.

"선생님, 그건 장 선생님께서 그냥 농담으로 하신 말씀이었습니다. 그런데 만약 살아 있는 사람의 견해를 가지고 설명할 수 없는 것이라면 그 옛날 문왕(文王)과 주공(周公)께서는 어째서 미자(微子)와 기자(箕子)를 언급하셨겠습니까? 그리고 그 뒤의 공자께서는 또 어째서 안자(顔子)를 언급하셨겠습니까? 그 당시에 다 살아 있는 사람들이었는데요."

"선생이 얼마나 박학한지 알 만하네. 나는 전공이 『모시(毛詩)』이지 『주역』이 아니라서 그런 것까진 제대로 공부해 본 적이 없네."

"『모시』 말씀을 하시니, 더 웃기는 일이 생각납니다. 요즘 과거 공부하는 사람들은 주자(朱子)의 주석에만 얽매여, 공부를 하면 할수록 무슨 소린지 모르게 됩니다. 4, 5년 전 천장현의 두소경 선생께서 『시설』이란 책을 펴내면서 한나라 때 학자의 설을 인용하셨는데, 다른 친구들은 모두 생전 처음 듣는 소리라 새로운 이야기인 줄 알더군요. 요즘 세상에는 진짜 '학문'이라고 할 만한 것이 없어졌다는 걸 알 수 있지 않습니까!

그러자 지균이 말했다.

"그것도 한쪽으로만 치우친 말씀이오. 제가 보기에 학문을 하는 사람은 학문에만 전념하고 공명을 구하지 말며, 공명을 구하는 사람은 공명에만 신경 쓰고 학문을 논하지 말아야 합니다. 만약 두 가지를 모두 추구하려 한다면 결국 어느 것도 이루지 못할 겁니다."

이렇게 이야기를 나누고 있는데, 집사가 와서 아뢰었다.

"음식 준비가 되었으니 자리로 드시지요."

고 시독은 만리를 상석에 모시고, 시 어사를 두 번째 자리, 지균을 세 번째 자리, 무서를 네 번째 자리에 앉게 했다. 그리고 사돈인 진 중서는 다섯 번째 자리에 모시고, 자신은 주인 자리에 앉았다. 세 벌의 술상이 서쪽 대청 위에 차려졌는데, 안주는 매우 고급스러웠지만 공연〔戱〕은 따로 준비되어 있지 않았다. 그들은 술을 마시며 또 경사의 조정에서 벌어진 일에 대해 이야기를 나누었다. 한참 이런 이야기가 오간 끝에 지균이 무서에게 말했다.

"우 선생님께서 이곳을 떠나신 뒤, 우리들이 모이는 일도 점점 적어지는군."

잠시 후, 음식상을 새로 들여오고 등불도 밝혔다. 술이 한 순배 돌아간 뒤, 만리는 일어나 돌아가겠다고 인사를 했다. 진 중서가 그의 손을 붙잡고 말했다.

"선생님께서는 저희 사돈어른의 의형제이시니 제게는 사돈어른과 마찬가지이시고, 또 저랑 같은 관서 소속이시니 임관하시게 되면 같은 곳에서 일하게 될 테지요. 그러니 내일은 꼭 저희 집으로 모셔 말씀을 나누고 싶습니다. 제가 지금 집에 돌아가면 바로 초대장을 보내겠습니다."

그리고 고개를 돌려 다른 사람들에게 말했다.

"내일은 여기 계신 분들 외에는 한 분도 더도 덜도 모시지 않고, 지금 계신 여섯 명이 그대로 모였으면 합니다."

지균과 무서는 아무런 대꾸도 하지 않았다. 시 어사가 이렇게 말했다.

"좋은 생각이십니다. 실은 제가 내일 만 선생님을 모시려고 했는데, 이렇게 되었으니 다음 날로 미루지요."

그러자 만리가 말했다.

"저는 어제 막 이곳에 도착했는데 뜻밖에도 오자마자 이렇게 고 선생님께 폐를 끼치게 되었습니다. 제가 아직 여러 선생님들 댁에 찾아뵙고 인사도 드리지 못했는데 어찌 그렇게 폐를 끼칠 수 있겠습니까?"

"그게 무슨 상관이겠소. 사돈어른은 당신과 같은 관서에 계시니 다른 사람들과는 다르지요. 내일 늦지 않게 와주기나 하십시오."

고 시독이 이렇게 말하자 만리는 우물쭈물하면서 그러겠다고 대답했다. 손님들은 고 시독에게 인사를 하고 흩어져 돌아갔다.

진 중서는 집으로 돌아가 당장 초대장 다섯 통을 쓰고, 장반(長班)에게 그것을 가지고 만리, 시 어사, 지균, 무서, 고 시독 댁으로 가서 전하게 했다. 그리고 극단에게 차출명령서〔溜子〕를 보내 다음 날 아침 일찍 오게 하고, 총집사〔總管〕에게 명령서〔諭帖〕를 내려 주방 사람들에게 차와 음식을 신경 써서 준비하게 하라고 단단히 일렀다.

다음 날 만리는 잠자리에서 일어나 이렇게 생각했다.

'진씨 댁에 먼저 가면 붙잡혀서 꼼짝도 못하게 될 테고, 그렇게 되는 날엔 다른 집엔 인사를 갈 수 없게 될 거야. 그러면 사람들은 분명 내가 술대접하는 집에만 간다면서 욕을 하겠지. 다른 집부터 먼저 갔다가 진씨 댁으로 가야겠다.'

그는 곧 명첩 네 통을 썼다. 그리고 맨 처음 시 어사를 찾아갔다. 시 어사가 나와서 맞았지만, 진 중서 집에서 곧 술자리가 있다는 것을 알고 있었기 때문에 대접한다고 붙잡지는 않았다. 만리는 이어서 지균의 집으로 갔는데, 그 집 사람이 나와서 이렇게 전했다.

"학교 수리하는 일로 어젯밤 급히 성을 떠나 구용(句容)으로 가셨습니다."

그는 할 수 없이 무서의 집으로 향했지만 그 집에서는 또 이렇게 말했다.

"어젯밤에 안 들어 오셨습니다. 돌아오시면 답례 인사를 가시도록 말씀드리겠습니다."

만리는 아침 먹을 시간쯤에 진 중서의 집으로 갔다. 대문 입구에는 150 걸음 정도 길이의 검은 담이 세워져 있고, 그 안에 세워진 세 채의 건물 앞에는 돋을새김의 화려한 문양을 부조한 커다란 문루가 서 있었다. 가마가 대문 앞에 멈춰 서자, 안쪽 광경이 눈에 들어왔다. 대문 안 하얀 가림벽〔粉屛〕에 주사(朱砂)로 '내각중서(內閣中書)' 라고 쓴 붉은 종이가 붙어 있고, 양쪽에 집사들이 기러기 날개처럼 두 줄로 늘어서 있었으며, 그 집사들 뒤쪽에 의장용 모자걸이가 놓여 있었다. 그리고 가림벽 위쪽에는 '위금약사(爲禁約事)' *가 적힌 고시(告示)가 붙어 있었다.

명첩을 안으로 들여보내자 진 중서가 맞으러 나와서 안뜰로 통하는 문을 열어 주었다. 만리가 가마에서 내리자 진 중서는 그의 손을 잡고 대청으로 모셔 공손히 인사를 하고 자리를 권해 차를 올렸다. 만리가 말했다.

"외람되이 선생님과 같은 관서의 동료가 되었으니 매사에 좋은 가르침으로 이끌어 주십시오. 여기 천한 이름이 적힌 명첩을 드리오니, 오늘은 이것으로 먼저 인사를 올렸다 생각해 주십시오. 오늘 폐를 끼친 일은 다시 사례하겠습니다."

"저희 사돈어른한테 선생님께서 정말 뛰어난 재능을 가지신 분이란 말씀을 들었습니다. 장차 제가 임관하게 되면, 선생님만 믿고 따르겠습니다."

"사돈어른께선 오셨습니까?"
"오늘 아침에 차인까지 보내 꼭 오신다고 말씀하셨으니 곧 도착하실 겁니다."
이렇게 말하고 있을 때, 고 시독과 시 어사가 탄 가마 두 채가 문 앞에 도착했다. 그들은 가마에서 내려 걸어 들어와 자리에 앉아 차를 마셨다. 고 시독이 말했다.
"사돈어른, 지 형과 무 형도 지금쯤이면 도착할 때가 되지 않았습니까?"
"벌써 사람을 보내 모셔 오라고 했습니다."
만리가 말했다.
"무 선생은 혹시 오실지도 모르지만, 그 지 선생이란 분은 안 오실 겁니다."
그 말에 고 시독이 물었다.
"선생님께서 그걸 어떻게 아십니까?"
"아까 그 두 분 댁을 찾아갔는데, 무 선생 집에서는 '어젯밤에 들어오지 않았다' 고 하고, 지 선생은 학교 수리하는 일로 구용에 갔다고 하더군요. 그래서 지 선생께서 못 오신다는 걸 알았지요."
시 어사가 말했다.
"그 두 사람도 참 별나긴 별나지요. 우리가 열 번 초대하면 아홉 번은 오지 않는다니까요. 정말 무슨 일이 있다고 쳐도, 수재 주제에 무슨 일이 그렇게 많답니까! 잘난 체하는 거라면, 그래 봤자 일개 수재 신분이 어디 간답니까?"
진 중서가 말했다.
"선생님과 사돈어른께서 오셨으니 그 두 사람이야 오거나 말거나 상관없습니다."
만리가 물었다.

"그 두 분 선생의 학문은 필시 훌륭하시겠지요?"

그 말에 고 시독이 대답했다.

"학문은 무슨 학문입니까! 학문이 있다면 왜 아직까지 수재 노릇만 하고 있겠습니까? 지난해 국자감에 우 박사란 분이 오셨는데, 저 몇몇을 많이 아껴주시기에 저희도 왕래를 했던 것뿐입니다. 지금은 별로 어울리지도 않습니다."

이렇게 이야기를 하고 있는데 왼쪽 방 안에서 누군가 '대단하다, 대단해!' 라고 외치는 소리가 들려오자, 모두 깜짝 놀라 무슨 일인지 궁금해했다. 진 중서가 집사에게 서재 뒤쪽으로 가서 누가 이렇게 시끄럽게 떠드는지 보고 오라고 하자, 집사는 돌아와 이렇게 아뢰었다.

"둘째 나리의 친구 분이신 봉(鳳) 나리*십니다."

"누군가 했더니 봉씨가 뒤쪽에 있었구먼. 함께 이야기를 나누게 모셔 오너라."

집사가 서재 쪽에서 그 사람을 데려왔다. 그는 마흔 살 남짓한 거구의 사내로, 커다란 두 눈에 곧추선 눈썹을 하고, 수염을 가슴까지 길게 드리우고 있었다. 또 그는 역사건(力士巾)을 쓰고 소매가 좁은 검은 비단 도포를 입었으며, 끝이 뾰족한 장화를 신고, 양 끝에 술이 달린 넓은 비단 허리띠를 맸으며, 옆구리엔 단검을 차고 있었다. 그는 대청 가운데로 걸어 들어와 인사를 하며 이렇게 말했다.

"제가 뒤편에 있다 보니, 여러 선생님들이 여기 계신 줄도 몰랐습니다. 정말 실례가 많았습니다."

진 중서가 봉명기(鳳鳴岐)를 붙잡아 앉히고, 그를 가리키며 만리에게 말했다.

"이분 봉 형은 우리 고장에서 의협심이 높기로 유명하신 분이십니다. 권법이며 무예가 아주 뛰어나실 뿐 아니라 『역근경(易筋經)』*에도 통달하셨지요. 이 사람이 몸에 힘을 한번만 주면 수천 근 돌덩어리가 머리 위로 떨어져도 끄떡없답니다. 요즘 제 동생이 집으로 청해서 조석으로 무예를 배우고 있습니다."

그러자 만리가 말했다.

"그 풍모만 보아도 기인임을 알겠습니다. 척 봐도 닭 한 마리 잡을 힘도 없는 사람들과는 다르니까요."

진 중서가 이번에는 봉씨에게 물었다.

"방금 안쪽에서 계속 '대단하다, 대단해!' 라고 하던데, 무슨 일 때문이었는가?"

"그건 제가 아니라 동생 분께서 소리치신 겁니다. 동생 분께서 힘은 타고나는 것이라고 하시기에, 제가 동생 분께 호흡을 조절해 기를 모으라 하고 다른 사람을 시켜 몽둥이로 때리게 했지요. 그런데 그 사람이 아무리 때려도 제가 아파하지 않으니까 동생 분께서 기쁜 마음에 대단하다고 소리를 치신 겁니다."

만리가 진 중서에게 말했다.

"동생 분께서 댁에 계시다면, 함께 모셔 만나 뵙고 싶습니다만."

진 중서가 집사를 안으로 보내 데려오라고 했지만 동생 진과자(秦侉子)는 벌써 병영의 궁술 연습을 구경하러 말을 타고 후문을 빠져나간 후였다.

하인들이 안쪽 청사에서 식사를 하시라고 알려왔다. 식사가 끝난 후, 하인들은 또 대청의 왼쪽 문을 열어 손님들을 그 안으로 안내했다. 만리도 다른 손님들과 함께 들어갔다. 그곳은 두 개의 방이 서로 마주 보게 만들어진 대청(對廳)으로, 정청(正廳)보다 조금 작기는 했지만 아주 고급스럽게 장식되어 있었다. 손님들이 마음에 드는 대로 자리를 잡고 앉자, 차를 담당하는 사람이 열두 가지의 다과를 곁들여 차를 올렸다. 그리고 열한두 살 쯤 된 하인 아이가 향로에 향을 더 넣었다. 만리는 속으로 이렇게 생각했다.

'이런 집은 역시 해 놓고 사는 게 다르구나. 나도 집에 가면 이렇게 해 봐야겠다. 하지만 이 정도로 위풍 있는 치레는 못 하겠지. 현직 관리가 찾아올 일도 없고 이렇게 시중드는 하인들도 없으니까 말이야.'

이런 생각을 하고 있는데, 울긋불긋한 옷을 입은 말각(末脚)*이 연극 목록을 들고 올라와 한쪽 무릎을 꿇고 인사를 올렸다.

"나리께서 한두 장면 먼저 골라 주십시오."

만리가 고 시독과 시 어사에게 먼저 고르라고 양보하다 『남서상기(南西廂記)』 가운데 「청연(請宴)」과 「전별(餞別)」*을 골랐다. 시 어사는 『호천탑맹량도골(昊天塔孟良盜骨)』의 「오대(五臺)」* 장면을, 고 시독은 『천금기(千金記)』의 「추신(追信)」* 장면을 골랐다. 말각은 홀판(笏板)을 들고 옆에 서서 받아 적은 뒤, 분장실〔戲房〕으로 가서 준비를 시작했다. 진 중서는 차를 새로 내오라고 분부했다. 이때 집사가 와서 이렇게 아뢰었다.

"나리님들 바깥으로 나가시지요."

모두들 만리가 앞장을 서도록 예우하며 대청에서 나왔다. 두 번째 청사에 이르자 연극 무대가 완벽하게 준비되어 있었고, 양쪽에 금실로 수놓은 붉은색 덮개를 씌운 권의(圈椅)* 다섯 개를 가져다 놓았다. 그들이 순서대로 자리에 앉자 장반이 배우들을 전부 데리고 나왔다. 배우들은 모두 자기가 맡은 배역의 의상을 입고 나와 인사를 올렸다. 고판(鼓板)*을 연주하는 사람이 무대 가장자리에 서서 고판을 가볍게 한 번 울리자, 첩단(貼旦)* 각색의 배우가 홍낭(紅娘)*으로 분장하고 살랑살랑 몸을 흔들며 무대로 걸어 나왔다. 장반이 다시 올라와 한쪽 무릎을 꿇고 인사를 하면서 "앉겠습니다"라고 고하니, 그제야 악사들은 자리에 앉았다.

홍낭이 막 한 소절을 불렀는데, 대문간에서 갑자기 징 소리가 나더니 붉은색과 검은색 모자를 쓴 포졸들이 호령하며 안으로 몰려들어왔다. 이 광경에 사람들이 모두 어리둥절해서 '「청연」에 이런 대목은 없었는데……' 하고 의아해하는데, 이번엔 집사가 달려 들어오며 놀라서 말도 제대로 못하는 것이었다. 그때 사모를 쓰고, 옥색 비단 도포를 입고, 바닥이 하얀 검은 장화를 신은 관원 하나가 대청 위로 올라왔다. 그의 뒤엔 포졸 20여 명이 뒤따르고 있었는데, 그 가운데 앞에 섰던 포졸 두 명이 사람들 앞으로 척척 걸어 나오더니 만리를 붙잡아 목에 쇠사슬을 채워 곧바로 끌고 가 버렸다. 그 관원은 한 마디 말도 없이 같이 나가버렸다. 나머지 사람들은 놀라서 서로 얼굴만 쳐다볼 뿐이었다. 그런데 이 일로 인해 다음과 같은 새로운 이야기가 생겨난다.

극단의 배우들은
이날 이후 향신들을 비웃고
우연히 만난 영웅은
혼자 힘으로 환난에서 구해 주네
梨園子弟, 從今笑煞鄕紳.
萍水英雄, 一力擔承患難.

이 일은 이후에 어떻게 되었을까? 이에 대해서는 다음 회를 들어 보시라.

와평

우육덕이 떠나간 후 그 뒷이야기는 모두 여론(餘論)이 된다. 하지만 작자는 강엄(江淹)*처럼 문장 실력이 바닥나서, 앞에서와 같이 눈이 휘둥그레질 기이하고 읽을 때마다 깜짝깜짝 놀랄 얘기가 없다고 독자들이 자신을 비웃을까 두려웠는지, 독자들이 익히 알고 있는 고 시독을 통하여 만리 이야기를 이끌어내고 있다. 이 만리 이야기는 봉명기 이야기를 쓰기 위한 포석이기도 하다. 봉명기의 사람됨은 그 성정과 기개가 다른 사람들과는 확연하게 다르니, 작자의 기발한 상상력이 참으로 무궁무진하다 하겠다.

진 중서 집에서의 잔치 자리는 소위 '음식지옥(飮食地獄)'이라고 할 만하다. '지옥'이라고 했으니 지옥의 '변상(變相)'*이 빠질 수 없다. 연회 자리에 난데없이 관원이 들이닥쳐 다짜고짜 손님 한 명을 끌고 가니, 이들을 불경 속의 지옥 귀졸인 우두(牛頭)나 야차(夜叉)라고 해도 무방하지 않겠는가!

제50회
가짜 관리 만리는 길거리에서 볼썽사나운 꼴을 당하고 참된 의인 봉명기는 벗을 대신해 관직을 구해 주다

만리는 진 중서의 집 대청에서 연극을 구경하고 있다가 갑자기 포졸들을 이끌고 들이닥친 관리에게 꽁꽁 묶여 끌려 나갔다. 시 어사와 고 시독, 그리고 진 중서는 이런 날벼락 같은 일에 기함을 해서 서로 얼굴만 멀뚱히 쳐다보며 어리둥절해하고 있었다. 보고 있던 연극도 중단되고 모두들 한참 동안 얼어붙은 듯 가만히 있던 차에, 시 어사가 침묵을 깨고 고 시독에게 말했다.

"선생님 지인(知人)에게 일어난 일이니, 선생님이시라면 이게 어떻게 된 일인지 좀 아실 테지요?"

"저도 도통 영문을 모르겠습니다. 허나 아까 그 방(方) 지현의 행사도 기가 막힙니다. 어떻게 일을 그런 식으로 한답니까?"

진 중서도 고 시독을 탓하며 말했다.

"제가 마련한 연회석상에서 손님이 관부에 붙들려 갔으니, 이래 가지고 망신스러워 어디 얼굴을 들고 다니겠습니까?"

그러자 고 시독이 대꾸했다.

"사돈 양반, 말씀은 바로 하셔야지요. 관직에서 물러나 집에만 있던 제가 그 사람에게 무슨 일이 있는지 어떻게 알 수 있겠습니까? 게다가 끌려간 건 그 사람이지 내가 아니란 말이오. 그런데 겁날 게 뭐 있습니까?"

이렇게 옥신각신하고 있는데 집사가 다시 와서 아뢰었다.

"배우들이 계속 공연을 할지 아님 그냥 돌아갈지 몰라서 나리의 분부를 기다리고 있습니다."

그러자 진 중서가 대답했다.

"죄는 손님이 지었지 우리 집 식구가 지은 것도 아닌데 왜 공연을 안 한단 말이냐!"

그리고 모두들 다시 자리에 앉아 연극을 보았다. 봉명기만이 저만치 멀리 떨어져 앉아 그들을 보며 쓴웃음을 짓고 있었다. 진 중서가 그런 그를 흘깃 보더니 이렇게 물었다.

"봉 형, 이 일에 대해 뭘 좀 알고 있는가?"

"아닙니다. 제가 어떻게 알겠습니까?"

"그런데 왜 그렇게 웃고 있나?"

"여기 선생님들이 너무 우스워서 그랬습니다. 사람은 벌써 잡혀가고 없는데 화를 내면 뭐 하겠습니까! 제 어리석은 소견으로는 똑똑한 사람을 하나 현 아문으로 보내 사정을 알아봐야 마땅할 것 같습니다. 그럼 첫째로 그 양반이 어떻게 되었는지 알 수 있고, 둘째로 나리들과 연루된 일인지 여부도 알 수 있겠지요."

그 말이 끝나기 무섭게 시 어사가 말했다.

"참으로 옳은 말 일세!"

진 중서도 즉시 맞장구를 쳤다.

"그래, 그래, 맞는 말일세!"

진 중서는 곧바로 현 아문에 가서 소식을 탐지해 오라고 사람을 보냈다. 당장 하인 하나가 떠났다.

네 사람이 다시 자리에 앉자 배우들이 처음부터 새로 「청연」을 공연하고, 이어서 「전별」을 공연했다. 시 어사는 무대를 가리키며

고 시독에게 말했다.

"그 사람이 방금 이 두 극목을 골라서 재수가 없었나 봅니다. '연회에 초대' 하자마자 곧 '전별' 을 하다니요? 그러니까 연회를 미처 즐기지도 못하고 떠나게 되었지요!"

이렇게 말하는 사이 「오대」의 공연이 끝나고 「추신」을 막 무대에 올리려는데, 소식을 알아보라 보냈던 하인이 돌아와 진 중서 앞에 와서 아뢰었다.

"현 아문에서도 정확한 내막을 모르고 있었습니다. 형방(刑房) 소이(蕭二) 나리를 만나 겨우 부탁해서 상부의 공문〔牌票〕을 베껴 달라고 해서 가져왔습니다."

그는 이렇게 말하며 문서를 진 중서에게 건네주었다. 모두들 자리에서 일어나 문서를 보러 모여들었는데, 대나무로 만든 얄팍한 종이에 아무렇게나 휘갈긴 글씨로 이런 내용이 적혀 있었다.

연안 지역 요충지 일에 관련하여 태주부(台州府) 기(祁) 지부가 내린 명령.

절강순무 도찰원(都察院) 추(鄒) 나리의 명을 받들어 탄핵 면직된 태주총병(台州總兵) 묘이수(苗而秀) 사건에 관련된 주요 범인 중 만리〔萬里 : 일명 만청운(萬青雲)〕는 본 부에서 이미 생원 신분이 박탈되었다. 만리는 중간 정도의 키에 얼굴이 누렇고, 수염이 듬성듬성하며 올해 마흔아홉 살인데 외지로 도피했다. 이제 순무께서 그자를 체포하라는 명을 내리셨다. 그 명을 받들어 차인을 보내 범인을 추적하여 체포할 것이며, 동시에 체포령이 신속히 전역에 고지되어야 한다. 범인을 체포한 곳에서는 즉시 차인을 충원해서 감시 호송하여 태주부 아문으로 압송해서 심문을 받게 하라.

지체 없이 시행하라! 이에 공문으로 통지한다.

그 밑에는 또 한 줄이 적혀 있었다.

이 공문을 받는 현의 모든 관리들은 이 명을 따라야 함.

이것은 다름 아니라 차인이 이곳 현에 가지고 내려온 범인 체포용 회람 문서였다. 절강 사람이었던 이 현의 지현은 절강성의 순무가 친히 체포령을 내린 범인인지라 수하를 데리고 직접 범인을 체포하러 나섰던 것이다. 그러나 범죄의 진상에 대해서는 지현조차도 모르고 있었다. 공문을 다 읽고 나더니 고 시독이 말했다.

"밑도 끝도 없이 사람을 끌고 가더니, 이 공문마저 밑도 끝도 없는 소릴 하고 있군요! 만씨는 자기가 중서라고 했는데 어째서 생원 자격을 박탈당한 사람이라고 하는 걸까요? 생원 자격을 박탈당한 게 사실이라면 어떻게 또 총병 탄핵 사건에 연루될 수 있단 말입니까?"

그러자 이번에는 진 중서가 봉명기를 향해 말했다.

"조금 전엔 우리를 비웃었는데, 자, 이젠 어찌 된 상황인지 알겠나?"

"저런 하인배들이 뭘 알아낼 수 있겠습니까? 제가 다녀오겠습니다."

그가 벌떡 일어나 나가려고 하자 진 중서가 말했다.

"아니, 정말 다녀오려는가?"

"제가 뭣 하러 그런 거짓말을 하겠습니까?"

그는 이렇게 말하며 밖으로 나갔다.

그 길로 봉명기는 아문 어귀에 가서 포교 둘을 찾았다. 이 포교들은 처음 봉명기를 만났을 때부터 그를 하늘처럼 섬겨서, 그가 동쪽으로 가라면 동쪽으로 가고 서쪽으로 가라면 서쪽으로 가는 사람들이었다. 봉명기가 두 포교더러 자신을 절강에서 온 차인과 만나게 해 달라고 했다. 그러자 포교들은 곧장 삼관당(三官堂)*으로 데리고 가 절강에서 온 차인을 만나게 해 주었다. 봉명기가 물었다.

"태주부에서 온 차인들이시오?"

"예, 그렇습니다만."

"만 선생이 대체 왜 저렇게 된 게요?"

"우리도 모릅니다. 그저 상부에 계신 나리께서 명을 내려 중요한 범인이라고 하니까, 범인을 잡으려고 우리 차인들이 여러 성으로 파견된 거지요. 나리의 분부라면 저희가 해 드릴 수 있는 건 다 하겠습니다."

"만 선생은 지금 어디에 계신가?"

"방 나리께서 방금 조사를 하셨는데, 본인도 무슨 일인지 잘 모르고 있더랍니다. 지금 경범 죄인을 수감하는 외감(外監)에 갇혀 있는데, 내일 문서를 수령하는 대로 바로 길을 떠나야 합니다. 지금 그자를 만나 보시게요?"

"외감에 있다면 내가 혼자 가 보지. 자네들은 내일 문서를 수령하더라도 반드시 내가 오길 기다렸다가 출발해 주기 바라네."

차인들은 그렇게 하겠노라 약속했다.

봉명기는 포교들과 함께 외감에 가서 만리를 만났다. 만리가 봉명기에게 말했다.

"제가 이번에 억울한 누명을 쓰게 된 것 같습니다. 돌아가시거든 고 선생님과 진 선생님께 안부를 전해 주십시오. 차후에 다시 만나 뵐 수 있을지 어떨지 모르니까요."

봉명기는 다시 한 번 이것저것 세세하게 물어봤지만 여전히 사건의 경위를 정확히 알 수가 없었다. 그래서 그는 이렇게 생각했다.

'이번 옥사는 내가 절강까지 같이 가야 분명히 알게 되겠구나.'

하지만 만리에게는 이런 생각을 내비치지 않은 채 "내일 또 찾아뵙겠습니다"라는 작별 인사만 한 후 외감을 나왔다. 그리고 한걸음에 진 중서의 집으로 갔다. 배우들은 이미 돌아갔고, 시 어사도 집으로 돌아간 뒤였다. 고 시독만은 계속 남아 소식을 기다리고 있다가 봉명기를 보자마자 급히 물었다.

"도대체 무슨 일이라든가?"

"정말 이상한 일입니다! 이곳 아문에서도 모를 뿐 아니라 절강에서 온 차인도 내막을 모르던걸요. 차인만이 아니라 심지어 만중서 본인도 전혀 갈피를 못 잡더이다. 애매하기 짝이 없는 사건인지라 제가 절강까지 따라가 봐야 제대로 사정을 알 수 있을 것 같습니다."

그러자 진 중서가 말했다.

"그럴 필요까진 없지. 그 사람 문제에 우리가 괜히 상관할 이유가 없지 않나?"

"저는 내일 꼭 따라가 볼 작정입니다. 송사가 심상치 않게 돌아가면 좀 도와드려야겠어요. 이렇게 만난 것도 인연인데 그 정도는 해야지요."

고 시독은 나중에 자신까지 연루될까 두려워 봉명기더러 같이 가 보라고 부추겼다. 그리고 밤에는 그의 집에 은자 열 냥까지 보내며 "가시는 길에 여비로 쓰게"라고 말을 전해 오니, 봉명기는 그 돈을 받아 두었다.

이튿날 봉명기는 일어나자마자 삼관당으로 가서 차인들을 만났다.

"일찍 나오셨군요! 나리!"

봉명기는 차인들을 데리고 건물 모퉁이를 돌아 아문 입구로 가서, 형방 소이를 만나 조사 보고서를 빨리 쓰라고 채근했다. 또 범인을 체포해서 압송한다는 문서를 한 통 작성하게 하고, 장거리 호송을 담당하는 네 명의 차인들에게는 지현에게 호송장을 보이고 관인을 받아 오도록 했다. 지현은 삼관당에 나와서 당직을 서던 호송 차인을 시켜 만리를 데려오게 했다. 태주부에서 온 차인도 그 문 밖에서 대기하고 있었다. 만리는 여전히 머리에는 사모를 쓰고 7품 관복을 입은 채였다. 방 지현은 그 모습을 보자 불현듯 이런 생각이 들었다.

'체포 대상은 이미 생원 자격을 박탈당한 자라고 했는데 이자는 왜 이런 복장을 하고 있는 거지?'

그래서 다시 한 번 공문에 적힌 성명과 나이, 용모를 대조해 보았으나 조금도 틀린 곳이 없었다. 이에 지현이 물었다.

"너는 대체 생원이냐? 아니면 관원이냐?"

"저는 본래 태주부의 생원이었습니다. 그러다 금년에 경사에 갔을 때 글씨가 훌륭하다 하여 중서 자리에 추천받았습니다. 생원 자격을 박탈당한 적은 없습니다."

"발령 통지가 아직 내려오지 않았는데 이번 송사가 터지는 바람에 순무께서 생원 신분을 박탈했는지도 모르지. 허나 너도 절강 사람이고 본관도 절강 사람이니, 본관도 네게 심하게 굴 생각은 없다. 네 일은 스스로 알아서 잘 처리하면 될 것이다."

여기까지 말한 방 지현은 또 속으로 이런 생각이 들었다.

'이 자가 돌아가면 그쪽 지부는 이미 제명된 생원이라 하여 평민들과 똑같은 형벌을 가할지도 모르지. 동향 사람인데 그런 것

정도는 신경 써 줘야 하지 않을까?'

방 지현은 곧 호송장에 붉은 글씨로 한 줄을 더 적어 넣었다.

범인 만리의 나이와 용모는 하달된 체포 공문에 적힌 것과 모두 일치한다. 그러나 그가 지금 사모를 쓰고 7품 관복을 입고서 올해 경사에서 중서 자리에 추천을 받았다고 주장하므로, 본관은 체포 당시의 복장 그대로 압송하는 바이다. 호송 차인은 범인에게 돈을 요구해서도 안 되며, 범인을 도주시켜서도 안 된다.

이렇게 다 쓰고 나자 장거리 호송 차인 중에 조승(趙升)이란 자를 시켜 압송하게 하고, 태주부 차인을 불러들여 이렇게 분부했다.

"이자는 도적과 다르니, 너희 둘에다 우리 현의 차인 하나만 더 있으면 압송하는 데에 어려움이 없을 것이다. 조심해서 가도록 해라."

세 차인은 호송장을 받은 다음 만리를 끌고 나왔다.

만리 일행을 기다리고 있던 봉명기가 다가와 태주부 차인에게 물었다.

"호송 차인들인가? 범인 인수인계는 잘 끝났는가?"

그러더니 현의 차인을 가리키며 물었다.

"당신도 차인이시오?"

이 말에 태주부 차인이 말했다.

"인수인계는 다 끝났습니다. 이 사람도 차인입니다."

아문에서 사모를 쓰고 관복을 입은 사람이 쇠사슬에 묶여 나오자 2백 명쯤 되는 사람들이 에워싸고 구경을 하느라 난리였다. 아무리 길을 비키라고 해도 소용이 없었다. 그러자 봉명기가 조승에게 말했다.

"조 형, 자네 집은 어디인가?"
"이 모퉁이만 돌아가면 바로 나옵니다."
"그럼 일단 거기로 가세."
그들은 다 함께 조승의 집으로 가서 작은 대청에 들어가 앉았다. 봉명기는 조승에게 부탁해 만리의 쇠사슬을 풀어 주게 하고, 자신의 두루마기를 벗어주며 만리에게 관복을 벗고 바꿔 입으라고 했다. 또 태주부 차인을 시켜 만리의 숙소에 가서 하인을 데려오게 했다. 차인은 숙소를 다녀와서 말했다.
"숙소로 돌아온 하인이 하나도 없습니다. 도망친 모양입니다. 짐이 아직 거기 있긴 한데, 스님들이 내주려고 하질 않습니다."
이 말을 들은 봉명기는 다시 자기가 쓰고 있던 모자를 벗어서 만리에게 씌워 주었다. 그리고 자신은 망건(網巾)에 짧은 웃옷만 걸친 채 이렇게 말했다.
"여긴 너무 좁으니 우리 집으로 가십시다."
만리와 차인 세 사람은 봉명기를 따라 곧장 홍무가(洪武街)로 갔다. 대문을 들어서 안채의 대청에 도착하자 만리는 고개를 숙여 정중히 절을 올리려 했다. 봉명기가 만류하며 말했다.
"지금은 그런 예절 같은 건 따질 필요 없습니다. 우선 좀 앉으시지요."
그리고 차인들에게 말했다.
"세 사람 다 사리가 분명한 사람들이니 긴 말은 않겠네. 자네들 모두 여기에 머물러 계시게. 만 나리는 내가 잘 아는 분이라, 이번 송사에 나도 같이 따라가 볼까 하네. 절대 자네들을 난처하게 하지는 않겠네."
조승이 태주부 차인을 향해 물었다.
"두 분 생각은 어떠시오?"

"봉 나리의 분부신데 무슨 말이 더 필요하겠습니까? 다만 나리께서 좀 서둘러 주셨으면 할 뿐이죠."

"그야 이를 말씀인가."

그 즉시 봉명기는 세 차인을 대청 맞은편의 빈 방으로 안내하며 말했다.

"여기서 이틀만 머물러 주시게. 짐은 이리로 옮겨 놓아도 좋네."

차인들은 만리를 봉명기에게 맡기고 마음을 푹 놓은 채 각자 짐을 옮기러 갔다. 봉명기는 만리를 왼편 서재로 안내해 자리를 권하고 이렇게 말했다.

"만 선생, 이번 일에 대해 저한테는 솔직하게 다 털어놓아도 괜찮습니다. 제아무리 큰일이라도 제가 기꺼이 도와드리겠습니다. 허나 사실대로 말씀하지 않으면 저도 어쩔 수 없습니다."

"나리께서 이렇게 하시는 걸 보니 영웅호걸이 분명합니다. 이렇게 훌륭한 분 앞에서 제가 어찌 거짓을 말씀드리겠소. 이번 송사는 태주부에선 별문제가 없을 것이나 오히려 이곳 강녕현에서가 문제입니다."

"강녕현의 방 지현께선 선생께 호의를 베풀어 주셨던데, 그게 무슨 말씀이십니까?"

"솔직히 말씀드리겠습니다. 사실 저는 중서가 아니라 일개 수재에 불과합니다. 집에서는 하루도 먹고 살기가 어려워 할 수 없이 이곳저곳을 떠돌아다녔지요. 수재라고 하면 굶는 수밖에 없지만, 중서라고 하면 돈 꽤나 있는 상인이며 향신들이 기꺼이 뒤를 봐주더군요. 그런데 생각지도 않게 오늘 지현께서 제 관복 차림과 관직을 문서에 기입하셨으니, 압송되어 가면 이번 사안이야 그냥 넘어가겠지만 관직을 사칭한 죄는 피할 수가 없을 겁니다."

봉명기는 한참이나 곰곰이 생각에 잠겨 있더니 이렇게 말했다.

"만 선생, 선생이 만일 진짜 관리가 되어 저쪽으로 가게 되면 송사에서 이길 수 있겠소?"

"저는 묘 총병과 딱 한번 얼굴만 본 사이인데다 무슨 뇌물을 받거나 법을 어긴 적도 없으니 크게 어려울 리가 없습니다. 저쪽에서 가짜 관리라는 사실만 모르면 별일 없을 것입니다."

"잠깐 여기서 기다려 주시오. 내게 방법이 있소."

만리를 서재에 머물게 하고 세 차인도 대청 맞은편 빈 방으로 짐을 옮겨 오자, 봉명기는 하인들에게 술과 음식을 대접하게 하고 자신은 진 중서의 집으로 갔다.

진 중서는 봉명기가 왔다는 말을 듣자 손님을 맞을 때 입는 예복도 입지 않은 채 뛰어나와 맞이했다.

"봉 형, 일이 어떻게 돌아가던가?"

"아직도 그 말씀이시군요! 하늘에서 재앙이 떨어질 판인데 이렇게 문을 닫아걸고 집안에 편안히 계시다니요! 아직도 모르신단 말씀이십니까?"

이 말에 진 중서는 깜짝 놀라 벌벌 떨며 다급히 물었다.

"어찌 된 일이오? 어쩌면 좋단 말이오?"

"어찌 되고 말고도 없습니다. 송사가 나리의 반평생을 그르치게 할 만하더군요!"

진 중서는 그 말을 듣자 더 놀라서 얼굴이 흙빛이 되어 말도 제대로 나오지 않았다. 봉명기가 말을 계속했다.

"만리 그 사람이 도대체 무슨 관직에 있는 사람입니까?"

"중서라고 하던데."

"그의 중서라는 건 염라대왕 장부에나 있을 걸요!"

"아니 그렇다면 가짜 중서란 말인가?"

"두말할 필요도 없지요! 조정 고관의 명으로 집행되는 송사에 가짜 관리인 범인이 나리 댁에서 체포되어 간 마당이니, 저 절강 순무께서 뭐 특별한 탄핵 절차를 밟을 필요도 없이 붓 한 번만 잘못 놀려 보십시오! 이런 말씀 드린다고 탓하지 마십시오, 나리께선 아마 '뜨거운 물을 덮어쓴 생쥐(滾水發老鼠)' 꼴이 될 것입니다!"

진 중서는 이 말을 듣자 두려움에 차서 두 눈만 멀뚱거리며 봉명기를 바라보았다.

"봉 형, 형은 능력이 대단하신 분이니 좀 도와주시구려. 이 일을 어떡하면 좋겠는가?"

"별 뾰족한 방법이 없습니다. 그 사람이 송사에서 무사히 풀려나면 나리께서도 별 탈이 없으시겠죠."

"그럼 어떻게 해야 그자가 송사에서 무사할 수 있겠는가?"

"가짜 관원이면 송사에서 패할 것이요, 진짜 관원이면 무사할 것입니다."

"하지만 알다시피 그자는 가짜인데 지금 와서 어떻게 진짜가 되겠는가?"

"설마 나리께서도 가짜는 아니시겠지요?"

"나는 적법한 절차를 받아 추천된 사람이야!"

"나리께서 적법하게 추천을 받아서 된 거라면, 그 사람이라고 못 할 게 있습니까?"

"추천을 한다 해도 너무 늦었어!"

"늦었다니요? 무슨 말씀이십니까? 돈만 있으면 관리가 되는 것 아닙니까? 시 어사 나리가 바로 옆에 계시니, 그분과 상의하면 되지 않겠습니까?"

"그럼 그 사람더러 얼른 시 어사한테 가 보라고 하시게."

"그 사람이 지금 그렇게 할 수 있었다면 애초에 가짜 노릇을 하지도 않았을 겁니다!"

"그렇다면 봉 형 생각은 어떻게 해야 한다는 게요?"

"제 생각은 이렇습니다. 나리께서 송사에 연루되는 것이 두렵지 않으시다면 그냥 그 사람이 알아서 하게 내버려 두시면 됩니다. 만일 일을 뒤탈 없이 처리하고 싶으시다면 그 사람에게 관직을 하나 마련해 주십시오. 들어간 돈이야 송사에서 무사히 풀려나고 자리를 하나 얻고 난 다음에 다 계산해서 갚으라고 하면 되지요. 설령 손해를 좀 보신다 해도 그게 뭐 대수겠습니까?"

진 중서는 이 말을 듣더니 한숨을 푹 내쉬며 말했다.

"이게 다 저 잘난 사돈 때문에 말려든 일이네! 하지만 이젠 별다른 수가 없구려! 봉 형, 은자는 내가 대 줄 테니 이 일은 봉 형께서 나서서 좀 처리해 주시게."

"그건 제게 물에서 달을 건져내라는 말씀이나 진배없습니다! 이 일은 고 나리께서 나서서 해 주셔야 합니다."

"왜 꼭 그 사람이어야 한단 말이오?"

"시 어사 나리는 고 나리와 절친한 사이이니, 고 나리께서 시 어사께 간곡히 부탁해서 최대한 빨리 제대로 절차를 밟아 추천서를 내각에 올려서 서류를 남겨 두어야만 효력이 있습니다."

"봉 형, 정말 세상 돌아가는 요령을 잘 아는구려! 대단하오!"

진 중서는 당장 고 시독에게 긴히 상의할 일이 있으니 와달라는 내용의 명첩을 써 보냈다. 잠시 후 고 시독이 도착하자 진 중서가 봉명기의 얘기를 자세히 들려주었다. 그러자 당황한 고 시독은 얘기를 듣자마자 "그럼 내가 다녀옴세" 하고 말했다. 그러자 곁에 있던 봉명기가 한 마디 거들었다.

"이건 촌음을 다투는 일입니다! 진 나리께서 얼른 '그것'을 고 나리께 드려서 갖고 가게 하시지요."

이 말을 듣자 진 중서는 황급히 안으로 들어가더니, 잠시 후 하인에게 질 좋은 은자가 백 냥씩 담긴 은자 봉투를 열두 개 챙겨오게 해서 고 시독에게 건네주며 이렇게 말했다.

"이제 이 돈 절반은 인정으로 드리는 것이고, 절반은 예물로 드리는 것으로 생각해야 할 것 같습니다. 이게 제가 내놓을 수 있는 돈입니다. 물론 저도 내각에선 비용이 더 들어가리라 짐작이 됩니다만…… 모쪼록 남은 일은 모두 사돈께서 신경을 쓰셔서, 시 어르신께 책임지고 일을 잘 처리해 주십사고 부탁드려 주십시오."

얘기가 이렇게 돌아가자 고 시독은 체면상 싫다할 수도 없어, 울며 겨자 먹기로 그러겠노라 했다. 고 시독은 은자를 가지고 시 어사의 집으로 갔다. 그리고 시 어사에게 부탁해 그날 밤으로 사람을 보내 경사에서 만리의 추천 절차를 밟도록 했다.

봉명기는 집으로 돌아와 한 걸음에 서재로 들어갔다. 멍하니 의자에 앉아 있는 만리를 향해 봉명기가 말했다.

"축하합니다! 이제 진짜 관원이 되셨소이다!"

그리고 지금까지 진 중서 집에서 있었던 일을 자세히 들려주었다. 만리는 저도 모르게 바닥에 꿇어 엎드려 봉명기를 향해 2, 30번이 넘게 큰절을 올렸다. 그는 봉명기가 몇 번이나 그러지 말라고 말리고 나서야 일어났다. 봉명기가 말했다.

"내일 전처럼 관복을 차려입고 그 두 집에 가서 감사 인사를 하십시오."

"참으로 지당한 말씀입니다만, 뵐 낯이 없어서……"

이렇게 말하고 있는데 차인이 들어와 언제 출발할 거냐고 묻자 봉명기가 대답했다.

"내일은 갈 수가 없으니 모레 떠나도록 하세."

다음 날 일어나자마자 봉명기는 만리를 재촉해 고 시독과 진 중서 두 집에 가서 인사를 하고 오라고 했다. 그러나 두 집에서는 만리의 명첩을 받자 모두 집에 없다고 만나기를 거절하는 바람에 만리는 그냥 돌아왔다. 그가 돌아오자 봉명기는 또 승은사에 가서 짐을 챙겨오게 했다. 그리고 봉명기 자신도 짐을 꾸려 세 명의 차인들과 함께 만리를 호송하여 재판을 받으러 절강 태주로 갔다. 그런데 이 일로 인해 다음과 같은 새로운 이야기가 생겨난다.

실의한 선비는
신수가 변하여 금의환향하고
어사가 마음을 고쳐먹으니
혼자 욕을 볼까 두려워서라네.
儒生落魄, 變成衣錦還鄕.
御史回心, 惟恐一人負屈.

이 일은 결국 어떻게 되었을까? 이에 대해서는 다음 회를 보시라.

와평

진 중서는 본래부터 말썽이 생길까 봐 조심조심하는 사람인데, 봉명기가 종횡가 소진(蘇秦), 장의(張儀)의 혓바닥을 놀려 이해타산을 따지며 겁을 주었으니 믿지 않을 수 없었다. 이 부분을 읽노라면 유세가들의 변론을 담은 한 편의 절묘한 『전국책(戰國策)』을 보는 것 같다.

명나라 때에 '중서'가 되는 데에는 진사 출신과 감생 출신, 이렇게 두 가지 경로가 있었다. 그러므로 이 글에 서술된 것이 결코 근거 없이 지어 낸 이야기가 아니다.

제51회

젊은 여인은 비단 장수를 속여 돈을 뜯고
장사 봉명기는 흥이 나서 관아의 형벌을 시험하다

봉명기는 만리를 진짜 중서로 만들어 주고 나서야 직접 짐을 챙겨 차인 세 사람과 함께 재판을 받기 위해 태주까지 만리를 호송해 갔다. 때는 바야흐로 4월 초순이라 날씨는 따스했고, 이들 다섯 사람은 모두 홑옷 차림이었다. 그들은 한서문을 나서서 배를 구했는데, 거기서 곧장 절강으로 갈 작정이었다. 한참 배편을 알아보았으나 항주로 가는 배편은 하나도 없어서 어쩔 수 없이 우선 소주로 가는 배를 구해 탔다. 소주에 도착하자 봉명기는 뱃삯을 치르고 바로 항주로 가는 배로 갈아탔다. 이 배는 남경에서 빌린 것보다 절반 정도는 더 컸다. 봉명기가 말했다.

"우리에게 이런 큰 배는 다 필요 없으니 선창 두 개만 빌리도록 합시다."

그는 즉시 선주에게 은자 한 냥 여덟 전을 주고 가운데와 앞쪽의 선창을 하나씩 빌렸다. 다섯 사람이 이 소주 배에 올라 꼬박 하루를 기다린 다음에야 선장은 비단을 사들이는 상인 한 사람을 찾아내 앞쪽 선창에 태웠다. 이 손님은 나이가 대략 20여 세에, 꽤 단정하고 준수한 용모를 가진 사람이었다. 짐 보따리는 하나뿐이었으나 제법 무거워 보였다. 저녁이 되자 선장은 밧줄을 풀고 부두를 떠나 상앗대로 5리가 넘는 뱃길을 저어 가서 어느 작은 마을 옆에 배를 세웠다. 키잡이가 동료 선원에게 말했다.

"자네는 밧줄을 잘 매어 두고, 두 개의 닻을 내리고 손님들을 잘 돌보고 있게. 나는 집에 좀 다녀올 테니."

태주의 차인이 웃으며 말했다.

"순풍을 빌러 가는가 보군."

그러자 키잡이는 낄낄낄 웃으며 떠났다.

만리가 봉명기와 함께 강 언덕으로 올라가 한가롭게 몇 걸음 옮기노라니 멀리 저녁 안개가 조금씩 흩어지고, 수면 위로 달빛이 점점 밝게 빛나기 시작했다. 그들은 잠시 거닐다가 다시 배에 올라 쉴 작정이었다. 그때였다. 작은 배 한 척이 철썩철썩 소리를 내며 강을 따라 내려오더니 그들 배 옆으로 배를 대는 것이었다. 이때 배 안의 선원들은 자리를 펴고 잠을 자고 있었고, 차인 세 사람은 등불을 켜고 골패 놀이를 하고 있었다. 오직 만리와 봉명기, 그리고 그 비단 상인만이 배 안에서 창을 열고 창가에 몸을 기댄 채 달을 감상하고 있었다. 작은 배가 이편으로 가까이 다가왔는데, 배 앞쪽에서 상앗대를 든 사람은 40세가 넘은 마른 사내였고, 배 뒤편의 화창(火艙)* 안에는 18, 19세 정도의 부인이 배의 키를 쥐고 있었다. 그녀는 이쪽 배에서 남자 세 사람이 달구경하는 모습이 눈에 들어오자 바로 선창 깊숙이 몸을 숨겼다. 잠시 후, 봉명기와 만리도 잠이 들고, 이 비단 상인만 다소 늦게 잠자리에 들었다.

다음 날, 아직 해가 채 뜨기도 전에 키잡이가 대나무로 만든 자루〔筲袋〕 하나를 등에 지고 배에 오르더니 서둘러 배를 출발시켰다. 30리를 가고 나서야 아침 식사를 했다. 아침 식사를 마치고 오후까지 봉명기는 선창 안에 한가롭게 앉아 있다가 만리에게 말했다.

"이번 재판을 받는 동안 몸이 상할 만큼은 아니더라도 도찰원의 재판이니만큼 꽤 골치가 아플 겁니다. 제 의견은 이렇습니다. 심문받을 때는 뭘 물어봐도 그저 당신 집에 있던 떠돌이 봉명기라는 자의 짓이라고 대답하는 겁니다. 그들이 절 붙잡아 가면 제게도 방법이 있으니까요."

한참 이렇게 대화를 나누는데 저편의 비단 상인이 눈이 온통 시뻘게져 앞쪽 선창에서 우는 모습이 보였다. 봉명기가 사람들과 함께 얼른 다가가 물었다.

"손님, 무슨 일이오?"

그가 아무 대답도 않자 봉명기는 짚이는 바가 있어 그를 가리키며 말했다.

"그렇지! 이 손님 나이가 젊고 경험이 부족해서 속아 넘어갔구려!"

그러자 비단 상인은 부끄러운 마음에 다시금 절로 울음이 터져 나왔다. 봉명기는 사정을 자세히 물어본 다음 어젯밤 일에 대해 알게 되었다. 어젯밤 모두 잠들고 이 비단 상인만 선창에 몸을 기대고 저쪽 배에 있는 그 여자를 바라보고 있었다. 그 여자는 봉명기와 만리 두 사람이 자리를 뜨는 걸 보고야 선창 밖으로 나와 비단 상인을 바라보며 미소를 지었다. 배를 붙여서 대 놓았기 때문에 비록 각기 다른 배에 있긴 했어도 두 사람은 꽤 가까이 다가갈 수 있었다. 비단 상인이 그녀의 손을 슬쩍 쥐자 그녀는 웃으며 창문을 넘어 건너왔고, 둘은 곧 무산(巫山)의 하룻밤을 보냈다.* 그런데 이 비단 상인이 잠든 사이, 그녀가 그의 짐에서 모두 은자 2백 냥이 들어 있는 네 개의 봉투를 들고 가 버렸다. 아침에 배가 움직이기 시작했을 때까지도 비단 상인은 여전히 단꿈에서 깨어나지 못하고 있다가, 이때야 짐이 풀어 헤쳐져 있는 것을 보고 도둑맞았음을 깨달았다. 참으로 벙어리가 꿈에 어머니를 뵌 듯, 말도 못 꺼내고 괴로워하고 있었던 것이다!

봉명기는 한동안 생각에 잠겨 있다 선장을 불러다 물어보았다.

"어제의 그 작은 배를 알아볼 수 있겠소?"

그러자 선원이 말했다.

"알아야 보겠지만, 이런 일은 관가에 고발할 수도 없고 소송을 낼 수도 없는 노릇이니 무슨 방법이 있겠습니까?"

"알아볼 수만 있으면 됐네. 그 작자들이 어제 돈을 챙겼다면 우리가 이쪽으로 왔으니 그들은 틀림없이 반대 방향으로 갔을 게야. 부탁이네만, 닻을 내리고 노를 저어 서둘러 출발했던 곳으로 다시 돌아가 줬으면 좋겠네. 그리고 그자들의 배가 보이면 멀찌감치 배를 세우도록 하게. 돈을 되찾게 되면 또 여러분의 노고에 보답하겠네."

선장은 그 말을 좇아 노를 저어 온 방향으로 되돌아갔다. 해질 무렵 어제 정박했던 곳에 도착했으나 그 작은 배는 보이지 않았다. 봉명기가 말했다.

"조금만 더 가 보세."

대략 2리 넘게 노를 저어가자, 늙은 버드나무 밑으로 그 작은 배가 매여 있는 모습이 보였다. 멀리서 바라다보니 사람은 보이지 않았다. 봉명기는 배를 좀 더 가까이 저어 가서 시든 버드나무 밑에 정박하게 했다.

봉명기는 선원들에게 아무 소리도 내지 말고 어서 잠자리에 들라고 한 다음, 자신은 강기슭에 올라가 산보를 했다. 그 작은 배 앞까지 걸어가 보니 과연 바로 어제의 그 배였다. 그녀는 마른 남자와 함께 선창 안에서 대화를 나누고 있었다. 봉명기는 잠시 거닐다가 천천히 배로 돌아왔다. 얼마 지나지 않아 그 작은 배는 이쪽 배 가까이 옮겨와 배를 댔다. 잠시 정박해 있더니 그 마른 사내는 사라졌다. 이날 밤 달빛은 어제보다 더 밝아서 그 여자가 배 안에서 귀밑머리를 곱게 빗고 위에는 흰 장삼으로, 아래는 검은 비단치마로 갈아입은 채 혼자 선창에 앉아 달구경하는 모습이 훤히 들여다보였다. 봉명기가 낮은 소리로 물었다.

"야심한 밤에 젊은 아가씨 혼자 배에 있으려니 무섭지 않으십니까?"

그러자 여자가 웃으며 대답했다.

"무슨 상관이람! 우리야 늘 배에서 혼자 생활하는데 무서울 게 뭐가 있겠어요?"

이렇게 말하며 그에게 흘끗 곁눈질을 했다. 봉명기는 한 걸음에 배를 건너와 그녀를 덥석 안았다. 그녀는 짐짓 그를 밀어내는 척했지만 소리는 내지 않았다. 봉명기가 그녀를 한 손으로 안아 올려 자신의 오른쪽 무릎 위에 내려놓자 그녀는 저항도 않고 오히려 봉명기의 품속으로 파고들었다. 봉명기가 말했다.

"배에 아무도 없으면 오늘 밤 나와 지내지 않겠소? 이게 전생의 인연일지도 모르잖소."

"우리같이 배 위에서 사는 사람들은 본래 몸을 함부로 굴리지 않아요. 하지만 오늘 밤은 아무도 없고 당신처럼 멋진 분을 만났으니 할 수 없군요. 하지만 이곳에 있어야지 당신 배로 건너갈 수는 없어요."

"내 짐에 귀중품이 있어서, 당신 배에 있으려니 마음이 놓이지 않소."

이렇게 말하며 그녀를 가볍게 들어 올린 채로 자기 배로 돌아왔다.

이때 배 안의 사람들은 모두 잠들어 있었고, 가운데 선창 안에만 등불이 켜진 채 이불 한 채가 깔려 있었다. 봉명기가 여자를 이불 위에 내려놓자 그녀는 서둘러 옷을 벗고 이불 안으로 들어갔다. 그런데 봉명기는 옷도 벗지 않고 있고, 난데없이 삐걱삐걱 노 젓는 소리가 들려왔다. 그녀는 자리에서 일어나 내다보려 했지만 봉명기가 한쪽 다리로 누르고 있어서 아무리 기를 써도 몸을 움직일 수 없었다. 별 수 없이 소리라도 자세히 들어보니 배가 물을 가르고 가고 있는 소리였다. 여자가 놀라 황급히 물었다.

"이 배가 어째서 움직이고 있는 겁니까?"

봉명기가 대답했다.

"사공은 자기 배를 저어가고 당신은 당신 잠을 자면 되니 즐거운 일이 아니오?"

더 조급해진 여자가 말했다.

"저를 돌려보내 주세요!"

"바보 같은 계집! 너는 돈을 훔치고 나는 사람을 훔쳤으니 우린 같은 도적이다. 놀랄 거 없지 않느냐?"

그녀는 속았음을 깨닫고 울며 애원할 뿐이었다.

"절 놔주시면 뭐든 돌려드릴게요."

"그냥 놓아줄 수는 없고, 물건을 다시 가져오면 놓아주지. 널 곤란하게 할 생각은 없으니까."

이렇게 말싸움을 하다가 그녀가 자리에서 일어났지만 옷이라곤 속곳조차 보이지 않았다. 만리는 비단 상인과 함께 선창 안에서 이 광경을 들여다보다 웃음을 참을 수가 없었다. 봉명기는 그녀가 사는 곳과 그 사내의 이름까지 알아내고, 인적이 드문 곳에 배를 세우게 했다.

이튿날 날이 밝자, 비단 상인에게 보자기에 그녀의 옷을 모두 싸들고 10리 넘는 길을 되돌아가서 사내를 찾도록 했다. 알고 보니 그 사내는 배도 안 보이고 아내도 보이지 않자, 나무 밑에서 초조해하고 있던 참이었다. 비단 상인이 그를 알아보고 앞으로 다가가 몇 마디 건네더니, 그의 어깨를 툭툭 치면서 말했다.

"자네는 지금 '아내도 잃고 싸움에도 패한(賠了夫人又折兵)' 신세지만 그래도 운이 좋은 편일세!"

사내는 감히 대꾸도 못했다. 비단 상인은 보자기를 펼치고 사내의 아내가 입던 옷이며 치마, 양말〔褶褲〕,* 신 등을 끄집어냈다. 그 사내는 그제야 놀라서 얼른 무릎을 꿇고 머리를 조아릴 뿐이었다. 비단 상인이 말했다.

"자네를 고발하지는 않겠네. 어제 가져간 은자 네 봉지만 가져오면 자네 부인을 돌려보내 주지."

사내는 서둘러 배에 올라 뱃고물 쪽에 있는 협전창(夾剪艙)* 바닥에서 큰 주머니를 하나 꺼내더니 이렇게 말했다.

"은자는 단 한 푼도 손대지 않았습니다. 그저 은혜를 베풀어 제 아내를 돌려주십시오!"

비단 상인이 은자를 등에 지고, 사내는 아내의 옷가지를 든 채 배로 걸어왔지만, 배에 오를 엄두를 내지 못했다. 그러다 아내가 부르는 소리를 듣고서야 마음을 단단히 먹고 배 위로 올라갔다. 아내는 가운데 선창 안에서 이불을 둘둘 감은 채로 있었다. 사내가 그녀에게 다가가 옷가지들을 건네주었다. 그 부인이 옷을 입고 일어나 두 번 머리를 조아려 절하고, 기둥서방과 함께 마냥 부끄러운 낯으로 배에서 내려갔다. 모두들 그 부부가 떠나가는 모습을 지켜보았다. 비단 상인은 쉰 냥이 든 은자 한 봉지를 들고 와서 봉명기에게 사례를 했다. 봉명기는 잠시 생각해 보더니 그것을 받았다. 그리고 그것을 세 개로 나누어 세 명의 차인에게 나눠 주면서 말했다.

"자네들 일이라는 게 꽤나 힘든 일이지. 이건 수고비로 알고 받아두게나."

차인들은 봉명기에게 감사 인사를 했다.

하루도 채 안 되어 그들은 항주에 도착해서, 배를 갈아타고 다시 곧장 태주로 향했다. 태주에 도착한 다섯 사람은 나란히 성안으로 들어갔다. 부에서 나온 차인이 봉명기에게 말했다.

"나리, 다 와서 이야기가 새어 나가 관부에 알려지기라도 하면, 소인들은 감당할 도리가 없습니다."

"내게도 생각이 있네."

봉명기는 성 밖에서 작은 가마 네 대를 불러다가 주렴을 내리게 했다. 그리고 세 명의 차인과 만리를 가마에 태우고 자신은 그 뒤에서 걸어갔다. 그들이 함께 만씨의 집에 도착하여 대문에 들어섰는데, 건물 두 채가 길가를 향해 있었다. 다시 안으로 들어가자 두 칸짜리를 세 칸으로 개조한 작은 건물이 나타났다. 만리가 그 안으로 들어서자 안에서 울음소리가 들렸지만 그 소리는 금방 그쳤고, 곧 식사가 준비되어 나왔다. 식사를 마치고 봉명기가 말했다.

"자네들은 지금 가지 말고, 등불이 켜지면 승행리(承行吏)*를 불러오도록 하게. 내게 생각이 있으니."

그 말을 좇아서 차인들은 등불이 켜지자 조용히 집을 나가 태주부의 승행리 조근(趙勤)을 만나러 갔다. 조근은 남경에서 봉명기 나리가 왔다는 말을 듣고 깜짝 놀라더니 이렇게 말했다.

"그분이라면 정의로운 호걸이신데, 만 상공이 어째서 그분과 사귀게 된 걸까? 이거 참 놀랄 일이군!"

그는 곧 차인들과 함께 만씨의 집으로 왔다. 조근과 봉명기는 만나자마자 마치 오랜 친구처럼 서로 친근하게 느꼈다. 봉명기가 조근에게 말했다.

"조 선생, 부탁 하나만 하겠습니다. 먼저 지부 나리께서 심문하시기 전까지는 최대한 저희들 사정을 봐 주십시오."

조근은 그렇게 하겠노라고 대답했다.

다음 날, 만리는 작은 가마를 타고 태주부 아문 앞의 성황묘에 도착했다. 그는 예전처럼 7품 관리가 있는 관복을 입고, 사모를 썼으며, 가죽신을 신었다. 다만 목 쪽에 쇠사슬이 묶여 있을 뿐이었다. 태주부의 차사가 공부집행명령서〔牌票〕를 올리자, 기(祁) 지부는 바로 청사에 나와 앉았다. 호송 관원 조승(趙升)이 서류를 들고 만리를 청사로 데려왔다. 기 지부는 만리가 사모와 둥근 깃의 관복〔圓領〕 차림인 것을 보고 놀랐고, 또 서류를 보다가 거기에 '규정에 따라 중서로 추천되었다' 라는 내용이 적혀 있어 다시 한 번 놀랐다. 머리를 들어 만리 쪽을 바라보니, 그는 꼿꼿이 선 채 무릎도 꿇지 않고 있었다. 기 지부는 이렇게 물었다.

"중서 자리는 언제 얻은 것인가?"

"올해 정월에 딴 것입니다."

"왜 통지를 못 봤을까?"

"내각을 거쳐 이부(吏部)에 전달되고, 이부에서 이 지역 순무 나리께 전달되려면 아무래도 시간이 걸릴 테지요. 아마 곧 통지가 올 겁니다."

"아무튼 그 중서 자리도 조만간 박탈될 걸세."

"이 몸 만 중서는 작년 경사로 올라가 올해 남경으로 돌아왔는데, 그 사이 절대 법을 어긴 일이 없습니다. 나리, 이웃 성까지 사람을 보내 절 체포하신 이유가 뭡니까?"

"묘 총병이 해안 방어를 소홀히 해서 순무께서 그를 탄핵하고 체포하셨네. 그런데 묘 총병의 아문에서 자네가 쓴 시의 원고를 찾아냈는데, 거기에는 아첨하는 말들이 적혀 있었네. 아마도 자네가 그에게 뇌물을 받고 지었을 테지. 이제 그 뇌물의 액수도 밝혀졌는데, 자네는 아직도 모른다고 할 텐가?"

"정말 억울합니다. 이 몸 중서가 여기 있는 동안 묘 총병은 한 번도 만난 적이 없는데, 그분에게 바친 시가 있다니요?"

"내가 직접 보았는데, 제법 긴 작품이더군. 원고 뒤편에는 자네 이름으로 도장까지 찍혀 있었어. 지금 순무 나리께서는 해안 시찰을 나오셨다가 우리 부에 머물면서 이 일을 마무리 지으려 하시는데, 자네가 그래도 속이려 하는가?"

"궁에 들어가 일하게 되었지만, 이 몸 중서는 시를 지을 줄도 모르고 제 이름과 호를 새긴 도장도 가져 본 적이 없습니다. 저희 집에 머물던 손님 한 분이 작년에 이 몸 중서에게 크고 작은 도장을 새겨 준 적이 있습니다만, 서재에 둔 채 한 번도 쓴 일이 없지요. 그 사람이 시도 지을 줄 아니 혹시 그가 제 이름을 빌려 썼을지도 모르지요. 나리께서는 자세히 살펴주시기 바랍니다."

"그자는 이름이 뭔가? 지금은 어디 있는가?"

"그의 이름은 봉명기라 하옵니다. 지금은 이 몸 중서의 집에서 지내고 있습니다."

기 지부는 즉시 화첨(火簽)*을 손에 쥐더니 그 자리의 차인들에게 청사에서 심문할 수 있도록 봉명기를 붙잡아 오라고 했다. 차인들은 곧 봉명기를 붙잡아서 돌아왔다. 기 지부가 이당(二堂)에 앉아 있는데, 만리를 압송해 온 차인이 이당으로 와서 보고했다.

"봉명기를 붙잡아 왔습니다."

기 지부가 그를 데려오라고 하여 이렇게 물었다.

"그대가 바로 봉명기인가? 묘 총병과는 줄곧 교분이 있었던가?"

"저는 그분을 전혀 모릅니다."

"만리가 오늘 심문에서 다 말했다. 만리의 이름으로 그에게 바친 시는 네가 지은 것이고, 만리의 이름을 새긴 도장도 네가 만든 게 아니더냐! 네놈은 왜 이런 국법에 어긋나는 짓을 했느냐?"

"저는 평생 시를 지을 줄 모를 뿐더러, 설사 남에게 시를 지어 주었다고 해도 그게 국법을 어기는 짓은 아닐 테지요."

"이놈이 멋대로 혀를 놀리는구나!"

지부는 큰 형구를 가져오게 했다. 이당 주변에 있던 형리들이 큰 소리를 내지르면서 주릿대[夾棍]를 이당의 입구에 내려놓았다. 형리 둘이 봉명기의 몸을 붙잡아 넘어뜨리고, 두 다리를 주릿대 안에 집어넣었다. 기 지부가 말했다.

"힘껏 주리를 틀어라!"

밧줄을 손에 쥔 형리가 있는 힘껏 그 줄을 당기자, 우지끈 하는 소리가 나며 주릿대가 여섯 조각으로 부서져 버렸다. 그러자 기 지부가 말했다.

"이놈이 분명 사술(邪術)을 쓴 게로구나!"

곧 새 주릿대로 바꾸도록 하고, 붉은색으로 글씨를 적어 넣은 봉인[封條]*에 관인을 찍어 주릿대 위에 붙여서 다시 주리를 틀었다. 그런데 밧줄을 미처 당기기도 전에 다시 우지끈 소리가 나더니 주릿대가 그만 부서져 버렸다. 연달아 대령한 세 대의 주릿대가 열여덟 개의 조각으로 부서져 땅바닥에 흩어지고 말았다. 봉명기는 그저 미소만 지으며 한마디도 진술하지 않았다.

기 지부는 놀라 퇴청하며 범인을 옥에 가두게 하고, 직접 가마를 타고 순무의 공관으로 가서 순무에게 보고를 올렸다. 사정을 자세히 듣고 난 순무는 봉명기가 이름난 협사임을 알고 있었으므로, 이번 일에는 틀림없이 사연이 있으리라 짐작했다. 게다가 묘총병은 옥중에서 죽었고, 만리가 중서에 추천되었다는 통지도 그에게 내려와 있었으므로 이 일은 그다지 긴급한 사안이 아니었다.

그래서 기 지부에게 관용을 베풀어 일을 마무리하도록 지시했다. 결국 만리와 봉명기는 모두 석방되었고, 순무 또한 항주로 돌아가 버렸다. 막 끓어 넘칠 듯 위험해 보이던 이 재판도 봉명기 덕분에 냉수를 한 사발 부은 것처럼 잠잠해졌다.

만리는 자신을 압송해 온 차인 등에게 사례를 하였고, 사건은 종결되어 봉명기와 함께 집으로 돌아왔다. 그는 봉명기에게 연거푸 이렇게 말했다.

"그대야말로 날 다시 낳아 준 부모인 셈이니, 무슨 수로 이 은혜를 갚겠습니까!"

"허허, 저는 선생과 오래 사귄 사이도 아니고, 지난날 선생의 은덕을 입은 일도 없습니다. 이번 일은 그저 한때 우연히 흥이 나서 한 것이니, 정식으로 저한테 보답을 하겠다고 하신다면 그건 필부의 견해일 뿐입니다. 저는 이제 항주로 친구를 만나러 갈 생각인데, 내일 바로 떠날 것입니다."

만리가 거듭 붙들었으나 소용이 없었다. 그저 봉명기의 뜻에 따라 가겠다면 보낼 수밖에 없었다. 다음 날 봉명기는 만리와 작별인사를 하고, 조금의 사례도 받지 않은 채 항주로 길을 떠났다. 다만 이번 일로 인해 다음과 같은 새로운 이야기가 생겨난다.

> 산을 뽑고 큰 솥을 가볍게 드는 의로운 장사
> 거듭 신통력을 보여 주었네.
> 간교한 속임수를 쓴 간사한 이
> 서둘러 지난날의 빚을 갚는구나.
> 拔山扛鼎之義士, 再顯神通
> 深謀危詭之奸徒, 急償夙債

봉명기는 과연 어떤 사람을 찾아갔을까? 이에 대해서는 다음 회를 들어 보시라.

와평

전반부에서는 작은 배에 탄 젊은 여자가 사람을 속이는 대목이 나오는데, 온화하고 아름다운 분위기 때문에 경박한 젊은이가 술책에 빠지고도 깨닫지 못하였으니, 봉명기가 아니었다면 참으로 2백 냥의 돈을 물속에 내던진 셈이 되었으리라.

봉명기를 묘사하는 대목은 한 번도 '흥이 나지(高興)' 않은 적이 없다. 그가 비단 상인 대신 2백 냥을 돌려받는 것은 다음 회에서 그가 진정공(陳正公) 대신 천 냥을 받아내는 장면과 흡사하다. 세상에는 이런 열정적인 사람들도 있는데, 다만 그 수가 많지 않을 따름이다.

만리는 연거푸 봉명기에게 사례해야 한다고 말하지만, 그런 무리들은 그저 빈말만 할 뿐 실제로 보답하려는 마음은 없다는 것을 알겠다. 하지만 봉명기의 사람됨은 돈을 초개처럼 여기니, 진심으로 보답하려 했을지라도 역시 거절하고 떠나갔을 것이다. 그리하여 그는 굳이 "나는 당신에게 은덕을 입은 일이 있어서 그렇게 한 게 아니라 그저 흥이 나서 한 것뿐이오"라는 한마디 말로 딱 잘랐던 것이다. 정말 백 자 높이의 누각처럼 높은 장사의 기개를 그리고 있다.

봉명기가 관아의 형벌을 시험하는 장면은 만약 솜씨 없는 작자라면 틀림없이 그가 얼마나 힘이 세고 어떤 능력이 있는지를 자세히 썼을 것이고, 게다가 구구절절 설명을 덧붙였을 것이니, 그의 높은 정신은 오히려 드러나지 않았을 것이다. 앞 문장에서 이미 봉명기는 천 근이 넘는 돌로 머리를 치더라도 전혀 꿈쩍도 하지 않았다는 이야기가 나왔기 때문에 이 관아에서의 일은 독자들이 충분히 예상할 수 있었다. 이 단락은 다음 이야기를 부각시키기 위한 것이니, 이 단락으로 인해 글에 활력이 넘친다는 것을 느낄 수 있다.

제52회
호 공자는 무예를 겨루다가 부상을 당하고, 봉명기는 전당포를 부수고 빚을 받아내다

봉명기는 만리와 작별하고 혼자 항주로 갔다. 그는 예전에 진정공(陳正公)이라는 친구에게 은자 수십 냥을 빌려 준 적이 있기 때문에 이렇게 생각했다.

'그 친구한테 가서 돈을 받아 돌아가는 여비로 삼아야겠군.'

진정공은 전당문(錢塘門) 밖에 살았다. 봉명기가 전당문 밖으로 그를 찾아가는데, 얼마 안 가서 한 무리 사람들이 소제(蘇堤)의 우거진 버드나무 그늘 아래에서 말 타기 연습을 하는 두 사람을 둘러싸고 있는 것이 보였다. 그런데 말에 탄 사람 가운데 하나가 멀리서 봉명기를 보더니 큰 소리로 불렀다.

"봉 형, 어디서 오시는 길이오?"

봉명기가 다가가자 그 사람이 말에서 뛰어내려 덥석 그의 손을 잡았다. 봉명기가 말했다.

"누군가 했더니 진 형이셨구려. 언제 오셨소? 그리고 여기서 뭐 하시는 게요?"

진과자가 말했다.

"이제야 돌아가는 게로군요? 그 만가의 일이 당신과 무슨 상관이라고. 자기만 떳떳하게 살면 되지 쓸데없이 남의 일에 관여하는 것은 바보 같은 짓 아니오? 마침 잘 오셨소. 안 그래도 여기 호 공자와 당신 생각을 하고 있던 참이오."

"그래 이분은 누구신가?"

그러자 진과자가 대답했다.

"이 지역의 상서를 지낸 호 나리 댁 여덟째 아드님인데, 굉장히 재미있는 사람일세. 나하고도 무척 가까운 사이지."

호 공자〔胡老八〕가 봉명기를 알아보았고, 두 사람은 서로 의례적인 인사말을 나누었다. 진과자가 말했다.

"이제 봉 형도 왔으니 말은 그만 타고 숙소에 가서 술이나 한잔 하세."

봉명기가 말했다.

"나는 찾아볼 친구가 하나 있다오."

그러자 말썽꾼 호 공자〔胡八亂子〕가 말했다.

"친구 분께는 내일 가시지요. 오늘 이렇게 만났으니, 진 형 숙소로 가서 같이 즐깁시다."

그러면서 다짜고짜 그를 잡아끌며 하인에게 말을 한 필 가져오라 해서 봉명기를 태웠다. 그들은 오상국사(伍相國祠)* 입구에 이르러 말에서 내려 안으로 들어갔다.

진과자의 숙소는 바로 사당 뒤쪽 건물 이었다. 봉명기가 들어가서 인사를 나누고 자리에 앉자, 진과자는 하인들에게 얼른 술상을 차리도록 지시했다. 세 사람은 먼저 함께 식사를 했는데, 진과자가 말썽꾼 호 공자에게 말했다.

"봉 형이 어렵사리 오셨으니, 자네도 봉 형의 뛰어난 무예 솜씨를 구경할 수 있겠구먼. 나중에 꼭 봉 형과 함께 인사하러 갈 테니, 그때 톡톡히 폐를 끼치겠네."

"당연히 오셔야지요."

봉명기가 벽에 걸린 글씨를 손가락으로 가리키며 두 사람에게 말했다.

"이 홍감선 형과도 아는 사이라오. 그 사람도 옛날에는 이런저런 무예를 배우기 좋아했는데, 나중엔 어떻게 된 일인지 허황된 생각에 빠져서는 사람들을 꼬드겨 무슨 단약을 만든다고 하더군요. 이 사람 지금도 이곳에 있나요?"

그러자 호 공자가 대답했다.

"그 얘길 하자면 우습지요. 저희 집 셋째 형님께서도 하마터면 그 사람에게 속아 넘어갈 뻔했으니까요. 몇 년 전에 그가 처주의 마순상이라는 자와 짜고 제 형님에게 단약을 제련하자고 부추겼지요. 그래서 돈도 다 마련해 놓았는데 다행히 제 형님이 운이 좋았는지 갑자기 그 사람이 병이 나서 며칠 앓다가 죽어 버렸지요. 그렇지 않았더라면 분명히 사기를 당했을 겁니다."

봉명기가 말했다.

"셋째 형님 존함이 호진이신가요?"

"맞습니다. 형님은 저와 성격이 달라서, 입에서 나오는 대로 대충 시를 지으며 명사라고 자칭하는 하찮은 사람들과 어울리길 좋아했지요. 사실 자기는 좋은 술과 맛있는 고기 한번 제대로 먹지 못했지요. 그런데 수백 수천 냥의 돈을 사기당한 것에는 눈 하나 깜빡하지 않습니다. 저는 원래 말 키우는 것을 좋아했는데, 형님께서는 항상 말들이 자기 집 정원을 짓밟아 놓는다며 트집을 잡았지요. 저도 이제 더는 견딜 수 없어서 집을 형님에게 줘 버리고 따로 나와 살면서 연락을 끊고 지낸답니다."

그러자 진과자가 말했다.

"호 형의 새 거처는 무척 깔끔하다오. 봉 형, 나중에 나와 함께 가 보면 자네도 알게 될 거요."

이야기를 나누는 사이 하인들이 술상을 내왔고, 세 사람은 잔을 돌려가며 술을 마셨다. 술이 얼큰해졌을 때, 진과자가 말했다.

"봉 형, 조금 전에 찾아가야 한다고 한 친구는 누구신가?"

"이 지역 사람으로 진정공이라는 친구가 있는데, 그 사람에게 은자 몇 냥을 받을 게 있어서요."

그러자 호 공자가 말했다.

"혹시 예전에 죽간항(竹竿巷)에 살다가 최근에 전당문 밖으로 이사하신 분을 말씀하시는 겁니까?"

"바로 그렇습니다만."

"그분은 지금 댁에 안 계십니다. 털보 모(毛)씨와 함께 생사(生絲)를 팔러 남경에 갔거든요. 털보 모씨는 예전에 제 셋째 형님의 문객(門客)이었습니다. 봉 형, 직접 찾으러 가실 필요 없이, 편지를 한 통 써 주시면 제가 하인을 시켜 보내 드리겠습니다. 그분더러 돌아오는 대로 봉 형을 만나러 오도록 하면 되지 않겠습니까?"

그리고 밥을 먹은 후 헤어졌다. 호 공자가 인사를 하고 먼저 떠나자, 진과자는 봉명기를 붙잡아 자기 거처에서 함께 묵었다. 이튿날 그는 봉명기와 함께 호 공자를 찾아갔다. 호 공자도 답례 인사를 하러 왔고, 또한 하인을 보내 이런 말을 전해 왔다.

"내일 두 분 나리를 초청하여 간단한 식사라도 하자고 하십니다. 주인 나리께서는 서로 잘 아는 사이인지라 명첩을 갖춰 보내지는 않는다고 하셨습니다."

이튿날 간단한 아침 식사를 마치고 나자 진과자는 말을 두 필 준비시켜 봉명기와 함께 타고, 하인을 거느린 채 호 공자의 집으로 갔다. 호 공자가 그들을 맞이하여 대청에 마련된 자리에 앉자 진과자가 말했다.

"서재로 가는 게 낫지 않을까?"

그러자 호 공자가 말했다.

"잠시 차나 좀 마시도록 하지요."

차를 마시고 나자 호 공자가 두 사람을 데리고 좁은 통로를 지나 뒤편으로 가는데, 사방이 온통 말똥 천지였다. 서재에 도착하여 두 사람이 안으로 들어가니, 손님이 몇 명 와 있었다. 그들은 모두 호 공자가 평소 함께 어울리며 말을 타고 검술을 익히던 친구들인데, 오늘은 특별히 봉명기의 무예 솜씨를 구경하러 온 것이었다. 서로 인사를 나누고 자리에 앉자, 호 공자가 말했다.

"이 사람들은 모두 저와 친한 벗들입니다. 오늘 봉 형께서 오셨다는 소식을 듣고 특별히 한 수 가르침을 받으러 왔습니다."

"무슨 말씀을! 과찬입니다."

다시 차를 한 잔 마시고는 다 함께 자리에서 일어나서 잠시 산책을 했다. 서재는 그다지 크지 않은 세 칸짜리 건물이었고, 옆으로는 회랑과 연결되어 있었다. 회랑에는 많은 안장들이 놓여 있었고 벽 발치에는 화살통〔箭壺〕이 세워져 있었다. 그리고 월동문을 하나 지나자 커다란 정원과 마구간이 나타났다. 호 공자가 진과자에게 말했다.

"형님, 그제 말을 한 마리 새로 샀는데 골격이 제법 좋습니다. 그 말이 얼마짜리일지 형님께서 좀 봐주시지요."

그리고는 마부더러 털빛이 검붉은 그 말을 끌고 오게 하니, 손님들이 일제히 몰려가 살펴보았다. 그런데 그 말이 펄쩍 뛰더니, 미처 방비할 틈도 없이 한쪽 발로 한 젊은 손님의 다리를 차 버렸다. 그 청년은 너무 아파서 몸을 움츠리며 엉덩방아를 찧었다. 그걸 본 말썽꾼 호 공자가 버럭 화를 내며 달려가 한 번의 발차기로 단번에 말 다리를 부러뜨려 버리니, 모두들 깜짝 놀랐다. 그러자 진과자가 "대단하구먼!" 하고 감탄하면서 이렇게 말했다.

"한동안 못 본 사이에 무예가 더 정심하고 강해졌구먼!"

그들은 즉시 그 청년을 먼저 돌려보냈다.

그리고 그곳에 술자리가 마련되자 차례대로 자리에 앉았다. 손님과 주인을 포함한 예닐곱 명이 시권 놀이를 하며 푸짐한 안주와 큰 잔으로 신나게 먹고 마셨다. 그리고 술자리가 끝나 모두들 자리에서 일어나자 진과자가 말했다.

"봉 형, 이분들께 아무거나 한두 가지 무예를 좀 보여 주시게."

사람들이 일제히 "한 수 가르쳐 주십시오!" 하자, 봉명기가 말했다.

"하찮은 솜씨나마 보여 드리겠습니다. 그런데 뭐가 좋을지?"

그러더니 마당 안의 화단을 가리키며 말했다.

"저기 벽돌 몇 개만 이리 가져다주시게."

진과자가 하인더러 벽돌 여덟 장을 가져와 계단 옆에 놓아두게 했다. 봉명기가 오른손 소매를 걷어 올리고 그 벽돌 여덟 장을 계단 옆에 가지런히 쌓아올리니, 그 높이가 넉 자 가까이 되었다. 그리고 봉명기가 손을 들어 한번 내리치자 여덟 장의 벽돌은 남김없이 쪼개져 열댓 개로 조각나 버렸다. 그러자 옆에서 지켜보던 사람들이 일제히 감탄하며 칭송했다.

진과자가 말했다.

"우리 봉 형께서 이런 기술까지 익히셨구려! 하지만 이 친구의 '비급[經]'에 따르면, '주먹을 움켜쥐면 호랑이 머리도 부술 수 있고, 수도(手刀)를 휘두르면 쇠뿔도 자를 수 있다(握拳能碎虎腦, 側掌能斷牛首)' 하니 이런 정도는 대단한 것도 아닌 셈이지. 호 형, 이리 와 보시게. 조금 전에 말 다리를 걷어찬 자네의 발길질도 대단하다고 할 수 있는데, 자네가 만약 봉 형의 사타구니에 그걸 한 방 날릴 수 있다면 내 자네를 진정한 고수로 인정하겠네."

그러자 모두들 웃으며 말했다.

"그럴 수야 있겠습니까!"

그러자 봉명기가 말했다.

"호 형, 시험해 보고 싶으면 해 보시지요. 내가 다치더라도 진 형을 탓하지 자네를 탓하진 않을 테니까요."

그러자 사람들이 말했다.

"봉 나리께서 괜찮다고 하시는 걸 보니 틀림없이 무슨 방법이 있는 모양이로군요!"

모두들 한번 차보라고 부추기자, 말썽꾼 호 공자는 봉명기가 무슨 금강역사(金剛力士)도 아니고 거무패(巨無霸)*도 아닌데 겁낼 게 뭐 있으랴 싶어서 이렇게 말했다.

"봉 형, 정말 그러시다면 제가 무례를 좀 범하겠습니다."

봉명기가 웃옷 자락을 들어 바지를 드러내자, 호 공자는 온 힘을 다해 오른발을 날려 봉명기의 사타구니를 내질렀다. 그런데 뜻밖에도 마치 사람의 살이 아니라 쇳덩어리를 찬 것처럼, 발가락이 몽땅 부러질 듯한 아픔이 심장까지 치밀어 올라왔다. 순식간에 그는 오른발을 들 수조차 없을 지경이 되었다. 그러자 봉명기가 다가가 말했다.

"미안하오. 정말 미안하오!"

사람들은 그걸 보고 너무 놀랍기도 하고 우습기도 했다. 그들은 한참 동안 시끌벅적 떠들다가 고맙다는 인사를 하고 떠났다. 호 공자는 한쪽 다리를 절뚝절뚝하며 손님들을 전송하고 돌아왔다. 그러나 그는 오른발의 장화조차 벗지 못하고 무려 7, 8일 동안 퉁퉁 부은 다리 때문에 고생해야 했다.

봉명기는 진과자의 거처에서 매일 권법 수련이나 말 타기를 하며 지내느라 심심하지는 않았다. 그러던 어느 날, 그가 권법을 수련하고 있는데 밖에서 스무 살 남짓한 사람이 하나 들어왔다. 작고 마른 몸매의 그 사람은 남경에서 온 봉씨 댁 넷째 나리가 여기 계시냐고 물었다. 봉명기가 나가 만나 보니 그는 진정공의 조카 진하자(陳蝦子)였다. 무슨 일로 왔느냐고 묻자 진하자가 말했다.

"그제 호씨 댁에서 인편으로 편지를 보내 어르신께서 오셨다고 했습니다. 숙부님께선 지금 생사를 팔러 남경에 가겠습니다. 제가 지금 남경으로 가서 숙부님을 모셔 오려 하는데, 어르신께서 전할 말씀이 있으시면 편지를 가져가 전하겠습니다."

"내가 자네 숙부를 만나려는 것은 무슨 할 얘기가 있어서가 아니라, 전에 그 사람이 나한테 빌려간 은자 쉰 냥을 돌려받으려는 것일세. 나는 여기 며칠 더 있을 것이니, 그 사람이 오길 기다리면 되네. 숙부께 안부 전해 주게. 편지는 쓰지 않겠네."

진하자는 그러겠노라 하고 집으로 돌아가 짐을 꾸려 배를 타고 남경으로 갔다. 그는 강녕현 부(傅)씨의 생사 가게로 가서 진정공을 찾았다. 진정공은 털보 모씨와 함께 밥을 먹고 있다가 조카가 오자 동석하게 하여 함께 식사를 하면서 집안일에 대해 물었다. 진하자는 봉명기가 은자를 갚아 달라고 하더라는 말을 전하고, 2층에 짐을 풀었다.

한편, 털보 모씨는 예전에 항주에서 실 가게를 연 적이 있는데, 장사 밑천으로 은자 2천 냥을 갖고 있었다. 그런데 나중에 호진의 집에서 식객 노릇을 하면서 은자 2천 냥을 더 빼돌려 가흥부(嘉興府)로 이사가 작은 전당포를 열었다. 이 사람에게는 한 가지 흠이 있었으니, 그것은 지나치게 인색해서 돈 한 푼도 목숨처럼 아낀다는 것이다. 최근에는 또 진정공과 합작하여 생사 장사를 시작했는데, 진정공도 돈을 목숨처럼 아끼는 사람인지라 두 사람은 서로 죽이 잘 맞았다. 남경의 생사 가게에서는 손님들에게 음식을 풍성하게 제공했다. 털보 모씨가 진정공에게 이렇게 말했다.

"이 행주가 끼니마다 우리에게 고기를 주는데, 이건 행주의 고기가 아니라 우리 고기일세. 조만간 행주가 고기값을 달라고 할 테니, 여기서는 채소 반찬만 먹고 고기반찬은 우리가 직접 사 먹는 게 낫지 않겠나?"

"당연히 그래야지."

그래서 밥 먹을 때가 되자 그는 진하자에게 익힌 고기를 들고 다니며 파는 행상에게 가서 14전 어치의 순대를 사 오게 해서 셋이 함께 먹었다. 진하자는 겨우 몇 점 맛만 보고 그저 군침만 삼키며 참을 수밖에 없었다.

하루는 털보 모씨가 진정공에게 이렇게 말했다.

"어제 어떤 친구가 그러는데, 연지항(胭脂巷)에 중서 벼슬을 지낸 진 나리라는 분이 관직을 받으러 북경에 가면서 여비를 모으는데, 짧은 시간에 다 모을 수가 없어서 은자 천 냥을 원금에서 7할만 받고 빌려 짧은 기간 안에 갚겠다고* 합니다. 제 생각에 이분은 매우 믿을 수 있는 고객인데다 석 달이면 반드시 갚을 걸로 보입니다. 형님이 생사를 사고 남은 돈을 모아 보면 그래도 2백 냥 가량은 될 텐데, 그 가운데 210냥을 그분한테 빌려 주는 것이 어떻습니까? 석 달 안에 3백 냥을 돌려받으면 그게 생사 장사에서 남는 이익보다 더 크지 않습니까? 믿지 못하시겠거든 제가 따로 보증서를 써 드리지요. 그쪽의 중개인도 제가 잘 아는 사람들이니까 조금도 이상이 없을 겁니다."

진정공은 그 말대로 은자를 빌려 주었다. 석 달이 되자 털보 모씨가 대신 은자를 받아 왔는데, 은의 품질이며 무게가 모두 훌륭한지라 진정공은 무척 기뻐했다.

또 하루는 털보 모씨가 진정공에게 이렇게 말했다.

"어제 어떤 친구를 만났는데, 인삼 장사를 하는 사람이지요. 그 친구 말이, 국공부의 서씨 댁 아홉째 나리의 사촌형인 진(陳)씨 댁 넷째 나리*라는 분이 인삼 한 근을 가져가셨답니다. 지금 지금 그 인삼 장수가 소주로 돌아가려고 하자, 진씨 댁 넷째 나리는 금방 돈을 마련하기 힘들어서 그에게 원금에서 5할을 떼고 은자 백 냥만 빌려다 달라고 한답니다. 두 달 후 약조한 대로 2백 냥을 갚는다 하니 이 또한 무척 안전한 거래지요."

이에 진정공은 또 털보 모씨에게 은자 백 냥을 내주고 두 달 후에 2백 냥을 받았는데, 달아 보니 3전이 더 나갔다. 진정공은 기뻐 어쩔 줄 몰랐다.

진하자는 털보 모씨에게 죽어라 부림만 당하고 술 한 잔 고기 한 점 제대로 먹지 못해서 잔뜩 짜증이 나 있었던 참이라, 어느 날 기회를 틈타 진정공에게 이렇게 말했다.

"숙부님께서는 생사 장사를 하러 오셨으니 아예 은자를 가게 주인에게 줘서 생사를 만들게 하십시오. 그 중에서 최상품 생사를 잘 골라 전당포에 맡기시고, 거기서 나온 돈으로 또 품질 좋은 생사를 사십시오. 그걸 또 전당포에 잡히는 겁니다. 전당포의 이자야 별로 안 될 테니, 이런 식으로 해 나가면 본전 천 냥으로 2천 냥을 만드는 장사를 하는 셈이 됩니다. 어떻습니까? 왜 모 나리의 말씀만 믿고 사채놀이를 하는 겁니까? 사채놀이는 결국 불안한 일입니다. 이런 식으로 엮여 있으면 언제 집으로 돌아가시겠습니까?"

그러자 진정공이 말했다.

"괜찮다. 며칠만 더 있다가 정리해서 돌아가면 된다."

하루는 털보 모씨가 집에서 온 편지를 받아 읽고 나더니 아무 말도 없이 입을 삐죽거리며 홀로 앉아 생각을 거듭하고 있었다. 그걸 보고 진정공이 물었다.

"댁에 무슨 일이 있소? 무슨 생각을 그리 하시오?"

"별 일은 아닙니다만, 말씀드리기가 좀 곤란하군요."

그러나 진정공이 두세 차례 묻자, 털보 호씨가 대답했다.

"아들놈이 편지를 보냈는데, 우리 동네 동쪽 거리에 있는 담(談)씨 네 전당포가 파산해서 물건을 헐값에라도 남에게 넘겨야 한답니다. 지금 가게에 물건이 가득 차 있는데, 값어치가 1,600냥이나 된답니다. 지금 그쪽에서는 일이 다급해져서 천 냥만 받고 털어 버릴 생각이랍니다. 그 물건들을 저희 전당포로 가져오면 아주 남는 장사일 텐데 하는 생각이 들더군요. 하지만 지금은 사정이 좋지 못해서 돈을 마련할 수가 없네요."

"누구하고 합자해서 사 들이면 되지 않겠소?"

"저도 그런 생각을 해 봤습니다. 합자를 하고 돈을 투자한 사람이 1푼 8리의 이자를 달라고 한다면야, 저도 몇 리 정도 이익을 챙길 수 있지요. 하지만 투자한 사람이 2푼 이상의 이익을 요구한다면 저는 그야말로 '양고기는 먹어 보지도 못하고 괜히 노린내만 뒤집어쓴 꼴(羊肉不曾吃, 空惹一身膻)'이 되지 않겠습니까? 그러니 그런 일은 차라리 하지 않느니만 못하지요."

"이런 못난 사람! 나한테 상의하지 그랬소? 우리 집에 은자가 좀 있으니 당신이 쓰게 빌려 주면 되지 않소. 설마 당신이 날 속일까!"

"됐습니다, 됐어요! 형님, 장사란 게 내일을 알 수 없는 일이니, 나중에 혹시 잘못돼서 돈을 제대로 갚지 못하게 되면 제가 무슨 얼굴로 형님을 뵙겠습니까?"

진정공은 그의 이런 정성스러운 마음에 감동해서 무슨 일이 있어도 그에게 돈을 빌려 주려 했다.

"여보게, 우리 차분히 상의해 보세. 자네는 내 돈을 가져가서 그 물건을 사 들이게. 나도 많은 이자는 요구하지 않을 테니 그저 매달 2푼의 이자만 주시게. 남은 이익은 자네가 챙기고, 원금은 앞으로 계속해서 갚으시게. 설사 무슨 일이 생긴다 하더라도, 우리 사이에 내가 자네를 탓하겠는가?"

"형님의 훌륭한 뜻, 잘 알겠습니다. 하지만 만약을 위해서 증빙으로 삼도록 중개인을 세워 정확하게 차용증을 써 드리겠습니다. 그래야 형님도 맘을 놓지요. 우리끼리 사적으로 돈거래를 할 수야 없지 않겠습니까?"

"자네가 그럴 사람이 아니라는 걸 아는데 맘을 놓고 말고 할 게 어디 있겠나? 중개인도 필요 없고 문서도 필요 없네. 오로지 신용이면 되는 걸세!"

진정공은 즉시 진하자 몰래 여행용 상자에 남은 은자와 빌려 주었다가 돌려받은 돈을 모아 천 냥을 만들어서 봉투에 잘 담아서 털보 모씨에게 주었다.

"내가 가져온 생사는 행주에게 대산 팔아달라고 맡겼고, 호주(湖州)로 돌아가 이 돈으로 다시 생사를 사려고 했네만, 자네에게 줄 테니 가져가서 그 일을 처리하시게. 나도 여기 며칠 더 있다가 돌아갈 걸세."

털보 모씨는 감사 인사를 하고 은자를 챙긴 후, 이튿날 배를 타고 가흥으로 돌아갔다.

다시 며칠이 지나자 진정공은 생사 판 돈을 모두 받고, 행주와 작별하고 진하자와 함께 집으로 가는 배에 올랐다. 그리고 가는 길에 털보 모씨를 만나러 가흥에 들렀다. 털보 모씨의 전당포는 서쪽 거리에 있었는데, 물어물어 찾아가 보니 작은 대문이 달려 있고, 1층은 담장에 둘러싸인 세 칸짜리 건물이었다. 대문을 들어서니 정원 안쪽의 세 칸짜리 건물 안에 계산대가 놓여 있고, 몇몇 조봉(朝奉)들이 일하고 있었다. 진정공이 그들을 보고 물었다.

"여기가 모씨 댁 둘째 어른의 전당포요?"

"성함이 어떻게 되시는지요?"

"남경에서 온 진정공이라고 하는데, 모 어른을 좀 뵈었으면 합니다만."

"잠시 들어와 앉으시지요."

뒤쪽 건물은 물건을 쌓아 놓은 곳이었다. 진정공이 들어가 건물 아래층에 앉자, 조봉이 차를 내왔다. 진정공이 차를 마시며 물었다.

"모씨 어른 계시는가?"

"이 전당포는 원래 모씨 댁 둘째 나리가 연 것인데 지금은 왕(汪) 사장님께 넘어갔습니다."

진정공이 깜짝 놀라 물었다.

"그 사람 그저께 이곳에 오지 않았는가?"

"여긴 그 사람 가게도 아닌데 뭐 하러 와요!"

"그 사람 지금 어디 있는가?"

"그 양반이야 행선지가 일정하지 않으니, 남경으로 갔는지 북경으로 갔는지 모르지요."

진정공은 그 말을 듣고 보니 모씨가 전에 했던 말이랑 맞지 않는지라 몸이 달아 온 몸에 식은땀이 흘렀다. 그는 진하자와 함께 배로 돌아가 급히 집으로 갔다.

이튿날 아침, 누군가 찾아와 문을 두드렸다. 대문을 열어 보니 봉명기였다. 그는 봉명기를 거처로 맞아들여 의례적인 인사를 나눈 후 이렇게 말했다.

"전에 빌려 준 돈은 진즉 갚았어야 했지만, 최근에 또 어떤 작자에게 사기를 당해서 갚을 수가 없게 되었소이다."

봉명기가 사정을 묻자 진정공이 그간의 일에 대해 자세히 들려

주었다. 그러자 봉명기가 말했다.

"그런 일이라면 걱정 마시오. 나한테 방법이 있소. 나는 내일 진형하고 남경으로 돌아가려던 참이었으니, 당신은 먼저 가홍으로 가서 기다리고 계시오. 내가 한 푼도 빠짐없이 돌려받게 해 주겠소. 어떻소?"

"그렇게만 된다면 후히 사례하겠소이다."

"사례 같은 말씀일랑 다시는 꺼내지도 마시오."

봉명기는 진정공과 헤어져 숙소로 돌아와 진과자에게 이 일에 대해 얘기해 주었다. 그러자 진과자가 말했다.

"일거리가 또 하나 생겼군 그래. 이건 자네가 가장 좋아하는 일이 아닌가?"

그러면서 하인에게 방값을 계산하고 짐을 챙기게 한 후, 단하두로 가서 배에 올랐다.

가홍에 도착할 무렵, 진과자가 말했다.

"나도 함께 가서 재미있는 구경이나 해야겠네."

그가 봉명기와 함께 뭍에 내려 곧장 모씨의 전당포로 가니, 마침 진정공이 가게 안에서 말다툼을 하고 있었다. 봉명기는 성큼성큼 내달려 대문을 박차고 들어가 큰 소리로 고함을 질렀다.

"모가 놈 있어? 진씨 돈을 갚을 거야 말 거야?"

계산대에 있던 조봉이 나와서 뭐라고 대답하려 하자, 봉명기가 담장에 붙은 대문을 두 손으로 붙잡고 당기면서 몸을 뒤로 젖히니, 담장이 와르르 하고 반쯤 무너져 내렸다. 진과자는 구경하러 들어가려다가 하마터면 그 담장 벽돌에 머리를 맞을 뻔했다. 그걸 본 조봉들과 손님들은 모두 눈이 휘둥그레진 채 얼이 빠져버렸다. 봉명기는 몸을 돌려 대청으로 걸어가더니, 계산대 바깥쪽 기둥에 등을 기대며 소리쳤다.

"살고 싶은 놈들은 어서 밖으로 나가라!"

그렇게 말하며 두 손을 뒤로 돌려 기둥을 감싸고 몸을 한번 흔들자 기둥이 바닥에서 뽑히면서 반쯤 기울고, 건물 처마도 반쯤 무너지면서 벽돌이며 기와가 우수수 떨어져 자욱하게 먼지가 피어났다. 다행히 조봉들이 재빨리 도망쳐서 다친 사람은 없었다. 그때 거리에 있던 사람들이 안쪽에서 건물 무너지는 소리를 듣고 몰려드니, 대문 앞에는 구경꾼들로 가득했다.

털보 모씨는 일이 심상치 않게 돌아가자 할 수 없이 밖으로 나왔다. 머리에 온통 먼지를 뒤집어쓴 봉명기는 더욱 기세등등하게 창고 건물 안으로 들어가 건물 기둥을 등지고 섰다. 그러자 사람들이 일제히 몰려가 그를 달랬고, 털보 모씨도 자신의 잘못을 시인했다. 모씨는 자신의 잘못을 시인하고, 빌려간 돈의 원금과 이자를 모두 갚겠다고 하면서 제발 그만두라고 애원했다. 그러자 봉명기가 껄껄 웃으며 말했다.

"네놈 집이 얼마나 큰지 보자! 내가 밥 한 끼 먹을 시간도 되기 전에 모조리 평지로 만들어주마!"

이때 진과자가 진정공과 함께 건물로 들어와 앉더니 이렇게 말했다.

"이 일은 모 형이 잘못한 거요. 중개인도 차용증도 없어서 소송을 걸거나 고발하지도 못할 테니 마음 놓고 저분을 속여도 되겠다고 생각한 모양인데, '빚진 놈 가난한 건 무섭지 않아도 빚 받으러 온 영웅은 무섭다(不怕該債的精窮, 只怕討債的英雄)'는 말도 모르셨소? 이제 봉 형을 만났으니 어떻게 발뺌할 셈이요!"

털보 모씨는 할 수 없이 원금과 이자를 모두 돌려주고서야 이 불상사를 끝낼 수가 있었다.

진정공은 돈을 돌려받은 다음 진과자와 봉명기를 배 위까지 전송했다. 각자 소젖으로 만든 술을 마신 다음* 그는 은자 백 냥이 든 봉투 두 개를 꺼내 봉명기에게 사례했다. 그러자 봉명기가 웃으며 말했다.

"이건 내가 잠시 흥에 겨워 한 일이니 사례는 필요 없소! 전에 빌려간 돈 쉰 냥만 남겨 두고 나머진 가져가시오."

진정공은 거듭 감사 인사를 한 다음 은자를 챙겨 넣고 두 사람과 작별한 후, 따로 배를 타고 돌아갔다.

봉명기와 진과자가 담소를 나누는 동안 배는 하루도 못 되어 남경에 도착했고, 두 사람은 각자 집으로 돌아갔다. 이틀 후, 봉명기가 연지항으로 진 중서를 찾아가니, 문지기가 말했다.

"나리께선 최근 태평부의 진(陳)씨 댁 넷째 나리와 함께 종일토록 장(張)씨 가게인 내빈루(來賓樓)에서 노시면서, 줄곧 집에 돌아오지 않고 계십니다."

나중에 봉명기는 진 중서를 만나서 그렇게 지내지 말라고 충고했다. 그런데 마침 그때 경사에서 누군가가 진 중서에게 편지를 보내 그가 얼마 후면 벼슬을 받게 될 거라고 알려 오니, 진 중서도 짐을 꾸려 경사로 들어갔다. 그래서 내빈루에는 진씨 댁 넷째 나리인 진목남(陳木南)만 남게 되었다. 그런데 이 일로 인해 다음과 같은 새로운 이야기가 생겨난다.

국공부 안에서
함께 눈 구경하며 술을 마시고
내빈루에서
한밤중에 꿈꾸다 놀라 깨네.
國公府內, 同飛玩雪之觴.
來賓樓中, 忽訝深宵之夢.

대체 내빈루는 어떤 곳일까? 이에 대해서는 다음 회를 들어보시라.

와평

앞 회에서 진과자를 남겨 둔 이유가 바로 여기에서 써먹기 위해서였으니 참으로 능숙한 명장의 솜씨이며, 그 수법이 신선하다.

말썽꾼 호 공자와 진과자는 같은 부류의 인물로 각자 자신의 형에 대해 마음속으로 가지고 있던 불만을 생동적으로 묘사해 냈다.

벽돌을 깨고 사타구니를 차는 이야기에서는 용맹을 뽐내고 승부 다투기를 좋아하는 거친 젊은이들의 기상을 생생하게 묘사했으니, 정말 기막힌 솜씨가 아닐 수 없다!

털보 모씨가 주도면밀하게 계략을 세운 것은 진정공이 "소송을 걸지도 고발하지도 못하게" 하기 위한 것이었는데, 그것을 진과자가 한마디로 폭로해 버렸다. 그러나 봉명기가 모씨의 전당포 건물을 무너뜨린 것 역시 "소송을 걸지도 고발하지도 못할" 일 가운데 하나였다. 그러므로 내가 어떤 술수를 써서 남을 제압하면 남도 똑같은 술수로 나를 제압하게 되니, 기발하고 교묘한 사기가 무슨 소용 있겠는가? 이 책에는 사람이 살아가는 도리에 대한 가르침이 적지 않다.

털보 모씨가 진정공에게 이익을 안겨 준 두 번의 일이 다음 이야기를 이끌어 내는 것을 보면, 작자가 이 부분을 쓸 때 조금도 필묵을 낭비하지 않았음을 알 수 있다.

제53회
눈 내리는 밤 국공부에선 진목남을 대접하고,
등불 밝힌 내빈루에서 빙낭은 악몽에 놀라 깨다

남경 십이루의 대문은 무정교(武定橋)에 있고 후문은 동화원(東花園) 초고가(鈔庫街) 남단의 장판교(長板橋)에 있다. 이곳은 태조 황제께서 천하를 평정했을 때 원(元)나라 공신(功臣)들의 후예들을 모두 관기(官妓)로 삼은 뒤, 교방사(教坊司)*에서 관리하게 하신 곳이다. 여기에도 실무를 담당하는 아역(衙役)들이 있어서, 보통 관청처럼 재판을 하고 죄인에게 벌을 주었다. 다만 왕실 자손이나 귀족 집안의 자제들이 오면 교방사의 관리는 감히 그들과 한자리에 앉지 못하고 공손하게 맞이할 수밖에 없었다.

해마다 2, 3월 봄이 되면 기생들은 모두 화장을 하고 무정교 대문 앞 꽃그늘과 버드나무 아래 서서 저마다 손님을 부르곤 했다. 또 합자회(盒子會)*란 것도 있었는데, 많은 사람들을 초청하여 갖가지 인기 좋은 먹을 것과 마실 것을 차려 놓고 누구네 상차림이 더 훌륭한지 겨루는 것이었다. 용모가 꽤 예쁜 기생들은 손님을 아무나 받지 않았는데, 많은 아첨꾼들이 이곳에 와서 향을 피우고, 향로를 닦고, 화분을 늘어놓고, 탁자와 의자를 닦고, 기생들에게 거문고와 바둑, 서예, 그림 따위를 가르치곤 했다. 그런 기녀들에겐 손님들이 많았지만, 명사들도 와 주어 자기가 속되지 않다는 명성이 나길 바랐다.

내빈루에는 빙낭(聘娘)이라는 풋내기 기생이 있었다. 그녀의 시아버지는 임춘반(臨春班)이라는 극단에서 여주인공 역〔正旦〕을 맡은 배우였다. 그는 젊은 시절 대단히 명성이 높았으나, 나중에 수염이 자라서 계속 그 일을 할 수 그 일을 할 수 없게 되자 자기 손님을 이어받게 할 요량으로 아내를 얻었다. 하지만 아내는 뚱뚱한 데다 얼굴도 새까맸는지라 그녀와 결혼하고 나서는 찾아오는 손님이 없었다. 나중에는 어쩔 수 없이 양아들을 하나 들이고 어린 며느리를 구해 길렀는데, 며느리가 열여섯 살이 되어 그 미색이 활짝 피고부터는 난봉꾼들의 발길에 문지방이 닳을 정도였다. 빙낭은 기생 신세였지만 마음으로는 관리들과 어울리기를 좋아했다. 그녀의 외삼촌 김수의(金修義)는 바로 김차복의 아들인데, 늘 물주 한두 명을 데리고 그 집으로 찾아와 놀고 갔다. 그러던 어느 날 김수의가 빙낭에게 말했다.

"내일 높은 분이 한 분 여기로 놀러 올 게다. 그분은 국공부의 서씨 댁 아홉째 공자의 사촌형으로, 성은 진(陳)이요 항렬이 넷째라서 모두들 진씨 댁 넷째 나리라고 부르는 분이다. 내가 어제 국공부에서 공연할 때 그 어른이 날더러, 네 명성을 많이 들었으니 한번 보러 오고 싶다고 하시더구나. 그분과 알고 지내게 되면 서씨 댁 아홉째 공자와도 인연을 맺게 될 테니 좋은 기회가 아니겠느냐!"

빙낭도 그 말을 듣고 무척 기뻐했다. 김수의는 차를 마시고 돌아갔다.

이튿날 김수의는 진목남(陳木南)에게 보고하러 갔다. 진목남은 태평부 사람으로서 동수관의 동가하방(董家河房)에 묵고 있었다. 김수의가 대문 앞에 도착하니 깔끔하게 차려입은 장수(長隨) 두 명이 안으로 들어가 알렸다. 잠시 후 진 나리가 방건을 쓰고, 여우 털 조끼 위에 옥색 비단 도포를 입은 채, 바닥이 흰 가죽 장화를 신고 나왔다. 그는 희고 깔끔한 얼굴에, 나이는 28, 29세쯤 돼 보였다. 진목남이 김수의를 보고 물었다.

"어제 내 말을 전했는가? 언제 가면 좋을까?"

"제가 어제 가서 말했더니, 언제든 왕림해 주시기만 기다리고 있겠노라고 했습니다."

"그럼 당장 나랑 같이 가세."

그렇게 말하고 그는 다시 안으로 들어가 새 옷으로 갈아입고 나와, 두 장수더러 가마꾼을 불러 가마를 대기시키라고 했다. 잠시 후 어린 하인 하나가 편지를 한 통 들고 들어왔다. 진목남은 그가 서씨 댁 아홉째 공자의 서동(書童)이란 걸 알아보고 편지를 받아 펼쳐 보았다. 거기에 이렇게 씌어 있었다.

> 오랫동안 내리던 눈이 걷히니 첨원(瞻園)의 홍매(紅梅)가 곧 필 것 같습니다. 형님, 저희 집에 오셔서 난롯가에서 종일 얘기나 나눠 주셨으면 합니다. 부디 거절하지 말아 주십시오. 간절히 부탁드립니다!
>
> 사촌형 목남 선생께
>
> 서영(徐詠) 올림

진목남은 편지를 읽고 나서 김수의에게 말했다.

"지금은 국공부에 가 봐야 하니, 자넨 내일 다시 오시게."

그리고 김수의가 떠나자, 진목남은 가마를 타고 두 장수를 거느린 채 대공방(大功坊)으로 갔다. 가마가 국공부 대문 앞에 이르자 하인이 들어가 방문을 알렸다. 그리고 한참 후에 안에서 "모셔라!" 하는 소리가 들렸다. 진목남은 가마에서 내려 대문으로 들어가, 은란전(銀鑾殿)에 이르러 옆문으로 들어갔다. 서영이 첨원 입구에 서서 그를 맞이했다.

"형님, 웬 옷을 그리 두껍게 입으셨소?"

진목남이 보니 서영은 담비 꼬리를 꽂은 오사모를 쓰고, 금실로 구름 무늬를 수놓은 비단 겉옷을 입은 채 비단 띠를 매고, 높은 관리들이 신는 붉은 신을 신고 있었다. 둘은 손을 맞잡고 인사를 나누었다. 정원에는 온통 태호석을 쌓아 만든 높고 낮은 아름다운 가산들이 있었고, 그 위에 쌓인 눈은 아직 녹지 않은 상태였다. 서영은 구불구불한 난간을 따라 진목남을 안내하여 정자로 갔다. 그 정자는 정원에서 가장 높은 곳으로서, 그곳에서 바라보니 정원 안에 심어진 수백 그루의 매화나무마다 은은한 분홍색의 꽃봉오리들이 맺혀 있었다. 서영이 말했다.

"근래에는 남경 날씨가 이렇게 일찍부터 따뜻해지니, 10월 말경 이 꽃들이 활짝 피면 틀림없이 볼 만할 겁니다."

"아우님 저택 안은 바깥과는 비교할 수 없네. 이렇게 높고 큰 정자에서도 한기(寒氣)가 전혀 느껴지지 않으니 말일세. '바깥 추운 줄 아무도 모른다(無人知道外邊寒)'*는 당나라 때의 멋진 시 구절이 있지만, 이런 곳에 와 보지 않고서야 옛 사람이 쓴 시어(詩語)가 얼마나 오묘한지 어찌 알겠는가!"

이야기를 나누는 사이에 술상이 차려져 나왔는데, 술상 위의 요리들은 모두 얇은 은그릇에 담겨 있었다. 그리고 다리가 달린 틀을 설치하고 그 밑에 소주(燒酒)를 놓고 거기에 불을 붙이니, 불꽃이 활활 타올라 그릇 안의 요리들을 데워 주면서도 연기라고는 조금도 나지 않았다. 두 사람이 앉아 술을 마시다가, 서영이 말했다.

"요즘 나오는 그릇들은 모두 새로운 모양으로 만들려고 하는데,

옛사람들은 어떤 걸 썼는지 모르겠어요. 하지만 지금처럼 정교하진 않았겠지요."

"내가 남경에 좀 늦게 온 게 정말 애석하다네. 우 박사께서 국자감에 계실 때 지형산이 그분을 모셔다가 태백사에서 제사를 주관하시게 했는데 모두 옛날 예법과 음악을 썼고, 제사 물품을 담은 그릇도 모두 옛날 것을 사서 썼다고 하더군. 그때 만약 내가 남경에 있었더라면 틀림없이 제사에 참여했을 테니, 옛사람의 제도도 알 수 있었을 걸세."

"10년 넘도록 북경에만 있다 보니 고향에 이런 현인군자들이 계시다는 것도 모르고, 그분들을 한번 뵙지도 못했습니다. 참으로 안타깝게 되었지요."

한참 술을 마시고 나니 진목남은 덥고 답답해져서, 일어나 옷을 하나 벗었다. 집사가 급히 받아 잘 개어서 옷장에 얹어 놓았다. 서영이 말했다.

"듣자 하니 전에 천장현의 두 선생이라는 분이 이곳 막수호에서 대대적으로 배우들을 모아 경연을 벌인 적이 있다더군요. 그때는 그래도 몇몇 유명 배우들이 있었는데, 지금은 남녀 주인공 역의 배우들 가운데 어째서 볼 만한 이가 하나도 없는지 모르겠네요. 설마 이젠 하늘조차 그런 배우들을 보내 주시지 않는 걸까요?"

"얘기가 나왔으니 말인데, 이런 잘못된 일은 두 선생이 처음 시작한 걸세. 예로부터 부인에겐 신분의 귀천이 없다고 했네. 설령 기생집의 비천한 여인일지라도 어느 집 측실(側室)로 들어가 훗날 자기가 낳은 아들이 벼슬살이를 하게 되면 그 어미는 아들 덕에 신분이 높아지게 되네. 저 극단의 배우들은 제 아무리 뛰어나다 해 봐야 천한 일꾼에 지나지 않네. 그런데 두 선생이 그들의 등급을 매긴 뒤로는 지체 높은 사대부들이 집에서 연회를 열 때마다 반드시 배우 몇 명을 불러 사대부들 사이에 뒤섞여 앉히고 할 얘기 안 할 얘기 다 하니, 이래서야 어찌 체통이 서겠는가! 보아하니 그 두 선생도 책임을 면할 수 없을 걸세."

"그거야 저 졸부들 집에서나 하는 짓이지요. 우리 집이라면 그놈들이 어찌 감히 무례를 저지르겠습니까!"

한참 이야기를 나누노라니 진목남은 몸이 또 더워져서 서둘러 옷을 하나 더 벗었다. 집사가 옷을 받아 가자, 진목남이 말했다.

"이 댁이 바깥과 다르다곤 해도, 왜 이리 더운 것인가?"

"형님, 정자 밖 한 길 둘레까지는 눈이 들어오지 못하는 걸 못 보셨어요? 이 정자는 제 아버님이 살아 계실 때 지은 것인데, 모두 백동(白銅)으로 지은 데다 안쪽에서 석탄을 때기 때문에 이렇게 따뜻한 겁니다. 바깥에야 어디 이런 곳이 있겠습니까!"

진목남은 그 말을 듣고서야 그렇게 더운 이유를 알았다. 두 사람이 한참을 더 마시고 나니, 날이 어두워졌다. 그러자 수백 그루 매화나무마다 양각등(羊角燈)이 내걸렸다. 높게 혹은 낮게 걸린 등에 불을 밝히자 수많은 야명주가 위아래에서 반짝거리는 듯하고, 비스듬히 가로지른 여린 매화나무 가지들과 어우러져 더욱 도드라졌다. 술을 다 마시자 하인들이 차를 내왔다. 차를 다 마시고 나자 진목남은 작별 인사를 하고 숙소로 돌아갔다.

다음 날 진목남은 편지를 한 통 써서 장수에게 주면서 국공부에 가서 서영에게 은자 2백 냥을 빌려 오게 했다. 그리고 그걸로 많은 비단을 사서 옷을 몇 벌 만들고 장수를 대동하여 나섰는데, 그 옷들은 빙낭에게 줄 첫 선물이었다. 그가 내빈루 입구에 이르렀을 때 작은 삽살개 한 마리가 두어 번 짖더니 안쪽에서 검은 피부의 뚱뚱한 기생어미〔虔婆〕가 나와 그를 맞았다. 그녀는 진목남의 생김새와 점잖은 체통을 보고 급히 말했다.

"형부〔姐夫〕,* 들어가 자리에 앉으세요."

진목남이 안으로 들어가 보니 그곳에는 침실 두 칸이 있었고, 위층 작은 화장방〔妝樓〕에는 꽃과 항아리, 향로, 안석이 아주 깔끔하고 고상하게 배치되어 있었다. 빙낭은 그곳에서 어떤 사람과 바둑을 두고 있다가 진목남이 오는 것을 보자 대충 바둑을 끝내 버리고 진목남 곁으로 와서 이렇게 말했다.

"나리, 오신 줄도 모르고 큰 실례를 저질렀습니다."

그러자 기생어미가 말했다.

"이분이 바로 태평부의 진 나리시니라. 네가 항상 이분의 시를 읽으며 만나 뵙고 싶다고 하지 않았느냐? 나리께선 방금 국공부에서 오셨단다."

진목남이 말했다.

"별로 좋진 않지만 옷을 두 벌 가져왔소. 예물이 너무 소홀해서 미안하오."

"무슨 말씀을! 형부는 저희가 모시고 싶어도 모시기 힘든 귀한 분이신데요."

"그런데 이분은 누구신지?"

그러자 빙낭이 그 말을 받았다.

"이분은 북문교에 사시는 추태래(鄒泰來) 어른이십니다. 우리 남경의 국수(國手)이시고, 제 스승님이시지요."

진목남이 말했다.

"반갑습니다."

"진씨 댁 넷째 나리시군요? 서씨 댁 아홉째 나리의 사촌형이시고 지체 높은 분이라는 걸 예전부터 알고 있었습니다. 오늘 예까지 찾아와 주시다니 정말 빙낭은 복도 많군요."

그러자 빙낭이 말했다.

"나리께서도 분명 고수이실 텐데, 제 스승님과 한 판 둬 보시는 게 어때요? 저는 스승님께 2년이나 배웠지만 아직 저분의 오묘한 수를 터득하지 못했어요!"

그러자 기생어미가 말했다.

"형부, 추 사부님과 한 판 둬 보세요. 저는 가서 술상을 봐 오겠어요."

진목남이 말했다.

"어찌 감히 가르침을 청할 수 있겠소?"

빙낭이 말했다.

"괜찮아요. 스승님은 바둑 두시는 걸 무척 좋아하셔요."

그리고 그녀는 바둑판에 놓인 흑백의 돌들을 나눠 담고는 두 사람더러 바둑판 앞에 앉게 했다.

추태래가 말했다.

"저와 나리야 당연히 맞둬야지요."

"선생께선 국수이신데 제가 어찌 맞두겠습니까? 그냥 몇 수 접고 가르쳐 주십시오."

옆에 앉아 있던 빙낭이 대뜸 흑돌 7점을 깔아 놓으니, 추태래가 말했다.

"이렇게나 많이 접다니! 정말 날더러 추태를 보이라는 게냐?"

진목남이 말했다.

"저도 선생께서 그냥은 두지 않는다는 걸 알고 있습니다. 그러니 여기 내기를 걸겠습니다."

그리고 그는 은자 하나를 꺼내 빙낭에게 맡겼다. 빙낭이 다시 옆에서 재촉하자 추태래는 마지못해 몇 수를 두었다. 진목남은 처음에는 몰랐지만 중반쯤 되니 자기 말이 사방에서 공격을 받았다. 상대편 돌을 몇 점 따먹자니 상대에게 바깥 세력을 빼앗기겠고,

돌을 따먹지 않자니 자기 말이 살 수가 없는 지경이 되고 말았다. 판이 끝나고 나니 비록 두 집을 이기긴 했지만 완전히 기진맥진해 버리고 말았다. 추태래가 말했다.

"아주 잘 두십니다. 빙낭과는 제대로 맞수가 되겠습니다."

그러자 빙낭이 말했다.

"사부님은 여태 져본 적이 없으신데, 오늘은 지셨군요."

진목남이 말했다.

"조금 전엔 추 선생이 분명히 봐 주신 게지, 내가 어찌 이길 수 있겠는가! 두어 점 더 놓고 다시 한 판 가르침을 청해 봐야 되겠네."

추태래는 내기가 걸린 데다 상대가 하수라는 걸 알았기 때문에, 진목남이 화를 내건 말건 신경 쓰지 않고 9점을 접고 두어서 30집이 넘게 이겨 버렸다. 진목남은 속으로 열불이 치밀어 그를 붙들고 연거푸 몇 판을 두었다. 그러나 13점을 깔고도 끝내 이기지 못하자 이렇게 말했다.

"선생의 바둑 실력이 너무 뛰어나시니 몇 점을 더 접어 주셔야겠습니다."

"그 이상을 깔고 두는 법은 없으니 어쩌지요?"

그러자 빙낭이 말했다.

"다른 방법이 있지요. 사부님, 첫 수는 제대로 두지 마시고 그냥 던져서 아무 데나 서면 거기에 둔 걸로 하는 겁니다. 이걸 '하늘의 뜻에 맡긴다(憑天降福)' 고 하는 겁니다."

그러자 추태래가 웃으며 말했다.

"그런 법이 어디 있냐? 말이나 돼?"

그럼에도 진목남이 두라고 재촉하자, 추태래는 빙낭더러 백돌을 하나 집어 바둑판 위에 아무렇게나 던져서 두게 할 수밖에 없었다. 그 상태로 계속 바둑을 두어 나가니 이번 판에는 추태래의 대마(大馬)가 네다섯 개나 죽어 버렸다. 진목남이 속으로 좋아하고 있는데 또 추태래가 패〔劫〕*를 만들어 형세가 불분명하게 만들어 버리니, 진목남이 또 지게 될 판이었다. 그때 빙낭이 안고 있던 검은 얼룩고양이가 팔짝 뛰어들어 바둑판을 엎어 버렸다. 두 사람이 껄껄 웃으며 자리에서 일어나니 마침 기생어미가 와서 "술상이 준비되었습니다" 하고 말했다.

술상이 나오자 빙낭이 비취빛 소매를 높이 들어 첫 잔을 진목남에게 올리고 나서 둘째 잔을 추태래에게 올리려 하자, 추태래는 사양하며 자기 손으로 술잔을 들었다. 그렇게 다들 술잔을 내려놓자 기생어미도 들어와 옆자리에 앉았다. 진목남이 첫 잔을 다 마시자 기생어미도 한 잔을 올리며 말했다.

"국공부에서 좋은 술과 안주를 잡수셨을 텐데, 저희 집 음식이 입에 맞으실지 모르겠네요."

그러자 빙낭이 말했다.

"그게 무슨 말도 안 되는 소리예요! 나리 댁에는 맛있는 게 없어서 국공부에 가셔서 잡수셨다는 거예요?"

"호호, 우리 아씨 말씀이 옳지! 내가 또 실언을 했으니 벌주를 한잔해야겠네."

기생어미가 즉시 자기 잔에 술을 가득 따라 한 잔 마시자 진목남이 웃으며 말했다.

"술하고 안주야 어디나 그게 그거지."

기생어미가 말했다.

"나리, 제가 남경에서 50년 넘게 살면서 매일 사람들이 국공부에 대해 얘기하는 것을 들었는데, 저는 들어가 본 적이 없답니다. 아마 하늘 궁전 같겠지요! 듣자 하니 거긴 촛불도 켜지 않는다지요?"

그러자 추태래가 말했다.

"그게 무슨 바보 같은 말씀이오! 국공부에선 촛불을 켜지 않고 등잔을 밝힌답디까."

그러자 기생어미가 한 손을 내밀어 엄지손가락과 가운데 손가락을 튕겨 '딱!' 소리를 내며* 말했다.

"추 나리, 이거나 잡수세요! 거기선 '촛불을 켜지 않고 등잔을 밝힌답디까' 라고요? 거기 마님들 방에는 방마다 이렇게 커다란 야명주가 들보에 걸려 있어서 온 집안이 환하니까 촛불을 켜지 않는 거라고요! 넷째 나리, 제 말씀이 맞지요?"

진목남이 말했다.

"야명주가 있긴 하지만 촛불 대신 쓰지는 않는 것 같네만. 우리 제수씨는 대단히 온화한 사람이니 그걸 확인하는 건 어려운 일이 아닐세. 나중에 내가 빙낭을 데려가 제수씨를 만나게 해 줄 테니, 그때 아주머니도 하녀인 척하며 옷 보따리를 들고 따라 들어가 우리 제수씨의 방을 구경해 보시게."

기생어미가 합장하며 말했다.

"나무아미타불! 그런 귀한 물건을 이 눈으로 직접 본다면 한세상 산 보람 있지요(眼見希奇物, 勝作一世人)! 제가 종일 향 사르고 염불을 했더니, 부처님이 보우하사 이렇게 높고 귀한 분께서 저희 집까지 오셔서 절 하늘 궁전에 데려가 준다 하시네요. 이제 이 늙은이는 내세에도 나귀나 말이 아니라 사람으로 태어나겠군요."

그러자 추태래가 말했다.

"옛날에 태조 황제께서 왕마마(王媽媽)와 계파파(季巴巴)*를 황궁으로 데려갔을 때 그들은 황궁을 오래된 사당인 줄 알았다던데, 당신도 나중에 국공부에 가면 똑같은 실수를 하게 될 거요!"

이에 모두들 폭소를 터뜨렸다.

기생어미가 또 술을 두어 잔 마시고 취해서는 게슴츠레한 눈으로 말했다.

"국공부의 마님들은 아마 그림 속의 미녀처럼 아름다울 거에요! 나리께서 빙낭을 데려가시면 바로 비교가 되겠네요."

그러자 빙낭이 눈을 흘기며 말했다.

"사람이 예쁘게 태어나면 그만이지, 신분이 높던 낮던 무슨 상관이에요! 고관 댁이나 부잣집의 여자들이라고 모두 아름답겠어요? 옛날에 제가 석관음암(石觀音庵)에 향을 사르러 갔다가 국공부에서 온 여자들이 10여 대의 가마에서 내리는 것을 본 적이 있어요. 그런데 얼굴이 다들 넙대대한 것이, 뭐 특별할 것도 없던 걸요!"

"아이고, 내가 또 말을 잘못했구나! 아가씨 말씀이 옳지. 벌주나 또 마셔야겠네."

그 자리에서 연이어 몇 잔을 마신 기생어미는 취해서 이리저리 비틀거렸다. 그녀는 곧 술상을 치우고, 기둥서방더러 등불을 밝혀 추태래를 집으로 바래다주게 하고, 진목남을 방으로 모셔서 쉬게 했다.

진목남이 아래층으로 내려와 방으로 들어가니 진한 향기가 코를 찔렀다. 창문 앞의 화리목(花梨木) 탁자에는 경대(鏡臺)가 놓여 있었고, 벽에는 진계유(陳繼儒)*의 그림이 걸려 있었으며, 벽 앞 탁자에는 관음보살상이 모셔져 있었다. 그리고 그 양쪽으로 물광을 낸 녹나무 의자 여덟 개가 놓여 있었다. 방 중앙에는 진홍빛 휘장 안에 자개로 장식된 침상이 놓여 있었고, 침상 위에는 두께가 족히 석 자는 되어 보이는 이불이 깔려 있었다. 침상 머리맡에는 덮개를 씌운 향로가 놓여 있고, 침상 앞쪽엔 수십 개의 레몬을 매달아 주렴처럼 장식해놓았다. 방 한가운데 놓인 커다란 구리 화로에는 벌건 숯이 타고 있었고, 그 위에 얹힌 구리 냄비에는 받아 놓은 빗물이 끓고 있었다.

빙낭은 섬섬옥수로 주석 병에서 은침차(銀針茶)를 꺼내 의흥에서 만든 찻주전자에 넣고 물을 부어 진목남에게 건넸다. 그리고 그와 나란히 앉더니 하녀를 불러 물을 가져오게 했다. 빙낭은 진홍빛 손수건을 진목남의 무릎 위에 얹으면서 물었다.

"나리, 국공부와 친척이시라면 언제 벼슬을 얻게 되는 건가요?"

"이 애긴 다른 사람한테는 한 적이 없지만, 너한테까지 숨길 순 없구나. 큰 사촌형님이 이미 경사에서 나를 천거해 놓았으니, 1년만 지나면 지부 자리를 얻을 수 있을 게다. 네가 내게 마음이 있다면 나중에 내가 너희 어미와 얘기해서 은자 몇 백 냥 주고 너를 사서 부임지로 데려가도록 하마."

빙낭이 그 말을 듣더니 그의 손을 잡고 품 안으로 쓰러지며 말했다.

"오늘 밤 하신 이 말씀은 등광보살(燈光菩薩)께서도 들으셨어요. 나리께서 절 버리시고 다른 요녀(妖女)를 취하신다면, 저는 기도를 하며 이 영험한 관음보살님을 벽 쪽으로 돌려놓을 거예요. 그러면 당신이 다른 사람과 자려고 베개를 베고 누우면 머리가 아프고, 자리에서 일어나야 두통이 사라지게 될 거예요. 저는 좋은 집안에서 자란 여자이고, 당신의 벼슬이 아니라 당신이란 사람을 사랑한답니다. 부디 이런 제 마음을 저버리지 마세요!"

하녀가 문을 열고 끓는 물이 든 통을 들여왔다. 빙낭은 얼른 일어나 서랍을 열고 단향(檀香) 가루가 담긴 봉지를 꺼내더니, 그것을 발 씻는 대야에 붓고 물을 따른 다음, 진목남이 손발을 씻을 수 있도록 했다.

진목남이 발을 씻고 있는데 다시 하녀가 등롱을 들고 들어왔다. 그 뒤로 4, 5명의 젊은 기생들이 따라 들어왔는데, 그녀들은 모두 담비 털로 만든 귀마개를 하고, 은빛 족제비 털과 잿빛 다람쥐 털로 만든 옷을 입고 있었다. 그녀들은 깔깔 웃으며 양쪽으로 늘어선 의자에 앉더니 이렇게 말했다.

"빙낭이 오늘 귀한 분을 맞이했으니, 내일은 너희 집에서 합자회를 열어야지. 비용은 모두 너 혼자 내야 해!"

그러자 빙낭이 대답했다.

"그야 당연하지."

기생들은 한참 동안 웃고 떠들다가 돌아갔다.

빙낭이 옷을 벗고 침상에 들었고, 진목남은 그녀의 풍만하고 매끄러운 살결과 녹신녹신 부드러운 몸에 푹 빠져들었다.

빙낭이 몽롱하게 잠들었다가 불현듯 놀라 깨어 보니, 등잔 심지에서 불꽃이 한 차례 튀었다. 고개를 돌려 보니 진목남은 이미 단잠에 빠져 있었고, 북 소리가 어느새 새벽 2시가 지났음을 알리고 있었다. 그녀는 흐트러진 이불을 바로 펴서 진목남을 잘 덮어 주고는 그를 껴안고 잠이 들었다.

한참 자고 있던 빙낭은 방문 밖에서 징이 울리는 소리가 들려 의아한 생각이 들었다.

'이 깊은 밤중에 누가 방문 앞에 와서 징을 치는 게지?'

그런데 징 소리가 점점 가까워지더니, 방문 밖에서 누군가 이렇게 말했다.

"부인, 모시러 왔습니다."

빙낭은 어쩔 수 없이 자수가 놓인 웃옷을 걸치고 궁혜(弓鞋)*를 대충 신은 채 밖으로 나왔다. 그러자 방문 밖에서 네 명의 하녀들이 일제히 무릎을 꿇고 말했다.

"진씨 댁 넷째 나리께서 항주 지부에 임명되셨는데, 부인을 모셔 와 함께 영화를 누리시겠다며 특별히 저희를 보내셨습니다."

빙낭은 그 말을 듣고 얼른 방으로 달려 들어가 머리를 빗고 옷을 입었다. 하녀가 또 봉황 장식이 달린 관을 씌우고 화려한 예복을 가져와 입혀 주었다. 대청 앞으로 나오니 큰 가마가 한 대 기다리고 있었다. 빙낭이 가마에 오르자 가마꾼들이 메고 대문을 나서는데, 앞에는 징잡이와 기수(旗手), 양산을 든 이와 나팔수, 경호원들이 늘어서서 대기하고 있었다. 그리고 누군가 이렇게 말했다.

"먼저 국공부로 가자."

가마를 타고 한참 길을 가고 있는데, 길가에서 늙수그레한 얼굴에 머리를 박박 깎은 비구니가 다가오더니 대뜸 가마에 탄 빙낭을 손으로 붙든 채 사람들에게 소리쳤다.

"이 아이는 내 제자인데 어디로 데려가는 것이냐?"

"나는 항주 지부의 부인인데, 웬 비구니가 감히 나를 붙잡는 게냐!"

빙낭이 이렇게 말하고 급히 경호원들에게 비구니를 잡아들이게 하려고 했다. 그러나 눈을 들어 둘러보니, 주위의 사람들이 모두 보이지 않았다. 그녀는 큰 소리로 비명을 내지르며 진목남의 품으로 파고들었다. 그 순간 정신을 차리고 보니 모든 것이 한바탕 부질없는 꿈〔南柯一夢〕*이었다. 그런데 이 일로 인해 다음과 같은 새로운 이야기가 생겨난다.

풍류 공자는
갑자기 복건(福建) 땅으로 떠나고
규방의 미녀는
결국 불교에 귀의해 수행하게 되네.
風流公子, 忽爲閩嶠之遊,
窈窕佳人, 竟作禪關之客.

대체 이후의 일이 어떻게 되었을까? 이에 대해서는 다음 회를 들어 보시라.

제54회
병약한 가인 빙낭은 기루에서 운명을 점치고, 얼치기 명사 정언지는 기생에게 시를 바치다.

빙낭은 진목남과 함께 잠이 들었다가, 그가 항주부로 발령받아 가는 꿈을 꾸고는 깜짝 놀라 깨어났다. 창밖을 보니 벌써 날이 밝았기에 일어나 세수를 하고 머리를 빗었다. 진목남도 일어나자, 기생어미가 들어와 간밤에 편히 주무셨냐며 인사를 했다. 간단히 아침 식사를 하고 났는데, 김수의가 와서 결혼 축하주를 내라고 성화를 해 댔다. 진목남이 말했다.

"내가 오늘은 국공부에 가 봐야 하니 내일 대접을 하도록 하지."

그가 이렇게 말하자 김수의는 침실로 들어갔다. 빙낭은 아직 머리 손질을 끝내지 못해, 방바닥까지 치렁치렁 드리워진 흑단 같은 머리카락을 매만지고 있었다. 그 모습을 보고 김수의가 말했다.

"이렇게 귀한 어른을 모시다니 정말 축하한다! 아이고, 이 시간까지 아직 단장도 안 하고 있다니, 점점 더 게을러지는구나!"

그러더니 진목남에게 말했다.

"그런데 나리, 내일은 언제쯤 오시렵니까? 제 피리에 맞춰 빙낭에게 노래 한 곡조 불러올리게 하려고요. 이 아이가 부르는 이태백의 「청평조(淸平調)」는 여기 십육루(十六樓) 기생들 가운데 가장 뛰어납니다."

김수의가 이렇게 말하는 사이, 빙낭은 손수건으로 두건의 먼지를 털어 주며 진목남에게 신신당부를 했다.

"오늘 밤 꼭 오셔야 해요. 절 마냥 기다리게 하시면 안 돼요!"

진목남은 그러마고 대답하고 밖으로 나와 장수 두 명을 데리고 숙소로 돌아갔다. 쓸 돈이 다 떨어졌으므로 그는 다시 국공부 아홉째 공자 서영에게 장수 편으로 편지를 보내 은자 2백 냥을 빌려다 변통해 쓰려고 했다. 장수는 한참 만에 돌아와 이렇게 고했다.

"아홉째 나리께서 인사를 전하셨습니다. 그 댁의 셋째 나리께서 막 경사에서 돌아오셨는데, 복건 장주부(漳州府)의 지현으로 발령이 나서 며칠 내에 부임지로 가신다고 합니다. 아홉째 나리께서도 함께 복건 임지로 가셔서 일을 도우신답니다. 은자는 내일 작별 인사를 하러 오면서 직접 가지고 오겠다고 하셨습니다."

"셋째 형님이 오셨다면 내가 인사를 드리러 가야지."

진목남은 그렇게 말하고, 가마를 타고 장수를 대동한 채 국공부로 갔다. 대문에 이르러 그가 왔다고 전하게 하자 집사가 나와 이렇게 말했다.

"셋째 나리와 아홉째 나리께서는 목부(沐府)의 연회에 가셨습니다. 전할 말씀이 있으시면 제가 전해 드리겠습니다."

"셋째 나리를 뵈러 온 것이니 특별히 전할 말은 없다."

진목남은 이렇게 말하고 숙소로 돌아왔다.

다음 날 국공부의 셋째 공자와 아홉째 공자가 진목남의 하방으로 작별 인사를 하러 왔다. 그들은 문 앞에서 가마에서 내렸고, 진목남은 하방의 대청으로 맞아들여 자리를 권했다. 셋째 공자가 말했다.

"동생, 오랜만에 보니 전보다 더 인물이 출중해졌구먼. 고모님께서 돌아가셨을 때는 내가 멀리 경사에 있어서 직접 문상을 못

드렸네. 그 동안 학문도 더욱 훌륭해졌겠지?"

"어머니께서 돌아가신 지도 3년 남짓 되었습니다. 학문이 뛰어났던 아홉째 동생이 생각나, 여기 남경으로 와서 조석으로 가르침을 받고 있습니다. 지금 형님께서 복건으로 영전이 되셔 형제분이 함께 가신다고 하니, 저는 이제 의지할 곳이 없게 되었습니다."

그러자 서영이 말했다.

"형님, 괜찮으시면 함께 장주로 가지 않으시겠습니까? 그러면 먼 길에 적적하지도 않을 텐데요."

"물론 저도 셋째 형님과 함께 가고 싶지만 아직 이곳에 자잘한 일이 한두 가지 남아 있어서요. 두어 달 뒤에 형님 계신 곳으로 따라가겠습니다."

서영은 하인에게 은자 2백 냥이 들어 있는 배갑(拜匣)을 가져오게 해서 진목남에게 주었다. 셋째 공자가 말했다.

"동생이 와 주기만을 기다리겠네. 자네가 도와줘야 할 일이 많다네."

"꼭 가서 있는 힘껏 돕겠습니다."

차를 다 마시고 나자 두 사람은 인사를 하고 자리에서 일어났다. 진목남은 대문 밖까지 나갔다가 그대로 가마를 타고 국공부로 따라가서 전송을 했다. 그는 두 형제가 배를 타는 것까지 보고서야 작별 인사를 하고 집으로 돌아왔다.

그런데 돌아와 보니 어느새 김수의가 와서 기다리고 있었다. 그는 진목남을 내빈루로 끌고 갔다. 대문을 지나 빙낭의 침실로 들어갔는데, 그녀는 얼굴이 누렇게 떠서 안색이 좋지 않았다. 김수의가 말했다.

"요 며칠 진 나리 얼굴을 못 뵈었다고 그새 가슴앓이 병이 도졌구나."

그러자 기생어미가 옆에서 말했다.

"어려서부터 응석받이로 키운 아이라 가슴앓이 병이 있습니다. 뭔가 속상한 일이 생기면 그 병이 도지지요. 나리께서 이틀 동안 안 오시자, 자기가 싫어지셨나 보다며 저렇게 병이 났답니다."

빙낭은 진목남을 보고도 두 눈에 눈물이 그렁그렁한 채 한 마디도 하지 않았다. 진목남이 물었다.

"도대체 어디가 아픈 거냐? 어떻게 해야 낫겠느냐? 전에 이 병에 걸렸을 땐 어떻게 치료했느냐?"

기생어미가 옆에서 대신 대답했다.

"전에 이 병이 도지면 찻물도 한 모금 넘기지 못했답니다. 의사가 약을 지어줘도 이 아인 쓰다면서 안 먹겠다는 거예요. 할 수 없이 인삼탕을 끓여 조금씩 떠 먹여서 겨우 큰일 치르지 않고 무사히 넘겼습니다."

"내가 은자 쉰 냥을 내놓을 테니 인삼을 사다 먹이도록 하게. 그리고 나도 나대로 또 좋은 인삼을 알아봐서 구해다 주겠네."

빙낭은 진목남의 말을 듣고 몸을 일으켜 수를 놓은 베개에 기댄 채 이불 속에 웅송그리고 앉았다. 그녀는 등판 없이 앞쪽만 가리게 되어 있는 붉은색 속옷을 걸친 채 한숨을 내쉬며 말했다.

"저는 이 병이 도지기만 하면 가슴이 이렇게 두근두근 뛰어요. 의사들이 인삼만 먹으면 허열(虛熱)이 오르기 쉽다기에 항상 황련(黃連)이랑 같이 다려 먹는답니다. 그렇게 먹고 나면 그래도 밤에 잠을 잘 수 있어요. 그 약을 안 먹으면 뜬눈으로 밤을 지새우게 되지요."

그러자 진목남이 말했다.

"그게 뭐 어렵겠느냐! 내가 내일 황련을 사다 주면 되지 않느냐."

김수의가 말했다.

"진 나리는 국공부 분이시니 인삼이나 황련이야 열 근이건 스무 근이건 아무것도 아니지. 네가 아무리 먹어도 다 쓸 수 없을 게다."

"왜 그런지 가슴이 두근두근 불안해요. 눈만 감으면 뒤죽박죽 말도 안 되는 꿈을 꾸니, 청천대낮에도 무서움에 시달리는 걸요."

그러자 김수의가 말했다

"그게 다 네가 허약하게 타고나서 조금만 힘들어도 몸이 배겨나질 못하고 요만한 속상한 일도 견뎌 내질 못해서 그러는 게야."

기생어미는 이렇게 말했다.

"너한테 무슨 귀신이라도 붙은 게 아니냐? 비구니를 불러 액 쫓는 기도라도 올려 달라고 해야겠구나."

이때 밖에서 경쇠 소리가 들렸다. 기생어미가 나가 보았더니, 연수암(延壽庵)의 비구니 본혜(本慧)가 이번 달 시주 쌀을 받으러 온 것이었다. 기생어미가 말했다.

"아이고, 스님이시군요. 두 달 동안이나 못 뵈었는데, 암자에서 요즘 불사가 바쁘신가요?"

"솔직히 말씀드리자면, 올해는 운수가 사나와 스무 살 난 큰 제자가 지난달에 죽는 바람에 관음회(觀音會)*도 열지 못했지요. 이 댁 아씨는 잘 지내시나요?"

"여전히 좋아졌다 싶으면 또 아프고 늘 그 모양이지요. 그래도 요즘엔 태평부의 진 나리께서 돌봐주고 계십니다. 그분은 국공부 서씨 댁 아홉째 나리의 사촌 형인데, 저희 집에 자주 들르신답니다. 그런데 저 빙낭이는 어찌 그리 재수가 없는지, 가슴앓이가 또 도졌지 뭡니까! 스님, 들어가서 좀 만나 보시지요."

비구니 본혜가 기생어미와 함께 방으로 들어가자, 기생어미가 말했다.

"이분이 바로 국공부의 진 나리이십니다."

비구니 본혜가 다가가 인사를 올리자 김수의가 말했다.

"나리, 이분은 근처 암자의 본혜 스님으로, 아주 덕망이 높으십니다."

본혜는 진목남에게 인사를 하고 나서, 빙낭을 보려고 침상 쪽으로 갔다. 그러자 김수의가 말했다.

"방금 액 쫓는 기도를 해야겠다고 하셨으니, 본혜 스님께 부탁드리면 되겠네요."

그러자 본혜가 말했다.

"저는 그런 건 할 줄 모릅니다. 그래도 아씨의 안색이나 한번 살펴보지요."

그러고는 빙낭 옆으로 와서 침상 가에 털썩 자리를 잡고 앉았다. 빙낭은 원래 이 스님을 알고 있었지만, 지금 고개를 들어 보자 누르께한 얼굴에 반들반들한 까까머리가 전날 밤 꿈에서 자기를 잡아가려고 하던 비구니와 똑같아서 자기도 모르게 가슴이 콱 막혀 왔다. 빙낭은 간신히 '고마워요' 하고는 바로 이불을 뒤집어쓰고 누워 버렸다. 본혜가 말했다.

"아씨가 심기가 편치 않으신 것 같으니, 전 이만 가 보겠습니다."

그리고 모두에게 인사를 하고 방을 나왔다. 기생어미가 시주 쌀을 건네주자 그녀는 왼손엔 경쇠를 들고, 오른손엔 바랑을 들고 돌아갔다.

진목남도 곧 숙소로 돌아가, 장수에게 은자를 주며 인삼과 황련을 사 오라고 했다. 그런데 집주인인 노파 동(董)씨가 지팡이를 짚고 나와서 이렇게 말했다.

"나리, 나리께서는 몸도 튼튼하신데 인삼과 황련은 사서 뭐 하시려고요? 요즘 밖에서 재미나게 지내신다고 들었습니다. 저야 집주인일 뿐이고 또 이렇게 늙어빠진 할망구 주제에 이런 말씀 드리긴 뭣하지만, 예로부터 '집안 가득한 금은보화도 기생질엔 못 당한다(船載的金銀, 填不滿烟花債)'는 말이 있지요. 저런 기루에서 굴러먹는 인간들이 무슨 양심이 있겠습니까! 은자를 다 써 버리고 나면 나리는 아예 거들떠보지도 않을 겁니다. 저는 나이가 벌써 일흔에 불경도 읽고 염불도 하는 사람입니다. 게다가 관음보살께서도 다 보고 계실 텐데, 제가 어찌 나리께서 그 사람들 술수에 놀아나는 걸 뻔히 보기만 하고 아무 말도 하지 않을 수 있겠습니까?"

"옳으신 말씀입니다. 저도 잘 알고 있지요. 이 인삼과 황련은 국공부에서 사다 달라고 부탁받은 것입니다."

그리고 또 노파가 잔소리를 할까 봐 이렇게 말했다.

"하인 놈들이 물건 살 줄 모를 테니 아무래도 제가 가 봐야겠습니다."

그는 집에서 나와 인삼 가게로 가서 장수를 찾아 인삼과 황련을 각각 반 근씩 사고, 은자와 함께 마치 보물이라도 되는 양 소중하게 들고 내빈루로 갔다.

내빈루 문 안으로 들어서자 안쪽에서 삼현금 소리가 들려왔다. 기생어미가 빙낭의 점을 봐달라고 남자 맹인을 불러온 것이었다. 진목남은 인삼과 황련을 기생어미에게 건네주고, 자리에 앉아 점괘를 같이 들었다. 그 맹인이 말했다.

"아가씨는 올해 열일곱 살이니, 경인년(庚寅年) 대운이 들었고, 호랑이〔寅〕는 돼지〔亥〕와 합(合)을 이루니 사주에 있는 귀인과 합치됩니다. 그러니 응당 귀인성(貴人星)이 들 것입니다. 다만 사정(四正)*이 약간 좋지 않으니 계도성(計都星)*을 건드릴 수 있습니다. 그게 안에서 운세를 어지럽히면 조금 불안해질 수 있지만, 큰

일은 아닙니다. 이런 말씀 드린다고 절 탓하시지 마십시오. 아가씨 운수엔 화개성(華蓋星)이 들었으니,* 불가에 이름을 올려야 그 재액을 피할 수 있습니다. 그러면 장래에 귀인을 모시게 되어 봉황장식이 달린 관을 쓰고 화려한 예복을 입을 것이며, 귀부인의 명을 누리게 될 것입니다."

이렇게 말하고 나서, 그는 삼현금을 들고 다시 노래를 한 곡 부르더니 일어나 돌아가려 했다. 기생어미가 차나 마시고 가라고 붙잡으며 운편고 한 접시와 대추 한 접시를 작은 탁자에 차려 놓고 자리를 권했고, 하녀가 그에게 차를 따라 건네주었다. 진목남이 맹인에게 물었다.

"남경성 안에서 점쟁이 일은 잘 되는 편인가?"

"말도 마십시오! 예전에 비할 수가 없습니다. 전에는 저희 앞 못 보는 장님들만 점치는 일을 했는데, 요즘엔 두 눈 멀쩡히 뜬 사람들이 전부 점을 본다고 나서는 통에 저희들이 설 자리가 없게 됐지요. 여기 남경성 같은 경우 20년 전에 진화보*란 자가 있었는데, 외지인인 그 사람이 이곳에 온 후로 고관 나리들 점은 모조리 그가 도맡아 보았지요. 지금 그 사람은 죽었지만, 나쁜 짓한 업보로 망나니 아들놈을 하나 남겼답니다. 그놈이 제 옆집에 데릴사위로 왔는데, 날마다 장인과 싸워 대는 통에 이웃 사람들이 조용하게 지낼 수가 없습니다. 오늘도 좀 있다 집에 돌아가면 또 그놈이 시끄럽게 싸워 대는 소리를 들어야 할 겁니다."

그는 말을 마치고 일어서 감사 인사를 드리고 돌아갔다. 그가 동화원(東花園)의 한 골목으로 들어서자, 이날도 어김없이 진예의 아들*과 그의 장인이 싸우는 소리가 들려왔다. 장인이 말했다.

"너도 매일 밖에 나가 글자 점〔測字〕을 보니, 단 몇 십 문(文)이라도 벌 게 아니냐? 그런데 그 돈으로 돼지 머리 고기랑 호떡을 사서 네놈 목구멍에만 처넣고 집에는 한 푼도 안 가져 오다니, 네 마누라를 나더러 먹여 살리란 말이냐? 그래 그거야 내 딸이니까 할 수 없다고 치자. 네놈이 먹은 돼지 머리 고기 외상값은 나 몰라라 해 놓고 나더러 또 돈을 내놓으라며 온종일 그것 땜에 쌈질만 하고 있으니, 이런 기막힌 일이 어디 있느냔 말이다!

"장인어른, 만약 그 돼지 머리 고기를 장인어른이 드셨다고 하면, 장인어른도 그 돈을 내셔야지요."

"무슨 소리냐! 내가 먹었으면 당연히 돈을 내지. 네놈 혼자서 다 먹었잖아!"

"혹시나 제가 벌써 그 돈을 장인어른께 드렸는데 그 돈을 장인어른께서 다른 데 써 버렸다면, 역시 지금 장인어른께서 돈을 치르셔야지요."

"무슨 헛소리야! 남의 돈 빚진 놈이 누군데 뭐 어쩌고 어째? 내가 네놈 돈을 썼다고?"

"만일 돼지한테 머리가 없었다면 저 사람들이 저한테 돈을 내라고 하지 않았겠지요!"

그 장인은 그가 이런 말도 안 되는 헛소리를 늘어놓자, 끝이 갈라진 막대기를 집어 들고 쫓아가 사위를 두들겨 팼다.

맹인은 더듬더듬 쫓아 나와 싸움을 말렸다. 장인은 화가 나서 부들부들 떨었다.

"선생, 저게 저러고도 인간이오? 제가 한 마디 꾸짖으면 저런 돼먹지 못한 소릴 하며 말대답을 하니, 분통이 터져 어디 살 수가 있겠소!"

그러자 진사완이 말했다.

"장인어른, 저는 돼먹지 못한 일 한 적 없습니다. 저는 술도 안 먹지, 도박도 안 하지, 계집질도 안 하면서 매일 글자 점 보는 탁자에 앉아 시집까지 읽고 있는데 어디가 돼먹지 못했다는 겁니까?"
그러자 장인이 대꾸했다.
"다른 게 돼먹지 못했다는 게 아냐! 제 마누라 먹여 살릴 생각을 요만큼도 안 하고 그 짐을 나한테 다 떠맡겨 놓으니, 내가 그걸 어떻게 감당한단 말이냐!"
"장인어른, 딸을 제 마누라로 준 게 달갑지 않으시면 그냥 도로 물러가시지요."
그러자 장인은 호통을 쳤다.
"저런 죽일 놈 같으니! 딸을 물러가서 뭘 하란 말이냐!"
"장인어른 마음에 드는 사위한테 시집보내면 되지요."
장인은 벼락같이 화를 냈다.
"염병할 놈! 네놈이 죽거나 머리 깎고 중이 되지 않고서야 그게 어디 될 법이나 한 얘기더냐!"
"죽는 거야 갑자기 할 수 없으니까, 제가 내일 중이 되지요 뭐."
화가 머리끝까지 난 장인은 이렇게 내뱉었다.
"오냐, 그래, 내일 네놈은 머리 깎고 중이나 돼라!"
옆에서 한참 듣고 있던 맹인은 '방 안에 그림이랍시고 거적을 걸어놓은 것(堂屋裏挂草薦)' 처럼 두 사람 다 얼토당토않은 헛소리만 늘어놓자, 말리기를 포기하고 천천히 더듬더듬 길을 짚어 자기 집으로 돌아갔다.
다음 날 아침, 진사완(陳思阮)은 머리를 박박 밀고 와릉모는 팔아 버리고, 승모와 승복을 입고는 장인 앞에 나타나 합장하여 인사를 올리면서 이렇게 말했다.
"장인어른, 소승은 오늘로 이별을 고하겠습니다."
장인은 그 모습을 보고 깜짝 놀라 눈물을 뚝뚝 흘렸다. 그는 다시 한 번 사위를 나무라 봤지만 이미 돌이킬 수 없다는 것을 알고,

사위에게 이혼장을 쓰게 하고 딸은 자기가 데려갔다.

진사완은 이때부터 마누라가 없으니 홀가분하고, 고기만 있으면 만사 남부러울 것 없었다. 매일 글자 점을 쳐주고 돈이 생기면 고기를 사서 배불리 먹었고, 배가 부르면 문덕교(文德橋) 옆 점보는 탁자 앞에 앉아 시를 읽으며 유유자적 자유롭게 지냈다. 그렇게 반년이 지난 어느 날, 그가 책을 한 권 들고 읽고 있는데 역시 글자 점을 치는 정시(丁詩)* 가 그를 찾아왔다. 정시는 그가 책을 읽고 있는 것을 보고는 이렇게 물었다.

"그 책은 언제 산 겐가?"

"한 사나흘 됐네."

"그건 앵두호에서 창화한 시를 모은 책이군 그래. 당시 호씨 댁 셋째 공자께서 조설재, 경난강, 양집중 선생, 광초인, 마순상 등 대단한 명사 분들을 초청해 함께 앵두호에 모여서 시회를 열고 운을 나누어 시를 지었지. 나는 조설재 선생이 '제(齊)' 운에 맞춰 지으신 시를 아직도 생생히 기억하고 있네. 보게나, 그 시 첫 구가 '꾀꼬리 목 같은 호수에 석양 낮게 드리우네(湖如鶯脰夕陽低)' 인데, 이 구절만으로도 앵두호 시회란 주제를 다 담아냈고, 그 다음 구절들도 모두 그 주제에 딱 들어맞는단 말씀이야. 다른 모임에 대해 쓴 시라고는 도저히 생각할 수 없지."

그 말을 듣자 진사완이 말했다.

"그런 얘긴 나한테 물어봤어야지, 자네가 뭘 안다고 그래! 당시의 그 앵두호 잔치는 호씨 댁 셋째 공자가 주최한 게 아니라, 중당 벼슬을 지내신 누 나리 댁 셋째 공자와 넷째 공자가 주최한 거야. 그때 선친께서 누씨 형제들과는 아주 친하게 지내셨지. 당시 앵두호에 모인 사람은 선친과 양집중 선생, 권물용 선생, 우포의 선생, 거신부 선생, 장철비, 주최자 두 분, 그리고 또 양 선생의 아드님까지 모두 아홉 명이었네. 이건 우리 선친께서 직접 말씀하신 것인데 내가 모를 리 있겠어? 자네가 뭘 안다고 나서길 나서나!"

"자네 말대로라면 조설재 선생과 경난강 선생의 시는 전부 다 다른 사람이 가짜로 지은 거란 말인가? 생각해 보게, 그래 자네 같으면 그렇게 지을 수 있겠나?"

"더 답답한 소리를 하는군! 조설재 선생과 다른 양반들의 그 시들은 서호에서 지은 것이지 앵두호 잔치에서 지은 것이 아니란 말씀이야."

"분명히 시에서 '꾀꼬리 목〔鶯脰〕 같은 호수'라고 했는데 왜 앵두호 대회의 시가 아니라는 거야?"

"이 시집은 여러 명사들의 작품을 모아서 만든 거야. 마순상 같은 경우만 봐도 그래. 평소에 시도 짓지 않는데 어디서 갑자기 시가 한 수 튀어나왔겠어?"

"네가 하는 말은 죄다 헛소리야! 마순상 선생과 거신부 선생이 얼마나 시를 많이 지으셨는데! 너 같은 놈이 뭐 본 적이나 있겠어?"

"나도 못 봤는데 네놈이 퍽이나 봤겠다! 앵두호 잔치에선 아무도 시를 안 지었는데, 그걸 알기나 하냐? 어디서 헛소릴 주워듣고 내 앞에서 억지를 부리는 거야!"

"내가 그 말을 믿을 거 같아? 그런 대단한 명사들의 모임에서 시를 안 짓는다는 게 말이나 돼? 그러고 보면 네 아버지가 앵두호 모임에 갔는지 아닌지도 모를 일이지. 정말 모임에 갔다면 네 아버지도 명사였다는 말이잖아? 그렇다면 아마 네놈이 그분의 진짜 아들이 아니겠지!"

그 말을 듣고 진사완이 화가 나서 이렇게 말했다.

"헛소리 집어치워! 아버지를 가짜로 꾸며 내는 경우가 세상에 어디 있어!"

"진사완, 네놈 좋은 대로 시 몇 줄 끼적대면 그만이지, 진화보 선생의 아들을 사칭할 거까진 없잖아?"

진사완은 머리끝까지 화가 났다.

"정시, 쥐뿔도 모르는 애송이가 까불어대기는! 기껏 해 봐야 조설재의 시 몇 수 읽은 것 가지고 명사니 어쩌니 잘도 나불나불 거리고 있구나!

그 말에 정시가 자리를 박차고 일어나며 대꾸했다.

"그래, 내가 명사들 얘길 하면 안 된다고? 그러는 너는 뭐 명사라도 되냐?"

두 사람은 화가 치밀어 서로 멱살을 잡고 뒤엉켜 싸우기 시작했다. 진사완은 까까머리에 주먹으로 몇 대를 맞자 머리가 깨어질 듯 아파 눈앞이 어질어질한 채 정시를 끌고 다리 위로 올라갔다. 그는 정시를 강으로 밀어 버리려고 했지만 오히려 그에게 떠밀려 데굴데굴 다리 밑으로 떨어져버렸다. 진사완은 땅바닥에 드러누워 고래고래 소리를 질러 댔다.

이때 마침 진목남이 걸어오다가 진사완이 땅바닥에 큰 대자로 자빠져서 꼴사납게 버둥거리는 걸 보고 황급히 일으켜 세우며 물었다.

"이게 무슨 일인가?"

진목남과 아는 사이였던 진사완은 다리 위쪽을 가리키며 말했다.

"저기 저 정언지 말입니다! 저 무식하기 짝이 없는 놈이 저한테 와서는 앵두호 대회를 주최한 게 호씨 댁 셋째 공자라지 뭡니까! 제가 제대로 말해 주었지만 저놈은 끝까지 박박 우기더니, 제가 선친의 아들도 아니면서 친아들을 사칭하고 있다는 겁니다. 이런 기막힌 말이 어디 있습니까?"

"그게 뭐 대단한 일이라고 이렇게 쓸데없이 싸움질까지 하고들 그러시오! 정 형도 진 형이 선친 존함을 속인다고까지 하시면 안 되지요. 그건 정 형이 잘못한 거요."

그러자 정시가 말했다.

"선생님, 그건 모르고 하시는 말씀입니다. 제가 설마 저자가 진화보 선생의 아들이란 걸 모르겠습니까? 다만 제까짓 놈이 무슨 명사나 되는 양 잘난 척을 하니 눈꼴이 시어서 못 봐주겠더라고요!"

진목남은 껄껄 웃으며 이렇게 말했다.

"같은 일 하는 처지에 이럴 것까지 뭐 있소! 진사완 자네까지 명사 행세를 하면 왕년의 우 박사나 장 징군 같은 분들은 어쩌란 말인가? 내가 두 분께 차 한 잔 대접할 테니 서로 화해하고, 다시는 싸우지들 마시게."

그리고 다리 옆에 있는 작은 찻집으로 둘을 억지로 데려가 차를 마셨다.

진사완이 물었다.

"듣자 하니 사촌형님과 함께 복건으로 가신다고 하던데 왜 아직 떠나시지 않으셨습니까?"

"바로 그 일 때문에 글자 점을 보러 온 걸세. 언제쯤 가는 게 좋겠나?"

그러자 정시가 말했다.

"선생님, 글자 점이나 다른 일곱 가지 점술〔七占〕*이나 모두 그게 그거인지라 믿을 만한 게 못 됩니다. 떠나야겠다 싶으면 그냥 날을 잡아 가시면 되지요. 글자 점 같은 건 치실 필요 없습니다."

이번엔 진사완이 말했다.

"선생님, 반년 전에 저희가 한번 찾아가 뵈려고 했었지만 도통 뵐 수가 없더군요. 제가 출가한 다음 날, 머리 깎고 출가한 일을 시로 써서 가르침을 받고자 찾아갔었는데, 집주인 동 할멈이 또 밖으로 놀러 나가셨다고 하더라고요. 대체 그 동안 어디 계셨습니까? 오늘은 또 어째 집사도 안 데리고 혼자 여기까지 나오셨습니까?"

"이곳 내빈루의 빙낭이 내 시를 너무 좋아해서 계속 거기서 좀 지냈네."

정시가 말했다.

"기루에 몸담은 기생조차 그리 재능을 아낄 줄 알다니, 정말 고상하기 그지없습니다!"

뒤이어 진사완에게 말했다.

"거 봐, 한낱 아녀자도 시를 볼 줄 아는데, 앵두호 큰 잔치에서 시를 짓지 않았을 리가 있겠어?"

그러자 진목남이 대신 대답했다.

"그건 진 형의 말이 틀리지 않네. 누봉 어르신이 가친의 친구이셔서 좀 하네만, 당시 그분과 가장 친하게 지내던 이가 양집중, 권물용일세. 다들 시로 이름을 날린 사람들은 아니지."

"권물용 선생은 후에 어떤 사건에 연루됐다던데, 결국 어떻게 되었는지 아십니까?"

진사완이 묻자 진목남이 대답했다.

"그것도 현학의 수재 몇몇이 그분을 모함한 거였지. 나중엔 억울한 누명도 다 벗었네."

한동안 이야기를 나누다가 진사완과 정시는 인사를 하고 먼저 자리에서 일어났다.

진목남은 찻값을 치르고 혼자 내빈루로 갔다. 대문 안으로 들어가자 기생어미가 마침 꽃장수와 함께 계화(桂花)를 실로 꿰어 공처럼 둥근 다발을 만들고 있다가, 진목남을 보고 말했다.

"나리, 거기 앉아 계세요."

"올라가서 빙낭을 좀 만나야겠네."

"오늘은 집에 없습니다. 경연루(輕烟樓)의 합자회에 갔습지요."

"오늘은 빙낭에게 작별 인사를 하러 온 걸세. 곧 복건으로 가게 되어서 말이야."

"나리, 그럼 금방 떠나시는 겁니까? 나중에 또 돌아오시나요?"

이렇게 이야기를 하고 있는데, 하녀가 차를 한 잔 들고 왔다. 진목남이 손에 받아 들었는데, 미지근하게 식은 차라 한 모금만 마시고 더 이상 입을 대지 않았다. 그 모습을 보고 기생어미가 하녀에게 말했다.

"아니, 좋은 차로 한 주전자 끓여 내지 못하고 뭐 하는 거야!"

기생어미는 이렇게 말하고는, 계화 다발을 내팽개치고 문간방으로 들어가 기둥서방에게 욕을 퍼부었다.

그들이 자기를 본체만체하자 진목남은 할 수 없이 그냥 밖으로 나왔다. 몇 걸음 가지 않아 맞은편에서 어떤 사람이 오더니 그를 불렀다.

"진 나리, 신용을 좀 지켜 주셔야지요. 어쩌자고 이렇게 계속 저희를 발품 팔게 만드십니까?"

"그렇게 큰 인삼 가게를 운영하는 자네가 은자 몇 십 냥 때문에 그리 안달인가? 내가 어련히 마련해서 보내 주지 않을까 봐."

"나리의 두 집사 분들도 통 만날 수가 없고, 나리 댁으로 갔더니 집주인인 동 할멈만 나오더군요. 부인네한테 이러니저러니 따질 수도 없고 말이죠."

"걱정 말게. '중은 도망가도 절은 도망갈 수 없다(躲得和尙躲不得寺)' 고 하지 않는가? 내가 어련히 알아서 마련해 주지 않을까 봐 그러나. 내일 내 숙소로 오게나."

"또 이리저리 쫓아다니게 하지 마시고, 내일 아침은 꼭 집에 계셔야 합니다."

그는 이렇게 말하고 돌아갔다. 진목남은 숙소로 돌아와서 혼자 생각했다.

'이거 참 곤란하게 됐는걸? 장수들도 다 도망갔지, 기생어미는 그 집에 발도 들여놓지 못하게 하지, 은자는 다 써 버리고 이래저래 빚만 잔뜩 남았으니 말이야. 짐을 꾸려 복건으로 가 버리는 게 낫겠어.'

그리고 진목남은 동 노파의 눈을 피해 잽싸게 줄행랑을 쳐 버렸다.

다음 날, 인삼 장수가 이른 아침부터 진목남의 숙소로 찾아와서 한나절이나 앉아 있었지만, 사람은커녕 귀신 코빼기도 하나 보이지 않았다. 그런데 바깥에서 끼익하고 문을 미는 소리가 들리더니 또 한 사람이 하얀 종이로 된 시 부채를 들고 점잔을 빼며 걸어 들어왔다. 인삼 장수가 일어나 물었다.

"뉘신지요?"

"나는 정언지라고 하는데, 진 선생님께 새로 지은 시를 보여 드리고 가르침을 받으려고 왔다네."

"저도 그분을 찾아온 겁니다."

또 한참을 앉아 기다렸지만 아무도 나오지 않자, 인삼 장수는 안채로 들어가는 문을 탕탕 두드렸다. 그러자 동 노파가 지팡이를 짚고 나와 물었다.

"누굴 찾아오셨소?"

인삼 장수가 대답했다.

"진씨 댁 넷째 나리께 은자를 받으러 왔소."

"뭐라고? 지금쯤이면 벌써 관음문(觀音門)은 지났을 걸세."

인삼 장수는 깜짝 놀라서 물었다.

"그러면 은자는 아주머니께 맡겨놓았소?"

"아직도 모르겠나! 내 방값도 안 내고 내뺐는걸! 그 양반이 내빈루 장가(張家)네 여우한테 홀리고 나서부터는 여기저기 거짓말로 손을 벌리지 않은 데가 없다네. 빚이 산더미 같은데, 자네 은자 몇 십 냥이야 알 게 뭔가!"

인삼 장수는 이 말을 듣고 '벙어리 냉가슴 앓듯 말도 못 하고(啞叭夢見媽——說不出口的苦)' 화가 나서 펄펄 뛰었다. 정시가 옆에서 이렇게 달랬다.

"이제 그만 하시지요! 지금은 화를 내봤자 아무 소용없으니 그냥 돌아가시는 게 좋겠습니다. 진 나리도 공부를 한 사람인데 그냥 이렇게 돈을 떼먹진 않을 게요. 나중에 돌아오시면 반드시 갚으실 거요."

인삼 장수는 그래도 분을 못 삭이고 한참 씩씩거렸지만, 달리 어쩔 도리가 없어 돌아가고 말았다.

정시도 부채를 슬슬 부치면서 흔들흔들 걸어 나오며 이렇게 생각했다.

'기생인데도 시를 볼 줄 안다고 했으렷다! 저 십육루란 데는 한 번도 못 가봤는데, 글자 점을 봐서 모은 은자 몇 냥이 있으니 갖고 가서 한번 놀아 볼까?'

마음이 정해지자 정시는 집에 가서 시집을 한 권 챙기고, 새 옷은 아니어도 그런대로 아주 낡지는 않은 옷으로 갈아입고 방건까지 쓰고서 내빈루로 갔다. 포주는 정시의 얼간이 같은 꼬락서니를 보고는 무슨 일로 왔는지 물었다. 정시가 대답했다.

"이집 아가씨와 시에 대해 이야기를 나눌까 하고 왔습니다."

"그렇다면 상전(箱錢)*을 내셔야지."

그러면서 포주는 누런 손잡이가 달린 소형 저울을 꺼내 들었다. 정시는 허리춤에서 뒤적뒤적 주머니를 하나 꺼냈는데, 모두 부스러기 은으로 다 합해서 두 냥 4전 5푼이었다. 포주가 말했다.

"그래도 5전 5푼이 모자라오."

"아가씨를 만나본 뒤에 드리겠습니다."

정시는 아랑곳하지 않고 혼자 성큼성큼 위층으로 올라갔다. 그는 기보(棋譜)를 보면서 바둑을 두고 있는 빙낭을 보자, 앞으로 다가가 더할 수 없이 공손하게 인사를 올렸다. 빙낭은 터져 나오는 웃음을 참으며 그에게 자리를 권하고, 무슨 일로 왔는지 물었다. 정시가 말했다.

"아가씨께서 시를 좋아하신다는 말씀을 많이 들어서, 가르침을 받으려고 제 졸작을 좀 가져왔습니다."

"우리 기루의 규칙상, 시를 그냥 봐드릴 수는 없어요. 먼저 돈을 내시면 봐드리지요."

정시가 허리춤을 한참이나 뒤적거려서 겨우 동전 스무 개를 찾아내어 화리목 탁자 위에 꺼내 놓자, 빙낭은 깔깔 웃으며 말했다.

"이런 돈은 의징 풍가항(豐家巷)의 기생집 같은 데나 갖다 주면 딱이겠네! 내 탁자 더럽히지 말고 어서 챙겨 나가서 호떡이나 사 드시지!"

정시는 창피해서 얼굴이 시뻘게진 채 고개를 푹 숙이고, 시는 말아서 품속에 쑤셔 넣고 슬그머니 아래층으로 내려와 집으로 돌아갔다.

기생어미는 빙낭이 얼간이에게 돈을 내라고 하는 소리를 엿듣고는 위층으로 올라와 빙낭에게 물었다.

"방금 그 얼간이한테 화대로 은자 몇 냥을 받았느냐? 이리 내놓아라, 가서 비단을 사 와야겠다."

"그 얼간이한테 무슨 은자가 있겠어요! 동전 스무 개 내놓는데, 제가 어디 그런 걸 받을 사람이에요? 실컷 비웃어 주고 그냥 보냈어요."

"그래! 잘 났다, 아주 잘 났어! 그런 얼간이를 구슬려서 한 밑천 단단히 뽑아내야지, 그걸 그냥 놓아 줬단 말이냐? 손님들한테 노상 화대를 받으면서 네가 나한텐 언제 한 푼이라도 준 적이 있더냐?"

"내가 당신네 집에 그만큼 돈을 벌어다 줬으면 됐지, 또 뭘 잘못했다고 이러는 거예요? 아무것도 아닌 걸 가지고 트집을 잡다니! 나는 나중에 종량을 하면 대갓집 마님이 될 몸이라고요! 저런 얼간이를 내 방에 올려 보낸 걸 내가 아무 말 없이 넘어가 줬으면 고마운 줄 알 것이지, 도리어 나한테 와서 잔소리를 해요?"

기생어미는 화가 치밀어서, 달려들어 귀싸대기를 한 대 올려붙였다. 빙낭은 바닥에 쓰러져 데굴데굴 구르며, 머리를 죄 풀어 헤치고 울며불며 악을 썼다.

"내가 무슨 영화를 보겠다고 이런 수모를 당하고 살아! 당신네는 돈이 많으니 얼마든지 다른 기생을 하나 데려올 수 있잖아! 나 좀 살게 내보내 달란 말이야!"

빙낭은 다짜고짜 통곡을 하며 기생어미에게 욕을 퍼부었다. 그러다가 칼을 들고 목을 베겠다, 줄을 가져다 목을 매달겠다며 소란을 피우는 통에 틀어 올린 머리까지 다 풀어 헤쳐졌다. 기생어미도 당황해서 포주까지 불러 올려 이리저리 달래 보았지만, 빙낭은 말을 들으려 하지 않고 죽어 버리겠다고 소란을 피웠다. 기생어미가 할 수 없이 그녀의 뜻에 따르기로 하니, 빙낭은 머리를 깎고 출가해 연수암 본혜 스님의 제자로 들어가게 되었다. 그런데 이 일로 인해 다음과 같은 새로운 이야기가 생겨난다.

흘러가는 바람에 구름 흩어지듯
현사와 호걸, 재사와 가인 모두 사라졌지만

땔나무 재가 되도 불씨는 전해지듯
장인과 장사치들까지 고상한 풍류 넘치네.
風流雲散, 賢豪才色總成空.
薪盡火傳, 工匠市廛都有韻.

대체 이후의 일이 어떻게 되었을까? 이에 대해서는 다음 회를 들어 보시라.

제55회

네 명을 덧붙여 옛일을 애기하여 앞일을 생각하고, 거문고로 「고산유수」*를 타다

만력 23년(1595), 저 남경의 명사들은 이미 하나하나 사라져 버리고 말았다. 이즈음 우육덕의 동년배 가운데는 너무 늙었거나 죽은 사람들도 있고, 남경을 떠났거나 두문불출하며 세상과 담을 쌓고 사는 이들도 있었다. 꽃구경하기 좋은 명승지나 술 마시는 연회 자리에도 예전처럼 재기 넘치는 이들은 보이지 않았고, 현명한 유생들이 예악과 문장을 논하는 일에 정성을 기울이는 모습도 이제는 찾아볼 수 없었다. 벼슬길에 나아가고 물러남을 논할 때면 과거 시험에 합격만 하면 재능이 있는 자요, 낙방하면 어리석고 못난 자로 치부되었다. 호탕한 기개를 논하자면 형편이 넉넉한 이들은 그저 자기 사치만 부리고, 어려운 이들은 그저 쓸쓸하고 초라하게 지낼 뿐이다. 이백, 두보의 문장에다 안연(顔淵), 증삼(曾參)의 덕행을 갖춘 인물이 있더라도 찾아가는 사람은 하나도 없었다. 그러니 한다하는 대갓집의 관혼상제나 향신들의 집에 몇 사람이 모여 술자리를 열었다 하면 나오는 얘기란 승진이니 좌천이니, 전근이니, 강등이니 하는 온통 관계(官界)의 소문들뿐이었다. 가난한 유생들은 또 그저 시험관에게 잘 보이기 위해 온갖 아부와 아첨을 떨 뿐이었다. 그러나 이런 시류 속에서도 기인(奇人)이 몇 명 나타났다.

한 사람은 글씨에 뛰어난 이로, 이름은 계하년(季遐年)이라 했다. 그는 어려서부터 집도 없고 달리 살 길도 없어, 절에 몸을 의탁하고 살았다. 스님이 불당에 올라가 물고기 모양의 딱따기를 쳐서 공양 시간을 알리면, 그도 바리때 하나 들고 서 있다가 스님들을 따라 재당(齋堂)에 들어가 밥을 먹었다. 스님들도 그런 그를 싫어하지 않았다. 그의 글씨는 절세의 명필이었다. 하지만 그는 옛사람들의 서첩(書帖)을 보고 따라 하려 하지 않고, 자신만의 개성적인 서풍을 창안해서 붓 가는 대로 써내려가곤 했다. 사람들에게 글씨를 부탁받으면 쓰기 사흘 전에는 하루 종일 목욕재계를 하고, 두 번째 날엔 다른 사람 손은 절대 빌리지 않고 혼자 하루 종일 먹을 갈았다. 열네 글자밖에 안 되는 대련(對聯)이라도 먹을 반 사발은 준비해 놓아야 했고, 또 붓은 남들이 쓰다가 못 쓰게 되어 버린 것이 아니면 쓰지 않았다. 글씨를 쓸 때면 서너 명이 종이를 잡아 줘야만 붓을 들었다. 조금이라도 잘못 잡으면 욕하고 때리기 일쑤였다. 하지만 그것도 자기 기분이 내켜야 흥이 나서 쓰곤 했다. 기분이 내키지 않으면 왕후장상(王侯將相)이 행차하여 어마어마한 은자를 내리더라도 눈길 한번 주지 않았다. 그는 또 옷차림엔 전혀 신경 쓰지 않아서 너덜너덜해진 장삼에 다 떨어진 짚신을 신고 다녔다. 글씨를 써 주고 수고비라도 받으면 그것으로 밥을 사 먹고, 남은 돈은 한 푼도 남기지 않고 전혀 알지도 못하는 가난뱅이에게 줘 버리곤 했다.

큰 눈이 내린 어느 날 그가 친구 집을 찾아갔다. 그런데 너덜너덜한 짚신을 그대로 신고 들어가는 통에 서재가 온통 진흙투성이가 되었다. 주인은 그의 별난 성질을 알고 있었기 때문에 속으론 짜증이 났지만 대놓고 말할 수도 없어서 그저 이렇게 물었다.

"계 선생, 신이 너무 낡았구먼. 새 신을 좀 사서 바꿔 신지 그러나?"

"돈이 없네."

"대련 한 폭만 써 주면 내가 신을 사 주겠네."

"나한테 신이 없는 것도 아닌데 왜 자네에게 사 달라고 하겠나?"

주인은 그의 더러운 행색을 참을 수가 없어서 직접 안채로 들어가 신을 한 켤레 들고 나왔다.

"이보게, 제발 좀 갈아 신게. 발이 얼기라도 하면 어쩌나?"

그러자 계하년은 벌컥 화를 내면서 간다는 인사도 없이 대문을 나가며 고함을 쳤다.

"네놈 집이 얼마나 대단한 곳이라고 위세야! 이런 신으로는 들어갈 수도 없다 이거냐? 내가 네놈 집에 가 준 것만으로도 과분한 줄 알아야지, 내가 네놈 신발 신으려고 환장한 놈인 줄 아느냐?"

그는 그길로 천계사(天界寺)에 돌아와 분을 못 참고 식식거리면서 또 재당에 올라가 밥을 먹었다. 밥을 다 먹고 났는데 스님 방 문갑 위에 향기 좋은 먹이 놓여 있는 것을 보고 스님에게 물었다.

"이 먹으로 글씨를 쓰시게요?"

"어제 시 어사 댁 손자 분께서 선물한 거요. 그냥 뒀다가 다른 시주께 다시 선물할 작정이오. 글씨는 쓰지 않을 거라오."

"대련 한 폭 쓰면 좋겠군!"

이렇게 말하더니 바로 자기 방에 가서 커다란 벼루를 들고 왔다. 그리고 먹을 하나 골라 벼루에 물을 좀 붓고, 스님의 선상(禪床)에 앉아 그 먹을 갈기 시작했다. 사실은 그 스님이 계하년의 성질을 잘 알고 있었기 때문에, 그가 자진해서 글씨를 쓰도록 일부러 자극한 것이었다. 선방(禪房)에서 먹을 갈며 한창 신이 나 있는데, 시중드는 승려 하나가 들어와 노스님에게 이렇게 알렸다.
"하부교의 시 나리께서 오셨습니다."
스님이 그를 맞으러 나갔다. 시 어사의 손자는 벌써 선당(禪堂)까지 들어와 있었다. 그도 계하년을 봤지만 서로 인사를 나누지 않았고, 스님과 한쪽 구석으로 가서 안부 인사를 나누었다. 계하년은 먹을 다 갈자, 종이를 한 장 꺼내 책상 위에 펼쳐놓고, 동자승 네 명을 불러 종이를 누르고 있게 했다. 그는 망가진 붓을 꺼내 먹을 듬뿍 묻히고, 잠시 종이를 뚫어져라 쳐다보며 구상하더니 단숨에 한 줄을 써내려갔다. 그런데 오른손 뒤편에 있던 동자승이 몸을 좀 움직이자, 그는 붓으로 동자승을 푹 찔렀다. 붓에 찔린 동자승은 너무 아픈 나머지 몸을 웅크린 채 사람 잡는다며 비명을 질러 댔다. 스님이 이 소리를 듣고 허둥지둥 달려와 보니, 계하년은 아직도 화가 나서 펄펄 뛰며 고함을 치고 있었다. 스님은 그만 화를 풀라고 잘 달래면서 동자승 대신 종이를 눌러주어 그가 글씨를 완성하게 해 주었다. 시 어사의 손자도 건너와 한참 보더니, 스님에게 작별 인사를 하고 돌아갔다.
이튿날 시씨 집의 하인 하나가 천계사에 와서 계하년을 보고 이렇게 물었다.
"글씨를 쓰시는 계씨란 분이 여기 계신가요?"
"무슨 일로 그를 찾는가?"
"우리 나리께서 내일 그 사람더러 글씨를 쓰러 오라고 하셨습니다."
계하년은 그 말을 듣고 자기가 그 사람이라 밝히지 않은 채 이렇게 대답했다.
"알겠네. 그 사람은 지금 여기 없으니, 내일 가 보라고 전해 주겠네."

이튿날 그가 하부교의 시씨 집 대문 앞에 도착해 안으로 들어가려 하자, 문지기가 가로막으며 말했다.

"당신 누군데 제멋대로 들어가려 들어?"

"글씨를 쓰러 온 사람이라네."

그러자 어제 왔던 그 하인이 문간방에서 나와 그를 보더니 말했다.

"난 또 누구라고! 어제 그분이시로군! 헌데 당신도 글씨를 쓸 줄 아시오?"

그는 계하년을 데리고 대청으로 가더니, 자신은 주인에게 알리러 안으로 들어갔다. 시 어사의 손자가 병풍 뒤에서 막 걸어 나오자, 계하년이 그 면전에 대고 욕을 퍼부었다.

"네깟 것이 얼마나 대단한 놈이라고 주제넘게 감히 나더러 와서 글씨를 쓰라는 거냐! 난 네놈 돈도 탐나지 않고, 네 권세도 부럽지 않고, 네놈 덕을 볼 생각은 요만큼도 없거늘, 감히 글씨를 쓰라고 날 불러 대!"

그가 한바탕 고래고래 소리를 지르며 욕을 퍼붓자 향신 시씨는 입도 벙긋 못하고 고개를 숙인 채 안으로 들어가고 말았다. 계하년은 또 한바탕 욕을 퍼부어 주고 천계사로 돌아왔다.

기인 가운데 또 한 사람은 불쏘시개를 파는 사람이었다. 이 사람은 이름을 왕태(王太)라 하고, 조상 대대로 삼패루(三牌樓)에서 채소 장사를 했는데, 그의 부친 대에 와서 가세가 기울어 채소밭까지 다 팔아넘겼다. 그는 어려서부터 바둑 두는 것을 무척 좋아했다. 그러다가 부친이 돌아가시자 먹고 살 길이 없어, 매일 호거관(虎踞關) 일대에서 불쏘시개를 팔아 연명했다.

그러던 어느 날, 오룡담(烏龍潭) 근처의 묘의암(妙意庵)에서 불사(佛事)가 열렸다. 때는 마침 초여름이라 연못 가득 새로 돋은 연잎이 뻗어 올라와 있었다. 묘의암 안에는 구불구불 오솔길을 따라 수많은 정자와 누대가 들어서 있어서 행락객들이 늘 즐기고 가곤 했다. 왕태도 안으로 들어가 이곳저곳을 한 바퀴 둘러보다가 버드나무 그늘 아래에 이르렀다. 그곳엔 돌로 만든 탁자와 그 양쪽으로 돌로 만든 등받이 없는 걸상 네 개가 놓여 있었다. 그리고 서너 명의 돈 꽤나 있는 이들이 거기서 바둑을 두고 있는 두 사람을 에워싸고 한창 구경 중이었다. 그 가운데 쪽빛 옷을 입은 이가 말했다.

"우리 마(馬) 선생은 저번에 양주 염원 나리 집에서 한 판에 은자 110냥이 걸린 내기 바둑을 둬서 도합 2천 냥 넘게 땄다네."

그러자 옥색 옷을 입은 젊은이도 맞장구를 쳤다.

"마 선생이야 천하에서 으뜸가는 국수이시지요! 여기 변(卞) 선생이나 되시니까 두 점을 깔고라도 대적할 수 있지요. 우리야 변 선생 수준에 이르기도 여간해서는 힘들 겁니다!"

왕태는 사람들 틈을 비집고 들어가 슬쩍 구경을 했다. 부자들을 따라온 하인들은 그의 행색이 초라한 것을 보고 연신 밀어젖히며 앞으로 나오지 못하게 했다. 그러자 말석에 앉아 있던 주인이 말했다.

"너 같은 놈도 바둑을 볼 줄 아느냐?"

"조금은 알지요."

이렇게 대답하고는 버티고 서서 잠시 지켜보더니, 쿡쿡 하고 웃음을 터뜨렸다. 그러자 마씨가 말했다.

"이놈 봐라, 웃고 있네! 네가 우리를 이길 수 있다는 게냐?"

"그럭저럭 해 볼 만할 것 같습니다."

그러자 주인이 말했다.

"네까짓 놈이 감히 마 선생과 겨룰 만하겠다고?"

이번엔 변씨가 끼어들었다.

"겁도 없이 대들었으니 험한 꼴을 한번 보여 줍시다! 그래야 우리 나리님들이 두는 자리가 저따위 놈이 끼어들 곳이 아니란 걸 깨달을 테니까요!"

왕태도 사양하지 않고 바둑돌을 쥐고서 마씨에게 먼저 두라고 했다. 그러자 옆에서 구경하는 사람들 모두가 가소롭게 여겼다. 마씨는 그와 몇 수를 둬보더니 그의 솜씨가 예사롭지 않다는 걸 알았다. 절반쯤 두고 나서 그는 돌을 던지고 일어났다.

"이번 판은 내가 반 집 졌소이다!"

사람들이 모두 어리둥절해 있는데, 변씨가 말했다.

"판세를 보아하니 마 선생이 좀 밀리는군요!"

사람들은 깜짝 놀라 얼른 왕태를 붙들며 술을 권하려 했다. 그러자 왕태가 껄껄 웃으며 말했다.

"천하에 덜떨어진 하수(下手)를 눌러주는 것보다 통쾌한 일이 어디 있겠소! 하수를 눌러주어서 통쾌하기 이를 데 없는데, 술은 먹어서 뭐 하겠소!"

말을 마치자 그는 하하하 큰 소리로 웃으며 뒤도 돌아보지 않고 가버렸다.

또 한 사람은 찻집을 하는 이였다. 그는 이름이 개관(蓋寬)인데, 원래는 전당포를 운영하던 사람이었다. 그가 스무 살 남짓 되었을 땐 집에 돈도 있고 전당포도 열고 있었으며, 전답과 주장〔洲場〕*까지 갖고 있었다. 그의 일가친척도 모두 꽤나 부유했다. 그런데 그는 친척들이 천박하게 구는 꼴이 싫어서 매일 서재에 앉아 시를 짓고 책을 읽고, 그림 그리기도 즐겼다. 그가 뛰어난 그림을 그리게 되자, 그와 교제하기 위해 찾아오는 문인이나 화가들도 많아졌다. 비록 시도 자신만 못하고 그림도 자신만 못한 이들이었지만 개관은 그런 재능이나마 가진 이들을 목숨처럼 아껴서, 이들이 찾아오면 곁에 붙들어 두고 술과 밥을 대접하며 담소를 나누곤 했다. 이들 집에 관혼상제의 중대사가 생겼을 때 돈이 없어서 그에게 얘기하면 그는 한 번도 모른 체하지 않고 몇 백 냥, 몇 십 냥씩 보태 주었다.

그런데 그의 전당포에서 일하는 점원들은 모두 주인의 이런 행동을 보고 어디가 좀 모자란 사람이라고 하면서 가게에서 온갖 농간을 다 부리는 통에 본전까지 점점 거덜이 나고 있었다. 또한 전답마저 몇 년 동안 계속 물에 잠겨 이듬해 쓸 종자조차 못 건지게 되자, 뻔뻔스런 작자들이 찾아와 팔아치우라고 권유했다. 매입자는 소출이 적다며 트집을 잡아 천 냥은 충분히 나갈 전답을 두고 5, 6백 냥 밖에 못 준다고 버텼다. 그는 할 수 없이 그런 헐값에 밭을 팔아야 했다. 하지만 그 돈마저 운용해 불릴 생각은 않고 그저 집에 두고 필요할 때마다 내다 쓰곤 하니, 언제까지 쓸 수 있었겠는가? 다시 돈이 떨어지자 그는 주장에서 들어오는 수입으로 이자를 갚으며 살아야 했다. 그런데 뜻밖에도 양심 없는 점원이 갈대를 쌓아 둔 곳에 불을 질렀고, 재수가 없으려니 그 후로도 연이어 몇 번 불이 나는 바람에 몇 만 단이나 되는 땔감이 잿더미로 변했다. 그런데 타 버린 갈대 덩어리들이 서로 엉겨 붙으면서 마치 태호석처럼 기기묘묘한 모양을 만들자, 점원들이 그것을 가져다 개관에게 보여 주었다. 개관이 무척 재미있게 생겼다며 집 안에 들여놓자, 집안의 하인들은 "이건 불길한 물건이니, 집에 두시면 안 됩니다" 하며 말렸다. 그러나 개관은 들은 척도 안 하고 자기 서재에 갖다놓고 즐겼다. 점원들도 주장이 없어지자 그 집을 떠났다.

그렇게 반년이 지나자 하루하루 먹고살기도 힘들어져, 대궐 같던 집도 팔아 치우고 작은 집을 구해 이사했다. 다시 반년 후 그의 아내가 죽자, 출상과 매장 비용을 대느라 그 작은 집마저 팔아야 했다. 가엾게도 개관은 아들 하나, 딸 하나만 데리고 후미진 골목의 방 두 칸을 구해 찻집을 열었다. 안쪽 방 한 칸은 아들과 딸이 기거하도록 하고, 바깥쪽 한 칸에다 차를 마시는 탁자 몇 개를 들여놓았다. 그리고 뒤쪽 처마 밑에 차 끓이는 솥을 화로에 걸어 두고, 오른편에 계산대를 설치했으며, 그 뒤에는 빗물을 가득 채운 항아리 두 개를 놓아두었다. 이제 나이가 든 그는 새벽같이 일어나 직접 불을 붙이고 부채질을 해서 활활 지핀 뒤, 솥에다 물을 가득 부어 놓고는 계산대에 앉아 늘 해 온 대로 시를 읽거나 그림을 그렸다. 계산대 위에 놓인 꽃병에는 철마다 싱싱한 꽃들이 꽂혀 있고, 그 옆에는 많은 고서(古書)들이 쌓여 있었다. 갖가지 집안 물건들을 모두 내다 팔면서도 자신이 애지중지하던 이 책들만큼은 팔지 않았던 것이다. 손님이 차를 마시러 오면 그는 손에 든 책을 내려놓고 찻주전자와 찻잔을 날랐다. 찻집의 수입은 보잘것없어서 차 한 주전자에 고작 1전이니 매일 5, 60 주전자를 팔아 봐야 5, 60전밖에 못 벌었다. 그것 가지고 쌀과 땔감을 사고 나면 더 무엇을 할 수 있었으랴!

그러던 어느 날이었다. 개관이 계산대에 앉아 있는데 이웃집 노인이 건너와 그와 한담을 나누었다. 그 노인은 10월인데도 그가 아직 여름철 베옷을 입고 있는 걸 보고 물었다.

"나이도 많은 양반이 고생이 너무 심하구먼. 예전에 얼마나 많은 사람들이 자네한테 은혜를 입었나? 그런데도 지금 누구 하나 찾아와 보는 사람이 없구먼. 자네 일가친척들은 그래도 살 만 하지 않나. 그들을 찾아가 잘 상의해서 한밑천 빌려 괜찮은 장사라도 하면서 살지 왜 이런 꼴로 지내시나?"

"어르신, '세상인심은 변덕스러워 잘살 때랑 못살 때가 천양지차(世情看冷暖, 人面逐高低)' 라고 하지 않던가요? 예전에 제가 돈이 있을 땐 옷도 그런대로 잘 차려 입었고 데리고 다니던 하인들까지 말쑥하게 빼입었으니까, 일가친척들과 한 자리에 있어도 그럭저럭 모양새가 어울렸지요. 하지만 제가 이제 이런 꼴로 그 사람들 집에 가게 되면 설사 친척들이 싫어하지 않더라도 제 자신이 마음이 불편해서 못 견딜 겁니다. 저한테 은혜를 입은 사람들 말씀을 하셨는데, 다들 가난하니 저에게 갚을 게 어디 있겠습니까? 그들이야 이제 돈 있는 사람들을 찾지 왜 저 같은 사람한테 오려고 하겠습니까? 제가 찾아가면 괜히 그 사람들 기분만 상하게 하지 뭐 좋은 일이 있겠습니까!"

이웃 노인은 그가 이처럼 침통하게 얘기하는 걸 보고는 화제를 바꿨다.

"찻집이 영 썰렁한 게 오늘도 손님이 오기는 틀린 것 같네. 마침 날씨도 좋고 하니 나랑 남문 밖으로 나들이나 가세."

"나들이야 좋지요! 하지만 어르신 모실 돈이 없는데 이 일을 어쩌지요?"

"내게 은자 몇 푼이 있으니 가서 간단하게 요기나 하지 뭐."

"그럼 어르신 신세를 지겠습니다."

개관은 아들을 불러 가게를 보게 하고는 이웃 노인과 함께 곧장 남문 밖으로 걸어 나갔다. 그들은 그곳에 있는 회교도 음식점에서 은자 5푼어치 소찬(素餐)을 먹었다. 노인이 계산을 하고 주인에게 돈을 준 후, 두 사람은 천천히 걸어 보은사로 들어갔다. 그들은 대웅전과 남쪽 회랑, 삼장선림(三藏禪林)과 거대한 솥〔大鍋〕 등을 한 바퀴 둘러보고, 다시 절문 어귀로 나와 사탕과자를 한 봉지 사가지고 보탑(寶塔) 뒤편에 있는 찻집에 가서 차를 마셨다. 이웃 노인이 말했다.

"이젠 세상이 옛날 같지 않아서 보은사에 오는 나들이객도 줄고, 이런 사탕과자마저 20년 전만큼 많이 사지는 않는구먼."

"노인장께선 연세가 일흔이 넘으셨으니 세상 경험이 좀 많으시겠습니까? 지금이 옛날만 못한 게 사실이지요. 저만 해도 그림을 좀 그릴 줄 아니까, 우 박사 같은 명사 분들이 계시던 그 시절이라면 굶어 죽을 걱정은 안 해도 됐겠지요! 이런 신세까지 될 줄 누가 알았겠습니까!"

"그 말을 하지 않았으면 나도 잊을 뻔했네. 저기 우화대(雨花臺) 근방에 태백사가 있는데, 그 당시 구용 땅의 지 선생이란 분이 지으신 걸세. 당시에 우 박사 나리를 청해 거기서 큰제사를 올렸는데, 얼마나 대단했는지 말도 못하네! 나는 그때 스무 살 남짓 되었을 때인데, 그 모습을 보려고 사람들을 비집고 들어가다가 북새통에 모자까지 다 잃어버렸지. 그런데 이젠 그 태백사도 돌보는 사람이 없어 건물이 죄다 허물어졌다네. 서글픈 일이지. 차를 다 마시고 나면 우리 거기나 한번 둘러보지 않으려나?"

이렇게 말하며 다시 우수산(牛首山)*에서 만든 마른 두부 튀김을 한 접시 먹은 후, 셈을 치르고 나왔다. 그들은 언덕 위를 올라가 우화대 왼편으로 천천히 걸어갔다. 그러자 저쪽에 태백사 정전이 보였는데, 지붕 꼭대기가 반쯤은 움푹 내려앉아 있었다. 정문 앞에 이르니 대여섯 명의 꼬마들이 공을 차며 놀고 있었는데, 대문 한 짝은 떨어져 나가 땅바닥에 나뒹굴고 있었다. 안으로 들어가니 서너 명의 시골 노파들이 붉은 섬돌이 박힌 뜰 안에서 냉이를 뜯고 있었고, 정전의 격자문은 다 뜯겨 나가고 없었다. 다시 정전 뒤편으로 돌아가니 다섯 칸짜리 텅 빈 건물이 서 있는데, 건물에는 마룻널 하나 남아 있지 않았다. 노인과 함께 앞뒤로 한 바퀴

둘러보고 나서, 개관은 탄식을 금치 못했다.

"이런 유서 깊은 고적이 오늘날 이 지경으로 쇠락했는데도 누구 하나 수리하는 사람이 없군요! 승방(僧房)이나 도관(道觀)을 짓는 데는 천 냥씩 척척 내놓는 부자들이 허다한데, 성현의 사당을 고치려 나서는 사람은 하나도 없다니요!"

그러자 이웃 노인이 대답했다.

"그 해 지 선생께서 의례용 도구들을 많이 준비했는데, 전부 옛날 양식으로 만든 것이었다네. 그것들을 궤짝 몇 개에 담아 이 건물 아래층에 놓아두었는데, 지금은 그 궤짝조차 보이지 않는구먼!"

"그런 옛날 얘기는 꺼내 봐야 마음만 아프니 차라리 그만 돌아가십시다!"

두 사람은 천천히 태백사를 빠져나왔다.

그때 이웃 노인이 말했다.

"여기까지 온 김에 우화대 꼭대기에 올라가 보는 게 어떻겠나?"

산 정상에 오르자 강 건너편의 푸른 산색이 환하게 다 보이고, 강을 오가는 배들의 돛대까지 선명하게 보였다. 붉은 해가 조용히 산 아래로 잠기자 두 사람은 천천히 산을 내려와 성안으로 돌아갔다. 개관은 그 뒤로 반년 정도 찻집을 계속했다. 그리고 이듬해 3월에 누군가 수업료로 은자 여덟 냥을 주고 그를 가정교사로 초빙해 갔다.

마지막 한 명은 재봉사이다. 그의 이름은 형원(荊元)이며, 나이는 쉰 살이 좀 넘었고, 삼산가(三山街)에서 재봉 가게를 하고 있었다. 매일 주문받은 일을 끝내고 남은 시간이면 거문고를 타거나 글씨를 썼으며, 시를 짓는 것도 무척이나 좋아했다. 친구들이나 그와 알고 지내는 유생들은 그에게 이렇게 묻곤 했다.

"자네가 고상한 문인[雅人]이 되고 싶다면 왜 그런 일을 하고 있는가? 학교에 있는 유생들과 좀 사귀어 보지 그러나!"

그러면 형원은 이렇게 대답했다.

"내가 무슨 고상한 문인이 되려는 건 아니고 그저 어쩌다 보니 마음에 맞아서 이따금씩 배워 보는 것뿐일세. 내가 하는 이 일은 조부님과 선친께서 물려주신 것인데, 책 읽고 글자 익히는 일이 설마 재봉일 때문에 더럽혀질 리야 있겠는가? 게다가 학교에 있는 수재들은 그들만의 식견이 있을 테니 우리 같은 사람과 사귀려 하겠는가? 지금 난 매일 은자 6, 7푼 정도는 버니까 세 끼 배부르게 먹을 수 있고, 거문고를 타건 글씨를 쓰건 만사 내 마음대로일세. 남의 부귀영화를 탐내지도 않고, 다른 사람 눈치도 보지 않고, 하늘과 땅 그 어디에도 구속됨이 없으니, 이만 하면 즐거운 삶이 아니겠나?"

친구들은 이 말을 듣고는 형원과 가까이 지내려 하지 않았다.

어느 날 형원은 식사를 마치고 나서 딱히 할 일도 없자, 그 길로 집을 나서 천천히 청량산으로 걸어갔다. 청량산은 남경 서쪽 끝에 있는 아주 한적한 곳이었다. 이 청량산 뒤편에는 우(于) 아무개라는 그의 친구가 살고 있었다. 우 노인은 글을 읽지도 않고 장사를 하지도 않았다. 그는 아들 다섯을 키웠는데 장남이 마흔 살 남짓 되었고, 막내도 스무 살이 넘었다. 그는 이 다섯 아들을 데리고 밭을 가꾸며 살았다. 우 노인의 밭은 3백 무(畝)가량 되었는데, 가운데 공터에는 온갖 꽃들을 심어 길렀고, 돌을 쌓아 가산도 만들어 놓았다. 그리고 그 옆에 몇 칸짜리 작은 초가를 짓고 살았는데, 손수 심은 오동나무 몇 그루가 3, 40아름은 되게 자라 있었다. 우 노인은 아들들이 밭일 하는 것을 봐주고 나면 바로 이 초가에 와서 불을 지피고 차를 끓여 마시면서 정원 안의 신록을 감상하곤 했다. 이날 형원이 그의 거처를 찾아가자, 우 노인이 반갑게 맞으며 말했다.

"한동안 얼굴을 못 보겠더니, 그간 일이 바빴나 보구먼!"

"네. 오늘에야 겨우 일을 다 끝내고 특별히 어르신을 뵈러 왔습니다."

"마침 잘 왔네! 막 차를 끓여 놓았으니 한 잔 드시게."

우 노인이 차를 따라 건네주자, 형원은 찻잔을 받아들고 자리에 앉아 마시며 이렇게 말했다.

"이 차는 색과 향과 맛이 모두 좋군요. 어르신, 어디에서 이렇게 좋은 물을 떠오셨습니까?"

"여기 성 서쪽이 자네들이 사는 성의 남쪽 지역보다는 훨씬 좋다네. 이쪽의 우물물과 샘물은 다 마실 만하니까."

"옛사람들은 걸핏하면 속세를 피해 무릉도원(武陵桃源)에 가고 싶어 했는데, 생각해 보면 무슨 무릉도원 같은 게 필요하겠습니까? 그저 어르신처럼 이렇게 성안의 숲속에 거처를 두고 조용하고 자유롭게 지낸다면, 그게 바로 살아있는 신선일 테지요!"

"그래. 다만 이 늙은이가 뭐 하나 제대로 할 줄 아는 게 없어 좀 그렇지. 자네처럼 거문고라도 한 곡 탈 줄 알면 심심찮게 소일할 수 있으련만. 요새 솜씨가 부쩍 늘었을 것 같은데 언제 한번 부탁해도 될까?"

"그럼요. 어르신께서 귀가 더러워질까 꺼리시지만 않는다면 내일 제가 거문고를 가져와서 가르침을 청하겠습니다."

형원은 이렇게 우 노인과 한참 이야기를 나누다 작별 인사를 하고 집으로 돌아갔다.

이튿날 형원은 거문고를 품에 안고 우 노인의 정원을 찾아왔다. 우 노인은 벌써 향로에 좋은 향을 피워 놓고 그를 기다리고 있었다. 서로 몇 마디 인사를 나눈 다음, 우 노인은 형원이 가져온 거문고를 돌로 된 걸상 위에 놓아 주었다. 형원이 자리를 깔고 앉자 우 노인도 그 옆에 앉았다. 형원은 천천히 거문고 줄을 고르고 나더니 연주를 시작했다. 맑고 청아한 거문고 소리가 숲 속에 울려 퍼지니, 새들도 둥지를 튼 나뭇가지에 앉아 가만히 그 소리에 귀를 기울였다. 그렇게 한참 곡이 이어지다 갑자기 가락이 슬픈 단조로 변하면서 쓸쓸하면서도 맑은 소리가 사람의 마음을 뒤흔들었다. 우 노인은 곡조가 깊고도 섬세한 대목에 이르자 마음이 뭉클해지면서 저도 모르게 주르륵 눈물을 흘렸다. 이후로 두 사람은 자주 오가면서 친하게 지냈다. 그러나 이날은 형원도 거문고 연주가 끝난 뒤 곧 작별 인사를 하고 떠났다.

여러분! 앞으로도 『유림외사』에 들어갈 만한 현인이나 군자가 나오기는 하겠지요.* 하지만 이들은 조정에서 위엄을 빛낸 적이 없기 때문에 내가 굳이 이야기를 하지 않는 것이라오. 대체 『유림외사』의 현인과 군자들이 어떻게 위엄을 빛내게 되었을까? 이에 대해서는 다음 회를 들어 보시라.

제56회
신종 황제께서 조서를 내려 현자들을 표창하시고, 상서 유진현은 성지를 받들어 제사를 계승하다

만력 43년(1615) 천하가 태평을 구가한 지 아주 오래되었다. 천자께서는 1년 내내 신하들을 만나 보지도 않으셨다. 각 성에는 홍수와 가뭄 같은 재해가 넘치고, 떠도는 백성들이 길에 가득해서 도독과 순무가 보고를 올렸으나, 천자께서 보고서를 읽으셨는지는 알 수 없었다. 그러던 어느 날 내각에 황제의 어명을 적은 문서〔上諭〕가 내려와 각 관서〔科〕*에서 그걸 베껴 적고 시행하려고 했다. 그 내용은 다음과 같다.

만력 43년 5월 24일, 내각은 주상의 어지를 받들라.

짐이 즉위한 지도 40여 년이 되었다. 날이 새기도 전에 일어나 종일토록 열심히 정사를 돌보느라 식사할 겨를도 없을 정도였다. 저 억조창생들을 이끌기 위해서는 무엇보다 인재를 잘 뽑아 써야 한다. 그 옛날 진(秦)나라 목공(穆公)이 『주례(周禮)』를 제대로 활용하지 않자 시인들이 그를 비난하였으니, 『시경』 가운데 '갈대들은 푸르네(蒹葭蒼蒼)'*라는 노래는 이 때문에 지어진 것이다. 그런데 오늘날 어질고 지혜로운 선비들은 어찌 미천한 자리에 놓여 있단 말인가? 그렇지 않다면 지금의 천하가 어찌하여 저 위대한 3대(三代)에 미치지 못하겠는가? 경들이 가진 소견들을 삼가거나 두려워하지 말고 조목조목 나열하여 짐에게 들려준다면, 짐은 장차 그 가운데 올바른 것들을 채택할 것이다.

이대로 시행하도록 하라.

3일 후, 어사 단양언(單颺言)이 상소를 한 편 올렸다.

숨은 인재를 등용함으로써 폐하의 위대한 통치를 빛나게 하시고, 저 어두운 저승 세계까지도 밝게 하실 일에 관해 아뢰나이다.

신은 인재의 많고 적음이 국가의 흥망성쇠와 관련이 있다고 들었습니다.

우 임금의 조정은 백성들의 손발이 되어 주었으며〔翼爲明聽〕,* 주나라 왕실이 소원한 이를 가까이하고 뒤처진 이에게 앞자리를 내준 일〔疏附後先〕은 『시경』과 『서경』에 실려 있고, 큰제사를 통해 전해져 온 지 참으로 오래되었사옵니다! 저 요임금과 순임금, 우임금의 3대 시절에 인재를 등용할 때는 자격에 얽매이지 않았으므로, 토끼를 잡던 야인(野人)이나 젊은 오랑캐 여인들조차* 모두 천자 가까이에서 임무를 맡아 수행할 수 있었습니다. 그런데 후세에 이르러서는 자격을 세워 이를 제한하기 시작하였습니다. 또한 이른바 청류(淸流)라는 자들을 한나라 때는 '현량방정(賢良方正)'*이라고 불렀고, 당나라에서는 '입직(入直)'*이라 불렀으며, 송나라 때는 '지제고(知制誥)'라고 불렀습니다.

우리 왕조의 태조 고황제(高皇帝)께서는 천하를 평정하고 나서 향시와 회시와 같은 과거 제도를 마련하고 한림원 아문을 세우셨습니다. 유생들 가운데 여기에 선발된 자들은 몇 해 되지도 않아 여유 있게 고관대작에 오르지만, 이들이 아니면 이른바 '고귀한 자리〔淸華之品〕'에 오를 수 없으며, 중신들은 시호를 정할 때 한림원 출신이 아니면 '문(文)'이라는 시호를 받을 수가 없습니다. 이처럼 살아 있을 때 뿐 아니라 죽어서까지 달라지는 대우가 사람들 마음에 고착되어 풀 수 없게 된 것이 하루 이틀의 일이 아닙니다. 물론 그들 가운데 열 명을 뽑으면 진정한 인재 두세 명을 얻을 수 있으니 가령 설선(薛瑄)*과 호거인(胡居仁)*의 이학(理學), 주헌(周憲)*과 오경(吳景)*의 충의(忠義)가 있고, 군사적 업적에서는 우겸(于謙)과 왕수인(王守仁)이, 문장에서는 이몽양(李夢陽)과 하경명(何景明) 등이 있습니다. 그 찬란한 업적이 역사서를 빛내 주고 있습니다. 그러나 일단 진사에 급제만 하면 몇 해 뒤에는 그 이름을 들 수 없는 자가 생겨나니, 운 좋은 자라도 여기에서 벗어날 수 없습니다.

천하의 인재를 뽑으면서 자격을 제한하게 되면 얻을 수 있는 자는 소수일 것이요, 잃는 인재가 다수일 것입니다. 자격을 못 얻은 자들은 원망과 억울한 심정을 안고 한숨 속에서 세상을 살아 갈 것입니다. 그들은 살아 있다 해도 미친 척하거나 괴이한 짓을 일삼고, 심지어 기행(奇行)을 일삼기도 합니다. 또한 죽어서는 요괴나 악귀가 되어 세상에 재해나 불길한 기운을 일으키기도 합니다. 이런 기운이 위로는 해와 별을 가리고, 못과 샘까지 깊이 파고들어 백성들에게 해가 됩니다. 이는 신하된 자들이 스스로 자신의 성정을 다스리지 못하거나 스스로 학문을 심화시키지 못하는 것 또한 이러한 자격 제한이 그렇게 부추긴 결과가 아니라고 할 수 없을 것입니다.

신이 듣기로, 당나라 때는 신하들이 죽은 뒤에 진사를 추증하는 은전이 있어서 방간(方干)*이나 나업(羅鄴)* 같은 이들이 모두 그 혜택을 입었다고 합니다. 황상께서는 가까운 신하들을 살피시고 숨어 있는 이들을 내버려 두지 않으시니, 이미 죽은 유생들에게도 이러한 은택을 베푸는 것을 아끼지 마시옵소서. 신하들이야 살아서 옥당전(玉堂殿)에 들어가지 못하더라도, 죽어서라도 금마문(金馬門)에 이름이 걸리면 되는 게 아니겠습니까?* 엎드려 바라옵건대, 그들의 억눌린 심정을 가엾게 여기시고 특별한 은전을 베푸시옵소서. 나라 안에서 이미 죽은 훌륭한 유생들을 두루 찾아내어 그들의 행적을 조사하고 그들의 문장에 등급을 매겨 진사 학위를 내리시고, 차등을 두어 한림원의 직함을 제수하여 주시옵소서. 그렇게 하신다면 억울한 선비들의 혼이 모두 상서로운 바람과 단비로 변할 것이며, 하늘에서도 황상의 한없는 은혜를 함께 우러를 것이옵니다.

어리석은 신이 삼갈 줄 모르고 감히 말씀 올렸사오니, 부디 잘 살피시어 시행하시길 엎드려 바라겠나이다.

만력 43년 5월 27일.

상소가 올라가자 6월 초하루에 다음과 같은 성지가 내려왔다.

이번에 상주한 내용에 대해서는 대학사 등이 예부와 회동하여 각 성에 명령을 내려서 이미 고인이 된 유생들의 시문, 묘지, 행장을 찾아내고 이를 한데 모아 예부로 보내 심사하도록 하라. 은전을 내리고 표창을 하는 구체적인 방법을 잘 찾아보되, 자격에 구애받지 말고 확실히 논의하여 상주하도록 하라.

이대로 시행하도록 하라.

예부에서 문서를 만들어 각 성에 배포하니, 각 성의 도독과 순무들이 사도(司道)를 파견하여 이들 사도들이 각 부와 주현에 도착하였다. 그들이 1년 동안 방문 조사를 하고, 도독과 순무들이 이를 모아서 예부에 올리자, 대학사 등이 이를 논의한 다음 황제에게 상주했다. 그 내용은 다음과 같았다.

예부에서 주상께서 명하신 일에 대해 삼가 보고합니다.

만력 43년 5월 27일, 하남도(河南道) 감찰어사 단양언이 '숨은 인재를 등용함으로써 폐하의 위대한 통치를 빛나게 하시고, 저 어두운 저승세계까지도 밝게 하실 일'에 관한 글을 상주하였나이다. 6월 1일 "이대로 시행하도록 하라"(여기에 성지 내용을 모두 수록함)는 성지를 받들었습니다. 저희들이 각 성에서 문의하여 이미 고인이 된 훌륭한 유생들의 시문과 묘지, 행장, 그리고 직접 찾아가 확인한 사실을 조사한 결과, 해당자는 모두 91명이었습니다.

그 중 벼슬길에 올랐으나 한림원에 들어가지 못한 자는 주진(周進), 범진(范進), 상정(向鼎), 거우(蘧佑), 뇌기(雷驥), 장사륙(張師陸), 탕봉(湯奉), 두천(杜倩), 이본영(李本瑛), 동영(董瑛), 풍요(馮瑤), 우부래(尤扶徠), 우육덕(虞育德), 양윤(楊允), 여특(余特) 등 모두 열다섯 명입니다.

무인 출신으로 등과하여 벼슬길에 올랐으나 한림원에 들어가지 못한 자는 탕주(湯奏), 소채(蕭采), 목내(木耐) 등 세 명입니다.

거인은 누봉(婁琫), 위체선(衛體善) 등 모두 두 명입니다.

음생(廕生)은 서영(徐詠) 한 명입니다.

공생은 엄대위(嚴大位), 수잠암(隨岑庵), 광형(匡迥), 심대년

(沈大年) 등 모두 네 명입니다.

감생은 누찬(婁瓚), 거내순(蘧來旬), 호진(胡縝), 무서(武書), 이소(伊昭), 저신(儲信), 탕유(湯由), 탕실(湯實), 장결(莊潔) 등 모두 아홉 명입니다.

생원은 매구(梅玖), 왕덕(王德), 왕인(王仁), 위호고(魏好古), 거경옥(蘧景玉), 마정(馬靜), 예상봉(倪霜峰), 계추(季萑), 제갈우(諸葛佑), 소정(蕭鼎), 포옥방(浦玉方), 위천(韋闡), 두의(杜儀), 장도(臧荼), 지균(遲均), 여기(余夔), 소수자(蕭樹滋), 우감기(虞感祁), 장상지(莊尙志), 여지(余持), 여부(余敷), 여은(余殷), 우양(虞梁), 왕온(王蘊), 등의(鄧義), 진춘(陳春) 등 모두 스물여섯 명입니다.

평민〔布衣〕은 진예(陳禮,) 우포의(牛布衣), 권물용(權勿用), 경본혜(景本蕙), 조결(趙潔), 지악(支鍔), 김동애(金東崖), 우포(牛浦), 우요(牛瑤), 포문경(鮑文卿), 예정주(倪廷珠), 종희(宗姬), 곽철필(郭鐵筆), 김우류(金寓劉), 신동지(辛東之), 홍감선(洪憨仙), 노화사(盧華士), 누환문(婁煥文), 계염일(季恬逸), 곽역(郭力), 소호(蕭浩), 봉명기(鳳鳴岐), 계하년(季遐年), 개관(蓋寬), 왕태(王太), 정시(丁詩), 형원(荊元) 등 모두 스물일곱 명입니다.

승려는 감로승(甘露僧), 진사완(陳思阮) 등 두 명입니다.

도사는 내하사(來霞士) 한 명입니다.

여성은 심경지(沈瓊枝) 한 명입니다.

저희들이 주진 등 이미 고인이 된 훌륭한 유생들을 조사해 보니, 모아놓은 인물들이 각자 제각각이고 인품 또한 다소의 흠결이 있기는 하지만 모두 탁월하게 세상에 자신의 능력을 보인 이들이었습니다. 삼가 그들의 실제 생애를 보여 주는 글에 비추어 살피고, 각종 평가를 참작하여 별도로 상세한 명단[淸單]을 작성하여 폐하께 올리나이다. 엎드려 바라옵건대, 황상께서 이들의 순위를 정하시어 방을 내걸어 보여 주시옵소서. 황은(皇恩)이란 것은 폐하의 결단에서 비롯되는 일인지라, 저희들이 감히 멋대로 처리할 수 없는 일이옵니다. 그들의 시문과 묘지, 행장 및 실제로 확인한 사실들은 예부의 아문에 보관해 두었으니, 앞으로도 좋은 전범이 될 것입니다.

만력 44년 6월 23일.

이런 논의 결과를 상주하자, 26일에 다음과 같은 성지가 내려왔다.

우육덕은 제1갑 1등 진사급제 학위를 내리고 한림원 수찬(修撰)을 제수하고, 장상지는 제1갑 2등 진사급제 학위를 내리고 한림원 편수(編修)를 제수하며, 두의는 제1갑 3등 진사급제 학위를 내리고 한림원 편수를 제수하노라. 소채 등은 제2갑 진사출신 학위를 내리고, 모두 한림원 검토(檢討)를 제수하노라. 심경지 등은 제3갑 동진사출신(同進士出身) 학위를 내리고, 한림원 서길사(庶吉士)를 제수하노라.

7월 초하루에 방을 걸어 알리고, 제단을 내려 국자감에 설치하고, 예부상서 유진현(劉進賢)을 보내 전례(典禮)를 행하도록 하라.

짐이 경들의 의론에 따라 조치하니, 이대로 시행하도록 하라.

7월 초하루 날이 밝자 예부의 아문 입구에는 방이 한 장 내걸렸는데, 거기에는 다음과 같이 적혀 있었다.

예부는 삼가 폐하의 명을 받들어, 이제 찾아낸 훌륭한 유생들에게 하사하신 과거 급제 내용〔賜第〕과 성명 및 관적(貫籍)을 다음에 나열한다. 방에 오른 자들은 아래와 같다.

제1갑 :
제1등 우육덕(虞育德), 남직예(南直隷) 상숙현(常熟縣) 출신
제2등 장상지(莊尙志), 남직예 상원현(上元縣) 출신
제3등 두의(杜儀), 남직예 천장현(天長縣) 출신

제2갑 :
제1등 소채(蕭采), 사천(四川) 성도부(成都府) 출신
제2등 지균(遲均), 남직예 구용현(句容縣) 출신
제3등 마정(馬靜), 절강(浙江) 처주부(處州府) 출신
제4등 무서(武書), 남직예 강녕현(江寧縣) 출신
제5등 탕주(湯奏), 남직예 의징현(儀徵縣) 출신
제6등 여특(余特), 남직예 오하현(五河縣) 출신
제7등 두천(杜倩), 남직예 천장현 출신
제8등 소호(蕭浩), 사천 성도부 출신
제9등 곽역(郭力), 호광(湖廣) 장사부(長沙府) 출신
제10등 누환문(婁煥文), 남직예 강녕현 출신
제11등 왕온(王蘊), 남직예 휘주부(徽州府) 출신
제12등 누봉(婁琫), 절강 귀안현(歸安縣) 출신
제13등 누찬(婁瓚), 절강 귀안현 출신
제14등 거우(蘧佑), 절강 가흥부(嘉興府) 출신
제15등 상정(向鼎), 절강 소흥부(紹興府) 출신
제16등 장결(莊潔), 남직예 상원현 출신

제17등 우양(虞梁), 남직예 오하현 출신
제18등 우부래(尤扶徠), 남직예 강음현(江陰縣) 출신
제19등 포문경(鮑文卿), 남직예 강녕현 출신
제20등 감로승(甘露僧), 남직예 무호현(蕪湖縣) 출신

제3갑 :
제1등 심경지(沈瓊枝), 남직예 상주부(常州府) 출신
제2등 위천(韋闡), 남직예 저주부(滁州府) 출신
제3등 서영(徐詠), 남직예 정원현(定遠縣) 출신
제4등 거내순(蘧來旬), 절강 가흥부 출신
제5등 이본영(李本瑛), 사천 성도부 출신
제6등 등의(鄧義), 남직예 휘주부 출신
제7등 봉명기(鳳鳴岐), 남직예 강녕현 출신
제8등 목내(木耐), 섬서(陝西) 동관현(同官縣) 출신
제9등 우포의(牛布衣), 절강 소흥부 출신
제10등 계추(季萑), 남직예 회녕현(懷寧縣) 출신
제11등 경본혜(景本蕙), 절강 온주부(溫州府) 출신
제12등 조결(趙潔), 절강 항주부(杭州府) 출신
제13등 호진(胡縝), 절강 항주부 출신
제14등 개관(蓋寬), 남직예 강녕현 출신
제15등 형원(荊元), 남직예 강녕현 출신
제16등 뇌기(雷驥), 북직예 대흥현(大興縣) 출신
제17등 양윤(楊允), 절강 오정현(烏程縣) 출신
제18등 제갈우(諸葛佑), 남직예 우이현(盱眙縣) 출신
제19등 계하년(季遐年), 남직예 상원현 출신
제20등 진춘(陳春), 남직예 태평부(太平府) 출신

제21등 광형(匡迥), 절강 낙청현(樂淸縣) 출신

제22등 내하사(來霞士), 남직예 양주부(揚州府) 출신

제23등 왕태(王太), 남직예 상원현 출신

제24등 탕유(湯由), 남직예 의징현 출신

제25등 신동지(辛東之), 남직예 의징현 출신

제26등 엄대위(嚴大位), 광동(廣東) 고요현(高要縣) 출신

제27등 진사완(陳思阮), 강서(江西) 남창부(南昌府) 출신

제28등 진예(陳禮), 강서 남창부 출신

제29등 정시(丁詩), 남직예 강녕현 출신

제30등 우포(牛浦), 남직예 무호현 출신

제31등 여기(余夔), 남직예 상원현 출신

제32등 곽철필(郭鐵筆), 남직예 무호현 출신

이날, 예부의 유진현이 성지를 받들어 국자감으로 와서 복두(幞頭)를 머리에 쓰고 궁포(宮袍)를 입은 채, 제물을 차린 다음 제단으로 올라와 세 차례 절을 올렸다. 태상시(太常寺)의 관리가 다음과 같은 내용의 축문을 읽었다.

유세차 만력 44년 병진년(丙辰年, 1616) 7월 초하루를 제사일로 삼아, 황제께서 예부상서 유진현으로 하여금 고기와 술과 비단으로 제물을 차려 특별 임명된 한림원 수찬 우육덕 등의 영전에 제를 올려 고하노라.

아, 여러 신료들이여, 순결한 영혼들이여, 옥처럼 순수하고 난새처럼 뛰어난 몸으로 무쇠처럼 변함없이 충성을 다하였도다. 천지를 두루 섭렵하시고 신명(神明)을 그윽하게 찬탄하시니, 모두가 『주역』에서 '홍점(鴻漸)'*이라 부르고, 『시경』에서

'학의 울음소리(鶴鳴)'*로 밝힌 것이로다. 자격이 사람을 힘들게 하니 현인과 호걸이 모두 탄식하노라. 봉황은 조롱에 갇히고 오동나무는 그만 밥 짓는 땔감이 되고 말았구나. 겨울에는 헌 솜옷을, 여름에는 짧은 베옷을 입고, 쑥대로 처마를 이고 뽕나무로 문지도리를 해서 살았도다. 땔나무를 하고 삼태기를 만들어 팔고 살며, 뜻을 얻지 못함에 한숨짓고 흐느꼈도다.

미관말직 얻어 관복을 입어보았자 용처럼 뛰어난 성품은 길들여지기 힘드니, 어찌 저 용렬한 무리와 함께할 수 있었으랴? 높은 벼슬에 올라도 남보다 먼저 채찍을 맞게 되니, 한림원은 신선들의 세상처럼 멀기만 하였도다. 깃대 장식〔干旄〕*만이 수레 뒤에서 훨훨 나부끼고, 벼슬을 그만두고 은거할지언정〔誓墓〕,* 누구도 감히 사도(邪道)를 걸어 벼슬을 얻으려 하지 않았도다. 사방에서 시끄럽게 지껄여 대고 거간꾼들이 저자를 메웠으니, 그 속에 섞인 고상한 선비는 뉘와 함께 이치를 토론할 수 있었겠는가? 차판과 목어(木魚)를 두드리고〔茶板粥魚〕,* 단약 굽는 화로에서 약을 구우며, 이원(梨園)의 배우로, 참한 규방의 처녀로 살았도다. 창을 들고 방패를 잘 닦아서 머리 묶고 출정하여, 공을 이루면 스스로 물러나니 낙조(落照)에 깃발이 붉게 물들었도다.

어리석은 백성들과 풍류공자들이 다 함께 힘든 길에서 방울방울 눈물을 흘리는구나. 금릉의 지관(池館)*에는 햇볕이 곱고 바람 따스한데, 예악을 배우고 술 마시며 부르는 노랫소리 울리는구나. 오월(吳越)의 산과 강들은 안개와 노을에 뒤덮였는데, 바리때 두드리며 시를 재촉하고 문장 논하며 술잔을 채웠노라.

지금껏 수십 년이 흘렀건만, 근심의 성벽은 무너지지 않고 눈물의 바다는 끝이 없도다. 짐이 이를 가엾게 여겨 저 아득한 황천세계까지 은전을 베풀려 하나니, 과거 급제 학위와 관직을 제수하여 그대들의 슬픈 심정을 풀어 주리로다. 아아! 난초는 향기 때문에 뽑혀 시들고, 기름은 세상을 밝히기 위해 태워지는 법. 그대들 신료들이여, 빛나는 그 이름 만세에 이어지리로다.

상향(尙饗)!

이제 사(詞)*로써 마무리하노라.

그때가 생각나네.
진회(秦淮)*를 동경하던 나, 우연히 고향을 떠났지.
매근야(梅根冶) 뒤쪽에서 몇 번이나 맘껏 노래하고
행화촌(杏花村)*에서 몇 번을 배회하였던가?
봉황새는 높은 오동나무에 깃들고
풀벌레는 작은 정자에서 울어 대며
당시 사람들과 함께 우열을 견주었지만
이제 다 사라졌나니!
의관을 허물처럼 벗어던지고
창랑(滄浪)의 물결에 발 씻었구나.
하릴없이 술잔 기울이다
새로 사귄 친구들 불러 한바탕 취해 보네.
백년 세월도 쉬 지나가니
근심할 게 뭐 있으리?
천추에 이름 남기는 일은
생각대로 되지 않거늘.
강동(江東)*의 풍경과 회남(淮南)*의 옛 현인들
글로 엮으려니 애간장이 끊기네!

이제부터는
약 화로와 경전을 벗 삼아
부처님*이나 모셔야지.
記得當時, 我愛秦淮, 偶離故鄕.
向梅根冶後, 幾番嘯傲
杏花村裏, 幾度徜徉.
鳳止高梧, 蟲吟小樹,
也共時人較短長. 今已矣!
把衣冠蟬蛻, 濯足滄浪.
無聊且酌霞觴, 喚幾個新知醉一場.
共百年易過, 底須愁悶?
千秋事大, 也費商量.
江左煙霞, 淮南耆舊, 寫入殘編總斷腸!
從今後, 伴藥爐經卷, 自禮空王.

와평

상유(上諭) 한 편, 주소(奏疏) 한 편, 제문(祭文) 한 편 등 모두 세 편의 문장을 정(鼎)의 다리 세 개처럼 병치시켜, 이것으로 위대한 저작 전체를 매듭짓고 있다. 단어나 문장을 엮은 솜씨가 「태사공자서(太史公自序)」와 흡사하다.

636 뒤에서 밝혀지는 바에 따르면 이 사람의 이름은 위천(韋闡)이고, 자는 현사(玄思)이다. 본 번역에서는 서술문의 경우, 복잡한 호칭을 피해 본명을 쓴다.

639 뒤에서 밝혀지는 바에 따르면 이 사람의 이름은 누환문(婁煥文)이다. 본 번역에서는 서술문의 경우, 복잡한 호칭을 피해 본명을 쓴다.

643 왕희(王熙 : 210~285)를 가리킨다. 그는 자가 숙화(叔和)이고, 서진(西晋) 고평(高平) 사람이다. 그는 의약(醫藥) 분야의 서적들에 두루 통달하였고, 진(晋)나라 무제(武帝) 때 태의령(太醫令)을 지냈다. 장중경(張仲景)의 『상한론(傷寒論)』과 『금궤요략(金匱要略)』을 정리, 편집하고 목차를 새롭게 바꾸어 『금궤옥함경(金匱玉函經)』이란 제목으로 펴내기도 했다. 그 밖에도 『맥경(脈經)』, 『맥부(脈賦)』, 『맥결(脈訣)』, 『상한잡병론(傷寒雜病論)』 등의 편저가 있다.

643 지위가 높은 사람을 모시고 함께 오거나 참여한 손님을 가리키며, 배빈(陪賓)이라고도 한다.

645 이 대목에서 '이렇게' 라는 표현은 원문이 '這樣' 으로, 인민문학출판사본의 원문을 좇아 옮긴 것이다. 하지만 해당 부분이 상해고적출판사본이나 중화서국본에는 모두 '別樣' 으로 되어 있다. 이를 좇아 옮기면 '이 술은 따로 마시는 법이 있는 것이 아니다.' 정도로 옮길 수 있겠으나, 문맥상 '這樣' 이 더 타당하다고 판단되어 이렇게 옮겼다.

647 뒤에서 밝혀지는 바에 따르면 이 사람의 본명은 장도(臧荼)이고 자는 요재(蓼齋)이다. 본 번역에서는 서술문의 경우, 복잡한 호칭을 피해 본명을 쓴다.

659 지부(知府)의 보좌관으로서 형벌을 관장한다.

661 이 '언신촌(言身寸)' 이라는 세 글자를 합치면 사례한다는 뜻의 '사(謝)' 자가 되니, 사례하겠다는 뜻이다.

663 가난하고 부양할 가족이 없는 노인을 수용하던 기구이다.

663 청나라 때 주(州) · 현(縣)에 설치한 '육방(六房)' 가운데 하나로서, 건물의 건축과 보수, 군수품의 관리 등을 담당했다.

665 밭을 판 돈을 에둘러 표현한 것이다.

678 뒤에서 밝혀지는 바에 따르면 이 사람의 이름은 장상지(莊尙志)이고 자는 소광(紹光)이다. 본 번역에서는 서술문의 경우, 복잡한 호칭을 피해 본명을 쓴다.

685 오태백(吳泰伯)은 오(吳)나라의 태백을 가리키는데, 태백(太伯)이라고도 한다. 주(周)나라 태왕(太王)의 큰아들로 춘추 시대 오(吳)나라를 세운 시조이다. 주 태왕이 어린 아들 계력〔季歷 : 주나라 문왕(文王)의 부친〕을 왕위에 세우려 하자, 태백과 동생 중옹(仲雍)이 먼저 왕위를 양위하고 강남으로 옮겨 왔고, 이 일 때문에 오태백은 현인으로 추앙 받았다. 『사기(史記)』「오태백세가(吳泰伯世家)」에 이에 대한 기록이 남아 있다.

685 문창전은 문창제군(文昌帝君)을 모시는 사당이고, 관제묘는 관우(關羽)를 모시는 사당이다. 문창(文昌)은 문곡성(文曲星)을 가리킨다. 이 문창제군이 인간 세상의 공명을 주관한다고 여겨 문사들이 제사를 올리곤 했고, 관우는 재물을 주관한다고 하여 주로 상인들이 섬기곤 했다.

685 원문은 춘추양중(春秋兩仲)인데, 중춘(仲春)과 중추(仲秋), 즉 음력 2월과 8월을 가리킨다.

687 두보의 시 「야객(客夜)」의 한 구절로서, 시의 전문은 다음과 같다. "客睡何曾着, 秋天不肯明. 入簾殘月影, 高枕遠江聲. 計拙無衣食, 途窮仗

友生. 老妻書數紙, 應悉未歸情."

690 향시(鄕試)를 보기 전에 학관(學官)이 거행하는 시험이다. 생원(生員)은 이 시험에서 일정한 순위에 들어야만 향시를 볼 수 있다.

691 중국 전통 희극에서 남자 주인공 역할이나 그 역할을 하는 배우를 정생(正生)이라고 한다.

695 양조(羊棗)는 양시조(羊矢棗)라고도 하며, 대추와 비슷한 열매인 고욤을 말한다. 처음 열릴 때는 노란색이지만, 익으면서 검은색이 되는데, 그 모양이 양의 똥 같다고 하여 속칭 '양시조(羊矢棗)'라고도 불렸다. 『맹자(孟子)』「진심하(盡心下)」에 "증석은 고욤을 좋아했었기 때문에, 증자는 아버지 증석이 생각나서 차마 고욤을 먹지 못했다(曾晳嗜羊棗, 而曾子不忍食羊棗)"라는 구절이 있다. 그러므로 이 부분은 김동애 같은 두방명사들의 천박한 학문을 풍자하고 있는 셈이다.

696 『시설(詩說)』에서의 '시(詩)'는 『시경(詩經)』을 말한다.

696 여기서 말하는 『영락대전』은 명 영락(永樂) 연간에 관에서 편찬된 과거 공부를 위한 독본인 『오경대전(五經大全)』과 『사서대전(四書大全)』을 가리킨다.

696 주희(朱熹 : 1130~1200)를 말한다. 문공(文公)은 그의 시호이다.

697 『시경(詩經)』「패풍(邶風)」에 수록된 시의 편명이다.

697 한나라 때 모씨(毛氏)가 『시경』에 붙인 해설인 「모시서(毛詩序)」에서는 이 시를 "효자를 찬미한 것이다. 위(衛) 지역에는 음풍(淫風)이 성행해서 일곱 아들의 어머니도 그 집을 편안히 여기지 않았다. 일곱 아들이 효성을 다해 그 어머니의 마음을 위로하고 뜻을 이루어 드린 것을 칭찬하고 있다(美孝子也. 衛之淫風流行, 雖有七子之母, 猶不能安其室, 故美七子能盡其孝道以慰其母心. 而成其志爾)"라고 했다.

697 『시경』「정풍(鄭風)」에 속한 시로, 남편과 아내의 대화로 이루어져 있다. 「정풍」은 음란한 시가 많다고 이야기되어 왔다.

697 주희의 『시집전(詩集傳)』에서는 이 시에 대해 '화목하고 즐겁지만 음란하지는 않다(和樂而不淫)'라는 해설을 달고 있다.

698 『시경』「정풍」에 속한 시로, 진수(溱水)와 유수(洧水)에 놀러 나온 남

녀의 대화로 이루어져 있다. 뒤에 계추가 말한 '난초와 작약을 따 준다' 는 것도 이 시에 나오는 말로, 서로 선물을 주어 사랑을 표현한다는 의미인데, 음란한 행동이라고 해석되기도 했다.

698 제호(醍醐)란 소나 양의 젖에서 만든 지방을 말하는데, 불교에서는 불성(佛性)이나 불법(佛法)의 깨달음을 비유하는 말로 쓰인다. 또 맛좋은 술을 뜻하기도 한다.

699 『안자춘추(晏子春秋)』「내편(內篇)」〈잡하(雜下)〉를 보면, 제(齊)나라 경공(景公)이 안자에게 안자의 부인이 늙고 못생겼으니 자기 딸을 주겠다고 하자, 안자가 이렇게 말하며 거절했다고 한다. "이 사람이 늙고 또 추합니다만, 저는 이 사람과 오래 살아왔고 이 사람의 젊고 예쁜 모습도 보았습니다. 그리고 사람은 본래 젊을 때는 늙어서도 의탁할 수 있기를 바라고, 예쁠 때는 추해져도 의탁할 수 있기를 바라는 것입니다. 이 사람은 그때 제게 의탁한 것이고, 저는 그것을 받아들였습니다. 임금님께서 따님을 주신다고 제가 이를 저버릴 수 있겠습니까?"

701 제35회에서 밝혀지는 바에 따르면 이 사람의 이름은 서기(徐基)이다. 본 번역에서는 서술문의 경우 본명을 쓴다.

702 노래자는 춘추 시대 초(楚)나라의 현사로서, 혼란한 세상을 피해 몽산(蒙山)에 은거했다. 초나라 왕이 그를 불러 관리에 등용하려 했지만, 노래자는 부인의 권고를 받아들여 사양하고 벼슬길에 나가지 않았으며, 가족을 이끌고 강남 지역으로 옮겨와 살았다고 한다.

703 은을 넣는 나무통인데, 관부에서 군사 등의 월급을 호송하기 위해 썼다. 나무를 쪼개서 가운데를 파고, 그 안에 은자를 넣고 잘 봉한 뒤 바깥에 그 번호를 적어 두었다.

703 탄궁은 탄환을 쏠 수 있게 만들어진 활 모양의 병기이다.

704 뒤에 밝혀진 바에 따르면 이 인물의 이름은 소호(蕭浩)이다. 본 번역에서는 서술문의 경우 본명을 쓴다.

707 징군(徵君)이란 조정에서 벼슬을 내렸으나 사양한 사람을 높여 부르는 말이다. 이전까지는 장상지에 대한 명명이 자를 써서 장소광이라

고 했으나, 여기서부터는 장징군으로 바뀌고 있다.

708 한유(韓愈)의 「여풍숙논문서(與馮宿論文書)」에 이런 내용이 나오는데, 문장 자체는 약간 다르다.

713 전시(殿試)에서 합격한 사람의 이름을 크게 호명하는 의식을 가리킨다. 전시 합격자를 발표하는 날 황제가 대전에 도착해서 합격자 명단을 공포하면, 각 문에서 그것을 따라 외쳐 아래로 전하고, 근위대 병사들이 일제히 그 이름을 크게 부르는 식으로 진행된다.

713 황제의 의장 용품 가운데 하나이다. 황제가 당도할 때 정숙하라는 신호를 보내는 도구로서 정편(靜鞭)이라고도 한다. 황색 실로 만들고, 끝 부분에 밀랍을 발라 바닥에 내리치면 소리가 울리게 된다.

714 당나라 때 잠삼(岑參)의 시 「중서사인 가지(賈至)의 "대명궁의 아침조회(早朝大明宮)" 시에 화답하여(奉和中書舍人賈至早朝大明宮)」에 나오는 구절이다.

714 관원들이 입조를 기다리면서 잠시 머물 수 있도록 마련된 공간을 가리킨다.

715 전국 시대 노(魯)나라 평공(平公)이 맹자(孟子)를 만나 보려 하자, 그 총신인 장창이 중간에서 가로막았다. 이후로 현인을 모함하고 이간질시키는 소인배를 가리키는 대명사로 쓰이게 되었다.

720 양회염상 중 재산도 많고 세력도 있는 이들을 말하는데, 이들은 관부와 상인들 간의 매개 역할을 했으며 관부의 위탁을 받아 염상들이 세금을 제때 내도록 독촉하는 일 등을 맡아서 처리했다.

722 동진(東晉) 시대에 삼국 시대 오(吳)의 후원성(後苑城) 자리에 지은 궁성으로, 지금도 남아 있다.

728 문창제군(文昌帝君)은 '문창군(文昌君)'이라고도 부르며, 도교의 신인 '재동제군(梓潼帝君)'을 가리킨다. 재동제군은 장아자(張亞子)라는 인물로 전해지는데, 그는 촉(蜀)의 칠곡산(七曲山) 출신으로 진(晉)나라에서 벼슬을 하다 전장에 나가 죽었는데, 후세 사람들이 사당을 세워 제사지내 주었다 한다. 당·송(唐宋) 시기에 왕으로 봉해졌고, 원(元)나라 때 제군(帝君)으로 봉해졌다. 그는 인간 세계의 공

명(功名)과 녹위(祿位)에 관한 일을 주관한다고 알려져 있다.

735 명 · 청 시대에 향시나 회시의 합격자들이 방을 나누어 시험지를 검토하는 관리〔房官〕을 부르는 존칭이다.

735 명 · 청 시대에 거인이나 진사가 주시험관을 부르는 존칭이다.

738 백이는 고죽군(孤竹君)의 장자로, 성은 묵탈(墨脫), 이름은 윤(允). 자는 공신(公信)이며, 이(夷)는 시호이다. 고죽군이 왕위를 차남인 숙세(叔齊)에게 물려주려 했지만, 농생 숙제도 형을 제치고 왕이 되려 하지 않아, 결국 둘은 함께 왕실을 떠나 주(周)나라에 투항했다. 주나라 무왕(武王)이 은(殷)나라 주왕(紂王)을 치려고 했을 때, 아우인 숙제와 함께 간하였으나 받아들여지지 않고 주나라가 천하를 통일하자 수양산(首陽山)으로 들어가 굶어 죽었다.

738 유하혜는 춘추 시기 노(魯)나라의 대부로, 이름은 전획(展獲)이고 자는 금(禽)이며, 혜(惠)는 시호이다. 그의 봉지가 유하(柳下)였기 때문에 유하혜라고 불린다. 그는 귀족의 '예(禮)'를 지키고자 했고, 훗날 은둔하여 일민(逸民)이 되었기 때문에 백이와 병칭되며 유교의 이상적 인물로 존중되었다.

738 도잠은 자가 연명(淵明), 호는 오류선생(五柳先生)이며, 정절선생(靖節先生)이라고도 불린다. 동진(東晋) 때 사람이며, 스물아홉 살 때 처음 관리가 되었고, 마흔한 살 때 팽택령(彭澤令)으로 부임하였으나, 석 달 만에 그만두고 은거했다. 위의 백이, 숙제와 함께 중국의 은자를 대표한다.

748 나무로 만든 틀에 축문(祝文)을 붙인 목판을 꽂아 놓은 것이다.

748 긴 손잡이가 달려 있고, 흔들어서 양쪽에 붙은 채가 북면을 치도록 되어 있는 타악기이다.

748 나무로 만든 방두형(方斗形)의 타악기로서, 음악이 시작될 때 친다.

748 엎드린 호랑이 모양의 나무 틀 위에 스물일곱 개의 빗살 같은 돌기를 나란히 늘여서 붙여 놓은 타악기이다.

748 가로 세로의 줄에 같은 수의 인원을 늘어 세워 추도록 하는 의례용 춤을 가리킨다. 『좌전(左傳)』「은공(隱公) 5년」의 기록에 대한 두예

(杜預)의 주석에 따르면, 천자는 8줄(64명), 제후는 6줄(36명), 대부(大夫)는 4줄(16명), 사(士)는 2줄(4명)의 춤을 추도록 규정되어 있었다고 한다. 이들은 춤을 출 때 각기 왼손에는 피리〔籥〕를, 오른손에는 꿩의 깃털〔翟〕을 들었다.

748 옛날 제사에서는 세 차례 공물(供物)을 바치는 의식을 거행했는데, 제사를 주관하는 이가 바치는 첫 번째 공물을 초헌(初獻)이라고 불렀고, 보조자가 바치는 두 번째와 세 번째 공물을 각각 아헌(亞獻)과 삼헌〔三獻 : 종헌(終獻)이라고도 함〕이라고 불렀다.

748 인례(引禮)는 의례를 행하는 것을 인도하는 것을 가리키고, 찬례(贊禮)는 전례(典禮)를 거행할 때 의식의 절차를 외쳐서 해당 항목의 의례를 행하도록 하는 이를 가리킨다.

748 태백은 왕위를 사양한 후 오(吳) 땅으로 갔는데, 오 땅은 명 · 청 대의 강소(江蘇)와 절강(浙江)에 해당하기 때문에 이렇게 얘기한 것이다.

750 이 부분의 원문은 판본마다 모두 "음악 연주〔奏樂〕"라고 되어 있으나, 문맥에 맞지 않아 수정해서 번역했다.

750 옛날 제사에서 신의 강림(降臨)을 기원하는 의식이다.

750 원문에는 "음악 중지〔樂止〕"라고 되어 있으나, 문맥에 맞지 않아 수정해서 번역했다.

752 한나라 때에 장소(張昭)가 종묘악(宗廟樂)을 정리했는데, 이후 태조의 사당에서는 '지덕'의 음악을, 문조(文祖)의 사당에서는 '영장(靈長)'의 음악을, 덕조(德祖)의 사당에서는 '적선(積善)'의 음악을, 익조(翼祖)의 사당에서는 '현인(顯仁)'의 음악을, 현조(顯祖)의 사당에서는 '장경(章慶)'의 음악을, 그리고 고조(高祖)의 사당에서는 '관덕(觀德)'의 음악을 연주했다고 한다. 여기서 태백의 사당에서 '지덕'을 연주한 것은 제위를 양보한 그의 덕을 지극히 높이 평가한다는 의미이다.

756 제사에서 혼령이나 신이 음식을 먹고 술을 마시는 것을 도와주고 더 권하는 의식을 가리킨다.

756 먼저 종을 울리고, 이어서 모든 악기들을 일제히 연주하는 것으로,

제사 의식이 최후의 단계에 이르렀음을 나타낸다.

760 국자감 생원(生員)은 솔성당(率性堂), 수도당(修道堂), 성심당(誠心堂), 정의당(正義堂), 숭덕당(崇德堂), 광업당(廣業堂)의 6반으로 나뉘어 있다.

765 숙손통(叔孫通 : ?~?)은 본명이 숙손재(叔孫載)이고, 설〔薛 : 지금의 산둥성 텅현(滕縣)〕 사람이다. 그는 진(秦)나라 때 문학 박사(文學博士)를 지냈고, 한(漢)나라 때는 태상(太常), 태자태부(太子太傅)를 지내기도 한 석학이다.

765 조포(曹褒 : ?~?)는 조충(曹充)의 아들로, 자는 숙통(叔通)이다. 그는 연평(永平) 연간에 효렴(孝廉)으로 천거된 이래 박사(博士), 시중(侍中), 감우림좌기(監羽林左騎), 사성교위(射聲校尉), 하내태수(河內太守) 등을 지냈다.

765 소숭(蕭嵩 : ?~749)은 소양(蕭梁)의 후예로, 705년 명주참군(洺州參軍)을 시작으로 중서사인(中書舍人), 삭방절도사(朔方節度使), 하서절도등부대사(河西節度等副大使), 중서령(中書令), 청주자사(青州刺史) 등을 지냈다.

765 원문은 "堂哉, 皇哉, 傒其褘而"로, 동한(東漢) 시대의 문인인 장형(張衡 : 78~139)의 「동경부(東京賦)」에 나오는 "吁, 漢帝之德, 傒其褘而!"라는 구절을 이용한 표현이다.

765 운운산(雲雲山)과 정정산(亭亭山)을 합쳐 부르는 명칭이다. 『사기』 「봉선서(封禪書)」에 따르면, 운운산은 무회씨(無懷氏)가, 정정산은 황제(黃帝)가 각기 하늘에 올리는 선제(禪祭)를 지낸 곳이라고 한다.

765 태산(泰山) 아래쪽의 작은 산으로, 지금의 산둥성 신타이시(新泰市) 서쪽에 있다.

769 절에서 빈객을 접대하는 일을 맡은 스님을 일컫는 말이다. 전객(典客), 전빈(典賓)이라고도 부른다.

789 둘 다 전국 시대의 유명한 자객이다. 형가(?~B.C. 227)는 연(燕)나라 태자 단(丹)의 청탁을 받고 진(秦)나라 왕 영정(嬴政 : 훗날의 진시황)을 암살하려다 실패했고, 섭정(?~B.C. 397)은 한(韓)나라의 대

부(大夫) 엄중자(嚴仲子)에게 입은 은혜를 갚기 위해 엄중자의 원수인 한나라의 재상 협루〔俠累 : 이름은 괴(傀)〕를 암살하고 자살했다.

790 송반위의 위(衛)란 본래 명 대(明代) 군대 편제의 이름이다. 명나라 초기 군사상 요지에 군대를 주둔시켜 몇 개의 부(府)를 방어하게 하고 그 군대의 주둔지를 '○○위'라고 불렀는데, 뒤에는 그것이 지명이 되었다.

791 팔답마혜(八答麻鞋)라고도 한다. 삼이나 모시 껍질로 삼은 신발로, 고리가 달려 있어 끈을 꿰어 발에 묶을 수 있기 때문에 먼 길을 갈 때 적합했다.

792 천총(千總)은 관직명이다. 명나라 초기 경사의 3대 군영에 두었던 파총(把總)에 더해, 가정 연간에 천총(千總)도 두게 되었는데, 이것들은 모두 공신들이 받는 직위였다. 그 뒤 천총의 직권은 점차 가벼워져서 청 대에는 수비(守備) 아래의 하급 무직이 되었다.

792 총진(總鎭)은 '총병(總兵)'의 별칭이며, 총병은 종2품(從二品)의 관직이다. 명 대에 장수가 출정하면, 따로 총병관(總兵官)과 부총병관(副總兵官)을 두어 군무를 통솔하게 했는데, 뒤에는 점차 상주무관으로 성격이 변했다. 청 대에는 각 성(省)에 제독(提督)을 두고, 제독 밑에 총병관과 부총병관을 두었다. 이때 총병관이 관할하는 곳이 진(鎭)이었기 때문에 '총진'으로도 불린 것이다.

793 사례감은 명 대에 만들어진 태감(太監)의 조직으로, 그 아래 제독태감(提督太監), 장인태감(掌印太監), 병필태감(秉筆太監), 수당태감(隨堂太監) 등이 있다. 원래는 내각 관리들을 견제하려는 목적으로 만들었으나, 궁 내외의 주장(奏章)을 처리하고, 황제의 명령을 전달하는 등의 일을 담당해서, 나중에는 대단한 권력을 행사하게 되었다.

797 『시경』「소남(召南)」의 시 「팥배나무〔甘棠〕」는 서주(西周) 백성들이 소백(召伯)의 덕정을 그리워하며 부른 노래인데, 뒤에는 관리의 공적을 칭송하는 의미로 쓰이게 됐다.

797 비장군은 한(漢)나라 때의 장군 이광(李廣)으로, 흉노족들이 그를 두려워하며 비장군이라고 불렀다고 한다. 혁혁한 공적을 세웠지만, 끝

까지 제후로 봉해지지 않았기 때문에, 여기에서 '기구한 운명'이라고 한 것이다.

798 『주역』「건(乾)」〈문언(文言)〉에 나오는 말이다.

799 신농(神農)을 가리킨다. 신농은 농기구를 만들어 백성에게 농경을 가르쳤고, 약초를 찾아내 의술을 가르치고 악기와 점술, 교역 등을 가르쳤다는 전설상의 신이다.

801 뒤에서 밝혀지는 바에 따르면 이 사람의 이름은 심대년(沈大年)이다. 본 번역에서는 서술문에서는 본명을 쓴다.

802 반초(32~102)는 동한(東漢) 시대 사람으로, 자가 중승(仲升)이며 반고(班固)의 동생이다. 서역에 나가 30여 년간 있으면서 흉노의 지배 아래에 있던 서역 국가들을 정복하여 후한의 세력권을 파미르 지방까지 넓혔고, 이 공적으로 정원후(定遠侯)에 봉해졌다.

802 무직(武職) 명칭으로 처음엔 규정된 정원 외로 뽑은 무관을 가리켰는데 나중엔 정규직이 되었고 품계로는 파총(把總)보다 낮다.

805 공문서의 일종으로 동급 관청이나 품계가 같은 관리에게 보내는 것을 가리킨다.

805 남경 지역에서 강회조운(江淮漕運)의 호송(護送)을 담당하는 무관관서(武官官署)이다.

806 완적(阮籍)의 사당이다. 완적은 남조 진(晉)나라 사람으로 광무산에 올라 초(楚), 한(漢)의 옛 전장을 추모했는데, 후세 사람들이 그 일을 기려 사당을 지었다.

810 독량도(督糧道)의 줄임말로, 명·청 시대 세금으로 내는 곡식의 운반을 감독하는 관리를 가리킨다.

813 편문(便門)의 일종으로 위쪽은 뾰족하거나 둥근 모양이고 아래는 네모난 모양으로 만들어 마치 고대 옥기(玉器) 가운데 규(圭)처럼 생긴 문을 가리킨다.

814 당시 염상(鹽商)들은 글을 좀 배운 서생에게 사상(司上 : 소금 유통을 담당하는 행정 부서)에 있는 사람과 친분을 맺어 왕래하면서 관리를 만나고 손님을 접대하는 일을 맡겼다. 이런 일을 하는 자를 '대

사객(大司客)' 이라 하고, 소소한 일들이 생기면 하인을 보내 해결을 하게 하는데, 그를 '소사객(小司客)' 이라고 한다(제23회의 우포와 도사의 대화를 참조할 것).

818 물 위에서 터뜨릴 수 있는 폭죽의 일종이다. 불을 붙이면 수면 위에서 이리저리 달아나면서 온갖 빛깔의 불꽃을 만들어 낸다.

819 오늘날의 장쑤성 창저우시에 해당하는 지역이다.

819 강남 일대의 자수(刺繡)를 말한다. 명 가정(嘉靖) 연간에 진사 고명세(顧名世)의 집에서 만들어졌다. 그의 첩이 자수에 뛰어나 산수, 인물, 물고기와 새, 화초 등을 수놓으면 마치 살아 있는 것 같았다고 한다. 이때부터 고수(顧繡)라고 불리며 유명해졌는데, 뒤에 소주(蘇州)와 송강(松江) 일대까지 퍼져 소수(蘇繡), 송수(松繡)라고도 불렸으며, 호남(湖南)의 상수(湘繡)와 병칭되었다.

821 이번 회의 뒷부분에서 밝혀지는 바에 따르면, 이 인물의 이름은 장결(莊潔)이다. 본 번역에서는 서술문에서 본명을 쓴다.

823 지금의 안후이성 쓰현(泗縣) 지역이다.

824 조빈(曹彬 : 931~999)은 북송(北宋) 초기의 장수로, 자는 국화(國華)이다. 진정(眞定) 영수(靈壽:지금의 허베이성에 속하는 지역) 출신으로, 군대를 이끌고 남경을 공략하여 남당의 후주 이욱(李煜 : 937~978)을 생포하였고, 이 과정에서 부하들에게 살육을 금지하는 명령을 내리기도 했다. 벼슬은 추밀사(樞密使), 충무군절도사(忠武軍節度使)에 이르렀고, 죽은 뒤 제양군왕(濟陽郡王)으로 추봉(追封)되었으며, 시호는 무혜(武惠)이다.

824 향의 일종이며, 그 향기는 소방목(蘇枋木)과 비슷하다. 향을 태우면 연기가 하늘로 곧바로 올라가고, 약에 넣기도 한다. 전하는 말에 따르면 이 향을 피우면 신을 불러올〔降神〕 수 있다고 한다. 계골향(雞骨香), 자등향(紫藤香)이라고도 불렀다.

824 불교의 의식용 음악. 일명 범음(梵音), 어산(魚山) 또는 인도(引導)소리라고도 한다. 절에서 주로 재(齋)를 올릴 때 부르는 소리로, 장단이 없다.

824 음력 7월 15일 밤에 죽은 이의 영혼이 좋은 곳으로 가길 빌면서 종이배를 태우는데, 이 종이배를 법선이라고 한다.

828 황보씨(皇甫氏)가 지은 당(唐) 전기(傳奇)의 제목이자, 그 이야기에 등장하는 인물이다. 장안에 과거를 보러 간 한 선비가 두 소년에게 초대되어 간 자리에 한 여자가 가마를 타고 와서 그와 인사를 나누었는데, 그녀와 그 수하들은 모두 무공이 매우 뛰어났다. 뒤에 그 선비는 곤경에 빠졌다가, 이 여자의 무공에 힘입어 살아나게 된다.

828 당 전기(傳奇) 작품 『홍선전(紅線傳)』에 등장하는 여성 협객이다.

831 길 떠나는 이에게 주는 일종의 전별금(餞別金)이다.

832 옛날 관청에는 대당(大堂), 이당(二堂), 삼당을 설치하였는데, 기밀 사안이나 부녀자 관련 안건은 때로 삼당에서 심문하곤 했다.

832 사마천의 『사기』 「장이진여열전(張耳陳餘列傳)」에 기록된 바에 의하면, 한(漢)나라의 조왕(趙王) 장이(張耳)는 전국 시대 말년에 일찍이 위(魏)의 외황(外黃) 땅으로 피난한 적이 있는데, 그곳 외황에는 고용 노비의 아내가 되기를 거부하는 여자가 있었다. 그녀는 부친의 집으로 돌아갔고, 나중에 장이에게 개가(改嫁)를 했다. 여기서 심경지는 이 사실에다 자신의 처지를 비유하고 있는 것이다.

833 옛날 여객선 안의 정창(正艙) 또는 화륜선(火輪船) 안에 있는 고급 선창을 가리킨다.

843 옛 관(冠)의 이름이다. 머리싸개〔巾〕의 윗부분을 접은 것을 절상건(折上巾)이라 했고, 북주(北周) 때는 사각형으로 만들었는데 이를 복두(襆頭), 혹은 절상건이라고 불렀다.

843 삼국 시대 촉한(蜀漢)의 장군 관우(關羽)를 말한다.

843 관우의 부장(部將)인 주창(周倉)을 가리킨다. 옛날 관제묘(關帝廟)에는 모두 그가 관우를 모시는 모습을 묘사한 조각상이 있었다.

843 공명(功名)과 녹위(祿位)를 주관한다고 알려진 문창군(文昌君)을 말한다. 자세한 내용은 제36회 주 "문창제군(文昌帝君)" 참조(728쪽).

843 중국 고대 신화에서 문운(文運), 문장을 주관하는 규성(奎星)을 말하며, 이 규성은 중국 고대 천문학의 28개 별자리 중 하나이다.

845 옛날 과거 시험에서는 답안지에 먹물 자국이 얼룩져 있으면 실격으로 처리되었다.

846 원래 신하가 황제에게 올리는 상소문〔奏章〕의 일종인데, 향시(鄕試)에서도 특정한 제목을 제시하여 이런 식의 글을 쓰도록 했다.

846 과거 응시자가 시험장에 들어갈 때 먹을거리와 기타 필요한 물건을 담아 들고 가던 대바구니이다.

846 과거 응시자가 시험장에 안배된 자기 호방에서 먼지 따위를 가리기 위해 사용하던 덮개이다.

847 이 빈 답안지는 향시 응시자들이 시험장에 들어가 둘째 대문을 들어설 때 다시 받게 된다.

847 남방에서 나는 다년생의 즙이 많은 식물 이름이다. 해독제 등으로 많이 쓰이는 이 식물은 다른 약을 만들 때 첨가하기도 한다. 여기서는 그것을 넣어 만든 일종의 진정제를 가리킨다.

848 옛날 관리들이 외지를 순시할 때 물품이나 서비스를 제공받기 위해 역참(驛站)에 제출하는 문서이다.

849 정식 연극을 하기 전에 공연하는 짧은 연극을 가리킨다. 명나라 때에는 연회 도중에 탕(湯) 요리가 나온 뒤에야 본 공연을 시작하는 것이 관례였다.

852 옛날 향시에서는 모두 세 차례의 시험을 치렀는데, 응시자의 답안지가 형식에 맞지 않거나 더럽혀지고 손상된 경우는 다음 번 시험에 응시할 자격을 최소했는데, 이런 처분을 받은 이들의 명단을 발표할 때에는 남색 먹물로 썼기 때문에 붙여진 명칭이다.

853 옛날 향시는 음력 8월에 거행되었기 때문에 향시 합격자는 '계화를 꺾은 이〔折桂〕'라고 불렀고, 음력 3월에 치러지는 회시 합격자는 '살구 딴 사람〔探杏〕'이라고 불렀다.

859 관아에서 범인을 체포하라는 명령을 전하는 나뭇조각으로, 주로 대나무로 만들었다. 간단히 '첨(簽)'이라고도 불렀다.

860 중앙 6부의 낭관(郎官), 곧 중하급 관리를 가리킨다.

860 생묘는 투항하지 않은 묘족이고, 숙묘는 정부에 투항한 묘족이다.

860 명 · 청 시대에는 중국의 서남부와 서북부 지역에 현지인 관리〔土司〕를 두었는데, 선위사(宣慰使)에서 장관사에 이르기까지 여러 등급의 관직이 있었다. 모두 변방 민족들의 우두머리가 임명되었고 세습하는 관직이었다.

863 '표(標)' 와 '협(協)' 은 청나라 군대의 편제 단위이다. 일반적으로 '표' 는 총독이나 순무가 직접 지휘하고, '협' 은 부장(副將: 부총병(副總兵))이 지휘한다. 본문에서 협은 부장보다 낮은 참장(參將)과 수비(守備)가 부대를 이끌고 총병 탕주가 직접 지휘를 하는 것으로 나온다.

863 명나라 때 설치된 무관(武官)으로 총병이나 부총병 다음가는 자리였다. 청나라에 와서는 부장(副將) 다음의 지위가 되었다. 대개 제독(提督)이나 순무(巡撫)를 위해 군영을 총괄하는 일을 한다.

863 수비와 조망이 가능한 높은 건축물이다.

868 불교 전설에 나오며, 머리가 소처럼 생긴 지옥의 귀졸(鬼卒)을 가리킨다.

868 염라대왕 밑에서 일하는 귀졸로, 머리 모양이 말머리처럼 생겼다.

869 황제가 특별히 하사한 왕명패(王命牌)와 상방보검(尙方寶劍)을 가리킨다. 관리들은 이것이 있으면 죄수를 먼저 죽이고 나중에 상주문을 올릴 수가 있었다.

870 '대수장군(大樹將軍)' 은 동한(東漢) 때의 대장군 풍이(馮異)를 가리킨다. 『동관한기(東觀漢記)』「풍이전(馮異傳)」의 기록에 의하면, "사람됨이 남달리 겸손했던 풍이는 싸움이 끝나고 장수들이 함께 공적을 논할 때면 언제나 나무 아래 몸을 숨기고 있었으므로, 군중에서는 그를 '대수장군' 이라고 불렀다." 유신(庾信)은 「애강남부(哀江南賦)」에서 이렇게 읊었다: 날 저물고 갈 길은 먼데, 세상은 어떠한가? 장군께서 떠나시니 큰 나무도 쓰러져버렸도다(日暮途遠, 人間何世. 將軍一去, 大樹飄零)."

878 과거를 시행하기 전, 공고패(公告牌)를 걸어놓고 백성들에게 수재들의 불법 행위를 고발할 수 있게 한 일종의 행정 절차인 '괘패(掛牌)'

를 가리킨다.

881 여기서 '곽박의 설'이란 묘지의 풍수에 대한 설을 말한다. 묘지의 길흉, 풍수 선택에 대한 내용의 『장서(葬書)』라는 책이 있는데, 진(晉)의 곽박이 쓴 것이라고 가탁되었다.

881 같은 고조부의 자손들은 하나의 묏자리를 쓰는 매장법을 가리킨다.

881 모두 풍수지리의 이론이다. 산줄기인 용맥(龍脈)을 통하여 지기를 전달한다는 용세론(龍勢論), 용맥으로부터 전달받은 지기를 한곳에 모아 놓는다는 혈세론(穴勢論), 지기가 바람으로부터 흩어지지 않도록 주변 산들이 감싸 준다는 사격론(沙格論), 지기를 가두고 멈추게 한다는 수세론(水勢論)을 말한다. 여기에 좋은 천기를 받을 수 있도록 좌향을 결정하는 향법론(向法論)을 더해서 '지리오결(地理五訣)'이라고 하며 풍수지리의 5대 요소로 꼽는다.

881 이 시는 명(明)의 화가이자 시인인 심주(沈周 : 1427~1509)의 시로서, 곽박을 조롱하고 있다. 『진서(晉書)』에 다음과 같은 기록이 있다. 곽박은 권신 왕돈(王敦)의 아래에 있었는데, 그가 반란을 일으키려 하면서, 점술에 능했던 곽박에게 그 일의 길흉을 물었다. 곽박이 점을 쳐서 실패할 것이라고 하자, 왕돈은 그를 의심하여 다시 자기의 수명을 뽑아 보라고 했다. 곽박은 '공께서 거사를 일으키신다면 화가 생길 터이니, 오래 살지 못할 것입니다. 만약 무창(武昌)에 머무신다면, 만수를 누릴 것입니다'고 했다. 왕돈이 대노하여 '경의 수명은 얼마나 되나' 하고 물었더니 곽박은 '제 목숨은 오늘 정오까지신다다'라고 했다. 왕돈은 그 말대로 그날 당장 곽박을 죽여 버렸다. 그리고 왕돈도 반란 후 상황이 좋지 않자, 화병으로 죽고 말았다.

882 과거 시험에서 1등인 장원(狀元), 2등인 방안(榜眼), 3등인 탐화(探花)를 총칭하는 말이다.

882 한신(?~ B.C. 196)은 한(漢)나라 고조(高祖)를 도와 한나라를 세우는 데 큰 공을 세웠다. 한나라가 통일된 후 초왕(楚王)에 봉해졌으나, 뒤에 회음후로 강등되었다. 나중에 이 일 때문에 모반을 일으켰지만, 여후(呂后)에게 죽임을 당하고 3족을 멸하는 처벌을 받았다.

882 명효릉(明孝陵)은 지금 남경시 동쪽 교외에 있으며, 명의 태조 주원장(朱元璋)과 황후 마씨(馬氏)가 합장되어 있다.

882 명초의 공신 유기(劉基 : 1311~1375)를 말한다. 유기의 자는 백온(伯溫)이고, 절강(浙江) 청전(青田) 사람이라 청전 선생이라 불렸다.

888 아문에서 안건을 심사할 때 책상 옆에 서서 장관의 말을 전달하는 아전이다. 이때 상대가 관화(官話)를 알아듣지 못하는 백성이면 그 지방 말로 통역해 주었다.

910 은침차에는 두 종류가 있다. 하나는 '군산 은침(君山銀針)'인데, 중국 후난성(湖南省) 둥팅후(洞庭湖) 가운데 있는 작은 섬인 군산(君山)에서 생산되는 차로, 옛날에는 황제만이 먹을 수 있었던 귀한 차이다. 좋은 군산 은침은 외형이 견실하고 곧게 뻗어 있으며, 금색 털이 빽빽하고 향기가 청량하고 맑으며 뜨거운 물을 부으면 밝은 등황색이 나면서 맛은 가볍게 달면서 묵직하다. 다음은 백차(白茶)에 속하는 '백호 은침(白豪銀針)'으로, 푸젠성(福建省) 푸딩시(福鼎市) 정허현(政和縣)에서 나는 것이다. 이 차는 봄에 나온 어린 싹만을 따서 만들기 때문에 찻잎 표면에 흰색 솜털이 붙어 있어서 은백색을 난다. 향기가 좋고 단맛이 남으며 떫은 맛이 적고, 녹차보다 오래 보관하여도 향미의 변화가 적다. 뜨거운 물을 부으면 찻잎이 하나씩 세워져 마치 꽃잎이 춤을 추듯이 아래위로 오르내리는데, 고대 중국인들은 불로장수의 차로 여겼다.

911 최호(崔浩 : 381~450)는 자가 백연(伯淵)이고 아명은 도동(桃筒)으로 군사 전략가로 유명하다. 청하군(清河郡) 동무성(東武城 : 오늘날 산둥성 우청현(武城縣)) 사람이다. 북위(北魏) 도무제(道武帝), 명원제(明元帝), 태무제(太武帝) 등 3대에 거쳐 벼슬살이를 했으며, 관직은 사도(司徒)에 이르렀다. 박학다식하여 군사에 밝았고, 서북(西北) 지방의 지리에도 정통하였으며, 북위가 북방을 통일하는 데 크게 기여했다. 태무제 앞에서 양주에 축산이 풍부하다는 『한서(漢書)』「지리지(地理志)」의 기록을 근거로 양주(涼州)에 수초가 많을 것이라면서 주위의 반대를 무릅쓰고 북벌을 주장해 양주 평정에 성공한 바 있다.

916 명첩에는 이런 표현을 쓰지 않는다. 대강 의미는 "같은 집안사람으로 같은 해에 급제한 조카"라는 뜻이지만, 이렇게 썼다는 것 자체가 전통적인 예의범절에 대해 무식한 인물임을 보여 주고 있다. 더욱이 답방을 가서 명첩에 "같은 집안 사람으로 같은 해에 급제한 숙부"라고 쓸 생각을 했다는 다음 내용은 당봉추 또한 조카와 마찬가지로 무식한 인물임을 풍자하고 있다. 이들은 모두 올바른 학문을 하지 않고 오로지 과거 급제만을 위해 세간에 유행하는 글쓰기 훈련만 한 인물임을 보여 준다.

923 마노(瑪瑙), 석영(石英) 등을 원재료로 해서 실을 뽑고 천을 짜서 제작한 등. 유리처럼 투명하고, 윗부분에는 꽃이나 벌레, 새 따위를 그려 넣기도 한다.

923 계추를 가리키는 말이다. '계(季)' 자와 '길(吉)' 자는 중국어 발음이 모두 '지〔ji〕'로서 비슷하기 때문이다.

927 매승(枚乘 : ?~B.C. 140?)은 자가 숙(叔)이고, 회음〔淮陰 : 지금의 장쑤성 칭장시(淸江市) 서남쪽〕 사람이다. 그는 오왕(吳王) 유비(劉濞)의 낭중(郎中)을 지내다가 오왕이 반란의 꾀하자 간언하여 만류했으나 듣지 않자, 양효왕(梁孝王) 유무(劉武)에게 투항했다. 경제(景帝) 때에도 오왕이 여섯 제후국과 연합하여 반란을 일으키려 하자 다시 글을 올려 마음을 돌리도록 권했다. 오왕은 결국 그의 말을 듣지 않고 반란을 일으켰다가 전사했으나, 이 일로 매승의 명성은 높아져서, 반란이 평정된 후 경제가 그를 홍농도위(弘農都尉)로 임명했다. 하지만 그는 지방관으로 나가길 거부하고, 계속 양나라에 머물며 문학시종(文學侍從)으로 지냈다. 『한서(漢書)』「예문지(藝文志)」에 따르면 그는 아홉 편의 부(賦)를 지었다고 하지만, 지금은 「칠발(七發)」 등 세 편만 남아 있다.

927 사마상여(司馬相如 : B.C. 179~B.C. 117)는 자가 장경(長卿)이고 촉군(蜀郡) 성도〔成都 : 지금의 쓰촨성 청두시(成都市)〕 사람이다. 그는 한(漢)나라 때의 대표적인 부(賦) 작가로서, 경제(景帝) 때에 무기상시(武騎常侍)를 지내다가 무제(武帝)에게 「자허부(子虛賦)」와 「상

림부(上林賦)」를 바쳐서 중랑장(中郞將)에 발탁되었다. 그는 중국 서남부 지역에 사신으로 다녀와 그 지역과 화친을 맺는 일에 기여하기도 했으나, 뇌물을 받은 혐의로 관직을 잃었다. 그러나 1년 후 다시 낭(郎)에 봉해져서 효문원령(孝文園令)에 임명되었으나, 소갈병에 시달리다 죽었다. 그는 또한 당시의 거부(巨富) 탁왕손(卓王孫)의 딸이자 과부인 탁문군(卓文君)을 거문고 연주로 유혹하여 부부가 된 일로 유명한 일화를 남기기도 했다.

929 '마제은(馬蹄銀)'이라고도 부르며, 말의 발굽 모양으로 주조한 은덩어리이다. 화폐로 유통되었다.

938 옛날 선비들이 입던 옷이다. 윗도리 아래 노란 난삼을 늘어뜨려 허리 아래를 가리기 때문에 이런 명칭이 붙었다. 이 옷은 북주(北周) 때에 시작되어 후세에도 이어졌으며, 명 · 청 시대에는 수재와 거인들의 공식적인 옷차림이 되었다.

939 의장대의 중앙 앞쪽에서 길을 이끄는 말로서, '대자마(對子馬)'라고도 한다. 대개 털 색깔이 같은 말 두 필을 한 줄로 세워서 하나의 무리를 만든다.

939 옛날 고위 관리가 행차할 때 의장대 중간에서 울리는 큰 징으로서, 앞길에 방해되는 인마(人馬)를 비켜나도록 경고하는 의미로 사용되었다.

939 말에 탄 채 불 수 있는 긴 나팔이다.

946 훈도(訓導)는 학관(學官)의 하나로, 명 · 청 대의 부학(府學), 주학(州學), 현학(縣學)의 보조교직(輔助教職)이다.

949 『주례(周禮)』, 『의례(儀禮)』, 『예기(禮記)』를 가리킨다.

955 공자묘〔孔廟〕의 대전(大殿)을 명륜당(明倫堂)이라고 하는데, 청 대(淸代)에는 부학(府學)의 교실을 명륜당이라고 하기도 했다.

956 물길 이름으로, 사독(射瀆) 혹은 석독(石瀆)이라고도 한다. 당(唐)나라 백거이(白居易)가 소주 태수로 있을 때 준설했다고 한다. 소주(蘇州) 서북쪽 사분담(沙盆潭)에서 갈라져 나와 북쪽으로 호구(虎丘)를 감돌아 서쪽으로 꺾여 호서(滸墅)에 이르러 다시 운하 본류로 들어

간다.

963 『논어』「태백(泰伯)」 가운데 나오는 구절로서 증자(曾子)가 군자다움을 설명할 때 나오는 말이다.

964 『신당서(新唐書)』「구양첨전(歐陽詹傳)」에 "구양첨과 한유(韓愈), 최군(崔群), 옥애(王涯), 풍숙(馮宿), 경승정(庚承定) 등이 함께 진사에 급제했는데, 모두 천하에 제일가는 인재들이라, 당시에 사람들이 그 급제자 명단을 '용호방'이라고 불렀다"는 기록이 있는데, 이로부터 회시(會試)에서 급제하는 것을 '용호방에 올랐다'고 말하게 되었다. 여기서는 회시만이 아닌 향시(鄕試) 등의 시험에 급제하는 것을 가리킨다.

964 뒤에서 밝혀지는 바에 따르면 이 사람의 이름은 만리(萬里)이고, 자는 청운(靑雲)이다. 본 번역에서는 서술문에서 본명을 쓴다.

965 서반(序班)은 관직명으로 청대에는 종9품(從九品)에 해당했다. 서반은 조회(朝會), 연회 등 각종 모임에서 황제를 보좌하거나 그 활동을 기록하는 등의 일을 담당했으며, 홍려시(鴻臚寺)나 회동관(會同館) 소속이었다. 중서사인 중 과거 출신이 아닌 이들은 먼저 서반을 제수받은 후, 중서사인 자리에 응시할 수 있었다.

966 내각중서 관리 중 과거 출신이 아닌 연납(捐納)을 통해 벼슬을 얻은 이들은 문서의 작성과 같은 일은 담당하지 못하고 중요성이 떨어지는 일반 사무를 담당했는데, 이들을 판사중서(辦事中書)라고 했다. 이들은 좀 더 높은 관직인 한림학사로 승진하기 어려웠다.

971 『주역』「건괘(乾卦)」에 "항룡유회(亢龍有悔)"란 구절이 나온다. '높이 올라간 용은 후회가 있다'란 뜻의 이 말은 지극히 성하면 반드시 쇠하게 마련이라는 의미로 쓰인다.

974 명나라 초기에는 특수한 형사(刑事) 법규(法規)로, 황제의 성지나 황제의 비준을 거친 고시(告示), 법령(法令), 안례(案例) 등을 각 아문의 문 앞이나 각지의 신명정(申明亭)에 붙여 놓게 했는데, 금지 사항을 적은 '위금약사(爲禁約事)'와 '신명교화사(申明敎化事)' 두 종류로 나뉘었다. 그 효력은 법률보다도 강력했다.

976 뒤에서 밝혀지는 바에 따르면 이 사람의 이름은 봉명기(鳳鳴岐)이다. 본 번역에서는 서술문에서 본명을 쓴다.

977 '역근경(易筋經)' 은 근골(筋骨)을 강하게 변화시키는 방법이라는 뜻으로 중국 기공(氣功) 수련 방법의 하나이고, 또 그 방법이 적힌 책을 가리키기도 한다. 달마대사(達摩大師)가 소림사(少林寺)에서 수행할 때 외수(外修)의 방법으로서 남긴 경전이라고 전하나, 실제로는 명나라 말엽 천태산(天台山) 자응노인(紫凝道人)이 만든 도가의 수련법이라고 한다. 오래 역근경을 수련하면 근골에 신력이 생겨, 사타구니, 팔, 손에 힘이 세져 철과 돌도 뚫을 수 있고, 아무리 무거운 물건도 번쩍번쩍 든다고 하여, 무협 소설에서도 자주 등장하곤 한다.

978 중국 전통 연극에서 중년 남자를 연기하는 각색명이다.

978 「청연(請宴)」과 「전별(餞別)」은 모두 이일화(李日華)의 『남서상기(南西廂記)』의 한 막〔齣〕으로, 최앵앵(崔鶯鶯)과 장생(張生)의 만남과 이별을 그린 장면이다.

978 원나라 때 주개(朱凱)의 『호천탑맹량도골(昊天塔孟良盜骨)』이란 잡극(雜劇) 중 한 절(折)로, 보통 「오대회형(五臺會兄)」이라고 불린다. 양육랑(楊六郎)과 양오랑(楊五郎) 형제가 오대산에서 상봉한다는 이야기로, 곤극(昆劇)에서는 이 절만 따로 공연하곤 했다.

978 명(明)나라 때 심채(沈采)의 전기(傳奇) 『천금기(千金記)』 중의 한 장면으로, 소하(蕭何)가 한신(韓信)을 뒤쫓아 가는 이야기이며, 역시 곤극에서는 이 장면만 따로 공연하곤 했다.

978 권의(圈椅)는 등받이와 팔걸이가 반원형으로 둥글게 이어진 의자를 말한다.

978 고판(鼓板)은 단피고(單皮鼓)와 박달나무 박판〔檀板〕으로 구성된 타악기로, 악대의 고사(鼓師)가 연주한다. 단피고는 타원형으로 한쪽 면에만 소가죽이나 돼지가죽을 씌우고 틀에 얹어놓고, 채로 쳐서 소리를 내는데, 소리가 맑아 주로 약박(弱拍)을 연주하고, 박판은 박달나무판 둘을 연결해서 만드는데, 중후한 음이 나 주로 중박(重拍)을 연주한다.

978 첩단(貼旦)은 중국 전통 연극의 각색으로, 첩(貼)이라고도 하며, 여자 조연의 역할을 한다.

978 홍낭(紅娘)은 『서상기(西廂記)』에서 최앵앵(崔鶯鶯)의 하녀로 나오는데, 최앵앵과 장생(張生)을 이어 주는 중요한 역할을 한다.

980 위진남북조 시대 양(梁) 나라의 강엄(江淹)은 어려서부터 문명을 날려 강랑(江郎)이라고 불렸지만, 만년에는 좋은 시문을 짓지 못하자 당시 사람들은 그의 재주가 다 떨어졌다고 말하였다.

980 변상(變相)이란 불경의 내용을 그림으로 표현한 것으로 여러 장의 그림으로 줄거리를 표현한 것이 많다. 지옥변상은 불경의 내용에 따라 지옥의 모습을 표현해 놓은 그림이다.

985 도사묘(道士廟)의 이름으로, 도교에서 천관(天官), 지관(地官), 수관(水官) 이렇게 삼관(三官)을 모시기 때문에 이런 이름을 붙였다.

998 배꼬리 쪽의 키를 잡고 주방을 겸하는 장소이다.

999 남녀 사이의 정사를 의미한다.

1003 여자들이 신던 양말의 일종으로 '슬고(膝褲)' 라고도 한다. 이것은 바닥이 없이 전족(纏足)한 발의 윗부분만을 덮을 수 있는 것이다.

1003 선주가 비밀스런 물품을 몰래 감춰두던 곳이다.

1004 구체적인 안건을 다루는 하급 관원을 가리킨다.

1006 화첨(火簽)은 관서에서 피의자를 잡아들일 때 쓰는, 대나무로 만든 일종의 증명서 같은 것으로, 첨패(簽牌)의 일종이다.

1007 봉조(封條)는 대문이나 창문, 기물 위에 붙이는 글을 적은 쪽지를 말한다. 이것으로 봉쇄나 밀봉 혹은 몰수를 표시하는데, 개인이 특정 물건을 열어보거나 이동시켜 사용하는 것을 방지하는 역할을 하였다.

1012 오자서(伍子胥)의 사당이다.

1017 서한(西漢) 말엽 왕망(王莽)이 집권하던 시기의 유명한 역사(力士)이다.

1019 이것은 옛날 중국에서 유행하던 고리대금의 융통 방식 가운데 하나이다. 본문에 설명된 방식으로 은자를 빌린 경우에는 돈을 빌려 주는 사람은 실제로는 은자 7백 냥을 빌려 주고, 정해진 기간 안에 천 냥

을 받게 된다.

1020 이 사람은 뒷부분에서 이름이 진목남(陳木南)으로 밝혀진다.

1026 옛날 중국 서남부 지역의 소수 민족들은 자기 원수를 갚는 데에 남의 도움을 받으면 소젖으로 만든 술을 대접하며 감사했는데, 이것을 '세검(洗臉)'이라고 했다.

1028 명나라 때에 악호(樂戶)와 관기(官妓)를 관리하던 기관으로, 예부(禮部)에 소속되어 있었다.

1028 명나라 때 남경의 기생들이 정월 보름 상원절(上元節)에 모여 술을 마시며 둥근 그릇〔盒〕에 음식을 장만해 와 서로 겨뤘는데, 이것을 '합자회(盒子會)'라고 불렀다.

1031 당나라 때 오융(吳融 : ?~?)의 시 「화청궁(華淸宮)」 두 수 가운데 첫 수에 들어 있는 구절이다. 원문은 다음과 같다.

> 사방 교외엔 눈 날려 구름 낀 하늘 어둑한데
> 이 궁궐 안에는 떨어지면 금방 녹아 버리네.
> 푸른 나무와 주렴에 가려져
> 바깥 추운 줄 아무도 모른다네.
> 四郊飛雪暗雲端, 唯此宮中落旋乾.
> 綠樹碧簾相掩映, 無人知道外邊寒.

이 시는 전란으로 수심에 잠긴 바깥세상의 실정을 모르고 따스한 온천에서 향락을 일삼는 현종(玄宗)과 양귀비(楊貴妃)를 풍자한 것이다.

1034 '형부'는 기생집에서 손님에게 친밀감을 표시하기 위해 부르는 호칭이다.

1037 바둑에서 서로 한 점을 따낼 수 있는 모양이 만들어졌을 때, 규칙에 따라 상대가 따낼 때 다른 곳에 한 수를 두고 나서 따 내야 하는 경우를 가리킨다.

1038 상대방이 틀린 말을 했을 때 놀리는 의미에서 장난스럽게 하는 동작이다.

1038 『봉양부지(鳳陽府志)』에 "주원장(朱元璋)이 왕위에 오른 뒤, 궁중에서 잔치를 벌여 원래 은혜를 입은 이웃이었던 '계파파(季巴巴)' 와 '왕마마(王媽媽)' 등을 대접했다"는 기록이 있는데, 여기서 '파파(巴巴)' 란 회족(回族)의 덕망 있는 남자를 부르는 존칭이다.

1039 진계유(陳繼儒 : 1558~1639)는 자가 중순(仲醇)이고, 호는 미공(眉公) 또는 미공(麋公)으로, 화정〔華亭 : 지금의 상하이시(上海市) 쑹장(松江)〕 사람이다. 그는 소곤산(小崑山)에 살면서 은사(隱士)로 자처했으나, 시와 문장 및 그림과 서예에 모두 뛰어나서 명성을 날렸다. 저작으로 『진미공전집(陳眉公全集)』이 있으며, 『보안당비급(寶顏堂秘笈)』과 『국조명공시선(國朝名公詩選)』을 편찬하기도 했다.

1041 옛날 전족(纏足)을 한 여자가 신던 작은 가죽신이다.

1042 진목남(陳木南)이라는 이름은 결국 이 고사를 얘기하기 위한 장치였음을 알 수 있다.

1048 음력 2월 19일은 관세음보살의 탄신일이라고 하여, 관음묘(觀音廟)에 향불을 올리고, 놀이패 공연을 하며 갖가지 농기구를 매매하기도 했는데, 이것을 관음회(觀音會)라고 한다.

1050 네 개의 정괘(正卦)를 4정(四正)이라고 하는데, 『주역(周易)』에 나오는 8괘 중 감괘(坎卦), 이괘(離卦), 진괘(震卦), 태괘(兌卦)를 말한다.

1050 범력(梵曆)의 9성(九星) 가운데 하나로, 이 계도성과 나후(羅睺)는 모두 가상의 성좌이다. 옛 점성가들은 이 두 별이 재액을 주관한다고 생각했다.

1051 옛날 중국인들은 사람의 운명을 화개성이 범하게 되면 운수가 나빠진다고 믿었다.

1051 제7회에 등장한 진예(陳禮)를 가리킨다.

1051 아래부터는 그의 이름인 진사완(陳思阮)으로 표기한다.

1054 원문에는 '정언지(丁言志)' 로 되어 있으나, 뒤에서 밝혀지는 바에 따르면 이 사람의 본명은 정시이다. 본 번역에서는 서술문에서 본명을 쓴다.

1057 점쟁이들이 주로 사용했던 일곱 가지 점술로, 추첨(抽簽), 기문(奇

文), 주역(周易)의 육효(六爻), 대륙임(大六壬), 점권(占卷), 조함패(鳥銜牌), 전반(轉盤)을 말한다.

1061 옛날 기생집에서 손님이 방을 얻거나 기생과 자기 위해 내던 돈을 가리킨다.

1065 「고산유수(高山流水)」는 백아(伯牙)가 종자기(鍾子期)에게 거문고를 연주해 주자 종자기가 백아의 마음을 잘 이해하여 '높은 산과 흐르는 물가에 있는 듯하다' 고 평한 데서 나온 말이다. 이 이야기는 『열자(列子)』「탕문(湯問)」에 나온다. 이후로 이 말은 지음이 서로를 칭찬하거나 지음을 만나기 어렵다는 전고로 사용되었다. 또 고상하고 오묘한 음악을 가리키는 말로도 쓰인다. 또한 위의 이야기에 근거하여 만든 거문고 곡명이기도 하고, 사패(詞牌) 이름이기도 하다.

1071 농작물이 생산되는 장강의 모래섬〔沙洲〕을 가리킨다. 여기에선 특히 연료로 사용되어 팔 수 있는 갈대가 자라는 갈대밭을 의미한다.

1075 남경 서남쪽의 우두산(牛頭山)을 가리킨다. 이곳은 두 봉우리가 마치 쇠뿔처럼 솟아 있다고 해서 그런 명칭이 붙었는데, 이곳에서 나는 말린 두부는 간식거리로 유명하다.

1079 인민문학출판사 판본에는 이 문장 뒷부분의 글이 생략된 대신 노래〔詞〕가 하나 실려 있어서 중화서국 판본의 내용과는 다르다(중화서국 판본에는 제56회의 말미에 수록되어 있다). 이것은 55회본과 56회본의 차이 때문에 생긴 것이다. 일반적으로 제56회는 오경재 본인이 쓴 것이 아니라고 여겨지고 있는데, 55회본은 오늘날까지 남아 있는 판본이 없기 때문에 본래 면모를 알 수 없다. 현재 전해지는 것은 대개 56회본이기 때문에, 본 번역에는 일단 중화서국 판본을 기준으로 번역했다.

1080 관서나 기구에 속한 부서를 가리키기도 하고, 육과급사중(六科給事中) 및 그 관서를 가리키기도 한다.

1080 『시경』「진풍(秦風)」〈겸가(蒹葭)〉 시의 첫 구절이다. 일설에는, 이 시는 진나라 양공(襄公)이 『주례(周禮)』를 따르지 않는 것을 풍자한 것이라 한다. 따라서 위 글의 '진나라 목공(穆公)' 이란 대목은 마땅

히 '진나라 양공' 이 되어야 한다.

1081 『서경』「고요모(皐陶謨)」에 나오는 말로, 자신의 조수 혹은 눈이나 귀 노릇을 함을 뜻한다.

1081 '토끼를 잡던 야인' 은 『시경』「주남(周南)」〈토저(兎罝)〉 편에 나오는 말로, 늠름한 군인을 말한다. '젊은 오랑캐 여인' 은 『시경』「진풍(秦風)」〈소융(小戎)〉 편에 나오는 말로, 전쟁터에 나간 남편을 그리는 여인을 말한다.

1081 한나라 때에 인재를 뽑는 과목의 한 가지로, 문제(文帝) 2년(B.C. 178)에 시작되었다. 여기에 추천된 자는 당시 정치 현실에 대해 직언과 간언을 하고, 그 내용이 우수하면 관직을 수여받을 수 있었다. 당 · 송 대에 와서도 이 제도를 답습하여 '현량방정과' 를 설치하기도 하였다. '현량' 은 재능과 덕성이 훌륭함을, '방정' 은 정직함을 뜻한다.

1081 '입치(入値)' 라고도 하며, 관원이 부서에서 직무를 수행하는 것을 말한다.

1082 설선(薛瑄 : 1389~1464)은 자가 덕온(德溫)이고, 호는 경헌(敬軒)이며, 시호는 문청(文淸)이다. 산서(山西) 하진현(河津縣) 평원촌〔平原村 : 지금의 완룽현(萬榮縣) 지역〕 사람인 그는 명 대의 저명한 성리학자이자 이른바 '하동학파(河東學派)' 의 창시자이기도 하다. 주요 저작으로는 『문집(文集)』(24권), 『독서록(讀書錄)』(11권), 『이학수언(理學粹言)』 등이 있다.

1082 호거인(胡居仁 : 1434~1484)은 자가 숙심(淑心)이고 호는 경재(敬齋)이다. 강서(江西) 여간(餘干) 사람인 그는 평생 관직에 나가지 않은 채 성리학 연구에 종사했는데, 당시 대표적인 성리학자의 한 사람이었다. 저서로는 『역상초(易象鈔)』, 『역춘추통해(易春秋通解)』, 『경재집(敬齋集)』 등이 있다.

1082 주헌(周憲 : ?~?)은 안경(安慶) 사람으로, 홍치(弘治) 6년(1493) 진사가 되었고, 형부주사(刑部主事)와 원외랑(員外郎)을 지내다 곤주통판(袞州通判)으로 폄적되었으나 정덕(正德 : 1506~1521) 초년에 관직을 회복하여 강서부사(江西副使)가 되었다. 이때 총독(總督) 진금

(陳金)의 명을 받아 주헌은 도적 화림(華林), 마뇌(馬腦) 소탕 작전에 나서 혁혁한 공을 세웠으나 적의 기습 공격에 군대가 궤멸되고 그 자신은 적에게 사로잡혔다. 그는 끊임없이 적을 욕하다가 팔다리가 잘려 죽고 말았다. 이 일이 알려지자 조정에서는 그에게 안찰사(按察使)를 추증하고 장례를 지내 주고, '절민(節愍)'이라는 시호를 내려 주었다.

1082 오경(吳景 : ?~?)은 남릉(南陵) 사람으로, 홍치 9년(1496) 진사가 되었고, 정덕 중엽에는 사천첨사(四川僉事)로 강진(江津)을 수비하고 있었다. 그때 중경(重慶) 사람 조필(曹弼)이 파주(播州)로 망명하여 사천 남쪽 지역에서 무리를 모아 대도 남정서(藍廷瑞)와 합류를 모색하고 있었다. 정덕 6년 그들은 강진을 압박하자, 어사 유치(兪緇)는 달아나면서 오경과 도지휘(都指揮)인 방봉(龐鳳)에게 그곳을 지키도록 했다. 방봉은 오경을 불러 함께 달아나고자 했으나 오경은 그럴 수 없다고 하면서 전사(典史) 장준(張俊)과 더불어 나가 적을 맞아 싸웠다. 그는 적병 세 명을 죽이고 화살에 얼굴을 맞은 뒤 급히 병력을 거두어 후퇴하고자 했으나, 성은 이미 함락된 뒤였다. 그는 적에게 체포되어서도 끝내 무릎 꿇기를 거부하다 죽임을 당하였고, 장준 역시 피살되었다. 순무 임준(林俊)이 그 일을 조정에 보고하자, 그에게 부사(副使)가 추증되고, 강진(江津)에는 사당이 세워지기도 했다.

1082 방간(方干 : ?~888?)은 자가 웅비(雄飛)이고 동려(桐廬 : 오늘날 저장성에 속함) 사람이다. 그는 대중(大中 : 846~859) 중엽에 진사에 추천되었으나 급제하지 못하고, 경호(鏡湖)에 은거하였다. 함통(咸通 : 860~873) 말년에 절동관찰사(浙東觀察使)였던 왕귀(王龜)가 표(表)을 올려 추천하려 했으나 왕귀의 죽음으로 허사가 되고, 결국 평생 불우하게 살다 죽었다. 그는 일찍부터 시로써 이름을 날렸고, 사후 그 재능을 인정받아 진사 학위가 추증되었다.

1082 나업(羅鄴 : 825~?)은 여항(餘杭) 사람으로, 부친이 하급 관리였기 때문에 집안이 어려웠다. 뛰어난 재능과 빼어난 글 솜씨, 그리고 비

범한 기개를 갖춘 그는 칠언율시에 뛰어났다. 함통(咸通) 및 건부(乾符) 연간(860~879)에 나은(羅隱 : 833~909), 나규(羅虬 : ?~?)와 더불어 나란히 이름을 떨치며 '강동의 나씨 3인〔江東三羅〕'으로 불렸다. 시집으로 『나업시집(羅鄴詩集)』 1권이 있고, 『전당시』 654권에 시가 수록되어 있다. 그의 사후인 광화(光化) 연간(898~901)에 위장(韋莊 : 836~910)이 상주하여 진사 학위가 추증되었다.

1083 옥당전은 본래 한나라 미앙궁(未央宮)의 속전(屬殿)이고, 금마문은 본래 한나라 궁궐에서 관료들이 쓰던 출입문이다. 이 때문에 후세에는 한림원(翰林院) 혹은 한림학사(翰林學士)를 가리키는 뜻으로 널리 쓰이게 되었다.

1089 '홍점(鴻漸)'은 『주역』의 「점괘(漸卦)」로서, "초육(初六), 기러기가 천천히 물가로 날아간다(鴻漸於干)", "육이(六二), 기러기가 천천히 가운데 바위로 날아간다(鴻漸於磐)", "구삼(九三), 기러기가 천천히 평원으로 날아간다(鴻漸於陸)", "육사(六四), 기러기가 천천히 나무로 날아간다(鴻漸於木)", "구오(九五), 기러기가 천천히 언덕으로 날아간다(鴻漸於陵)"고 하였다. 이것은 큰 기러기가 낮은 곳에서 높은 곳으로 날아오르는 것, 즉 순서에 따라 점차적으로 진행되는 것을 가리킨다. 비유적으로는 벼슬살이의 승진, 이동을 뜻하거나, 조정에서 벼슬하는 현자를 가리키기도 한다.

1090 『시경』「소아」〈학명(鶴鳴)〉 시에 대한 서문는 "선왕을 가르치는 것이다(誨宣王也.)"라고 했는데, 이에 대한 정현(鄭玄)의 주석〔箋〕에는 "선왕으로 하여금 아직 출사하지 않은 현자를 구하도록 하는 것(教宣王求賢人之未仕者)"이라고 했다. 나중에는 '학명'이 현자가 은거하는 것을 뜻하게 되었다.

1090 간모(干旄)는 깃발의 일종이다. 오색 깃털로 깃대를 꾸미고, 수레 뒤쪽에 세워두고 장식용으로 삼는다. 『시경』「용풍(鄘風)」〈간모(干旄)〉 시에 "나풀나풀 깃대 끝의 쇠꼬리가 준(浚) 고을 교외에서 나부끼고 있네(孑孑干旄, 在浚之城)"라고 하였는데, 이를 두고 주희(朱熹)의 『시집전(詩集傳)』에서는 "깃털을 잘라 깃대의 장식으로 삼는다.

대개 깃대 꼭대기에 자른 꿩의 깃털로 장식한다(析羽爲旌. 干旌, 蓋析翟羽於旗干之首也)"라고 하였다. 「시서(詩序)」에서는 〈간모〉를 두고 "우(衛) 문공(文公)의 신하들이 대개 선(善)을 좋아하는 것"을 칭송하는 작품이라고 하였고, 이 때문에 나중에는 "간모"는 선을 좋아하는 것 또는 선을 좋아하는 귀인(貴人)을 가리키게 되었다.

1090 『진서(晉書)』 「왕희지전(王羲之傳)」에 따르면 "그때 표기 장군 왕술(王述)은 젊고 유명하였는데, 왕희지와 명성을 나란히 하였다. 하지만 왕희지는 그를 경시하여 둘은 서로 사이가 좋지 않았다…… 왕술이 나중에 회계군을 감찰할 때 왕희지가 그곳의 형벌과 정치를 변론하자, 왕술은 그의 보고를 탐탁지 않게 여겼다. 그러자, 왕희지가 이를 몹시 부끄럽게 여겨 마침내 병을 핑계로 관직을 떠나기로 하고, 부모님 무덤 앞에서 혼자 다짐하였다." 후일 이 일 때문에 '서묘(誓墓)'란 관직을 떠나 은자의 생활로 돌아가는 것을 가리키게 되었다.

1090 차판(茶板)은 사원에서 승려들이 차를 마실 때 두드리는 목판이고, 죽어(粥魚)는 목어(木魚)를 뜻한다.

1090 연못과 정원을 갖춘 집이다.

1091 이 사의 사패(詞牌) 이름은 『심원춘(沁園春)』이다. 이 사는 소설의 작자가 자신의 속마음을 드러내고, 아울러 이것을 빌려 글 전체를 매듭짓고 있는 것이다.

1091 진회하(秦淮河)로, 남경을 대신 일컫는 말이다.

1091 오경재의 『금릉경물도시(金陵景物圖詩)』의 「행화촌(杏花村)」의 시 서문에 따르면, 매근야와 행화촌은 모두 당시 남경의 명승지로, 여기에서는 남경을 대표하는 명승지로 언급한 것이다.

1091 강동의 원문은 '강좌(江左)'이다. 옛날사람들은 지리의 동쪽을 '좌(左)'로, 서쪽을 '우(右)'로 표시하였으므로, '강좌'는 바로 '강동(江東)'이고, 여기서는 장강 하류의 동쪽 지역을 가리킨다.

1091 회남(淮南)은 회수 남쪽 지역을 가리키는데, 오늘날의 안휘, 절강 두 성의 양자강 이북 지역과 회하(淮河) 이남 지역에 해당한다.

1092 원문의 '공왕(空王)'은 불가(佛家)에서 부처를 부르는 존칭이다. 불

법(佛法) 가운데 '모든 법은 공하다(諸法皆空)' 라는 논리 때문에 생긴 명칭이다.

해설

타락한 지식인 사회를 풍자한 자전적 걸작

홍상훈(인제대 교수)

1. 들어가는 말

『유림외사(儒林外史)』는 명 대(明代)를 대표하는 '4대 기서(四大奇書)' 인 『삼국지연의(三國志演義)』, 『수호전(水滸傳)』, 『서유기(西遊記)』, 『금병매(金甁梅)』와 청 대(淸代)의 또 다른 장편소설 『홍루몽(紅樓夢)』과 더불어 '6대 기서(六大奇書)' 로 불리며 중국 고전 소설을 대표하는 작품으로 꼽힌다. 그런데 이 중에서도 『유림외사』는 작가의 신분이 가장 확실하고, 이야기의 배경도 사대부-문인 사회라는 점에서 다른 작품들과는 다른 특징이 있다. 무엇보다도 이 작품은 현대 중국의 대표적인 작가이자 소설사가(小說史家)인 루쉰(魯迅)에 의해 중국 고전 소설 가운데 가장 뛰어난 풍자 소설로 평가되면서 많은 사람들의 주목을 받게 되었다. 그러나 현대 중국의 특수한 역사적 환경으로 인해 1930년대부터 1970년대 중반까지 중국 내에서는 이 작품에 대해 관심을 갖는 이가 적었고, 그나마 많지 않은 연구들도 지나치게 정치적 논리에 매몰되어 이 작품의 문학성에 대한 총체적 고찰이 이루어지지 않거나 심지어 상당히 왜곡된 평가가 내려지기도 했다. 오히려 1957년 북경의 외문출판사(外文出版社)에서 처음 간행된 영역본(*The Scholars*, Yang Hsien-Yi and Gladys Yang trs., peking: Foreign Languages Press)으로 인해, 영미권의 연구자들이 이 작품에 더 많은 관심을 보이기도 했다.

중국에서는 1980년대 초반부터 적지 않은 연구자들이 이 작품과 작가 오경재에 대해 관심을 가지면서 상당히 방대한 연구 성과가 축적되어 있다. 다만 아직까지의 연구는 주로 이 작품의 판본과 작가의 생애, 작품의 내용과 작가의 실제 삶 사이의 관계 등에 대한 '색은적(索隱的)' 측면에 집중되어 있었고, 작품의 예술성에 대한 논의는 최근에야 겨우 시작 단계에 있다고 할 수 있다.

이 점은 우리나라에서도 예외가 아니다. 우리나라에는 조선 시대에 이미 이 작품의 원본이 전해져서 상당히 널리 읽혔으나, 정작 현대 연구자들에게는 그다지 관심을 끌지 못했다. 이 작품을 주제로 한 국내의 박사 논문은 단 한 편만 있을 뿐이며, 소논문 역시 열 편 남짓한 정도에 지나지 않는다. 다만 그런 상황에서도 국내의 비전공자에 의해 완역본(진기환 옮김, 명문당, 1990)이 출간된 것은 특기할 만한 일이다. 다만 이 번역의 경우는 중국 고전 소설을 전공하지 않은 역자의 한계로 인해 몇 군데 오역이 눈에 띈다. 그 외에 1991년과 2006년에 모 출판사에서 연변의 조선족 학자들에 의해 번역된 것을 다듬어서 간행한 적이 있지만, 이 역시 작품의 전모를 유려하게 전달하기엔 무리가 있는 듯하다. 오히려 이 판본은 윤문을 하는 과정에서 터무니없는 수정이 가해진 흔적까지 담고 있다.

『유림외사』의 작자 오경재(吳敬梓, 1702~1754)는 청(淸) 왕조의 실질적인 전성기라고 할 수 있는 강희제(康熙帝, 1662~1722 재위)와 옹정제(雍正帝, 1723~1735 재위), 건륭제(乾隆帝,

1736~1795 재위)의 재위 기간에 걸쳐 살았다. 그런데 도시 경제와 시장 경제의 발전 속에서 표면적으로 영화롭기 그지없었던 이 시기에는 정치적으로 유례없이 강력한 전제 군주의 통치 아래 민족 간의 갈등과 붕당(朋黨) 간의 갈등, 관료 집단의 부패가 횡행하고 있었다. 또한 황실의 주도 하에 대규모 도서 편찬 사업이 진행되면서 어용적(御用的)이고 위선적인 이학(理學)이 관학(官學)으로서 지위를 더욱 굳히고, 명(明) 중엽부터 전래된 자연 과학 분야의 성과가 상층 사대부 집단의 외면 속에서도 현저한 성과를 거두고 있었다. 무엇보다도 이 시기는 과거(科擧)와 박학홍사과(博學鴻詞科)를 통해 지식인을 제도 속으로 끌어들이면서도 대대적인 문자옥(文字獄)과 과장안(科場案)을 통해 지식인 집단에 대한 회유와 억압이 가장 교묘하게 진행된 기간이기도 했다.

지금까지 알려진 연구 결과에 따르면, 23세 무렵까지 비교적 유복한 집안에서 정통적인 유가(儒家) 교육을 받으며 과거 시험을 준비하던 오경재는 생부(生父)와 사부(嗣父)의 사망과 뒤이어 유산 분배 문제를 놓고 벌어진 친척 간의 다툼, 아내의 병사(病死), 잇단 과거 실패로 인한 좌절과 방황 등을 겪은 후 33세 되던 해에 고향인 안휘성(安徽省) 전초현(全椒縣)을 떠나 남경(南京)으로 이주했다. 이후 36세 되던 해에 박학홍사과에 천거되었으나 병이 들어 정시(廷試)에 참가하지 못하고, 41세까지 남경에 머물면서 명사들과 교유했다. 특히 이 시기에 그는 남경 선현사(先賢祠)를 수리하는 데에 참여하면서 그나마 얼마 남지 않은 재산을 모두 잃고, 이후로 죽을 때까지 가난에 시달리며 남경과 양주(揚州), 고향 등지를 떠돌다가 양주에서 객사(客死)했다. 『유림외사』는 바로 그가 남경으로 이주한 이후 불행과 고통 속에서 체험을 통해 비판적으로 통찰한 사회 현실, 특히 타락한 지식인 사회의 본질을 파헤쳐 무려 10년에 걸친 각고의 노력 끝에 문학적으로 형상화한 자전적(自傳的) 걸작이다.

2. 『유림외사』의 주제

'4대 기서'는 작품에 대한 배타적 권리를 확보한 '작가'의 존재가 불확실한 상황에서 집단의 노력에 의해 정리되어 다듬어지고 전파되었으며, 거기에는 공통적으로 명 대에 들어 새롭게 부상한 지식인 집단의 이상과 자아 성찰을 담은 '집체적' 성격이 담겨 있다고 할 수 있다. 다시 말해서 '4대 기서'는 본질적으로 신흥 지식인들의 지적 유희와 도전을 위해 집단적인 노력에 의해 개발된 새로운 글쓰기 마당이었으며, 이 과정에서 『금병매』를 제외한 나머지 작품들에 내재된 '민중성'은 신흥 지식인들의 요구에 맞게 희석되거나 변질되었던 것이다. 다만 사유(思惟)의 층위는 『삼국지통속연의』→『서유기』→『수호전』→『금병매』의 순서에 따라 보편에서 구체로, 신흥 지식인 집단 외부에서 내부로 이동하고 있다. 그리고 이런 방향성은 청 대에 들어서 독립적인 '작가'가 출현하고, 좀 더 '문인적(文人的)' 사고 안에서 서사가 진행되면서 더욱 강화된다.

청 대에 들어서 '작가-작품-독자'라는 문학 체제가 점점 확립되고 있었던 것은 분명하지만, 정작 『유림외사』와 『홍루몽』 같은 불후의 저작을 남긴 작자들은 아직 상업적 기제와는 상당한 거리가 있는 상태에서 작품을 창작했다. 적어도 청 대 말엽 '소설계 혁명(小說界革命)'이 힘을 얻기 전까지 중국에서는 소설과 희곡 같은 서사 문학이 '대아지당(大雅之堂)'을 선점한 시문(詩文)과 대치 상태에 있었고, 비록 지속적으로 그 영향력이 확대되고 있었다고는 해도 여전히 문학적 정의와 상업적 이권 사이의 관계를 배타적으로 규정하는 유가(儒家) 사대부들의 관념을 극복하지는 못했기 때문이다. 그 결과 청 대에 들어서 소설이 문인화(文人化)되고 예술적 수준이 올라가긴 했지만, 정작 오경재와 조설근(曹雪芹)—120회본 『홍루몽』의 81회 이후를 쓴 작가인 고악(高鶚)의 경우는 사정이 상당히 다르다—은 상업적 이권에 대해서는 거의 생각조차 하지 못한 상태였다.

『유림외사』의 이야기가 명 대를 배경으로 하고 있지만 실제로는 청 대 지식인 사회에 대해 문학적으로 해부하고 풍자하고 있다는 것은 널리 알려진 사실이다. 오경재는 필연적인 타락과 괴멸을 눈앞에 둔 고대 중국의 지식인 사회 자체에 메스를 들이대고, 비극적 역사가 낳은 온갖 '병근(病根)'들을 도려내 문학적으로 '처리'한 후, 55회에 이르는 대규모 '자연사 박물관'에 전시한다.

공자(孔子)에게서 시작되어 대대로 유가 철학자들에 의해 정립된 '지식인〔士〕'에 대한 정의는 크게 세 가지 측면에서 규정되어 왔다. 첫째, 도덕적 측면에서 양심과 행위의 사회적 기준이 되기 위한 마음의 준비로, 항상 '도(道)'에 뜻을 두어야 한다는 것이다. 특히 주희(朱熹)는 '도'를 "인륜지간(人倫之間)과 일상생활에서 마땅히 행해야 하는 것(朱熹, 『論語集注』「述而」: 人倫日用之間所當行者)"이라고 규정함으로써 도가(道家)의 추상적 진리 개념과는 다른 구체적 윤리 규범으로 규정했다. 둘째, 지적 측면에서 객관적이고 합리적인 이성을 토대로 시비(是非)를 올바로 판단하고 역사의 추세를 정확히 이해해야 한다는 것이다. 바로 이런 이유 때문에, 그리고 현실적으로 한 대(漢代) 중엽 이후 황제 권력의 약화와 환관(宦官)의 전횡으로 인한 문인 집단의 위기로 인해, 자신의 소신에 따라 자유로이 열국(列國)을 오가며 유세하는 전국 시대(戰國時代) '사림(士林)'의 이상적인 행동 양식이 지식인을 규정하는 세 번째 핵심 요소가 되었다. 물론 통일 왕조가 들어서면서 세 번째 요건은 시대에 따라 그 의미는 약간 달라지긴 했지만, 고염무(顧炎武)가 "지식인에겐 일정한 주인인 없다(『일지록(日知錄)』 권13 : 士無定主)"고 선언했을 때에도 지식인은 정치권력으로부터 자유로워지기를 바라는 측면에서는 본질적인 동질성을 유지하고 있었다.

그러나 '사회적 존재'로서 인간의 삶이란 결국 외부 세계의 '이권(利權)'과 결합될 수밖에 없는 것임을 부정하고 이상적 자유 속을 소요(逍遙)하는 자신들의 환영(幻影)을 그린 비현실적 자화상은 논리적으로 자체의 모순을 가진 것이었다. 왜냐하면 '세상을 경영하고 백성을 구제〔經世濟民〕'하기 위한 "임무는 막중하고 갈 길은 먼(『논어(論語)』「태백상(泰伯上)」 : 任重而道遠)" 존재로서 그들의 '도'는 현실 정치에 직접 참여〔有爲〕하지 않으면 실현될 수 없는 것이기 때문이다. 또한 '도'를 내세우며 '천명(天命)'을 따르려는 그들의 존재는 황제의 입장에서 보면 언제든지 '분서갱유(焚書坑儒)'의 철퇴를 내려도 아깝지 않은 '잉여(剩餘)의 백성'들에 지나지 않았다. 그러므로 군주와 나라의 기풍이 '도'에 들어맞는지 여부를 판단하고 선택할 기회마저 사라진 상황에서 지식인들은 불가피한 선택을 할 수밖에 없었다. 즉 그들은 전국 시대 '사림'에게서 이미 그 흔적이 희미해진 '무(武)'를 완전히 벗어던지고 '덕(德)'을 키워 권력에 의지함으로써 결과적으로 군주의 희로애락에 따라 자신의 처지가 달라질 수밖에 없는, 명실상부한 '상가(喪家)의 개(『공자가어(孔子家語)』 : 形狀末也, 如喪家之狗)'가 되었던 것이다.

사실 고대 중국의 유가 지식인들이 이상향처럼 생각하는, '선비 양성〔養士〕'의 기풍이 성행하던 전국 시대에서조차 그들은 '길러질〔養〕' 수밖에 없는 운명이었다. 다만 불행한 것은 그들이 불가피하게 황제 정권의 시녀가 되었을 때에도 자신들의 운명에 대해 본질적으로 회의하지 못했고, 더욱이 그것을 극복할 방안은 꿈조차 꾸지 못했다는 것이다. 그 대신 그들은 아Q(阿Q)식의 '정신승리법(精神勝利法)'을 택했다. 즉 그들은 황제가 주는 밥으로 육체를 먹여 살리면서도 '호연지기(浩然之氣)'로 정신을 기르며 불가피한 변화에 '적응'했던 것이다. 그러나 결과적으로 그런 훌륭한 '적응'이 절대 다수 지식인들의 뇌리 속에 각인된 '도'의 성격을 점차 세속화시키고 있었다.

군주의 전제 권력 아래 묶인 통일 국가는 권세와 이익을 위해 명목적인 '도의'를 선전하고, 그를 위해 전체 지식인 사회에 '경전(經典)'과 그보다 더 완고한 과거(科擧)의 족쇄를 채웠다. 당 대(唐代)의 석학(碩學) 한유(韓愈)조차 최종 급제하기까지 10년 가까이 심혈을 쏟아야 했던 이 '취사(取士)' 제도는 팔고문(八股文)의 시대에 이르면 그 폐해가 더욱 심해졌다. 그런데 이런 억압에 다시 '적응'하면서 절대 다수 지식인들이 신봉하는 '도'는 완고한 정주이학(程朱理學)의 테두리 안으로 제한되기 시작했고, 심지어 지나치게 잘 '적응'한 이들에게는 팔고문 자체가 '도'의 권위를 대체하기에 이르렀다. 더구나 도시 경제와 상업이 발달하면서 '도에 뜻을 두는〔志於道〕' 지식인의 본령을 실질적으로 '권세와 이익에 뜻을 두는〔志於利〕' 것으로 변질시켜 버린 이들까지 대거 등장하게 된다. 이와 더불어 이른바 스스로 '불우(不遇)'하다고 느끼는 지식인에게도 '만나지 못한' 것은 '도' 자체가 아니라 사실은 '자신을 알아주는 군주와 때'라는 피해 의식이 은연중에 뿌리 내리게 되었다.

그런데 재미있는 것은 전제 군주의 입장에서 가장 효율적인 통제의 수단이었던 이 족쇄가 아이러니하게도 지식인 사회 심층에서 전통 문화의 정통적인 전승을 가능하게 해 준 강력한 보호막이 되기도 했다는 사실이다. 물론 제자백가(諸子百家)를 모두 시험하여 관료를 선발했던 당 대(唐代)와는 달리, 이후로는 주로 유가의 경전, 그것도 '사서삼경(四書三經)'이 수험서로 굳어지게 되면서 지식인들에게 허용된 사고의 폭은 크게 제약을 받았다. 이런 제약은 남송(南宋) 이후 유학이 관념적 '심학(心學)'으로 침잠되게 되는 역사적 사실과도 관련이 있을 것이다. 그러나 어용적(御用的) 해석에 앞서 텍스트 자체가 존재한다는 사실로 말미암아 원시 유가의 기본 정신은 여전히 '행간(行間)'에 살아 있었고, 이 때문에 위선적으로 변질된 '도'의 이면에 숨겨진 '이권'과 '욕망'을 파헤친 명 대 중엽의 이지(李贄)나 한 대(漢代) 말엽 '청의(淸議)'의 건강한 정신을 계승한 명 대 말엽의 동림당(東林黨), 명 말·청 초의 '사대가(四大家),' 나아가 2천 년 지식인 사회의 비극적 본질을 통찰한 청 대 초기의 오경재 같은 자유로운 비판 정신이 일어날 수 있는 여지가 희미하게나마 남아 있었다.

그러나 시대의 변화에 따른 전통의 변질로 인해 일부 극소수의 '깨어 있는 지성'을 제외한 절대 대다수의 지식인 집단은 이미 육조(六朝) 시대의 그것과도 근본적으로 성격이 달라져 있었다. 단순하게 비교하자면, 육조 시대의 지식인들은 대부분 깊고 넓은 학문적 인격적 수양을 바탕으로 '난세(亂世)'에 대처할 방안을 고심했지만, 청 대의 지식인들은 팔고문으로 정신이 피폐해진 채 나른하게 '성세(盛世)'를 즐겼다. 무엇보다도 육조 시대의 지식인들은 대부분 문벌 귀족 출신들로서 대부분 최소한의 경제적 여유가 있었던 반면, 청 대의 지식인들은 대다수가 이미 상당 정도 '평민화' 되어 있었기 때문에 당장의 먹고사는 문제에 시달려야 했다. 그런데 청 대의 지식인들은 이와 같은 기본적 조건의 변화에 관습적으로 무관심한 태도를 견지함으로써 또 다른 위선을 야기했다. 그들은 '공방형(孔方兄)' 즉 돈의 외면 속에서도 여전히 '시회(詩會)' 의 전통을 유지하려 함으로써 명분과 실질이 괴리된 채 허위적 '복고(復古)' 의식으로 자신의 진면목을 숨긴 '가짜 명사' 를 양산하는 결과를 초래했다.

이 모든 역사적 병폐는 결국 오경재의 시대에 이르러 지식인 집단의 성격을 명목상 유가이면서도 실질적으로는 유가가 아니고, 명목상 '문인' 이되 실제적인 저술과 창작의 능력은 결여되었으며 사회의 변화와 발전을 추동(推動)할 능력조차 상실한 존재들로 얼버무려진 기형적인 것으로 만들어 놓았다. 바로 이런 이유 때문에 오경재는 '정사(正史)' 가 아닌 '외사(外史)' 를 쓸 수밖에 없었던 것이다.

『유림외사』에 진열된 '지식인' 의 유형은 크게 과거 급제의 수단인 팔고문(八股文)을 신봉(信奉)하는 이들〔八股士〕과 가짜 명사〔假名士〕들, 현인(賢人), 기인(奇人)의 네 가지로 귀납된다.

먼저, 팔고사는 다시 두 가지 유형으로 구분된다. 주진(周進), 범진(范進), 노편수(魯編修), 고한림(高翰林), 왕혜(王惠)처럼 과거에 급제한 이들과 과거에 급제하지는 못한 채 이른바 '시문선집(時文選集)' 을 통해 팔고문을 선양(宣揚)하는 마정(馬靜), 소정(蕭鼎), 계염일(季恬逸) 등이 여기에 해당한다. 이들은 모두 맹목적으로 '팔고만능론(八股萬能論)' 을 '진리' 로 신봉하지만, 그들의 주장은 결국 과거에 '급제〔中〕' 하는 것만이 유일하고 최선의 길임을 강변하는 데에 지나지 않는다. 팔고문에 영혼과 지성을 소진(消盡)당한 이들은 설령 주진이나 범진처럼 과거에 급제했다 할지라도 황제의 충실하지만 무능한 '종〔奴才〕'이 될 수밖에 없었고, 심지어 출세욕에 도덕적 양심마저 팔아 버린 왕혜는 지식인으로서의 사명 의식을 내던진다. 그러나 탐욕과 타락으로 재충전된 왕혜는 오히려 황실과 조정의 상관들로부터 '강서 제일의 유능한 관리〔江西第一能員〕'(제8회)라는 칭송을 듣게 된다. "위에서 정책을 세우면 아래에선 대책을 세운다(上有政策下有對策)"라는 유명한 속담처럼, 이들은 교묘하게 서로 이권을 영합하며 관료 사회의 부패를 고질화시키는 주역이 되는 것이다. 그러므로 이들은 애초에 팔고문을 내세운 과거 제도가 "양성하는 것은 쓸데없는 인물들이요, 정작 쓰는 것은 그것을 통해 양성한 인물들이 아닌(『사기(史記)』「노자한비열전(老子韓非列傳)」: 所養非所用, 所用非所養)," 그 자체로 모순된 제도일 뿐이라는 것을 입증하는 증인들인 셈이다.

다음으로, 가짜 명사는 경본혜(景本蕙)나 조결(趙潔), 계추(季萑), 두천(杜倩), 그리고 누봉(婁琫)과 누찬(婁瓚) 형제처럼 시가(詩歌)나 유희를 통해 명성을 추구하며 타락한 사회에 기생하는 존재들이다. 별다른 재능도 갖지 못한 채 그저 임기응변으로 먹고 살기에 급급한 '시골의 위선적 명사〔鄉願〕'에 지나지 않는 계추나 오로지 자기 이익만을 위하면서 거드름을 피우는 두천, 광형(匡迥) 같은 '문외한'도 하룻밤이면 따라 배울 만한 보잘것없는 재주를 내세워 '살롱 문인'들 사이에서 거드름을 피우는 '두방명사(斗方名士)'인 경본혜, 그리고 어설픈 식견으로 무분별하게 '명사'를 찾아 교류하면서 물려받은 재산을 축내는 누씨(婁氏) 형제는 엄격하게 말하자면 모두 사회를 위해 아무 기여도 하지 못하는 '한량'들에 지나지 않는다. 이들은 생산성 없는 한담(閑談)으로 세월을 허송하면서 사회에 기생할 뿐이며, 이루지 못한 현실의 '부귀

공명'을 자기 합리화된 방식으로 추구하면서 '탈속(脫俗)'을 위장할 뿐이다.

그런데 팔고사와 가짜 명사는 구체적인 길은 달라도 추구하는 목표가 현실적인 권세와 이익이라는 점에서는 동질성을 드러낸다. 더욱이 그들은 진정한 지식인의 문화 전통을 왜곡하고 위선적인 정당성을 추구하면서 그것을 신념으로 삼는 도착적(倒錯的) 세계관에 빠져 있는 존재들이다. 그러므로 이들은 모두 불합리한 제도와 시대에 따라 변질된 전통이 만들어낸 부정적 의미의 '잉여인간'들에 지나지 않는다.

이들에 비해, 진정으로 원시 유가(原始儒家)의 가르침을 견지한 현인들〔우육덕(虞育德)과 장상지(莊尙志), 지균(遲均), 왕온(王蘊) 등〕 및 강인한 개성과 자존적(自尊的) 태도로 원시 유가의 정신을 견지하는 기인들〔두의(杜儀) 등〕은 어리석거나 미친〔狂〕 존재로 낙인이 찍힐 수밖에 없었고, 그래서 그들은 절망 속에서 항쟁하다가 결국 뿔뿔이 흩어질 수밖에 없었다. 이른바 '고상한 학문을 익히고 실천하면서 시세(時勢)를 살펴 벼슬길에 나아갈 때와 물러날 때를 판단하고〔文行出處〕,' 예악(禮樂)의 진흥과 '병농일치(兵農一致)'의 치민책(治民策)을 신봉하고 실천하는 현인과 기인들은 자신들의 시대에 만연한 과거 급제를 통한 출세지상주의의 학풍을 비판하고 가짜 명사들의 위선을 비판한다. 그들은 진정한 지식인들의 목표인 '도'를 추구하면서 권세와 이익에 편향된 시세에 대항한다.

그러나 태백사(泰伯祠)의 제사로 상징되는 그들의 외로운 싸움은 쇠멸해 가는 예악을 위한 마지막 진혼곡일 뿐이다. 변경에서 성을 쌓고 '병농일치'의 백성을 양성하기 위해 전력을 기울이지만 결국 조정의 버림을 받는 소채(蕭采)는 "거짓이 진실이 될 때에는 진실 역시 거짓이 되고, 없음이 있음이 되는 곳에서는 있음이 오히려 없음이 되는(『홍루몽』 제1회 : 假作眞時眞亦假, 無爲有處有還無)" 현실의 비극적 희생양이다. 합리적 이성과 무욕(無慾)의 마음, 고아(高雅)한 행동거지로 일상의 자잘한 삶까지도 항상 '진실' 했던 우육덕은 먼지에 쌓여 무너져 가는 태백사를 뒤로 하고 쓸쓸히 절강(浙江)으로 떠나야 한다. 자신의 딸에게 죽음으로 수절(守節)할 것을 강요했던 원칙주의자 왕온은 무너진 태백사 앞에서 처연하게 눈물 흘린다. 이들의 처량한 퇴장은 예악에 입각한 지식인 문화의 전통이 다시는 소생할 수 없는 시대적 운명을 상징한다.

여기서 중요한 것은 현인과 기인의 비극적 퇴장을 결코 비장한 아름다움이나 숭고한 아름다움 따위의 의례적 칭송으로 치장할 수만은 없다는 사실이다. 왜냐하면 이들의 싸움은 항상 개인적이고 내적인 차원에서만 이루어졌고, 사회의 흐름을 바꿔 놓을 만한 어떤 힘으로도 승화되지 못했기 때문이다. 현인으로 분류할 만한 인물들 가운데 그나마 가장 평탄한 삶을 살았던 장상지의 경우도 현실과는 상관없이 황은(皇恩)에 감사하며 "글자마다 내력이 있는〔字字有來歷〕" 저술에 전념할 뿐이다. 물론 태백사 제사를 가장 먼저 제안하고도 대표의 자리를 우육덕에게 양보하고 그 자신은 실무(實務)에 헌신했던 지균처럼 스스로 '수신제가치국평천하(修身齊家治國平天下)' 를 실천하면서 '정교(政敎)' 에 이바지하고자 했던 이들도 있다. 그러나 그런 그에게 관직을 내리기를 거부하는(혹은 거부당하는) 제도 때문에 그는 평생을 지식인 사회의 주변에서 '떠돌아야〔漂泊〕' 했다. 결과적으로 조금 다른 관점에서 냉정하게 말하자면, 그들 역시 추구하는 가치만 달랐을 뿐, '편안한 소요(逍遙)' 를 추구하는 현실에서의 행동 방식은 가짜 명사들의 그것과 외적으로는 일치했던 것이다. 물론 팔고사나 가짜 명사의 경우보다 부정성의 정도는 덜할지라도, 그들 역시 사회적 관점에서 보면 '잉여 인간'과 다를 바 없었다고 할 수 있다. 다만 이들을 구별 짓는 것은 '도덕성'의 정도일 뿐이다.

이렇게 보면 『유림외사』의 주제는 지식인이 본연의 지향(志向)과 사회적 기능성을 상실하고 '잉여 인간'이 될 수밖에 없는 사회 제도에 대한 비판이자, 나아가 그 소외감조차 느끼지 못하거나 분노하면서도 치유책을 찾지 못해 비극적 삶을 살다 힘없이 스러져 가는 개별 지식인들의 실상에 대한 폭로라고 할 수 있다. 다만 그 비판과 폭로는 대안 없는 무력함을 포장한 냉소적 풍자이거나 방관자적 고발에 그친다.

모든 작품에 뚜렷하고 건강한 지향과 결론이 있어야 한다는 것은 완고한 사회주의 리얼리즘이 강요하는 또 다른 이상일 뿐이다. 그러나 적어도 그런 관점에서 보면, 여러 모로 작자 자신을 투영한 인물로 설명되고 있는 두의가 앞서 설명한 지식인의 분류 가운데 기인에 속한다는 사실은 아쉬움을 자아낼 만하다. 기인이란 '심학(心學)'에 정신적 지주를 두고 있고 혈기에 차서 '아니다!'라고 외칠 수 있는 존재이긴 해도, 근본적으로 그 이상의 무엇을 해낼 수 없는 고독한 중간자적 존재에 지나지 않기 때문이다.

그러나 오경재 자신의 삶도 그렇거니와 『유림외사』의 가장 중요한 의의가 지식인 사회에 만연된 뿌리 깊은 '병근'의 실상을 형상적(形象的)—'이성적(理性的)'이 아니라—으로 '제시'해 주는 데에 있음을 인정한다면, 오히려 이런 인물 설정이 가장 절묘하고 객관적이라는 데에 동의하지 않을 수 없을 것이다. 역사의 잘잘못을 분석하고 올바른 길을 제시하는 성현의 '춘추필법(春秋筆法)'을 흠모하면서도 스스로 모자란 자신을 인정하고 '외사(外史)'의 방식을 택할 수밖에 없었던 오경재의 참모습 역시 '이건 아니다!' 라고 단언할 수는 있으되 자신을 휩쓸어 흐르는 현실의 시대적 흐름을 바꿀 실질적 힘은 없는 객관적 관찰자일 뿐이기 때문이다. 정서적 내적 관조와 이성적인 외적 관찰이 혼재한 오경재의 사유체계 안에서는 황종희(黃宗羲)의 『명이대방록(明夷待訪錄)』과 같은 명쾌한 논리적 주장이 근본적으로 들어설 자리가 없었다.

무엇보다도 인생에 대한 가장 적절한 풍자는 인생 그 자체를 보여 주는 것이다. 그러므로 『유림외사』의 실질적인 주제는 부패하고 타락한 현실에 대한 고발이 아니라, 그런 현실 속에서 저항하면서도 '정답'에 해당하는 출로를 찾지 못하고 괴로워하는 깨어 있는 지성의 절실한 몸부림 자체이다. 그리고 바로 이런 의미에서 이 작품은 부패한 사회의 실상을 냉소적으로 폭로하는 데에 그친 『요재지이(聊齋志異)』보다 한 차원 높은 문학성을 획득했다고 할 수 있다.

3. 『유림외사』의 구조

『유림외사』는 작품의 구상에서부터 줄거리 구성까지 모두 중국 지식인 계층의 영원한 숙명, 자기모순으로 인한 파멸로 끝날 수밖에 없는 비극적 운명을 폭로하기 위해 마련된 것이다. 피상적으로 보기에 이 작품의 대체적인 줄거리는 먼저 팔고문을 신앙처럼 숭배하는 이들의 희로애락에서 시작해서 가짜 명사들의 지향(志向)과 행태, 현인들의 등장과 쓸쓸한 퇴장, 기인들의 비극적 결말의 순서로 서술되어 있다. 이것은 분명 청 대 지식인 집단이 왜곡된 '중심'에서 '주변'으로 나아갈 수밖에 없는 필연적 추세를 보여 주는 것이기도 하지만, 더 넓은 의미에서는 선진(先秦) 시기부터 시작되어 2천 년 동안 끊임없이 자기모순의 갈등을 땜질해 오다가 드디어 한계에 부딪힌 허약한 지식인 사회의 현주소에 대한 냉정한 '해부' 이기도 하다. 그런 의미에서 「설자(楔子)」에 해당하는 제1회와 「산장(散場)」에 해당하는 제56회—이것을 오경재 본인이 썼건 그렇지 않건 간에—를 제외한 54회의 일화들은 외과 의사의 냉정한 시선과 예리한 메스로 잘라 진열해 놓은 온갖 병근과 무너져 가는 신체 조직에 다름 아니다.

바로 이런 의미에서, 적어도 표면적으로 보기에는 『유림외사』에는 선형적(線形的) 줄거리의 비중이 크지 않다. '자연사 박물관' 의 방부(防腐) 처리되어 진열된 샘플들처럼, 오경재는 지식인 사회라는 유기체 각 부분의 기관과 그것을 괴멸시키는 병근들을 '문학적 형상화' 라는 수법을 이용하여 관람하기 좋은 형태로 처리하여 늘어놓는다. 기존의 '색은파(索隱派)' 학자들이 연구한 바에 따르면 이 작품의 등장인물들은 대부분 작자 자신이 주변에서 익히 보고 듣고 교유했던 실존 인물들을 모델로 한 것이다. 예를 들면 순매(荀玫)는 노견증(盧見曾)을, 범진(范進)은 도용(陶鏞)을, 권물용(權勿用)은 시경(是鏡)을, 마정(馬靜)은 풍조태(馮祚泰)를, 계추(季萑)는 이면(李葂)을, 두천(杜倩)은 오경(吳檠)을, 지균(遲均)은 번명징(樊明徵)을, 장상지(莊尙志)는 정정조(程廷祚)를, 그리고 우육덕(虞育德)은 오배원(吳培源)을 모델로 했다는 것 등등인데, 주지하다시피 오경재는 이들의 인물됨과 행실을 있는 그대로가 아니라 필요한 만큼 가공해서 등장시키고 있다. 또한 각 회에 묘사된 온갖 인물 군상과 그들이 엮어 내는 일화들은 개별 샘플에 대한 관람을 통해 일련의 흐름을 느낄 수 있도록 안배되어 있다.

줄거리 구조의 측면에서 보면 『유림외사』는 108명의 영웅들에

얽힌 개별 일화들이 마치 수레의 바퀴살들처럼 '양산박(梁山泊)'으로 상징되는 하나의 주제를 향해 집중되는 70회본 『수호전』의 구조와 염주 알처럼 독립된 81난(難)의 일화들이 '서역(西域)'으로 상징된 내재적 목표를 향해 구불구불 곡선형의 흐름을 보여 주는 『서유기』의 구조를 융합해 놓은 것 같다고도 할 수 있다. 『유림외사』의 이야기 구조는 독립성과 집중성, 그리고 선형적 흐름을 모두 갖추고 있다.

어쩌면 이런 이야기 구조는 오경재가 서술하고자 하는 청 대 지식인 사회의 본질적 특성에서 비롯된 것일 수도 있다. 즉 현실에서 팔고문을 신봉하는 무리 및 가짜 명사들로 대표되는 부정적 존재들과 현인과 기인으로 대표되는 긍정적 인물들 사이의 경계선이 뚜렷하지 않다는 것이다. 이들 사이의 차이는 마치 조악한 모조품과 훌륭하긴 하지만 아무도 찾지 않는 정품 사이의 관계와 비슷하다. 그렇기 때문에 가령 양집중(楊執中)의 경우는 사회와 인류를 위한 대범하고 고상한 사유를 하진 못했지만, 천박한 안목을 가진 가짜 명사인 누씨 형제에게는 '삼고초려(三顧草廬)' 할 훌륭한 선비로 대접 받는다. 물론 그들은 본질적인 세계관과 도덕성의 차이로 인해 서로 갈등하기도 하고, 심지어 동류 집단 내에서도 격한 갈등이 존재한다. 그러나 중요한 것은 그들이 어쨌거나 지식인 집단의 일원이라는 의미에서 선험적인 동질성을 공유했다는 사실이다. 그렇기 때문에 그들 사이의 외적 갈등은 선험적으로 극단적인 파국으로 치닫기 어려운 한계를 지니고 있었으며, 오히려 앞서 설명한 중국 고대 지식인의 본질적 속성으로 인해 지식인 사회의 파국은 대단히 개별적이고 내적인 '반성'의 차원에서 진행되었다. 선험적으로 '내화(內化)'를 지향하는 이런 갈등은 결국 마음속의 불만은 키우되 물리적 충돌은 부정하는 자기모순에 빠질 수밖에 없었다.

이처럼 존재하기는 하되 '예의'의 명분으로 포장되고 은폐된 교묘한 외적 갈등과 그 와중에서 지식인 개개인의 정신세계 속에서 지속적으로 진행되는 붕괴의 과정을 보여 주기 위해, 『유림외사』는 등장인물의 '모여서 이야기하기〔聚談〕'라는 독특한 서사 방식을 취해야 했다. 나아가 그런 서사 방식 자체가 공허한 담론(談論)만 소비할 뿐 사회를 변화시킬 만한 실질적 생산 역량은 결여된 고대 지식인 사회의 속성을 겨냥한 또 하나의 풍자이기도 했다.

물론 오경재는 역사전기(歷史傳紀)와 '유서(類書)', '필기(筆記)', '설화(說話)' 등 고대 중국의 전통적 서사 양식들을 충분히 숙지하고, 나아가 그 장점을 '문인(文人)'의 관점에서 뽑아 새로운 서사 양식으로 승화시켰다. 그렇기 때문에 『유림외사』는 '그러니까〔話說〕'로 시작해서 '다음 회를 들어보시라〔且聽下回分解〕'로 끝나는 장회(章回) 형식을 빌려 백화(白話)로 이야기를 엮어 나간다. 그러나 오경재 자신이 적지 않은 공력을 쌓은 시인임에도 이 작품에는 각 회의 말미에 "지인(只因)…… 유분교(有分敎)"로 시작된 문장의 끝에 시(詩)와 사(詞)를 혼합한 4구절의 짧은 운문(韻文)이 달려 있는 것을 제외하면, 기존의 장회 소설(章回小說) 안에 관습적으로 삽입되던 시사(詩詞)를 거의 모두 없애 버렸다. 또한 이야기의 진행이 대개 등장인물들 간의 대화—등장인물이 대부분 지식인들인 만큼 대화에 사용된 어휘는 대부분 '전고(典故)'와 같은 문언적(文言的) 특징을 강하게 드러낸다—를 위주로 진행되며, '활극(活劇)'을 서술한 부분은 거의 없다. 물론 장철비(張鐵臂)의 사기극(제12회)이랄지 '해결사' 봉명기(鳳鳴岐)의 활약 장면(제52회)에 약간의 '활극'적 요소가 있으나, 실제 서술은 대단히 간략하게 처리되어 있다. 이런 '정적(靜的)' 특징들은 결국 오경재가 설정한 독자층이 '단순히 재미를 위해 듣는' 이들이 아니라 '최소한의 교양(敎養)을 바탕으로 읽으며 생각하는' 이들이라는 것을 말해 준다. 그런데 현실적으로 이런 독자들은 '설부(說部)'의 전통보다 문언적 산문에 익숙한 이들일 수밖에 없다. 다시 말하자면 오경재는 자신의 이야기가 다루고 있는 지식인 사회를 바로 그 지식인들에게 더욱 효과적으로 전달하기 위해, 좀 더 고상한 차원의 '재미'와 '의미'를 함께 담을 수 있는 새로운 서사 양식을 개발해 낼 필요가 있었던 것이다. 이것은 무엇보다도 당시 자기 주변의 이른바 '지식인'들이 대부분 팔고문의 폐해로 인한 지적(知的) 천박성(淺薄性)에 매몰되어 있었기 때문이다.

그러므로 『유림외사』는 본질적으로 '재미'보다는 '효율적 계몽' 혹은 '문제적 현실' 자체에 대한 환기(喚起)에 치중한 저작이다. 이에 따라 기존의 '4대 기서'와는 달리 이 작품은 줄거리의 구성 방식과 사용된 어휘, 주제의 전달 방식에서 상당히 노골적으로 '문인적' 취향에 편향되어 있다. 그 결과 『유림외사』는 '설부'의 형식과 유사하되 '설부'가 아니고, 열전(列傳)이 지향하는 바와 같이 개별 인물의 일화들 속에 작자 자신의 세계관을 묻어 두는 것을 목표로 하되 '사전(史傳)'이 아닌, 제목이 가리키는 의미 그대로의 '외사(外史)'가 되었던 것이다. 오경재의 이런 의도는 '당대(當代)'의 독자들에게도 제대로 전달되었던 듯하니, 제2회에 대한 한재노인(閑齋老人)의 총평(總評)에서 "『사기』의 필법에 대해 잘 알지 않으면 이렇게 쓰기 힘들다(非深於史記筆法者未易辦此)"고 한 것이 그 증거이다. 결국 이런 관점에서 보면 『유림외사』는 적어도 '당대적' 관점에서는 소설이 아니었다고 할 수 있다.

현대적 의미에서 문학이란 '작가-작품-독자'로 규정되는 하나의 '제도'라면, 그리고 대개 그 안에서 문학 작품들이 일종의 '상품'으로 생산되는 것이라면, 『유림외사』의 '당대적' 상황은 약간 다르다. 앞서 살펴본 것처럼 이 작품의 최초 판본이 간행된 것은 오경재가 죽은 후의 일이기 때문이다. 이것은 결국 오경재가 처음부터 현대적 의미의 '풍자 소설'을 목표로 글을 쓰지 않았다는 것을 말해 준다. 바로 이 점을 명확히 이해할 때, 우리는 왜 중국인들이 산문적 전통의 결정체로서 『유림외사』와 시적(詩的) 전통의 결정체로서 『홍루몽』을 구분했는지를 이해할 수 있다.

3. 맺음말

'고전'으로서 『유림외사』는 '문학'과 '학문'의 경계를 넘어선 다양한 측면에서 '현대적' 수용이 가능하다. 서사 기법의 측면에서 그것은 중국 소설사에서 본격적인 '풍자 소설'과 '현실주의 소설'이 형성되기까지 자생(自生)했던 전통의 맹아(萌芽)로서 이해될 수도 있고, 문제의식의 측면에서는 인간의 존재론적 문제에 대한 근원적 탐색으로서 오늘날에도 여전히 유효한 철학적 저작으로 이해될 수도 있다. 심지어 이 작품은 어떤 의미에서 청 대 초기 사회에 대한 사회학적 연구 자료로서도 손색이 없다. 중요한 것은 '고전'으로서 그 저작 안에 내재된 다양성을 고루 인정하는 것이다.

1935년에 발표된 「시에쯔(燮紫)의 『풍성한 수확〔豊收〕』에 대한 서문」에서 루쉰(魯迅)은 이렇게 썼다.

중국에선 확실히 『삼국지연의』와 『수호전』이 유행하고 있다.

그러나 이것은 사회에 아직 '삼국(三國)'의 기풍과 '수호(水滸)'의 기풍이 존재하기 때문이다. 『유림외사』를 쓴 작가의 능력이 어찌 『삼국지연의』를 쓴 나관중(羅貫中)보다 못하겠는가? 그러나 유학생이 천하에 가득해진 이래, 이 책은 영원하지도 위대하지도 않은 책이 되고 말았다. 위대함도 이해해 주는 사람이 있어야 가능하다.

앞선 문맥에 따르면, 루쉰은 문학 작품으로서 『유림외사』가 『삼국지연의』와 『수호전』보다 "더 새롭고 우리의 세계에 더 접근해 있기" 때문에 더 위대하다고 평가하고 있는 듯하다. 그러나 "유학생이 천하에 가득해진 이래" 이 책의 가치가 하락했다는 진술은 문맥을 떠나서 많은 것을 생각하게 한다. 일차적으로 그것은 유학생이 습득한 새로운 문학 개념과 이론 체계 안에서 『유림외사』가 저평가될 수밖에 없었다는 것으로 해석될 수 있다. 그러나 한 걸음 더 나아가면, 루쉰 시대의 유학생들은 오경재처럼 지식인 사회의 문제점에 대해 무관심했거나, 아니면 자신들은 이미 그 시대의 지식인들과는 다르다고 생각했을 수도 있다는 해석이 가능해진다. 텍스트의 가치는 독자의 '문제의식'과 불가분의 관계에 있기 때문이다.

무엇보다도 『유림외사』는 좌절과 고통 속에서 구체적인 대가에 대한 기약도 없이 10년 가까이 이 책의 저작에 몰두한 오경재의 삶을 '추체험(追體驗)'하게 만든다. 그리고 그 추체험은 인간의 삶에서 '지성(知性)'이란 무엇이며, 이른바 '문제의식'의 표출 방법 가운데 하나로서 '서사(敍事)'란 무엇인가—가령, '서사'는 행위 자체가 일종의 '카타르시스(Catharsis)'인가, 아니면 행위의 실용적 결과가 중요한 것인가?—와 같은 끝없는 '인문학적' 문제들을 환기시킨다. 그리고 바로 그런 문제들에 대한 고민을 통해 이 작품의 독자들은 '지금 여기'에 대한 인식과 행동의 필요성에 대한 확인으로 돌아오게 된다.

그러나 여기에는 중요한 전제 조건이 있다. 즉 『유림외사』를 통해 이런 '추체험'을 하기 위해서는 스토리의 긴장감에 기대어 작품 전체를 통독하는, 현대 소설을 읽는 방법을 잠시 보류해야 한다는 것이다. 『유림외사』는 겉으로 잘 드러나지 않은 '내적'인 질서에 따라 배열된 다양한 사건들의 파편적 집합체이다. 그러나 그 파편들은 작자가 주도면밀한 사색과 가공을 거쳐 완성한 압축적 표본들이기 때문에, 그것들의 참다운 가치를 느끼기 위해서는 독서의 속도를 잊고 천천히, 그리고 곱씹어서 음미할 필요가 있다. 특히 작자가 형상화한 주인공들이 모두 청 대 지식인 사회의 중요한 부분들을 대표하는 형상이라는 점과 작품 전체에 그들에 대한 비판과 풍자가 녹아 있다는 점을 염두에 두고 주인공들의 세세한 언행(言行)들을 되짚어 보면, 오경재가 일궈 놓은 '무질서 속의 질서'와 '언중유골(言中有骨)'의 빼어난 경지에 깊이 감동하게 될 것이다.

물론 번역이라는 한계 때문에 우리가 번역한 작품도 원문에 포함된 깊고 미묘한 수사법의 맛을 온전히 전달할 수는 없었다. 무엇보다도 서문에서도 언급했듯이, 호칭(呼稱)의 문제는 두고두고 아쉬움이 남는다. 원작에서 오경재는 상황과 분위기에 따라, 그리고 서술문과 대화문에 따라 등장인물의 본명과 자호(字號), 항렬과 직책 등을 나타내는 다양한 호칭을 정교하게 안배해 놓았다. 하지만 복잡한 가족 관계와 봉건 시대 중국에서 사회적 서열을 나타내는 이런 다양한 호칭들을 현대 한국의 독자들이 얼른 받아들이기란 쉽지 않다. 이 때문에 우리의 번역에서는 특히 서술문에서 등장인물의 호칭을 거의 일률적으로 본명으로 바꿔 놓을 수밖에 없었다. 그러나 그 외의 표현에 대해서는 여러 차례의 토론을 통해 가장 적합한 현대 한국어를 찾아 번역해 놓았으며, 원작의 수사법도 최대한 살려보려고 노력했다. 그렇기 때문에 비록 번역본이긴 하지만 독자들이 "천천히 곱씹어 음미하는" 독서를 시도해 본다면, 어느 정도 원작의 참맛에 근사(近似)한 맛을 느낄 수 있을 것으로 기대한다.

판본 소개

『유림외사』는 오경재가 죽은 후에 그의 외조카인 김조연(金兆燕)에 의해 양주에서 처음으로 판각(板刻)되어 간행된 것으로 알려져 있는데, 그 시기는 대략 1772년에서 1779년 사이로 보인다. 이후로 이 작품은 기본적으로 50회, 55회, 56회, 60회의 네 가지 판본이 간행되었다. 이 가운데 많은 이들이 원작의 면모에 가장 가까운 것은 55회 판본이라고 여기고 있는데(최근에는 원작이 50회였을 것이라는 주장도 제기되고 있다), 아쉽게도 이 판본은 원본이 남아 있지 않다. 현재 남아 있는 옛 판본은 56회본과 60회본이다.

56회본은 기본적으로 55회본에 누군가가 1회를 덧붙여 만든 것으로 여겨지고 있는데, 오늘날 남아 있는 것 가운데 가장 오래된 것으로는 가경(嘉慶) 8년(1803)에 와한초당(臥閑草堂)에서 간행된 판본이 꼽힌다. 이 판본은 동치(同治) 8년(1869) 소주(蘇州)의 군옥재(群玉齋)에서 간행된 활자본(活字本)으로 이어지면서 가장 널리 유행했으며, 1874년에는 제성당(齊省堂)에서 증정본(增訂本)으로 간행되기도 했다.

60회본은 1888년에 간행된 증보제성당본(增補齊省堂本)을 가리키는데, 동무(東武) 석홍생(惜紅生)이라는 별호(別號)로 이 판본의 서문을 쓴 거세신(居世紳)이라는 인물이 제43회부터 제47회까지의 내용을 별도로 첨가한 것이다. 이 판본 역시 1906년 상해(上海) 해좌서국(海左書局)의 석인본(石印本)을 비롯해서 1930년 상해 심학기서국(沈鶴記書局)의 석인본까지 많은 출판사에서 간행되었다.

우리의 번역은 기본적으로 중화서국(中華書局)에서 간행된 와한초당본(臥閑草堂本) 『유림외사』〔리한치우(李漢秋) 교점(校點), 두웨이모(杜維沫) 주석(注釋), 1999〕를 저본(底本)으로 하고, 인민문학출판사(人民文學出版社)〔장훼이지앤(張慧劍) 교주(校注), 1962 제1판, 1997 제1차 인쇄〕 판본과 상해고적출판사(上海古籍出版社)의 휘교휘평본(彙校彙評本)〔리한치우 집교(輯校), 1999〕을 토대로 주석과 본문을 교감했으며, Yang Hsien-yi와 Gladys Yang이 함께 영문으로 번역한 *The Scholars*(Peking: Foreign Language Press, 1964 2nd. Edition)과 현대 중국에서 이 작품에 관한 대표적인 전문학자인 천메이린(陳美林) 선생이 비평과 교주(校注)를 붙인 청량포갈비평(淸涼布褐批評) 『유림외사』(新世界出版社, 2002)를 참조하여 정확성을 기했다.

오경재 연보

1701 강희 40년 여름 안휘(安徽) 전초현(全椒縣)에서 태어남〔자(字)는 민헌(敏軒) 또는 입민(粒民), 호(號)는 문목선생(文木先生) 또는 진회우객(秦淮寓客)〕.

1705 종조(從祖) 오병(吳昺) 송금원명사조시선국관(宋金元明四朝詩選局官)에 임명됨.

1706 종조 오병 예부(禮部) 회시(會試) 채점에 참여〔훗날 시강(侍講)으로 승진하여 호광학정(湖廣學政)을 역임〕.
벗 강욱(江昱 : 1706~1775), 왕우증(王又曾 : 1706~1762) 태어남.

1711 대명세(戴名世 : 1653~1713)의 『남산집(南山集)』 사건으로 인한 문자옥(文字獄) 발생.

1712 부친의 벗 정몽성(程夢星 : 1678~1747) 진사 급제.

1713 모친 별세.

1714 조정에서 '음사 소설(淫詞小說)'에 대한 금령 선포.
부친 오림(吳霖)이 강소(江蘇) 해빈(海濱) 공유현(贛榆縣) 교유(教諭)에 임명되어 함께 임지로 감.

1715 『홍루몽(紅樓夢)』의 작자 조설근(曹雪芹 : 1715~1763)

탄생.

1716 원매(袁枚 : 1716~1797) 탄생.

1718 강희제(康熙帝) 중앙집권의 강화를 위해 군현제(郡縣制) 실시.

조카 김조연(金兆燕 : 1718~?), 벗 정진방(程晉芳 : 1718~1784) 탄생.

1719 큰아들 오낭(吳烺 : 1719~?) 탄생.

1721 산동(山東)의 왕미공(王美公)과 대만(臺灣)의 주일귀(朱一貴) 등 농민 반란.

벗 노견증(盧見曾 : 1690~1768) 진사 급제.

1722 강희제 병사, 옹정제(雍正帝 : 1723~1735 재위) 즉위.

부친 오림(吳霖), 파관(罷官)되어 고향으로 돌아감.

역사학자 왕명성(王鳴盛 : 1722~1797) 탄생.

1723 부친 오림, 병으로 별세.

오경재 수재(秀才)가 됨.

대진(戴震 : 1723~1777) 탄생.

1724 친척 간에 재산 분쟁이 발생.

기윤(紀昀 : 1724~1805) 탄생.

1726 오경재, 향시에 참가.

남경(南京)을 왕래하며 음악가, 배우들과 교유하며 시름을 달램.

1729 오경재, 저주과고(滁州科考)에서 1등으로 급제하나 8월 향시(鄕試)에서 낙제.

아내 도씨(陶氏) 사망.

1731 동성파(桐城派) 고문가(古文家) 요내(姚鼐 : 1731~1815) 탄생.

1732 오경재, 의사 섭초창(葉草窗)의 딸과 결혼

1733 2월 남경 장판교(長板橋) 서쪽 진회수정(秦淮水亭)으로 이사. 이후 남경 및 사방 문인들에 의해 시단(詩壇)의 영수(領首)로 추대됨.

옹방강(翁放綱 : 1733~1818) 탄생.

1734 오경재, 「이가부(移家賦)」 완성.

1735 옹정제 사망, 건륭제(乾隆帝 : 1736~1795 재위) 즉위.

오경재, 박학홍사과(博學鴻詞科)에 천거됨.

단옥재(段玉裁 : 1735~1815) 탄생.

1736 오경재, 안경(安慶)으로 가서 원시(院試)에 참가.

천녕사(千寧寺)를 여행하고 남경으로 돌아감. 가세가 더욱 곤궁해짐.

노견증이 양호염운사(兩淮鹽運士)에 부임하여 오경재 등과 교유하기 시작.

1737 종형(從兄) 오경(吳檠 : 1696~1750) 북경에서 박학홍사과에 응시했으나 낙제.

벗 오배원(吳培源) 은과진사(恩科進士)에 급제.

1738 조정에서 '음사 소설'에 대한 금령 선포.

장학성(章學誠 : 1738~1801), 임대춘(任大椿 : 1738~1789) 탄생.

1739 진주〔眞州, 지금의 이정(儀徵)〕에서 지냄.

오경재 문집 『문목산방집(文木山房集)』(전5권) 간행.

원매, 심덕잠(沈德潛) 진사에 급제.

1740 우화대(雨花臺) 선현사(先賢祠) 및 오태백사(吳泰伯祠)의 제사에 참여.

큰누이 사망(향년 47세).

이천택(李天澤)의 노도원(蘆渡園)에서 열린 시회(詩會)에 참석.
벗 노견증 변방으로 폄적.

1741 성동(城東)의 우공(寓公) 정금춘(程錦春 : 1764~?)이 호란재(護蘭齋)에서 개최한 시회에 초대되어 참가.
정진방(당시 24세)과 교유 시작, 정진방의 초청으로 회안(淮安)에 갔다가 이듬해 돌아옴.
종형 오경 거인(擧人)이 됨.

1743 남경 동수관(東水關) 대중교(大中橋) 근처로 이사함.

1744 회안의 정진방을 방문.
왕념손(王念孫 : 1744~1832) 탄생.

1745 벗 강욱(江昱)의 『상서사학(尙書私學)』에 서문을 써 줌.
겨울 이종사촌형 김구(金榘)가 휘주(徽州) 휴녕현(休寧縣) 훈도(訓導)에 부임하면서 아들 김조연과 함께 감.
종형 오경, 진사에 급제.
원매, 강녕현령(江寧縣令)에 부임.

1746 홍량길(洪亮吉 : 1746~1809) 탄생.

1747 김조연, 거인이 됨.
벗 오배원, 절강(浙江) 여요지현(餘姚知縣)에 부임.

1748 벗 오배원, 수안현령(遂安縣令)으로 옮김.
서모(庶母)가 전초현의 옛집에서 별세.
원매, 벼슬을 사직하고 남경 소창산방(小倉山房)에서 지내며 오경재의 뒤를 이어 문단의 영수가 됨.

1749 오경재, 『유림외사』를 탈고한 것으로 추정.

1750 오경재, 『시설(詩說)』(전7권)을 탈고한 것(실제 간행하지는 못함)으로 추정.

벗 정정조(程廷祚) '경명행수과(經明行修科)' 에 천거되어 북경에 응시하러 감.
종형 오경 사망.

1751 건륭제 제1차 남순(南巡), 큰아들 오낭 및 벗 왕우증 등이 건륭제에게 시를 바치고 조시(詔試)에 응시하여 거인이 됨.
벗 정정조 '경명행수과' 시험에서 낙제하여 남경으로 돌아옴.
오경재, 엄장명(嚴長明 : 1731~1787)과 교유 시작.

1752 절강 온주(溫州)와 태주(台州), 호북(湖北) 영산(英山) 등지에서 민란 발생.
정진방, 남경에서 회시(會試)에 응시.
큰아들 오낭, 내각중서(內閣中書)에 부임.
여악(厲鶚: 1692~1752) 사망.

1753 조정에서 『수호전(水滸傳)』 및 『서상기(西廂記)』의 만주어 번역을 금지함.
큰아들 오낭의 아내 사망.
오경재, 연작시 『금릉경물도시(金陵景物圖詩)』 창작을 시작(23수가 현존함).
노견증, 다시 양회염운사에 부임.
오경재, '문림랑내각중서(文林郎內閣中書)' 에 봉해짐.

1754 오경재, 처자를 이끌고 양주(揚州)를 여행(양주로 이주할 것을 고려).
10월 양주에 온 정진방과 만나고, 얼마 후 사망. 벗 왕우증의 청에 따라 전운사 노견증이 장례를 준비하여 남경에 매장.
왕명성, 진사에 급제.

1755　큰아들 오낭, 『문목산방시집(文木山房詩集)』(전7권) 간행을 준비(실제 간행하지는 못함. 오경재의 시문집 가운데 네 권만 현존).

새롭게 을유세계문학전집을 펴내며

을유문화사는 이미 지난 1959년부터 국내 최초로 세계문학전집을 출간한 바 있습니다. 이번에 을유세계문학전집을 완전히 새롭게 마련하게 된 것은 우리가 직면한 문화적 상황에 적극적으로 대응하기 위해서입니다. 새로운 을유세계문학전집은 세계문학의 역할이 그 어느 때보다 중요해졌다는 인식에서 출발했습니다. 오늘날 세계에서 타자에 대한 이해는 우리의 안전과 행복에 직결되고 있습니다. 세계문학은 지구상의 다양한 문화들이 평등하게 소통하고, 이질적인 구성원들이 평화롭게 공존할 수 있는 문화적인 힘을 길러 줍니다.

을유세계문학전집은 세계문학을 통해 우리가 이런 힘을 길러 나가야 한다는 믿음으로 만들어졌습니다. 지난 5년간 이를 준비하기 위해 많은 노력을 기울였습니다. 세계 각국의 다양한 삶의 방식과 문화적 성취가 살아 있는 작품들, 새로운 번역이 필요한 고전들과 새롭게 소개해야 할 우리 시대의 작품들을 선정했습니다. 우리나라 최고의 역자들이 이들 작품 속 한 문장 한 문장의 숨결을 생생히 전하기 위해 심혈을 기울였습니다. 또한 역자들은 단순히 번역만 한 것이 아니라 다른 작품의 번역을 꼼꼼히 검토해 주었습니다. 을유세계문학전집은 번역된 작품 하나하나가 정본(定本)으로 인정받고 대우받을 수 있도록 최선을 다했습니다. 세계문학이 여러 경계를 넘어 우리 사회 안에서 주어진 소임을 하게 되기를 바라며 을유세계문학전집을 내놓습니다.